COLLECTION FICTIONS

Le Cavalier polonais
de Gilbert Choquette
est le cent quatorzième titre
de cette collection
dirigée par Raymond Paul.

D0543927

L'Hexagone bénéficie du soutien de la Société de développement des entreprises culturelles du Québec (SODEC) pour son programme d'édition.

Nous reconnaissons l'aide financière du gouvernement du Canada par l'entremise du Programme d'aide au développement de l'industrie de l'édition (PADIÉ) pour nos activités d'édition.

Nous remercions le Conseil des Arts du Canada de l'aide accordée à notre programme de publication.

Le Cavalier polonais

Du même auteur

Au loin l'espoir, poèmes, Montréal, Éditions d'Orphée, 1958.

L'Interrogation, roman, Montréal, Éditions Beauchemin, 1962.

L'Honneur de vivre, poèmes, Montréal, Éditions Beauchemin, 1964.

L'Apprentissage, roman, Montréal, Éditions Beauchemin, 1966.

La Défaillance, roman, Montréal, Éditions Beauchemin, 1969.

La Mort au verger, roman, Montréal, Éditions Leméac, 1975.

Un tourment extrême, roman, Montréal, Éditions La Presse, 1979.

La Flamme et la Forge, roman, Montréal, Éditions Pierre Tisseyre, 1984.

Le Secret d'Axel, roman, Montréal, Cercle du livre de France, 1986.

L'Étrangère ou Un printemps condamné, roman, Montréal, l'Hexagone, 1988.

La Mort au verger, roman, édition revue et corrigée, Montréal, Typo, 1988.

La Nuit yougoslave, récit, Montréal, l'Hexagone, 1989.

Une affaire de vol, roman, Montréal, l'Hexagone, 1990.

L'Amour en vain, roman, Montréal, Humanitas, 1994.

L'Europe-en coup-de-vent. Journal impressionniste d'un Kébékois précédé de *Nice-et-moi*, Montréal, Humanitas, 1996.

Azraël ou l'Ange exterminateur, roman, Montréal, Humanitas, 1998.

Gilbert Choquette

Le Cavalier polonais

Roman

l'HEXAGONE

Éditions de l'HEXAGONE
Une division du groupe Ville-Marie Littérature
1010, rue de La Gauchetière Est
Montréal, Québec H2L 2N5
Tél.: (514) 523-1182
Téléc.: (514) 282-7530
Courriel: vml@sogides.com

En couverture: *Le Cavalier polonais*, toile
longtemps attribuée à Rembrandt.

Données de catalogage avant publication (Canada)

Choquette, Gilbert, 1929-
Le Cavalier polonais
(Collection Fictions)

ISBN 2-89006-642-8

I. Titre.

PS8505.H64C38 2000   C843'.54   C00-940131-8
      PS9505.H64C38   2000
      PQ3919.2.C46C38   2000

DISTRIBUTEURS EXCLUSIFS:

• Pour le Québec, le Canada et les États-Unis:
LES MESSAGERIES ADP*
955, rue Amherst, Montréal, Québec H2L 3K4
Tél.: (514) 523-1182
Téléc.: (514) 939-0406
* Filiale de Sogides ltée

• Pour la France:
D.E.Q.
30, rue Gay-Lussac, 75005 Paris
Tél.: 01 43 54 49 02
Téléc.: 01 43 54 39 15
Courriel: liquebec@cybercable.fr

• Pour la Suisse:
TRANSAT S.A.
4 Ter, route des Jeunes
C.P. 1210, 1211 Genève 26
Tél.: (41-22) 342-77-40
Téléc.: (41-22) 343-46-46

Pour en savoir davantage sur nos publications,
visitez notre site: www.edhexagone.com
Autres sites à visiter:
www.edtypo.com • www.edvlb.com • www.edhomme.com
www.edjour.com • www.edutilis.com

Dépôt légal: 1er trimestre 2000
Bibliothèque nationale du Québec
Bibliothèque nationale du Canada

En ouvrant les pages de ce cahier tout neuf de mon journal personnel, pour la première fois je m'interroge : me reste-t-il assez d'enthousiasme pour me rendre au terme de cette nouvelle année commencée hier ? Assez d'enthousiasme pour que cet éternel remplissage de tristesses, ce monument de papier noirci par le soleil de jours sans joie – ah ! oui vraiment, triste soleil, triste lumière qui font de chaque inscription dans ce dérisoire album de clichés ratés un pur reflet tout aussi négatif de mon lugubre quotidien perçu à travers la lentille d'une conscience distordue par la réfraction d'échecs à répétition –, assez d'enthousiasme, dis-je, pour qu'en somme ce gratuit grattage de papier ligné vaille la peine que je m'y adonne jusqu'à y être à peu près fidèle tout au long de ces douze mois à venir dont je prévois déjà la lamentabilité ? *Enthousiasme* : « exaltation de l'âme qui pousse à admirer, à agir dans la passion ou dans l'allégresse » – disposition qui à coup sûr accroît ses chances de venir à bout de toute entreprise, fût-elle vaine ou folle, mais disposition qui ne se fabrique pas sur commande pour dire le moins. Je doute si le romancier garde cet élan de l'âme après trente ans d'exercice du métier d'écrire où il se raconte à lui-même ce qu'il ne sait que trop pertinemment pour l'avoir vu venir, vécu, senti, souffert au jour le jour, sans rien découvrir de vraiment neuf en lui, sans rien imaginer par exemple de ce qui aurait pu lui arriver d'heureux, de chanceux, d'euphorique, quitte à ce que de prétendues fictions romanesques auxquelles il a la naïveté de croire et de vouloir faire croire le livrent tout vif, corps et âme, au voyeur qui sait lire, de préférence entre les lignes ? Encore serait-il salutaire qu'il eût des lecteurs !

Un journal de romancier, quelle vanité quand l'auteur se donne par ailleurs le loisir de tout dire sous le couvert de fictions ! Mais il n'est que trop vrai que mes lecteurs se raréfient de livre en livre, au grand dam de Danterny prêt à me lâcher lui aussi après tous les autres éditeurs de Montréal, trop vrai que je ne prive personne en m'astreignant à consigner ici, pour moi seul, dans ce scrupuleux registre de mes heures, des aveux trop intimes qu'il me faudra bien détruire avant décès, détruire ce «misérable petit tas de secrets» dont parle Malraux lorsqu'il considère, pour en avilir ou en moquer l'intérêt, la vie privée de tout individu, s'appelât-il Victor Hugo ou Charles de Gaulle, dont il me souvient d'avoir, moi, jeune encore, secoué avec passion la main curieusement flasque au lendemain matin de son inouï «Vive le Québec libre»… Non, du plus grand génie, du plus éclatant esprit, seuls mériteraient d'être retenus les faits, actes ou œuvres dignes de prétendre retentir dans la conscience d'autrui le temps d'un inévitable oubli, dignes en tout cas de s'y refléter comme en un miroir révélateur, chez tel liseur ou liseuse, d'une humanité surprenante et méconnue, voire d'une grandeur latente, présente en lui mais à ce jour ignorée, à moins au contraire que l'image renvoyée par le diariste ne soit celle d'une bassesse mal camouflée en prose mémorable! N'importe, Dieu sait que je ne pourrais guère servir mieux que de repoussoir avec mes minables tourments d'auteur mal marié, mal jugé par ses navrants collègues professeurs, mal et méprisamment lu surtout… Du reste, pareilles évocations grandioses dans le genre misérabiliste feraient davantage, plutôt que d'un journal intime voué à la corbeille, la substance des Mémoires d'un grand de ce tout petit monde dont on parle, artistes, politiques et autres personnages éminemment médiatiques ainsi que se doivent de l'être les vedettes de l'instant, desquelles pour ma part, et tout en les enviant en secret, je me détourne instinctivement, rendant grâce au ciel de m'avoir épargné du moins ce maigre talent-là, parmi tous les autres qui m'ont été déniés.

11 heures

Mais aussi bien, «Qu'importe ce qui n'importe qu'à moi?» demande encore assez noblement le même André Malraux, grâce à quoi on vient de le panthéoniser cet automne, tant il est vrai que le désintéressement – l'«idéalisme» ainsi qu'on disait du temps que je me gargarisais de cette denrée devenue rare –, allié à un certain flair de l'air du temps, mène droit aux honneurs du vedettariat pour peu qu'on sache l'art de formuler au bon moment de belles et profondes choses, et si possible pas trop intelligibles ni utiles. Cela soit dit sans irrespect pour l'auteur de *La Condition humaine* dont on peut honorer par le rétroviseur du temps l'emblématique figure de saint laïque avec quelques autres en cette lugubre fin de millénaire, davantage féconde en bandits et en

8

imposteurs qui y ont eu la part plus que belle, tant dans le domaine des arts que dans celui de la politique, que dans celui du divertissement à bon marché. Seul de ceux qui savent que «qui veut gagner sa vie la perdra», j'aurai perdu la mienne sans y trouver le moindre avantage. Eh bien, quoi! me serait-il interdit pour autant de noter dans ce journal, comme je le fais, le flux ininterrompu de mon rêve éveillé – même la part de ce rêve qui confine à l'envie – à mesure qu'il se déroule au fil des grands et petits faits et gestes qui ponctuent mon inexplicable quotidien? C'est l'intérêt même de l'exercice qui apparaît vraiment problématique. Bah! si ce bavardage peut avoir valeur «purgative» comme disaient les classiques à propos des passions mauvaises qu'on exprime sur le théâtre… Car le fait est que, trop bien refoulées, lesdites passions refusent en moi de crever tout à fait, hélas… Reste que je m'estime autorisé depuis assez longtemps – depuis mes vingt-cinq ans de mariage avec Florence pour être précis – à étaler ici sans complexes mes états d'âme, violents ou modérés, greffés d'abord sur les menus incidents qui scandent la trame du mensonge avéré que constitue une union conjugale assez affreuse en somme à laquelle, je m'en rends compte, ce journal ne sert que d'échappatoire à bon compte. N'empêche qu'en ce secret refuge, outre les cris muets de l'amour blessé à mort, peuvent du moins s'épancher sans mesure ni mal pour quiconque les gémissements que m'inspirent mes déboires littéraires, s'exhaler à satiété cette définitive humiliation pour un «artiste créateur» de passer à juste titre pour un raté au regard de soi-même certes, mais au regard de son conjoint, de son entourage, de son milieu de travail (à la fac je n'existe tout simplement pas), de ce qu'on appelle en gros ses proches et qui sont plus souvent qu'autrement ses lointains… – et je pense en premier lieu à mes enfants, car, même littérairement incultes, à l'âge qu'ils ont atteint, comment Patrice et Madeleine et même Brigitte, mon chouchou paraît-il, eux trois qui se fichent copieusement de moi, auraient-ils gardé sur leur père leurs illusions préadolescentes? À l'instar de Florence, moins la rancœur conjugale accumulée contre moi, tous les trois n'entendent que trop distinctement la rumeur de silence qui enveloppe tout ce que j'écris; et ce qu'ils en perçoivent, à défaut de savoir en juger par eux-mêmes, c'est le jugement public d'autant plus terrible que muet, soit l'indifférence morne, irréfutable, sans appel, qui en art comme en toute autre matière sépare les damnés des justes, les élus des fruits secs, et jusqu'aux académiciens des bons à rien. Et déjà mon «œuvre» s'inscrivait à la remorque des cadavres de la littérature lorsque j'ai lancé ma dernière production, cette *Chair vive* où j'ai bien tenté de jouer le jeu mais ça n'a pas payé non plus : le bouquin, ma foi, était encore trop fort pour eux tous et même le titre si savoureusement choisi pour faire un best-seller ne m'a pas valu deux cents lecteurs. À vrai dire, c'était cette fois en partie mérité, même si les raisons de se cabrer devant le chef-d'œuvre étaient, comme d'habitude, mauvaises. S'il fallait compter sur cette saloperie, la littérature, pour survivre ! pour gagner sa petite croûte sèche ! Dieu merci, on s'en tire, mais comment ? N'étaient mes cours en série, mais surtout le salaire de Florence, on ne mangerait pas souvent dans ce bordel d'appartement ! Toutes amertumes qui suffiraient à me donner l'idée de raconter l'histoire d'un romancier ordinaire au beau pays de Kébek – si décidément je n'avais mis une croix définitive sur toutes sur mes velléités créatrices, fait mon deuil de toutes mes illusions sublimes. Heureusement que, de toute façon, mon existence terrestre est en bonne voie d'extinction. À cinquante-sept ans sonnés, on ne se refait pas une santé, même artistique.

Et pour encaisser ce tas de défaites accumulées, qu'elles soient ou non méritées, dire qu'il suffirait que ma désespérance en quelque au-delà de la vie soit aussi ferme, aussi inébranlable que le fut cette noble foi au Ciel partagée dans nos débuts conjugaux avec la malheureuse Florence, foi en quelque Royaume des Élus enfin vengés des cons, oserais-je écrire si ceux-ci n'avaient eu raison de moi pour de bon. Car la lumière de l'âme s'est éteinte avec le reste des mirages dont n'a plus subsisté d'année en année que délabrement sentimental, putréfaction spirituelle. J'en aurais honte si je n'avais dix fois démontré dans mes écrits romanesques que le mariage, cette mauvaise habitude, n'était jamais que le tombeau de l'amour, capable d'enterrer même en tout premier ce que j'ai tout à l'heure appelé l'«idéal» ! Avouons-le enfin, Florence, à toutes fins utiles, et depuis belle lurette, aurait bel et bien cessé d'exister pour moi n'était qu'elle gagne aujourd'hui quasiment deux fois plus que son mari, et les enfants eux-mêmes ne valent guère mieux que des fantômes apathiques errant dans la maison chargés de leurs manuels remplis de sciences auxquelles je demeurerai jusqu'à mon dernier souffle allergique – même Brigitte que j'ai désespérément cru la «littéraire» de la famille et qui est aussi cruche que les autres à cet égard. Résultat : on se croise, on ne se regarde même pas. Encore heureux que l'appartement soit assez spacieux pour qu'on ne se marche pas tout à fait sur les pieds. Oui, une maison de fantômes… Autour de moi, en moi, néant, néant, néant !

Suffit pour cette déprimante entrée en matière qui doit ressembler comme une jumelle à celle de l'an passé, à pareille date, avec seulement une détresse accrue par la sécheresse d'un âge que je sens me racornir un peu plus. Dès lors comment espérer cet enthousiasme si nécessaire et si compromis, malgré les quelques raisons que j'aurais de ne pas désespérer totalement? J'ai beau dire, il y a les réalités : même en hiver il y a du soleil, du ciel bleu, il y a des créatures à mieux connaître, il reste des livres à parcourir, d'autres à torcher, qui sait, non tout n'est pas néant, je ne suis pas mort – dommage! N'était ce sacré Danterny qui persiste à publier mes histoires à ses frais – service néfaste à rendre à tout auteur même génial, ce que je ne manque pas d'être après tout –, il y a beau temps que je me serais fermé la gueule et m'en porterais mieux, moralement je veux dire, et maritalement plus encore, car si le quotidien d'une vie de famille en voie de dilution n'en serait guère affecté, pareil amoncellement de frustrations littéraires ne peut que me rendre plus hargneux envers mes contemporains bornés. Plus hargneux, c'est-à-dire plus accablé de ce que mes chefs-d'œuvre agonisent et meurent faute que les médias les arrosent d'autres phrases. Pure question de patience, dira-t-on! Évidemment la consolation demeure du sentiment qu'on garde de remplir une haute «vocation», de justifier une vie autrement creuse de sens. En a-t-elle davantage pour autant? Aucune vie ne saurait se fonder sur rien, à moins d'un orgueil grotesque que ma bêtise m'interdit d'arborer à la différence de pas mal de gens connus de moi dans le monde des lettres et de l'enseignement dit supérieur, des gens qui croient en eux-mêmes à défaut de croire à ces transcendances auxquelles moi j'ai cru au temps des lilas et des roses, poussé par Florence qui en est bien revenue. Ne reste donc que le réconfort «moral» de se savoir imprimé, de voir son nom figurer sur des listes où s'alignent les noms d'autres cuistres, d'autres «diseurs de riens» (Baudelaire), de riens ou de perplexités insolubles. Ainsi comprendre pourquoi je suis ici dans cette peau misérable plutôt que dans une autre où une bribe de bonheur m'aveuglerait du moins sur cet *essentiel* que presque tous les gens sérieux réussissent à chasser de leurs préoccupations. Ainsi encore comprendre pourquoi, réconfort et toxines mêlés, Florence est toujours là auprès de moi avec cette vie commune ininterrompue et presque fidèle (de mon côté) depuis vingt-cinq ans de dérive affective divergente, Florence qui, sur le plan du strict support matériel, ne m'a jamais failli malgré l'indifférence sentimentale désormais établie entre nous après les illusions d'un tardif départ conjugal en flèche: ai-je à me remémorer qu'il fut un temps où la malheureuse avait foi en moi, en mon «génie» dont je la persuadais, révisait mes manuscrits et mes épreuves crayon rouge à la main – collusion mémorable en cinq ou six ans dissipée, désagrégée: dès les enfants fourrés en garderie puis parqués à l'école, comme elle ne s'est pas fait prier pour sauter sur cet emploi mirifique que Franzy-Franzy, mon inséparable, lui tendait sur un plateau d'argent, emploi de publicitaire qui depuis n'a cessé de nous nourrir, pour l'essentiel en tout cas, car ce ne sont ni mes romans pourris ni même mes huit heures de présence quotidienne théorique à la fac de lettres – toujours aussi infectement rétribuées depuis le temps que je m'étais rangé pour faire un mari présentable – qui suffiraient à payer plus que le loyer de ce trou dispendieux. Mais quoi, on n'a jamais qu'un poste qui correspond à ses titres officiels, à ses talents parcheminés, et je m'y suis pris trop tard, j'ai bamboché trop longtemps «au temps de ma jeunesse folle», ô Villon! Quand je pense à Patrice dont le triste sérieux va, à vingt-trois ans, décrocher ce printemps une maîtrise en génie mécanique – ce qui, incidemment, fait de lui un fils doublement étranger à son père: il n'a jamais entrouvert un seul de mes livres comme je n'ai jamais ouvert un des siens, étranger que je demeure moi aussi à ses algorithmes et autre doctorat qu'il vise à présent et jusqu'à ce mariage estudiantin pour l'automne avec sa Francine bien-aimée contre lequel je me suis formellement déclaré, bien que cela faciliterait rudement nos affaires qu'il décampe et s'arrange à ses frais – mais comment le ferait-il? Et puis les filles enfin, mes «deux oiseaux muets» comme elles détestent que je dise, Madeleine et Brigitte, deux ternes scientifiques elles aussi fussent-elles assez dégourdies dans leur genre ennuyeux et plutôt indépendantes d'esprit pour leurs respectifs dix-huit et dix-sept ans pour faire des petites étincelles au cégep de Sainte-Croix, surtout Brigitte – mais que sont-ils pour moi ces trois insignifiants, et que suis-je pour eux? Rien, et je me le suis bien attiré. Un pauvre cinglé qui s'enferme dans sa chambre pour se raconter des histoires à pleurer qui ne touchent personne, chef de famille fermé à tout ce qui est moderne, dans le vent – Internet et autres gadgets qui sont l'avenir –, à peine respecté en considération de son âge, entretenu ou tout comme par une femme dynamique, elle, drôle à ses heures en regard de mes mines de chien battu et de ma dégaine patibulaire – un miteux en somme, l'esprit toujours ailleurs et qu'on remarque à peine dans la maison, sauf quand il élève la voix deux fois par année pour obtenir le silence quand il sue sur ses feuilles ; encore chanceux que les deux filles fassent un effort trop visible pour se montrer patientes sinon aimables avec un père qui sourit si gauchement qu'il ne s'attire qu'un air moqueur, quand ce n'est pas cette espèce de déférence appliquée qu'on maintient par habitude autour de son prestige inexistant comme autour d'un pauvre type dont il n'y aura jamais rien à tirer mais dont il faut bien entretenir la névrose... Et le pire est que je m'en contrefiche, que je m'en réjouirais même, tant je suis bas dans ma propre estime. Mais eux, ces enfants, comment m'étonner qu'ils ne parviennent même pas à me décevoir ? C'est qu'au fond, pris tous ensemble, la mère et les trois enfants, ils m'indiffèrent tellement !

Drôle : Brigitte, la bâtarde, la plus repliée aussi, reste malgré tout la moins distante, presque la plus «gentille», la moins complètement fermée aux choses qui me touchent. Tout de même étrange, cette indulgence, quand il m'arrive de penser que la petite est très probablement la fille de l'homme que je tins un temps pour mon plus sûr ami avec Franzy – j'en ai du moins la conviction de plus en plus nette, tant il est vrai qu'elle n'a absolument rien de moi, de traits de visage comme de caractère ; mais comment ne pas me souvenir que dès avant sa naissance, Florence avait déjà commencé de me tromper avec Franzy malgré les hautes exigences de fidélité et de «partenariat conjugal» dont elle avait voulu faire jusque-là son bréviaire et le mien, car l'heure était encore, je me rappelle, où une douce brise parfumée soufflait entre nous, quand mes tout premiers livres «marchaient»... Dès qu'elle m'a connu sous mon vrai jour d'écrivain hideusement égocentrique, puis dérisoirement impuissant à s'imposer, l'air tendre de la chanson a bien changé. Florence m'a claqué au nez la porte de son cœur, bafouant de naïves complicités que nous tenions pour graves et qui l'étaient d'ailleurs au point que, renonçant à cette jeunesse de patachon que j'avais menée, j'espérais me rendre digne de l'élue en renouant avec la ferveur adolescente que j'avais mise entre parenthèses en réaction contre des parents qui voulaient «mon bien» au risque de l'écraser de leur tyrannie disciplinaire pratiquée dès une petite enfance à laquelle leur autorité de droit divin n'aurait rien passé : dès l'âge de sept ans, je me voyais sans comprendre imposer de me comporter en conformité avec tous les incontournables principes de la rigueur adulte (parlons-en !). Réveil tardif à dix-huit ans. Fort de ma majorité, prise de conscience, refus d'étudier davantage, escapade du foyer paternel, émancipation, liberté, politique, petits boulots, frasques et fredaines, oisiveté, vie de bohème, poésie, etc. jusqu'à la rencontre de Florence Auger. Retour case départ: moralité, respect de la femme, accord des âmes. L'amour peut bien des choses, de m'expliquer la sage jeune fille, très au courant alors de ce qui se fait et de ce qui ne se fait pas. Ainsi me voilà relancé à sa suite dans la pratique des plus excellentes vertus, lesquelles me reviennent opportunément après quelques années de mise en veilleuse. Fiançailles à la vieille mode, retour aux études, maîtrise, mariage décent. Seulement j'ai trente ans alors, Florence vingt-quatre. N'empêche: couple idéal, beaux-parents sans problèmes, maturité de l'époux, piges de littérature à l'université, vocation mal rentrée de grand écrivain, premier manuscrit, gloire promise... Un avenir de rêve, quoi! N'était le temps qui manque pour empocher un doctorat ès lettres... Ah! on se débrouillera bien. Quand on s'aime après tout et qu'on a les mêmes inclinations, les mêmes centres d'intérêt, le même idéal de bonheur familial... En tout cas voudrait-on bien se le faire croire, de part et d'autre, n'est-ce pas?

Combien ai-je dû la décevoir, et de plus en plus, au long de ces premières années qu'elle ne pouvait que souhaiter toutes fleuries de délicats bavardages en tête à tête, d'attentionnés échanges intimes, de douces câlineries au lit, là même où la pauvre daignait m'attendre jusqu'à deux heures du matin avant de tomber endormie d'un coup, tandis que je m'arrachais les cheveux à la table de travail sous le cerne étroit d'un abat-jour de métal noir ouvert au sommet. Combien ai-je dû la désespérer avec mes obsessions littéraires, mes rêves de gloire, mes projets qui l'excluaient, et puis mes premiers échecs, pour qu'en cinq, six ans elle en vienne à me renier à ce point! Et à *se* renier! Ou plutôt, car elle n'était pas femme à se remettre en question, à prendre toute l'affaire en main sans autre souci, soi-disant, que de nous dépanner en se trouvant un emploi lucratif où elle donnerait sa mesure! Est-ce hasard si Franzy fut là pour lui tendre la perche? N'importe. Faut-il qu'il soit dément, délirant, ce besoin irrésistible de s'accomplir qu'un homme, qu'une femme, croit entendre au cœur de la nuit d'une existence jusque-là à peu près raisonnable et qui soudain rend sourd à tout autre appel, à toute autre ambition que celle de se faire valoir, de «s'exprimer»! Encore F. pouvait-elle se prévaloir du prétexte évident de mon insuffisance, car j'en étais au point de déclarer forfait. Mais faut-il qu'elle soit sirupeuse cette voix venue je ne sais d'où qui parle de «vocation» aux artistes, aux poètes, et qui exige du sang, un sang qui n'est que celui de notre esprit malade de se dire ! Moi, c'est depuis mes vingt ans, depuis l'adolescence, que me hantait l'idole traîtresse prédestinée à poser tôt ou tard sur mes yeux mon masque de vaincu. Tu seras, tu es un créateur, telle était l'illusion maudite qui obscurcissait le monde réel, heureux, simple, donné, qui réduisait en miettes l'aimable et bourgeoise paix du foyer.

À présent c'est trop tard ! Ce n'est pas au déclin de l'âge qu'il convient que je m'aperçoive de l'ampleur de ma déroute et que je revienne sur un passé avec mon indifférence coutumière, y compris sur le fait assez cruel en vérité que je ne puis me vanter d'être le papa autre que « putatif », comme dit élégamment le Code civil, de mon prétendu chouchou, la petite dernière, Brigitte Desnoyers, qui n'a, elle, pour malheur que celui de porter mon nom. Mais est-ce que j'en souffre seulement, ou n'est-ce pas uniquement ma précieuse vanité qui s'en trouve tout de même écorchée, même si la Brigitte en question demeure effectivement – et l'ironie du hasard fait tout de même bien les choses – la préférée de « mon manque absolu de fibre paternelle », ainsi que m'avait chanté ce réputé psychologue lors de notre premier et resté unique entretien. Dès lors, à quoi bon fouiller les poubelles de la vérité de l'âme ? Florence peut bien me raconter les histoires qu'elle voudra sur sa fille, ce ne sera jamais qu'un autre conte, un conte comme j'ai su, moi, en inventer dix sur deux cents pages chacun, les croyant originaux. Ne me reste qu'à continuer à jouer le rôle d'auteur de ce petit chef-d'œuvre de fille. Encore ne faudrait-il pas exagérer. Elle n'est chef-d'œuvre qu'en comparaison des deux autres, si résolument moches. Pourvu que la pauvre enfant qui n'y est pour rien ignore sa belle condition « d'enfant de l'amour », n'est-ce pas l'essentiel ? Et tant pis si mes hantises littéraires ont fait le bonheur d'un copain qui formait la paire avec l'autre amant de Florence dès lors que je n'ai jamais eu que deux beaux-frères. En sorte que je n'ai que l'embarras du choix quant au nom du suborneur qui a commis ma fille, et cette hésitation est mon seul vrai dépit si j'exclus le sentiment humiliant d'avoir un jour donné ma confiance à ces deux bonshommes que j'ai pris à l'époque pour des « amis » – et quel brillant trio nous formions alors dont je n'étais certes pas la moindre promesse ! Ainsi va la vie. En tout cas les voilà tous deux grimpés pas mal haut dans la hiérarchie d'une société suffisamment méprisable pour m'inspirer à moi, le raté, une petite fierté d'en faire si peu partie – façon de se consoler… Lequel des deux donc ? Franzy le richard ou bien l'autre ? Frondaie, l'ineffable doyen des Lettres, mon grand patron ? Celui des deux qui a su le mieux tirer son épingle du jeu de la réussite sans doute, celui qui peut maintenant le mieux se payer ma tête de cocu minable, à présent que ma faillite littéraire, ma déconfiture d'enseignant à bon marché ont mis en quasi-banqueroute cette entreprise familiale sauvée *in extremis* grâce aux bons offices de l'autre amant devenu patron à son tour mais non tout à fait oublieux du passé et qui pour cela doit plus que l'autre mériter quelque indulgence...

Minuit

(Il se fait tard en cette veille de rentrée, je crève de fatigue, mais je continue, je le dois, c'est plus fort que moi. Qui sait à quel degré de misère morale je serai descendu demain?)

Ainsi donc, à mettre au passif de l'année écoulée cette dérive à présent consommée entre père et mère d'une si édifiante famille, cet écart désormais définitif, irrémédiable entre deux personnes d'égal mérite et qui s'aimèrent, écart qui devrait du moins affecter plutôt en bien mon labeur de romancier à qui toute liberté d'expression est comme restituée par l'effet de ce mutuel et tacite détachement. Il est vrai que depuis *La Chair vive*, d'amère mémoire, il y a deux ans, où j'ai stupidement tenté de frapper un grand coup médiatique, il ne me reste plus grand-chose à dissimuler de ce monde intérieur et conflictuel que je me suis toujours appliqué à creuser en opposition à ce monde lisse, affecté, social comme familial, où tous les coups sont permis, monde de forfaiture auquel on est tous plus ou moins condamnés. Non, plus grand-chose à cacher même à ceux-là qui se figurent ingénument qu'un auteur se livre tel quel dans sa prose avec ses états d'âme les plus noirs, ce dont se régaleraient... j'allais dire mes ennemis, mais comment ne pas me rendre compte que d'ennemis je n'ai même pas! ou plus!

Aussi bien, face à une étrangère – je pense à Florence – qui depuis beau temps déjà a cessé de me lire, pourquoi ne trouverais-je pas dans ce sage, ce paisible, ce rassurant éloignement sentimental de deux conjoints qui n'en sont tout de même jamais venus ni aux mots ni aux menaces, encore moins aux coups – ce n'est guère mon genre, d'autant que le silence suffit amplement à dénouer les liens qui ont été les plus prometteurs –, pourquoi ne trouverais-je pas, dis-je, dans ce douceureux étouffement de l'amour conjugal un matériau des plus salutaires pour cette fiction abracadabrante qui me travaille comme si j'allais la vivre et qui

16

prend forme tranquillement dans mon esprit vidé, sans pour autant que je sache encore quelle lourde part de vécu j'y mettrai, sinon que j'entrevois à sa source une déchirure morale à recoudre, sinon même une déchirure existentielle à réparer – déchirure primordiale entre l'art et l'amour, pourquoi pas? – histoire d'expliquer en la transposant ma chute aux enfers. À moins qu'entre-temps je ne m'effondre définitivement dans le silence éternel des espaces infinis. Ou encore à moins que mon Danterny, dernier fabricant de livres à ne pas cracher sur mes élucubrations, ne me fasse savoir que toute confiance a ses limites et que, quant à lui, c'en est fini avec moi. Or d'ici cette mise à mort en bonne et due forme, il m'est laissé une suprême illusion: celle de prétendre opposer à une vérité mondaine tout en simulacres la vérité d'un outre-monde aux personnages tirés d'un imaginaire à vivre, et par là retomber dans quelque optimisme créateur qui me légitime d'avoir jusqu'ici écrit pour rien… Mais comment faire? Par quel procédé? Ce journal en serait-il l'amorce? Et sous quelle fabulation de réalité vécue? Par exemple, saurais-je aimer une femme de chair et d'os, si idéale soit-elle mais appartenant à ce monde que je honnis, hors d'un pur rêve que je sache mener à son terme en lui donnant une vérité autre que strictement littéraire? Mieux vaut y renoncer tout de suite, comme j'ai renoncé à Florence quand, embarqués à bord du même navire, notre sillage brièvement confondu grâce au cap mis sur l'idéalisme (la candide enfant faisait du bénévolat à Sainte-Justine au temps où je l'ai connue!), notre commun sillage, dis-je, s'est scindé en deux à l'appel des signaux de phares incompatibles, divisé de par la simple nécessité de survivre selon sa nature. Car, autant l'admettre, ma vie, ma vraie vie, mes passions, mes vraies passions, ne sauraient se situer rue Decelles, quartier de la Côte-des-Neiges à Montréal, État du Kébek. À l'évidence, je ne connaîtrai jamais d'amour que livresque et donc pour une INCONNUE qui, par hypothèse, n'existe pas et qu'il me reste à inventer de toutes pièces, s'il n'est pas trop tard dans mon naufrage pour concevoir l'image de la Vénus qui me sauverait… En tout cas, ce n'est pas au sein d'une morne et déprimante vie familiale et professionnelle sans événements autres qu'insipides et rebattus – je ne vais quand même pas faire un plat romanesque de ce que je ne suis pas le géniteur de ma propre fille et de ce que mon patron a abusé de ma femme sans me le revaloir en promotions –, ce n'est pas parce qu'il est né cocu que le romancier en peine, ou en panne, renouvellera son coffre aux merveilles vidé peu à peu au fil de pages mortes, faute de sang neuf pour oxygéner les veines d'une existence délibérément rangée, réglée, sans aventures ou presque – passons vite sur l'accroc par trop calculé de l'autre année, cette histoire idiote avec dame Mimy Thiébault, dite «l'archiduchesse», ma brillante linguiste de collègue, à qui *La Chair vive* doit l'essentiel de sa «symbolique artistique intello-sexuelle», expérience qui ne m'a d'ailleurs pas payé cher en lecteurs, rude leçon! –, médiocre existence à peine confortée de rêveries et de regrets tout juste propres à alimenter un journal intime devenu inutile si ce n'est pour servir de tremplin à ce projet utopique de m'élancer vers quelque étoile encore imperceptible à l'œil nu, hélas. Mais ce journal maudit où je trace ces premières lignes d'une nouvelle année qui, je le crains, risque d'être la dernière si c'est pour, telle une mauvaise habitude qui fait honte, lui reconfier indéfiniment mes détresses d'auteur indigne même de ses rares inspirations, ce journal, dis-je, je me le figure celui d'un autre, d'un INCONNU lui aussi… En être là, c'est dire combien j'attends encore de mon imagination de fabulateur en déroute! Qu'importe! Autant être moi-même jusqu'au bout pour cette fois – et quand Danterny se payerait ma tête, ou me ferait payer l'impression de ma prose, qu'ai-je de plus à perdre? Tout est silence autour de moi. Pour une fois je n'ai de comptes à rendre qu'à mes désirs, fût-ce en les découvrant au fur et à mesure de mes rêveries les plus extravagantes. Je doute qu'il se trouve encore beaucoup de gens pour m'en vouloir de tant de désinvolture devant ma réalité, ou même pour s'en apercevoir… Tout ça des bêtises, quoi. Encore que…

Une heure et quart du matin à ma montre

Encore que, littérature mise à part, il me manquait jusqu'à ce soir, grâce à ce cahier vierge, la prise de conscience de ma *totale liberté*, fruit d'un isolement à tous égards absolu, atteinte enfin comme un inaccessible pic visé depuis vingt-huit ans que, revenu de mes conneries postadolescentes, je gravis âprement et où je ne trouve que l'amer constat de l'écroulement affectif et moral d'une façade restée irréprochable mais combien mensongère. «Si la chance des chances, c'est de n'avoir pas de chance, dit un personnage de Bernanos, je suis bien servi.» Ne me reste-t-il donc qu'à me persuader que l'échec total, en effet, c'est la lumière? On verra bien au fil des jours quelles clartés imprévisibles m'ouvrira pareil effondrement d'une conscience éprouvée même si grandement par sa faute. De la progressive désaffection de mes lecteurs, de la profonde apathie que j'inspire à ces fantômes que me sont devenus «les miens», de la piètre considération en laquelle je suis tenu à la faculté, et de la froide indifférence enfin que tout cela m'inspire, puis-je espérer du moins je ne sais quelle sensation de délivrance, de détachement parfait, d'ivre indépendance de l'âme, d'exaltation pure? – ou bien à l'inverse dois-je redouter la chute lucide et sans rémission au néant personnel, artistique et spirituel? N'importe, dans les deux cas, je me rapproche de l'humaine vérité dans sa nudité extrême. En m'affranchissant d'apparences dont elle fut pour moi le parfait exemple, comme en la libérant du fardeau que mon égoïsme lui a imposé trop longtemps, Florence ne m'a-t-elle pas rendu à mes traumatismes d'enfant si mal cicatrisés par des défaites à répétition, rendu à moi-même en somme? L'heure est venue de dire ici le vrai, sans masquer sa cruauté, si tant est qu'écrire, rêver, ce n'est que vivre un peu plus intensément, quitte à se couper définitivement du monde, ce qui est déjà aux trois quarts fait. C'est le poète qui doit parler, car où ailleurs que dans l'art ou dans l'amour tombé du ciel trouver la vision qui révélera tout? Mais quel rêve de chair peut encore inspirer les réponses aux questions que se pose un romancier viré quinquagénaire et qui s'aperçoit qu'outre celle de ses proches il a bousillé sa vie? Car je n'oserais tout de même pas me raconter sérieusement que le royal fiasco de toute une existence est la preuve par l'absurde d'une élection quelconque, la réalisation inespérée d'aspirations adolescentes écrabouillées par des parents incarnant la société telle qu'elle est, de sorte qu'à présent je serais sauvé pour la simple raison que j'ai dû déclarer forfait! Cependant, même fini, et justement parce que fini, il reste encore au romancier quinquagénaire la faculté de ne plus rien exclure de ses coups de sonde, à travers les circonstances qu'il provoque. L'unique certitude, c'est que le temps de fixer sa vie en l'inventant lui est chichement compté, à lui qui a déjà un pied dans la tombe. Quel gâchis! Et puis, comment faire si un diariste digne de ce nom, à moins d'être comédien, ne sait dire son pur amour qu'en le vivant en amoureux fou, ou bien dire les raffinements de son amour platonique qu'en étant pour le moins platonique dans ses fantasmes, ou encore ne sait susciter l'intérêt autrement qu'en déclenchant délibérément sur papier quelque sublime naufrage, le sien, ou bien, à l'inverse, quelque sauvetage passionnel – déroulement et dénouement brûlants, excessifs, et pourtant indispensables pour qu'il y ait commencement d'ART, à condition pour le narrateur d'avoir su édifier sur de séraphiques mais concrètes assises quelque promesse d'humaine beauté. Tentative pour moi impossible mais possible néanmoins puisque concevable par l'esprit qui songe. Romancier de sa vie, convaincu à l'avance que l'incroyable est l'unique garantie de vérité, le diariste aura le sentiment de renaître aux grandes aspirations qui l'ont porté, aux grands délires qui le hantent encore, et cette fois-ci plus que jamais tant il est sûr que ce sera son ultime essai, vu son long âge, et qu'il aura tout dit, et tant pis qu'on le suive ou non, lui qu'on n'a jamais suivi, car à suivre ceux qui ne font que suivre ceux qui suivent, on ne va qu'à la bergerie où les moutons bêlent aux corneilles, soit nulle part en vérité, quand il s'agit toujours de construire un autre monde à partir de ce presque rien : soi. Chose certaine : ce qu'on n'écrit pas avec son sang ne vaut pas l'effort d'être écrit, même dans un prétendu journal qui s'avoue d'avance plus menteur qu'intime, pour peu que ce monde prétendu réel ne soit pas qu'une caricature de la seule réalité, celle qui sort d'un cerveau humain qui palpite encore…

2 heures du matin

Non, malgré tous les coups reçus, je n'ai pas dit mon dernier mot dans cette comédie littéraire dont on prétend m'exclure, et je le prouve en rédigeant sur-le-champ à l'intention de Danterny un petit mot à poster demain matin :

Cher ami,

Je ne vous apprendrai rien, il est souvent question de nos jours, pour un romancier, de la « tentation autobiographique », autant dire de sa propre mise en scène sous couleur de fiction. Il s'ensuit un métissage des genres littéraires oscillant du journal intime, ou des mémoires, au roman traditionnel, le tout dans un effort de vérité accrue. Eh bien, je vous annonce, avec six mois d'avance, un roman qui pratique très librement cette dérive du genre romanesque. Très librement, car le propos du narrateur à qui sont prêtées ces pages est d'abord de faire vivre en images une existence effrontément inspirée de la mienne propre, inspirée plus précisément de sa vie intérieure au long d'une demi-année toute remplie de secousses, d'émotions et de questionnements, telle que je peux la prévoir. Qu'il me suffise de vous dire que ma tentative – ou ma tentation – s'apparenterait à celle d'une « mise en abyme », soit celle d'un roman dans une vie, procédé d'autant plus naturel ici que le narrateur sera lui-

même un romancier attelé à la rédaction d'une confession, supposée ou anticipée – si l'on veut bien accepter de le suivre hors des cadres d'une étroite vraisemblance. C'est qu'au réalisme il s'agit de substituer quelque chose de plus «vrai», à savoir une vision, fût-elle brouillée. Et puis il n'y a que trop de raison dans les romans français, pas assez de poésie à la dimension des paysages de l'âme. Me contredirez-vous là-dessus?

Certes le tableau s'en trouvera sans doute assombri, la couleur du temps que vit l'homme n'est pas si noire, le monde n'a pas toujours ces teintes fuligineuses, mais la fonction de l'Art n'est-elle pas de faire ressortir, tantôt en l'atténuant tantôt en l'accentuant, ce qui n'apparaît qu'en demi-teintes dans le quotidien? C'est par là que l'œuvre de fiction exprime au mieux le mal et le bien, le grand et le petit, le beau et le hideux, la vérité et le mensonge qui incessamment nous environnent et souvent nous persécutent sous des formes réduites et mesquines, indignes d'être présentées au lecteur sous l'aspect de tragédies ou de vastes extases. S'agirait-il, me demanderez-vous, de l'ultime roman d'un créateur brisé par son destin, comme mon antihéros incline à s'en persuader? L'œuvre seule le dira. Car qui pourrait le dire? Moi-même le sais-je? L'avenir n'est à personne et, comme vous le verrez peut-être, mon cher Danterny, moins qu'à quiconque à mon double, ce «Cavalier polonais» rembrandtesque qui se hâte dans la brunante – vocable kébékois bien plus joli que crépuscule, qui ressemble à corpuscule – et dont la réaction aux coups qu'il a reçus, reçoit et recevra demeure aussi imprévue qu'imprévisible même si, mieux que l'auteur en titre, il tient fermement en main les rênes d'une histoire qu'il croit fidèle à son vécu mais qui lui échappe.

Tout à vous – pour peu que vous teniez encore à moi, cher ami à qui je n'ai jamais apporté que des misères.

Desnoyers

P.-S. – Réflexion faite, un avertissement ou plutôt une rectification s'impose, propre à dissiper tout malentendu entre nous. Le roman que je proposerai aux bons soins de votre maison sera pure imagination. L'auteur le tirera de son cerveau sans s'appuyer sur aucune observation, aucun vécu. Si noir, si névrotique, voire si paranoïaque puisse-t-il apparaître, il n'en répondra pas moins au seul appel de l'âme, il sera cette âme même. Et si le rêve humain peut être tragique, il reçoit presque toujours des réponses apaisantes, sous forme de hasards bénis ou de personnes élues. C'est que le sommeil répugne, ou rechigne, aux cauchemars sans issue.

Danterny n'accusera même pas réception de ce projet. Lui le premier, il a tant appris à mépriser mes petits efforts de remises en selle, comment ne se méfierait-il pas?

Bonne nuit. Le suicide sera pour une autre lune. Quelle lâcheté et quel boulet que l'espoir!

3 janvier

Déchiré la lettre à Danterny. À quoi bon?

Pour poursuivre sur ma lancée d'hier, avant d'en finir et passer tout de même à l'impure fiction étayée de réalité dont je rêve pour clore en beauté ce journal de ma vie, je me rends compte que plus mon existence d'homme malchanceux s'est dégradée – et quelle existence ne se dégrade, insensiblement ou par à-coups, jusqu'à l'apocalypse finale? –, plus j'ai dû renoncer à puiser pour mes contes à dormir debout dans la boîte aux miracles qui m'avait si bien servi. Malgré tous mes efforts pour lui découvrir de nouveaux secrets, elle s'est vidée peu à peu de ses trésors les plus fabuleux jusqu'à me faire recourir aux bassesses qui ont inspiré *La Chair vive*. Malle merveilleuse ou maléfique, peu importe, longtemps inépuisable en tout cas, bourrée d'enfance, d'adolescence, de jeunesse, que ce soit sous l'évocation ineffable d'un départ en vacances à la mer avancé d'un seul jour, du choc indélébile d'une déchirante transplantation à l'école anglaise à ne pas remettre en question dès lors qu'un enfant de onze ans ne juge pas du bienfondé d'une décision paternelle sinon pour la justifier contre luimême et ses propres larmes, du souvenir d'un brusque et troublant sentiment d'étrangeté au monde le plus familier de ma chambre éblouie de lune argentée, une réminiscence rêveuse au bord d'un doux lac gris perle que vient soudain réjouir une flottille de crapets-soleils en goguette, de l'obsession torturante d'un éclat de passion politique trop sincère en société, amèrement regretté trois jours durant, de l'espoir démesuré d'une réponse attendue quarante-huit heures à un coup de téléphone resté sans écho, d'un premier baiser cueilli aux bords de lèvres qui tremblent de s'offrir, etc. Je n'avais qu'à me pencher pour puiser à pleines mains colliers, joyaux, pierreries, bagues splendides, romantique rang de perles, frémissant ruisseau de diamants, diadème impérial, mais aussi nœud coulant qui se resserre autour d'un cœur haletant de peur, ou paire de menottes en forme de remords inguérissable pour quelque «mauvaise pensée» à n'avouer à personne, ou souvenance d'un grand élan de l'âme, spirituel, littéraire, voire patriotique, trop promptement retombé... Et qu'importait la valeur réelle ou l'intérêt profond de telle découverte fortuite faite au fond du coffre de la mémoire si ma tâche de romancier était de métamorphoser ce toc en or? Mais le temps est trop vite venu où j'ai semé quelque part mon lecteur, où la marée de la conscience ne m'a plus rapporté que des coquillages sans voix dans lesquels j'avais mis de l'infini, où partout je me suis heurté à une conspiration universelle de silence autour de mes efforts, victime de plus en plus impuissante à projeter quelque chose de moi qui touche, ou qui seulement intéresse... En sorte que je n'ai plus guère trouvé de contentement qu'en ce journal intime à peine romancé où j'ai prétendu dire le fond des choses par-delà les apparences, en ce journal de vérité que jamais je ne relis mais où j'ai acquis le droit d'être ce moi-là qui est plus que le triste moi que je traîne partout, même s'il y manque de ce flamboiement intérieur qui insufflait l'âme à tout ce que j'évoquais dans mes romans à demi rêvés depuis si longtemps que je croyais savoir l'art de la prose qui parle au cœur, soit déjà bien avant le glorieux diplôme universitaire qui promettait de m'accorder, outre la sécurité matérielle, le bonheur d'enseigner ce que j'aimais le plus, sans m'ôter la liberté de m'adonner à mon exaltante folie créatrice. L'ennui, le malheur, c'est que ma modeste maîtrise ès lettres n'allait rencontrer aucun poste libre aux différents cégeps et autres collèges privés d'abord de ma ville de Montréal et puis de partout au Kébek, établissements auprès desquels je postulai vingt fois, trente fois, vainement toujours, un emploi de professeur de français, adressant CV sur CV à perte de vue. Et même, faisant acte de candidature à un poste publiquement offert dans la page «carrières et professions» des quotidiens, c'était souvent pour découvrir entre les branches que ces annonces étaient mises là pour la frime, que ledit poste était attribué d'avance à quelque très proche et pour le moins géniale accointance du responsable collégial bien assuré de voir sa recrue marcher conforme, candidat ou candidate ayant par ailleurs de préférence couché – probablement – avec la moitié des membres du comité d'embauche. N'étant pas du genre à faire des courbettes devant quiconque, mon indépendance littéraire autant qu'éthique se trouvant être mon plus précieux bien, autant dire que mes chances s'avéraient minces d'attirer la moindre attention sur moi. En désespoir de cause, et bien qu'y sachant mes chances plus nulles encore, faute de quelque sublime doctorat ou de quelque céleste agrégation, je m'aventurai, poussé par mon grand copain d'alors, Fernand Frondaie, qui y pontifiait déjà, jusqu'à briguer «quelque chose» à la faculté des lettres de son université. Là, par extraordinaire, et quitte à y professer au rabais, soit au titre contractuel de «chargé de cours», on voulut bien admettre le titulaire d'une modeste maîtrise au saint des saints de la faculté, soit au prestigieux «département d'études françaises», à condition que la recrue se tienne bien tranquille et n'exprime que des opinions reçues en matière littéraire. Et c'est ainsi que je me retrouvai bientôt utile bouche-trou qu'on pousse vers le trou qui se fait le plus béant, soit le moins convoité des possesseurs de degrés plus percutants : cantonné au premier niveau du premier cycle des études françaises, je fus jugé apte à initier la piétaille estudiantine au commentaire et à l'explication de textes, exercice qui ne requiert pas de maître trop inutilement titré et rétribué. Et moi, à trente ans passés, marié ou quasiment, car j'avais déjà fait la connaissance inespérée de mon idéal féminin en la personne de la gentille Florence Auger, par quelle magie aurais-je encore trouvé le temps et les moyens de me barder de papiers aussi ronflants qu'onéreux, encore qu'attestant à n'en pas douter d'éminentes compétences littéraires et surtout humaines ?…

Et voilà que vingt-cinq ans étant passés, je n'ai pas grimpé d'un pouce dans l'échelle des lettres universitaires, tout juste bon que je demeure à faire un magister décent pour des «travaux pratiques» de littérature. Ah ! folâtre vingtaine qui m'a fait prendre un fatal retard à me qualifier convenablement. De n'avoir pas décroché ce sacré doctorat en le préparant de pair avec la composition de ces premières ébauches romanesques dont j'étais si fier, le mal ne serait pas grand, si je n'avais ainsi été dès mes débuts confiné à ce statut d'éternel pigiste. La réalité nue est que j'ai tout sacrifié à ma soi-disant vocation de grand écrivain où je voyais déjà un véritable salut. Rien d'autre ne comptait, je n'avais que mon œuvre de romancier en tête, une œuvre qui devait me réconcilier avec moi-même, une œuvre que je m'arrachais des tripes profondes, centrée qu'elle était sur les tourments d'une conscience sans cesse déchirée entre devoir et désir, aspirations et démissions, emballements et dégoûts, bref entre le tout et le rien, absolus assurément irréductibles. Tout un programme. Au tournant de mes trente ans, le temps me semblait venu ou jamais de donner ma mesure de poète en prose en «définissant idéalement les linéaments de ma différence existentielle» – pour user d'un langage alors en vogue –, au reste bien moins préoccupé d'applaudissements qu'animé d'une volonté de m'affirmer à l'encontre de tant d'années blessées ou gaspillées où je me sentais, par rapport à mes amis et collègues, en porte-à-faux, soit porteur d'un faix qui pouvait du moins servir à mon rachat sinon à ma gloire, pour autant que le culte d'une «différence» – traumatique ou innée – laisse ouverte à celui qui en est victime une porte, magique il est vrai : celle de l'Art. Oui, si la création artistique – et mes lectures me l'avaient révélé depuis longtemps – s'appuie essentiellement sur une sensibilité exacerbée par un paquet de circonstances personnelles assez singulières, assez intenses à tous les niveaux, comment une telle sensibilité alliée à une imagination encline au morbide ne saurait-elle irriguer cet immense désert de l'esprit et de l'âme où ne poussent que l'angoisse et ses cactus, peupler ses dunes amères d'arbres à fleurs de l'espèce poétique, ne seraient-elles que productions agréables et utiles au seul horticulteur s'imaginant d'y jouer chaque fois tout son génie ? Grâce à quoi, fidèle à moi-même et à mon mal d'être – cette anomalie névrotique, ami lecteur, qui te coupe presque tous les ponts avec tes semblables –, j'ai toujours su échapper, romancier, à tout ce qui peut ressembler à une «mode» quelconque, fouillant et vidant inlassablement ma boîte aux trésors. Et puis le temps a passé, la malle s'est vidée, me livrant peu à peu à la plus terne des existences professorales (où l'on me regarde encore de si haut qu'on ne distingue même pas mon obscurité parmi les clartés du gai savoir), en sorte qu'aujourd'hui me voilà sec et seul comme un arbre effruité, effeuillé, quasi mort au bord d'un fossé… Déjà, quel aveu de défaite lorsqu'il y a deux ans, pour renflouer le déficit de ma caisse à mirages, j'ai voulu renouer avec ce que les occasions offrent de plus trivial – cette aventure avec Mimy Thiébault, ma collègue de faculté dont je partageais alors le bureau en toute intimité jusqu'à «faire l'amour» avec elle sur trois chaises sagement alignées entre deux séminaires de lettres, pur caprice amorcé sans le moindre mouvement du cœur, de quoi *La Chair vive* a résulté pour ma honte (quoique, délibérément cynique, le livre ne soit pas si mauvais au fond), mais aussi bien quel homme, quel intellectuel surtout, ce sans-cœur professionnel, saurait respirer à perpétuité sur les hauteurs de la pensée pure, se parât-elle de noble misanthropie et d'idéalisme confit ? Encore heureux que Florence ne se donne même plus la peine de lire mes histoires. Et puis je garde tout de même à l'endroit de mon travail des exigences minimales, une certaine tenue formelle, académique si l'on veut, dont aucune soif de succès, aucune complaisance, aucun abandon aux agréments du «sexe» ne parviendra à me délivrer tout à fait – dommage pour moi. Et les enfants à la suite de Florence qui se moquent allègrement de tout ce que je produis bien en vain puisqu'on ne me voit jamais à la TV… À quoi bon exister si on ne passe pas à la TV?… En l'occurrence leur mépris valait mieux que leur encens, en ce point extrême de ma romanesque descente aux enfers atteinte au fond de cette froide peinture d'une liaison brève entre intellos qui s'indiffèrent, ou pire, qui se haïssent (quelle race!), même racontée sous le noble couvert d'une «étude de mœurs contemporaines» à la Balzac s.v.p. Et puis *La Chair vive* reste un témoignage réconfortant, au moins pour moi, de ma faculté créatrice inentamée, sauf à la mettre au service de saletés qui n'en valent pas l'effort. De là mon silence depuis cet édifiant mais désœuvrant ouvrage puisque rédigé pour des prunes, soit pour personne, jusqu'à la mise en train sans réel entrain (voilà deux trains que je n'effacerai pas, dût ce journal tourner sans vergogne à l'autofiction littéraire et mis entre tes mains, lecteur) de cette confession intime encore à inventer par quoi j'entends couronner mes tourments existentiels les plus noirs, et cette fois de la façon la plus décisive, puisque aussi bien Danterny en a ras le bol de mes avortements à répétition. Reste à savoir si la réponse à une question qu'on se pose incessamment et qui engage la vie même peut émaner d'un livre qu'on écrit sans en être quelque part crucifié… Ou bien ne faudrait-il pas que ladite réponse à la calamité de vivre provienne de plus loin que soi, de quelque Ailleurs inconcevable, mais qui me tourmente assez fort, et de plus en plus obsessivement? On verra bien, passé les prolégomènes nécessaires à l'intelligence de cette insoluble équation romanesque à deux inconnues – Art et Amour – qui me déchire et que j'ai peut-être commencée hier à expliciter dans les pages de ces confidences où j'ai entrepris d'interroger ma mémoire avant d'en faire jaillir l'indicible secret qu'une œuvre de pure imagination ne saurait seule dévoiler: n'y faut-il pas l'appoint d'un vécu de préférence bien saignant?

Quand je songe à ces romans puisés à même le terreau d'une enfance moins bénie par la ferme tendresse de parents attentifs que maudite par leur inconsciente cruauté de façonneurs d'«homme» («Sois un homme!» sous prétexte qu'à trois ans il avait commencé à se masturber et qu'on lui ficelait les mains au dos des heures durant au point qu'il en braillait d'innocence humiliée), puis à cet âge de l'ingrate adolescence, introvertie à l'extrême, qu'une révolte sourdement réprimée, retournée contre soi en somme, ne faisait que rendre plus disgraciée que la plus inintelligible des pubertés – à la moindre peccadille était brandie la menace de l'«école de réforme», celle des jeunes délinquants, rien de moins, avec pour résultat une vingtaine déchaînée pour s'être enfin désenchaînée, livrée brusquement à toutes les licences, à tous les dérèglements d'une conscience déjà détraquée à souhait, oui quand je songe que ce triple apprentissage, indélébile et massacré à loisir, forme le terreau de la plupart des hautes inventions romanesques ! Et ce n'est pas en m'étant jeté dans les plates-bandes aux bouquets si vite flétris d'un mariage bâclé que je pourrais encore aujourd'hui rajeunir ma veine, pauvres corolles à peine dignes de rehausser de leurs pétales artificiels le jardin intérieur d'un mari manqué pour s'être voulu horticulteur d'orchidées bien au-delà de ses moyens.

4 janvier, 7 heures du matin

Dernier blanc matin de piètres vacances de Noël prolongées pour moi jusqu'à midi. J'entends Florence qui déjeune dans la cuisine et les enfants qui se tirent du lit. Matinée de loisir que je m'accorde pour, mû par je ne sais quelle obstination de romancier desséché, inventer l'impossible, niveau cœur comme niveau fiction, ce qui est d'ailleurs ultimement kif-kif, j'entends par là rêver la chimérique rencontre d'âmes propre à étayer une inspiration de plus en plus défaillante afin du moins qu'elle crève en beauté. À cet effet me suis-je donné tout à l'heure la peine de parcourir systématiquement les colonnes de petites annonces de «rencontres personnelles» que publie chaque semaine *Le Nouvel Observateur* de Paris que je me procure de temps en temps à la Maison de la presse internationale de mon quartier, celui de la Côte-des-Neiges, histoire de me tenir au courant si peu que ce soit de ce qui se passe là-bas en France, en Europe – petites annonces de quatre lignes finement hiéroglyphiques égrenées en série comme une litanie de douleurs secrètes où une solitude anonyme en vient à s'offrir publiquement, à se vendre au plus bas prix à quelque âme sœur tout aussi esseulée, tout aussi déplumée qu'elle-même, sans se désespérer même après vingt déconvenues – à moins que l'âme sœur ne préfère secrètement le corps frère ou père non moins idéalement rêvé et jamais caressé sinon comme on caresse un rêve devenu trop beau pour être vrai –, solitude anonyme de la créature qui expose au public, sans autre pudeur que celle imposée par les limites de son inventivité, les atouts de son ouverture d'esprit et les attentes d'une nature plus ou moins exigeante à l'endroit du double recherché, engoncé muet, lui, dans un délaissement de vieux garçon qui n'a pu se résoudre à étaler la triste nudité de son marasme moral au profit du tout venant au sein d'une colonne rangée où s'alignent trop de SOS pour douter que leurs auteurs soient beaucoup mieux que de malheureux résidus dont la société n'a pas voulu. N'importe! Sans me fier plus qu'il ne sied à la lettre du portrait diversement charmeur de telle ou telle pêcheuse à la ligne – en cela trop romancier, trop fabulateur moi-même, pour me laisser attraper si aisément au premier hameçon qui pend au bout d'une ligne de prose cursive et m'estimant assez psychologue pour savoir lire entre des lignes un peu trop bien tendues, appâtées avec un peu trop de soin –, je n'ai pu m'empêcher, au fil de ces texticules fort avantageusement troussés, de trouver à rêver, moi aussi, mais d'une créature tellement idéale qu'elle ne saurait évidemment exister que dans un roman à moi, à moins que d'être un Ange, ce qui ne se rencontre guère en ce très bas monde. Ne reste donc qu'à pêcher en eau trouble à mes risques et périls ou bien à gober l'esbroufe de rigueur, comme la truite la plus vive finit par se laisser prendre à la mouche enluminée, pourvu que ladite enluminure aille dans le sens d'une certaine couleur d'âme qui soit un peu la sienne – et ce n'est pas par hasard que le bleu dit «outremer» me convient assez, chères inconnues qui me faites des signes si transatlantiques. En vérité, avec ma peur panique de m'engager – pusillanimité? preuve de bonne foi? et pourquoi pas les deux? –, qu'aurais-je d'immédiat à redouter d'une liaison européenne sinon une fade correspondance aérienne renvoyant, au mieux, un écho affaibli d'âme solitaire à ma détresse infinie d'homme fini. Du reste je ne demande rien d'autre, sans quoi je regarderais ailleurs, plus près, je prendrais d'autres moyens, plus radicaux, plus efficaces, pour parvenir à des fins moins éthérées, et ce n'est pas Florence qui oserait s'en offusquer après tant d'aventures qu'elle s'est offertes, sans compter celles que j'ignore... Qu'elle me laisse donc vaquer à mes affaires de conscience interpersonnelles au jour le jour, même dénuées de toute tangible illusion, s'il se peut que l'espérance – pour ce que cette notion étrange puisse encore véhiculer à mon âge – n'ait pas absolument déserté mon cœur, mon triste cœur que, avec ou sans Florence, je me refuse à croire encore incapable d'un mouvement de sympathie spontanée, sauf à m'accepter impuissant à aimer, horreur! inapte à sortir de mon petit moi, si moelleusement malheureux et glacé d'effroi par cette pensée même.

Autant me l'avouer à présent, ce n'était pas pure curiosité de lecteur cynique ou amusé qui m'a poussé tout à l'heure à explorer, à éplucher systématiquement la liste de ces autoportraits semi-clandestins, à peine esquissés, chaque menu trait posé avec art néanmoins, étudié longuement, portraits que, pour être flatteurs, chaque personne humaine, fût-elle la plus dénuée d'imagination, n'est pas en peine de tracer d'elle-même quand il y va de tout le bonheur qui lui a été refusé mais que la suite des jours lui réserve encore, sait-on jamais ? Certes il y a dans ces cris imprimés de quoi nourrir vingt romans, mais, je m'en rends compte, le seul roman qui m'intéresse depuis cette dernière veillée d'un Noël familial particulièrement sinistre où ne fut même pas soulevée pour la forme la question d'une possible messe de minuit, c'est ce roman-là qui me rendrait capable de respirer ces longues heures, ces longs mois, ces années qu'il me reste à chuter librement dans le vide affectif, moral et spirituel qui me guette et me traque et me possède depuis le four de cette *Chair vive* où, naïf encore, j'avais cru habile de miser tout sur le sexe et la forme. Qu'importent ces efforts si les «régents de la culture» n'ouvrent même plus mes livres, serait-ce pour en dire du mal. Et puis notre vie nous ressemble : à la source de cette torpeur qui m'emmure, je sens la vieille névrose griffue qui l'emporte enfin jusqu'à me faire languir après n'importe quoi, après n'importe qui, fût-ce après la Chimère, monstrueux assemblage d'âme, de chair et d'esprit mais propre à faire vibrer en moi une corde encore intacte, à la faire vibrer d'une vibration capable de me tirer du sommeil affectif où mon isolement m'enlise depuis le commencement du monde, capable ainsi de me guérir de mon mal d'indifférence, qui n'est tel que par défaut d'ami ou d'amie à aimer, mes exigences étant assurément sans bornes, jusqu'à me faire languir aussi bien après quelque créature apte à donner son essor à la grande comète aux formes inconnues dont j'ai toujours rêvé le passage, m'évadant en quête d'elle dès mes quinze ans, fantasme d'une création étrange et sans précédent à laquelle tel être utopique correspondant à ma folie insufflerait sève et esprit. Et ce roman sauveur qui exploserait «Entre deux âmes» (titre à considérer), sachant qu'il exprimerait une division fatale, celle de la difficulté d'aimer pour un poète, voire celle de l'impossibilité pour lui de cueillir et de retenir une étoile au firmament de l'esprit, ce roman, dis-je, dont le thème obscur m'apparaît être celui de la ténèbre en quête du jour, thème au demeurant de toute œuvre de l'Art, ne vivra que si je le vis moi-même, serait-ce en halluciné devant quelque papier à lettres avion. Mais dans ma recherche je pars de si loin à ma façon intense et maudite, si toutefois je pars, car est-ce bien là une vie, comme on dit, que de se rendre compte que ses lèvres ne savent même plus sourire et qu'on n'a pas ressenti de vraie joie depuis... je n'ose mettre un chiffre tant je craindrais d'avoir à remonter... à ma première communion! Même les quelques années où Florence et moi avons fait chambre commune, sauf au tout début, n'ont été que comédie, mascarade. Mariage: que de sincérité gâchée, galvaudée par l'illusion qu'on veut donner de soi-même et qu'on veut se faire de l'autre... Par bonheur pour elle, femme de talent, Florence a vite trouvé des compensations professionnelles, sociales, et même galantes, dans ce méritant travail de graphiste et de rédactrice publicitaire, avec les multiples agréments artistiques et relationnels qu'il suppose. N'empêche que j'avais cru voir en F. un être tout de même infiniment plus exigeant envers soi-même sur le plan de l'esprit – n'avait-elle pas jadis prétendu m'enseigner l'exigence intellectuelle, à moi qui n'en manquais pas tout à fait?... Reste qu'elle n'a fait que se montrer sans cesse plus avide de brûler son excès de carburant vital tandis que, de mon côté, je ne peux me vanter que d'avoir vidé un peu trop vite la fameuse malle aux trésors, carburant divin consumé en faveur d'un mince filet de fumée d'art et d'absence de toute forme de reconnaissance extérieure pour un travail honnête et soutenu, mépris jugé parfaitement mérité tant à la maison qu'au département ou dans les feuilles littéraires... Bref, ratage sur toute la ligne, romancier minable, père médiocre, mari glacé, professeur anémique et payé en conséquence, pas un ami – alors que Florence en a vingt-cinq. Mais en un sens, notre éloignement réciproque me sert, car le peu que je sais des siens me laisse bien peu à lui envier...

Lentement, attentivement, je viens de parcourir la liste discrète des petites annonces que j'avais mise de côté. Partout, sous le piège des abréviations longuement calculées qui promettent tout, combien aisément se perçoit, mal filtré, le même appel au secours soufflant à travers le même désert de tendresse que je comprends sans qu'il m'atteigne vraiment, car autre est mon mal qu'un banal compagnonnage; mais reste le cri étouffé d'une fleur triste et délaissée qui se meurt en secret faute qu'on l'irrigue ou qu'on la hume d'assez près, et tout en me convainquant du peu de crédit à accorder aux motivations de semblables râles imprimés, je ne cesse pas de remâcher ces signaux de détresse, dont plusieurs – un entre cinquante autres plus attrayants sur lequel je reviendrai certainement, peut-être même dès ce soir puisque j'ai pris la peine de le découper parmi tous les plus prometteurs pour le glisser dans mon portefeuille – m'ont retenu comme autant d'infimes romans qui ne seront jamais écrits. Puissent-ils être entendus ces lugubres appels à la corne de brume, ne serait-ce que pour se mériter le baume d'une seule réponse bien sentie, une seule au moins, dans la nuit où tout cri risque de se perdre, dans la nuit, dans la nuit.

Même jour

À la fac où je viens de perdre mon après-midi à choisir pour l'explication des textes de Verlaine et de Rimbaud (autrement plus attrayants pour les jeunes que les poussiéreux Baudelaire et Mallarmé de l'automne passé).

Ultime flash-back précédant, j'espère, l'insidieuse éclosion de mon premier chapitre. Pauvre Florence, je sais trop combien ma désinvolture et mon scepticisme et ma froideur – pourquoi parler de cynisme si je n'ai fait que faire passer l'art avant la femme qui allait me trahir deux fois? – t'ont maltraitée, à moins que toutes ces contorsions verbales, les tiennes et les miennes, n'aient fini par te lasser pour être devenues caduques à force de ne rimer à rien. Est-il nécessaire d'invoquer pour m'absoudre ta longue et persistante désaffection pour tout ce qui me touche en profondeur, ton désintérêt tant pour l'enseignant minable astreint à des tâches faméliques que pour le poète, l'artiste, le créateur délirant d'orgueil et livré à ces tristes réveils de rêves qui cessaient de plus en plus de te faire honneur? Est-il besoin du rappel de cette vie de couple peu à peu ensablée sous les sédiments de jours sans soleil, vaguelettes quotidiennes rejetées une à une sur nos rives conjugales, alors que, malgré tes emphatiques professions de fidélité, tu me trompais déjà, coup sur coup, avec le fringant Franzy, puis avec le noble et beau Fernand – avant tous ces autres qui ont dû suivre à mon détriment sans que de vils soucis d'amour-propre, de virile vanité, daignent s'en apercevoir?... Non, je n'oserais te faire grief de ce que ton humour appelle encore par un jeu de mots qui te ressemble assez mon «parfait désintéressement». Je méritais mieux. Et puis, ces premières déloyautés envers un mari par trop «flegmatique» à ton gré – si peu que je le sois, et tu le sais, pour tout ce qui me tient à cœur –, eh bien! autant de *felices culpae,* n'est-ce pas, si tant est que nous leur devons Brigitte, ma préférée uniquement sans doute parce qu'elle n'est pas chair de ma chair… paradoxe qui tient sans aucun doute à la très faible estime dans laquelle je suis tombé pour ma personne en même temps qu'à l'espèce de considération bizarre que je ne laisse pas de te garder, crois-le ou non. N'est-ce pas assez que d'avoir donné deux enfants sur trois à un homme qui t'aimait si mal, malgré d'indubitables premiers efforts, d'avoir été, dans ce temps-là, sincèrement attentive à tout ce que je gribouillais, y allant même de tes précieux avis et mettant ta foi en ce génie dont je t'exhortais à me croire dépositaire quand je feignais seulement de m'en persuader par vanité d'artiste, n'est-ce pas assez d'avoir rescapé au Grand Studio de création publicitaire Franzy & Franzy la barque familiale en détresse, n'est-ce donc pas assez pour que tout cela ne me rende indulgent à telle faiblesse passagère ou répétée d'une épouse pour le moins négligée – fût-ce sous le couvert d'une amitié à trois pour un Fernand Frondaie, mon mentor en faculté, que je ramenais dîner ingénument à la maison sans bien me douter qu'une intrigue se nouait sous la table accueillante tout en nous passant presque par-dessus la tête à tous les trois… Or, après l'alerte Franzy, pareil second avertissement sonnait bien tôt et le morne avenir d'un auteur esclave d'aspirations trop vastes pour ses moyens créateurs s'annonçait peu fait pour conforter une encore jeune et déjà fragile complicité amoureuse. Davantage, pour remonter encore plus haut dans le temps, dès le tout premier soir, dès l'avion transatlantique et nuptial qui nous propulsait vers une Europe à découvrir, ces longs, trop longs silences entre nous… Mais à quoi bon rêver l'évidence : le mariage, les enfants, le quotidien épousé à deux, le travail mal partagé n'ont jamais freiné la grande dérive qui fait vivre et mourir seul. Et j'en reviens à l'essentiel : déjà derrière le masque du mari choyé, du père comblé, du romancier brièvement honoré par une ou deux critiques bienveillantes, derrière ce brillant décor de théâtre… ce creux, ce trou, ce rien… néant d'un espace intérieur qui déjà s'abîmait en mirages éclatés.

Suffit pour ce temps perdu : ne plus revenir sur ce passé moitié véridique moitié truqué que j'aurais mauvaise grâce à déplorer, puisqu'il était à l'image de ce que nous étions, ou n'étions plus hélas, à l'image d'un certain manque de cœur en moi dont Florence ne pouvait que faire les frais, tandis que j'accueillais ses manques à elle comme des bienfaits libérateurs de toute contrainte amoureuse à son endroit. L'unique point un peu drôle de toute cette histoire qui doit déboucher sur autre chose comme toutes ces histoires de journal intime plus ou moins secret auquel la mort n'a pas encore mis son point terminal, ce fameux sceau «qui change une vie en destin», c'est que l'un et l'autre, avec si peu à mettre en commun, ayons tout de même tenu ensemble un si long temps et persistions à cohabiter comme si de rien n'était ou presque, car il y a les silences qui font mal et font que notre toit pèse deux tonnes sur nos épaules, ce même toit du même immeuble de la même rue du même quartier de la même ville anonyme de Montréal, État du Kébek, d'où je m'enfuirais bien si je savais dans quelle direction me précipiter pour m'évader de ce cauchemar. Hélas, il n'y a qu'un monde et il est partout le même. Dès lors à quoi bon tisonner les cendres d'espérances bien refroidies à cinquante-sept ans? à moins d'exiger de l'Éternité bienheureuse la promesse faite à ceux qui, sans être parfaits, artistes ou manœuvres, ont bien rempli leur tâche d'homme ou de femme, n'importe le succès – l'apparent succès...

Même jour, 10 heures du soir

Étrange comme depuis ce matin mon esprit n'a cessé de me ramener à cette Parisienne dont les modestes attentes d'amitié intellectuelle jurent parmi tant d'autres quêtes de satisfactions plus tangibles, se bornant à la rencontre hasardeuse d'esprits apparentés, voire un simple échange de lettres avec un «Monsieur distingué et cultivé» dont les goûts seraient en rapport avec les siens, ainsi qu'elle écrit à peu près avant d'énumérer succinctement ses principaux centres d'intérêt, qui s'avèrent assez proches en somme des miens. Oui, tel est le message apparemment inoffensif, trop inoffensif pour n'être pas pour le moins sibyllin, qui m'a tourmenté secrètement toute la journée. Point de départ possible en tout cas pour une aventure «en l'air», sans conséquence, dont ma Muse fatiguée pourrait éventuellement tirer parti en corsant – façon de dire! – ce qui déjà dépasse en discrétion et en subtilité mon projet de roman non pareil, lequel j'ai lieu de croire en gestation ici même depuis hier sous la forme de ce journal de l'an nouveau... Sait-on? En tout cas, j'entrevois fort bien le paradoxe d'une réserve bien féminine qui, pour répugner au racolage, n'en prend pas moins le risque de s'afficher dans une publication des mieux répandues qui me poursuit jusqu'en ces contrées désolées, réserve ou pudeur trahissant la méfiance d'une demoiselle en peine de galant à sa taille et dont les vœux immaculés serviraient de paravent intellectuel propre à écarter les candidats trop vite entreprenants pour mieux accrocher l'aspirant idéal, soit l'homme capable

de pénétrer le plus sublimement le mystérieux de l'âme féminine... facétie ou bonne foi, le fait demeure que l'idée me poursuit depuis douze heures exactement de donner suite à cet appel
des moins exigeants, vraiment trop discret pour engager si peu
que ce soit, et dont la nature énigmatique ne saurait qu'intriguer
une tournure d'esprit tant soit peu romanesque, à tout le moins
romancière... Mais surtout me rassure une disparité psychique
avec la dame dont il est parlé ici (me serait-il jamais venu à l'esprit
de jeter ma solitude en pâture à la plèbe?) autant qu'un éloignement géographique qui ne risque guère, pour peu que je me fasse
connaître de cette lointaine fille de la vieille Europe, de m'entraîner dans quelque méchante affaire sentimentale susceptible de
m'aliéner ma trop fameuse indépendance affective – l'émoi dont
les présentes lignes témoignent ne me permettant plus de parler
d'indifférence... –, moi qui tiens autant que jamais à cette liberté
intérieure qui m'a permis de donner vie à une dizaine de romans
dont tous ne sont pas à mettre au panier malgré le sort cruel que
les fameux «régents» surfant sur les divers médias leur ont plus ou
moins justement réservé, me réduisant aujourd'hui à me jeter à
l'aveuglette entre les bras de la première venue de ces obscures
deux âmes ennemies – l'art et l'amour – qui me poursuivent sans
bien que je sache ce qu'elles me veulent sinon qu'échappant enfin
aux vaines ambitions d'une gloire en déroute – cette gloire où ma
candide jeunesse avait cru trouver plus qu'une récompense, un
salut! –, j'aimerais assez tirer de ma débâcle, tout en la vivant
autrement, le moins méchant dénouement possible à cette aventure où m'a ultimement fourvoyé le mince filet d'invention littéraire qui avait abusé ma juvénile innocence – et dire ainsi honnêtement adieu à tout souci créateur avant de me passer la corde au
cou, n'importe comment. Je veux bien qu'on m'ait brisé, encore
faudrait-il que ce soit pour un très mauvais motif par où je ne
serais pas amené à me mépriser moi-même, baudelairiennement.
Et quant à ce département d'études françaises où après vingt-six
ans de loyaux services je me vois sempiternellement condamné à
ces mêmes travaux pratiques de langue et littérature où ce sont les
étudiants qui font tout l'intéressant du travail au seul défaut pour
moi de jouir des parchemins idoines qui me conféreraient honneur, chaire et salaire dignes de ce nom, travaux forcés où j'ai du
moins acquis au fil des années une relative autonomie dans mes
méthodes d'analyse comme dans le choix des textes à faire expliquer, sans m'être attiré de blâmes particuliers de la part des profs
en titre, maîtres de conférence, linguistes surdiplômés et autres

malins petits génies qui m'en voudraient peut-être de modifier un iota à ce qui ne doit pas changer («Rien ici jamais ne doit changer!» – F. Frondaie paraphrasant *Maria Chapdelaine* en conseil de faculté), travaux qui me laissent ainsi pas mal de temps à consacrer à ce journal intime qui peut-être déjà, sans trop que je m'en aperçoive, a commencé à virer à l'œuvre ambitieuse dont amèrement je rêve en guise de point final à un royal avortement d'écrivain raté. Sinécure en somme qu'un tel projet de roman pour un pion «qui n'y croit plus vraiment», même s'il prend plaisir encore à faire confronter les poèmes qu'il choisit avec des esprits neufs pas encore complètement abrutis par le mensonge universitaire où tout est mort pour moi de ce qui se confondit jadis avec l'espoir d'un homme aujourd'hui aux abois, sinécure mais satisfaction plus concrète de savoir que ledit pion contribue, par sa sévère présence aux parfois loufoques séances d'épluchage des œuvres à l'étude, à gagner sa toute petite moitié de la croûte familiale. Et quant à cette dame inconnue dont les sortilèges parviennent à m'étonner jusqu'ici dans le creuset de ce dernier journal de ma vie de chien, eh bien! si elle daigne succomber aux élans de ma lointaine passion, l'espoir me reste qu'elle puisse faire bonne figure dans ma pseudo-fiction sans que j'aie à redouter les flots épistoliers d'un spectre sans visage pas plus qu'elle n'a rien à redouter d'un fantôme entrevu à travers la brume qui enveloppe de là-bas un Kébékois mythique juché sur la banquise de son âme labradorienne dans les parages de laquelle sombra le *Titanic*.

Je ne disconviens pas que dans ce même périodique, dont la sporadique lecture constitue, avec celle de quelques autres feuilles «polito-culturelles», l'une de mes moins amères distractions, il se trouve une bonne quarantaine d'autres «personnes du sexe», comme on ne dit plus, qui promettent des rendez-vous assurément plus aguichants, mais, outre que Paris est loin, je dois avouer que mon âge n'est que faiblement tenté, malgré mon long jeûne sentimental, par des demandes expressément libertines que j'écarte à dessein de mon esprit même dans les feuilles locales qu'il m'arrive de parcourir, de même que je ne puis opposer qu'une fin de non-recevoir aux candidates aux unions de tout acabit, tenant – par habitude? par constance désabusée? – à la morne stabilité d'un ménage qui a fait ses preuves de tristesse garantie. Et quant à tous ces soirs où Florence ne rentre pas avant onze heures «à cause de ce fichu travail» (tu parles!), loin de m'en plaindre, j'ai la lâcheté de ne pas lui en tenir rigueur, trouvant là de quoi rassurer une conscience – la mienne – qui ne lui accorde rien de plus que ce qu'elle reçoit d'elle, se ménageant ainsi, sans scrupules superfétatoires, des espaces de liberté où peuvent s'égailler les poursuites les plus haletantes de rêves incessamment tourmenteurs, fût-ce sous la forme de purs fantasmes cueillis dans les journaux… En tout état de cause, qu'aurais-je à lui pardonner, moi si peu à la hauteur de rien et qui me détourne même d'enfants qu'elle a tout de même fabriqués, élevés presque à mon insu? Que je ne sois pas totalement désespéré de tout cela et que ce mariage perdure devraient suffire à m'étonner. Hélas, désespéré, je le suis, totalement désespéré. De quelque point de vue que je la considère, mon existence d'homme n'est que faillite irrécupérable, banqueroute irrémissible, krach absolu.

Assez noté d'inepties pour une seule journée. Me donne encore vingt-quatre heures pour réfléchir au sens de cette annonce que je n'ose même pas recopier ici ce soir. D'autant qu'il est trop tard si demain j'entends maintenir la forme pour mon numéro de cirque quotidien.

5 janvier, 5 heures au bureau –
depuis le temps que j'en réclamais un à mon seul usage!

Conscience professionnelle que je ne me connaissais pas, moi qui ne suis tenu à la rigueur qu'à mon temps de présence en classe, à peine si j'ose ouvrir mon journal de bord à cette heure tardive du jour après une seule séance de deux heures, mais intense, ce matin, où j'ai présenté la matière et fait distribuer les douze poèmes photocopiés hier par ma chouette Marie, mon bon génie dans cette galère des lettres, le reste du temps passé ici à me replonger dans ce que je dois me rappeler de mes connaissances pour être «à la hauteur» de ce tout petit groupe de poésie déjà habitué à mes exigences et qu'exceptionnellement je retrouve pour ce second semestre. Tout ce qui précède, à éliminer à coup sûr de mon «autofiction», comme il est de mode de dire à présent que le récit de pure imagination semble avoir poussé ses derniers râles, et si tant est que ce grimoire encore informe doit prendre la voie de la mystérieuse prose autobiographique avant-hier entamée, poursuivie hier encore et déjà abondante de rien. Ignore absolument où je vais, d'où mon hésitation de «Cavalier polonais» (je pense au tableau fameux de Rembrandt) à m'engager dans quelque direction que ce soit. La vie devrait seule dicter, mais pourquoi hésiterais-je à lui forcer la main au besoin? En réalité, la «petite annonce relationnelle» ne m'a pas quitté l'esprit plus que le portefeuille, tant je crains le fouillis de ma serviette pire encore que celui de ma conscience saccagée. Reste que cet appel venu de si loin et si visiblement inspiré par l'impossible recherche de l'«âme sœur», ou plus exactement par la recherche de l'impossible âme sœur, retient fermement ma curiosité. Une inconnue qui avoue sa quarantaine bien sonnée et ne demande qu'à partager fût-ce par écrit son goût pour la «lecture», entre autres sujets d'intérêt sans intérêt pour moi (pur mensonge à mon usage), il y a là de quoi m'arrêter. Du moins de quoi toucher d'assez près l'homme de lettres que j'ai souhaité d'être pour ma plus grande amertume, de quoi le toucher à un point assurément plus sensible que quelque érotique appel du pied auquel la simple distance m'interdit de toute façon de répondre, pour autant bien sûr qu'une amitié autre que superficielle puisse s'établir par courrier intercontinental. Mais quoi! s'agissant largement d'une fiction, comme s'il ne suffisait pas de désirer ce contact, de le décider! De le créer sous le couvert de vérité.

Et si les attentes apparemment trop mesurées de ce bas-bleu haut de gamme cachaient une volonté de ne pas s'engager à fond avant d'avoir piégé l'homme de la situation – ce qui m'exclurait d'emblée, inaccessible que je suis –, histoire de s'accorder pour elle-même toute latitude d'élire le plus engageant parmi des candidats qui, en toute hypothèse, ne sauraient être légion! Tels que je connais les hommes de mon temps, combien s'en trouvera-t-il pour se satisfaire d'échanges aussi maigrelets qu'une rencontre ou une épître intermittente pour apaiser des appétits jamais vraiment réduits au silence, sinon par vœu de chasteté? Appâts bien abstraits, bien immatériels que littérature, arts, histoire, spiritualité (?) pour combler une nature masculine selon la norme de l'époque. Éros n'est jamais très loin du commerce homme-femme le plus éthéré! Et moi-même qui me prétends, ou me voudrais, si détaché, si indifférent aux mensonges qui font courir les humains, ne serait-ce pas la distance seule, le fossé, que dis-je: l'abîme de l'Atlantique Nord, qui me rendrait fascinante une rêverie d'où l'élément «sexe opposé», quoi que je me raconte, jouerait le rôle de Tantale? Quant à la fameuse amitié exclusive qui ferait étaler devant la première créature venue physiquement inexplorée ce qu'on ose à peine se confier à soi-même, je n'ai pas trop cette fibre-là. On m'en a amputé. Je n'ai, ni ne souhaite aucun ami, homme ou femme, d'aucune sorte. Ils m'ont trop trompé, les malpropres. Pourtant c'est vrai, cette inconnue ne m'obsède pas vainement depuis deux jours: j'ai besoin de parler à quelqu'un paré de quelque vertu, il le faut. Et s'il m'arrivait de connaître une connivence affective à mon corps défendant, il me conviendrait bien d'en découvrir l'éventuel secret dans ce roman décisif qui a surgi en moi : n'est-ce pas dans ses écrits qu'un auteur vit sa vraie contre-existence (Proust : «Le moi de l'écrivain ne se montre que dans ses livres») et déjoue revers et déboires de cette comédie vécue et toujours atroce pour le trop piètre acteur qui a cru pouvoir en attendre quelque chose, car l'épisode fortuit, même qui tourne mal, n'en alimente pas moins le coffre aux trésors! D'autant que le pauvre type qu'on prend pour le mari modèle, le père exemplaire, le travailleur sans relâche, le modeste et sous-estimé maître des TP, le soigneux, le consciencieux romancier aux mérites méconnus, ne peut pas ne pas être écorché dans l'âme à la simple idée de n'être plus rien de tous ces clichés qu'il abhorre. C'est alors qu'il est prêt à se jeter par compensation dans la chimère de l'impossible aventure, c'est alors qu'il tend l'oreille au chant de l'invisible sirène – la Lorelei qu'il entrevoit tout ensemble cruelle et irrésistible – au défaut pour lui de savoir faire entendre le cri d'une littérature sulfureuse et vengeresse. C'est alors qu'au sortir de vingt-cinq années de déconvenues, le malheureux se prend à rêver, stupidement, d'un rapprochement de pur esprit à pur esprit avec une parfaite étrangère aussi inutile à son bonheur que le mirage d'une oasis dans un désert de feu, aussi mythique qu'inapte à porter secours à sa détresse que saurait l'être une platonique correspondance de hasard rendue magique par une imagination créatrice à l'affût du moindre espoir d'en sortir. C'est l'heure ou jamais – demain je serai mort – d'oser un geste gratuit devers quelqu'un, n'importe qui, n'importe quel geste, fût-il le plus fantaisiste, le moins conforme à mon caractère, le plus inadapté à la situation, mais prégnant de tout ce qu'un paumé peut y mettre en guise de réponse à ses aspirations les plus folles. La vérité est que cette femme n'a rien pour me rebuter *a priori* – pourvu du moins qu'un océan me sépare d'elle, car seuls les purs esprits ne me demeureront pas toujours des accointances douteuses, en tout cas dans les romans autofictifs. Une Divinité du Styx pour conjurer mes démons en même temps que les faire renaître, voilà au vrai ce après quoi j'aspire, rien de moins. C'est attendre énormément du fil ténu d'une éventuelle correspondance dont les mots seront les seuls arguments. Puisse cette magicienne n'en pas espérer autant de moi!

Et pourtant bien étrange créature que celle-là, aussi déraisonnable dans ses hautes aspirations que frugale dans des visées qui excluent d'emblée les coûteuses fantaisies que sont les voyages, les spectacles, la bonne chère – la «bonne bouffe» comme on dit hideusement – et tous les frais qu'entraîne une vie d'amants bien assortis, y compris les sports d'hiver et d'été, le ski, le tennis, la baignade, le club Med, etc. –, étrange et nébuleuse créature que celle qui a pu lancer dans l'espace le cri de détresse que représente pareille bouteille à la mer aussi net de faciles convoitises. N'empêche qu'une créature si rare qui n'a pas encore trouvé d'«alter ego» doit être un cœur bien candide pour croire qu'on peut rencontrer le bonheur dans les journaux. Toutefois je ne suis pas sans me faire une petite idée de l'âme énigmatique que présuppose une telle provocation : celle d'un être aux derniers abois tel que le vulgaire ne saurait l'imaginer, que seul un destinataire prédestiné saurait le concevoir. Serais-je romancier pour rien ? Mais cela, cet appel d'air pur si proche de mon présent état d'esprit, comment en soupçonnerais-je l'urgence s'il n'était à la mesure de mon propre désarroi moral ? Et que cette annonce, perdue parmi tant d'autres plus affriolantes, m'occupe depuis deux jours sans que je me résolve à y donner suite, cela laisse beaucoup à penser sur ma propre naïveté inentamée par tous ces mécomptes matrimoniaux, professionnels et littéraires… En tout état de cause, si l'appel accroche et retient le misanthrope irrécupérable que la vie a fait de moi, c'est au moins pour la raison que je n'aurais guère à perdre à me laisser tenter par un diable aussi inoffensif. Sans compter que mon intuition m'avertit d'heure en heure que l'appel m'est signifié à moi en personne. Oui, sous leur apparence inoffensive, ces brèves lignes d'une discrétion bien féminine résonnent à la façon d'une plainte à moi-même adressée depuis les rivages de la doulce France, tel le petit oiseau blessé, exilé, éperdu, de la chanson bien oubliée de mon enfance…

9 heures du soir, chez moi

Il me faut agir sans tarder. Le moindre envoi outre-mer met une semaine à se rendre. J'ai retiré de ma poche le curieux message dont j'entrevois mal la place «entre deux âmes» quelles qu'elles soient. Davantage la vois-je dans l'image obsédante de cet irrésolu cavalier polonais qui va son chemin crépusculaire sans paraître bien savoir où, et dont Rembrandt fit un chef-d'œuvre dans lequel je me retrouverais bien si j'étais moins défraîchi – moins crépusculaire en somme – que le jeune homme qui avance au trot sur sa monture encore alerte. Tans pis pour moi. Qu'avant seulement de transcrire le message mot à mot dans ce cahier où s'enferme le mystère d'un roman encore à vivre, j'examine une fois de plus le précieux document pour tenter de le décrypter sans illusion possible.

Parisienne, Niçoise d'adopt.,
quarant., rech. p. relat. amic.
ou épist. Mons. cult. et dist.
Âge indif. Intér. indisp. p.
arts, livres, Hist., spirit. Photo
non requ. Rép. ass. Éc. journ.
réf. 1754/8G

Bizarre en l'occurrence ce «photo non requise», bizarre encore cet «âge indifférent», bizarres et suggestifs d'une curiosité qui ne veut pas s'avouer? La pure amitié ne verrait-elle donc pas l'intérêt de ces «détails», même et surtout celle qui s'exprimerait par une timide relation par correspondance? Rien de superflu dans un si court texte et tant qu'à faire du roman autobiographique, je me persuade aisément qu'un tel échange de haut vol – ne pas oublier les thèmes suggérés par la dame! –, pour être profitable, ne se conçoit guère qu'entre personnes pour le moins intimes en esprit, fût-ce pour l'entreprendre. En sorte que ma cinquantaine marquerait une décennie d'écart plutôt gênante, si je n'ignorais pas que ces dames sont assez enclines à oublier quelques ans de leur précieux passé dans le compte à rebours qu'elles font des épreuves et des bonheurs de leur existence.

Ces pauvres commentaires sur une nébuleuse figure de femme privée de chair et d'os pourraient-ils constituer la dernière manœuvre littéraire qui me réconciliera avec moi-même – à défaut de me réconcilier avec un public sur lequel je ne dois plus compter? Bah! que m'importe d'échouer, si seulement Danterny veut bien user d'une dernière patience avec moi (et sans me mettre à contribution financière comme il m'en a menacé). Il suffira peut-être que des lignes dictées par le hasard soient écrites et voient le jour pour qu'enfin je puisse tourner la page. Alors je serai sauvé – qui sait? Les limbes de l'exil public et médiatique sont aussi un salut et beaucoup moins précaire que celui que promet la foi en quelque impalpable éternité.

Samedi matin, 10 heures

Comme si quelque diable me retenait, je reporte d'heure en heure, je diffère d'instant en instant ma réponse à l'inconnue: ce genre de démarche ressemble si mal au sauvage que la crétinerie universelle a fait de moi que je n'ai cessé hier de me ronger. Si méfiant m'ont-ils rendu tous tant qu'ils sont que, regimbant à être simplement poli, il y a longtemps que j'ai dit bonsoir au prétendant à quelque faveur que ce soit… Non, jamais ils ne me feront «jouer le jeu», comme l'aurait souhaité ma défunte mère qui m'aurait plutôt dégoûté des courbettes à prodiguer, en me pressant de me présenter à l'Académie des lettres où je n'aurais pas obtenu une seule voix, à moins d'une sévère pénurie de candidats. De cette incapacité viscérale à faire mieux qu'à ma tête dure, toutes mes déconvenues littéraires sans doute. Jouer le jeu, ça Florence connaît, sait merveilleusement le faire – tout en s'étant gardée toujours, je dois le reconnaître, de me pousser sérieusement du côté du succès et des honneurs, trop consciente de mon indépendance d'artiste. Son intuition aurait du reste suffi à l'en retenir si, intelligente, elle n'avait assez tôt compris que toujours me manquerait le talent pour faire le pitre dans les assemblées et sur les écrans – comme tout talent de briller sans doute… Une seule grosse vanité à me reprocher et qui ne m'a pas même payé, je veux dire rapporté d'autre profit que celui de cette «chair vive» que Mimy m'a offerte sans se faire trop prier… Mais je ne sais même pas jouir, ce qui s'appelle jouir, soit me complaire un quart d'heure dans le plaisir, il y a quelque chose qui bloque, ou qui s'interpose : cet affreux *tædium vitæ* issu du désert de l'âme et desséchant jusqu'aux sens. D'où ce demi-étonnement de voir mon aride lucidité prise en défaut par cette Parisienne sans désirs ni détours apparents, Niçoise d'adoption, l'hiver sans doute, prend-elle la peine d'indiquer… Ours en cage pyjamaté tourniquant désœuvré dans cet appartement vide (où donc se sont-ils tous dispersés ?), passant, bras croisés, de pièce en pièce en me demandant ce que j'y cherche, comme je comprends Florence d'avoir mieux à faire qu'à se passionner pour l'avenir de cette vague idée de roman de ma vie dont je me suis laissé aller à lui dire deux mots au lendemain du jour de l'An, question de combler un trop lourd silence, projet d'un ouvrage mirifique dont je n'avais et n'ai toujours qu'un titre mais digne d'occuper mes temps libres en cette belle année 1997 : *Entre deux âmes*, appellation incontrôlée dont le «cavalier polonais», indécis entre les vertus de l'art et celles de l'amour impossible, lui a d'ailleurs tu diplomatiquement le sens profond, car pourquoi cette inspiration sinon pour tenter une dernière fois de concilier deux forces antagonistes en moi, forces dont F. n'a pas su résoudre le conflit ? Pour la bonne et suffisante raison qu'elle ne croit plus en moi. L'ai-je à ce point déçue ? Aurait-elle pris connaissance à mon insu de ces traits de cruauté dont je me suis criblé moi-même avec une sorte de jubilation masochiste dans *La Chair vive*, livre d'amère détresse qui n'en est pas pour autant un banal autoportrait? C'est ma nouvelle trouvaille autofictive qui doit exposer les véritables enjeux en même temps que marquer un adieu aux illusions traîtresses et bien enterrées. Décidément mon orgueil se remet mal de ce comble d'humiliation où m'a réduit le sort fait à ce petit récit genre cynique que je n'ai écrit qu'avec l'espoir de me remettre en selle (toujours le cavalier en route pour une gloire incertaine...) et de renflouer la caisse familiale – feuilles vengeresses tombées dans un silence pire que celui qui avait suivi toutes les précédentes disgrâces – à la consternation du cher Danterny, d'abord tout aise de me voir sorti de mes gouffres métaphysiques qui précipitaient tout le monde en chute libre. Pour ce qui me concerne, il m'eût suffi que mon livre eût trouvé grâce devant la dizaine de lecteurs choisis à qui je destinais des exemplaires signés. De ces derniers, deux exactement, deux, je dois le noter ici, n'ont pas jugé indignes d'eux-mêmes de m'accuser réception de *La Chair vive*: et de ces deux, nul autre que le petit Franzy d'abord, mais surtout Fernand Frondaie ensuite avec son mot sec comme son cœur, le beau Fernand devenu à force de patience manœuvrière doyen de la fac où depuis le temps je n'ai cessé, moi, de trimer au bas de l'échelle, Tartufe à rayer décisivement de mes petits papiers, le plus clair de l'affaire étant que c'est bien lui qui a décidé de faire figure d'offensé dans le petit conflit génital, ou génésique, qui nous oppose au sujet de «notre» fille; car si j'avais encore nourri des perplexités quant à l'attribution d'une paternité douteuse, son attitude rien moins qu'écœurante à mon égard au département d'études françaises où il me laisse moisir et pleurer misère aurait dû parfaitement suffire à m'ouvrir les yeux depuis belle lurette sur les sentiments qu'il me conserve, même au souvenir de Florence: *words, words, words,* rien d'autre qui ne soit jamais tombé de ses lèvres de doyen jusqu'au jour où il n'y a même plus eu de *words...* seulement un vague accusé de réception dicté en vitesse à la secrétaire et paraphé de noblesse illisible.

Autant dire que je connais trop bien d'avance le sort – un enterrement de troisième classe conviendra – réservé à cette hermétique illumination dont le feu me brûle depuis quatre jours et quatre nuits jusqu'au bout du stylo, si par miracle *Entre deux âmes* venait à révéler au monde son mystère bien inutile, assuré d'avance que je suis que ces feuilles toutes noircies de mes détresses passées et encore à venir ne me mèneront nulle part. Nulle part sinon à la rédaction de ce testament littéraire qu'appelle mon âge avancé, celui d'un avortement d'ambitions qui vaut bien que je passe aux ultimes aveux, sans en exclure le fruit de mirages encore imprévisibles qui feraient mentir ma nostalgie mille fois démystifiée d'un paradis terrestre capable de me faire oublier ce mal du désert où mes rêves de jeunesse m'ont ensablé jusqu'au cou. Or il est à craindre que cet effort d'écriture n'aura pour résultat que la confirmation de la gratuité de l'Art futile, au moment où le monde cesse d'entendre un certain langage, ou de s'y intéresser, fût-ce par la faute d'une orgueilleuse indifférence ou, plus vraisemblablement, de l'inconscience illimitée du poète... Et pourtant, bouteille à la mer pour bouteille à la mer, suffit à m'apaiser la simple pensée que cette spectrale Inconnue là-bas, au-devant de laquelle je marche à reculons sur l'eau amère, puisse me maintenir à flot par des incantations qui me feraient revivre, et je ne dis rien de me consoler de la condescendance ironique de Florence, d'autant mieux motivée que cette année 1997, c'est promis par Franzy en personne, verra ma femme humer les derniers encens de la réussite professionnelle en accédant à la vice-présidence du Grand Studio de création publicitaire Franzy & Franzy – c'est du moins F. elle-même qui me l'affirmait à table ce matin. Comment ne pas m'en réjouir, même égoïstement, à l'heure où tout se désintègre de notre train de vie ?

Donc créer mon roman en le vivant d'avance s'il le faut, ici même, dans ce journal que je tiens essentiellement pour comprendre une destinée dont le sens m'échappe. De là sans doute le trouble secret d'un attachement qui me lierait à une créature sans visage, immatérielle à l'instar d'un rêve et par quoi ma fantaisie donnerait le jour, sait-on, à un attachement suprême totalement déréalisé, pure chimère de l'âme, parfaite invention d'une conscience déboussolée, car aussi bien, à part quelques abréviations cryptogrammatiques qui me font divaguer, quoi de plus étranger à mon humeur actuelle que cette voix lointaine en qui je prétends trouver une ombre de salut ? Mais étrangère, l'est-elle à ce point, cette créature innommée dont j'ai recueilli le cri de détresse au moment où moi-même je sombrais ?... N'importe : tout irréelle qu'elle est, cette rencontre de poètes en mal de survivre à leur naufrage me force à inventer d'urgence la réponse attendue, quand ce ne serait que pour voler au secours de la solitude que je présume absolue de sa destinataire.

Depuis hier c'est fait. La lettre est cachetée, postée. Et le sort en est jeté, en ce qui me concerne. Si ma Parisienne recherche, même à son insu, mieux et plus intime qu'une complicité amicale à l'enseigne des belles-lettres, elle sera fort déçue, moins par le ton de gravité désinvolte (assez fort, ça!) que, fidèle à moi-même, j'ai adopté pour présenter ma candidature que par le caractère dissuasif de mon implantation en terre nord-américaine – pour autant que ce continent anglo-saxon inclut ce malheureux Kébek dont j'ai tant souhaité le relèvement et donc j'ai tant souffert à l'âge des passions vaines, vulnérable que j'étais au pouvoir extraordinaire de ce qu'on aime un peu trop fort. Je ne méconnais nullement que ce brillant périodique dont la lecture constitue l'une de mes moindres distractions regorge d'opportunités féminines plus «attractives», pour parler la langue publicitaire de F., plus aguichantes en tout cas, mais n'est-ce pas cette inaccessibilité même qui, au défaut pour moi d'habiter les climats moins rudes de la vieille Europe, me protège et me rassure? Quoi qu'il en soit, j'en suis au point de m'avouer que le délabrement de mon âme suffirait à m'interdire, sauf à faire sourire de moi, d'adresser une réponse plus conquérante, fanfaronne, moins théorique. Non, les libertins appels du pied ne sont plus de saison, encore moins de situation. Et quant à Florence, pourquoi, même s'il se pouvait, songerais-je à rompre avec une épouse qui me pardonne mes ingrats efforts créateurs pour mieux me cocufier gentiment, sans éclats ni scènes de part et d'autre, une femme ménopausée, malade, dont les mérites domestiques et professionnels assurent notre quotidien sans rien réclamer pour elle-même qu'un brin de liberté sentimentale, serait-ce à la faveur de ces «heures supplémentaires» qui la retiennent le soir au Studio jusque passé l'heure de m'endormir parfois. Aussi bien je refuse désormais à quelque pessimisme coupable, entretenu par rancœur, le droit de m'exposer au reproche d'exercer sur les enfants – qui de toute manière s'en balancent comme de tout ce qui vient de moi – cette prétendue «influence délétère et démoralisante» que F. me reprochait l'an dernier et dont l'unique preuve serait ma constante anathématisation d'un prétendu bonheur humain auquel j'ai sans doute en effet trop désespéré de goûter.

Il n'en demeure pas moins que l'interdiction qui nous est faite, ma princesse lointaine et moi, de tout contact physique imaginable serait susceptible de créer, à partir d'une réelle connivence d'esprit, une tension affective et romanesque qui risquerait de tourner bien différemment si j'écrivais depuis Paris, ou encore depuis Nice où les hivers sont si vite passés qu'on ne les voit pas – ce qui, par parenthèse, suppose chez ma correspondante des ressources pour le moins substantielles, car la Côte d'Azur enfin… N'importe, la minceur de mes moyens à moi ne m'empêche pas de rêvasser voyages à loisir, singulièrement n'importe où hors du monde… Et que le compte en banque des Aumais dits Delahaye dits Desnoyers (c'est bien ainsi qu'on lit sur la copie des registres d'état civil paroissiaux laborieusement établie par le grand-père et sur quoi ma sœur Mariette a fait main basse comme d'habitude) fasse pitié jusqu'à faire pleurer misère un trio d'enfants gâtés, cela n'a pas à concerner mon aimable correspondante. Inséré à sa place, à son jour, dans le présent cahier encore à peine romancé qui me tient lieu de journal, voici donc le texte de ma réponse, tel que je le transcris d'après un brouillon illisible de manière que cet oiseux feuilleton de ma vie soit vraiment le réceptacle de mes faits et gestes de quelque mémorabilité, ou bien me faudrait-il dire qu'il soit le registre misérable et daté des battements d'un cœur si écœuré de désœuvrement moral et affectif qu'il convient de lui inventer jour après jour un prétexte à ne pas se dégonfler tout à fait, quitte à faire franchement virer au roman autobiographique ces pauvres pages où rien n'arrive que je ne provoque, à présent que le droit à la pure création littéraire où j'avais tant investi m'est dénié par le monde entier ligué contre moi. Paranoïaque, va. Tant pis. Qu'une dernière fois le vent se lève, il faut tenter d'écrire…

Chère Inconnue,

C'est avec un considérable intérêt que j'ai pris connaissance de votre insertion dans le N. O. d'il y a bientôt dix jours. Je vous avoue que pour ma part l'idée ne m'est jamais venue de passer une annonce de cette nature ou encore de répondre à quelque message que ce soit dans aucun journal ou périodique. Et même, pour ne vous rien celer, je me trouverais un peu extravagant, en temps normal, de jeter ne serait-ce qu'un coup d'œil distrait sur ces anonymes colonnes dont nous régalent de même certaines publications du Kébek français (ne vous étonnez pas de cette épellation qui passe pour amérindienne et me plaît assez), extravagant non tant par dédain que parce que jusqu'à ces derniers temps mon existence assez solitaire ne m'avait fait réclamer d'autre présence autour de moi que celle de Florence, ma femme, qui ne m'est guère du reste et depuis un très bon moment qu'une épouse en titre, ce dont, loin de me plaindre, je me féliciterais plutôt, ayant sans doute inconsciemment tout fait dès notre mariage pour la détacher de moi afin de mieux m'adonner à d'autres travaux que j'estimais (à tort, à n'en plus douter) plus urgent que les joies de la famille (car je n'en ai pas moins réussi trois grands enfants), détachement obtenu sans peine excessive de la part d'une conjointe qui elle-même, après peu d'années, n'a jamais paru rebelle à cet espacement conjugal, y trouvant même à ce qu'il semble des avantages, à telle enseigne que je ne ressens à vrai dire aucun remords particulier à vous adresser ce mot et à lui taire cette prise de contact avec une très avenante «étrangère» telle que vous pouvez l'être pour moi, chère Madame, dont les vertus ne me sont connues qu'à travers ces bribes de renseignements que vous livrez à tout venant assez ingénument, me semble-t-il, mais qui, pour ma modeste part, me touchent très personnellement, j'oserais même dire qui me rejoignent en profondeur à ce stade de l'existence où me voici parvenu.

Vous pouvez le constater : je ne cherche pas à tricher sur mes dispositions d'esprit à l'instant où j'entreprends de vous écrire, sans quoi du reste prendrais-je la peine de tracer ces lignes ? Peut-être certains aveux vous refroidissent-ils déjà. Ainsi – et comment vous en blâmer ? – préféreriez-vous j'en suis sûr me savoir, ou me croire, totalement libre de liens matrimoniaux et davantage encore, vous qui recherchez l'amitié, fût-elle «intellectuelle», me savoir plus accessible géographiquement (vous avez dû remarquer au premier coup d'œil le timbre-poste tant soit peu exotique qui orne l'enveloppe de ce courrier). Mais notre langue commune ramène cet éloignement géographique à peu de chose et m'enhardit précisément à répondre sans détour à votre discrète invite, autrement dit à faire acte de candidature en bonne et due forme à la grande faveur de votre amitié – s'il est bien vrai que vous ne guignez pas mieux que ce chétif sentiment lequel ne saurait s'exprimer qu'à travers de froids échanges figés dans le moule de l'infidèle écriture et de ses formules toutes faites, clandestines au surplus puisque je m'accroche à une liberté assez chèrement payée pour entretenir une relation de nature à dégager ma femme un peu plus de toute obligation de fidélité à mon égard, mais peut-être est-ce que je lui prête ici mes propres vœux… du moins tels qu'ils s'approfondissent depuis l'année nouvelle dans un esprit qui doit son mal d'être à ce flot d'années gâchées qui ne cessent de me poursuivre et dont je vous ferai grâce pour ne pas vous effaroucher d'emblée, sans pour autant m'aviser de me taire sur l'essentiel. Cette amorce entre nous d'un lien tout amical, transatlantique par surcroît, si vous deviez y trouver quelque intérêt après réception de ces lignes, je le souhaiterais assurément vif et spontané, mais franc surtout, sans que votre sincérité soit gênée par le moindre doute quant à la mienne. Certes, on ne saurait tout dire, mais j'ai pour coutume ancienne de ne proférer que la vérité, ma vérité, ce qui ne m'a pas toujours porté chance au reste. À cet égard la pure et simple distance entre nous, celle d'espaces qu'on imaginerait volontiers interstellaires, nous protège contre nous-mêmes et devrait suffire à nous délivrer de toute défiance quant à l'expression même rude, même crue, de notre pauvre vérité, sans qu'il soit besoin, pour autant, d'attenter à l'intimité. Mais foin de ces pensées un peu sordides entre gens de bonne compagnie.

Je n'ai évoqué jusqu'ici qu'une relation à creuser entre nous, car je suis loin d'être assuré que ma condition de Kébékois encore à demi sauvage (laissez-moi aller au-devant de réactions courantes sinon justifiées!) convienne tout à fait au dialogue à tendance hautement spéculative que vous envisagez, si j'en juge aux nobles thèmes d'intérêt que vous souhaitez aborder avec votre ou vos amis virtuels, sans vous y limiter, je présume, car la petite fleur de l'amitié, si elle doit exister, a sur l'amour la supériorité d'une corolle aux mille pétales à laisser se disperser au souffle de la seule liberté du cœur, sans se limiter à quelque lointain jardinier francophone. Je n'en reste pas moins plus proche de vous que vous ne sauriez croire: mes lointains ancêtres vinrent jadis de Fontenay-le-Comte en Vendée pour la branche maternelle et d'Amiens en Picardie pour celle de mon père, afin de coloniser ce fichu pays de glace en hiver – car la nature estivale, elle, n'a rien à envier au «cher vieux pays» comme disait votre de Gaulle lorsqu'il est venu ici porter la bonne parole il y a trente ans cette année – mais outre que mon voyage de noces m'a donné l'occasion de connaître un petit peu la «mère patrie» selon l'expression bien oubliée de ma jeunesse, les circonstances de ma vie m'ont amené à lire et à réfléchir pas mal sur mes sources, à y rêver surtout et avec émerveillement, car ce qu'on ignore se pare de tous les prestiges, n'est-ce pas, Madame, dont je ne doute pas une seconde que vous ne les possédiez, puisque je vous les prête sans rien connaître de vous que votre solitude. «Ah! si j'eusse étudié au temps de ma jeunesse folle», peut-être vous aurais-je connue pour vrai, peut-être aurais-je connu la Sorbonne mais, trop tard rangé, je n'ai pu obtenir ici qu'une maîtrise ès lettres qui me vaut tout de même de professer dans l'une des quatre facultés de lettres – deux françaises, deux anglaises – dont s'enorgueillit notre ville de Montréal – je devrais dire de professer au rabais puisque les folies de ma prime jeunesse ne m'ont pas permis de me prévaloir à temps d'une formation complète qui m'ouvrirait toutes grandes les lourdes portes des études supérieures, entre lesquelles je demeure coincé comme simple «chargé d'enseignement» depuis vingt-cinq ans. Ainsi mes voyages rêvés ne sont-ils le plus souvent que des voyages tristes. Sur une mer irisée comme une visqueuse flaque d'huile au crépuscule, j'embrasse d'un regard de repentance la dérive de ma barque de jeune homme avec sa voile désorientée qui n'a su m'assurer que la sagesse d'une navigation apparemment sans histoire mais ébranlée dans ses bas-fonds par une autre existence secouée de remous insondables, secrets pour tout autre que moi.

Mais encore une fois, chère inconnue, si proche de vous que je me sente à travers votre appel anonyme, lequel ne saurait être purement fortuit, c'est l'évidence pour qui a quelque motif – je ne vous dirai pas lesquels – de connaître un peu l'âme humaine –, il ne saurait s'agir entre nous d'une attache plus intime que celle tissée par une lettre jetée au hasard de la poste marine où mon radeau de la Méduse n'a cessé de divaguer dans une certaine indifférence au vent des Tropiques, si échaudé ai-je été depuis une enfance gouvernée par une mère scrupuleuse jusqu'au sadisme et un père pour qui il fallait avant tout «réussir» à n'importe quel prix, alors même que j'étais dénué du moindre talent pour être utile à quelque réussite que ce fût, hormis les choses inutiles. Avec pour résultat que je suis devenu assez indifférent aux choses et aux êtres comme je le suis à moi-même; et pourtant – ou à cause de quoi – je m'ennuie parfois à mourir, à mourir de ne pas mourir. Aussi bien, plutôt que de ne pas mourir, je me tourne vers vous, en sorte que – et c'est assez paradoxal – je vous écris par une sorte d'apathie acquise, une apathie qu'on pourrait confondre avec du désespoir s'il n'y entrait soudain pour moi le sentiment mystérieux – parce que trompeur – de cette amitié que vous me tendez à l'aveuglette, main offerte que vous me retirerez peut-être ayant lu ces pages démoralisantes, mais que d'ici là j'accepte tout de même comme si elle m'était due. Main que je vous rends en la tendant à l'extrême comme si l'espace intérieur qui nous rapproche m'avait fait perdre non pas la discrétion qui s'imposerait mais du moins, vous le constatez, le réflexe des pompeuses protestations de sympathie et plus encore l'expression de ces nobles sentiments dont j'ai perdu l'habitude. Ainsi en va-t-il de mon sentiment paternel envers mes trois enfants, l'aîné encore étudiant en «génie» (permettez que je l'envie!), parlant déjà de quitter la famille sans que je le retienne pour s'en aller vivre en union libre, d'autres diraient en concubinage, ce qui est bien moins joli, dans les bras de quelque jouvencelle enceinte de ses œuvres et qu'en 1997 j'aurais crus tous deux plus adroits – le génie, quoi! Mais *après tout, peut-être mariée vous-même, toute jeune grand-mère, qui sait, comme je serai bientôt aïeul, j'aurais mauvaise grâce à évoquer même ce qu'une femme honnête peut avouer sans complexes, mariage compris, et sans se soucier de ce qu'un tel aveu risque de trahir son âge, si frais soit-il. Autant vous dire en toute simplicité que l'aveu de votre quarantaine ne me convainc qu'à demi... Quant au mariage lui-même, si bien assorti soit-il au départ – ne fut-ce pas mon cas ? –, il « ne berce qu'un temps notre ennui » pour citer Molière hors contexte et, sans devenir fatalement un carcan, cet état naguère tant recherché peut à la longue générer un désenchantement, comme ces musiques qui nous ont jadis touché l'âme et dont l'accoutumance à leurs mélodies les plus caressantes, les plus charmeresses, a fini par nous lasser insensiblement jusqu'à nous les faire prendre en grippe, voire rejeter avec dégoût. L'indifférence, le mépris, dont je me targue vis-à-vis de mon semblable, ne sauraient assurément descendre à tout coup jusque-là – grâce à Dieu ! –, et bien moins encore à présent que m'en garde la chance inespérée d'une amitié par lettres entre personnes ignorantes l'une de l'autre au point même de ne pouvoir fantasmer sur un prénom, sur un sourire entr'aperçu au tournant d'une rue passante, laissant à l'imagination le soin de remplir ce rôle de relais des lignes, des formes, des regards et des couleurs que vous admettrez bien indispensable lorsqu'on n'est pas tout de bois constitué.*

Et puisque j'ai promis d'être sincère (mais non pas bref), encore une confidence pour compléter ce premier et peut-être bien dernier tableau – il serait puéril de s'illusionner là-dessus : le maître des travaux pratiques de langue et de littérature que je suis à mes heures (et surtout aux heures d'étudiants viscéralement réfractaires à l'orthographe, à la syntaxe et à la ponctuation, pour ne rien dire de leur navrante étroitesse de vocabulaire, encore que la bonne volonté ne manque pas à tout coup – tout cela dû à l'Histoire bien sûr, on n'est pas impunément descendants de colons illettrés, paysans ou marins repentis et urbanisés, mais davantage on ne s'enfonce pas impunément dans un univers de TV, de BD, et autre Internet (dont je sens qu'il me restera à jamais une énigme), ce professeur au petit pied, dis-je, avait dès son jeune âge envisagé de se consoler de ses déboires en écrivant des romans – chose que je m'étais promis de vous taire, et pour cause... Mais si La Chair vive, joyeuse satire des intellectuels du cru, a eu à mes yeux voici deux ans le mérite de démentir une image d'austérité qui me cantonnait un peu trop au domaine des nuages métaphysiques, cette nouvelle, inspirée par la jalousie sans doute, s'est vue, à l'instar de presque tous mes précédents ouvrages, refuser le succès le plus bassement escompté par un titre accrocheur, quasi sulfureux. Passons. Et reconnaissons plutôt qu'il ne me reste plus qu'à romancer ma vie en l'embellissant dans mon journal quotidien avant de tirer l'échelle – à moins qu'il ne me faille vivre après coup ce qui fut d'abord fiction issue de mes hantises les plus secrètes comme celle-ci que je ne me connaissais pas encore de renvoyer la balle aux belles qui, sans le savoir, m'ont visé droit dans l'œil.

Mais de ces leçons de choses, n'allez surtout pas conclure que je nourrirais aujourd'hui l'arrière-pensée de nouer avec vous une intrigue romanesque propre à étoffer la trame d'une nouvelle fiction vouée au néant de l'écrit en m'inspirant du mystère d'une aventure « qui ne s'invente pas » – car si j'ai toujours pensé que le vrai romancier n'imagine rien mais qu'il exploite son fonds, singulièrement celui de son vécu mais aussi de ses désirs ou de ses espoirs, voire son angoisse d'un trop sombre avenir à conjurer à toute force par écrit, apprenez que j'entends désormais vivre d'après ma création plutôt que l'inverse, ce qui s'appelle inventer sa vie. Seules les vérités venues du fond d'un cœur vierge et libre comme une feuille de papier à lettres ont le droit de dicter la trajectoire d'une existence. D'où l'erreur de La Chair vive. La vérité de l'art ne saurait être asservie au visible, copie d'après nature, fût-elle tordue, travestie, caricaturée, et aujourd'hui moins que jamais, en cette fin d'un millénaire où tout a été dit, vu, fait, décrit, jusqu'à l'horrible déjà tombé sur nous tel un grand arbre tragique dont il convient désormais de s'écarter comme du symbole destructeur de toute civilisation écrite. L'art, le roman exigent la vie, mais en la prédisant, non en l'imitant, une vie emblématique surprise par l'esprit dans l'esprit. L'art – vous me contredirez si le cœur vous en dit, car je ne fais que vous provoquer pour lancer le dialogue intercontinental – ne saurait exprimer qu'une réalité absolument autre, impossible même, et qui se suffit à soi-même, sans référence explicite au néant des choses qu'on a tenues pour vraies, surtout après les avoir corrigées pour les rendre intelligibles. D'où ma dilection pour l'invraisemblable, le bonheur par exemple dont je suis depuis si longtemps déshabitué, peignant les hommes tels qu'ils ne sont pas, en faveur d'un monde à opposer à celui où se complaisent les peintres de la nature humaine avec ses ravageuses passions. Me donnerais-je la peine de cette absurde lettre pour moi trop longue à écrire et pour vous trop fastidieuse à lire si toute ma vérité secrète, même niée par ma destinée comme par mon « œuvre », ne s'y exprimait en puissance, mais subtilement comme dans un miroir transfigurant qui ne serait pas pure illusion ? Même ces romans où j'ai mis tant de moi – je veux dire de mon moi intérieur et non la défroque du personnage pathétique *qu'il me faut bien endosser chaque jour – ne sauraient prétendre dévoiler le monde de mes plus extrêmes chimères. À moi-même ils demeurent une énigme, étant resté, moi, prisonnier d'un «univers fini», n'est-il pas vrai, chère Madame dont la spiritualité affichée m'éclairera peut-être là-dessus, soit sur un univers significatif de quelque porte sur l'Infini, sur l'Éternel, ces pays mystérieux dont l'Art fait sans nul doute partie et révèle quelque chose – mais quoi?*

Je n'en ajoute pas davantage aujourd'hui, conscient de m'être déjà trop avancé pour un premier envoi, je veux dire trop laisser aller. Du moins me suis-je peut-être fait connaître assez pour vous éclairer sur mes insolubles dilemmes, abandonnant à d'éventuelles pages à venir, suggérées par les vôtres comme il m'est permis de l'espérer, le soin de préciser la silhouette de pur esprit que je choisis de vous être à jamais – même si ce mot-là de «jamais» est à proscrire, paraît-il, en matière de relations humaines... –, et surtout de vous demander comment il se fait que, éprise d'art, de littérature et de spiritualité ainsi que vous vous déclarez, et d'Histoire par-dessus le marché, il vous faille encore partir à la recherche d'un bonheur en papier à lettres auprès d'une hypothétique âme sœur? Car je craindrais plutôt, et pour vous et pour moi, que le hasard des mots, même tracés à la main, ne nous soit bien mauvais serviteur. Voilà ce que mon expérience de gratte-papier m'a appris et qui explique que j'aie renoncé à tout (à mon âge, quel mérite!) si ce n'est à ces mêmes traîtres mots (ô paradoxe!), qu'ils soient de moi ou d'un autre, dont la part de mystère sur la page blanche reste un refuge inépuisable pour l'âme éternellement seule d'une solitude non pas résignée à elle-même mais – jusqu'aux présentes lignes – jetée au vent tantôt doux, tantôt cinglant, qui la définit dans sa muette et tendre amertume.

Mais au-delà de tout cela où je me livre trop – considérez votre pouvoir occulte sur ma misérable nature n'affectant d'abord qu'un détachement inspiré par la curiosité pour tout ce que votre annonce laisse inférer de vous-même –, je serais tenté de vous accabler moins de questions dont vous seriez seule à pouvoir mesurer l'indiscrétion que de questions propres à me faire de votre image autre chose et davantage que ce qu'un message subtilement codé peut en laisser filtrer. Serais-je donc si naïf que de croire que le mensonge n'est que l'affaire des manchettes des journaux? Malheur à qui ne regarde pas d'assez près l'océan d'abréviations imprimées contenant les quelques repères qui lui permettront, éventuellement, de retracer le naufragé soudain surgi de sa bouteille flottante! Et vaut-il la peine que, naufragé lui-même sur la grève de son enfance, il projette à la mer une contre-bouteille plus énigmatique encore à déchiffrer pour qui la récupérerait avec l'intention de le retracer, lui ? Encore heureux si tous ces fragments d'informations ne seront pas à demi mangés par le sel lorsqu'on les recueillera pour les décrypter comme il arrive aux deux enfants du capitaine Grant dans le roman de Jules Verne qui a tant fait rêver mes onze ans, lesquels échappaient ainsi, tant soit peu, à la misère de cet âge qu'on veut avide de connaissance concrète, alors que rêver demeure tout ce que requiert sa volonté d'apprendre... Moi que l'adolescence n'a pas encore tout à fait déserté, ne vous étonnez donc pas, chère Inconnue, que mon inadaptation congénitale me fasse encore écrire des histoires (comme je fais en ce moment avec vous à qui j'en raconte une) et laissez-moi m'adonner à la contemplation du vaste espace où se déploie le bleu que j'aurais aimé vivre, espace éthéré où volettent éperdus parce que trop loin du port les oiseaux noirs de mes espérances mortes, et si vainement mortes ! En attendant que le fatal désenchantement ne me ferme définitivement la bouche, est-ce encore trop espérer que la très longue attente d'une réponse de votre part, vous à qui j'aime à prêter les traits qu'on souhaiterait rencontrer chez tous ses interlocuteurs, quitte à déchanter au bout de quatre mois d'un silence de plus en plus décourageant au fil trop bref des saisons qui me restent, car je demeurerai bon gré mal gré votre aîné de dix ans, je serais bien hardi de le mettre en doute. Et rien, ni votre amour des livres, ni votre amour de l'art – veuillez trouver là mes excuses pour mes digressions saugrenues dans ces domaines d'accès où l'air se fait rare –, ni même votre goût pour l'Histoire, encore moins vos penchants à la spiritualité – toutes notions qui fortement aimantent mon esprit sans pour autant l'éclairer beaucoup ainsi que vous êtes à même de le constater –, non, rien d'affectif (rêvons un peu, ça ne coûte rien et voilà tout ce qui me reste) ne pourra jamais venir combler entre nous ce spatial et plus encore ce temporel intervalle de réalité, hélas pour moi, et sait-on jamais pour vous...

Adieu – mais en tout détrompez-moi, s'il se peut.

Rémy alias Romain Aumais dit Desnoyers
(Car tel est le nom de plume que pour vous je m'invente à demi à cet instant de vous quitter pour un temps que je souhaiterais ne pas excéder la durée d'un long roman dont je vous ai vue soudain comme la figure ou l'image souveraine, le deus ex machina indispensable, n'en doutez pas en dépit de mes perplexités cabotines, car le cavalier polonais sait très bien où il ne va pas.)

Rentré hier de la poste où j'avais jeté ma lettre aérienne à la boîte sans avoir bien relu mon texte, comme si je risquais, autrement, de ne jamais l'envoyer, ce n'est que cette nuit où les jeux sont faits que je m'impose de revenir mentalement sur cette semaine qui a abouti à ce brouillon quasi indéchiffrable de ratures mais dont la seconde transcription au propre ici même doit tout de même ressembler, à quelques détails près, au texte adressé hier. Je me rends compte à présent qu'il y aurait eu mille façons de me présenter sous un jour plus avantageux, moins compromettant pour ma cause, tel qu'on le fait tout instinctivement dès qu'on postule quelque faveur, mais mon damné naturel à tout prix, mon incurable confiance en l'entendement de l'autre qui m'a si souvent perdu ont eu le dessus encore une fois. En tout cas, je ne crois pas m'être pris au sérieux au point de me refuser totalement l'humour, fût-il un peu grinçant parfois, sans rien connaître pour autant de l'état d'esprit de ma destinataire et des mobiles réels qui l'ont amenée à recourir à ce mode vraiment extrême, oserais-je dire ingénument désespéré, de provocation du sort qu'est la petite annonce de rencontre personnelle. Et encore, qui sait si tout cela n'est pas un attrape-nigaud? Auquel cas ma viscérale spontanéité – qui n'en est pas une puisqu'elle se sait telle – m'aura joué un dernier vilain tour et, des deux comparses, ce sera moi le gogo, malgré toutes ces arrière-pensées qui me font croire et espérer – je n'y puis rien : cette aventure dont je ne vois pas l'issue reste ma bouée de salut, et tant pis pour ma « poétique » du roman qui en prendra un coup si cette femme devait répondre – croire et espérer, dis-je, que vivre l'histoire dont je cuisine en même temps la sauce, dont j'ourdis en même temps la trame pour être plus classique, devra révéler enfin qui je suis, le révéler non tant à l'autre – aux autres, je n'y compte même plus – qu'à moi-même. Aventure bien peu risquée au demeurant… Aussi bien, quoi qu'il arrive, je ne saurais regretter de m'en être tenu à la vérité de ma situation, sans avoir abusé auprès de cette amatrice de littérature de ma qualité de romancier et surtout de romancier « maudit », ce qui serait pour le moins présomptueux dès lors que la vraie malédiction appelle un génie que je ne possède en rien et qui au surplus se fait de plus en plus rare à mesure que se meurt le roman comme genre littéraire, qu'il sombre dans l'insignifiance, après la poésie et le théâtre. Autant dire que les artistes maudits autoproclamés ne sont plus guère – aujourd'hui où tout l'art périt d'incohérence ou de vide fût-il pléthorique sous le nom de « culture » – que des fabricants de formes creuses qui se consolent de leurs chagrins d'incompris en mesurant leurs mérites au petit nombre de leurs fervents et se prennent à peu de frais, en désespoir d'être lus, ou vus, ou entendus, pour des héros foudroyés par le destin. J'en sais quelque chose. Ce qui ne préjuge en rien de la nullité concomitante des vedettes qui accaparent les couronnes médiatiques. Au reste, sans voler au secours des laissés-pour-compte, tout le monde sait qu'en art il n'est de valeur qu'au-delà d'un certain mépris de ce qui marche, de ce qui vogue. Schiller : «Il est suspect qu'une œuvre plaise au très grand nombre.» Voilà qui me fait du bien. Sans me convaincre, hélas.

Heureusement, ma correspondante voudrait-elle vérifier mes prétentions à quelque statut d'écrivain méconnu, elle en serait quitte pour sa peine puisque mes livres, tous publiés en Kébek, et diffusés nulle part ailleurs, lui resteront – c'est une chance – à jamais mythiques. Qu'elle mette donc au compte de mon exaltation de poète le message passablement cryptique que j'ai eu la faiblesse de lui envoyer, message de détresse bien en deçà du réel où je me livre sans trop de subtiles restrictions mentales, tant il est vrai que mon mystère si bien protégé, ma sauvagerie douce, n'a jamais eu l'inconvenance de s'ouvrir à ce point en faveur de quiconque. De sorte que je n'aurais pas grand-chose à rectifier à ma prose, si ce n'est pour reconnaître que ma belle sincérité a tout de même triché en reculant devant l'aveu de mon double jeu de fabulateur aux abois – un romancier cesse-t-il jamais de l'être ? – en quête d'un personnage révélateur de sa vérité ultime. En sorte que si je devais être retenu, par impossible, comme l'«ami idéal», l'ami recherché, au détriment de candidats mieux dans leur peau et sûrement plus accessibles, moins pleurnicheurs en tout cas, je pourrais m'estimer chanceux. Il n'aurait plus manqué que je me trahisse tout à fait et m'aliène définitivement ma correspondante par la révélation de ce titre absurde d'*Entre deux âmes* qui m'est venu comme ça et à l'enseigne duquel, par quelque inspiration encore à démêler, j'ai entendu placer mes adieux au roman avant même de savoir ce qui viendrait s'inscrire sous cette étiquette génératrice de conflits qui ne correspond encore à rien autour de moi, ou en moi, que je sache, si ce n'est que j'aimerais bien déverser mes contradictions les plus délirantes dans cette demi-fiction à vivre où je me réserve le beau rôle de sacrifié sans savoir comment je pourrai m'y hisser. Mais comment n'y parviendrais-je pas s'il s'agit comme depuis une semaine, soit depuis l'exact début du mois de janvier de l'an 1997, d'un journal intime rédigé à la première personne du singulier où je m'accorde de déverser toute la bile d'une vie de chien savant, à la fois auteur et professeur déclassé, d'où j'ai banni toute forme d'amour si ce n'est pour en écrire ou en parler. Comme si ma glorieuse indifférence pour tout ce qui n'était pas ma gloire littéraire n'avait pas choisi cette amputation, bannissant en premier la comédie du «faire l'amour», celle qui impose le port de ce petit maillot en matière plastique diaphane pour le sexe masculin qui m'évoque, je ne sais pourquoi, les raffinements vestimentaires des «précieuses ridicules» louis-quatorziennes!... Double vie de déclassé qui suffirait à me faire oublier ma tierce vie de famille, aux trois quarts ratée elle aussi, à l'instar des deux autres, de sorte qu'on pourrait faire de moi, à raison sans doute, un père ou un romancier ou un professeur ou un amant dénaturé, même si je possède un emploi, même si j'ai des livres à mon actif, même s'il m'arrive de placer un article pour une bonne cause, même si je n'ai pas abandonné ma famille qui ne m'a pas complètement renié elle non plus... Pour combien de temps encore?

Le Mal d'être, comme il y eut naguère, en beaucoup moins radical, La Difficulté d'être, tel pourrait mieux être mon titre passe-partout, apte à coiffer tout le négatif en excluant le positif, s'il en est, d'une âme, la mienne, inquiète au point de ne plus s'endurer tous les jours, pellicule mal exposée et quasi vierge malgré tant de vicissitudes sur lesquelles je règne comme sur cette double ou triple vie éparpillée comme de faux billets de banque au vent glacé du nord-ouest par un noir matin de janvier – «La nuit sera blanche et noire», écrit Nerval la veille au soir de son suicide par pendaison un sifflant matin d'hiver, un matin pareil à cette aube hagarde où je noircis mes feuilles et qui me laisse entrevoir, toute blême, la masse de neige tombée cette nuit, encore et toujours à déblayer, et qui rend ma chambre aussi pâlissante qu'étrangère, méconnaissable à cette heure de ma vie. Par la fenêtre, une auto modèle 97 dont les pneus glissent en chuintant lugubrement. Encore une chance que les moyens me soient épargnés d'en posséder une qui me rendrait l'existence décidément impossible. Aussi bien, démuni à ce point, qu'attendre de bénéfique d'une Parisienne qui passe ses hivers à Nice, esseulée comme moi je veux bien le croire, cultivée à n'en pas douter, travaillant dur certes pour maintenir son train de vie, mais récompensée par de bourgeois privilèges intellectuels, sportifs qui sait, soleilleux et méditerranéens à souhait, quand ici tout croule sous la glace; et pourtant, c'est elle la première de nous deux à se voir chercher des consolations auprès d'inconnus qu'elle croit mieux qu'elle pourvus, sinon matériellement, du moins espère-t-elle sur le plan de l'esprit et du cœur, des inconnus qui n'existent au vrai que dans les romans dont elle se farcit une cervelle à la Bovary, victime d'une imagination restée trop juvénilement candide pour seulement se rendre compte qu'elle est bonnement bien trop gâtée par le destin. Il est vrai qu'on dit cela de tous ceux qui n'ont pas l'insigne malchance d'être dans sa peau à soi.

Mais n'est-ce pas moi qui rêve, qui rêve d'égéries aussi fabuleuses qu'inabordables ? Avec mon lourd bagage d'obligations, qu'ai-je à faire d'amitiés et d'amitiés sur papier à lettres par surcroît ? Attendre une réponse décevante, moi qui n'ai que de fort bonnes raisons de me plaindre : LE MAL D'ÊTRE ! – et de me plaindre plus que jamais de tous les côtés à la fois, à la faculté d'abord car, même si j'ai emménagé dans de nouveaux quartiers, ce bureau qu'à force de réclamations exaspérées depuis le temps ce fourbe de Frondaie m'a concédé à l'arraché – à croire qu'il m'en veut d'être le père de ma cadette ! –, je reste le rond-de-cuir que je n'ai pas cessé d'être, immémorialement confiné à la correction de ces ineptes « commentaires composés » à rendre annotés pour la semaine prochaine comme je l'ai promis à mes chers ignorants, confiné ensuite à ce noir cahier de ci-devant romancier dès dix-sept heures venues et, le soir à la maison, confiné à ces mêmes longues feuilles lignées où j'étale inlassablement mon amertume d'écrivain frustré sans passé ni futur, au sein d'une famille dénuée d'horizon qui m'ennuie comme je l'ennuie moi-même, ne voulant rien savoir de moi et surtout de mes écritures – Noooon ! me crie-t-on dès que j'aborde un sujet littéraire – au point que Florence n'a même pas fait semblant de me remonter le moral, une dernière fois, après le four de *La Chair vive* ; mais a-t-elle seulement pris le temps de lire cette nouvelle fielleuse et un peu trop hasardée pour mon genre éthéré que mon appréhension lui a dédicacée d'autant plus attentivement ? Elle ne m'en a pas touché un mot comme si c'était désormais dénué d'importance, comme si le sort en était jeté entre nous deux, entre moi et la société, ce que je crois volontiers. Que dire en effet de ce lent déclin de mes forces qui me condamne à ruminer sans apaisement possible quelque chimérique évasion ailleurs au monde, « au fond de l'Inconnu » – comme s'écrie Charles Baudelaire à bout de Spleen et d'Idéal –, que dire de cette vieillesse que je vois s'avancer là-bas à petits pas, subreptices, implacables, alors que je n'ai plus rien à dire que ces lignes que j'étire à plaisir pour m'en faire supporter l'horreur par la narration de cette horreur même dans un livre inepte et inapte à déboucher sur rien? L'horreur du vide, quoi! Ni tendresse en ménage ni hors ménage, ni création d'impérissable chef-d'œuvre, ni adhésion à la vérité de quelque Au-delà où tout se réconcilierait des cruels désirs de fuir autant que de m'accomplir ici même, sentiments qui s'écharpent en moi en une bouillie d'angoisse.

9 janvier, sept heures et demie du matin

Cette lettre dont je n'attends rien m'importune, m'aurait empêché de dormir si j'y avais été disposé.

Toujours l'incertitude, le doute, au cœur d'une foi brisée dès avant mes vingt ans par des parents éclairés pour l'époque, mais n'ayant pas saisi le vrai message auquel ils croyaient croire – amour, droiture –, dès lors comment résister à un temps gavé de bondieuseries niaises à vomir? Foi ravivée un moment par la rencontre de Florence, cette femme qui aurait pu assurer mon sauvetage de barque en détresse si j'avais su m'y prendre, comme j'aurais sauvé la sienne vite échouée. Foi retombée enfin, pareille à une large vague battant et rebattant vainement le néant confirmé de ma vie, et foi qu'au fond je ne tiens même pas à restaurer en moi, si désaffectionné de tout cela suis-je devenu, même de ce qui pourrait, je le sais, m'éviter de recourir aux journaux pour me racheter en dernier ressort. Ma vérité est une foi absente! Voilà. Mais quoi! Dois-je remettre en question même cette faillite après toutes les autres, ces épreuves – car, éprouvé, je l'ai été, il n'y a pas à dire –, et me raconter, raconter mon voyage au centre de l'Esprit? Mais à quel cul-de-sac m'a-t-Il mené, cet Esprit? À quelle foi? Tout, oui tout, même le mythique, même l'erreur, même l'approximation, même le controuvé, même la superstition, même l'absurde, oui, tout plutôt que le néant de l'absence que ces experts exégètes, ces douteurs de riens, n'ayant rien de mieux à proposer pour apaiser une soif qu'ils ne ressentent pas, ont trop l'art de feindre de dévoiler sous les apparences d'un arbre, d'un tableau de maître et de dénoncer vengeressement à coups de bélier ou à coups plus feutrés de notes en bas de page sous les équivoques et les précarités de « l'affaire Jésus », car que m'importe à moi que Nietzsche ait raison avec sa « mort de Dieu » si cela ne débouche que sur du vent, comme la science guérisseuse du Dr Freud n'exigeait pas un acte de foi plus improbable encore que celle du Dr Dieu qu'ils ont enterré. Faux prophètes! Et qui entraînent les naïfs dont je fus. Mais où sont les vrais? Les cœurs purs qui relèveront les ruines de ce qui me reste de fidélité à mon adolescence tourmentée, ravagée, dévastée, détestée… Oui, tout plutôt que ces agitations frénétiques de mouche emprisonnée dans quelque rationnel bocal de sagesse humaine qui fait incessamment se buter la pauvre bestiole contre une vitre encrassée de confitures de vérités improuvables qu'elle ne voit même pas, la malheureuse, alors qu'elle entrevoit fort bien la liberté là-bas derrière la vitre au travers de feuillages pénétrés d'une aveuglante lumière qui déjà la délivre en esprit, comme moi je survole, fourmi, la mer et les montagnes, et l'Infini, étant né sous le signe de l'Art, fût-ce de cet Art-là qui s'écrit sur le sable et que la vague efface et que la marée emporte, mais qui a reflété un instant le firmament azuré qui délivre par l'unique joie de se savoir vivre dans l'intemporel instant, puisque tout, et même l'Éternité, n'est qu'instant – un point dans la durée immobile…

Oh! qu'il fait nuit encore, oh! que la neige est blême au travers de la fenêtre opaque, et si translucide pourtant… Ah! si je voulais, si je pouvais, mais je suis seul, seul depuis si longtemps… Et cette lettre qui me tourmente et dont je n'attends rien – car qu'en attendrais-je, Seigneur, si vous-même ne m'écoutez pas? Mais je sais bien que vous m'écoutez.

10 janvier, vendredi, après souper

D'avoir plus ou moins escamoté ce que je voudrais bien n'être que la broutille de mon âge exact dans ma lettre d'il y a deux jours me poursuit comme un remords; mais comment ne pas la taire cette pauvre vérité quand, tard marié, on vogue doucement vers la soixantaine, même si on ne la «fait» pas, comme disent les gens, cette pile d'années assez monstrueuse à laquelle je n'ai pas trop de trois ans pour m'habituer. Âge au contraire qui devrait me tranquilliser puisqu'il désamorce toute anxiété devant un *struggle for life* qui tire à sa fin pour moi et devrait contribuer plutôt à la sérénité d'un cœur trop contradictoire, explosif en dépit des froides apparences et que n'ont jamais cessé depuis l'enfance de secouer les souterrains tumultes d'une nature émotive réprimée de force par la toute-puissance de la gent adulte («Prends sur toi! Sois un homme!») ainsi que je ne cesse d'entendre m'admonester mon impitoyable mère me menant tout tremblant chez un dentiste particulièrement cruel ou bien me surprenant à renifler à la lecture d'un conte d'Andersen, et que dire de cette mise à la porte de la classe – impensable aujourd'hui, j'imagine – par une maîtresse prise de furie devant mon tremblement affolé à l'idée d'avoir à chanter un air devant des camarades qui, pour si peu, ne font pas tant d'histoires eux, et puis encore il y a ce sentiment de déchéance infinie dont après cinquante ans je sens encore le poids sur les épaules quand je me revois mis à genoux dans le coin, légitimement châtié pour méconnaître jusqu'à l'existence du pauvre mot «bocal», crime assez irrémissible en effet, et puis surtout ma révolte avortée, ou pour mieux dire refoulée, sous la honte de me trouver si lâche que de ne point oser protester devant la volonté inflexible d'un père décidé à me retirer d'une école où déjà je braille pour une mauvaise note de français, affaire de m'inscrire pour deux ans à l'école anglaise du quartier par l'évidente nécessité de me farcir pour mon bien cette maudite «langue des affaires et du succès», oui clé magique, indispensable à toute réussite ici bas, et qu'importe qu'ici je me répète, lecteur, puisqu'il n'est pas dit que le fameux roman-journal qui me sauvera, roman de mes vies passée, présente et future soit encore commencé, s'il doit fuser jamais d'autres tumultes encore, une fois quittée la maison, ceux d'une vingtaine débridée, déboussolée, rebelle, contestataire de tout ordre établi – mode de ces temps-là – quand, résolu à me revancher d'une petite enfance écrabouillée, grevée de larmes sures, et d'une adolescence compromise par une (feinte?) tentative de suicide, j'avais prétendu, pour me délivrer de toute cette mémoire par trop amère, vivre une bonne fois et jusqu'au bout tout le ressentiment accumulé par tant et tant d'injustes interdits comme de justes commandements, ce que bien sûr je ne parvins jamais à faire, en sorte que, sous des dehors enfin rendus «sérieux» par la nécessité de gagner une croûte honnête autrement qu'en torchant des poèmes rimbaldiens à souhait, mon jeune homme au calme étudié mais au cœur déjà usé d'inadapté fini ne pouvait plus se réconcilier avec une réalité maligne qu'en cherchant refuge dans l'imaginaire de la littérature telle qu'on l'enseigne à la petite école et telle qu'on la vit à la grande fût-ce en prose débilement étirée, dans l'imaginaire aussi d'un franc mariage d'amour à bâcler en cinq sec, celui encore de l'amitié virile à cultiver diligemment, le tout avec des prétentions à l'indifférence, à l'insensibilité, justifiées et même appelées par la pratique de l'art des phrases qui veut tout pour lui, y compris ce cœur qui n'en continue pas moins de palpiter à la moindre sollicitation lyrique, au moindre espoir qui pointe à l'horizon.

Et c'est ainsi que tout me ramène à l'accidentelle lecture de cette annonce anonyme qui ne m'a laissé de repos que l'esprit libéré par le vain, le risible envoi d'une lettre sans queue ni tête mais imposée par l'impulsion folle d'y répondre n'importe comment, quitte à souhaiter n'en plus jamais entendre parler, à espérer inconsciemment que seul le silence y fasse écho, cet éternel silence des rencontres manquées qui n'auront jamais lieu que dans quelque improbable Infini. Mais pourquoi faudrait-il donc que, dans l'isolement moral où je me suis exprès enfermé, et pas seulement dans mes futiles tourments de romancier en panne, je ne recueille de mon plan de vie ni salut, ni rachat, ni même durable paix de l'esprit, pourquoi est-ce que d'avoir éloigné, rejeté systématiquement tout le monde autour de moi j'en suis venu à souffrir à ce point du vide qui en résulte, malgré mon peu d'estime pour mes congénères humains ? Sans quoi en serais-je à m'accrocher à des inconnues qui ne peuvent rien pour moi, pas même transgresser les frontières de ma si chère intimité par le souffle d'un aveu tendre, même menteur ? Non, à personne ne me sera-t-il plus jamais accordé de pouvoir dire, de pouvoir fredonner sur l'air du *Pays du sourire* avec toute la passion recommandée : « Je t'ai donné mon cœur. » « *Dein ist mein ganzes herz…* » Et néanmoins, moi qui déjà me vois un pied dans la tombe, par quelle magie me faire accroire que j'aurais encore tant de choses à entreprendre, d'aventures à courir, d'histoires à raconter, ne serait-ce que la mienne qui n'a pourtant rien de ragoûtant à vivre au quotidien, rien d'exemplaire non plus – encore que les livres d'aujourd'hui, comme j'essayais de l'expliquer à ma correspondante niçoise, visent moins à décrire des expériences, seraient-ce les siennes, qu'à tenter de vivre ce qu'on écrit ou mieux d'inventer ce qu'on vit, ainsi que je m'y applique dans le moment même, car ce journal est un roman, ne pas l'oublier. Comment en effet faire sortir une vérité digne de ce nom de quelque coïncidence interpersonnelle sans intérêt, même magnifiée par le délire de songes et de mensonges ou autres fusées jaillies d'une inconcevable Voie lactée de l'esprit en perdition ? Allons, dira-t-on, tant qu'à écrire ses derniers soubresauts, mieux vaut claquer tout de suite une bonne fois, histoire d'en faire bénéficier ses croque-morts qui attendent… À croire qu'on n'est plus, avec ou hors la compagnie de Florence, qu'un gibier de maison d'accueil ou de repos, comme ce pauvre père à qui j'ai dû, avant qu'il meure dans son hospice, demander pardon de ne l'avoir pas pris chez moi malgré toute la déformation que ma jeunesse lui doit, quand j'ai réalisé, naïvement tard, que le ruineux confort au luxe plastifié de ces asiles hôteliers n'était là que pour camoufler le mouroir qui nous guette tous au sortir de la comédie que, tourmentés ou non, on aura été tenus de jouer sans même avoir eu l'occasion d'apprendre son bout de rôle. Et dire qu'après tant de vaines frustrations de tous ordres il ne m'aura été donné de vivre rien de grand, de mémorable, serait-ce dans l'ordre primordial de l'amour humain. Ne parlons pas du divin ! Le temps perdu à panser ses morsures, gâché à enterrer ses défaites, rend ses ambitions plus modestes, faut-il croire. N'empêche… (Ami lecteur, tu vas dire que j'abuse des *n'empêche* et des *n'importe*, et tu auras raison, mais ces locutions rendent si bien compte de mon actuel état d'esprit que tu dois me les pardonner, pour peu que tu m'aimes.)

Étrange ! À cause de la banalité d'une prime jeunesse coincée entre une sensibilité d'épagneul et un cran de saint-bernard patte cassée, j'ai cru naïvement naguère, autour de mes trente ans, avoir enfin mérité les regrets sinon les remords de mes parents, sans me rendre compte que ces gens de bonne volonté étaient bien trop honnêtes et sérieux pour jamais ressentir quelque besoin de se remettre en question, assurés jusqu'au bout d'avoir agi au mieux en ne me passant rien et en me refusant tout, jusqu'à l'expression de mes petits chagrins d'enfant. Pas étonnante cette longue crise postadolescente précédant la rencontre de Florence Auger et marquée par ma seconde tentative de suicide, quasi réussie celle-là. Pourquoi seulement cette malencontreuse faiblesse d'avoir appelé la police au téléphone à l'instant de sombrer dans un coma longuement préparé à la faveur de sédatifs puissants secrètement accumulés – une centaine de comprimés de Nozinan 50 mg prescrits pour dormir ! Jamais je ne me pardonnerai ce coup de téléphone, jamais. À quoi bon, je m'en rends compte, avoir rouvert les yeux sur un plafond d'hôpital à l'âge qui se révèle être celui des choix décisifs, si absurdement qu'on y ait été préparé, posant à l'Héraclès écartelé, comme tout le monde je présume, entre le vice et la vertu, perplexe et s'abandonnant à des réactions immatures, et pour cause, au long de cette vingtaine où le destin se façonne définitivement, peu après cet âge où Rimbaud, tout génial qu'il est, bazarde l'imposture littéraire plutôt que de s'y jeter froidement tête première au risque de vivre sa malédiction à l'Académie alors que, dénué du moindre génie, du moindre talent qui sait, je tombe à pieds joints dedans ? Il est vrai qu'il devient difficile d'opter dès lors qu'on a peine à distinguer les vraies valeurs dans une époque de folle démence, comme si la démence individuelle n'y suffisait. Aussi bien existe-t-il notion si anachronique, si dérisoire, si vide de sens, à l'heure actuelle, après avoir depuis l'Antiquité régné sur les consciences éclairées, que celle de « sagesse » ? J'en ris moi-même – encore heureux qu'il me reste cela, l'autodérision, ou serait-ce le jaune ricanement de l'aviateur cloué au sol observant dans le ciel la joyeuse cohorte des anges médiatiques qui prennent leur vaste envol audiovisuel ou internétique?... En toute franchise, j'en doute. En dépit de mon père qui maniait les cartes avec bonheur, je n'ai jamais été vraiment doué pour les réussites, dites aussi, par antiphrase j'imagine, ces patiences où la réflexion remplace le génie, à ce qu'on raconte par manière de consolation.

Successivement ce furent donc, à la suite de mon évasion de la geôle familiale le jour même de mes dix-huit ans, le déchaînement des «sens», comme un jansénisme moribond disait encore, le grand défoulement pour le pur plaisir de la découverte, puis celui, autrement enivrant, de l'éclatement du verbe écrit et parlé, suivi d'un engagement politique aux relents utopiques, et puis, au bout de six ou sept ans de cette aimable rébellion à vide évoquant Mai 68 en France, devant tant d'échecs, ce fut la volonté d'en finir avec la vie par les moyens drastiques que j'ai dits, et enfin, cette inspiration m'ayant fait échouer à l'hôpital et me sentant projeté *ailleurs* par la centripète vilenie universelle, une certaine nostalgie de vivre *autrement* pava la voie aux *Mémoires d'un jeune homme dérangé* qui fut mon premier livre publié après mes poèmes parus à compte d'auteur grâce à un petit emploi de livreur de pizzas puis de vendeur de fruits et légumes au marché Jean-Talon. J'y pensais ce midi en constatant combien toute révolte individuelle ou collective est une impasse dans une société où l'intérêt personnel peut seul compter sur la stabilité des taux de change, avec la haine de toute mutation, de tout dérangement en profondeur, témoin la répugnance d'un peuple comme le nôtre à se prendre en main, leçon de cette *Éducation politique* dont j'achève l'inconsolante lecture et qui montre un R. Debray floué tour à tour dans sa révolte contre l'ordre établi par l'idéalisme, puis par un pragmatisme faisant figure de sagesse moderne. Aussi, pour mon petit compte, est-ce la divine *in-dif-fé-ren-ce* conquise au prix de tant de dégoûts – ma candeur y cherchant une sérénité que je n'ai jamais encore connue – apathie qui m'a valu une maturité reployée sur soi et qui n'a rien voulu savoir, ni s'en raconter, ni qu'on m'en raconte jamais plus sur le «bonheur» ou le «service» ou l'«idéal» ou l'«art» ou l'«amour» ou la «transcendance» – rejet perdant puisque ne débouchant que sur le vide d'un égotisme de pacotille, quitte à dissimuler mon cynisme derrière les belles phrases de mes huit ou dix premiers romans dits du «déchirement», sur fond d'optimisme et de générosité! – adhésion au néant paré de mots bien fraternels, bien magnanimes, et perçu comme un moindre mal qui ne m'a pas (encore) tout à fait quitté, n'étant parvenu qu'à me couper de tous les militants de quelque cause que ce soit à commencer par celle de leurs propres intérêts, et même à me couper d'un certain moi contre lequel se gagne le vrai combat qui vaut d'être gagné, victoire qui confère le seul trophée à n'être pas attribué par les « régents », je ne m'en dédis pas, trophée trop long-temps quêté dans l'accomplissement d'abord spirituel puis artistique où je me suis trouvé relégué de par mon inadaptation à toutes choses utiles à moi-même et à autrui, et ce malgré divers efforts louables comme celui du mariage et de la famille. Deux fois trente ans de perdus pour en arriver à ce constat que j'étais battu d'avance, à ce testament de rien ! S'apercevoir qu'on est seul, absolument seul, loin de ses plus proches qui vous le rendent avec intérêts composés – mais comment avoir cru une seconde qu'on avait vocation aux responsabilités de la famille quand on n'a même pas les papiers nécessaires pour y pourvoir honnêtement ? –, seul donc, tout seul avec ses pavés de prose invendue qui s'empilent chez tous les éditeurs de la région. Mais n'est-ce pas que justice que je sois précipité dans l'inexistence, et par Danterny maintenant ? Toute vie humaine a sa logique infaillible. J'étais vraiment né pour être et demeurer « chargé de cours » à perpétuité, « moniteur des TP » jusque dans l'Éternité, et pulvérisé pour de bon sur le champ de bataille littéraire, quelque fiction que je puisse encore ici même inventer pour me duper.

Après ça, comment m'étonner de mon désabusement, pire : de mon désespoir – latent, larvé tant qu'on voudra, j'ai appris à me tenir tout de même –, et comment me surprendre de la tentation bien dérisoire de saisir cette main là-bas qui inspire confiance par son peu d'exigence, son peu d'existence même, cette main qui se tend vers moi par-dessus l'océan où soufflent par hasard les quatre vents de l'esprit : lettres, beaux-arts, histoire, spiritualité... Ces quatre vents familiers balayant chaque jour un peu plus passivement mon esprit réduit à lui-même, depuis le temps qu'autrefois avec Florence, ces tout premiers mois de notre vie de couple encore à la croisée des chemins où tout est possible, des mois heureux, les premiers et les derniers que j'ai connus, qui ne faisaient d'ailleurs que prolonger nos très chastes effusions de fiancés harmonieux, Florence me tirant alors, me guidant sans peine hors de cette « voie de folie » qui m'avait conduit à mon suicide en queue de poisson, réaction certes excessive à l'éducation de parents « qui avaient cru bien faire », comme tous les parents sérieux – moi excepté si vite détaché de ma progéniture, trop commodément persuadé que «la solitude est sainte» selon la noble formule de Stello, l'infortuné poète de Vigny, qui m'avait soudain frappé pour mieux me conforter dans mes aspirations de littérateur cherchant à légitimer sa vie dépeuplée. Mais nos parents nous rattrapent lors même qu'on les a jugés. Seulement j'étais poète, de par la faute même du système qui m'avait brisé, et croyais que là, dans ma vocation assumée, résidait mon devoir certes, mais surtout mon salut, ce qui ne pardonne pas : il n'y a pas de salut, du moins de ce côté-ci du Temps, hormis quelque état de sainteté dont je m'éloignais à la vitesse de la lumière. Et tandis que les trois enfants atteignaient l'école et moi l'apathie égocentrique de l'artiste en titre, Florence, après avoir regardé – et comment l'en blâmer ? – par-dessus la palissade de notre minable immeuble, apprenait à mon exemple à diluer le vin de son idéal de sublimité en faveur d'un premier adultère avec Franzy, car l'échec, mon échec à crever déjà les yeux de tout notre petit monde, ne faisait que m'enfoncer par réaction dans mes illusions de poète élu, marqué pour un destin exemplaire de grandeur ou de malédiction.

N'importe cela. Avec tout mon scepticisme, j'ai beau me convaincre que rien ne me force à céder à l'attrait mystérieux de cette amie par correspondance qui me tombe de l'azur, non rien si ce n'est la curiosité d'un romancier en panne d'inspiration, j'ai beau me répéter que cet éventuel échange épistolaire, parce qu'il ne m'engage en rien que de surface, ne peut, au mieux, que soulager mon isolement et secouer mon indifférence, au pire me rappeler l'ineffable inanité des sentiments humains, vains froissements à la surface d'une eau aussi fragile que la brise est frivole et folle de venir caresser cette surface insondable de l'étang glacé qu'est l'âme humaine, et d'une caresse oubliée aussitôt que passée. Oh! oui, que tout, à mon âge surtout, est éphémère et insaisissable… et de portée nulle hors de la tête. Mais la vérité est que je ne désire rien, ou presque rien s'il se peut que j'en sois rendu à éplucher des annonces commerciales ! Pourquoi m'embarrasser de lettres à écrire après avoir si longtemps résisté à toutes ces niaiseries sensuelles et sentimentales dont le monde entier se pourlèche et dont j'ai du moins assez bien purgé mes romans en faveur d'aspirations moins primaires, sans être plus efficaces, que ces souhaits de nouvel an dont on sort à peine et dont je n'ai pas encore constaté les effets… Écrire! Toujours écrire! Comme si ces écritures sur quoi j'ai misé ma vie n'étaient pas la futilité même, inutiles à moi d'abord qui n'en mourrai pas moins en songe-creux voué au néant, inutile aux autres qui s'en sont détournés dès à présent, de l'exacte manière dont je me suis détourné de tout ce qui ne rafistolait pas mon image lacérée. N'avoir plus un seul ami au monde, ne plus voir personne, ne plus se reconnaître dans la famille qu'on a soi-même fondée… Un parfait étranger, voilà ma vérité – mais à quoi bon me lamenter, je l'ai voulu ainsi, toute ma jeunesse avait préparé ce noir désert, l'avait programmé, l'avait exigé, et finalement, presque normalement, c'est moi seul qui fais les frais de cet isolement concerté, planifié, qui abandonne les miens à une connivence qui m'exclut sans remords. Le soir du jour de l'An, j'ai même senti une complicité de goûts, de regards, de jugements entre Florence et Mariette, complicité morte avec l'enfance entre moi et ma sœur cadette qu'on ne voit plus guère qu'une ou deux fois par année, et encore est-ce sur les instances de F. qu'elle daigne se joindre au clan dont je suis à peine. Le pire est de penser que je souffre de moins en moins de cette mise à l'écart dont je suis l'unique artisan avec ma manie solitaire d'aligner des mots qu'ici, chez moi, comme ailleurs nul n'aura la curiosité d'ouvrir. Mais pourquoi en souffrir ? Je les trouve tous, chacun à sa façon, si médiocres, à commencer par Patrice dont il n'y a rien à tirer que la sécheresse de ses chiffres pour le moins égale à celle de son cœur, pas plus qu'il n'y a rien à tirer de la cervelle d'oiseau et du cœur de mouche de Francine Trudel qu'il ramène ici à tout bout de champ depuis qu'il l'a engrossée. Tant mieux d'ailleurs pour leurs morveuses petites gueules : ils ne méritent même pas de souffrir, eux – c'est tout dire ! Même Brigitte me déçoit. La fille de Frondaie ouvre si rarement la bouche pour dire quelque chose d'intéressant que je ne devrais pas me surprendre qu'elle n'ait de curiosité que pour la production de son amie Yvée Marcueil qui l'impressionne avec son attirail de peintre, sûrement plus pittoresque à regarder que mes secs bouquins incolores ; pas de quoi s'étonner qu'elle ne desserre les lèvres que pour un quart de sourire, en vérité assez désarmant d'insignifiance mais où je n'ai pas de peine à reconnaître le dégoûtant qui l'a très certainement conçue, conçue quand Fernand, encore jeune et sympathique – du moins je m'en persuadais pour ne pas déplaire à Florence –, commençait tout juste à se pousser, à se donner des airs de doyen de faculté, ce qu'il a fini par devenir à force de jouer son personnage de dindon, et qu'il courtisait ma femme en douce genou contre genou sous la table. Et moi je soupçonnais ces petits manèges, vaguement flatté dans ma peau de mari naïf et indulgent, ces mains frôleuses, mais je laissais faire, comme une chose un peu drôle et sans réelle conséquence, trop fier que j'étais d'avoir pour intime un collègue un peu plus âgé titulaire d'un doctorat, lui, et déjà grand titulaire de la chaire de littérature du XIXᵉ siècle français, romantisme et réalisme compris, pensez donc! N'empêche que c'était un garçon respectable dans ce temps-là, Fernand, ce qu'on appelle un «type bien» – en tout cas il me suffisait de m'en persuader et j'y tenais, assurément par stratégique intérêt pour ma propre piteuse carrière. Pour tout dire, je faisais semblant de ne pas voir ce qui se tramait parce qu'il valait mieux pour mes affaires que je ne le voie pas. Après cela, en vouloir à F... Après cela maltraiter Brigitte qui n'est tout de même pas responsable de sa naissance ni de ses parents vrais ou présumés, d'autant qu'elle eût certainement préféré pour elle la paternité de Franzy-Franzy, lequel a au moins un commencement de sens artistique. Elle-même est sensible à la musique, je le sais, et Yvée, sa meilleure copine, qui a dix-neuf ans contre ses dix-sept à elle, fait preuve, à ce qu'elle raconte à sa mère, des plus beaux dons pour la peinture. Tout à l'heure, au souper, elle expliquait, à sa façon laconique, que tout ce qu'elle savait en matière d'arts visuels, elle le tenait de cette jeune fille. Sur le moment je n'ai rien dit, mais comme j'allais regagner ma chambre, vaisselle faite tous ensemble dans un total silence qu'accusaient cruellement ces chocs d'assiettes qui ont l'heur de m'énerver au possible, j'ai attiré la petite avec moi dans ma chambre pour qu'elle me dise ses goûts en matière d'art, ce à quoi elle a répondu sans se faire prier. Sans doute ce sont ceux d'Yvée Marcueil, mais qu'importe. Bien normal à son âge. Je l'ai laissée ensuite feuilleter en silence un ou deux tomes de ma belle *Encyclopédie des grands maîtres de la peinture* que j'ai toujours à portée de main, lui laissant entendre qu'elle était à sa disposition quand elle voudrait la consulter ou la feuilleter tout à loisir, et que je la gardais chez moi faute d'espace au salon, ce qui est en partie vrai, puis, comme elle allait sortir, je lui ai demandé, sans trop insister, de penser à me présenter cette Yvée Marcueil, si étonnante à son dire, quand elle viendrait à la maison: j'aimerais assez la connaître, ai-je expliqué à Brigitte, et causer avec elle de ses conceptions et projets de peintre et aussi de sa vie d'artiste telle qu'elle la conçoit et telle qu'elle la vit au jour le jour, étant moi-même artiste du langage confronté à des difficultés analogues. Brigitte a pris un air dubitatif: il n'est pas du tout sûr que la jeune fille revienne à la maison. Madeleine, qui occupe la même chambre que sa sœur, lui trouve des airs de supériorité imbuvables et refuse de la voir. Bel effet de la jalousie fraternelle: une amie intime et admirée de Brigitte, une artiste peintre qui se pique elle aussi de dessiner, c'en est trop pour Madeleine! Je devine combien sont importantes à cet âge ces préséances de talents et ces privilèges d'aînesse. Un an d'écart à l'adolescence, c'est dix ans à l'âge adulte – la distance qui me sépare de ma dulcinée de Nice! Et Madeleine doit estimer que c'est à elle seule que sont dues les faveurs et les fréquentions d'Yvée Marcueil, d'autant que la jeune artiste a deux frères, paraît-il, dont l'un est inscrit au collège en option langues vivantes et que Mad s'est découvert une «passion» pour l'espagnol… Assez nouveau chez moi cette curiosité pour des enfants qui n'en méritent pas tant: quand je l'ai connue, leur mère avait tout de même une autre classe. Mais comment une carrière dans la publicité, ce mensonge organisé, n'aurait-elle pas gâché tant de promesses et, de mon côté, comment, enfermé dans le bagne de l'enseignement et alternativement celui des écritures, n'aurais-je pas, sous le prétexte de l'œuvre à réaliser, négligé l'éducation, fût-elle strictement littéraire et artistique, de mes plus proches, dont je doute qu'ils le soient encore?

11 janvier

Génie en moins, je me ferais un peu penser à ce pauvre Baudelaire qui, dans une prière intime, supplie le Très-Haut de lui accorder «la grâce de faire encore quelques beaux vers» qui du moins lui prouvent «qu'il n'est pas inférieur à ceux qu'il méprise». Par un injuste arrêt du Ciel, ne suis-je pas né poète avant de le devenir tout à fait, même si j'ai de longtemps renoncé à la poésie doloriste de mes quinze ans et bientôt à celle, sulfureuse et blasphématoire, de mes vingt ans, lorsque mes yeux se sont ouverts sur la dégoûtance des êtres et des choses, y compris sur la mienne propre uniquement capable de révoltes narcissiques, de plaisirs par défi et d'emballements sans retombées, si j'excepte le temps de mon engagement politique à l'Action socialiste pour l'indépendance du Kébek, quand j'y pense! Et encore! Idéal patriotique sans doute du même ordre que le «révolutionnarisme» du même Baudelaire en 48, explosant en faveur de l'unique volonté de résistance à l'imbécillité ambiante avec celle de faire tuer son beau-père! Alors je suis sorti de ma coquille restée individualiste même dans l'action politique, j'ai cherché autour de moi, dans les milieux littéraires que je fréquentais, des êtres à qui donner mon estime. Je n'ai pas été récompensé dans ma recherche. Seule Florence Auger me renvoyait de la société des jeunes une image non négative, et ce malgré toutes nos différences, ou à cause d'elles. Pourquoi? Elle seule pourrait encore, peut-être, me le dire. Parce que ces différences la renvoyaient dans mon imaginaire le plus secret. Seuls des êtres non pas rêvés, ou utopiques, mais de chair et d'os pouvaient encore me guérir de tout l'inhumain qui pointait déjà en moi. Or ceux-là que j'ai rencontrés, après mes premières et assez peu durables illusions sur la fac, ont tous fini par me précipiter dans cette indifférence-refuge devenue inguérissable à partir du moment que je l'ai ressentie non comme une supériorité mais comme une blessure. Qu'y faire? Partout, dans tous les milieux, je n'ai vu qu'ambitieux, opportunistes, tricheurs, gens qui se poussent pour mieux pousser les autres, et l'exemple venait de haut : quand je pense à ce Frondaie, qui avant d'être mon doyen fut mon ami, mon inséparable, inséparable jusqu'à me faire cocu, et qui me regarde à peine aujourd'hui, un parmi tant d'autres « gentils garçons », tant d'autres « chic types » que la vie a pourris à la moelle en les gâtant d'avantages immérités. Je serais tenté de les envier plutôt que de les plaindre. Mais qui sait si à ma faillite totale je ne dois pas mon petit restant de sainte lucidité?

Certes j'ai pas mal de choses à me reprocher, pas mal de limites personnelles à stigmatiser aussi malgré ce que j'ai pu croire au temps où j'aimais à me prendre pour un petit génie en puissance, pas mal de furieux égoïsme surtout, mais comment donner tort à Péguy cité par Guillemin quand il écrit : « Quand un pauvre homme a la probité dans la peau, il est perdu pour les grandeurs humaines. » Ce Fernand Frondaie à qui tout réussit : pas même une poignée de main quand par hasard je le croise dans le couloir, à peine un sourire figé, à peine un petit mot officiel et dicté pour me rendre grâce de l'envoi bassement dédicacé à « mon vieil et attentif ami [!!!] en souvenir des beaux jours », « toujours le même, Rémy D. » de ma *Chair vive* qu'il a dû joyeusement foutre à la corbeille, l'ironie de la dédicace et du bouquin lui ayant souverainement échappé. Détail. Romancier, mon unique tort est de n'avoir pas le talent de ma passion. Cela est-il si fréquent. Pas sûr. Reste que mes écrits sont détestables et qu'on me l'a bien fait savoir. Leur silence médiatique s'entendrait. Et même si ces gens-là disent ou taisent n'importe quoi, leur silence a du moins quelque chance d'être véridique. En tout cas, j'ai la faiblesse d'y croire jusqu'à me retirer ma propre estime, celle-là que dès ma deuxième publication m'accordait par trop généreusement ce brave Bellet, collègue des plus savants qui n'en avait pas parcouru une page et m'entretenait gravement déjà de ma «riche œuvre aux promesses insondables». Médiocre esprit je suis, médiocre auteur je reste, et après *La Chair vive* ce n'est pas le présent déshabillage public auquel je me livre ici qui me démentira, si même il n'exhibe pas ma parfaite nullité. D'en prendre si fermement conscience en cette saison tardive où rien ne s'offre plus pour me rescaper suffit à m'ôter toute envie de poursuivre la rédaction de ces pages de testament-journal qui devaient couronner ladite riche œuvre aux promesses maintenant par trop sondées, et la racheter. Est-ce une raison pour que Mimy Thiébault, avec qui je fis l'amour sans trop me faire prier dans ces lieux mêmes où j'entreprends de récapituler avec assez de lucidité mon séjour parmi les terriens – le temps des bilans étant déjà pour moi plus que mûr –, est-ce une raison, dis-je, pour que Mme Mimy Thiébault ne daigne même plus abaisser le regard sur le miteux «chargé de cours» que je demeure depuis que, doctoresse ès lettres enfin reconnue pour telle après cinq ans d'efforts démesurés, elle occupe de son postérieur fort visité par la gent intellectuelle toute la largeur d'une chaire de linguistique structurale? C'est pourtant avec la même condescendante personne que j'ai partagé deux ans durant le même bureau sordide, sordide mentalement vu la profanation du solennel décorum universitaire, écrin des hautes valeurs de l'esprit, où les bras de l'ineffable archiduchesse s'ouvraient pour se prêter à ce petit jeu qualifié par elle de «racinien» par une complaisance littéraire bien pardonnable… C'est donc la même ingrate infidèle qui s'autorise à présent à lever le nez sur un confrère si incontestablement inférieur que chaque année nouvelle risque de me trouver, si mon contrat n'est pas reconduit, en situation de plier bagage comme elle-même dépliait, dans sa plus flambante nudité, l'étroite couchette qu'elle eut l'inspiration d'apporter de chez elle, soi-disant pour se reposer de ses fatigues linguistiques, dès le lendemain du premier don qu'elle me fit de sa personne. Aujourd'hui que la voilà importante (à ses yeux), comment nous pardonnerait-elle rétrospectivement des écarts de conduite si peu compatibles avec son nouveau poids spécifique? Si par ailleurs je n'ai guère commis d'autres grosses bêtises de cet ordre-là au cours de cette lente et longue et froide désaffection morale et physique imposée entre autres par l'apathie mutuelle que Florence et moi nous inspirions, apathie amplement compensée côté Florence par les délicats efforts du petit Franzy-Franzy pour suppléer à mes insuffisances conjugales officialisées voici quinze ans par notre

69

commun agrément de faire chambre à part, résolution essentiellement explicable quant à moi par un repliement volontaire et égotiste à souhait sur ce qui devait être ma «riche œuvre», sublime délire de me vouloir autre que mes parents m'ont fait et simultanément défait. Ce qui n'interrompt pas le quotidien. Et tant qu'à me réclamer de spiritualité à l'instar de mon Inconnue, j'entends bien proposer l'exégèse de la *Saison en enfer* à mes chers étudiants, en découpant par tranches cet adieu à la littérature, une tranche pour chaque équipe de mon groupe préféré qui la décortiquera sans savoir ce que Rimbaud signifie pour moi: ainsi aurais-je l'amer loisir de m'imprégner à nouveau de ce texte que j'ai su par cœur, moi qui l'ai d'abord connu à l'âge précis où Arthur l'écrivit. Ainsi me sera-t-il donné de me rappeler que le poète laisse échapper ce mot, noir sur blanc, ne serait-ce qu'un cri aussitôt étouffé, puisqu'il affirme, tout de suite après, l'avoir rêvé, mais enfin il l'a pensé une seconde et puis l'éclair du poète c'est sa vérité – quel mot, quel cri? Que «la clef du festin ancien, c'est la charité», que «par la pureté on va à Dieu»! ajoutant aussitôt, comme je viens de le dire, que ces intuitions foudroyantes prouvent qu'il a rêvé ce qui fut sa vérité d'un instant. «Déchirante infortune!» s'écrie-t-il brisé sur sa pauvre table. Mais comment faire un roman avec ça? Il manque une femme. Sinon deux. Malgré Gide, c'est bien évident, on ne fait de littérature, bonne ou mauvaise, qu'avec ce qui est vrai, vrai pour l'imagination, vrai à un certain niveau de conscience; un niveau auquel la vraisemblance n'atteint pas, peu importe la nature des sentiments, événements, pensées et autres matériaux littéraires, pour la bonne raison que le vraisemblable, le plausible n'existe que dans la tête des auteurs, qui sont excellents pour concevoir et prédire le prévisible en effet! Or nulle part dans la vie on ne rencontre le vraisemblable, et encore moins dans les romans qui sont des romans, sans quoi où serait l'intérêt de les lire? Aucun roman purement vraisemblable, «illusionniste», dirait Malraux, qui vaille d'avoir été écrit. Et comme je crois l'avoir noté ici l'autre jour, je le prouverai en vivant chaque jour ma fiction, comme j'ai déjà commencé à le faire, sauf à tricher au nom des exigences de la forme pour me faire agréer par un Danterny et consorts, même si tout mon malheur vient de ce qu'on ne m'a jamais cru malgré tous mes truquages. Ainsi prouverai-je le vrai par le faux: *Le Cavalier polonais* n'est-il pas déjà un faux plus vrai que les narrations les plus véridiques avec l'histoire de cette femme sortie de mon rêve dont j'attends avec impatience la réponse forcément imaginaire et inattendue puisque c'est moi, auteur, qui la rédigerai de toutes pièces. L'histoire de ma misérable vie telle que narrée dans ce journal est la preuve même de son absurdité, ou je n'y connais rien. Florence, elle, en tout cas, ne me démentirait pas. Et puis si ce démon d'Arthur ose écrire dans un de ces poignants éclairs dont il a le génie que «la charité est la clef du festin ancien», que «par la pureté on va à Dieu», pourquoi me refuserait-on le droit de croire à l'invraisemblance du *Cavalier polonais* que j'écris avant de le vivre? À preuve, mon incapacité à dire le déchirement entre l'Art et l'Amour autrement qu'en les parodiant d'avance – témoin mon aventure avec Mimy Thiébault, péripétie romanesque rendue risible par la banalité même de mes hésitations –, à preuve ces rêves de gloire érotique et littéraire qui m'ont précipité dans le gouffre d'une insondable désespérance – gouffre au fond duquel je trouve aujourd'hui cette certitude de ne pas me tromper en traquant cette dame, certitude à quoi je me cramponne comme à la clé retrouvée de ma malle aux trésors même vidée de tout son contenu hormis ce qui s'appelle la souffrance, la ruine. Car, on aura beau dire, personne ne mérite vraiment de se prendre au sérieux, personne ne mérite d'être sauvé, si ce n'est par des inventions auxquelles on aura pu donner vie, des rêves mêmes qu'on aura su incarner. Ça n'a rien de bien nouveau comme «trouvaille morale». Des tonnes d'écrivains, de penseurs, de moralistes l'ont dit et répété, qui ne méritaient pas davantage eux-mêmes d'être sauvés et qui l'ont été. Ainsi Rousseau et Chateaubriand entre tant d'autres qui ne les valaient pas, deux grands écrivains méditatifs, deux grands maîtres des beaux et des nobles sentiments et se proposant en modèle au genre humain, mais comme par hasard incapables de ne pas arranger la réalité, de ne pas taire ce qui risquerait de blesser leur image médiatique, deux parfaits hâbleurs, deux parfaits menteurs qui se targuent d'une inlassable sincérité mais savent bien ne présenter jamais que leur face présentable, que leur profil aimable et sublime à ce public de siècles qu'ils tiennent avant tout à séduire et par tous les trucs de leur plume abondante et souveraine, étonnement d'une postérité que ne cessera de méduser ce qu'elle tient pour actes et sentiments vécus. Il n'y a que les poètes, les vrais, qui n'ont pas menti *tout le temps*.

(Au retour de l'église – pourquoi? – de l'église où je n'avais pas remis les pieds depuis le baptême de Brigitte, soit depuis dix-sept ans…)

J'en suis à me demander si mon horreur de ce monde en faveur de quelque fictif outre-monde tel que celui de l'Art ne vient pas de ce que je me trouve être exactement celui que j'avais souhaité être, adolescent, un poète mû par le seul honneur de vivre intensément, à moins que cet honneur ne soit le cruel apanage d'un âge amer point encore affranchi des illusions magiques qui sont le propre de la transition vers la maturité, «illuminations» rimbaldiennes trop promptement décolorées dès les dix-neuf ans du poète, ce temps où l'heure vient d'endosser la redingote des convoiteurs de biens et de respectabilité ou de se ruer vers l'or abyssinien ou celui du klondyke – comme si, passé l'adolescence, il devenait vain de chercher dans son cœur évidé «la clef du festin ancien». En vérité, depuis quand le poète, c'est-à-dire l'homme rendu lucide par le tourment de vivre, rencontre-t-il sa joie dans un bonheur répertorié, qu'il soit familial, professionnel, voire amoureux – sauf extase improbable? Il faut avancer néanmoins, même si toutes ces voies bordées de longs peupliers d'automne jettent leur ombre croissante sur l'étroit chemin creux infesté de vipères que l'infortuné cavalier polonais, descendu de sa monture qu'il tient par la bride, ne cesse de fouler en faisant crisser sous son pas des pierres coupantes auxquelles il se blesse au sang parfois, non tant par aveuglement que par distraction tandis qu'il marche vers son étrange destin sans dévier pourtant de sa route incertaine aux lacets et aux zigzags apparemment privés de direction utile, sans jamais s'écarter de l'idéal que, jeune encore, il s'était fixé pour terme à ses errances inscrites dans une course à obstacles qui le réduit encore aujourd'hui à des prises de directions imprévisibles mais non moins inspirées, comme cette lettre à l'étrangère, réponse à une voix doucement plaintive parce que avide de trop hautes lumières, et comme par hasard les seules propres à me rendre mon chemin dans l'ombre où je croyais ne jamais m'égarer depuis si longtemps déjà que mon énigmatique chevauchée avait été rendue solitaire par l'impuissance créatrice et la brisure avec Florence dont j'assume toute la responsabilité comme pour me mettre à l'épreuve d'endurance et d'orientation, me forcer à m'interroger, à interroger l'orage qui vient, guetter les embuscades au détour du chemin, regarder là où apparemment il n'y a rien, déconcerter tout le monde, déconcerter Florence par mes regards en biais, ou mes absences, Florence qui, renonçant à rien comprendre à mes entrelacs et mes entrechats, se détournait déjà de moi dès avant Brigitte – Brigitte premier petit corps du délit de fuite, mais comme je la comprends mieux aujourd'hui, Florence! comme je la comprends de s'être évadée vers les prestiges de la publicité où ses facilités graphiques et son inventivité langagière n'ont pas été longues à faire merveille (ce dont je n'ai pu que me réjouir pour nous, car mes échecs à répétition nous auraient aussi bien tous menés à la dèche…), moi en persistant, même ayant coiffé le bonnet du sage, à miser, joueur né perdant, sur mes increvables chimères adolescentes où il y va toujours de quelque accomplissement sublime qui me poursuit incessamment, dans ce cahier même où je forme ces lettres au hasard en attendant d'en tracer d'autres, des vraies, de plus personnelles, et néanmoins abstraites comme l'espace. Tournée vers l'Europe, l'antenne de mes neurones de cavalier polonais s'est mise à l'écoute d'une inconnue qui me ferait commettre non point des gestes qui se perdent mais les paroles et les pensées qui demeurent et qui sauvent. À bas l'Internet. Il me tue d'exister sans que j'y comprenne rien.

En ce dimanche donc une paix m'envahit descendant du silence autour de moi, en moi, silence des paroles désenchantées mais non menteuses, et cette sainte paix qui dort je ne la rêve pas puisque je sens ses lèvres souveraines effleurer le front de celui qui ne peut pas ne pas être né pour rien, et même j'y discerne une promesse de consolation à faire oublier des tourments qui avaient commencé bien avant que l'ombre projetée sur mes espérances – ce que pudiquement j'appelle ma morne indifférence – ne me couvre tout à fait, soit sans égard à ces étoiles intermittentes, à ces astérisques, à ces comètes entrevues sur l'écran opaque de paupières où naissent ces formes lumineuses, ces songes kaléidoscopiques qui se transformeront peut-être sinon en regards et en caresses mais en lettres, en mots, en phrases sur un vierge papier que sa blancheur ne défendra plus, bref de la littérature, ma spécialité où je ménage à l'étrangère de l'amitié en prose… Propos réconfortants que je note ici pour me souvenir de me taire lorsque, physiquement et moralement fracassé de solitude et de dégoût, d'horreur et d'humiliation, je chercherai partout dans les ténèbres et sans le trouver le baume d'une clarté nouvelle, vertige de l'âme qui n'a pas su écrire ce qu'il fallait. En sorte que par ma faute et ma volonté, il n'y aura plus alors de princesse lointaine pour se pencher sur le sort de la fourmi extérieurement disciplinée, mais profondément rebelle, que je n'aurai cessé d'être et de plus en plus, fourmi se démarquant au maximum de sa communauté par ses refus farouches de jouer – à temps plein – le jeu de la fourmilière, n'en vaquant pas moins à des tâches infiniment stupides, tant au département d'études françaises que dans le présent roman où je ne sais que me plaindre, labeur d'espoir néanmoins que je m'inflige après avoir enfin digéré le fiasco de « mon œuvre » parmi d'autres corvées imposées par la nécessité de survivre matériellement, semblable en cela à mes identiques fourmis sœurs mais qui, elles, se prennent à croire réellement à ce qu'elles font, si peu inquiètes sont-elles du pourquoi du jeu, uniquement soucieuses d'enterrer celles qui se sont épuisées à l'ouvrage en concourant à la construction du monticule fourmilier évidé de ses propres entrailles. D'une mine de sable à fond creusée faire un mont d'or, tel est en effet le jeu proposé, et nul ne s'en plaint, bien au contraire, et nul ne s'en étonne, jusqu'à ce qu'un talon satanique tantôt, par exemple en la très proche année 2000 au gré des spiritualistes invétérés, vienne par hasard écraser le labyrinthe, renverser cette tour de Babel dressée à grands frais de sueur et de sang et de pensée pour assurer l'avenir d'une espèce que chacun de ses membres attitrés rend plus maudite et plus malade à mesure qu'il refuse de savoir qu'il travaille pour RIEN. Mais il ne faut surtout pas le lui dire. C'est là le secret de la fourmi irrégulière, de la fourmi poète, de la fourmi qui avait compris la vanité du jeu et que les dés sont quelque part pipés, l'étaient bien avant le déclin de ses forces vives, fourmi qui avait compris, sans s'y résigner tout à fait, le sort tragique auquel elle est promise elle aussi, malgré ses minables efforts pour éclairer le sombre labyrinthe de quelques grains de lumière beige sale. Et puis l'idée la prend de tenter une ultime échappée, oh ! la plus modeste, la moins compromettante, la moins risquée, la seule au reste qui se présente, celle de se porter au-devant d'une autre solitude appartenant à une autre communauté, mais infiniment lointaine, infiniment hors d'atteinte, solitude dénuée de tout corps, de tout visage, de toute réalité, qui sait, obsédée seulement elle aussi d'échapper au fatal déclin collectif, pure âme abstraite qui de là-bas lui a fait signe, très improbablement. Il y a là comme une aventure à la Zola, si l'on songe au couple que constituent Étienne et Catherine, germinaux submergés par les ténèbres aqueuses d'une terre anarchiste et qui tentent éperdument mais bien vainement d'échapper à la fureur du Voreux, mine épuisée par les fourmis insatiables, volcan devenu fou avant la fin du millénaire. En toute hypothèse, telle que l'affaire se présente, est-ce que, en poursuivant mon aberrante invention, mon insensé projet – cette rencontre amorcée de deux purs esprits –, je risque grand-chose que je n'aie déjà perdu, est-ce que je léserais Florence pour qui je ne suis plus qu'un mari officiel si commode à tromper avec tous les Franzy-Franzy de la planète?… Chance inouïe pour un romancier que celle d'un franc dialogue indéfiniment prolongé sous enveloppe-avion, renouvelé à loisir, par-delà la mer et par-delà les sens, dialogue presque intérieur où l'âme se parle et se confie comme à elle-même à mi-voix, tout bas, tout bas… Silence.

4 heures

Décidément, je tournerais tout autrement ma lettre aujourd'hui, n'hésitant pas à me présenter sous mon jour le plus empressé, le plus invitant, plutôt qu'à faire montre d'un détachement rien moins que persuasif. À coup sûr ma correspondante va me prendre pour pire qu'un poète, un nono, un cave. Et va me rejeter. Il y a autre chose. Incroyable comme je deviens sensible, moi qui le fus si peu, ou me voulus si peu tel. Sensible et même susceptible : je n'endure plus l'espèce de dérision dont les enfants me couvrent, les deux aînés surtout, m'accordant si peu de considération que j'en deviens jaloux de leur mère; non que ça me navre à ce point, mais les apparences doivent être sauves, sans quoi m'en voilà diminué vis-à-vis de moi, m'en voilà éjecté de ma place dans l'ordre du monde – ce n'est pas croyable. Admettons que si F. n'abuse pas de ses avantages sur moi, elle se montre peu disposée à jouer le rôle d'écho aux divagations de ma rare parole, dès lors que je me prends des airs et que mon verbe prétend voler très haut, très loin, dessinant des orbes sur un ciel pâle, sorte de papier de soie bleu où le soleil ne serait là que pour le décor, tel que doit l'être celui de la Côte d'Azur en cette saison hivernale où personne, paraît-il, ne vient plus si ce n'est ma Parisienne et quelques artistes qui profitent des tarifs de la saison qui fut jadis la haute. C'est ma famille qui en profiterait! Livrés que nous sommes à ce que j'ai appelé l'autre jour le quotidien destructeur, limités au petit cercle de nos chambres à coucher que nous arpentons sans rien attendre, limités dans nos désirs par une imagination qui ne conçoit même plus l'au-delà des bornes d'un monde fini où nous errons en quête de trésors toujours introuvables, notre déroutement respectif et solitaire jamais plus ne se rejoindra sauf hasard imprévisible. Mais ce qui m'éprouve, ce n'est pas que F. me trompe avec Franzy, dès qu'elle croit ma vigilance en défaut, mais qu'elle le fasse sans le moindre petit remords. C'est que nos enjeux vitaux ne sont plus les mêmes, comme ils le furent même brièvement jadis! Nous ne communions plus aux mêmes paysages, aux mêmes songes, celui que nous caressions, une fois déblayées nos tâches respectives, d'aller finir nos jours dans le Midi méditerranéen par exemple, non plus que nous ne puisons aux mêmes sources de pensée – je le vois bien aux livres qu'elle emprunte (quand elle s'en donne le loisir) à la bibliothèque de la Côte-des-Neiges : des romans! A-t-on idée de lire des romans! Des histoires sans fondement dans le vécu de qui que ce soit! Comme si la vie n'était pas une suffisante fiction! Nos jugements divergent même sur nos accointances – comme sur le Dr Destouches, à qui elle donne du Lionel et qu'elle déclare « adorer ». Nous n'avons plus en matière de vacances des goûts si peu que ce soit concordants, moi demeuré farouchement gaspésien, tandis que Florence ne rêve plus que Floride où ni l'un ni l'autre n'avons jamais mis les pieds et que je fuirais comme la peste avec tous les Disneyland du monde. Pas davantage n'aimons-nous désormais le même logement qui nous avait tant séduits au point que c'en est comique : F. ne cesse de replacer sur le dessus de la fausse cheminée l'un de ses deux tableaux préférés – une réplique identique jusqu'au grain de surface d'un Monet représentant la maison de l'artiste à Argenteuil, scène de 1873 noyée de verdure et montrant deux personnages (dont un enfant à cerceau) à nous offert en cadeau de mariage par le même artiste peintre Georges Nerville, un sien ami d'enfance qu'elle m'avait présenté fort civilement, mort du foie depuis, le pauvre, en nous laissant par testament cette fois une « nature morte au corbeau empaillé » titrée *Nevermore* en souvenir de Poe – et moi, sans mot dire, je lui substitue à tout coup l'une des toiles originales achetées pour une bouchée de pain à l'infortuné Nick Palazzo (encore un qui a cassé sa pipe à temps), cet ancien étudiant italo-anglophone qui me baragouinait le français à la fac et m'aimait bien parce que, loin de lui en tenir rigueur, j'admirais son culot et lui dictais ses compositions, tout en l'encourageant à coups de pied, allant jusqu'à lui payer cent dollars pièce l'une ou l'autre de ses bizarres acryliques chaque fois que, retombant dans le gouffre de la misère noire, il m'en apportait une ou deux au bureau pour m'attendrir, Nick emporté par le sida (il se piquait, le malheureux) à l'âge de vingt-huit ans sans avoir jamais réussi à exposer publiquement malgré ses mille démarches, sans compter les miennes quand à la fin j'ai vu qu'il allait se dissoudre dans la nature moins par la faute de son mal irrémissible qu'à force de pleurer sur le mépris dont son talent était l'objet. Indifférent moi? Vrai et pas vrai. Quand quelqu'un a quelque chose dans les tripes et dans le cœur, lui refuser la main, non. Mais il me faut des individus choisis, rendus spéciaux par quelque génie ou quelque malheur particulier. Pas plus que je n'ai ce qu'on appelle l'esprit de famille, je n'ai jamais vraiment eu l'esprit d'humanité, cette vague philanthropie qui donne une bonne conscience universelle rien qu'à dépanner le premier venu. N'empêche que j'avais eu naguère une certaine fibre altruiste, sociale, patriotique même, à l'époque où Florence et moi partagions les mêmes idéaux. Puis sont mortes une à une toutes les causes communes qui nous avaient un temps soulevés et attachés si fort l'un à l'autre, avant les déboires successifs et l'obligation de trimer dur pour pas grand-chose. F., elle, n'a pas été longue à rebondir en se taillant une place au soleil des affaires publicitaires de pointe – à quoi serviraient des amants qui gèrent la plus prestigieuse boîte à inventer directement en français ses menteries payantes dans le triangle New York-Toronto-Montréal –, aussi je présume que l'intérêt bien compris de F. (le nôtre, celui des enfants, de leurs études) a fait son deuil de nos candides illusions réformistes de jadis en faveur des grandes affaires interfrontalières qui font aisément pardonner liaisons, silences et souveraineté nationale foulée aux pieds dès lors que le clan Desnoyers doit à la patronne les deux tiers de ses revenus, car il faut convenir que sans F. le loyer du six pièces-cuisine qui abrite ledit clan ne serait pas payé tous les mois. Où sont-ils encore nos échanges de haute spiritualité et de théologie morale auxquels ses convictions de jeune fille bien née m'avaient alors rallié? Car nous essayions de lire sérieusement Simone Weil et Gustave Thibon et le *Jésus-Christ* du bon père Congar paru vers ce temps-là, entraînant même à déjeuner à la maison au sortir de la messe un gentil petit dominicain branché qui devait terminer sa carrière sacerdotale entre les bras d'une distinguée souverainiste, ce qu'en toute bonne foi je n'aurais su lui reprocher même avant la naissance de Brigitte, fût-ce au pied d'un arbre de Noël qui au fil des ans s'est fait de plus en plus maigrichon et d'une crèche en papier mâché réduite cette année par les soins de la même Brigitte à sa plus simple expression pour sauver les dernières apparences d'un sujet pour ainsi dire tabou – celui de la vraie nature de ce «petit Jésus» en plâtre et de sa naissance virginale –, ce qui jusqu'à ce dimanche et cette messe de ce matin ne m'a pas empêché de vivre et de penser comme si tout cela n'était pas, ne priant jamais, non tant par principe que par incapacité due au cancer qui me ronge l'esprit et me fait douter de tout ce à quoi j'ai cru, à commencer par moi-même. Mais suffirait-il de raconter les bassesses que j'ai vues pour m'innocenter du dédain unanime dont je suis l'objet. Penché sur cette mer d'huile qui m'entoure, devrais-je regretter les houles trop amères du *Bateau ivre*, m'intoxiquer de leurs mille mortels reflets filamenteux, iridescents, quand il me souvient que Rimbaud regrette, lui, « l'Europe aux anciens parapets » qu'il a quittée par révolte ou dégoût : « Ô que ma quille éclate ! Ô que j'aille à la mer ! » – et pour quel résultat ? Et mon esprit malade de rapprocher soudain le cri du plus emblématique des insurgés, du plus nietzschéen des blasphémateurs, de cet autre cri du même : « Sur la mer que j'aimais comme si elle eût dû me laver d'une souillure, je voyais se lever la croix consolatrice » – consolatrice tel un miracle de souffrance, et l'enfant n'avait que seize, dix-sept ans et déjà le mal le taraudait, pareil au chancre, à la tumeur monstrueuse au genou, puis à la hanche, qui devait l'emporter vingt ans plus tard dans cet hôpital à Marseille, retour des pays chauds, pour lesquels il se mourait littéralement de rembarquer, tumeur déjà inscrite dans sa chair, comme elle devait l'être dans la mienne quand à dix-huit ans je foutai le camp pour nulle part, ne me doutant pas que j'y parviendrais en effet, puisque j'y suis, que m'y voilà, réclamant l'amputation du cerveau putréfié, mais sans doute est-il décidément trop tard pour m'éveiller, ou m'endormir, ou même me laisser mourir, suprême refuge, même si, tel l'enfant difforme, je n'ai cessé obscurément de chercher à tâtons la « clef du festin ancien », cette « charité » devenue impraticable quand on a à peine de mains pour la mettre en œuvre… Mais est-ce ma faute si, vieux comme je suis, voici mon temps revenu de me sentir orphelin moi aussi, orphelin de quoi sinon de cette âme en instance de départ pour l'inoublié pays de ma première enfance où j'ai tout laissé avant de m'embarquer pour les brûlants pays où il ne fait pas bon vivre car la malaria y sévit communément. Peut-être le roman du *Cavalier polonais* cherchant sa voie *Entre deux âmes* me donnera-t-il un commencement de réponse utile, même si rien ne pointe à l'horizon de ma vie, car les braves gens s'imaginent que les auteurs savent ce qu'ils entendent raconter quand ils prennent le stylo à bille ou s'attablent au traitement de texte. Mais pas plus qu'un autre innocent ne sait où le conduira la lettre qu'il a commencée pour sa mère ou son ami ou sa maîtresse, ils ne savent rien de ce qu'ils ont dans l'estomac, ou dans la malle aux trésors, avant d'avoir torché leur page, leur chapitre, leur bouquin, sans quoi perdraient-ils leur temps à le perdre deux fois s'ils avaient prévu le résultat de leur expédition mentale pour avoir porté, c'est-à-dire vécu, le déchirant collier de mots au préalable, s'ils savaient d'avance ce qu'ils vont rapporter d'explorations secrètes qui leur auront au moins appris qu'écrire c'est vivre, non pas raconter? C'est l'aveuglement, le clair-obscur, qui fait avancer, qui illumine le chemin du cavalier polonais, c'est l'ignorance qui le blinde contre les traquenards et le persuade que les coups qui le menacent ne peuvent être pires que ceux qu'il croit discerner à l'horizon de son imagination la plus déchaînée quand l'orage atteint son zénith. Du moins ma lueur secrète n'est pas loin, car je n'exclus pas quelque soudain coup de foudre en forme d'enveloppe oblitérée ou de symbole cacheté, quelque graffouillis à demi inventé – ce qu'on appelle inspiré! Juste ce que Danterny ne peut souffrir, lui qui ne croit qu'aux «histoires» et renie à l'Art le droit de s'inventer lui-même, ainsi de ces longues proses quotidiennes que j'inscris dans ce tout nouveau cahier de bord de l'an 97 où je me promets bien de tordre le cou aux événements plus encore que d'habitude pour satisfaire aux besoins du message à livrer et lui faire dire ce qu'il ne veut pas avouer, sans souci de me contredire, quitte à le dénaturer au crible de mes désirs et de mes angoisses – autrement ce serait trop simple et sans profit pour moi ni pour personne, mais pour qui alors? Pour l'histoire de la littérature du Kébek? Il n'y faut pas compter, en ce qui me regarde, je sais un peu à quoi m'en tenir – à moins d'une réponse, quelle qu'elle soit, du fantôme féminin que j'ai relancé dans l'ombre de son hiver parisien, réponse qui pourrait bien tarder encore, même si son énigmatique adresse jetée au vent d'ouest et saisie au vol l'autre jour la donnait pour certaine. N'y ai-je pas lu: rép. ass.? Je puis bien me raccrocher à cette promesse pour une bonne quinzaine encore.

Même dimanche, neuf heures du soir

En effet, c'est à ce moment précis de la désillusion, à ce moment où tout s'est effondré d'un avenir un peu trop romancé, que soudain remonte en soi quelque tendresse inutile, inemployée, et qui se cherche un objet, fût-ce le plus ténu, une lettre à écrire à la première venue, à moins que cette prise de conscience ne soit une *grâce,* qui sait? une grâce qui avertit que demain il sera trop tard et qui pousse à jouer le tout pour le tout – fût-il minime –, que fol est celui qui hésite à miser sur la seule carte qui peut encore lui assurer ne serait-ce qu'une fraction de seconde de pur espoir… Car mon inconnue, parfaite au vu de son CV, ne le restera qu'à la condition de garder son statut *d'innommée*. Car même si F. est hors jeu, il ne s'agit pas de choisir en lieu et place une créature symétrique aux charmes protégés et grandis par la distance, il ne s'agit pas davantage d'un «plaisir» à s'accorder – est-ce que je sais encore ce que ce terme signifie en dehors du sentiment que j'éprouve lorsque j'ai écrit une page qui dit exactement ce que j'entends dans ma tête? –, car tout plaisir est solitaire, tandis que, même suspect, le bonheur que j'éprouve rien que de penser à l'être sublime qui se cache derrière la petite annonce du *Nouvel Obs* inflige, par la discrétion même de ses *desiderata*, un démenti au cri de Wilde: «Le plaisir, pas le bonheur, rien que le plaisir car le plaisir seul est tragique!» – pour autant que bonheur puisse désigner la joie anticipée de recevoir quatre lignes, énigmatiques peut-être, voire mystificatrices, mais qui viendraient rompre la seule vraie tragédie concevable, celle de l'enfermement total, celle d'un silence absolu, d'une solitude que la cruelle réalité ne risquerait pas de démentir. J'ai besoin de pouvoir évoquer cet échange d'esprit à esprit, que dis-je? de faire vivre à loisir ce personnage qu'aussi bien j'ai peut-être fabriqué, le faire vivre quel qu'il soit. Est-il dit qu'il ne rachètera pas mon mensonge?

Pour en être à suspendre ainsi mon désir de vivre au souffle d'une femme qui existe à peine, si même elle existe, il faut décidément que j'en sois à la dernière extrémité de la misère morale. Mais pour suspendre mon sort de royal délaissé au chant d'une sirène elle-même abandonnée qui s'offre anonymement à partager ses trésors les plus précieux qui sont aussi les miens, comment refuserais-je cela, au risque de me perdre définitivement dans l'aventure? Seul dans tout l'univers créé j'étais à même, sait-on, de sonder l'abysse de détresse et de passion sans écho que recèle ce message elliptique, ou mieux: cryptique, car il garde pour moi seul la clarté de l'évidence, message troublant à moi adressé en propre entre les dizaines de milliers de lecteurs qui auront ce jour-là parcouru distraitement la page des rencontres inespérées, message auquel j'étais convié à rédiger une réponse au bénéfice de sa destinataire certes mais plus encore au profit des éventuels lecteurs ou de l'éventuel lecteur (toi!) de cet ultime échec, tel que je le découvre dans le moment même que je le note ici dans mon roman-journal au profit d'une foule pressée de caboter de port en port, de créature en créature, de sexe en sexe, avant le soir tombé… Oui, nouer un lien *idéal* mais invincible, irréfragable, avec cette étrangère, mais étrangère dont la langue et l'esprit me sont éminemment compatibles, compatibles par-delà les bas-fonds de la plate-forme océanique d'où jaillit le venin des méduses mais où il me plaît d'entendre la plainte enchanteresse de la Lorelei qui saura combler non pas des jours sans joie auxquels je suis presque habitué, mais bien ce déficit de sang intellectuel et spirituel dont je suis affecté au dernier degré dans cet effrayant désert qui me laisse sans autre recours. Même revenue à de meilleurs sentiments, Florence, toute à son Franzy, à la promotion promise, n'aurait pour moi que des mots de réconfort distrait, insoucieuse par ailleurs de quelque revanche sur un mari qui la tromperait *en esprit*, après l'avoir trompée *physiologiquement* avec une Mimy Thiébault, bonne femme qui ne valait même pas le temps passé dessus, «l'archiduchesse» comme la nomme déjà le jeune Vermandois, mon nouveau collègue presque frais débarqué de Paris quand après un an de cégep il a été recruté par la fac à titre de spécialiste des poésies contemporaines et étrangères, Johanny de Vermandois qui se prétend descendant d'un bâtard de Louis XIV et que j'aime bien même s'il me dérange à tout instant pour me faire parler d'un tel ou d'une telle au département, ou souhaite que je l'éclaire sur telle œuvre kébékoise de l'École littéraire de Montréal sur laquelle j'ai assez peu de lumière, à part Émile Nelligan, enfant trop sage pour n'avoir pas perdu la raison à dix-neuf ans, victime d'une société éteinte, proie d'un pays mortifère... Non vraiment, côté fidélité, rien à me reprocher, tandis que Florence ne s'est jamais gênée pour en prendre à son aise avec mon indifférence, mais je ne serais pas romancier si je doutais un instant que ces simagrées fissent partie de la comédie du mariage – mettons de notre mariage, un mariage qui s'étire comme un cinquième acte classique qui n'en finit plus de finir – à se demander pour quelle raison mystérieuse il perdure, même en surface. Quand tout craque, à quoi bon s'accrocher aux formes?... Justement, pour moi, même sans amour, toute séparation entre nous deux, tout désistement du passé serait, me semble-t-il, la consécration d'une nouvelle défaite, l'officiel constat d'écroulement de quelque espoir embrassé par mariage en réaction aux incartades d'une jeunesse honnie, répudiée parce que non ressemblante, espoir dont il importe encore aujourd'hui de sauvegarder le squelette, si dégarni soit-il de «chair vive» pour me citer moi-même, ce qui ne se fait pas chez les bons auteurs dont je ne suis pas, paraît-il. Pas même une façade à soutenir pour une galerie de critiques et autres personnages qui existent à peine hors de mon exigeante mémoire –

j'entends mon père, et ma mère après lui, répétant sans m'avoir lu : « Tu écris trop vite, tout est important, même les détails » – et cela reste incrusté jusqu'aujourd'hui dans mon alors malléable conscience, peu importe la débâcle d'une vie. À la débâcle de l'esprit en déroute qu'on n'ajoute point celle qui emportera mes deux âmes inconciliables et confondues, celle-là qui vit d'amour et celle-là qui vit de mots, artisan marinier qui tient son dernier journal de bord dans le silence et la paix d'un soir qui se noie, comme tôt ou tard tout se noie.

Mais voilà qu'après ce dimanche d'écritures fatalement cursives s'agissant d'une autofiction à laquelle je n'ai pas plus de temps à donner que celui qu'elle occupe dans ma vie puisqu'elle *est* ma vie, la vraie question surgit. La voici. Et si cette femme dont le hasard a mis l'ombre sous mon radar n'était qu'une précieuse, une pimbêche, une chipie, une créature confite en littérature comme en dévotion ? – mon indifférence serait-elle capable de lui pardonner de m'avoir fait rêver ? capable de me pardonner à moi cette escapade absurde d'un esprit aux abois au rose pays des roses d'Ispahan – mais plutôt au noir pays du désespoir où aboutit toute névrose non traitée, ou traitée par les vaines sorcelleries de l'Art, ou par les non moins vaines sorcelleries de la seule rêverie divagante d'une imagination à laquelle on laisse la bride sur le cou jusqu'à ce que le cavalier polonais en quête de son unité perdue aille s'écrabouiller contre le mur de la bête réalité.

Silence. Tout dort dans la maison, les trois enfants comme des souches et Florence qui devait être ici à dix heures s'attarde chez Mariette – encore une invention des deux complices. Drôle de dimanche – même si la crampe du diariste ne l'est guère, drôle…

13 janvier, 5 heures du matin
en feuilletant mon quotidien juste livré par – 25 °C

Si je dis que j'en ai mon saoul des hommes et des femmes de cette planète, que personne ne me blâme trop vite. Encore une chance que je ne me dise « indifférent » dans l'âme à cette racaille, quand je suis proprement *écœuré, indigné, révolté* par tout ce que j'ai vu et entendu et tout ce que j'ai vécu moi-même depuis que je suis au monde. Et j'ai « seulement » cinquante-sept ans après tout. Quelle parfaite horreur l'avenir me réserve-t-il encore ? Mais à quoi bon m'inquiéter ? Je ne verrai pas l'avenir : le « mal d'être » m'aura tué avant, je ne m'en plaindrai pas, je l'espère même de toutes mes tripes, avant du moins – petite ignominie parmi les grandes – de voir le Kébek succomber définitivement sous le poids du nombre et de l'Histoire.

Il fait nuit encore et j'ai la tête en feu. Ah! que vienne le jour et que j'y voie plus clair dans ce cirque où je fais moi-même figure du plus piètre clown!

Au point de déréliction où j'en suis, autant faire sans concession mon devoir de poète, mon devoir d'homme, qu'ai-je de plus à perdre? mon devoir d'état comme disaient mes père et mère, plutôt que de m'amuser avec la gratuité des mots et des formules – le «ludisme» en art se porte si élégamment, n'est-ce pas? – comme nous y inviteraient les creux lettrés, critiques, universitaires, intellectuels et autres patentés régents de la culture qui nous gouvernent, au lieu dis-je d'aligner des phrases dénuées de toute portée éthique, spirituelle, sociale, citoyenne, etc. La littérature, l'art – frivolités, n'est-ce pas? L'art pour l'art, quoi! Très peu pour moi, tant qu'il me restera un souffle et dût-il m'en coûter une réputation depuis longtemps remisée aux calendes du souvenir. De l'avantage de n'exister pour personne... Pour peu que le dénommé Danterny veuille bien m'accorder une dernière faveur en me publiant pour des prunes pourries après mes six éditeurs successifs; reste à savoir ce qu'il pensera de cette indigeste salade pourtant fort consciencieusement composée, j'aimerais qu'il m'en croie, sous de certaines apparences fantaisistes – ludiques «justement» – laissées là pour épater la galerie sans doute... Mais quelle galerie au juste?

14 janvier

Suffit de me complaire en moi-même. Pas plus que le Kébek ne suis-je le centre du monde, peut-être pas même mon propre centre... Ce qui doit me retenir, et m'inquiéter davantage, ce sont ces plaintes de Florence depuis quelques jours – elle qui ne se plaint jamais – relatives à son état de santé. Au début de la semaine, elle avait commencé par parler d'une fatigue qu'elle ressent, puis de migraine, aujourd'hui de «malaise». N'était sa nomination annoncée à la vice-présidence de Franzy et cie, elle demanderait bien qu'on lui paye un congé de maladie, mais une crainte de nuire à ses chances de succès la fait hésiter. Franzy-Franzy a beau l'adorer, les affaires sont les affaires, n'est-ce pas? Tout cela à moi confié à demi-mot et comme sans y attacher tellement plus d'importance qu'à une histoire de ménopause. Mais je connais assez bien ma Florence pour flairer l'anguille sous la roche tarpéienne. Que sa santé laisse à désirer, c'est certain, car elle n'est pas femme à me faire part de ses petits ennuis pathologiques sans quelque bonne raison. Sombres présages ? J'ai joué l'apaisement (c'est facile) : rien là de sérieux, un début de grippe, une passe de surmenage, tout au plus. À tout hasard, pourquoi ne pas consulter Destouches ? – je ne pense jamais sans rire au nom de notre Louis-Ferdinand de service, tombé du ciel dans notre vie je ne sais plus trop comment et qui a déjà soigné les enfants avec brio. « Bah ! si je devais survivre à ces bobos, on verra bien s'il sera encore utile de consulter Lionel », a-t-elle répondu avec une ironie inquiétante qui lui ressemble assez quand tout va mal. Moi qui suis lesté de tout sentiment pour elle, et même de ressentiment, quel cran tout de même ! Mon éloignement affectif aurait-il sousestimé cette verdeur morale qui me l'avait fait élire, parmi dix partis dignes de l'attention de mes presque trente ans, au glorieux titre d'épouse au temps où le « cavalier polonais » – encore inconnu de moi – s'efforçait de se remettre en selle au sortir d'une période de désœuvrement frénétique achevé au bruit du pétard mouillé d'un suicide raté comme tout le reste ? Non, cette crânerie chez F., même quand j'en ai fait souvent les frais, jamais je ne l'ai méconnue ni méprisée. Il me reste assez d'orgueil pour croire que je n'aurais pas épousé n'importe qui, peu importe la suite.

18 janvier, samedi matin

Rien inscrit dans ce cahier depuis mardi passé. Mon moral est en chute libre, et le mutisme de Florence n'arrange rien – mais aussi comment l'interroger tant l'habitude s'en est perdue entre nous, tant aussi j'appréhende quelque fâcheuse confirmation de ses inquiétudes. Je préférerais que d'elle-même elle me fasse au jour le jour un petit rapport bien circonstancié de son état de santé. Rien de tout cela, ce qui est au fond rassurant, d'autant qu'elle semble fonctionner tout normalement – départ le matin avant huit heures, retour jamais avant six heures et demie, sept heures. Et puis deux fois encore cette semaine, y compris hier soir, elle a même téléphoné pour avertir qu'elle traînerait au bureau jusqu'à dix heures. Faut-il l'en croire ? Que m'importe ! Je n'attends plus rien de personne dans cette baraque, pas plus que personne ici n'attend plus rien de moi. Et combien, au fond, j'en souffre peu ! sauf peut-être lorsque ma jalousie voit mes enfants, ou les sent, se tourner spontanément du côté de leur mère, comme si je n'existais pas... Seule Brigitte, «l'enfant du péché», me montre un peu d'intérêt, me questionne sur ma journée, sur mon passé parfois, mon lointain passé... et le sien. Aurait-elle deviné «sa situation» dans la famille? À moins que Florence ne lui ait tout conté, sans façon, comme elle n'en est pas incapable car elle n'a guère froid aux yeux – si ce n'est cette espèce de gêne vis-à-vis de moi lorsque, à table, nos regards viennent à se croiser à l'improviste et qu'elle se détourne mine de rien. Et moi, j'aime mieux ça que d'avoir à soutenir ses yeux en amande d'une bleuté sombre, intelligents et limpides, je dois le reconnaître, même voilés par ces longs cils blonds à demi recourbés vers l'intérieur comme des saules sur le lac indigo de pupilles luisantes qui reflètent sa complexe personnalité et rendent fascinant un mystère auquel on aimerait croire... Ma foi, elle serait capable de m'inspirer!

Tout à l'heure, Brigitte m'a annoncé le passage à la maison cet aprèm – ainsi dit-elle – d'Yvée Marcueil, son amie peintre. Elle souhaite fort me la faire rencontrer, comme je l'en avais d'ailleurs priée. J'ai affecté de réfléchir un instant, pour me donner l'air d'un homme à pied de chef-d'œuvre qui ne dispose pas si aisément de son temps – en être là, c'est une honte, moi qui n'ai de cesse de tuer les heures à noircir les feuilles de ce journal idiot, quand ce n'est pas à revoir par prudence les photocopies tirées par ma chouette Marie, toujours à mes petits soins, qui me les apporte du secrétariat, textes choisis pour l'étude en classe selon mon découpage et dont je connais par cœur les moindres secrets, replis, traquenards –, feinte hésitation après quoi j'ai daigné assurer Brigitte que je serais à ma table de travail tout l'après-midi et que je me libérerais à l'heure dite pour accueillir son amie, tant il est vrai, ai-je expliqué gravement, sur un ton emprunté propre à éveiller chez la petite un respect accru de l'Art, que ce me serait tout un honneur de faire la connaissance d'une grande artiste inconnue de moi. Ce qui ne manque pas de diplomatie lorsque je crois voir cette Brigitte qui n'est pas à moi s'ouvrir enfin aux choses de l'esprit et de l'âme, dirait-on.

5 heures

Brigitte vient de me quitter au bras d'Yvée Marcueil. Avons passé deux heures au salon où je me suis d'abord demandé, avec un peu d'appréhension, ce que notre artiste peintre pouvait penser des quatre ou cinq Nick Palazzo que j'ai réussi à imposer à Florence, moyennant que nous réservions la place d'honneur au-dessus de la cheminée à sa bien-aimée nature morte de Georges Nerville où notre défunt ami a perché un corbeau sur le dossier d'une chaise face à une table garnie de fruits verts et orangés. Sur tout cela, Yvée n'a fait aucun commentaire – ce qui est mauvais signe. C'est une très belle, très mince et très grande jeune fille et j'ai apprécié qu'elle n'ait pas été en jean ou autre pantalon, malgré l'affreux hiver que nous traversons. Aurait-elle souhaité me faire «bonne impression» ou bien la jupe écossaise jusqu'aux bottes serait-elle sa marque de commerce? N'empêche que je l'ai sentie tant soit peu intimidée par le «personnage» que je ne peux manquer d'être à ses yeux, avec ma fine barbe poivre et sel de romancier (sans succès, mais elle l'ignore) et de prof d'université (au rabais, mais elle s'en moque). Nul doute que Brigitte ne m'ait préalablement campé tout à mon avantage, jusqu'à vanter des livres qu'elle n'a pas lus. Est-il besoin de noter que je n'aurais pas à m'en plaindre quant au dernier paru, même s'il m'a valu un court moment de panique. Après qu'Yvée a eu marqué beaucoup d'intérêt pour mes travaux de romancier, tout cet aspect créateur de mon humble personne se nimbant pour elle de quelque mystère auquel en tant qu'artiste elle ne saurait être insensible, je me suis senti obligé de lui offrir et de lui dédicacer quelque chose, et comme il se trouve que je n'ai sous la main que quelques inven-dus de *La Chair vive*, à part un exemplaire personnel de chacun de mes précédents ratages, tous enterrés successivement par les obscurs ennemis que je me suis faits sans m'en rendre compte, sans même savoir pourquoi ni comment, moi qui ne vois, donc, ne gêne strictement personne, je me suis donc trouvé bien aise de rencontrer une admiratrice aussi charmante, ne saurait-elle que mon nom, au point que je lui ai fabriqué ce genre de dédicace qu'on réserve aux maîtres dans leur art, ce qui lui a fait monter le rouge au front, en déplorant du même coup de n'avoir rien vu d'elle que son beau visage. Qu'à cela ne tienne! est intervenue Brigitte, et la voilà partie chercher dans sa chambre – une chambre qu'elle partage avec Madeleine enfuie ou excusée pour avoir appris la visite d'Yvée – deux splendides fusains dont l'un, le plus achevé dans le genre tragique, évoquant une tête de «Christ aux outrages» très inclinée, un Christ aux épaules nues, frêles, au front torturé d'épines géométriques et douloureuses comme des idéo-grammes qui diraient concrètement, mais avec une abnégation infinie, la misère de l'homme abandonné qui ne se révolte pas.

– Mais il faut faire encadrer ça ! me suis-je exclamé en bondissant et en prenant le vélin des mains de Brigitte. C'est ici au salon que ce *Christ aux outrages* a sa place. Et on lui en trouvera de la place, quitte à sacrifier le *Vase de roses flétries* de mon cher Palazzo, pièce un peu mièvre à mon goût, n'est-ce pas, Yvée ? Allons, Brigitte, je te charge de l'encadrement et te rembourserai la dépense. C'est crime que de laisser dans l'ombre une pareille douleur, propre à tirer les larmes s'il nous en restait une ou deux au creux des orbites. L'art moderne a évacué le visage humain – que dire du divin ! – de son champ d'investigation. Et pour cause, n'est-ce pas, mademoiselle ?

Je souriais joyeusement comme cela ne m'arrive plus pour bien marquer que je n'étais pas dupe absolument d'un enthousiasme qui s'adressait d'abord à l'auteur et au beau risque qu'il prenait en traitant ce genre de sujets. Et pourtant ne l'étais-je pas vraiment, enthousiaste ? Et Yvée de son côté qui paraissait toute retournée par mes louanges, comme si mon âge et ma qualité d'écrivain ajoutaient un poids énorme à ma chétive, à ma débile extase de profane, car je ne jouais pas les connaisseurs, me faisant modeste en tout, même comme romancier, afin qu'elle ne se méprît pas. Mais assise tout au bord d'une petite chaise, les paupières battantes, je voyais sa main jouer nerveusement avec une très fine chaîne dorée qu'elle avait au cou, tandis que le bout des doigts de sa main gauche ne cessaient de glisser et de reglisser sur la couverture de mon livre dédicacé, passant et repassant doucement du haut en bas d'un buste de jeune femme mélancolique aux vives couleurs, œuvre de Bonnard dont j'avais persuadé Danterny d'orner mon livre, malgré le (faible) risque d'être pincé par les ayants droit du peintre, en quoi nous nous en faisions pour peu de chose puisque cette parution kébékoise allait rester confidentielle, n'obtenant qu'une seule brève recension dans une feuille spécialisée dans le sexe ! Quelle honte, fût-ce pour une *Chair vive* ! À peine si on avait saisi la détresse intense qui animait ce râle protestataire contre ma condition de vil intellectuel déclassé et méritant de l'être, même si je récuse ce titre, déclassé ou non. Poète, oui, intellectuel, je ne saurais m'y faire ! À part quelques figures pascaliennes, quelques voix d'essayistes planant dans les hauteurs où l'air se fait rare, rien à tirer de cette race abstraite et desséchée, et suffisante, chez qui les idées tiennent lieu de battements de cœur.

– Décret d'intellectuel, hélas, et qui scelle ce qu'il avance.

– Vous me faites beaucoup d'honneur, monsieur. M'en feriez-vous davantage en me laissant brosser votre portrait ? Votre visage en triangle isocèle se prêterait très bien à l'étude originale et fouillée d'une conscience de créateur cérébral. Rien de «réaliste» évidemment, mais plutôt suggestif de… d'un invisible où votre regard vous porterait jusqu'à se perdre dans ce quelque chose d'absent qui vous tourmente, je le sens… Pardonnez ma vérité, je ne sais rien d'autre… Une huile, oui, une huile, on peut aller beaucoup plus loin, beaucoup plus profond avec l'huile qu'avec l'acrylique, même si c'est plus difficile à travailler, plus long à sécher, plus fastidieux pour le modèle et son peintre, une huile originale qui viendrait se joindre à la collection que j'expose à l'automne ; il me reste cinq toiles à suspendre aux cimaises prévues. C'est à la galerie L'Oiseau-prophète ou bien alors ce sera à L'Ombre claire… Je vous confesse que le portrait, même purement évocateur, suggestif, de votre personnalité de romancier éminent, n'est-ce pas, Brigitte ? rehausserait énormément l'intérêt d'une exposition sur laquelle je compte beaucoup… pour me lancer, sans beaucoup d'espoir, car j'ai le petit malheur de croire davantage en mon génie – façon de parler – qu'en mon étoile. Vous connaissez le public, dès qu'on ne ressemble à personne, hein Brigitte ?

— C'est un point qui me fait un peu trembler, suis-je intervenu. On pourrait croire que vous êtes… vieux jeu parce que, même purement évocateur, vous avez un motif, parce que vous ne barbouillez pas.

— Ah ! non, papa, ne prends pas Yvée pour Madeleine, je t'en prie. Mad la jalouse à mort parce qu'elle a le malheur d'avoir commis trois croûtons, pour parler comme toi, Yvée, trois croûtons qu'elle ose à peine me montrer à moi, prétendant toujours qu'ils sont inachevés. Non, toi, c'est du sérieux et du personnel. Comme la littérature de mon père – hein, papa ?

La gêne m'a empêché de répondre directement, me sachant fini littérairement, mais je n'ai pas voulu refuser à Marcueil le bonheur qu'elle se fait de me portraiturer. D'abord, c'est répondre à sa requête, et puis, oui, ça me flatte… Aussi bien j'ai pris garde de ne pas la désillusionner sur mon importance littéraire montréalaise… Et puis qui sait si ce n'est pas elle qui va me lancer avec son portrait car, sincèrement, sur l'unique foi de ces deux fusains, je la crois très douée et ne serais pas étonné qu'elle étonne à son heure. J'ai d'abord proposé qu'elle vienne à la maison samedi prochain, si ça lui convenait, mais elle m'a prié avec une certaine insistance de venir avec Brigitte, au jour et à l'heure qu'il me plairait, à son atelier du Plateau Mont-Royal, car ce labeur risque d'être assez long, les séances de pose ne remplissant qu'une partie du temps de travail consacré à cet ambitieux tableau qui doit se préciser au fur et à mesure – en quoi Yvée me ressemble avec ses tâtonnements, jusqu'à me faire douter du présent manuscrit, écrit trop vite, même si je prétends garder sa spontanéité à ce journal à demi inventé sans lui faire subir d'infinies retouches. *Le Cavalier polonais* ne doit pas attenter plus qu'il ne faut au vécu, sinon pour le créer : ainsi cette scène, cette rencontre avec Yvée Marcueil… En fin de compte, nous avons convenu que nous irions là-bas, Brigitte et moi, dès samedi prochain. Dimanche si survenait un contretemps.

Le soir

Il neige dru et fin par la fenêtre, on dirait des lucioles. Florence a les traits tirés, sa bonne humeur est plus que jamais en berne. Nul doute que quelque chose ne va pas. Et moi je ne sais trop comment lui marquer ma sympathie : nous ne sommes plus rien l'un pour l'autre, bien qu'elle demeure ma femme, « ne formant de ce jour et pour la vie qu'une seule chair », tel qu'emphatiquement promulgué par le petit père Tougas en nous bénissant avec l'air de croire à l'éternité de notre amour. Quelle tristesse ! Aucun rapprochement sexuel depuis… depuis dix-sept ans, le soir même où j'ai eu quarante ans. La simple idée de « sexe » entre nous m'apparaît aujourd'hui déplacée, incongrue, absurde, inconvenante, bref aussi insupportable que s'il s'agissait… de feu ma grand-mère. C'est dire. Ce qui ne me dispense pas d'un vague sentiment de devoir, d'obligation vis-à-vis de F., de son état et de ses besoins. Effets des banales paroles de secours mutuel jadis prononcées solennellement dans la chapelle des dominicains de la Côte-Sainte-Catherine ou simple habitude de vivre ensemble ? Comment douter de la réponse dès lors que, à défaut de rapprocher, la vie sépare comme l'habitude ; souvent je me sens plus loin de Florence que de mon étrangère de Paris-Nice, rien que de constater l'inexorable déclin de notre tendresse initiale, endommagée dès la nuit quasi muette de notre vol nuptial à bord du jet Montréal-Paris où nous feignions de dormir, n'ayant déjà rien à nous dire. Seul surnage un sentiment d'avoir traversé à deux la mer de l'existence à bord du même rafiot crevé, aux rames duquel nos mains et nos bras s'accrochent encore de peur que la prochaine lame de fond ne nous envoie rouler aux abîmes du néant qui nous guette, attachés l'un à l'autre ou bien en pièces détachées. Que sait le romancier ? Rien de plus qu'un autre. Et c'est peut-être heureux. Je veux bien inventer, broder, pour faire « artistique », étoffer, corser, pour faire dramatique, creuser même, histoire de montrer le dessous des cartes, mais ce journal, cette autofiction où je suis embarqué, se refuse à taire la vérité de ce qui est, de ce qui fut, de ce qui sera.

Tout de même, ce soir, je me suis fait violence pour la questionner sur l'évolution de sa condition depuis lundi.

– J'ai suivi ton conseil, a-t-elle répondu vaguement. Pris rendez-vous avec Destouches pour mardi. On verra bien. Mais je t'en prie, ne force pas ta sympathie. Ça te va mal. Si je m'en suis tirée jusqu'ici, je passerai bien à travers toute seule. D'ailleurs ce n'est rien, j'en suis sûre, tout juste de quoi me rendre intéressante, je veux dire encore plus indispensable auprès de Franzy à l'idée que je pourrais avoir à lâcher le Studio.

Un rire mal étouffé a secoué ses épaules, avant qu'elle serre les dents et fasse ce que j'appelle sa « bouche pointue ». Mais tout de suite elle a porté la main à son ventre puis à son dos et aussitôt, s'asseyant, elle s'est figée, le regard vide, arrêté devant elle sur le Nerville qu'elle a toujours aimé, insoucieuse du mauvais souvenir qu'il rappelle, celui de pauvres noces avortées plus ou moins. Il est vrai que Nerville était son ami bien plus que le mien. S'accroche-t-elle au témoignage flétri d'un passé qui s'était annoncé si prometteur entre nous ?

– Franzy ? Tu comptes beaucoup pour lui, hein ?

La remarque m'a échappé, comme ça. J'ignore même quelle répartie j'attendais, quelle j'espérais. Des mots en l'air sans doute. Florence m'a jeté un ses rares coups d'œil, comme si des deux c'était moi le malade (elle a l'art de me couper mes effets), puis s'est penchée pour commencer à débarrasser la longue table à café, basse, en marbre du Portugal, achetée pour notre dixième anniversaire de mariage, à l'époque où peut-être il était encore possible de « sauver les meubles », fussent-ils du Portugal. J'ai fait signe à Mad d'aider sa mère, Mad qui restait plantée là sans mot dire, impassible dans l'embrasure de la porte vitrée du salon. Ce café du samedi soir, siroté en silence au salon, l'une des rares traditions, presque un rite, conservé je ne sais pourquoi depuis le scellement de cette alliance manquée mais dont certaines apparences tiennent toujours. Madeleine a desservi en silence, et nous n'avons pas bougé, Florence esclave de son dos, moi esclave de ma statue de glaise durcie par le dessèchement du cœur, à la façon des *Esclaves* de Michel-Ange englués, eux, dans leur fier marbre de Carrare. Ma question est restée en l'air. Plus un mot n'a été prononcé, plus un seul. L'un et l'autre avons résisté aux stériles efforts d'explication et de justification tout juste bons à donner bonne conscience à sa mauvaise conscience. Et comment en irait-il autrement? Cette mauvaise conscience n'existe qu'en relation avec ce qui ne pouvait pas être autrement – des mirages en arc-en-ciel, des chèques sans provision. Tout était dans les cartes distribuées, mal distribuées, des cartes qui n'atteignaient même pas le valet de cœur. Tout était écrit dans les astres. Facile à dire. Je soupçonne Florence d'être autant et plus que moi responsable de notre naufrage à deux – ça c'est fort! Est-ce son aveuglement à notre dérive conjugale qui aurait provoqué notre échouement sur les bancs de sable de l'habitude, car c'est bien F. qui menait la barque à sa guise pendant que je m'enfonçais en moi-même pour échapper à notre désamour? C'est alors en tout cas qu'elle a aisément décidé de «réussir» accrochée à ses amants quand elle a compris que tout était fini, qu'il n'y avait plus rien à tirer de moi, surtout pas le succès médiatique pour lequel elle m'aurait tout pardonné. Les servitudes de mon art, mon égocentrisme fondamental et nécessaire, talent ou pas, même cette incapacité à sortir de moi-même que j'ai appelée indifférence, tout cela incompensé par une capacité à créer décemment (à ses yeux, aux yeux de tous – et de quel droit leur donner tort?), devenaient irrémissibles, en retour de quoi je me gonflais de ce ressentiment, pour ne pas dire de cette haine, de tout ce mépris descendu jusqu'aux enfants lorsque j'ai compris, avec un certain apaisement, que l'on n'attendait plus rien de moi, ni comme père, ni comme mari, ni comme artiste. Alors rien ne me fut plus demandé qu'une présence indulgente et commode, rassurante pour tous – et pour moi! À pareilles conditions cependant je ne pouvais plus prétendre être des leurs. Tant pis – ou tant mieux. Tels sont les impératifs de l'Art, même quand il foire.

Il n'est que trop vrai que j'ai mis à tout cela une certaine complaisance, une complaisance à être trompé, bafoué, traîné dans la boue. Il y a telle chose que le masochisme, mais qui n'est pas de jeu surtout en ce qui concerne les enfants. Et ce sont les fruits qu'à présent je recueille pour ma veulerie, fruits que je ne dédaignerais pas de racheter avant que la nuit se fasse pour de bon en mon esprit. Oh! ce n'est pas que je vise à grand-chose en guise de compensation, de gratification avec mes démarches épistolaires auprès d'une dame inconnue, en fait je ne vise à rien et prends bien les moyens pour ne rien obtenir. Dommage tout de même pour mon confort moral que ma bien innocente lettre à la fiancée du crépuscule soit partie la même semaine où Florence m'annonce son mal, un mal qui ne laisse pas de me tracasser et que je prends au sérieux plus que je ne le voudrais, malgré ou à cause de ce détachement fait de bravade dont elle enveloppe tout ce qu'elle fait de bien ou de mal, ou de douteux, tout ce qui lui survient. Ah! pauvre F., si nous avions su nous parler en profondeur! Et maintenant comme tu sais bien me gâcher la vie avec tes souffrances, par-dessus toutes mes autres misères. Comme si je n'avais pas assez de tourments imbéciles pour me la faire haïr, c't'existence du Bon Dieu!

19 janvier

Bientôt, encore un beau dimanche d'hiver de passé. L'après-midi s'écoule sans bruit, ou plutôt avec des bruits sourds, comme étouffés par la neige. Par la fenêtre mon regard s'attarde sur les avalanches tombées hier dans la soirée tandis que je m'efforçais de réconforter F. qui n'a pas besoin de ça, surtout de ma part, et tombées toute cette nuit encore, formant des montagnes dont le sommet atteint plus qu'à mi-hauteur les doubles fenêtres du rez-de-chaussée de l'immeuble où nous sommes installés depuis quinze ans, soit depuis qu'il avait fallu trouver quelque chose d'assez grand pour loger Brigitte bébé. Jamais une telle quantité de neige ne m'a ainsi bouché la vue, à tel point que j'ai dû faire de la lumière électrique pour compenser la perte en clarté naturelle. Et j'ose à peine demander à Patrice de dégager cet amoncellement de scintillant soleil, même s'il n'est pas question que le propriétaire fasse mieux que nous frayer un passage de la porte d'entrée jusqu'au trottoir, lequel échappe à mon regard et que j'imagine encore à peine déblayé, pour ne rien dire de la rue que commencent enfin à sillonner les chasse-neige. Il est vrai que c'est dimanche, personne n'est pressé. Patrice… Il est toujours si mal embouché avec moi – avouons que je le lui rends bien – que j'appréhende qu'il ne m'envoie rouler dans les patates frites. Je le constate à la fac: les garçons de cette génération sont de moins en moins ce qu'ils étaient de mon temps encore, et même si je ne crois pas Patrice plus méchant qu'un autre, quand l'ai-je vu faire montre de la moindre prévenance, de la moindre délicatesse spontanée envers qui que ce soit? Est-ce donc l'exemple qui lui a manqué? Avec moi il se conduit comme un robot, ou plutôt comme ces guichets bancaires où l'on doit glisser sa carte, attendre, composer un code secret, attendre, appuyer sur les boutons, déclencher la manœuvre espérée, pousser sur d'autres boutons et retirer les billets poliment et longuement demandés si la machine veut bien. Jamais je ne m'habituerai. Je suis trop vieux. Comme au téléphone ces voix artificielles à qui l'on parle. Voilà mon fils, une machine, et une machine à calculer par surcroît. Je suis sûrement un mauvais père, j'ai dû l'être, exprès même, pour m'attirer de pareils procédés. Et le pire est que lesdits procédés m'affectent à peine, ou plutôt qu'ils ne font que commencer à m'affecter, comme si j'allais enfin bientôt mourir… Par quoi je vois bien qu'il est trop tard pour réparer quoi que ce soit. Quand je songe à Francine Trudel dont il veut faire sa femme, et d'abord se mettre en ménage avec! Bon débarras. Les Yvée Marcueil courront de moins en moins les rues, c'est sûr. La même Francine dont je dois me contenter de constater qu'elle est enceinte tant ils me considèrent tous les deux comme quantité négligeable même pour m'avouer leurs bêtises! Mais qu'ils ne comptent pas trop sur moi pour les dépanner, je veux dire pécuniairement! Et dire que je ne sais même pas ce que Florence au fond pense du sérieux de son fils, de ce projet ridicule, impraticable, même si nécessaire lorsque le bébé poindra. Elle a eu beau laisser ce bellâtre de Fernand lui faire une Brigitte à mes dépens, ma femme a au moins la tête sur les épaules, c'est d'abord pour ça que je l'avais épousée, moi qui à l'époque l'avais encore si peu, la tête sur les épaules. Sûr, Florence l'a grandement perdue par la suite, avec cette ivresse d'arriver à tout prix qui lui est montée à la tête quand elle a compris que je n'étais pas homme à l'empêcher de se pousser dans les bras de Franzy-Franzy, à force d'aveuglement pour tout ce qui n'était pas mon grand œuvre. La blâmer? De quel droit? Et pourquoi? F. savait les prendre, elle, les moyens qu'il faut pour parvenir, savait bien que le talent n'y suffit pas, qu'il y faut du piston, que le pognon s'achète comme le reste, avec les moyens du bord, et singulièrement ceux dont dispose une femme qui a de l'allure… Comme s'il y avait une juste distribution des mérites, et plus encore des récompenses, dans ce monde dont Satan est le Prince, à ce qu'on m'a appris quand j'étais petit et qu'il m'a fallu finir par croire puisqu'il ne cache guère son jeu, ce Prince dont nous sommes bon gré mal gré les adulateurs ou les victimes. Pourtant il est dit aussi dans ce Testament Nouveau, qui ne se laisse pas oublier si facilement quand on en est à torcher tant bien que mal son propre Testament littéraire comme je fais ici, il est dit que le Royaume de Dieu est au-dedans de nous plutôt qu'en l'air, dans les Cieux, comme on nous l'avait conté. Au-dedans. Ainsi s'expliquerait que nous ne soyons qu'à moitié au monde, ou du monde, tiraillés sans cesse entre ces deux appels, ces deux voix, deux voies dont l'une commode et l'autre pierreuse comme le cavalier polonais l'a toujours ressenti. Ce n'est donc pas par hasard que j'aurais écrit tous ces livres «inlus», mais pour témoigner d'un orgueil giflé par mon miroir. Tout de même les gens, les parents de notre génération avaient un autre sens des réalités. Il m'arrive à l'occasion d'insulter mes parents mais que suis-je devenu par rapport à eux qui conciliaient tous les appels sans même s'en rendre compte? J'en pleurerais de rage, ou de honte, si je savais encore pleurer. Par chance, je ne le sais plus, j'ai de longtemps épuisé mes réserves d'eau salée, et je préfère courir les petites annonces pour me refaire une santé morale et mentale… Et voilà qu'à propos de Patrice je pense à mes propres vingt-trois ans. Mon année la plus libre, la plus excessive aussi. Du moins avais-je un petit boulot de livreur de pizzas chez Franceskakis et ne faisais-je pas porter à des parents qui ne me pardonnaient toujours pas ma fugue le poids de mes délires d'indépendance. Mais il y en avait des emplois dans cet heureux temps là, et même des emplois à mi-temps assez bien payés, ma foi, pour laisser rêver de gloire à bon marché. Patrice aurait pu faire son profit de telles petites responsabilités, mais il ne rêve que chiffres et diplômes mirifiques, ce dont à voir le gâchis de ma vie je ne saurais le blâmer. Attendons. Comme si je ne faisais pas que cela, attendre, il me semble, attendre le Godot qui me tirera du fossé. Car la maladie de F., outre qu'elle me chagrine un peu, amasse sur ma tête, sur notre tête, de gros nuages plombés qui augurent assez dramatiquement du futur. Enterrés sans aucun doute les rêves de tendre correspondance avec une idole de papier qui ne sait que se taire – le temps est bien passé de me raconter des fables…

22 janvier, mercredi soir

Florence a vu Destouches. Une grave complication de l'ostéoporose, décalcification des os fréquente à la ménopause, qui virerait en un sarcome fragilisateur des os de la colonne vertébrale désigné sous le nom d'«ostéosarcome», fort avancé déjà, tel est son diagnostic – loin d'être rassurant! Un repos hospitalier va s'imposer avec mille précautions et cinquante médicaments dont d'intenses suppléments de calcium, combinés avec une hormonothérapie de choc pour prévenir le risque de cancer utérin. Je prévois le pire – une opération sait-on? Ma femme qui entre en ménopause sur le dos! Je l'ai bien mérité du haut de mes cinquante-sept ans, avec cette idée de me choisir une épouse pas mal plus jeune. Mais choisit-on jamais? et surtout l'âge de sa conjointe? F. était si précoce, si mûre. Comment lui être utile à présent? À coup sûr, impossible. Seulement permettre à Franzy, une fois le congé de maladie accordé, de venir ici lui remonter le moral! Ce n'est pas que je le déteste: il fut mon ami, c'est par moi qu'ils se sont connus – trop bien connus on peut le dire avant que l'un n'embauche l'autre quand nécessité fut venue et que la saison des amours a refleuri de plus belle – oh! discrètement, de temps en temps, le midi par exemple, quand Lucette, sa femme, et les enfants ne sont pas à la maison, ou le soir au bureau quand F. y traînasse… Non, ce n'est pas un délire jaloux de ma part: je mettrais ma main au feu qu'ils couchent ensemble. Et pourquoi F. se figure-t-elle donc qu'elle va passer vice-présidente? Compétence? Tu parles! Est-ce qu'on réussit jamais par pur talent dans ce monde où rien n'est donné pour rien? Non, l'heure est venue de récompenser une amie aussi complaisante après de si fidèles services. Un exercice de gratitude, quoi, ce n'est pas à dédaigner si tant est que cette vertu-là, pas plus que les autres, ne court aujourd'hui les rues. Et comment attendre moins de mon ex-petit Franzy-Franzy à l'heure où l'échafaudage Desnoyers branle à s'écrouler? Probable que ça n'aura été finalement qu'un beau geste dont ce brave garçon n'était pas incapable. Cette idée aussi d'avoir le même prénom que son patronyme, et de s'amuser à joindre les deux par un trait d'union pour donner à sa boîte l'air d'une affaire d'associés quand il est seul maître à bord et entend bien le rester, avec ou sans Florence. Quant à moi, même trompé, je ne crache pas sur ce nom qui m'amuse et convient surtout au petit folâtre avec qui j'ai si bien bamboché dans notre joyeux printemps, milité ensemble à l'ASIK aussi, car tout ça allait de pair. Tiens, je lisais hier à propos de François d'Assise qu'il s'était rangé «après une jeunesse de guerres et de plaisirs», à croire que ces choses-là vont ensemble; ainsi de mon petit Franzy rencontré à la fondation secrète de l'ASIK du temps qu'on avait de l'idéal encore, et le courage des mots qui sonnent: indépendantiste et socialiste! Rien de plus révolutionnaire dans ce temps-là, et qu'on aimait faire la fête aussi, soit discuter jusqu'à cinq heures du matin. Alors comment lui en vouloir aujourd'hui d'avoir fait une si belle fin dans les affaires même si je ne parierais pas sur sa sainteté commerciale? Et encore moins bien sûr lui en vouloir pour le passé si Florence, une fois sortie de son marasme, se voit propulser au quasi-sommet de sa boîte, au «top» comme disent les

Français, histoire d'y faire une belle fin elle aussi, avec les avantages en espèces et en nature qui en découleront... Et puis trop vrai que Franzy est une des rares relations qui me restent, que je n'ai pas complètement et définitivement rayées de mes papiers. Pas comme le Fernand, autre présumé père. Évidemment on dira que Franzy assure en partie ma croûte tandis que le doyen Frondaie me marche sur les pieds et ne s'excuse même pas. Doyen! Ça, un doyen! Et des Lettres par-dessus le marché! Si je n'étais pas revenu, un peu tard il est vrai, d'à peu près tout et tous, je m'en offusquerais. Quand on a visité le fond du panier aux crabes, on ne s'étonne plus de grand-chose en ce qui touche les «grands» de ce très bas monde! Car c'est le même Frondaie qui pérore et pontifie encore aujourd'hui sur Hugo, Balzac, Flaubert, Zola et autres bonshommes du XIXe chargés d'humanité, de générosité, chargés de génie «jusqu'à la gueule» comme dit Baudelaire du canon Balzac ou de ses personnages. Comment peut-il oser commenter un langage de vérité venant d'aussi grandes gueules si peu en rapport avec la sienne? Moi, ça me fait chier si tu veux savoir – ainsi qu'on dit aujourd'hui dans les meilleurs salons, il faut que je me mette à la page, ces salons où je ne mets plus les pieds depuis beau temps. Et puis quoi, je m'en balance de leurs grossièretés d'âme et de langage qui n'effraient plus personne, pas même les dames. Et dire que jusqu'à quinze, seize ans, j'avais la candeur de croire «les personnes du sexe» exemptées des fonctions basses de l'organisme humain! Par quel miracle de la nature? Mystère! Celui dont jouissent les anges, tiens!... Rien d'étonnant à ce que j'en sois à répondre par courrier aux vrais anges en papier journal. Car ce n'est que trop vrai que j'en suis là encore aujourd'hui, à l'âge que j'ai, quand l'image immatérielle de cette femme sans visage et sans nom que j'ai relancée sur son continent là-bas se fraie un chemin jusqu'à ma rêverie à travers la nue, je la dispense mentalement de toutes les servitudes corporelles! À croire que je la voudrais relevant de l'infinitude éthérée des sphères! Et pourquoi pas, si tel est mon secret besoin?... Y a pas à dire, je dois être un peu malade quand je m'y mets. Ou alors c'est le vertige du désert qui me prend. Il paraît que ça existe. Comme les mirages de l'Art, ces oasis de l'esprit.

Mais il faut en revenir à Florence, car ça m'a tout l'air tragique, son affaire. Est-ce que Destouches nous a dit toute la vérité? Avec les ultimes conséquences? les plus incalculables? les plus imprévisibles? J'ignore si c'est en moi l'égoïsme intéressé du mâle quasi entretenu qui s'interroge ou bien une inquiétude authentique pour celle auprès de qui j'aurai passé la seconde moitié de la plus ingrate des existences. Nos sentiments élémentaires sont des blessures tellement infectées de pus, avec des globules de tant de couleurs pour s'y attaquer, qu'on ne sait plus où est leur vérité, s'ils en ont seulement une. Je souhaiterais pouvoir prier un peu mais, depuis la naissance de la petite Brigitte, l'enfant de l'amour, ou du plaisir, je n'ai jamais su aller plus loin, je crois bien, qu'un vague signe de croix à l'instant de m'endormir. Encore est-ce par réflexe les soirs où tout va plus mal que de coutume. Un simple signe de croix – est-ce suffisant pour n'être pas tout à fait mort spirituellement? Il est des signes bien plus mystérieux, ceux de l'autre dimanche par exemple. Mais pour ceux-là sans doute il faut attendre. Attendre quoi? Un appel, une grâce que l'espérance seule saurait me valoir? Toujours attendre donc? Eh bien! soit!... D'ici là, «j'aimerais tant qu'il me soit donné de faire à l'homme l'honneur de l'aimer»... Je viens de tracer ces mots sur un bout de papier non pour attester ma bonne volonté ou mes préoccupations humanitaires, mais comme si une force invisible me tirait inopinément le coude et le poignet... N'est-ce pas étrange! Je n'y suis pour rien, j'en jurerais sur la tête... sur la tête de *ma* petite Brigitte. D'autant que ce bout de phrase contient *à mon insu* tout mon orgueil de perfection si mal rentré. Ou alors c'est que je me raconte des histoires comme d'habitude!

25 janvier, samedi matin

Florence a obtenu sans problème un congé «indéfini» avec pleine rémunération, ou tout comme: les quatre cinquièmes de son traitement, plus la promesse réitérée de Franzy que la vice-présidence ne lui échapperait pas. Comment en aurais-je douté? Les gens qui vous font cocu ont de ces délicatesses; pas tous, mais Franzy-Franzy n'est quand même pas Fernand. Il a de la mémoire au moins. Florence en a été la première soulagée, car l'angoisse commençait à s'ajouter aux autres malaises qui la taraudent: ces maux de dos incessants qui la plient en deux. Ce n'est pas la première fois du reste que je l'entends parler d'angoisse devant notre avenir. Je n'ai jamais pris la chose très au sérieux, assuré que je suis depuis toujours de la solidité nerveuse et psychique d'une femme qui a su mener sa barque – et la nôtre – à bon port. N'empêche... Moi aussi je donne à tout le monde, paraît-il, l'impression d'être solide et je crève d'anxiété. F. va donc passer un grand mois à la maison, avant l'entrée à l'hôpital, sauf urgence d'ici là. Car l'heure est aux compressions budgétaires dans le secteur de la santé. Voilà qui va bouleverser notre petit train-train quotidien, marqué justement par cette absence journalière de F. à quoi nous étions tous accoutumés, moi singulièrement qui passe ici de plus en plus de temps parmi mes affaires, une ou deux bonnes matinées par semaine quand ce n'est pas un après-midi entier. Depuis que je me suis mis en tête de faire de ce cahier beaucoup mieux qu'un agenda gonflé, soit un roman à part entière, le roman de ma vie telle que je la déforme ou l'anticipe pour lui faire rendre un sens, j'ai un peu de mal à rédiger ma chronique à la fac où je garde une impression de culpabilité même quand je suis parfaitement en règle avec les exigences pédagogiques qui strictement ne m'astreignent à d'autre présence qu'en séminaire. Tant pis pour moi. Toutes ces heures libres et même le jeudi où je n'ai pas cours, je les passerai au bureau. Ici, à la maison, la présence de F. me paralyserait trop, et notre temps s'écoulerait à inventer des artifices pour s'éviter l'un l'autre, encore et toujours à cause de Brigitte dont elle sait que je sais. Incroyable comme ces guérillas conjugales larvées peuvent prendre de la place dans une existence aussi dépeuplée que la mienne. Le fait est que le moindre éclat de voix à travers la porte, ici ou à la fac, suffit à me glacer l'esprit, car c'est alors que je ressens les deux êtres en moi: l'officiel avec les réactions obligées de son rôle familial, professionnel, etc., et… l'autre, le diariste avide, le secret, l'absent. Et puis même indifférent à l'entourage, ou parce que indifférent, tout conflit m'est odieux et je préfère avoir tort cent fois en toute quiétude plutôt que raison au prix d'une querelle de famille. Mais qu'appréhenderais-je? On ne saurait imaginer intérieur plus paisible, plus mort, comme si on se défiait de moi. À croire que ma tolérance, mon permissif effacement deviendrait gênant ou me rendrait suspect, ce qui serait bien un comble! Non, par chance la famille ne me prête aucune attention, aucun intérêt, sinon pour m'exclure de tout ce qui a la moindre importance. Par exemple, on attend que je sois pris ou retenu ailleurs pour recevoir, et comme je ne suis jamais ni pris ni retenu ailleurs, on ne reçoit jamais, sinon à la sauvette. J'aime mieux ça: tout contact avec mes semblables m'horripile, je m'en suis confessé l'autre jour sur un feuillet que j'ai presque aussitôt envoyé au panier.

C'est en silence qu'Yvée nous a ouvert sa porte à Brigitte et à moi. L'endroit est en sous-sol rue de l'Hôtel-de-Ville, la porte ouvrant en contrebas sur une petite surface bétonnée, clôturée à la hauteur du trottoir par un garde-fou fait de tuyaux de fer rouillés.

Brigitte qui est déjà venue à l'atelier et m'y a conduit a paru néanmoins fort impressionnée d'y retrouver son amie à pied d'œuvre, revêtue d'un poncho vivement coloré et son air sérieux comme habité déjà par la gravité de la tâche qu'elle s'est fixée. Toute la longue séance conservera cette solennité laconique, qui m'a laissé tout le loisir de m'étonner du dénuement du lieu.

D'abord, après nous avoir dépouillé de nos vêtements tout dégouttants de neige fondante et les avoir accrochés au portemanteau fixé au mur, Yvée, avec un minimum de paroles, nous a fait asseoir, moi dans un profond fauteuil de jardin en bois peint en jaune avec de larges accoudoirs plats, Brigitte perchée sur un petit tabouret en forme de tonneau. De son côté le peintre a tout de suite réglé la distance du grand chevalet qui dominait la pièce où trônait son modèle, en l'occurrence moi-même, un peu ému malgré tout de me voir accorder, pour la première fois, l'honneur d'un portrait à l'huile. Il m'a fallu croiser et décroiser les jambes, m'accouder d'un côté le plus naturellement possible, d'abord la main sur la joue, puis soutenant négligemment le menton, puis traversant la bouche, puis à plat contre l'oreille, puis abandonnée nonchalamment sur le bord de l'accoudoir, puis sur le genou. Mais tous ces préparatifs n'étaient que façon de me connaître et se sont avérés vains lorsque l'artiste a décidé de rapprocher considérablement le chevalet pour cadrer de plus près la tête – selon toute apparence, car nulle explication n'était fournie pour toutes ces mises au point imposées au travers de brèves et impérieuses directives reçues avec la même passivité que chez le dentiste ou chez le coiffeur. Seule l'expression d'intense concentration que je lisais sur le visage du peintre, la contention d'un esprit en quête d'un mystère à élucider, voire même à forger de toutes pièces, m'avertissait qu'il ne s'agissait pas ici d'un jeu même professionnel, mais bien, pour Yvée Marcueil, d'une question de vie et de mort.

Brigitte observait sans rien perdre, étonnée sans doute de trouver son amie sous ce jour d'autorité rapide et taciturne. La position et le cadrage réglés, Yvée s'est armée d'un long fusain pour commencer à tracer des lignes invisibles pour moi qui n'apercevais que les mouvements saccadés du coude débordant la toile. Ce fut le silence. Aucune consigne quant à mon expression faciale, pas même celle de ne pas bouger. Aussi bien, livré tout entier à un maître de son métier, mon regard en s'égarant en vint à fouiller la nudité de lieux dont le délabrement semblait grandir la pièce mais aussi bien l'artiste, je ne sais pourquoi. Comme si le dénuement, en bannissant le superflu, soulevait l'esprit au-delà d'un quotidien consommateur de futilités. Contre le mur, un lit étroit sur lequel étaient jetés quelques vêtements. Une haute armoire d'autrefois. Une table coincée entre deux petites chaises. Une bibliothèque basse croulante de livres de poche écornés. Une carpette à moitié rongée. Et dans un coin, ce qui servait de cuisine : évier, frigo, cuisinière électrique à deux plaques. C'est tout. Et une pauvre lumière par là-dessus laissant fort à désirer pour un atelier de peintre et provenant presque toute de la haute fenêtre qui flanquait la porte grillagée aux carreaux en verre dépoli et aux maigres petits vitrages roses. Visiblement Yvée préférait ce chétif éclairage plutôt que de recourir à quelque étincelante source artificielle.

De temps en temps l'artiste prenait un recul par rapport à sa toile, m'observait brièvement, revenait sans que sa physionomie exprime rien sinon comme une hâte de me saisir au vol, pour ainsi dire, une fièvre de démasquer d'un coup un secret que le sujet lui-même, peut-être, ignore. Après seulement vient le vrai travail, la longue patience où plus rien n'est donné, mais où l'heure du risque s'est dissipée, a fui, le risque de passer à côté de l'essentiel qui fait mentir les apparences, qui se joue de la vraisemblance.

Au bout d'une heure et demie – Yvée n'avait pas touché sa palette, non plus qu'un seul de ses pinceaux –, on déclara la séance de pose achevée par quelques gestes de rangement plus que par la parole. Pendant que Brigitte s'approchait de ce qu'elle n'avait pas quitté des yeux et que sa bouche s'ouvrait d'émerveillement, Yvée proposa un café que j'acceptai, plus pour ne pas la décevoir que par envie réelle. J'aurais préféré me délasser les jambes, engourdi que j'étais par cet exercice nouveau pour moi.

– Et surtout n'allez pas regarder mon barbouillage, me dit Yvée en déposant une petite tasse de café noir sur mon accoudoir. Ce n'est encore que l'ébauche d'une ébauche. Ça ira beaucoup plus vite la prochaine fois. Vous avez une tête qui inspire.

Je suis demeuré coi, surpris et, dois-je l'avouer, flatté de cette remarque. Preuve que je suis resté enfant – celui qu'on n'a pas complimenté quand il le méritait.

Le café bu, je n'ai pas voulu m'attarder par respect pour l'artiste, même si après avoir donné le meilleur d'elle-même, je retrouvais l'Yvée Marcueil toute limpide et naturelle de sa visite chez nous. Apollon avait quitté le poète des formes avec ses secrets, restait la femme et la sobre simplicité qui lui fait dominer sa vie comme elle domine son œuvre. Il me semblait que je ne faisais pas le poids avec mes divagations d'épave en perdition. Quelque chose en moi ne s'est pas moins passé qui me rend la jeune fille plus proche encore, et comme plus admirable d'avoir su convertir son rêve en une expérience de pure beauté dont le lucide en moi ne doute pas.

Après avoir repris nos vêtements d'hiver ainsi que balbutié un au revoir qui n'était pas de convention, Brigitte et moi sommes rentrés en autobus, comme nous étions venus. La petite était toute fière de son amie et ne cessait de me regarder.

29 janvier

Comme Malraux a écrit des reportages-fictions, j'écris ce journal-fiction, qui est mon adieu personnel à tout ce à quoi j'ai cru si longtemps sans pouvoir le vivre, du moins à l'extrême limite, journal qui, presque chaque jour, chaque heure si je pouvais, vise à rallumer le rêve éteint de la lampe de mes jours, celle de ma jeunesse, car c'est cela justement, lecteur, il faut t'en persuader: le rêve est l'élan indispensable pour ne pas mourir, même si ne lui succède pas fatalement la rédemption par l'aventure ou la création. Rêver, c'est aller au-devant.

30 janvier, jeudi soir

Brigitte jugeant superflue sa présence à mes côtés aux séances de pose du samedi ou du dimanche, surtout si elles devaient se multiplier, Yvée Marcueil l'a priée de me faire savoir que je n'aurais qu'à venir chez elle aux moments de la semaine qui me conviendraient, en la prévenant d'avance au téléphone. Libre de cours le jeudi et bien résolu à ne pas troubler ce jour-là la quiétude de F. qui désormais passe la journée à se reposer à la maison, j'en ai profité pour prendre rendez-vous dès cet après-midi, ce qui a paru faire l'affaire de ma toujours laconique portraitiste. Seulement je me demande en quoi ma présence est si nécessaire à une artiste moderne peu encline à me reproduire trait pour trait, même s'il est vrai que je me demande encore quel genre d'œuvre elle me réserve. Le métro s'y prêtant mal, j'ai d'abord pris l'autobus 51 puis fait la correspondance pour me rendre là-bas, rue de l'Hôtel-de-Ville, sous la neige folle qui dès le matin avait commencé à s'ébouriffer, formant de petits essaims de moustiques argentés tels qu'on les voit folâtrer la nuit à la lueur des réverbères. Près du square Saint-Louis, j'ai bien manqué de débouler comme un dingue les marches avant de me trouver de plain-pied sur le seuil d'entrée du sous-sol, plus que jamais verglacé par le gel et le vent noir qui tournoie dans ce véritable cratère. Après avoir cogné vigoureusement – il n'y a pas de sonnette –, j'ai dû frissonner trois minutes à la porte grillagée, le nez collé aux carreaux de verre dépoli recouverts de petits vitrages roses et blancs, avant qu'Yvée en tenue de travail, soit en jean noir, les épaules recouvertes de son poncho aujourd'hui tout maculé de couleurs, vienne m'entrouvrir, un sourire circonspect aux lèvres et le reste du beau visage flegmatique, impénétrable. Ainsi isolé à l'angle de la rue, l'endroit n'est évidemment pas de tout repos pour une jeune fille y vivant toute seule. D'autant que ses frères, étudiants à Sainte-Croix, par l'intermédiaire de qui Brigitte a fait sa connaissance, ne paraissent guère assidus à lui rendre visite.

Tout de suite Yvée m'a dit qu'elle n'était pas restée inactive et qu'elle espérait bien, un peu de chance aidant, n'avoir plus à me déranger de si loin. Pour elle, l'impulsion donnée, m'a-t-elle expliqué à sa manière incisive, la présence du modèle n'apparaît plus qu'un point de départ, un tremplin : une fois le choc de l'inspiration survenu au contact de l'esprit avec le motif à recréer, tout se met en place au prix d'un travail aveugle indéfiniment repris pour se rapprocher peu à peu de la vision intérieure qu'a déterminée la première émotion. Je comprends ce langage qui est presque le mien, sauf pour la présente autofiction que je laisse largement courir au gré de mon imagination. Chaque artiste a son approche créatrice qui correspond exactement à sa recherche profonde d'une vérité qui ne peut être que transposition de plus en plus accentuée, libérée. De ma place dans le fauteuil de bois jaune, je pouvais admirer contre le mur une nature morte bouleversée.

– Mais, dites-moi, Yvée, comment vous, créatrice moderne si j'en juge à vos conceptions et aux choses que j'ai vues de vous, comment vous pouvez faire des humains visages ? J'aurais cru ce genre de sujet banni de l'esthétique contemporaine, et même incompatible avec elle.

– Vous avez vu mon fusain du *Christ souffrant*, M. Desnoyers ? Si de tels sujets étaient proscrits par l'Art, je me demande un peu ce que j'irais faire dans cette galère! L'Art c'est de l'humain à la puissance dix ou ce n'est rien. Le formalisme n'est pas mon affaire. Ou plutôt j'en fais mon affaire car je ne suis esclave de rien. Ainsi votre collier de barbe va disparaître, j'en ai bien peur.

– Vraiment? Et pourquoi donc?

– Il n'a pas sa place dans ma conception structurale de votre visage – à moins que ce ne soit votre nature même?

– Vous êtes donc *voyante* selon Rimbaud pour me faire un anti-visage, ai-je dit moqueur et tout de même un peu étonné. Je n'en suis pas mécontent, je vous l'avoue. Je craignais que… vous ne vous sentiez tant soit peu esclave de mon âge et de mon personnage, lequel doit vous sembler bien ancestral, n'est-ce pas?

– Oh! il ne faut pas vous attendre à une reproduction exacte de vos traits quotidiens, familiers. Peut-être même que je les maltraiterai un peu à votre désavantage, mais c'est la vision de vous qui se projette sur mon petit écran intérieur.

– Expliquez-vous, lui ai-je demandé avec un intérêt feint.

Yvée a eu l'air de rentrer en elle-même. Je l'acculais à révéler des secrets qu'elle aurait manifestement préféré garder pour elle-même.

– Pour moi, la face humaine est la pierre de touche de l'art des formes et des couleurs. Rien n'est plus haut, rien n'est plus difficile. Peu m'importe que la plupart des modernes y aient renoncé. Ils passent à côté de l'essentiel. [Pause] Car le visage, c'est l'âme même. Et l'âme, dans ce monde matériel, c'est le refuge… de ce qu'il y a d'Infini dans l'homme.

– Et qu'est-ce que l'Infini, selon vous?

– Ce par quoi il nous arrive, mais si rarement, de sortir de l'espace, et plus encore du temps.

Je n'ai pas insisté, ces vues m'étant trop présentes, trop familières, pour avoir envie de les approfondir ou de les contester. Et puis je répugne à me laisser aller devant Yvée. Quelque chose en moi résiste, m'en empêche. Cette descente aux enfers prométhéens de la création m'a été trop fatale dans le passé… Après cette petite entrée en matière assez intrigante sur le portrait d'art et ses mystères, qui a suffi à rompre la barrière de gêne que crée l'écart d'âge entre nous deux, pour ne rien dire de ce qu'Yvée me prête de notoriété littéraire, je me suis attardé à déplorer à part moi sa condition de grande artiste prisonnière du demi-jour où sa jeunesse et son talent s'enferment, du désordre assez misérable des lieux, à l'encontre de ce que ma vie et mon intérieur à moi peuvent avoir de conventionnellement bourgeois – sauf peut-être ma chambre qui n'a aucun caractère du tout tant le poète qu'au fond je suis se moque de tout ça qui n'est que décor, à part mes deux grands posters de Gauguin et de Seurat auxquels je tiens beaucoup – mais aussi bien qu'est-ce que le décor pour une artiste à ses débuts qui vit d'abord au centre d'elle-même et préfère s'interroger en profondeur sur son art ? Même la lumière artificielle qu'elle a finalement faite pour compenser la grisaille de ce jour ne semble pas lui poser de problème, elle ne s'accroche pas à ce qui n'est pas l'essentiel. Avant de se mettre à l'œuvre, sans demander, Yvée a posé un verre de vin rouge sur l'un des deux grands accoudoirs de mon fauteuil de bois jaune qui m'enfonce le cul presque au ras du sol tout en me laissant pleine liberté de mouvement du corps et des bras, et je n'ai pas manqué de plier et déplier à volonté les jambes nerveuses tandis qu'elle poursuivait sa tâche, les yeux focalisés sur ma tête de vieux grison dont elle avait encore rapproché le chevalet pour me cerner en cadrant son ébauche au plus juste. Ce fut le silence durant plus d'une heure. Puis Yvée jugea le temps venu de s'armer de sa palette et de ses pinceaux, m'évoquant, je ne sais pourquoi, Don Quichotte brandissant lance et bouclier ; même la gravité du peintre avait quelque chose du Quichotte qu'il y a en tout artiste visant haut. En outre, tant de concentration, tant d'absence au monde ambiant – même à moi, son sujet, sur qui les coups d'œil se raréfiaient –, tant d'apparente impassibilité dans l'expression ont fini par fasciner le Sancho Pança que je figurais malgré moi. Et plus je scrutais ce que j'apercevais de ce visage froidement tendu, plus j'admirais cette contrainte au calme, ce flegme passionné, comme j'admire toute créature qui se donne entièrement à l'exercice d'une tâche, non pas seulement artistique mais banalement quotidienne, telle cette *Laitière* de Vermeer qui verse son lait pour l'éternité, ou cette autre femme qui lit sa lettre longuement dépliée avec une constance que rien jamais ne viendra troubler, soustraite qu'elle est à toutes les galaxies qui l'entourent sans l'émouvoir, tel cet enfant de Chardin qui édifie ses châteaux de cartes qu'un souffle emportera sans emporter l'œuvre qui perdurera, tel encore, dans le vécu quotidien, l'autre jour, ce dentiste qui en oubliait de me parler pour mieux bander toutes les forces de sa volonté attentive dans une passion de parvenir à ce qui n'est que soulagement éphémère de ce qu'il faudra reprendre avant l'année terminée. Et puis, tout à coup, Yvée s'est prise à me regarder de plus en plus souvent, mais ne levant l'œil sur moi qu'à peine une fraction de seconde, tout entière livrée au léger frottement de ses brosses sur la toile, passant sans raison apparente d'un coin de la grande surface à un autre, se promenant en quelque sorte dans un domaine de couleurs pour moi forcément invisible et rendu percevable uniquement par les mouvements de cette sténographie ininterrompue et mystérieuse dont le peintre se réservait sans doute de développer le sens à loisir, moi parti. Je n'étais plus qu'un prétexte, la vérité révélée par la toile se situant bien au-delà de mon pauvre personnage, se trouvant tout entière concentrée dans l'imagination et la sensibilité du peintre. Et cette folle ambition, cette vision d'une réalité rêvée, encore en gestation, c'est uniquement du jeu des doigts tout vibrants d'Yvée Marcueil qu'elle naissait, âme unique au monde à savoir, à cet instant du moins, pénétrer mon âme à moi, la faisant surgir de sa fragilité pour durer toujours peut-être et devenir ce que nous sommes au regard d'un Dieu pour qui le Temps n'est pas. Et l'Art véritable, si c'était cela, cet instantané fait pour durer ? Les maîtres ne procédaient pas autrement.

L'heure, puis une autre demi-heure ont passé très vite, sans que l'architecte des formes épurées où se niche une conscience – la mienne ? la sienne ? – prenne une minute pour souffler, si ce n'est à mi-parcours quand elle a bu un grand verre d'eau.

– Fini pour aujourd'hui, a déclaré Yvée en essuyant ses pinceaux, mais vous n'aurez plus à revenir, le reste est mon affaire. Ce sera facile car, je vous l'ai dit, vous avez une tête qui « inspire », pour ce que cela veut dire, qui m'inspire serait plus juste sans doute.

Elle a ri doucement et m'a regardé d'un air complice. Et tandis que je m'ébrouais, elle achevait en silence le petit ménage de son « coin à peinturer », jusqu'à ce qu'elle se laisse soudain choir toute lasse sur le tabouret en forme de tonneau. Et puis prise d'un besoin de parler :

– L'autre jour, vous m'avez confié que je vous faisais beaucoup d'honneur en vous fixant sur ma toile, mais c'est vous qui me faites beaucoup d'honneur en vous prêtant à ce petit jeu. Car, compte tenu de mon âge et de mon inexpérience, il ne peut y avoir là pour vous qu'un jeu – mais pour moi il en va comme d'une partie d'échecs où j'affronterais un grand maître. Là où les autres ne verront qu'un tableau de plus, je me serai mise tout entière, corps et âme, pour la première fois... On ne se met pas tout entier, n'est-ce pas, dans chaque œuvre qu'on entreprend... Encore fallait-il que votre personne me suggère quelque réalité qui réponde en moi à une nécessité, et cela je ne pouvais le savoir vraiment qu'en faisant une partie du chemin vers vous, fusain puis pinceaux en main, jusqu'à vous rejoindre, bien ou mal, ce n'est pas à moi d'en décider. Mais c'est rare, cette rencontre. Je jette les trois quarts de tout ce que je fais, je veux dire que je peins autre chose par-dessus, si la première étincelle n'a pas mis le feu à ma toile, ce dont je m'aperçois tout de suite – mettons le lendemain matin en me réveillant.

Elle a essuyé son front du revers de la main, puis elle s'est tue comme quelqu'un qui n'a pas l'habitude de sortir de soi-même. Elle a tout de même ajouté, songeuse :

– Votre livre m'avait déjà livré une piste.

– Comment ça ? *La Chair vive* est à peine de moi, ai-je protesté, l'ayant écrit par pure volonté plutôt que sous l'effet de quelque incontrôlable impulsion. Un livre inspiré par l'amertume d'un homme mécontent de lui-même et mécontent des autres, comme dit Baudelaire de sa disposition d'esprit.

– Les photos qu'on juge mauvaises ou ratées sont souvent celles-là qui nous ressemblent le plus, celles où l'on ne voudrait surtout pas se reconnaître. [Pause] De même certaines peintures que nous faisons, nous les détestons parce qu'elles sont trop caractéristiques de notre manière. Elles nous trahissent en nous livrant au grand jour sous nos vraies couleurs. Personne n'aime être trahi par soi-même dans sa cruelle intimité dont il se veut seul maître.

– Juste. On préfère donner l'image qu'on s'est faite de soi, même si elle répond mal à ce véritable moi qu'on fuit de toutes ses forces. Il n'est que Rembrandt dont les autoportraits ne trichent pas. Moi-même je trace de moi en ce moment un portrait qui se veut fidèle. Mais le mensonge est premier, il est spontané, même si l'Art est là pour le démasquer. De là sans doute que *La Chair vive* est un miroir trop fidèle pour que je ne le haïsse pas.

– Votre livre dément en effet tout ce en quoi vous avez voulu croire, Rémy. Par là il est exemplaire.

Un moment interdit de m'entendre ainsi prénommé, j'ai souri pour marquer ma connivence.

– Vous avez saisi cela ? me suis-je étonné, ça par exemple !

Puis, sans attendre de réponse, j'ai attrapé mon paletot dont la neige toute fondue s'était étalée jusqu'à former une petite mare au pied du crochet où je l'avais suspendu.

– Oh ! non, monsieur, ne partez pas tout de suite ! a-t-elle protesté comme je gagnais la porte. C'est trop rare que je puisse rencontrer des gens qui comprennent sans qu'on leur explique… des gens de votre sorte.

De nouveau je souris, par reconnaissance cette fois. Mais comme je ne disais rien, elle s'est remise à parler :

– Je crois qu'il existe une affinité des créateurs entre eux. Et puis votre roman, je l'ai *senti* – je n'irai pas jusqu'à dire que je l'ai aimé, ni même compris tout à fait, non, c'est trop fort, mais je l'ai senti, avec son immense détresse, son désenchantement de tout. Non pas dans l'histoire qui est plutôt ironique, mais dans la manière désabusée dont vous la racontez comme vous raconteriez l'histoire qu'un autre que vous aurait vécue, ou imaginée, c'est la même chose. Est-ce que je me trompe?

– *La Chair vive* n'est pas du tout typique de ce que j'ai fait jusqu'ici. C'est un jeu, comme vous disiez, mais un jeu avec la réalité, donc un mensonge en ce qu'il ne dépasse pas assez les limites de l'observation, donc du vraisemblable, pour devenir exemplaire; il ressemble beaucoup trop à ma vie réelle, ou du moins à une certaine expérience que j'ai vécue parmi des milieux que j'ai été amené à fréquenter, pour pouvoir prétendre à quelque existence littéraire. La transposition manque. Je pourrais même vous donner la clé de mon héroïne, de mon modèle, sous son léger maquillage : Mimy Thiébault, doctoresse ès lettres et ses aventures au pays des demi-savants. Or de l'observation, du réel brut, des apparences si vous préférez, il ne résulte que du factice. Dans le moment je travaille à quelque chose d'artistiquement vrai, donc de transfiguré, mais à quoi j'ai le malheur – ou le bonheur – d'ajouter foi, puisque c'est l'image idéale de ma vie; j'y joue même le tout pour le tout sans que je sache pour autant, moi l'auteur et l'acteur, où je vais, parce que cela provient de sources beaucoup plus insondables que ce quotidien dont je me dépouille encore un peu plus aujourd'hui devant vous en me livrant à votre regard de peintre, cela provient d'un monde tantôt désiré, espéré, tantôt rejeté, mais aux neuf dixièmes imaginaire, et donc d'autant plus personnel, authentique, puisque enfant de ma conscience en pleine liberté.

Je me suis arrêté, réalisant qu'avec ces absurdités je risquais de dépasser les limites permises à la confidence de bonne compagnie. Silence. Long silence. Je n'osais partir tant Yvée était en moi comme un autre moi au terme de cette descente à deux au pays où l'on ne se comprend soi-même qu'en s'expliquant devant une oreille consciente des mêmes enjeux. Mais que sait-on de soi ou des autres à dix-neuf ans? Tout est instinctif encore, tout est perception neuve, premier degré, puisque rapprochements et comparaisons sont exclus. Faiblesse et force d'une telle création constituée non à partir d'un savoir fondé sur l'expérience et la culture, mais à partir de la pure intuition, d'un imaginaire indistinct de toute vérité contrôlable. Or le chiffre de l'âge sera toujours arbitraire en matière de création, comme il l'est en amour, toujours possible bien au-delà et bien en deçà des bornes d'un pseudo-vraisemblable. L'amour n'ayant pas d'âge, rien d'impossible à l'artiste, même de s'éprendre d'une image, quand il a le cœur au dégoût de tout, à commencer par sa propre tête.

Et c'est à ce moment où je lui posais doucement, et comme machinalement, la main sur l'épaule saillante sous le poncho que cette impression d'abandon, de délabrement de la grande pièce grise où Yvée se recroquevillait (fort mal chauffée au demeurant, j'ai gelé tout l'après-midi), s'est faite en moi la plus accusée, mais aussi que cet insouci de tout charme, tant féminin que décoratif, m'est apparu quasi inévitable compte tenu du personnage tandis que mes yeux vaguaient sur ce fatras d'effets jetés en vrac sur l'étroite couchette, sur cette humble table de cuisine encombrée de plusieurs petites tasses en céramique luisantes de couleurs vives sous la chandelle presque consumée qui brûlait là depuis mon arrivée, posée sur une banquette étroite collée au mur où s'entassaient plusieurs livres usés, marqués de signets et n'ayant pas trouvé place sans doute dans les rayonnages de la bibliothèque basse où d'autres livres à bon marché s'affaissaient les uns sur les autres, et puis enfin, épinglées au mur, sur ces reproductions de tableaux archiconnus (du moins de moi, qui ai juste le triple de l'âge d'Yvée Marcueil) parmi lesquels se détachait une encre à fond gris parsemée de feuilles mortes retenues ensemble par des tiges entrecroisées où, croyant reconnaître la griffe de mon hôtesse, j'ai tourné vers elle un regard inquisiteur pour rencontrer le sien posé sur moi tout aussi interrogativement, et même inquiet de cette inspection un peu trop prolongée. Encore une fois je lui ai souri et, tout naturellement, sans le vouloir ou presque, très paternellement, j'ai laissé ma main quitter l'épaule et venir se poser sur la tête aux cheveux châtain foncé et tirés en arrière, pour ensuite laisser descendre les doigts le long du front puis de l'arête du nez, parfaitement rectiligne, avant de remonter vers la tempe et revenir à la joue, une joue hâve et creuse accentuant des traits bien marqués, presque géométriques, comme on les voit à certaines têtes féminines de Picasso, sans les déformations que l'art de ce dernier leur impose, mais avec quelques irrégularités tout de même comme ces yeux inégaux, cette bouche un peu grande surmontant un menton ferme traversé par le fin sillon incurvé des natures restées tant soit peu candides malgré toute leur rigueur. À tout prendre, figure passionnante à explorer que celle d'Yvée Marcueil, figure que toute absence de fard montre riche de contradictions irrésolues, dessinée certes par quelque divinité inspirée, infiniment plus subtilement agencée que toute schématisation délibérément torturée par les techniques picturales. Mais voici que la jeune fille a saisi ma main qu'elle porte à sa bouche avec une sorte de liberté ingénue, et l'y colle étroitement, l'étreint intensément, abaissant en même temps des paupières ombrées de longs cils auburn, geste d'enfant qui me remémore sa toute jeunesse, car nulle femme de trente ou quarante ans ne céderait aussi facilement à ses impulsions sans en avoir au préalable mesuré les conséquences – avantages, inconvénients et périls. Mais qui sait si, contrairement aux apparences, Yvée n'est pas une créature expérimentée, très au fait de la vie, sachant parfaitement où elle va et se prévalant de la spontanéité de son âge pour oser ce que n'oserait la maturité? Qui sait? Personne, et moi moins que quiconque. L'impression qu'elle me cause n'en est que plus précieuse, comme est précieux ce baiser trop inattendu, trop irréfléchi, pour être déchiffrable rationnellement.

J'attends un moment qu'elle laisse retomber ma main que ses lèvres ont humectée pour la lui retirer, mais je lui hoche aussi la tête avec une tendresse protectrice, une tendresse plus que paternelle certes, plus que bienveillante, plus qu'affectueuse, une tendresse plus que tendre, ou plutôt avec la tendresse ineffable d'un artiste pour un autre, où tout est dit sans que rien ne soit dit parce que l'Art, qui est une manière d'être et de sentir, rend tout clair dès lors que le poète démasque les conventions et que tout est là, simple, grave et nu.

Nous nous sommes quittés sans ajouter un mot, dans le plus pur silence des êtres qui se sont compris. La muette parole du même regard enveloppant l'autre dans un commun échange a suffisamment répondu à nos questions informulées.

1er février, samedi

Hier, en revenant de la fac, trouvé Florence endormie au salon. Toute ma discrétion ne l'a pas empêchée de se réveiller et de venir en peignoir, une écharpe autour du cou, me rejoindre dans la cuisine (depuis qu'elle ne quitte guère le lit, chacun soupe à son heure, sans qu'on s'attende les uns les autres). Elle n'avait pas faim mais pas faim du tout, ne se souciant que de me tenir compagnie, soi-disant, malgré un malaise évident qu'elle a mis au compte d'une perverse «déprime» consécutive à son départ du Grand Studio de création publicitaire. Déprime, c'est la première fois que j'entends ce mot dans sa bouche, un mot qui ne lui ressemble pas, et moins encore la chose, toujours si pleine d'allant qu'elle est, si dynamique, toujours « sur la brèche » comme elle aimait à dire. Elle m'a demandé « ce que j'en pensais », s'il fallait s'inquiéter de ça aussi, avec une confiance à laquelle je suis depuis longtemps déshabitué et qui m'a touché. Comme il ne faut pas contredire les malades, j'ai abondé dans son sens : après le coup reçu et sa mise en congé, il y a de quoi se sentir défoncée et ce sentiment de dépression s'explique parfaitement, pour ne pas dire qu'il est « normal ». Je me suis même étonné qu'elle ne soit pas davantage affectée par son état. F. s'est montrée dubitative. « Destouches trouvera bien de quoi te remonter », ai-je rajouté. Elle est allée droit au téléphone pour revenir au bout d'un moment tandis que j'avalais quelques sardines à même une boîte que j'avais ouverte non sans me couper le doigt au sang comme de coutume.

– Lionel parle d'asthénie nerveuse associée à la ménopause. Rien de plus courant, à ce qu'il dit, mais aussi rien de plus pénible pour le moral, ajouté au reste des troubles ménopausés. « Venez me voir après-demain matin à l'hôpital, je vous donnerai quelque chose. » « Le ton de sa voix était pessimiste, a-t-elle ajouté, surtout quand j'ai évoqué ces douleurs lombaires aiguës qui me forcent à rester allongée les trois quarts du temps. »

Nous nous sommes tus, moi pris d'un troublant vertige à cette allusion aux douleurs du fameux sarcome relié à la ménopause, décalcification généralisée dont je commence à douter sérieusement que la pauvre réchappe. C'est affaire de temps, rien de plus. Qui aurait cru chose pareille il y a un mois seulement, en ce plus morne, ce plus ordinaire des jours de l'An ? J'ai dû me retourner, me sentant passer à travers le corps comme un frisson d'amertume. Sur quoi Patrice est arrivé, ce qui n'a rien arrangé. Sans même s'enquérir de sa mère, il a remis le disque de sa mise en ménage avec Francine Trudel. « Eh ! bien arrange-toi, si tu y tiens, mais ne compte pas sur nous, ta mère et moi, pour vous entretenir, surtout dans l'état où tu peux la voir. Puisque c'est toi, Patrice, qui a fait ce bébé-là, eh bien ! tant qu'à faire des balourdises, prends tes responsabilités. » Et j'ai quitté la cuisine dans une drôle d'humeur ; je me rongeais. Il y a un bout : pour qui ces jeunes se prennent-ils ? S'il avait fallu que je compte sur mes parents pour me faire vivre, une fois quitté le foyer paternel ! Et puis la soudaine pensée d'Yvée Marcueil, de son baiser d'enfant, m'a apaisé en même temps qu'étrangement affecté. Mes yeux se sont remplis d'eau. Que n'ai-je moi aussi des enfants aussi brillants, aussi affectueux que celle-là! Il est vrai que je n'ai encore rien vu de son ébauche et que je serai peut-être bien déçu du résultat. Car si elle n'avait pas le génie de son visage? celui de sa personne tout entière?

3 février, 5 heures, au bureau

Journée harassante. Et assommante. De l'ennui d'être condamné au premier cycle, faute de titularisation en bonne et due forme. Le moyen de faire sentir à ces jeunes esprits bien disposés mais si mal préparés, si peu formés à la simple écriture correcte, ce qu'on est en droit d'attendre d'eux sur le plan littéraire? Deux heures d'analyses textuelles, remplies par quatre étudiants bafouillants devant dix autres agacés. Des textes simples au fond, des sonnets pris au hasard des classiques du genre, y compris un de Nerval et un autre, plus facile, de Ronsard. Le problème, c'est leur inculture: quasi impossible de me référer à rien de connu d'eux. Comme si je leur parlais une langue dont ils n'ont que des rudiments cueillis au hasard de leur secondaire et de leurs deux années de collège. Le moindre raffinement d'expression littéraire (ou affectif: ils savent «faire» l'amour mais ignorent comment *dire* l'amour) leur échappe, ils ne le sentent pas ou presque, faute de repères; la moindre métaphore les déconcerte, comme s'ils n'avaient rien lu, pas même les grands textes qu'on lisait encore, nous autres, à quinze ans. Et quand vient le temps du commentaire composé, c'est forcément pire; à défaut de pratique adéquate, ne serait-ce que celle de la lecture soutenue des livres formateurs à l'âge où se forgent les réflexes linguistiques, ils ont perdu jusqu'au sens même de l'expression écrite à distinguer de l'orale; comme ils parlent, ils écrivent, c'est-à-dire en charabia; comment ne peineraient-ils pas à formuler une pensée autrement que «toute crue», eux qui ont pourtant choisi les lettres, eux qui sont d'anciens bons élèves de lettres des écoles et des cégeps, si l'écriture ne leur est plus tout à fait naturelle; à croire que, pour la plupart d'entre eux, les magnétoscopes, ordinateurs, jeux vidéo, pour ne rien dire des bandes dessinées, céderom, magnétoscope, Internet et autres gadgets à la mode (que je renonce à comprendre, étant trop vieux), tout ce qui les a fait passer à côté même de gens comme la divine Comtesse, comme Jules Verne qui ont du moins écrit une langue pure, exacte, sobre: «Quel style a J. V., s'exclame Apollinaire: rien que des substantifs!» Déficience en

111

adjectifs qui marque la limite d'un littérateur à qui il manque une dimension : la poésie – car on a beau dire, la poésie ce sont les épithètes, ou du moins les épithètes insolites. Or ces étudiants me rendent malade qui ignorent même les épithètes convenues, celles qui entrent dans ce que Mme Mimy Thiébault doit désigner avec un pompeux mépris sous la dénomination de « syntagmes d'usage », un usage qui a cessé d'en être un pour eux. Ainsi le voudraient-ils, on trouverait plus facilement sous leur plume de l'incongru que de l'insolite, à deux ou trois brillantes exceptions près dans chaque groupe, et cela s'aggrave d'année et année. La fameuse CHARTE DE LA LANGUE FRANÇAISE promulguée il y a vingt ans cette année a donc eu si peu d'effet sur l'écriture ? Où allons-nous de ce pas, collectivement ? Nulle part, puisque le drame linguistique que vit notre peuple kébékois se joue sur fond de drame politique : comment ne pas être en pleine déliquescence nationale à tous égards ? Ne maîtrisant plus notre langue, premier facteur identitaire de tout individu, de tout groupe humain, comment saurions-nous maîtriser notre destin ? La volonté de nous assumer nous ayant manqué au référendum d'octobre 95, notre chute dans l'inexistence en tant que peuple francophone n'est plus qu'une question de temps, temps qui gruge d'abord le désir d'*être* pour n'en plus laisser que l'habitude, asphyxiante, fatale. Le goût de vivre en français est passé pour un grand nombre ; sont oubliés ceux-là qui furent nos vaillants ascendants chérissant leur langue et leur religion comme leur prunelle, nous avait-on enseigné à la petite école... Je devrais bien aujourd'hui me moquer de tout cela, et pourtant comment nier que ces angoisses viennent s'ajouter à toutes mes douleurs, tel le modèle agrandi de ma propre et trop avancée néantisation pour revenir en arrière. Mais plus que les ignorants, ce sont les lâches et les indifférents qui auront eu notre peau parce que nous n'aurons pas eu le génie de nous défendre pouce à pouce... Mais quoi ! Drôle d'exemple de masochisme maniaque que de tout retourner contre soi ! Comme si ce n'étaient pas les contraintes de l'Histoire qui auront fait de notre échouage en haute mer un enlisement à demeure, un naufrage irrenflouable, finalement envasé, englouti... tant il est vrai qu'isolés comme nous sommes, issus non tant de valeureux ascendants, hélas, que d'ancêtres illettrés, marins et paysans sans poids démographique, économique, sans élite politique ou culturelle et menés trop longtemps par un clergé de bonne foi certes mais obscurantiste en tout point et singulièrement devant le conquérant de droit divin – rendez à César ! –, un clergé dénué de cette vaste envergure intellectuelle qui aurait pu seule collectivement nous sauver… Amertume à l'image de mon propre naufrage que seul un miraculeux message de mon inconnue de là-bas saurait effacer, dussé-je l'écrire moi-même et rendre plus fictif encore ce journal où je me délivre de mes obsessions en avançant en équilibre entre les deux abîmes de ma vie brisée entre l'art et l'amour, sans voir encore le sens de cette brisure. Est-ce en vain qu'un auteur de ce siècle a écrit que «la tâche du romancier est un profond mystère, et que le mystère gêne énormément l'esprit moderne»? Car l'esprit moderne est fermé à l'esprit tout court, qui seul éclaire le mystère à parcourir, à creuser… Mais par quelle obligation? Comme si, plus que l'homme de la rue, le romancier décidait jamais de ce qu'il doit faire, le cavalier polonais du chemin qu'il va prendre! Il vit ce qu'il invente à mesure, fût-ce une lettre à l'étrangère, c'est tout.

Dispensé cette semaine de corrections écrites, moi qui n'ai rien fait du week-end qu'écouter du symphonique en feuilletant le *Nouvel Obs* – mais je me sens sur le point de zapper et de quitter cette feuille hebdomadaire longtemps sérieuse et devenue décidément par trop tape-à-l'œil, genre bcbg rive gauche avec clins d'œil accrocheurs en direction des beaufs de la rive droite et même de ceux des banlieues petites-bourgeoises de Paris-sur-Seine, quitter cette feuille dont la «classe internationale» indéniable lui valut son heure de gloire il y a trente ans lorsque je la découvris mais qui «ratisse» désormais trop large pour mon snobisme invétéré –, avant donc de mourir d'asphyxie à l'entrée du millénaire qui sera celui des seuls internautes casqués de *hardware* et de *software*, je dois donc pousser et finir, n'importe comment, cette entreprise d'autodestruction que sera ce roman de mes adieux, selon ce qu'il arrivera à mon cerveau de jour en jour plus pessimiste, sans plus rien à quoi se raccrocher, si ce n'est en traçant du doigt ces mystérieux signes dans une poussière que la première brise balaiera, pareil au Christ devant l'adultère à pardonner, F. pour ne pas la nommer… Reste que c'est mon délire créateur qui peut seul éclairer ce long périple à la recherche du sens de tout ce que j'ai vécu d'éprouvant jusqu'à ce jour, chaque figure humaine qui m'est dictée ne pouvant être que la réponse de l'Art, ce mensonge qui est la clé qui ouvre toute réalité – suivre l'exemple, la leçon d'Yvée Marcueil! – mensonge à inventer ici, dans ces pages, chaque jour, mensonge à vivre par écrit, qui confirme et conforte cette nécessité de tordre le cou aux apparences pour en tirer des heures dignes d'être respirées, seraient-elles meurtrières au bout du compte, si tant est que seul fait vivre… ce qui tue.

Florence vient juste de me téléphoner (ça n'arrive jamais) que Destouches entend finalement la faire entrer d'urgence au St. Mary's Hospital, établissement anglophone et catholique où il est attaché, dès qu'il s'y trouvera une chambre, un lit de libre. Pris de remords idiots, me voilà dans tous mes états à la pensée de cette épître adressée l'autre semaine à une sirène qui avait trouvé les mots exacts pour me toucher, dont je reste en attente d'une réponse qui doit me guérir d'une épouse qui aujourd'hui s'en va sans bruit. Au son affaibli de sa voix j'ai senti quelque imploration du type : « Ne me laisse pas tomber » ; il est vrai qu'elle aurait bien le droit de compter sur mon soutien moral, même si elle s'en est rudement bien passée depuis vingt ans qu'elle me trompe et qu'on se méprise un peu. Franzy-Franzy ne serait donc plus celui qu'elle a cru ? Le fait est que depuis sa mise au rancart, le prospère amant n'est venu à la maison qu'une seule fois accompagné de la jolie Lucette, la présence de sa femme, la troisième, ayant pour but, je suppose, d'écarter toute suspicion déplacée ; n'empêche que, erreur monumentale qui trahit peut-être le vrai géniteur, il a demandé des nouvelles de la seule Brigitte, qui a dû quitter sa chambre pour venir saluer, avec plus de cérémonie que d'affection au demeurant. Mais qu'est-ce qu'une enfant de dix-sept ans à peine peut entendre aux drames de sa propre vie ? Rien de plus tête de linotte qu'une fille entre quatorze et dix-sept ans, rien de plus niais comme pensée et comme sentiment. Et par quelle raison B. échapperait-elle à la règle ? À me demander comment elle a pu se faire une amie d'Yvée Marcueil, l'intériorité, l'intensité même, et de deux ans et demi son aînée – un abîme à cet âge encore tendre, un abîme plus profond peut-être que celui qui me sépare de cette Européenne de Paris-Nice dont je n'ai cessé de rêver nuit et jour. Eh bien ! tant pis pour les remords, je m'en vais lui rédiger une nouvelle petite missive, crainte de rater une chance qui pourrait bien être ma dernière, une missive dont je trace illico le brouillon dans les pages de ce roman-journal, quitte à la transcrire tout à l'heure, ce soir, au propre, datée de ce même jour où le cours de mon existence s'embrouille un peu plus à l'image du chemin creux que suit le cavalier polonais, chemin aux ornières mangées de cailloux, d'herbes mauvaises et tantôt de nuit, car le soir tombe vite sur mes ans.

Chère étrangère qui plus que jamais m'intrigue et me hante,

Si vous l'avez bien reçue, ne tenez pas compte d'une première réponse de votre affectionné serviteur à votre transatlantique appel, exprimé voilà vingt jours déjà. Je recommence à neuf avec ce billet-ci qui aurait dû venir d'abord, même s'il doit nuire à ma cause auprès de vous.

Le hasard – mais qu'est-ce que le hasard sinon l'ignorance des causes? – a permis, a voulu que, esseulé moi-même, en pleine et interminable déroute sentimentale et professionnelle, je tombe sur les petites annonces du N. O. la semaine précise où, j'en ai la saisissante intuition, votre esprit avoue sans l'admettre qu'il n'en peut plus de ce monde sans direction ni repères, sans valeurs autres que monnayables. Ne le niez pas puisque votre cri si sage, je l'ai entendu, je l'entends encore, il m'a rejoint, atteint plutôt sur ce continent du bout du monde où j'ai la malchance d'exister. Ainsi comment pourrais-je vous refuser la réponse que vous espérez, moi qui reçois votre appel en pleine poitrine? Car j'ignore si le Kanada, ou plutôt le Kébek, vous sont des noms familiers, ou de simples mystères, mais le fait est que je suis marqué de ce trait indélébile: je suis cela, cette chose tristement médiocre et incurable: Kébékois, et poète par-dessus le marché, et pour comble à la vie déjà très entamée, toutes conditions qui ne sauraient à coup sûr se faire pardonner aisément, encore moins se vivre au jour le jour sans que l'âme en soit quelque part atteinte.

Il me paraît donc assez naturel que vos curiosités, telles que vous les énumérez dans votre pudique annonce, soient assez voisines des miennes pour que vous puissiez imaginer sans trop de mal mon isolement dans ce Sahara spirituel où les circonstances m'ont donné le jour, et de longues nuits sans sommeil. Assez naturel aussi que je ne puisse, sans être complètement stupide, laisser passer cette occasion pour le moins inespérée de lier amitié, serait-ce par la voie étroite de l'écrit, avec une personne que je me figure plongée dans les livres mais plus encore dans la désolation au point de se hasarder à clamer publiquement son désir d'humains contacts et d'échanges gratuits. Et blâmeriez-vous ma hardiesse à vous renvoyer la balle même si, outre la malédiction d'être poète en prose et kébékois, c'est-à-dire RIEN, je vous avouais que, marié, j'aurais tout juste de quoi vivre si ma femme ne mettait la main à la pâte, qu'elle est malade et que j'aurai soixante ans sous moins de trois ans et demi? De ma femme, dont le temps, la promiscuité quotidienne m'ont éloigné infiniment, comment ne pas sentir le muet reproche pour ce message que je vous adresse dans l'extrême clandestinité qu'impose un état de santé qui va la conduire à l'hôpital après l'avoir forcée à interrompre ses responsabilités au sein d'une grosse maison de commerce – la publicité n'en est-elle pas la quintessence? Ce qui risque d'entraîner notre barque familiale dans un naufrage moral et matériel définitif, tant il est *vrai que mes livres – je n'en ai commis que trop, hélas, autant que de péchés contre l'esprit! – ne m'ont jamais enrichi, en raison d'un probable et irrémédiable défaut de génie. Tout cela fait que dans cette lettre pourtant bien innocente et bien nécessaire que je vous adresse aujourd'hui réside comme une ombre de trahison à l'égard des miens à l'instant où tout semble vouloir tourner si mal. Malgré quoi, je ne reviendrais pas à la charge auprès de vous aujourd'hui si mon humeur ne ressemblait à une forme de détresse opaque qui tient à la part de responsabilité que j'ai dans tout ce qui ne va pas autour de moi, d'autant que, prisonnier de moi-même, ce ne sont ni le dévouement ni la compassion qui m'étouffent ni la gratitude ni ce qu'on appelle l'esprit de famille, même si je souffre pour la forme d'être frustré de ces sentiments élémentaires. Je ne vous en dis pas plus. À quoi bon? Toutes les vies sont brodées de fils d'amertume qui en rehaussent assurément l'intérêt pour le romancier que je suis mais qui se payent aussi bien chèrement. Qu'il me suffise de vous dire, ce que vous savez peut-être, qu'on n'a pas toujours le conjoint qu'on voudrait, ni même les enfants qu'on mérite, si peu qu'on vaille. Pourquoi vous ménager la vérité, sinon justement parce que j'ai tout à perdre à me montrer sous mon vrai jour et qu'il y a si longtemps que je marche en hésitant vers mon précipice que je m'étonne chaque matin de ne l'avoir point encore rencontré. Oui, pourquoi feindre dès lors que je n'ai plus rien à perdre que je n'aie trente mille fois perdu?*

Mais il y a vous en qui je crois déceler des choses qui n'y sont pas peut-être… Car est-il bien vrai que livres, art, histoire, mystique forment le substrat de votre monde? Comme ces abstractions bougent aussi dans les recoins de ma conscience, quand l'indifférence de mon esprit m'en laisse le loisir, si même elles n'en sont pas la pierre d'angle qui empêche de sombrer tout à fait dans l'insondable VIDE DE VIVRE, chute au néant peuplé de rêves éveillés qui prennent figure de spectres. Car la nature humaine n'a pas horreur du vide : à condition de savoir le nommer, ce vide, elle y trouve une lueur filtrante, venue sans doute du fond de l'enfance et de l'adolescence souterraines. Et puis du moins ce faible jour n'empêche pas de se laisser prendre aux vastes mirages qui surgissent tout au long du chemin des jours, nous arrivant on ne sait d'où, coulée de flamme vouée à se refroidir en dunes, témoins irrémédiables d'un avenir promis mais non tenu qui sourd de ses élans les plus anciens et les plus authentiques mais non venus à maturité.

Il est vrai que j'ai fort mal joué ma vie en misant toutes mes chances sur la case littérature, c'est-à-dire sur les illusions de l'Art, en inventant des romans, genre que vous jugerez le plus futile si vos goûts vous tournent vers l'essai, les mémoires, la biographie, bref vers la connaissance de ce qui n'est pas pure chimère d'une imagination aux abois, à moins que la poésie n'ait votre dilection pour cela qu'elle seule – je parle de celle qui confine à la prière – dit la vérité entière, celle que le pauvre roman s'évertue si tristement à truquer – n'est-ce pas? – derrière des personnages masqués et des histoires qu'on voudrait à pleurer mais qui ne le seront sans doute jamais autant que nos chers jours éperdus de désirs brisés, comme celui d'être compris par une âme proche qui ne soit pas une roche. Témoin cet insolite espoir d'une rencontre entre nous deux, que je voudrais, pourquoi vous le cacher? plus que l'amorce d'une sympathie forcément aveugle entre nous, celle d'un roman à vivre tous les deux par-delà l'océan des illusions et dont vous détiendriez la clé comme celle d'un mystère à déchiffrer de lettre en lettre.

Surtout n'allez pas croire que je veuille accaparer votre sympathie pour m'en faire un bouclier. Je souhaitais au contraire en commençant ces lignes que cette seconde épître vous soit moins inopportune, plus prometteuse en somme, que la précédente où je dissimulais un peu trop une misère voisine de la vôtre – n'est-ce pas Baudelaire qui écrit à peu près: «Faut-il qu'un homme soit tombé bas pour se croire heureux!» – et qu'elle ne vienne surtout pas troubler la sérénité de quelque autre lien déjà noué avec un correspondant qui aurait sur moi l'avantage – ou le handicap – d'une proximité permettant des échanges faits de vives paroles. Les muettes amitiés de papier ont des vertus de guérison bien pâles en regard du bouche-à-bouche qu'on pratique sur les naufragés ayant frôlé la noyade; mais l'écriture aussi respire et saurait peut-être rendre espoir à une épave humaine à grand peine tirée de l'eau glauque.

À défaut de vous lire, malgré l'assurance d'une réponse promise à tous vos correspondants (permettez-moi de douter qu'ils soient très nombreux: la pure amitié entre homme et femme ne fait guère recette en ces temps de précipitation sentimentale), soyez quand même assurée que vous avez droit à ma reconnaissance pour avoir mis en branle mes facultés de romancier tombé au plus bas de son art. Si l'amitié amoureuse, fût-elle fictive, est fort précaire, elle aura du moins permis à tout ce qu'il y a d'excessif en moi, dans le bien comme dans le mauvais, de ne pas excéder les limites du convenable, sans compter qu'ayant répondu, et même par deux fois, à une annonce que d'aucuns pourraient juger «froide» parce que éthérée dans ses exigences tout intérieures, je me crois désormais capable de voguer seul sur l'Atlantique Nord et de rédiger sans trop de peine vos réponses de créature peut-être imaginaire mais qui, par une annonce

aux mots trop rarement lus ailleurs pour n'être pas authentiques,
aura su éveiller chez un autre être (lequel n'a rien d'imaginaire, lui,
hélas) un sentiment de connivence de plus en plus apprécié à mesure
que les années tombant une à une emportent avec elles nos plus mor-
tels dégoûts «dans l'Océan trompeur où chantait la Sirène»… (vers
d'un poète symboliste de chez nous.)

Romanesquement vôtre,

Rémy dit Romain Desnoyers

P.-S. – J'ose une nouvelle fois libeller l'adresse de retour sur l'en-
veloppe que le N. O. vous transmettra – s'il n'est pas trop tard, comme
je l'espère vivement –, aurais-je omis de situer ma latitude et ma lon-
gitude au dos de mon premier envoi, afin que vous puissiez à votre
tour jouer votre rôle de compagne dans la destinée d'un farfelu
Robinson des îles qui pour tout salut n'a, ainsi que vous, qu'une bou-
teille d'encre à jeter à la mer.

4 février, mardi, 4 h 30, au bureau

Viens de parcourir depuis le début ce que j'ai barbouillé dans
ce cahier commencé avec l'année. Quel secours, quelle révélation
puis-je bien attendre de ces notes plus ou moins hâtives qui débou-
cheraient sur quoi que ce soit qui puisse ressembler à un livre, voire
un contre-livre, un antiroman? De l'antiroman, il n'a que ceci qu'à
l'instar de l'autobiographie il ne réserve aucun suspens autre que
mental. Voici donc une fabulation aux airs de vérité, en tout cas qui
se présente comme à peu près conforme à la réalité vécue par le diariste, Rémy Desnoyers, lequel se laisse prendre au jeu du romancier
à demi-fabulateur – et pourquoi sinon pour moins souffrir? Cette
idée d'une vie récrite, recomposée, projetée, qui serait plus vraie
que vraie n'en était pas moins mon projet initial: un journal très
intime bourré d'imaginations qui ferait échec à mon destin misérable tout en l'exploitant sans vergogne (telle une composition littéraire sur un thème imposé qu'on aurait loupée en raison d'un
dénouement funeste et qu'on reprendrait à la session d'automne en
se proposant une «chute» heureuse, même invraisemblable…). Le
seul malheur, c'est que les phrases parfois trop étudiées de ce récit
à la première personne, en dévoilant au jour le jour la conscience
d'un homme dont j'ai beau me défendre qu'il soit moi, me dési-
gnent infailliblement, sont loin de sonner aussi creux que je le souhaiterais, malgré menteries et tricheries obligées. Et si, Yvée Mar-

cueil, l'invention pure, la fiction inscrite en moi, était seule véridique parce que seule voulue, choisie, assumée, à peine improvisée selon le hasard des rencontres de Brigitte? N'est-on pas beaucoup plus profondément ce qu'on aimerait vivre, ce qu'on voudrait vivre que cela que les circonstances ont fait de nous? Mais en quoi ma liberté absolue d'auteur me rend-elle jusqu'ici, dans ce cahier, plus heureux qu'ailleurs? À vrai dire je colle encore trop fidèlement au réel, et ce qui devrait être pure fiction – ainsi les dialogues – reflète encore trop la mocheté de mon vécu quotidien alors que l'Art seul, qui est artifice, peut échapper à la réalité. En fait, tout texte, fût-ce le plus sincère, est mensonge, la preuve étant que la part inventée d'un journal écrit pour soi-même paraît à son auteur plus authentique que ce qu'il a dû puiser à même le «document brut». Immense imposture que ce décor aux apparences vouées à crever comme des cerfs-volants lorsque la pointe de l'Esprit viendra à les percuter. Ainsi ne survivra de ce journal que ce qui est faux puisque ce faux est la vraie vie même, celle de l'âme. À me demander si Yvée Marcueil a une réalité en dehors de son rôle dans ces pages, en dehors de sa nécessité en moi, si j'ai vraiment écrit et adressé deux lettres, dont j'ai pourtant les brouillons sous les yeux, à cette femme improbable qui n'a sans doute de consistance que rêvée, rêve certes pas gratuit puisque j'en attends tout sans savoir quoi. Ma correspondante fantôme va-t-elle me prouver qu'elle existe bien en me répondant noir sur blanc? Ou me faudra-t-il lui forger ses réponses pour que le jeu du roman continue? Car, idéale créature, fruit de la soif effrénée que j'ai d'elle, ne tient-il pas qu'au cavalier polonais de lui donner réalité par de tangibles témoignages de papier à lettres signés du nom qu'il choisira – et sans risque de se tromper puisqu'il va au hasard de l'instinct?

Mais il n'y a là qu'affaire d'amour, après tout…

Comme si, à la suite de saint Paul, chacun n'avait pas son écharde dans la chair! ou dans l'esprit! Serait-ce que la mienne n'est que d'exister – faute pour l'artiste de savoir se laisser prendre aux promesses d'éternité d'un Christ qui trop tarde à tenir ce qu'il promet, un Christ auquel on a cru, en qui on a espéré. Il y a longtemps, Florence et moi avions même en lui conjoint notre amour éphémère. On voit ce qu'il en est advenu. Pourtant, à sa façon cruelle, le lien a tenu puisque ensemble et pour toujours maintenant nous subsistons, étranges alliés pour mieux faire face à la musique des barbares.

Mais comment l'œuvre d'un écharpé rachèterait-elle le péché d'avoir tout avorté, y compris cette œuvre même, comment expliquerait-elle la médiocrité d'un propre à rien, même si en vérité presque tout se passe dans la tête, sauf bien sûr les conséquences pratiques qu'entraînent ces folies de l'esprit. Or rien d'humain, ni idée, ni sentiment, ni œuvre de l'art, ni amour humain, ni même élan spirituel – l'Esprit seul ! – n'a le privilège de la durée, l'Esprit seul, mais où est-il sinon Ailleurs que là où je suis ? Mais n'est-ce pas là l'essentiel ? et où serait-il sinon justement dans un univers où les rires sont déjà des râles ? En sorte que, n'importe ce que j'accomplisse, je suis dès aujourd'hui comme si j'étais mort, et la preuve en est que j'écris mes Mémoires. Il faut m'en convaincre, car il n'est d'autre réalité qu'à venir, reflet de quelque éternité possible, probable, dès lors que l'homme peut concevoir l'*absolu* et même le désirer désespérément, dès lors qu'il découvre en lui sa demeure et sa démesure par les cris qu'il lui arrache.

Et si je compatis à la déréliction du Christ qui hurle au point que tout le Golgotha l'entende et en prenne note : *Mon Dieu, pourquoi m'as-tu abandonné ?* la raison en est que je l'éprouve en mon cœur, cet abandon de Dieu. J'éprouve que je ne me suffis pas à moi-même, et c'est pourquoi toute ma vie, à commencer par mes parents, j'ai cherché en vain la reconnaissance de mes frères humains, laquelle par besoin de revanche j'ai refusée à mes enfants. N'est-ce pas ce sentiment précis de délaissement qui me fait Lui écrire ici même vainement chaque jour, Lui écrire et Lui décrire mon naufrage à mesure que je m'y enfonce pour jamais, comme je me persuade de le décrire, ce naufrage, plus dérisoirement, à l'intention d'une ombre sans visage qui me fait des signes du haut d'un promontoire d'abrupte désolation là-bas surplombant un océan aussi noir qu'invincible à la nage, sentiment de délaissement qui m'amena l'autre jour à m'ouvrir à une adolescente de génie en qui demeure la candide assurance d'arracher au désert de la ville ce rare et vrai secret créateur qui rend insensible au natif abandonnement que ne font que creuser les ans, cet abandonnement à quoi tout nous livre à commencer par ce Dieu humain, trop humain, trop forgé, trop appelé pour être cru sur parole... Quant à moi, tant qu'à ressusciter, c'est bien trois jours *avant* ma mort, si les choses vont de ce train, que je serai mort assurément. À suivre.

(« À suivre » : et c'est avec ce ragoût – bouilli dans quelle marmite d'empoisonneuse ! – que j'espère appâter le lecteur que je rebute, qui me hait ! C'est Danterny qui va rire ! Un autre roman aussitôt mort que né, quoi... N'importe.)

Ainsi le roman de ma vie dont ce journal prétend tenir la chronique restera pur document, trace que son auteur aura laissée derrière lui en témoignage de son impuissance. Déposition d'un fonctionnaire du désespoir qui se retourne afin de mesurer le chemin parcouru, serait-ce pour constater de quel degré ZÉRO il est parti et à quel degré SOUS ZÉRO le voilà arrivé. Et c'est le même homme qui n'en a pas moins commencé à orner, depuis un mois, de deux figures féminines à peine entrevues, trop embellies pour sûr, les branches du triste sapin de Noël du lendemain de la fête. Mais en quoi ces songeries sourient-elles tant à l'exaltation rebelle et constamment tuée dans l'œuf de celui-là que je fus tout au long de ces cinquante-sept ans? Car au terme de ce devenir sans plus d'avenir que celui que j'aurai su me tailler dans ce journal muet, le sapin, décoré à la hâte en toute fin de saison existentielle, n'émerveillera personne. Tout sec déjà, comment lui rendrais-je grâce pour son odeur verte et pour ses cristaux d'aiguilles arrachées à leurs forêts imaginaires? Seul et sombre dans son coin, il attend le destin que je lui ménage avec ses pauvres parements, ses funèbres ornements, ses chandelles trop vite éteintes, que n'enjolivent plus que mon souvenir d'y avoir cru quelques heures entre deux âmes et mon faire semblant d'encore y croire. Mais le rêve survivra-t-il, ou bien persistera-t-il à faire de moi un personnage bien au-dessus de mes forces? Car je n'ai rien de Florence, moi, cette pauvre naïve qui trouve à même les premiers bras offerts compensation pour une vocation d'amoureuse que je n'avais pas su combler, puis plénitude d'exister dans la satisfaction d'une ambition de publicitaire dont le petit Franzy lui ouvrait les portes après des bras décidément bien empressés et avant ceux de maints autres délicats amateurs dont mon ci-devant «grand ami» le doyen Frondaie, trop content à présent de me refuser (je viens de l'apprendre à l'instant de quitter le bureau) une hausse contractuelle, prix qu'il me faut payer pour n'avoir pas prévu que la ménopause a des raisons que le portefeuille ignore, même si F. succombe aux auscultations caressantes d'un fort zélé Dr Louis-Ferdinand Destouches, euphémiquement dit Lionel histoire de n'être pas confondu avec le Céline d'un *Voyage* qu'il me laisse accomplir en solitaire jusqu'*au bout de la nuit*, ce médecin de famille qui aime bien, le soir, à s'attarder dans la chambre de la «patiente» avant de la flanquer à l'hôpital où il lui inventera encore toutes sortes de maladies, c'est-à-dire de vertus, car qu'est-ce qu'une maladie pour un médecin qui vit de ça? Et voilà comment on se joue du détachement d'un mari qui avait cru avoir pénétré les arcanes de la comédie humaine. Ainsi F., lassée de promesses de célébrité littéraire non tenues, lassée aussi des efforts érotiques d'amants peu impressionnants, même plus requinquée par les perspectives promotionnelles de Franzy, Florence m'a donc tout à l'heure confessé à mi-mot sa hâte d'en finir et d'abord de partir pour le St. Mary's Hospital, antichambre d'une Éternité où le cavalier polonais lui emboîterait bien le pas n'était la nécessité de savoir comment finiront ces pages par quoi je souhaiterais couronner une production qui n'aura jamais impressionné que la jeune Yvée Marcueil et sur la foi de son dernier spécimen encore, le plus trompeur à mon gré parce que le moins imaginé, le plus «observé» et rendu sous forme de cet étalage de «chair vive» où, professeur humilié, je me mets en scène au côté du doyen des Tartufe universitaires qu'à son tour après moi une Mimy Thiébault, dite l'archi-duchesse, vient harponner au bon moment pour mieux démystifier la farce humaine en s'y faisant une place de choix, une farce qu'on se résigne mal à raconter telle quelle, trop persuadé de sa trivialité naturelle, mais plutôt qu'on s'oblige à «créer» de bric et de broc avec des personnages d'exception, excessifs dans le bien comme dans le mal – mais n'est-ce pas là justement ce qui commandait l'échec d'une *Chair vive* pour une fois trop véridique pour être crue? Ainsi en va-t-il de la vérité de l'art, immortaliser l'éphé-mère en le fabriquant de toutes pièces. C'est pour y atteindre que je n'ai jamais su qu'inventer l'excessif, l'impossible – ma propre vie en somme, durablement peinte en noir. Quel roman, hormis *La Chair vive*, permettrait qu'on peigne la nature d'après nature? Bien plutôt ne sied-il pas qu'on s'y projette soi-même avec ses secrets profonds? ses désirs inavouables? ses aspirations et ses haines? Sa vérité à soi enfin? Brahms écrit de la «belle musique», c'est certain, mais Tchaïkovski fait mieux: il écrit du Tchaïkovski – il peint de face sa pauvre âme défigurée, âme indéchiffrable aux académi-ciens.

6 février, jeudi

«Comment! Huit heures de présence en classe par semaine et vous trouvez que les temps sont durs!» s'étonnait l'autre jour mon nouveau facteur. Il a bien raison. Sauf que je suis rétribué en conséquence, ce que je n'ai osé lui expliquer.

Destouches hésite maintenant à faire entrer F. à l'hôpital. Pour l'instant ce serait inutile, a-t-il prononcé, oubliant que c'était impératif l'autre jour. Son asthénie nerveuse s'apparente à une forme de langueur bien compréhensible. Mieux vaut le repos et les traitements chimiothérapiques. Pour tout l'aspect physique, les maux de dos, de jambes, d'épaules, etc., il suivra de près l'évolution. On est bien avancé, cher Lionel, cher docteur de mon œil!

9 février

Quand par hasard il me sait chez moi, mon gros concierge à la voix de haute-contre, qui, tout accaparé qu'il se prétend par ses quatre immeubles, n'a pas grand-chose à faire apparemment, vient gratter à ma fenêtre du bout des ongles – il sait F. malade et craint de sonner –, histoire d'entrer me déranger dans mes corrections ou mes préparations ou dans ce *Cavalier polonais* qui par ma faute n'avance guère «entre ses deux âmes» lesquelles se cachent et se taisent – pour bientôt me rendre leurs clartés plus précieuses probablement. Comme le brave homme me sait écrivain et professeur à l'université, il n'en revient pas que je sois incapable de remplacer un fusible. «Mais, mon cher, lui dis-je, savez-vous placer une virgule? Du reste vous êtes infiniment plus fort que moi dans mille domaines bien plus urgents que la littérature et les romans!» Il n'en croit pas ses oreilles. Comme il a été opéré de l'appendicite l'année dernière, il ne manque pas, chaque fois, de me faire voir en soulevant sa chemise et en baissant à demi son pantalon la cicatrice qu'ont laissée les onze points de suture qu'a exigés son opération. «Et dire que je m'en allais vers une péritonite!» ne manque-t-il pas de préciser avec un petit air de triomphe. Heureux homme. Quatre fois déjà il m'a fait le coup de la cicatrice! Quatre fois j'ai vu ce ventre flasque qui me répugne d'être le champ de poils à travers quoi la plaie se fraie un chemin de chair rose, ou plutôt blême et luisante. Oserai-je dire: «humain, trop humain!» moi qui après une quinzaine d'années d'érémitisme ne peux plus souffrir mon semblable? «Assez! Assez! lui ai-je crié tout à l'heure, exaspéré. Votre cicatrice, je ne peux plus la voir! La mienne, c'est à l'esprit que je l'ai, comprenez-vous? Alors, foutez-moi la paix, s.v.p.!» Il s'en est allé tout penaud et je m'en suis trouvé conforté dans mon indifférence de principe aux malheurs d'autrui, indifférence que F. met à rude épreuve ces temps-ci. Et si presque tous mes pareils me répugnent, c'est encore un effort pour moi que de le leur faire comprendre. Mais il le faut! Non, décidément, l'amour du prochain au sens très chrétien de l'expression n'est pas mon fort. Le *prochain* m'en a trop fait baver au long de ma vie. Il m'arrive seulement de l'oublier parfois. Oublier ça!… Sans doute j'y parviens parce qu'à chaque heure le spectre de quelque nouvelle affliction frappe à la porte.

13 février

Rien écrit ici depuis plusieurs jours. Compté les heures. Sans nouvelles d'Yvée Marcueil, même par Brigitte que je n'ose questionner, sans nouvelles de France non plus. Et Florence qui reste muette des jours entiers. À peine si elle se traîne jusqu'à la cuisine pour avaler des bouillons de bœuf ou des crèmes de poulet en sachet que lui rapporte de l'épicerie Madeleine, chargée du ravitaillement depuis toujours. Alors me suis tourné, samedi et dimanche compris, vers la corvée des corrections de copies s'empilant depuis dix jours sur le coin de mon bureau de travail et dont quelques étudiants me demandaient des nouvelles hier encore. Car s'ils ne prêtent quasi aucune attention à mes observations, commentaires et annotations, ils sont anxieux de savoir quelle note va leur tomber dessus, coup de massue absolument aléatoire à leur gré et dont ils ne seraient apparemment en rien responsables, mais qui va tout de même, avec d'autres points, décider de leur année. Ma rigueur m'a valu une note de service doucereuse de Frondaie me «priant» de «vouloir bien» quoi? «normaliser» (qu'en termes euphémiques ces choses-là sont dites!) mes résultats du premier semestre, soit de relever mes moyennes pour ne pas pénaliser mes étudiants par rapport à ceux de mes collègues qui se montrent plus «humains»! Tu parles! Ils se fichent éperdument, presque tous, du niveau, voisin du zéro absolu, de leurs groupes et rien ne leur en coûte d'apprécier au petit bonheur la chance, l'important étant de ménager leur popularité. Je dois me tromper: il est probable que je me venge de mes propres revers sur de pauvres enfants qui n'en peuvent plus, mais des enfants qui, de toute façon, ne peuvent être tenus pour personnellement responsables de la dégradation de toute une société, de toute une civilisation. Ces grandes échalotes, garçons et filles, sont des victimes, pas des coupables. M'en souvenir en inscrivant la note fatidique que je n'ai jamais durcie que pour réveiller les endormis. Tenir compte davantage de la présentation matérielle, souvent soignée, élégante même, des copies, ce qui pour eux est le fin du fin et pour moi présente fort peu d'intérêt, mais qui est peut-être bien, sait-on, l'essentiel de tout, comme on voudrait qu'en Art la forme prime le fond qui ne serait que prétexte indifférent, alors qu'au vrai les deux se déterminent réciproquement.

Vingt-cinq ans de ce régime, c'est beaucoup. J'en parlais hier midi avec Johanny de Vermandois qui n'a que trois ans de métier. Pauvre garçon! Faut-il lui souhaiter la lucidité ou bien l'inconscience? Telle est la question hamletienne. En tout cas, inutile de lui en faire rabattre sur ses illusions. S'il est intelligent et consciencieux, comme je le crois, il n'aura nul besoin de moi pour les perdre et vite. Il a vingt-neuf ans, il naissait à peine quand je commençais dans ce bagne où je me retrouve aujourd'hui plus que jamais seul et sans appui. De là ce besoin de plus en plus pressant de lier mon sort à quelque créature qui réponde en esprit à l'appel du large, ce grand large qui n'est rien d'autre que ce qui m'arracherait à un sol devenu par trop ingrat, maigre terreau mille et une fois retourné, engraissé, enrichi, ensemencé chaque année pour un si mince résultat, terres côtières aux grèves rocailleuses incessamment battues par l'épaisse vague immémoriale dont j'attends d'un instant à l'autre l'énorme écroulement sur moi, à moins que, dressée, elle ne se retire soudain avec la marée descendante, abandonnant quelques rares et précieux coquillages faits pour qu'on y tende l'oreille et qu'on y écoute le souffle d'une très lointaine espérance, palpitant à la façon d'une brise incertaine venue d'un monde autre que celui qui sous nos pas crisse et crie et crée famines, guerres, tremblements de terre et toutes ces calamités qui ne suffisent pas à détruire en nous l'illusion que, dans un prochain millénaire, les choses pourraient aller autrement qu'elles vont.

14 février, vendredi soir

Reçu ce matin à la fac un rare coup de téléphone extérieur. Yvée Marcueil tenait à m'annoncer le parachèvement du portrait. «À votre heure, monsieur, il faut venir sinon l'admirer, je n'en demande pas tant, du moins me dire votre franche impression. Il n'est jamais trop tard, a-t-elle ajouté, pour faire une ou plusieurs retouches selon votre sentiment, pourvu qu'elles aillent dans le sens de ma conception d'ensemble.» À ce dernier trait j'ai reconnu une véritable artiste, modeste autant qu'assurée, et je n'ai pas hésité à lui répondre que je passerais l'après-midi même, dès après ma classe de 13 h 30, soit vers 4 h, le temps de me rendre. Peut-être aurais-je dû reporter ma visite à demain samedi quand Brigitte aurait pu m'accompagner, mais la curiosité de voir ce qu'Yvée a fait de moi et peut-être quelque autre raison informulée ont été plus forts.

Faisant fi de son attirail de peintre, Yvée avait revêtu pour m'attendre ses plus beaux atours. Une sorte de grand drapé à l'indienne, rouge brodé de fils d'or, s'agrafait à l'épaule au moyen d'une broche d'argent ; les cheveux ramenés en arrière en une seule natte étroitement resserrée à la nuque formaient à partir de là une sorte d'éventail librement étalé descendant jusqu'à la taille ; le visage fardé d'un simple rimmel aux sourcils et aux paupières faisait ressortir des yeux d'un indigo intense aux orbites sombres qu'on eût dites sculptées dans le marbre d'un front aux arcades en saillie ; quant aux pieds, je n'ai fait que les apercevoir l'espace d'un éclair, nus dans leurs espadrilles ajourées, ce qui ne m'a pas paru sage dans ce sous-sol lugubre – mais cette fois fort proprement rangé – où circule la froidure de tous les courants d'air de février.

Avec quelque solennité, elle a littéralement dévoilé le tableau en lui retirant d'un coup un grand drap protecteur. Et je me suis trouvé en face de la figure la plus étrange que j'aurais pu imaginer. Était-ce bien moi cette tête étroite au masque blême comme celui d'un mort, ceint au front d'un large bandeau, le visage également traversé de bandelettes transparentes sous lesquelles se laissaient voir le nez busqué, teinté ocre comme les joues et le front, une bouche rougeâtre, une oreille décollée, proéminente, comme à l'écoute du temps, l'ensemble brossé à touches larges, épaisses, mais surtout des yeux démesurément vastes, aux pupilles dilatées, allumés quasiment comme des lampes sous l'abat-jour de paupières lourdes, profondément cernées, des yeux animant l'ensemble d'une vie extraordinaire et tragique ? Les épaules hautes, étroites, et le buste éclairé par la tache ivoire de mains dressées comme en prière, le bout des doigts se rejoignant sous le menton pointu comme pour l'imploration dans une attitude qui doit m'être familière. Oui, c'était bien moi, mais moi vu comme de l'intérieur de mon crâne, sous le faisceau explorateur d'une artiste intuitive ! C'était moi plus que moi comme si l'auteur contribuait par ses propres fantasmes à un drame humain rappelant vaguement, l'âge en plus, le portrait de Kafka par Karel Appel, au visage triangulaire, à l'expression d'animal traqué.

En quête d'un appui, j'ai trouvé refuge dans le fauteuil de bois jaune où j'avais posé deux fois, son dossier incliné recouvert à présent du drap qu'Yvée y avait jeté; là je suis resté plongé dans le trouble de mes pensées pendant dix bonnes minutes. Yvée avait tourné son grand tableau vers moi, soit le châssis entoilé qui n'attend plus que son cadre. Et j'y jetais de temps en temps un regard mais pour m'en détourner aussitôt, tant j'y voyais inscrite l'extrême souffrance de mon âme, comme si j'en avais moi-même ignoré jusqu'ici toute l'acuité. Ma consolation était de penser que, malgré cette extrême ressemblance intérieure, nul hormis le peintre et son modèle ne me reconnaîtrait là. C'est dire combien je dissimule ma vérité profonde autour de moi, combien je cache en particulier le mal que m'a causé et me causera toujours le désastre de ma carrière de romancier, sur quoi j'avais tout misé pour échapper à moi-même. Par quel mystère Yvée Marcueil a-t-elle deviné ces douleurs avant tout dévoilement, avant tout aveu? Ou bien cette grande fille lit dans les cœurs, ou bien des pressentiments lui viennent d'ailleurs – mais d'où? Quelle humaine Éternité abrite le mystère d'un art qui en sait plus que le regard, plus que la connaissance?

Cette visite à l'atelier d'Yvée Marcueil a eu tout de même quelque chose d'une page de roman, de ce roman intime et ultime que je raconte dans ce misérable cahier où resurgit à travers la douce et forte figure d'Yvée le thème privilégié de l'Art auquel j'ai tout sacrifié pour aboutir à la confrontation avec ce portrait de moi-même, doublement transmué pour rester fidèle à ma vérité d'amoureux fou sans amour possible.

Je me suis levé et, la prenant aux avant-bras:

– Je vous avoue que tout ceci est absolument inattendu pour moi. Mais qui êtes-vous, grands dieux, pour… pour aussi bien me deviner? D'où tenez-vous cette pénétration et en même temps cette faculté de projeter des intuitions qui révéleront à d'autres ce que je sais à peine de moi-même, des intuitions qui ne peuvent que se confondre avec vous au fond?

Son regard s'est égaré, puis, après un instant de réflexion:

– Je saurais mal vous répondre, je me perçois si indistinctement encore… Pourtant il me semble parfois que je suis… que je n'appartiens pas tout à fait à ce monde d'apparences, que j'habite une cage de verre qui m'en protège… oui, il n'y a guère que vous qui me donniez le sentiment que j'existe, que je suis même, face à vous, quelque peu surnaturelle, ne serait-ce que de par ma condition de femme artiste – je songe à Camille Claudel, à son aveu: «Il y a toujours quelque chose d'absent qui me tourmente», je songe à son fameux *Abandon* dont ne restent que des photos après qu'elle a eu tout détruit de son œuvre, oui *L'Abandon*, cette sculpture monumentale plus grande spirituellement que le célèbre *Baiser* de Rodin, sur un thème voisin, Rodin si peu son amant à qui le génie de Camille porta ombrage...

– Génie? Qu'est-ce que c'est?

Elle parlait comme les êtres très purs qui n'ont rien à cacher, j'en étais tout ému.

– C'est à moi que vous le demandez? Des échos muets captés dans le silence et venus d'autre part, qui sait, venus d'au-delà du présent à travers des médiations invisibles, et c'est drôle, en peignant je ressentais que vous m'étiez un médium particulièrement favorable... Je ne saurais mieux m'expliquer, sinon en vous disant que votre livre vous a livré à moi mieux que toutes les confidences... Au point que l'occasion de faire votre connaissance grâce à Brigitte, la chance de vous lire, de vous parler, vous un grand auteur consacré, m'ont donné l'idée, folle je l'avoue, de vous peindre et d'entrer ainsi dans votre œuvre à titre de personnage, de personnage spirituel bien sûr... J'aimerais, comment dire, j'aimerais vous inspirer... une histoire où mon invisibilité matérielle, mon inapparence aurait sa place... transposée bien sûr en la réalité de mon âme que vous découvrirez certainement mieux que moi. S'il vous plaît, monsieur, ne dites pas tout cela à Brigitte. Je vous en supplie.

Disant cela, elle s'est mise à genoux devant moi, tout contre moi, prosternant la tête jusqu'à toucher le sol à mes pieds. Ainsi prostrée, je voyais sa longue natte noire s'épandre de chaque côté de son dos enveloppé de ce drapé rouge avec des fils dorés dont j'ai parlé. Et je me demandais comment réagir. Remué, perturbé, je l'étais au point que je ne songeais même pas à la relever de cette attitude de vénération dont je n'étais assurément pas digne. C'est elle qui a fini par redresser la tête en silence et tourner vers moi l'architecture sculpturale de son visage; les yeux dans les yeux, je lui ai tendu la main pour l'aider à se remettre debout. Nous nous sommes alors dévisagés longuement l'un l'autre avec une espèce de compassion réciproque qui autorisait toutes les suites possibles.

– Je vous confie, dis-je enfin pour faire diversion totale, que mon âge ne fait pas de moi ce qu'on appelle un inconditionnel de l'art contemporain, à mes yeux pure forme dénuée de tout contenu de chair... Mais votre portrait me fait découvrir comme un transfert en votre esprit de mon for intérieur tel que je n'aurais jamais soupçonné la chose réalisable. Avouez que ce masque de mort vivant que vous me prêtez sans presque savoir qui je suis, vous l'avez tiré de vous?

– Je vous ai lu… je vous ai regardé… cela a suffi pour que je me jette à l'eau. Votre visage comme votre livre avouent tout ce que vous ignorez de vous-même et de votre vie secrète.

– Je sais bien que seuls ses personnages racontent la vie profonde d'un romancier, même lorsqu'il se dit réaliste, observateur, objectif… je sais aussi que personne ne se connaît moins bien que soi-même ou que ses proches… et ici je pense à Brigitte qui m'est plus étrangère qu'à vous… Vanité d'interroger les écrits intimes d'un homme qui se ment toujours à lui-même, surtout quand il prétend pourchasser et livrer sa vérité… De même le peintre ne se confie qu'à ses tableaux, qui seuls le révèlent, car ce portrait de moi que j'admire, c'est d'abord le vôtre. Mais pourquoi trahir votre angoisse par le biais de ma misère? Qui suis-je pour vous sinon un vieux bonhomme, père d'une amie trop jeune?

– Vous êtes bien plus que cela, vous êtes un créateur, un démiurge… un héros prométhéen… ce que je serai moi aussi.

Je n'ai pu m'empêcher de lui sourire tristement en hochant la tête. Puis, secouant les épaules:

– J'ai plus foi en vos facultés créatrices qu'aux miennes, Yvée, si je dois en croire… le silence méprisant dont j'ai fait l'objet. N'importe cela, votre portrait témoigne d'un don de création comme on n'en voit guère dans les vitrines des galeries, pour cela qu'il a le privilège de *signifier*, d'exprimer quelque chose d'invisible au-delà de son modèle périssable… Mais hélas! votre tableau n'en est pas plus éternel pour autant, car l'Art aussi va mourir, ne nous racontons pas d'histoires, chère enfant. Et pour ma part je m'en console d'autant moins que si rien de ce que j'ai pu tirer de ma cervelle ne subsistera, ce rien n'existe plus déjà, n'a même jamais existé puisque, en matière d'Art, la reconnaissance par l'esprit des hommes est tout. Serait-ce donc parce que seul l'homme a l'éternité, lui, qu'il croie ou non en quelque Ailleurs où le sens de chaque vie s'inscrirait hors du temps sur d'invisibles cimaises? Comment savoir? Ce qu'uniquement je sais à travers ce visage que vous m'avez donné et qui n'est pas celui que les gens me connaissent, c'est qu'il faut que vous le soyez vraiment, vous, surnaturelle en effet pour exprimer de moi ce qui ne se voit pas, il faut qu'un don des dieux vous habite que je peux bien vous envier moi qui n'ai qu'une inutile et désespérée volonté de bien faire…

– Oh! que dites-vous là, monsieur Desnoyers! Comme si votre œuvre ne vous démentait pas!

– Chut!… Soyez certaine en tout cas d'entrer d'emblée dans la grande autofiction que je conçois dans le moment et par laquelle je tire ma révérence à un monde où je n'ai apparemment pas ma place… Oui, je serais «déconnecté» malgré tous mes efforts et ma soif de fixer, comme vous, ne serait-ce que des taches d'éternité sur la toile du Temps qui fuit… Mais ne m'écoutez pas, Yvée, je radote, je voudrais simplement que vous ne sombriez pas dans quelque voie commune en perdant votre âme de poète face à un quotidien confondu trop souvent avec ces plaisirs triviaux et insipides qu'on appelle abusivement l'existence et que j'aurai refusés sans nul profit pour moi ni pour personne. Mais ai-je eu seulement le choix? Avons-nous le choix de rien?… Pardonnez-moi, je m'égare, et quel besoin de rendre plus clair ce qui ne saurait être qu'évidence pour un être tel que vous? Figure quelque peu surnaturelle, vous le dites vous-même, figure issue d'un monde en rupture de ban avec les valeurs de ce monde-ci, vous m'enseignez ce que je ne sais que trop, à savoir que le véritable artiste n'a d'obéissance qu'envers sa loi, une loi qu'il n'a pas choisie et qui le marque, sans qu'il en doute au départ, pour un destin de total isolement moral…

J'ai interrompu mon monologue absurde pour reprendre tout de suite:

– Du moins croyais-je total jusqu'à ce jour cet isolement. Mais votre existence me dément bien mieux que mon œuvre ne…

La voyant baisser la tête, toujours à genoux à mes pieds, je n'aurais pu continuer sans manquer à la discrétion. Pourtant, je me suis senti soulagé par cet aveu à peine ébauché, ou du moins par ce sentiment d'être compris par une toute jeune fille en qui je reconnaissais l'âme sœur capable d'enfreindre avec moi les lois de la pure raison. Et si j'avais pu proférer des paroles insensées, la preuve s'est faite de la fragilité de la raison humaine lorsque j'ai vu Yvée, qui m'avait écouté dans le plus attentif silence, se redresser, se relever, faire un pas vers moi et, se figeant tout contre ma personne, le regard soudain brûlant, appliquer d'un coup ses lèvres tendues sur ma bouche en y mettant une pression encore plus inattendue. Ma surprise a été telle que j'en ai éprouvé comme un trait de feu me cingler le visage… Ces yeux… Ces lèvres… Douleur ou bénédiction, je ne sais, mais à bien y penser maintenant, cette incandescence barrant ma face d'un imprévisible baiser n'était pas une impression, ni même une pure sensation, c'était l'éclair d'un baptême dans quelque forme de pur amour, diabolique ou salvateur, que je n'avais à ce jour jamais encore soupçonné, mais qui, remontant comme à la source de toutes mes défaites, m'autorisait à croire que j'étais enfin entré dans mon roman, et que ce roman reflétait dans les pages mêmes que je noircis qu'il est une vérité moins imaginaire qu'est imaginaire la plus flagrante, la plus fulgurante des réalités.

Démasquer le vraisemblable enfin! Est-il besoin d'autre preuve, de meilleure preuve à tout ceci qui déborde l'entendement mais non mon vécu – après tout depuis quand ce qui est inconcevable est-il nécessairement impossible? –, en est-il une meilleure preuve que le sacrement imprévisible de ce baiser d'une très jeune âme habitée par un génie certain, baiser mystérieux de liberté de la part d'un être au surplus d'une rare et parfaite beauté que ne rebute pas le contact d'un homme tel que moi, presque âgé, point repoussant mais enfin un débris comme je viens de le constater dans la glace qui surmonte ma commode où je vois bien que je n'ai pas changé depuis ce matin, au contraire de Faust récupérant sa jeunesse auprès d'un Méphisto-phélès infiniment plus – mais combien moins! – inquiétant qu'une Yvée Marcueil? Et puis c'est bien d'elle-même qu'elle est venue vers moi dès le début en me proposant de faire ce portrait qui a tout déterminé, jusqu'à ce dialogue et ce sceau des lèvres de tout à l'heure dans un sous-sol de la rue de l'Hôtel-de-Ville – même si c'est bien moi seul qui, contre mes habitudes sauvages, avais – par quel pres-sentiment? – prié Brigitte de me mettre en présence de son amie dès que j'ai appris que c'était une artiste?

Que tout cela est étrange! Et que dois-je imaginer pour l'ave-nir? Peu importe, je n'ai plus qu'à obéir à une intuition que mon salut est ici même dans ces feuilles, c'est-à-dire à continuer plus que jamais l'œuvre entreprise il y a six semaines maintenant, en imaginant librement tout ce qui m'advient d'heureux ou de cruel, d'étonnant ou de normal, quitte à m'en étonner s'il le faut. Je me sens même, au milieu de ma détresse qui persiste plus mystérieuse que jamais après la rencontre de ce qu'on dirait être l'Art en per-sonne, comme une sorte de devoir ailé de poursuivre ma tâche jusqu'à ce que mort s'ensuive, dans la douleur ou bien la joie de n'avoir été que moi.

15 février

Est-ce la suite de ce qui s'est passé hier? Ce matin, avant de par-tir pour la fac, tandis que Florence reposait encore – se lève-t-elle de la journée d'ailleurs? –, j'ai ôté sans scrupule le Nerville qu'elle s'obstine à laisser sur le dessus de la fausse cheminée du salon, pour le remplacer par le Nick Palazzo qu'elle dit ne pouvoir souffrir alors qu'il s'agit d'une scène de neige urbaine étonnamment lyrique à mon avis. Ce n'est pas que F. soit absolument ignare en matière de peinture – n'est-elle pas graphiste à ses heures? –, mais il y a des zones de sensibilité, des secrets qu'elle ne pénètre pas, et ce sont justement ceux qui font le mystère de l'Art, à savoir la révélation d'une certaine réalité qui est l'envers même des apparences qui nous entourent. Yvée me l'a bien démontré hier: sa toile m'a réduit cruellement à mon incapacité à m'exprimer par le simple renversement de mes traits et surtout par l'effet des bandelettes qui m'ont rendu à ce que je suis dans l'âme, un sourd-muet qui commence à peine, depuis un mois, à se percevoir soi-même comme tel. Car j'ai échoué tant de fois, que ce soit par ma faute ou celle d'aveugles persécuteurs, que j'ai renoncé aux chimères et préfère croire que, même si le salut espéré s'annonce illusoire – la Croix n'a pas d'avenir, hélas! – il reste à récupérer quelque part sa vie galvaudée, serait-ce par l'exemple d'éventuels frères ou sœurs errant à l'aventure au cœur d'eux-mêmes, telle une Yvée Marcueil dont la prémonition féminine a su rendre sa route au cavalier fourvoyé par un inoubliable baiser de feu… Mais si je rêvais pour vrai?

17 février, lundi

Ce sentiment d'impuissance fragilement démentie par ce texte entrepris depuis l'an nouveau, par la confiance d'Yvée dont j'avais prévu qu'elle me rendrait la parole, puisque j'écris ma vie d'avance, mais dont l'extrême jeunesse se méprend peut-être sur ma réelle valeur d'homme et d'artiste, l'idée de m'en ouvrir à Florence, voire aux enfants, ne m'est pas une seconde venue à l'esprit, tellement étrangers me sont-ils tous. Patrice en particulier, pourtant intelligent dans son genre. Fermé à ce point à toute poésie, à toute musique, ce n'est pas possible. À tout ce qui n'est pas quantifiable en somme. Combien ses vingt-trois ans ne font de lui qu'un gamin encore, combien il se cherche, comme disent les bons romanciers des personnages qu'ils n'ont pas trouvés, à travers ces études d'ingénierie mécanique qu'il entend poursuivre jusqu'au-delà de la maîtrise, à l'extrême limite, comme pour mieux fuir dans les chiffres et la physique son effroi devant toutes les réalités spirituelles où, à m'y voir évoluer gauchement, il tremble de marcher comme sur un sol miné. En un sens il a raison.

L'art, la littérature, le spirituel, fût-ce pour y attacher un moment sa pensée, tout ce fatras sans utilité pratique reste lettre morte pour lui. Et il ne s'allume guère qu'avec sa mère dont la patience, sinon une tendresse que je n'ai certes pas, ne se lasse pas d'écouter sans comprendre ses histoires techniques d'ingénieur en puissance, ses théories scientifiques sur l'homme aussi et ses origines élémentaires (mais non sur le sens de son destin…), et puis plus concrètement et plus prosaïquement sur son projet de quitter la maison pour s'établir en ménage avec Francine Trudel dont le jour approche, une fade fille trop ambitieuse pour moi qui a déjà commencé à faire son chemin dans la haute informatique. Mais se laisser vivre aux crochets de sa conjointe, Patrice hésite, il voit là comme une atteinte à sa masculinité en sorte que, disgrâce pour disgrâce, il souhaiterait que ses parents à lui contribuent aux frais de l'installation de son ménage jusqu'au doctorat obtenu. Jamais sa gêne orgueilleuse devant moi n'oserait me mendier personnellement pareil soutien, mais il peut compter sur sa mère pour faire la courroie de transmission ! Et moi de tergiverser, car je trouve ça aberrant que de s'en aller cohabiter avec une fille prête à se charger de tout, encore que ses parents aient des moyens, comme elle se charge bien du bébé après tout. Décidément, je ne suis plus de mon temps. Et F. dont la maladie aplatit déjà nos revenus qui voit à peine comme tout cela ne tient pas debout ! Mais quoi ? N'est-ce pas mon tour ? Ne m'a-t-elle pas entretenu assez longtemps ?

20 février

Ai-je relaté que dimanche nous sommes retournés ensemble, Brigitte et moi, chez Yvée Marcueil, Yvée que je n'ai pas revue sans trouble même si elle a gardé un flegme qui m'a paru pur de tout faux-semblant. Cette fille que, dans mon délire, j'ai identifiée à l'Art même, si elle a bien les «tremblements» du peintre, n'a pas encore ceux de la femme. Loin de toute coquetterie, elle n'obéit qu'à ses élans et ressemble plutôt à la Minerve des Romains, invulnérable aux passions et aux faiblesses humaines, mais capable d'un baiser dont j'éprouve encore la brûlure à l'instar du sabre igné passé devant les yeux humides de Michel Strogoff et qui le sauvent. Et la révélation du magistral portrait suffirait à me la désigner comme d'*outre-monde* jusqu'à vouloir m'y hisser avec elle un instant. Le fait est que cette épreuve du sabre ardent a pour moi désormais valeur infinie ayant fait naître en mon cœur, pourquoi le taire, un poignant désir d'étreindre physiquement cette très jeune femme, un vibrant désir de vaincre tant de beauté et tant de génie en cédant à la tendresse aussi bien qu'à un incoercible instinct de m'imposer à sa volonté souveraine. Mais en admettant qu'elle ne m'eût pas repoussé, n'aurait-il pas été misérable d'abuser d'une si jeune fille amie de Brigitte qu'elle a pris sous sa protection d'aînée, comme si elle avait reconnu en la pauvre enfant des talents artistiques qui viendront peut-être à éclore un jour mais dont je n'ai guère vu pour l'instant que des traces fort minimes en dépit de ses timides efforts, et de tous les miens, pour l'encourager: il n'est guère de soirs qu'attirée par moi elle ne vienne consulter ou même emprunter l'un ou l'autre de mes sept grands volumes des *Grands Maîtres de la peinture* que je m'étais procurés sans mot dire pour n'être pas grondé par F., qui s'en serait moqué probablement. Et dire que cette Brigitte qui prétend se tourner vers un univers du Beau où n'entre pas qui veut – car il faut être doué pour entrer dans cet univers très fermé qui résiste au triste monde quotidien qui le bafoue – se trouve être celui-là de mes enfants dont les artères ne charrient pas une goutte de mon sang à moi, anémié ou non par tant d'efforts ingrats. Il y a quelque chose d'ironique et d'amer à constater que j'aurais davantage en commun avec le rejeton d'un malpropre comme Frondaie qui trouve son plaisir à briser ma carrière d'enseignant sans égard audit rejeton. Il est vrai que Mad aurait dessiné des choses, mais incapable de les achever, elle ne me ressemble pas. Même ce testament-journal devra trouver son terme.

Non, le cavalier polonais ne pourra faire halte et se reposer, peu importe la route, puisque je l'invente à mesure. Qu'on me laisse rire. Peu me chaut les imprécations de Danterny qui ne voudra jamais voir un roman dans ma vie insipide. Les histoires d'artistes n'intéressent que les artistes et les professeurs, c'est-à-dire personne, puisque ni les artistes – les auteurs en particulier – ni les professeurs ne lisent, hormis les classiques anciens ou modernes qui sont leurs lectures obligées ou de repli. Tant pis. Le poète accepterait-il son sort s'il ne croyait de toute son âme que ce qui lui tient le plus à cœur est destiné à quelque humain ignoré, fût-il seul de son espèce, à qui le monde est aussi prison invivable? Et c'est cette foi romantique et obscure en une communion des poètes bafoués qui me tient lieu de refuge dans mes meilleurs moments. C'est à n'y rien entendre, car moi qui hais l'homme comme j'en suis haï (paranoïaque!), je n'ai guère de frère ignoré nulle part, moi si fier de mon indifférence. Est-ce le lot du créateur, nul ou sublime, que ce qui pour lui est vital ne relève que de lui? Paradoxe où je me perdrais si je n'en étais à me traîner à genoux sur ce que je pressens être mes derniers kilomètres. Et pourtant je pense à Yvée Marcueil, à tout le sens qu'a sa vie, qu'aurait pu avoir la mienne… À quoi bon revenir en arrière? Le parcours est trop avancé désormais.

22 février

Toujours sans nouvelles de Paris-Nice que ma folie ne désespère pas de recevoir. Deux longues lettres consciencieusement adressées, cela mérite bien une bonne note, serait-ce pour la constance. Je ne fais pas autrement avec mes étudiants qui montrent de l'application.

24 février

Hier, m'étant aperçu que F. avait rétabli dans la journée le Nerville qui lui tient à cœur à sa place sur la cheminée, j'ai choisi pour le remplacer en douce un autre Palazzo, le plus sombre, tout en vert, noir et orange – une vraie citrouille d'Halloween éclairée de l'intérieur par la flamme d'une chandelle vacillante –, dont Nick m'avait dit, désinvolte, en me le remettant au moment de l'achat: «Tenez, c'est un masque de mort, le mien!» Et il est vrai qu'une semaine plus tard, comme j'allais lui rendre, depuis sa maladie, ma visite hebdomadaire, rue Drolet, alors que, ayant sonné, j'attendais en vain qu'il vienne m'ouvrir, une dame émergeant de la porte jouxtant la sienne sur la galerie du deuxième étage me dit: «Inutile de poireauter là, monsieur, ils sont venus le chercher sur un brancard hier midi, il avait trépassé dans la nuit, ne me demandez pas ce qu'ils en ont fait, ils sont partis dans un petit fourgon, vers la morgue, je suppose, sa sœur était là par exemple, ne me demandez pas comment elle savait, elle n'avait pas l'air plus dérangée que ça.» Qu'on ne me demande pas à moi non plus quelle a été la fin de l'unique oraison funèbre d'un talent rare, car la bonne dame a poursuivi son chemin vers l'escalier extérieur en pas de vis, me plantant là, frappé par je ne sais quel tacite reproche, un coup pourtant si prévisible depuis que le garçon, pour expliquer ses absences aux TP, restait chez lui cloué par l'aveu rendu public de son mal irrémissible. Et tout en accrochant son masque de mort sur la cheminée, je me suis étonné soudain de lui trouver une vague parenté avec le saisissant, le troublant portrait qu'Yvée Marcueil a fait de moi, au point que j'ai eu peur l'espace d'une seconde. Brigitte, elle, n'a pas du tout aimé le portrait de son amie, déconcertée de me voir ainsi mis à nu, car elle a saisi cela, ajoutant qu'Yvée n'attendait que de lui voir ses ultimes retouches bien sèches pour me l'offrir, «si j'en voulais bien», pourvu que je consente à le lui prêter le temps de sa première exposition en solo, avancée de l'automne au mois d'avril par la galerie. Que certains talents exceptionnels soient reconnus ne serait-ce que par trois ou quatre amateurs, c'est tout ce qui compte, le nombre ne fait rien à l'affaire, ai-je prévenu Brigitte médusée qui s'attend à une foultitude d'acheteurs, ou du moins d'écornifleurs. Et en effet, si une œuvre sans valeur exige beaucoup d'admirateurs pour exister, une œuvre de valeur en exige un seul. Et je songeais que si le hasard ne m'avait mis à même d'encourager Nick, le jeune homme n'aurait peut-être jamais vendu un seul de ses tableaux, ce qui suffit à tout prouver, si tant est qu'une âme dans un plateau en contrebalance aisément cent mille dans un autre. Naturellement ce sont là des histoires que je me raconte pour me consoler d'avoir bousillé ma vie. N'importe, le respect dû à la mémoire du pauvre Nick m'a fait exposer son «masque de mort» au salon, encore que l'opposition du conseil de famille me l'ait vite fait décrocher de la cheminée en faveur d'un coin moins ostentatoire. Quant à mon grand et tragique portrait, une fois reçu, j'en épargnerai la vue à Florence d'ici l'hôpital, laquelle pourra jouir tant qu'elle voudra de son Nerville, je ne m'y opposerai pas, d'autant que c'est aussi bien le mien, mettons celui d'un mariage qui a capoté, avec tous ses cadeaux et ses vœux et ses roses. Mais j'exagère peut-être, quel mariage ne capote pas d'une manière ou d'une autre?

Vendredi, 28 février, 4 h 30, au bureau

Ce matin, avant de quitter la maison un peu tard, je trouve dans la boîte, parmi les publicités, les sollicitations et les factures habituelles du mois finissant, une mince enveloppe bleu pastel ornée à gauche d'un symbole graphique profilant un oiseau marin teinté lie-de-vin. Sans égard à ce cœur qui me bat de joie comme il ne lui est arrivé qu'au baiser fulgurant d'Yvée Marcueil (y aurait-il un rapport?), je glisse, avec une mine coupable, la lettre inespérée dans la poche intérieure de mon veston, quitte à l'ouvrir plus tard, ce soir, non demain, après-demain, pareil à l'enfant qui se plaît à faire durer le plaisir de l'attente, même persuadé en toute hypothèse que son espoir sera déçu. Conviction qui fait que rien ne me presse et qu'il importe uniquement de prolonger le suspens. Moi qui ne vis jamais que dans l'instant présent où je ne trouve que tristesse et déception, comment ne pas reculer devant ce nouveau désillusionnement qui me rendra ce présent que je retarde lourd comme deux tonnes?

À dire vrai, rien ne décourage le parieur : toute la journée j'ai été partagé inégalement entre un espoir insensé et l'anticipation d'un désappointement, l'un et l'autre aussi bêtes car il n'y a rien que de parfaitement frivole à suspendre sa fortune à une enveloppe… Ainsi j'ai présidé, cet avant-midi, à mes deux heures de TP avec quelque chose comme le poids d'une grenade sur la poitrine, une grenade à la mèche enflammée, déjà crépitante… si tant est que cette réponse, banal feuillet de regrets sans doute, doit constituer une pièce clé de mon roman autofictif, chapitre en tout cas sur quoi j'ai toute autorité et forcément rédigé selon mon attente, soit comme si avait été entendu là-bas mon double message dicté par le désir en moi de cueillir à temps l'auteur de la jolie petite annonce, fleurette ouvrant pour moi la promesse de ses mystérieux pétales.

Même jour, le soir

Enfin seul dans ma chambre après avoir abattu la vaisselle de deux jours, corvée dont j'ai exempté tout le monde pour me donner le loisir de réfléchir. Il est vrai que Madeleine et Brigitte s'étaient envoyé le linge sale de deux semaines samedi. On dirait que tout s'en va à vau-l'eau dans cette baraque depuis que la ménopause de F. la met à l'écart des tâches serviles – reste que nous manquons cruellement d'un lave-vaisselle : dès samedi je me fais fort de combler ce vide par l'apport d'un électroménager indispensable au moral du clan Desnoyers et dont je ferai moi-même amplement mon profit tant il est vrai que sur le plan strictement matériel je ne me suis jamais cru dispensé d'aucune contribution utile. Et puis qui peut dire, avec le péril qui menace, que nous en aurons les moyens l'année prochaine ? Si la santé de la triste Florence s'avérait compromise pour de bon, je ne donne pas cher d'un secours du gentil Franzy-Franzy, il nous laisserait aussi bien tomber comme des prunes ramollies – y compris sa fille naturelle, comme elle pourrait bien l'être, mais le sait-il lui-même? oserait-il la disputer à Fernand Fr. le cas échéant? Et puis il y a les études supérieures des enfants qui coûteront de plus en plus cher. On vient encore d'élever les frais de scolarité, et ce ne sont pas les termes de mon contrat renouvelable en juin qui grimperont pour autant, si même il est renouvelé! Vivement que Patrice en finisse avec sa mécanique, qu'il se décroche un petit poste de technicien, s'il en trouve – mais d'ici là qu'il ne nous parle plus de s'installer ici avec Francine, au logement familial où l'on est déjà trop! Un bébé à présent!

De son étui en cuir noir, j'ai tiré le beau coupe-papier en cuivre que j'ai reçu de la famille à Noël, flanqué des très longs ciseaux à papier qui le jumellent. Dire que deux mois ont passé! Ou sont-ce deux siècles, tant se sont accumulés de menus et de vastes événements dont je n'ai rapporté ici que ceux qui intéressent ma sinistre destinée, comme la maladie de F. et l'énigme d'Yvée Marcueil dans ma vie, Yvée que je n'oserai chercher à revoir d'ici son exposition. Et je parle à peine du pont de papier que j'ai jeté par-dessus l'espace atlantique – mais qu'est-ce que le libre espace pour empêcher les esprits de se rencontrer? –, pont qui me brûle les doigts en prenant la forme de cette réponse encore pleine de secrets dont je me vois décachetant méticuleusement l'enveloppe bleu pastel avec son pélican lie-de-vin, révérencieux comme en présence d'un rare manuscrit datant pour le moins du Xe siècle, afin d'en extraire avec d'inouïes précautions ce qui me semble être au premier abord une grande et mince feuille pliée en quatre, longuement recouverte des deux côtés d'une fine écriture dont la légèreté apparente détache chaque lettre de sa voisine.

Voici la lettre telle que je la lis lentement en la transcrivant ici mot à mot.

Nice, le 21 février 1997

Monsieur qui m'écrivez de Montréal sous les masques de Rémy ou Romain Desnoyers,

Je ne me doutais pas que mon simple appel à correspondre retentirait si loin. Et pourtant, dès lors que l'essentiel n'est pas la rencontre des chairs et des os, quoi de moins invraisemblable qu'une telle réponse excluant toute confrontation physique? Sans y être allée, je connais un peu le Kébek (je reprends votre épellation qui ne laisse pas de me séduire), ne serait-ce que pour y avoir une amie très chère qui vient à Paris presque chaque octobre avec ou sans son mari. On l'appelle Jeannou. Nous courons les expositions plus que les magasins. Nous allons au théâtre, au concert ensemble – pas n'importe lesquels, car nous sommes très exigeantes… Pour ce qui est de vos deux réponses successives, elles ont aisément compensé toutes les autres que je n'ai pas reçues et que je ne pouvais pas recevoir – vous l'avez deviné en romancier que vous êtes ; pour tout vous dire elles m'ont comblée pour des raisons bien agréables qui auront peut-être l'occasion de se révéler au cours d'échanges écrits ultérieurs que je souhaite aussi fréquents que vos tâches et les miennes nous le permettront.

Eh bien ! pourquoi ne pas vous les confier tout de suite ces raisons qui me font trouver remarquable autant que naturel le fait que vous soyez écrivain ? Voici en effet que mes occupations me situent au sein du « comité de lecture » d'une maison d'édition littéraire ayant pignon sur rue à Paris, ce qui, soit dit en passant, m'amène depuis Nice à retourner chaque semaine, l'hiver, dans notre capitale où je fais provision de manuscrits, pour la plupart illisibles selon des critères tout personnels que d'aucuns autour de moi jugent tant soit peu rigoureux, encore qu'il m'arrive d'aller jusqu'au bout de textes que mes collègues ont abandonnés depuis bien des pages. Ce labeur quotidien m'étant somme toute léger, mon cœur et mon esprit sont ailleurs, très ailleurs, dans un lointain pays qui certes existe mais paraît demeurer inaccessible à la plupart des humains qui ne sont qu'humains. La preuve sera donc faite que je suis quelque peu surhumaine lorsque j'y serai débarquée avec armes et bagages, soit avec le cœur et l'esprit, m'a-t-il été prédit, lorsque j'aurai rencontré le compagnon espéré qui aura su me faire passer le Styx, et auquel en retour j'aurai fait la même grâce.

Mais revenons sur terre. Je me nomme Claudie Jeanlin. J'ai quarante-sept ans. Je suis veuve, sans postérité ni parenté aucunes. Je crois aimer tout ce qui vaut de l'être. Et c'est sans doute pourquoi me voilà bien seule, punition dont, en un sens, je ne me plaindrais guère. Cependant comme nulle destinée, même celle d'un ange – à preuve nos anges gardiens ! –, ne saurait s'accomplir à l'écart de son prochain, fût-ce dans le giron de l'Art ou de la Pensée où il est tentant de se réfugier à l'ombre des grands esprits, ce dont je ne me prive pas ainsi que ma petite annonce en fait foi, ce n'est pas un hasard sans doute que je vous aie rejoint, bien que vos lettres restent étonnamment discrètes sur vos aspirations secrètes, et même sur le sens profond de vos tentatives romanesques, n'importe leur succès, ce qui est bien secondaire. Avant même les confidences personnelles, s'il faut en venir là – et croyez bien, cher Monsieur, que je sais lire entre les lignes –, ne convient-il pas qu'une relation épistolaire qui se veut authentique se forge avant tout sur une communauté de langage sinon de «valeurs»? La communication par lettres se satisfait mal de rapports fondés sur ces malentendus si bénéfiques aux œuvres romanesques en ce qu'ils ouvrent plus de portes à l'imagination et s'enrichissent de collusions entre auteur et lecteur où le sadisme propre à l'imaginaire trouve – mon expérience de lectrice me l'enseigne – une nourriture peu coûteuse. Il s'agit ici, entre nous, de bien autre chose, n'est-ce pas? d'une rencontre cœur à cœur, dont la sincérité diverse de vos deux lettres me pave la voie.

Et voilà qu'entre nous deux qui nous situons, me semble-t-il, sur le bord de l'irréel en raison même du caractère singulier d'un rapprochement si improbable, il me vient une crainte que je ne vous cacherai pas, celle que notre correspondance s'interrompe, soit par la faute d'un courrier égaré, soit parce que je n'aurai pas su trouver les mots pour vous retenir. Oui, pourquoi vous cacher qu'une telle interruption me serait cruelle? D'autant qu'il fallait un homme d'un esprit assez spécial pour succomber de si loin au peu que j'avais à offrir: des phrases contre des phrases. Aussi bien se trouve-t-il qu'en traçant ces lignes j'ai l'impression d'entrer dans un jeu, réel ou fictif, dont je ne sais au juste où il me mènera. Mais s'il n'est que trop vrai que j'appréhende que vous vous taisiez après réception de cette lettre tant soit peu incohérente et perplexe, il n'y a pas là que pur amour-propre de «femme de lettres»; je comprends trop qu'en raison de votre détresse avouée, vos attentes implicites ne sauraient se satisfaire des propos de la première venue que je n'ai pas le droit d'être s'il se peut que vous comptiez sur moi pour vous procurer quelque chose de réconfortant, sans savoir quoi, et même peut-être davantage que vous n'osez espérer. Je me tais de peur de me trahir mais aussi de présumer trop de mes forces, qui sont grandes. Mais qu'y aurait-il de si dramatique, me direz-vous, à ce qu'une amitié à ses débuts, une simple amitié par courrier intercontinental au surplus, prenne fin aussi fortuitement qu'elle a commencé? Qu'y aurait-il d'étrange à cela? L'avenir le dira seul, dois-je vous répondre, moi qui la première ai jeté la bouteille à la mer sans bien savoir ce qui m'y poussait, quitte à décevoir même. Que tout reste en suspens. Comme l'amour est en suspens dans l'espace. Peut-être une autre fois trouverai-je mieux que des questions pour vous aider à ne pas mourir de soif, vous si avide de saisir le mystère de vivre ce qui paraît être une vie pleine de sécheresse. Cette sécheresse de l'âme, il importe à tout prix de trouver les moyens de l'irriguer avant l'heure qui rend tout irréversible. Comme vous, j'ai cherché la paix – je ne dis pas le bonheur – au désert, comme vous il apparaît que j'ai trouvé surtout la solitude puisque j'en suis venue à offrir ma prose et mon amitié sur la place publique, ce qui prouverait que si la paix peut dispenser du bonheur, qui n'est qu'un conte, elle ne dispense pas du souffle d'une chaleur humaine. Vous voyez que je ne suis pas sans entendre un petit peu votre langage. Vous voyez aussi que votre geste spontané de saisir la main que je vous tendais par-dessus l'océan avait déjà un sens, même s'il vous ressemblait peu, dites-vous, un geste qui tournait une clé dont vous ne soupçonniez pas le secret, pas plus que moi d'ailleurs en faisant passer mon annonce sans tenir compte de l'accueil qu'on lui ferait. Vous avez, comme moi, surmonté ce premier obstacle, vous ne m'avez pas injuriée sous le nom d'«intellectuelle», que je n'aimerais pas mériter. Serai-je à la hauteur de vos expectatives? Vous m'en voyez tout inquiète; car, que j'aie évoqué, pour mieux vous retenir, quelque sur-humanité ne doit pas vous tromper, encore moins vous effrayer. Je ne suis, comme on dit, qu'une faible femme, bien que munie d'antennes quelque peu magiciennes.

Permettez que vous quitte pour aujourd'hui, Monsieur, celle qui s'apprête à signer de l'un de ses deux noms les plus fidèles et les plus présentables – où les moins présentables, à votre gré – mais auriez-vous senti que si j'ai plus d'un moi, tous vous sont également acquis et vous tendent également la main par-delà la mer des Sargasses en souhaitant que ces premiers mots qu'elle vous apporte n'alimentent quelques regrets voués à se noyer parmi des houles tièdes qui nous séparent. C'est donc en parfaite lucidité d'esprit et de désir que j'entre dans le roman de votre vie.

Veuillez croire, je vous prie, Monsieur, à la franchise de ma première estime et à l'expression de ma discrète mais non moins éminente sympathie. Les artistes tels que vous l'êtes sont presque seuls à savoir déchiffrer le mauvais mystère qui nous enveloppe et trop souvent étouffe des cris qui s'en vont mourir dans l'espace, parmi ces silences infinis qui épouvantaient Pascal, et dont vous-même paraissez savoir quelque chose.

Claudie Jeanlin
autrement nommée: Laure Angelin, pour les très intimes

Ce n'est qu'ayant recopié cette inespérable réponse à mes deux lettres que, encore étonné, charmé, troublé, j'en perçois toute l'étrangeté sous un naturel à peine affecté par une délicatesse bien féminine qui souffrirait de se trahir trop vite. J'en suis plus remué encore que tout à l'heure, lorsque j'en ai déchiffré les menus caractères – et ce mot de «déchiffré», le sien même à propos du «mauvais mystère» et des artistes qui l'explorent, n'est pas un hasard de plume sous prétexte que l'expression de cette femme, pour être claire, reste tout à fait surprenante! Clair et naturel et franc, ce texte l'est tout du long, mais non moins énigmatique. Ah! qu'il est heureux que cette Claudie Jeanlin soit si loin: je sens que je courrais la prier de s'expliquer mieux. Il y a là trop et pas assez. Oui, je courrais la supplier de s'expliquer mieux et pourtant: ne me suis-je pas adressé à cette étrange étrangère justement parce qu'elle m'est inaccessible et ne risque pas de me blesser?... Comme si quelqu'un ou quelque chose pouvait encore me blesser! Vient un moment où l'on ne sent plus.

4 mars

Je n'ai pas eu trop de ces quelques jours pour digérer la réaction, des plus chaleureuses ma foi, de ma correspondante à mes deux élucubrations postales. Combien de fois j'ai relu cette feuille surprenante, je ne sais. Mais elle aura embelli mon horizon rien qu'en flattant mon sentiment d'avoir été entendu et en rompant cette impression chronique d'être laissé pour compte par la société même si j'ai bien tout fait pour cela... Mensonge, du moins pour ce qui est de ma littérature, où j'ai donné tout ce que j'ai pu. Mais il aura fallu, il a suffi d'une lettre pour que le silence crève autour de moi comme éclate un énorme vase de fiel et de jus d'ennui accumulés sous la pression devenue trop forte. À l'homme que je suis, aucun geste, aucune parole, aucun de mes livres surtout, n'a valu pareil témoignage de confiance aveugle frôlant l'abandon. Et maintenant le problème se pose: comment faire pour que perdure cette joie de me savoir exister pour une inconnue par-delà l'océan complice? Toutes les lettres épuisent leur charge émotive comme les plus doux mensonges perdent leur suc et les plus nobles fleurs voient leurs pétales se flétrir avant de se briser en poussière. Ainsi qu'il en va de toute relation humaine, il faudrait savoir l'arroser, l'enrichir de terre noire, la fortifier de ces gouttes d'azote dont Mariette n'oublie jamais d'apporter un petit flacon pour nos violettes africaines lorsqu'elle vient à la maison, ce qui n'est pas si fréquent, grâce au ciel. Car je ne lui en sais aucun gré – comme si tout allait de soi du peu que les gens font pour nous, même si en l'occurrence je sais que tout ce qu'elle fait elle le fait pour F. qui a toutes ses complaisances, pour me rendre jaloux, il faut croire. Mais je me soucie trop peu de mon prochain pour que la jalousie me soit une tentation bien féroce, ma méchanceté ayant mes limites à moi et mon indifférence de principe n'allant pas jusqu'à la cruauté, ayant, moi, le cœur trop sensible malgré mes affectations de détachement, pour ne pas savoir me mettre à la place de qui je maltraiterais. Et si j'ai malmené ma sœur, je n'ai guère à m'en repentir dès lors qu'elle me le rend avec intérêt, car c'est à peine si elle m'adresse la parole. Ainsi c'est toujours F. qui pense à Mariette la première. Quel tissu de contradictions que ma femme! Ce mélange de raideur souriante et d'altruisme sélectif, et à ses heures encore. Par bonheur notre éloignement affectif ne se laisse plus tromper par ses revirements d'une volonté capricieuse dont le secret, si son état continue d'empirer, risque de se perdre cette année. À peu de regret quant à moi.

Toute la fin de semaine, elle qui se plaint peu, elle s'est plainte durement de son dos mais plus encore de son angoisse, cette «angoisse» dont le simple nom sonne si étrange dans sa bouche et comme plaqué sur ses lèvres empêchées de sourire – angoisse avançant son lever et l'obligeant à s'atteler à une tâche quelconque, même la plus futile comme celle d'épousseter mollement les meubles, ce dont tout le monde ici se fiche. Depuis la maladie de F. qui l'incarnait assez, il n'y a même plus le liant d'une «conscience familiale» pour régner entre nous qui nous sentons tous ici plus ou moins en pension et de passage, comme sur un bateau à la dérive, chacun vaquant à ce qui le chiffonne ou l'agite en attendant les événements cruciaux pour lui... Mon retrait ostensible des affaires du clan a bien tout fait pour qu'on en vienne là, et pourquoi m'en soucierais-je? C'est encore ici, dans ce cahier où je vagabonde, que je peux le mieux être moi-même, étant même parvenu à me mettre en train pour ce roman projeté chaque jour où je me livre réellement sous le couvert de fiction. Il est inconcevable en effet, chimérique, de penser pouvoir parler de soi directement, il faut passer par le truchement de personnages issus de sa conscience ou de son cœur, fussent-ils desséchés. Alors il me suffit de songer à cette lettre énigmatique pour que je me sente projeté à mille lieux de ce quotidien sans chaleur et sans grâce, ou encore de songer à Yvée Marcueil qui elle aussi, par quelle coïncidence qui me ressemble trop, s'était dite, en blaguant je suppose, «surnaturelle». Ainsi naît un prétendu roman où l'auteur se met lui-même en scène sous son nom d'antihéros, se choisit des amies pour héroïnes souveraines à la mesure de ses tentations. Si je parviens à écrire le livre qui me hante, c'est que le refus illusionniste de Malraux, celui de Valéry de faire « sortir la marquise à cinq heures », parce que n'est pas vrai littérairement ce qui n'est que vraisemblable, celui de Proust dont je parie qu'après Balzac il invente sa comédie humaine, tous ces refus se moquent du roman imitatif, ou d'observation, en faveur du roman d'interrogation, celui du coup de sonde dans l'abîme de l'âme, le seul qui m'ait jamais préoccupé dès mon premier écrit même si je n'en savais rien. Il s'agit pour mon *Cavalier polonais* de tester les paysages d'une route qu'il faut transfigurer en visions de poésie, en bafouant les secrets de ladite « comédie humaine » dont la mascarade l'exclut, lui, l'étranger à cheval, que son visage nu tourné vers le spectateur désigne comme le traître, comme celui qui ne joue pas le jeu parce qu'il a mis bas le masque.

7 mars, vendredi

Florence toujours. Dès neuf heures, avant même que je sois parti, car je n'ai pas cours tôt ce matin, la voilà qui se branche au téléphone avec le Grand Studio de création publicitaire Franzy & Franzy, histoire de savoir s'il n'y aurait pas quelque chose pour elle, quelque chose pour la tenir occupée à la maison, car elle ne s'endure plus. Et de fait elle se lamente après l'hôpital sans savoir, peut-être, qu'elle se lamente après sa mort. Alors elle exige que Franzy la rappelle dès son arrivée au bureau. Rentré à cinq heures et demie, je la trouve couchée. Si elle dort, je ne sais trop, mais j'évite tout bruit qui pourrait la déranger. Au bout d'une heure, elle émerge de sa chambre comme un fantôme égaré, mais parvient à bredouiller que ça va mieux, que la migraine est passée, que le poids du jour lui pèse moins, ce jour qui va se faire nuit. Elle allume la radio, ce qu'elle n'a jamais fait malgré son goût prétendu pour le classique – mais je sais qu'elle n'a de goût que pour Yvonne Printemps et Georges Thill dont je lui ai offert les disques dans le temps et qu'elle a rachetés depuis en CD. Peu importe ce qu'elle attrape au vol des ondes hertziennes, les sonorités de la chaîne culturelle mettent un peu de clarté dans l'antre de mystère qu'est devenue la maison. Ce ne sont que pas feutrés, effleurements, craquements insolites, frappements discontinus, on dirait que chacun erre après son bonheur sans le trouver, sans savoir où il est, ce qu'il est. On ne mange même plus ensemble, aux heures régulières. Nul ne parle. Chacun s'absorbe dans ce qui le concerne. La visite bihebdomadaire de Destouches nous rassemble un instant, mais les soirées d'autrefois, même mythiques car elles n'ont jamais existé, n'existent plus. Sans cesse je pense à cette lettre venue de France et me demande de quelle voix y répondre. Je l'ai relue dix fois avec une perplexité accrue pour tenter d'en découvrir la clé. Tout texte écrit a sa clé. Même celui-ci qui semble n'aller nulle part. Comme mon cavalier.

8 mars, samedi

Mon travail d'enseignant au premier cycle me tue depuis belle lurette que j'en ai épuisé les petites joies, et ce malgré le renouvellement que je m'impose des textes à proposer à l'analyse dont la plupart me sont suggérés par les professeurs en titre qui me voudraient bien à leur service. Les plus faciles à faire expliquer et commenter en séminaire sont les scènes de théâtre, tant pour moi que pour les étudiants qui ont l'air de découvrir la lune dès que je leur en joue les répliques en y mettant la vie dont elles sont porteuses. Mercredi, j'ai obtenu un tel succès avec le suicide de Chatterton qu'il m'a fallu bisser le numéro dès le surlendemain pour un autre groupe qui me l'a réclamé sur la foi du ouï-dire. Qui l'eût cru? Le plus pur drame romantique resservi à l'époque la moins romantique qui fût jamais, un tel succès! Le poète méconnu, rejeté, qui s'enlève la vie après avoir exposé à nu son désespoir. Thème qui, faut-il croire, ne m'est pas absolument étranger pour que je m'en tire si aisément. Que dis-je, si aisément! Hier encore il m'a fallu redonner la tirade pour les absents, tant l'effet avait été foudroyant. Comme si j'avais l'âge de jouer les Chatterton! Mais surtout comment peuvent-ils tous si bien entendre ce qui est si parfaitement étranger à notre monde de télex et de fax et d'Internet où l'on ne se parle même plus? Est-ce la pérennité inhérente à toute œuvre de littérature d'un certain niveau qui permet de faire revivre ce qui, à tous autres points de vue, est mort, radicalement mort dans notre société comme dans notre mentalité? Ou bien serait-ce qu'un inaltérable romantisme gît latent au tréfonds de toute jeunesse? Je me suis senti moins seul, c'est drôle, de les voir là tous, les yeux braqués sur moi, les oreilles grandes ouvertes, la face tendue vers le spectre non entièrement méconnaissable de ma figure grimaçante, comme si, en même temps que je leur révélais un monde, ils y reconnaissaient quelque chose d'eux-mêmes, quelque chose de très profond, de très enfoui. Et pourtant, le vicomte Alfred de Vigny, tout rempli de soi-même et de sa fausse grandeur, y a-t-il un auteur, un personnage plus éloigné, en apparence, de toute sensibilité contemporaine? Eh bien, non: le désespoir de son Chatterton, poète maudit, leur parle. Ils le comprennent, ils l'éprouvent, ils le vivent. Et moi-même, j'étais tout secoué de ma performance quand, assis sur ma table magistrale devant ces quelques gradins muets de stupeur, je me suis ressenti plus d'âme qu'il n'aurait été souhaitable. Tant pis pour moi. Les questions, les remarques, les commentaires ont fusé comme jamais. Heureusement que j'avais cette fois pris soin de faire apporter par ma chouette Marie un lot de photocopies du texte de la scène entière. Mais c'est le drame intégral que j'ai dû finalement faire mettre à l'étude, sous forme de compte rendu de lecture à rendre dans trois semaines. Chatterton! Quand j'y pense! Le poétereau méconnu, exclu de toute gloire, que même l'amour, le pur amour, le grand amour, ne suffit pas à retenir de se faire sauter la cervelle… Je n'aurais pas cru qu'une telle histoire, une histoire à vrai dire aussi kitsch au goût d'aujourd'hui, les empoignerait ainsi, ni même qu'ils y entendraient quelque chose… Ah! pour une fois j'ai été bien inspiré dans mon choix romantique de leur lire avec une émotion qui s'est éveillée toute seule ce monologue et tant pis pour le programme où il n'a pas sa place. Tout de même l'histoire d'un obscur poète anglais du XVIIIe siècle inspirant un drame à un autre poète français, nobliau, salonnard, collet monté, du XIXe, le tout tirant une larme à Monique Gauvin que j'observais du coin de l'œil, Monique, Kébékoise bon teint de 1997, il y a de quoi se demander… Mais pourquoi ne pas admettre que j'aie pu les émouvoir? En vérité, j'étais Chatterton, je pleurais les larmes de cet infortuné de dix-sept ans que Vigny, non sans lui en rajouter cinq ou six, a tiré de son *Stello* pour en faire à la scène le prototype intemporel de l'artiste incompris par tous ces bourgeois qui d'âge en âge ne cesseront jamais de l'être. Du moins à partir d'une certaine «maturité» qui marque la fin du commencement, car la conscience jeune, elle, encore proche de ses sources, saisit l'essentiel de l'enjeu: pourquoi vivre? Pourquoi ne pas mourir?… Alors, pour finir, j'ai raconté le jeu cruel du scarabée que l'auteur décrit dans sa préface telle une image symbolique de l'œuvre, à savoir le jeu de ces enfants qui sur le sable ont entouré l'insecte haï d'un petit rempart de pierres brûlantes dont le séquestré fait plusieurs fois le tour en vain jusqu'à ce que, n'avisant nulle part d'issue, il retourne contre lui-même son dard empoisonné. Tel est, en termes romantiques, le sort du poète, de tout créateur, qui n'est pas écouté, entendu : il meurt. Explication que je n'ai pas donnée sans quelque complaisance, car, bien que concerné, je n'y crois qu'à moitié : pour me prévaloir tant soit peu du symbole scarabéen, il me faudrait du moins le grain de ce génie qu'Yvée Marcueil possède de reste et que je n'aurai jamais possédé. Le public et la critique ont eu raison contre moi, raison de détruire mes livres à moins que la présente confession ne me délivre et, s'il est vrai que j'adresse des lettres idiotes destinées à y figurer, je n'ai pas encore songé à me suicider comme je l'ai fait jeune homme, même s'il m'arrive presque chaque jour d'avoir la nostalgie de la mort comme du natif port d'attache à rallier avant que le soir ne soit tout à fait tombé.

10 mars, lundi soir

Brigitte vient de m'annoncer que mon portrait était à ma disposition. Il m'appartient en toute propriété, lui a confirmé Yvée, sauf pour les trois semaines du mois prochain quand se tiendra l'exposition fort réduite de ses œuvres, car elle n'aura droit qu'à une salle et demie ; du reste l'exigence qu'a pour elle-même la jeune artiste ne lui aurait fait présenter que les onze pièces qu'elle estime « présentables » à son gré. Ce sera à la galerie L'Ombre claire, rue Saint-Denis. Je recevrai une invitation personnelle pour le vernissage dont je serai la « vedette », paraît-il. Chère Yvée, je ne doute pas une seconde de ta sincérité, encore moins de la qualité de tout ce que tu fais, mais qui saura seulement reconnaître ta trop rare valeur ? Te le dirai-je pourtant ? À cause même de son authenticité, il m'apparaît que cela est de nulle importance que ton art soit encensé ou non, même si je ne souhaite pas pour toi le sort de Chatterton. Moi, c'est différent, parce que je n'ai jamais fait la preuve d'aucun talent réel. Et c'est pourquoi j'ai tant souffert qu'on me prive d'une reconnaissance dont un vrai mérite aurait su se passer ; c'est pourquoi il me faut encore faire avancer ce roman-ci, coûte que coûte, afin que ma vérité secrète n'ait pas été vaine, à mes yeux du moins. Il faut décidément que ce bilan-catastrophe soit le livre de ma vie, fiction vive entée sur un morceau de réalité crue.

Mardi

Montréal, le 11 mars 1997

Très chère Madame, ou puis-je oser : très chère amie ?

Inutile d'en faire mystère, sans vous connaître bien, je me sens déjà proche de vous et même tout disposé à me confier à quelqu'un qui a d'emblée percé ma carapace bien ramollie il est vrai avec les ans. Mais c'est aussi que, outre l'étonnante et presque étrange empathie qui sourd en moi à la lecture de votre lettre si troublante de naturel et de liberté, il n'est plus personne autour de moi, je dis bien personne à qui je puisse m'ouvrir des choses qui me tiennent le plus à cœur, et voici que je sens mes remparts tout près de s'écrouler sans égard à ce que ce soit vous qui ayez la première, par votre annonce, fait appel à un confident – ou serait-ce un secouriste ? Puissiez-vous en tout cas trouver en moi l'oreille amie dont j'ai moi-même le plus nostalgique besoin. Florence, mon excellente épouse, avec laquelle j'ai de longue date cessé tout dialogue tant soit peu significatif, passe depuis quelque temps – vous l'ai-je dit parmi tout mon verbiage ? – par le mal féminin qui est celui de son âge mais avec beaucoup plus d'acuité qu'il n'est habituel. Le médecin consulté, un vieil ami de la famille – s'il se peut qu'une telle expression convienne à une famille non encore disloquée mais dénuée de longtemps de toute identité propre –, incline de plus en plus, malgré des radiographies indicatives d'ostéoporose avancée, à incriminer un épuisement hormonal dû à un stress professionnel incontrôlé – «graphiste publicitaire», ma femme se donne à tout ce qu'elle fait avec une passion sans doute exagérée. J'en suis chagrin pour elle sans que mon égoïsme masculin s'en trouve incité à quelque impossible réconfort. Il est des portes qui, une fois fermées, ne se rouvrent plus, comme d'autres qui, une fois entrouvertes, ne se refermeront plus.

Est-ce l'excès de franchise de mes lettres ? Est-ce la pénétration de la vôtre qui aurait percé la minceur de notre barrière de papier ? Toujours est-il qu'une brise de mer ne cesse de présenter vos encouragements à mon oreille au point que, vous l'avouerai-je, je n'entends plus qu'elle, par-dessus l'océan qui mugit entre nous. Dans ces conditions, comment voulez-vous que ma tâche d'enseignant ne me pèse pas, même s'il m'arrive, comme la semaine passée, d'y trouver des joies de comédien improvisé, même si ce furent d'amères joies de poète blessé à mort. Oh ! j'ai bien senti chez vous, chère amie lectrice de manuscrits par profession, un dédain pour toute cette prose vouée à l'oubli ! Mais ne sont-ce pas toutes ces tentatives avortées qui per-

mettent de parvenir au trop rare «immortel chef-d'œuvre» qui donne un sens à tous ces tourments d'artiste engloutis? Répondez-moi sincèrement. Et dites-moi si, cantonné par force dans un rôle de maître des travaux pratiques de lettres au plus bas niveau, j'ai le profil qu'il faudrait pour satisfaire cette soif légitime d'immortalité qui risquerait de m'égaler aux plus grands. Et qui plus est, riez si le cœur vous en dit, c'est à l'animosité d'un méchant doyen qui fut mon proche ami que je dois ce traitement de défaveur qui m'exclut de ma propre estime. Dites-moi franchement votre sentiment là-dessus et si je ne suis pas victime d'une vanité ou d'une ambition démesurée qui confine à une forme de paranoïa. En tout cas, le fait est que j'ai pu espérer d'un ami, au moment de son accession au décanat voici trois ans, qu'il adoucirait ce qui m'apparaissait sinon comme une injustice, du moins une humiliation, mettons un tort largement immérité. M'en voilà quitte pour une désillusion nouvelle sur l'humaine nature. Par bonheur, au-delà de toute vanité périssable, je conserve mon unique véritable aspiration, chère amie à qui je ne saurais mentir, celle que vous me connaissez déjà: faire ce beau livre que je n'ai pas réussi, on me l'a bien fait comprendre, un livre qui me survive et m'assure l'éternité en ce monde à défaut de tenir l'autre pour sûr. Or cela aussi me sera refusé à moins que deux âmes (lesquelles?) ne consentent à y jouer leur rôle tel que je l'ai conçu… Autrement, serait-ce par ma faute ou pure malchance, inaptitude du public lecteur à me suivre dans mes délires ou faiblesse de mes moyens créateurs, ce n'est pas à moi de le dire – peut-être à vous qui faites œuvre critique –, je n'en souffre pas moins de l'amertume de n'être rien. Mais oui, cela existe ailleurs que dans les contes. Convainquez-moi du contraire, convainquez-moi que j'ai grand tort de souffrir, de m'acharner, d'espérer l'impossible, je vous en rendrai grâce, mais jusque-là mon ambition est rivée à cet impossible rêve éveillé. Mais plutôt convainquez-moi qu'il est d'autres valeurs que littéraires et artistiques, non seulement plus durables mais plus essentielles, d'autres voies vers un certain apaisement, voire une certaine joie fût-elle purement spirituelle, et tout ce que vous attendrez de moi en retour, je vous le donnerai, je le ferai, dussé-je – et c'est une pure image, une idée farfelue je n'en disconviens pas, qui m'est venue à l'esprit plusieurs fois depuis votre lettre remplie d'énigmes – dussé-je, dis-je, traverser l'Atlantique à la nage, je le ferai, car vous m'aurez rendu par votre sympathie ma liberté intérieure, rendu cet humble droit d'être ce rien à quoi j'ai droit, condamné que j'y suis depuis l'enfance – jouet que je suis sans doute de chimères vengeresses à l'égard d'un passé de banal égratigné de la vie.

Ayant la première sonné la corne de brume, vous m'en voudriez qu'il apparaisse que ce soit moi qui ai besoin de vous plutôt que vous de moi. C'est que votre personne me reste un sujet de songeries insondables. J'y reviens sans cesse. Votre pensée me renvoie à une toute jeune femme, une artiste, dont j'ai fait la connaissance récemment. Comme elle, dont vous vous targuez de la même «surhumanité», il me semble que vous appartenez à quelque outre-monde où je n'aurai jamais accès, où je n'entrerai jamais qu'à votre suite en tout cas. C'est bien cela : un outre-monde, ce que j'appelle parfois un Ailleurs, mais fabuleux, n'osant écrire un Au-delà par crainte d'attirer sur moi la foudre du dernier Jugement pour avoir gâché ma vie et celle de quelques personnes autour de moi, un Ailleurs dont il me reste à déchiffrer le mystère comme vous-même me le suggérez en feignant de me croire artiste créateur hors de tout témoignage pertinent à cet effet. Pour parvenir à ce déchiffrement, laissez-moi du moins croire à cette ultime fiction dont fait partie cette lettre écrite pour l'inconnue qui passe au large, fiction où, plongée que vous êtes par vocation dans des lectures qui vous font distinguer l'ivraie du bon grain, distinguer ce qui est fabrication de ce qui est aveu, voire révélation de ses idées fixes à un prisonnier de lui-même, je vous assigne un rôle clé. C'est pourquoi j'aurai bien garde de vous adresser le moindre spécimen de mon œuvre de poète en prose des greniers célestes et des égouts infernaux. L'accueil à elle réservé suffirait à m'en ôter toute envie. Et voilà que je n'aurais laissé de moi qu'un témoignage de glauque impuissance. Quel homme digne de ce nom accepterait cela ? Ne m'en veuillez pas de sans cesse revenir là-dessus. Je reste si candide, si vulnérable en un sens malgré mes prétentions au mépris de cette comédie humaine où je n'ai pas eu le beau rôle, que je crois encore qu'une vie d'homme – ou de femme – vaut encore d'être jouée au maximum de conviction, d'exigence. Ah ! vous êtes heureuse, quels que soient vos soucis, si vous n'acceptez pas qu'une simple création de l'esprit, livre ou tableau, mieux que tout autre élan, pourvu qu'il porte le signe de l'authenticité, ait le pouvoir de faire pardonner sa nullité foncière ! Sans doute il est plus d'une façon de ne pas tomber à ses propres yeux dans le néant complet – ne serait-ce que par le moyen de cette joie toute simple mais combien difficile à certains êtres saturniens de se croire heureux sans autre motif que d'être au monde. Moi, au fond, je ne crois pas au bonheur humain. Je n'y ai jamais cru. Sciemment ou non, j'aurai même tout fait pour le détruire en moi et alentour de moi.

Mais je m'éternise, je m'éternise grandement pour n'avoir pas à vous quitter. Je songe que ces pauvres lignes mettront au moins une semaine à vous parvenir, qu'il en faudra autant pour qu'un écho m'en revienne. Et je suis tellement seul! Personne autour de moi, personne, si ce n'est cette chère famille qui ne m'aime pas, à juste titre hélas, et puis ces petits étudiants que j'aime bien parce qu'ils découvrent tout, tout avant d'avoir tout oublié, et enfin, pour dialoguer, ce seul journal où je recopie précieusement ces lignes sans intérêt avant de vous les destiner, comme si leur peu glorieux désenchantement méritait la moindre attention, tant il est vrai que les choses de ce monde-ci prennent à distance leur juste importance, soit toute leur parfaite insignifiance, mais pas davantage. Même les chefs-d'œuvre de l'Art, l'amour, le rêve, le divin, que sais-je! ne sont que rides à la surface du grand océan qui nous habite et nous sépare et vainement geint sa douleur profonde. Et mes trois enfants, me direz-vous, ces chérubins qui ne m'honorent que du juste tribut de leur apathie moqueuse? Je le regrette parfois. Mais comment cela ne serait-il pas? Figurez-vous que je n'ai rien de commun avec les miens et qu'ils en sont bien conscients; de là qu'ils me ressentent comme un corps étranger dans la maison et qu'ils m'évitent soigneusement. Pardon: la petite dernière, Brigitte, dix-sept ans tout juste, m'adresse quelquefois la parole mais, comme par hasard, c'est l'enfant d'un autre, du doyen Frondaie pour ne pas le nommer. Allez y comprendre quelque chose.

Et puis voilà que reprenant votre lettre, déjà reprise vingt fois, je mesure toute mon abominable négligence à rendre si mal justice à tout le baume qu'elle m'apporte, en même temps qu'à sa sourde douleur dont je fais trop bon marché. Je vous imagine en ce moment victime d'un effrayant naufrage ayant réussi à gagner un îlot rocheux et, désespérant que vos signaux soient perçus par quelque navire passant indifféremment au large, qui lance à la mer une bouteille d'encre d'un bleu presque noir mais vraiment bleu pourtant, bleu outremer puisque vous daignez m'écrire de cette encre qui marque bien que vous êtes pour moi d'outre-monde. Voyez ce que mon peu d'imagination fait de votre temps, vous dont les sages loisirs se bornent, si vous n'êtes pas déjà rebutée, à l'échange d'une sage correspondance avec un homme assurément peu digne de vos nobles pensées, si j'en crois l'anonymat de votre annonce, mais digne peut-être de vous consoler d'un veuvage éploré, un homme apte en tout cas à stabiliser votre barque solitaire, si elle venait à tanguer, grâce à ces faibles cabestans affectifs que sont les liens de l'amitié. Car je vous le souhaite cet ami fidèle et rare, sans désespérer de répondre un jour à votre attente la plus intime, celle que peut-être encore vous ignorez vous-même. Et, malgré mon apparent échouage d'écrivain sans *gloire sur les grèves plus ensoleillées de la correspondance affectueuse, je garde des secrets pour vous, car non, il n'est pas vrai que vous estimiez que l'Art soit peu de chose, vous qui vous vous en nourrissez, mais qui n'y voyez que «nourritures terrestres». C'est que sans doute aspirez-vous à plus haut encore et votre esseulement vous fait-il rêver de chimères que vous préférez tout de même écarter, seraient-ce celles de l'amour humain, voire celles de cette spiritualité qui figurent en bonne place parmi les sujets avoués de votre prédilection. À moi qui ne crois plus à l'amour, si j'y ai jamais cru, apprenez-moi, s'il se peut, à mieux mesurer le prix de tout ce qui en a vraiment, d'ici à ce que j'aie trouvé «le lieu et la formule», selon la formule de Rimbaud en quête du sens de tout ça. Votre nature «suprahumaine» en est sûrement capable.*

À la seule joie de vous lire, très chère Claudie Jeanlin mieux dite Laure Angelin, vous à qui notre incurable éloignement et peut-être même votre souhait profond au reçu de ces divagations m'interdisent de dire : À bientôt.

Rémy mieux dit Romain Aumais dit Delahaie dit Desnoyers, explorateur désorienté de ce qui n'existe peut-être pas et qui risque de vous entraîner dans les abîmes du «néant vaste et noir» dont parle Baudelaire, à moins que vous ne m'aidiez à le combler par une création romanesque dont le souffle de vos lettres serait l'âme. Mais avez-vous assez d'existence en moi pour assumer ce rôle si évanescent soit-il?

R. D.

Reste plus qu'à insérer le brouillon de ce trop long papier à sa place parmi les feuillets de ce journal intime, dont le titre provisoire d'*Entre deux âmes* devient plus clair au cavalier errant, pour cela même que son itinéraire lui devient de plus en plus incohérent et donc de plus en plus vrai. Quant aux bêtises que j'ai pu écrire aujourd'hui, je préfère les oublier tout de suite et faire confiance à ma mystérieuse correspondante. S'il est une chose dans ma vie qui ne saurait prêter à conséquence hélas, c'est bien ce fil transatlantique et désincarné que nous avons tendu de l'un à l'autre. J'en suis d'autant plus sûr que Claudie elle-même ne saurait que se moquer d'un homme inaccessible qui n'a même pas figure humaine et dont elle ne connaîtra jamais que l'écriture et les demi-mensonges.

Rentrant de la fac et pris d'un rare besoin de lui témoigner je ne sais quelle connivence dans sa maladie, je pousse doucement la porte de F. avec la simple idée de lui tenir compagnie en silence un court moment. Sa veilleuse est allumée, elle ne dort pas, elle reste là, allongée sur le dos, les yeux grands ouverts, ne lisant pas, ne bougeant pas.

Comme je prends place le plus discrètement possible sur la petite chaise qui flanque l'embrasure de la porte, n'attendant rien que de faire accepter ma sympathie, F. tourne vers moi la tête et d'un geste à peine esquissé me fait signe que ma présence n'est pas appréciée. Est-ce mon seul orgueil, j'en ressens un malaise presque physique comme si cette femme que j'ai tant fait souffrir pouvait encore, elle aussi, me faire souffrir. Eh bien, tant mieux, ai-je pensé en me levant: me voici désormais délivré de tout faux devoir, libre à jamais de ce genre de niaises prévenances qui hantent encore ma conscience fautive. Et loin d'en concevoir de l'animosité contre F., je n'ai pu réprimer envers elle un sentiment d'admiration. Cette femme est ainsi faite. Je n'espérais d'elle que de me faire tolérer sans me douter qu'il n'y avait plus rien à attendre. J'imagine qu'elle a transféré tout son petit capital d'affection sur Franzy, même si le plaisir de me tromper a dû depuis longtemps s'évaporer dans la nature. Comment en douter: jalouse de mes stupides écritures, F. s'est détournée de moi pour de bon, laissant notre ménage suivre son erre d'aller. Rien à attendre de F. que de petites rebuffades bien méritées. Comme sont claires les choses! Comme cela me rassure! Tout est normal. Tout est bien.

13 mars

Depuis que l'autre jour Brigitte m'a transmis le message de son amie, j'ai mal déguisé ma hâte de revoir le portrait enfin achevé. Ce matin, jeudi, après trois bonnes heures de corrections au bureau (reçu hier les premiers travaux sur la pièce de Vigny), j'ai pensé avoir mérité ma récompense et me suis risqué à joindre au téléphone la jeune artiste. Bien sûr que ma curiosité pour le portrait était la bienvenue, et n'importe quand, m'a-t-elle assuré avec une spontanéité qui, malgré l'extraordinaire baiser, démentait une réserve toujours un peu présente. Dommage, a-t-elle regretté avec vivacité, que le peu de temps qui reste avant l'exposition ne permette pas que j'emporte le tableau chez moi tout de suite. Mme Maurel qui dirige la galerie L'Ombre claire entend réunir toutes les pièces à exhiber avant la fin du mois pour se donner le loisir d'un accrochage parfait, d'autant qu'elle a dû faire refaire l'éclairage entier des deux salles. S'agissant d'une débutante cependant, et vu le nombre peu considérable des œuvres retenues, la dame a condamné toute une paroi de la seconde salle – c'était prévu – et surtout a renoncé à faire imprimer des invitations pour un événement qui ne saurait attirer qu'un petit nombre d'amateurs. On devra se contenter d'une annonce dans le meilleur journal du samedi où la date d'un vernissage public avec vin d'honneur sera bien précisée.

Tous ces détails, qui n'en sont pas, c'est une Yvée Marcueil frémissante d'un orgueil tant soit peu froissé qui me les a fournis à mon arrivée rue de l'Hôtel-de-Ville. Elle n'est pas si naïve que de croire que, génie ou pas, il viendra beaucoup de monde pour s'extasier devant sa production, même au premier soir du libre vin d'honneur… Est-ce la raison pourquoi, avant même de m'attarder devant le portrait repoussé sur son chevalet dans l'angle du studio, un besoin m'est venu d'entourer d'un bras paternel les épaules soudain affaissées de l'«enfant prodige» – Yvée aurait-elle le droit d'être davantage pour moi ? Sur le ton d'un faux secret destiné à pallier mon excès de tendresse :

– Soyez sans crainte, élue des dieux que vous êtes, tout sera parfait, lui ai-je murmuré au creux de l'oreille.

Comme il est agréable, et aisé, de rassurer le talent et la beauté ! Comme il est facile de partager et de consoler la trop juste anxiété de ces rares êtres qu'on aime et dont on sent que la confiance vous est acquise !

Me retournant enfin pour admirer, je n'ai pu que rester en arrêt devant le sombre éclat de ce qui n'était plus du tout le même tableau que j'avais contemplé la dernière fois et qui aujourd'hui gouvernait puissamment la grisaille vaporeuse d'une pièce que toute lumière artificielle eût outragée aux yeux d'Yvée. Sur sa vaste toile, l'artiste avait tout bouleversé, tout chambardé en quelques jours comme on récrirait en une heure une page dont on serait mécontent. Ne demeurerait plus pour moi qu'un champ de bataille dont je reconnaissais les éléments mais redistribués comme au hasard de l'esprit, ce magicien de la matière en tant qu'elle n'est que forme et couleur.

– N'étiez-vous donc pas satisfaite de votre premier essai ? Loin de moi la pensée que ce nouvel effort n'apparaisse pas d'emblée comme tout à fait remarquable, mais le souvenir que je garde de cette tête comme éclatée et contenue par des bandelettes de gaze, de ces doigts se joignant au bout des ongles et pointant vers quelque esprit enfermé avec moi dans le cadre d'on ne sait quelle prison mentale, m'ébranle encore la cervelle en présence de cet espace de liberté que je respire sur ces traits-ci comme libérés de toute contrainte, si ce n'est celle d'une méditation qui demande et obtient la grâce de l'abandon.

– Oui, car le premier n'était pas vous. Ou si ce l'était, ce ne l'est plus… depuis que vous êtes entré… dans mon orbite enchantée. Pardonnez ma présomption, monsieur Desnoyers, je ne sais ce que je dis. Je sais seulement que nous ne cessons de changer, pour le meilleur ou le pire, au gré de ceux qui passent au large de notre âme et qui nous transfigurent. Vous-même, vous m'avez beaucoup changée.

– Pour le mieux, j'espère! Mais qu'importe ce que moi je suis, Yvée, ce que moi je deviens? Ainsi qu'en littérature, le modèle choisi n'est pour vous qu'un prétexte nécessaire pour exprimer votre état d'âme du jour, la couleur que votre ciel vous présente, la face de votre être tourmenté, vous le savez aussi bien que moi et vous le montrez fort bien. De même que, fort de la même intuition du prétexte, je prends toutes les libertés avec la trame de ce roman nouveau que j'ai commencé, en partie grâce à vous et avec vous je n'en doute plus, sur le cahier même où je tiens le journal de mes journées, roman-journal dont j'ignore la direction, si ce n'est à travers l'image que vous m'en révélez en me projetant sur la toile et qui est celle même de votre esprit pénétrant et bien capable de me démasquer, voire de me créer en me transfigurant, comme vous dites, et même me recréer deux fois de suite selon votre humeur… soit sous deux faces qui ne peuvent être que mon envers et mon endroit, la victoire et la défaite entre lesquelles j'hésite encore, car il est de ma nature d'opter… et de perdre. Que sera cette nouvelle projection de moi, cette projection positive qui passe à travers vous, que sera-t-elle ce soir dans ma pensée, sur mes grandes feuilles?… Et demain?… Et quand vous me verrez mort?… Qu'en restera-t-il?… Et qui me dit que ma ressemblance anticipée ne ment pas autant et plus que le mensonge? Car je n'ai d'autre talent que celui que votre génie me prête, et la «vedette» de votre exposition ne sera rien d'autre qu'une baudruche crevée à l'image du portrait menteur que vous en aurez tiré.

– Peu importe si je mens dès lors que mon alchimie créatrice parie non sur la vérité présente mais sur une intuition qui ne passera pas. D'ailleurs seule l'invention est vraie.

– Vous croyez cela, Yvée?

– Notre rencontre n'a rien de fortuit et votre création actuelle, pour autant que j'en suis, tout imprégnée qu'elle est de votre vie, n'en vient pas moins de plus loin que vous, comme tout ce qui est inspiré. Rendue sacrée par votre foi en elle, elle survivra, même dans l'obscurité, aux illusions de ce monde sans grâce, ce monde où tout est laideur ou plutôt réalité, hormis quelques rencontres comme la nôtre qui de deux âmes n'en font qu'une. À cheval tous les deux, emportés sur la même monture, les voies de l'art nous guident et par monts et par vaux.

– Vous croyez cela, Yvée? dis-je en buvant ses paroles et songeant au *Cavalier polonais*.

– Je ne fais pas que croire, j'en ai la certitude. La réalité n'est qu'apparence. Pourquoi imaginerait-on ceci plutôt que cela sinon parce que c'est dicté et que cela demeure?

– C'est le «Tu m'as donné ta boue et j'en ai fait de l'or» de Baudelaire, de l'or incorruptible, mais cela suffit-il pour affirmer avec le bon Théo que «l'Art seul a l'éternité», avec Malraux que la vérité que crée l'artiste défie la mort, quand il est écrit d'autre part que tout passera, le Ciel et la Terre, hormis les paroles de Celui-là qui donne la Vie éternelle? Encore faut-il y croire, bien sûr. N'importe, les chefs-d'œuvre sont dans l'esprit, point dans la réalité. Celle-ci est-elle seulement durablement façonnable par l'homme? Ainsi il n'y aura pas de rattrapage pour une vie manquée, pas de session de septembre. Mort, tout sera joué, évanoui, comme ce que rêvèrent les morts et ce que déchaînèrent leurs désespoirs.

Yvée resta muette, se rongeant les jointures, mais son regard, en quête d'une réponse, ne cessait de se lever vers l'immense toile où je me mis à distinguer sous l'image du nouveau portrait et s'y superposant en même temps, la première image, la première version de mon portrait que j'avais crue disparue à jamais, absorption de l'une dans l'autre qui avait seule pu résoudre ma contradiction essentielle, celle de vouloir aimer sans le pouvoir, de remettre à des êtres dont je récuse le jugement, des êtres que je méprise, le soin d'apprécier la valeur d'une vie que je tiens pour nulle. Ainsi je ne ressentais aucun regret pour l'image abolie et délivrée de l'homme aux bandelettes dont ma mémoire seule désormais porterait le témoignage emmuré… En même temps, de l'ombre peu à peu surgissaient les objets, les meubles autour de moi, la grande huile qui était là, Yvée elle-même qui la regardait; chaque chose retrouvait ses francs contours, comme si, avec peine, une vérité nouvelle se faisait jour en moi.

– Laissez-moi vous demander pardon, Yvée. Votre regard de peintre voit en moi mieux et plus profond que le mien qui ne voit que des lettres parce que, vous l'avez dit, une tendresse infinie accorde nos âmes. Je le reconnais à présent : ce portrait-ci a toutes les qualités de l'autre, plus une espérance bien que son éclat soit assourdi ; il annonce un avenir que vous serez seule à détenir, par une sorte de symbiose entre nous qui me réconcilie tout à fait avec le travail que j'ai entrepris au début de l'année. Car la vie m'a bien aigri et je ne fais que commencer à m'en guérir grâce à ce livre-testament que vous m'inspirez dans le moment même où je l'accomplis. Que de rancœurs accumulées depuis les larmes de la petite enfance jusqu'aux blessures de l'âge mûr ! Ce qu'on appelle la vie humaine, dont l'art est l'expression la plus intense, mais l'art durement, amèrement conquis, l'art qui se paye cher. L'humanité doit passer par le fil de l'épreuve, rien d'autre n'éclaire, rien ne vaut ce phare, même s'il ne vaut rien, ne sert à rien, même s'il est voué en définitive à se précipiter dans la mer avec tous les navires engloutis qu'il n'aura pas su ou pu guider. Car je reste plus prudent que vous quant à la valeur mon effort, je n'y cherche que l'apaisement d'une étoile qui me servira de phare au cœur de l'infinie galaxie marine où nous habitons tous les deux, moi à demi aveugle…

Je me tus, à bout de vaines approximations, mais comme elle se taisait toujours, je repris après une longue pause :

– Au souvenir que je garde de votre attitude ici même l'autre jour, vous me permettrez d'ajouter une question de terrien étonné. Vous qui n'êtes pas vraiment d'ici, qui vous dites d'outre-monde, êtes-vous bien sûre que, vu de là-haut où règne le bonheur, je sois digne de tant de douceur et d'aménité, et ce sourire un peu brisé, cette expression tant soit peu hagarde mais inoffensive, presque tranquille, vous l'avez donc ramassée sur mes lèvres le jour où… le jour où vous avez été très loin dans l'ordre… de l'affection… vous vous rappelez ? Ah ! certes oui, je vois là, sur votre toile, bien autre chose que de pures formes et de pures couleurs, des bleus et des verts à peine dissonants, bien autre chose même que des linéaments suggérés par le passage des ans, de fines rainures sur un front clair que balaient des cheveux aux mèches si peu grises, je discerne là mon image émergeant rajeunie du songe profond de quelqu'un qui me reflète. Mais pourquoi m'avoir ramené d'une détresse que j'aurais préféré tenir cachée, oublier, comme si votre tableau avait voulu – prématurément ? – jeter ma guérison à la face d'un monde indifférent, rescapant jusqu'à l'inimportance de mon travail actuel, ce livre qui doit me racheter ne serait-ce qu'à mes yeux ?

Un silence. Yvée s'est adossée à la haute armoire comme si ma question lui donnait accès à de nouvelles perspectives.

– Écoutez, Rémy, ne vous croyez pas si vite guéri, a-t-elle enfin prononcé en me dévisageant doucement : je vous ai aimé tel que je vous ignorais avec vos doutes et détresses, vous tenant pour un auteur arrivé et croyant naïvement que c'était là la preuve d'une quête accomplie. C'est mon pinceau qui m'a d'abord trahie, et j'ai voulu me reprendre.

– Seule la quête importe, chère Yvée, et si je viens à bout de mon entreprise, c'est parce que vous aurez cru en moi et que déjà votre visage figure dans des pages qui ne sont pourtant pas d'outre-monde. Non, je ne crois pas que l'Art ait l'immortalité, mais ce que vous avez fait de moi indique au cavalier polonais la voie d'un chemin écarté qui mène quelque part, un quelque part qui n'est sans doute que lui-même. Mais se trouver soi-même, ce n'est pas rien, ça. Car nous sommes des exilés, Yvée, il faut bien nous trouver un port d'attache.

– Vous vaincrez, Rémy.

Qui me croira lorsque ce texte sera lu (car tout peut arriver)? C'est certain, nul ne me croira et on aura raison, sans doute. On dira et on redira que je fabule et on n'aura pas tout à fait tort. Mais qu'importe si ma parole de romancier détrompé vient à s'exprimer une dernière fois, serait-ce pour être tournée en dérision ou plus probablement ignorée, si j'ai crié ma vérité? Surtout, il restera ce portrait de mon esprit simultanément déchu et ressuscité, cette aura de poésie qu'Yvée a tirée de mon visage abîmé par le temps des rancœurs et rétabli dans sa vérité intemporelle, un visage, le mien, sans rien de très remarquable mais dont elle a perçu et rendu la muette musique, celle que j'écoute en moi parfois, les yeux clos, les mains jointes, me lamentant parmi le désert qui m'entoure, comme si elle avait deviné que ma nature, ma vocation à moi aussi, était de franchir, de forcer ces apparences qui m'enferment, que ma peine n'était pas sans écho au-delà des ultimes limites de mon isolement. Suffirait-il donc d'une artiste vraie pour me révéler le sentiment de cet Infini dont mon âme avait cru devoir prendre possession quelque jour?

Est-ce que je rêve? Je ne sais. En tout cas, je garde l'intuition qu'il n'est peut-être pas trop tard pour m'accomplir en tant que romancier mineur. À un moment donné, Yvée m'a dit :

– Pensez-vous que j'aurais pu seulement songer à faire votre portrait si je n'avais senti inconsciemment toute la part de fausse désinvolture de votre *Chair vive*, ce livre que vous dites renier comme vôtre. Ne sommes-nous pas tombés d'accord qu'en Art on se trahit mieux par ses mensonges que par ses prétendus aveux ? C'est vous-même qui m'avez appris cela.

J'ai trouvé le moyen de sourire. Oui, c'est bien mon idée, même si Yvée l'a entrevue mieux que je ne la lui ai apprise. Donc il est bon que je rêve et que je cherche à tâtons les figures que je crée – Yvée Marcueil est de celle-là sûrement, elle qui me recrée sur sa toile.

Plus tard, tandis que j'avais laissé ma main lui entourer le cou si frêle que je n'aurais eu qu'à serrer un peu pour l'étrangler telle une hirondelle, éteignant du coup l'éclat du mirage, Yvée a dit :

– J'ai lu quelque part que l'art a ses impuissants comme ses imposteurs – moins nombreux pourtant que n'en a l'amour. Mais comme l'amour, on confond souvent l'art avec l'infime plaisir sensuel qu'il peut apporter, mais comme l'amour encore n'est-il pas d'abord adoration, Romain ?

Déstabilisé à l'audition de ce prénom, j'ai dit, au hasard :

– L'Art marque une rupture avec tous ceux qui ne sont pas de la secte des créateurs et rapproche les créatures du même sang comme aucun amour physique ne peut le faire au sens où Malraux écrit : « Il est clair que la chose la plus importante entre les hommes et les femmes est la tendresse », parce que la tendresse est de l'ordre de l'Infini et la sexualité de l'ordre du fini. Je parle plus généralement des rares êtres qui ont le culte de l'Art… Et ce ne sont pas là des phrases, croyez-moi.

– Et voilà pourquoi vous vous sentez étranger à ce monde, comme exilé. C'est la rançon d'être d'outre-monde, car vous l'êtes depuis bien plus longtemps que moi puisqu'il y a des dizaines d'années que vous peinez sur l'ingratitude de vos feuilles. Pour vous l'après-midi s'abrège, il est vrai, mais vous êtes à cheval, Romain, et moi je n'ai que vous pour guide. Voyez ! [Et elle désignait le portrait.] L'outre-monde, c'est le chemin qu'on cherche dans la grisaille de l'esprit. Quand le phare ne brille pas, regardez-moi cette ombre envahissante qui met tout sens dessus dessous comme un cerveau dévasté.

Et elle désignait maintenant le foutoir qu'était redevenu son atelier sous le soir. Mais d'avoir réentendu dans sa bouche le son de mon prénom de « guide » (comment savait-elle ?) m'a fait bafouiller je ne sais trop quoi qui pour la première fois de ma vie tenait du sentiment que j'étais pris au sérieux.

– C'est vrai, Yvée, l'art comme la foi dévalorisent le monde dit réel qui est un monde truqué, truqué par des truqueurs qui se plaisent à écraser les naïfs qui croient malin de jouer franc jeu.

C'est dans son espérance, non pas certes dans le chaos qu'il porte en lui, et dans les étoiles qu'il observe que l'homme trouve la source et le privilège d'une possible éternité, c'est par là qu'il se sauve peut-être. Mais je me demande, au-delà de la tendresse humaine qui, elle, s'éternise à la différence de la passion, je me demande que vient nous dire l'amour là-dedans? A-t-il un espoir d'immortalité ou n'est-il qu'invention d'une pudeur qui n'ose pas dire son nom? Un autre bluff en somme?

Yvée a baissé les yeux et n'a répondu que par un serrement de lèvres où j'ai perçu comme une inquiétude. Alors, sans la moindre arrière-pensée, je l'ai tirée à moi, puis l'ai amenée doucement, pas à pas, jusqu'à son étroit lit de fer dont je débarrassai la couette fleurie des fringues qui s'y trouvaient. Là je l'ai allongée toute droite ainsi qu'une gisante de cathédrale et, constatant qu'elle m'obéissait, qu'elle se laissait faire en tout, je me suis agenouillé contre elle au bord du lit, mais sans presque la toucher ni surtout découvrir en rien son corps. Joue contre joue, j'ai rêvé longtemps. Elle aussi, je suppose, car elle ne bougeait pas, les yeux grands ouverts, fixés sur le plafond bas, et au frémissement de ses doigts je lui sentais une grâce à laquelle je n'étais pas étranger. Et puis soudain, comme son profil se brouillait sous mon regard dans le silence immobile de cette scène muette dont j'étais à la fois le metteur en scène et l'acteur à part entière, Yvée Marcueil a soudain relevé lentement l'avant-bras tout en portant à mon front la pointe de l'index dressé qu'elle a maintenu ainsi. Et ce n'est qu'au bout d'un moment qu'elle a murmuré:

— Vous n'êtes pas au terme de vos peines, Romain, mais croyez-en votre héroïne, ne craignez rien. L'âge vous a rejoint, votre roman, trop long, ne sera pas accepté tout de suite, mais il est bon qu'il en soit ainsi car, au point de vue de votre vérité d'homme, vous êtes encore bien en deçà de vous-même, quoique bien au-delà de la plupart, peu importe ce qu'on pense de vous et de ce que vous faites.

— Mais on n'en pense rien puisque pour le monde j'ai cessé d'exister en tant qu'homme comme en tant qu'artiste. Cent sept exemplaires de ma *Chair vive* vendus au comptoir, n'y a-t-il pas là pour n'importe quel auteur le signe d'une déchéance flagrante? Et comment en irait-il autrement, chère Yvée, puisque aucune, je dis bien aucune référence, aucune allusion n'a été faite à ce torchon, où que ce soit. Danterny – c'est mon éditeur – s'en arrachait les cheveux. Pourquoi n'écrivez-vous pas des romans comme tout le monde, pas des essais? me criait-il, à commencer par des récits de cent trente pages!... Pardonnez-moi, j'ai honte de vous avouer ça, pas mes exemplaires vendus, c'est en soi sans importance, mais plutôt de me confier à vous qui méritez mieux.

— Votre chance en tant qu'artiste, a-t-elle prononcé à mi-voix et comme inspirée, c'est d'être personnel, unique en votre genre, et donc à part. Les gens veulent du conforme, surtout s'il apparaît anticonformiste. Ils veulent leur image agrandie aux dimensions de leur petitesse. Pour l'amour du ciel, ne leur servez pas de ce plat-là. C'est votre élève qui vous en prie. Rien ne doit compter pour vous que votre humanité qui se change en surhumanité à force de n'être pas aimée par les nuls, blessure fatale qui vous prive en retour d'aimer autant que vous le souhaiteriez et vous réduit à attendre une mort qui vous donnera raison. Tel est l'Art. Il autorise toutes les victoires et toutes les défaites. Pardonnez ma familiarité, pardonnez ma présomption, de vous parler ainsi. Moi aussi je suis unique en mon genre, en sorte que mon destin, que j'ignore, est forcément différent de tout autre, même si une exigence commune, vous l'avez dit, crée entre nous un lien magnétique, celui d'un même langage de plus en plus oublié. Oui, moi aussi je suis unique, ce sera ma seule gloire humaine, mais qu'est-ce qu'une gloire humaine, dites-moi, Romain? Un rêve qui passe. Un feu de paille. Voilà ce que je me répète ici même où il fait si sombre, où je travaille sans l'appoint ou presque de soleils au rabais. Le faux éclat, celui-là qui brille et luit comme les insignes du pharisien chamarré sur la place publique, vous sera donc épargné jusqu'au bout; à force de rebuffades vous êtes devenu trop pur pour provoquer les éclairs qui font la célébrité. Et puis ces lauriers-là, même mérités, ne valent rien. Ils se flétrissent avec la mort, ils se dessèchent en trois mois. Certes ils suffisent quand on n'a d'ambition que celle de plaire un instant... Oh! que votre amour, Romain, vous qui dites m'aimer de tendresse, me protège de cette tentation qui englue dans la comédie humaine, qui fait perdre sa propre estime. Ce n'est qu'au jour de la Toussaint, veille de l'heure fatidique, que certains artistes comblés et d'autres maudits se découvrent les uns titulaires de passeports pour l'outre-monde, les autres pour l'enfer glacé de l'éternel oubli. Il est plus d'un destin chez les élus comme chez les maudits. Encore faut-il avoir couru les cent mètres.

À ce moment précis, il m'a semblé, tout en la dévisageant, entrevoir mieux que jamais une lueur à l'horizon de ma misère. Et cette lueur, je le savais, je le sais, ce n'est pas le renoncement, c'est mon livre, ce livre que je vis maintenant et que j'écrivais alors, ce livre commencé sans que je puisse deviner chaque jour où il me mène, persuadé seulement que c'est à Yvée que je dois rendre grâce d'avoir soufflé dessus l'esprit de mon portrait comme sur un feu qui risquait de s'éteindre. Et tandis qu'elle déroulait ses songes, je ne quittais pas ses lèvres du regard comme si, pour mon livre, sa parole eût détenu la clé de l'énigme de ma vie en perdition. Et c'est alors, au souvenir du premier baiser de feu que la toute jeune fille aux intuitions bien moins amères que souverainement consolantes avait déposé sur ma bouche, que j'ai rapproché la tête très légèrement de son visage apaisé comme si l'heure était venue de lui dire merci, car il me semblait que je lui devais tout quoi qu'il arrivât désormais. J'hésitais néanmoins, craignant qu'elle ne le prît mal, qu'elle ne crût à un abus de situation qui eût été bien loin de mes intentions. Non que je n'eusse aucun désir, Dieu sait, aucune tendresse surtout, ce sommet de la relation homme-femme qui s'exprime au mieux par le baiser... Ç'a été un moment de suspens dont je ne saurais dire la durée. De l'ourlet de son oreille, mon regard glissa jusqu'à ses lèvres peintes d'un rouge sombre, entrouvertes, ses dents dont l'ivoire très pur s'entrecoupait de l'interstice séparant chaque incisive, lèvres dessinées au couteau prenant sur moi un empire qui tournait à la fascination à tel point que j'en demeurais comme figé, inapte à oser un mouvement dans un sens ou dans un autre, redoutant de tout gâcher par les conséquences du moindre geste qui ne fût pas celui que toute ma vie commandait, en fait celui que commandait le roman que j'écrivais d'avance avant de le vivre aujourd'hui. Car j'avais bien conscience d'écrire une scène capitale de mon existence et dont je n'aurais rien à transposer dans ma vie, rien à inventer que, sans doute, le dénouement...

Or l'après-midi déclinait vite et l'obscurité s'infiltrait par l'unique grande fenêtre grillagée comme la porte et ses petits carreaux aux vitrages roses et blancs – comme si toute vraie lumière eût dû sourdre de l'intérieur de cet atelier dont la pénombre et la nudité faisaient ressortir la présence magistrale de mon image telle qu'interprétée par celle qui était déjà bien plus que mon amie, mais cela je prétendais l'ignorer – quand soudain dans le silence une sonnerie assourdie a résonné: le téléphone... D'un coup ma poitrine a relâché tout l'air qu'elle ne cessait de retenir et de comprimer sans m'en rendre compte, et ce fut une expiration qui avait tout d'un soupir de soulagement sans vraiment l'être, de lâcheté plutôt puisqu'il fallait le jeu des forces du monde extérieur pour décider de mon incapacité à rien résoudre. Et le téléphone sonnait toujours quand le doigt d'Yvée, qui tout ce temps n'avait pas quitté ma tempe, se tourna vers le petit tabouret où, invisible, l'appareil se trouvait, recouvert d'une lourde pièce d'étoffe bariolée. Me retournant à demi, je me penchai et, retirant l'étoffe, je saisis le combiné et le remis à Yvée qui tendait vers moi le bras. À l'entendre, tout de suite je compris qu'au bout du fil c'était Brigitte.

– C'est toi, chérie? Je suis justement en compagnie de ton papa qui est arrêté voir ce que j'ai fait de son portrait. Il n'a pas l'air trop mécontent. Moi non plus. Après tout, j'ai essayé de faire l'image de son âme. Autrement ce n'est pas la peine. Tu l'as vue, toi, tu sais si j'ai réussi.

Tout s'est tu un long moment. Que disait Brigitte? Avait-elle quelque réserve sur le tableau? sur ma présence? Me reprochait-elle d'être venu sans elle, sans lui en avoir soufflé mot? Jalouse, imaginait-elle quelque collusion? quelque engouement réciproque? Mon attachement pour Yvée, sans bornes il est vrai, pouvait-il être suspecté? Soudain affreusement coupable, j'ai entendu cette dernière qui disait d'une voix basse mais péremptoire:

– M. Desnoyers est un homme qui n'a pas besoin qu'on le justifie.

Nouveau silence. Puis nouveau murmure d'Yvée:

– Les artistes ne sont ni des saints ni des anges. Je ne parle pas des impuissants ni des faiseurs. Autant dire, Brigitte, qu'il faut pardonner à ceux qui nous étonnent. Mais d'ici deux ou trois ans, tu comprendras aussi qu'un homme et une femme peuvent avoir des relations très intimes sans qu'elles soient nécessairement physiques.

Nouveau silence. Puis, élevant la voix:

– Je ne veux pas savoir ce qu'est ton père à la maison, ça ne me regarde pas. Il suffit qu'il m'ait inspiré mon meilleur tableau. Ce n'est pas donné à tout le monde de faire sortir d'une cervelle ce qu'elle peut donner de meilleur. Salut, maintenant je dois te laisser. Naturellement je compte sur toi pour le vernissage. Amène tous tes amis du collège et d'ailleurs. Même tu pourrais m'aider à déménager le matériel lorsque le camion de la Maurel viendra. Excuse-moi, veux-tu? J'ai des obligations. Salut.

Nous sommes demeurés ensemble encore un moment. Rien n'a été dit de la conversation que malgré moi j'avais surprise. Mais ce baiser si longtemps retenu au bord de son visage, je n'ai pas pu le refuser à son front lisse comme si j'imprimais le dessin de mes lèvres sur un marbre. Yvée a paru toute remuée de ma discrétion. Elle qui ne doit pas souvent pleurer, je crois lui avoir vu de l'eau au fond des yeux. Se pourrait-il qu'elle m'aime plus qu'elle ne s'en doute? Mais si je l'ai aidée à se découvrir, elle m'a révélé une facette de moi-même que j'ignorais, ou plutôt elle a réconcilié dans une image unique Rémy et Romain, l'homme et le poète, que je croyais irréconciliables. L'amour a fait cela. Ce journal serait-il celui de l'unité retrouvée? Mais qui aimera l'homme, si tant est que la tendresse d'Yvée ne peut aller qu'à l'artiste?

14 mars, vendredi

Le bruit court à la fac qu'un certain cours de «haute expression littéraire», rien que ça, sera mis à la disposition des étudiants en scolarité de maîtrise à la rentrée de septembre. C'est Johanny qui m'en a instruit en me poussant à présenter ma candidature. Ils sont drôles. Comme si la création s'apprenait autrement qu'en se privant de toute joie, qu'en souffrant! Sans doute n'ai-je pas assez souffert. Car, pour le cours, si j'ai des titres d'écrivain à faire valoir, d'une part je n'ai pas la cote en tant qu'auteur, et d'autre part l'obstacle demeure: le doctorat qu'ils ont tous, jusqu'à Mimy Thiébault désormais, m'échappe toujours. Oh! paresse ennemie qui jadis me le fit dédaigner! C'est bien le temps d'y songer quand je vais bientôt tirer ma révérence devant ce bordel de département qui m'écœure. Comme si ce pseudo-cours de création littéraire avancée exigeait d'autre titulaire qu'un praticien de la matière! Tout de même, ne serait-ce que pour n'avoir pas qu'à m'en prendre à moi-même de mes constants échecs, je m'en vais faire acte de candidature, sous forme d'un mot bien senti à ce cher Fernand. Quand je pense que Florence pourrait y mettre du sien et donner le coup de pouce *ad hoc*! Elle a tout de même couché avec ce bonhomme, il doit se le rappeler s'il ne se rappelle pas la fille qu'il lui a faite, qu'il m'a faite à moi aussi. Mais comment aborder la chose avec F.?

15 mars

Les dernières radiographies demandées par Destouches pour F. montrent que l'hormonothérapie de choc pratiquée à cette date et les suppléments de calcium allant jusqu'à 1800 mg par jour n'ont pas suffi à freiner les progrès des tumeurs osseuses qui se sont plutôt aggravées, outre qu'un cancer utérin est maintenant à l'horizon. De là qu'il est devenu impérieux de ramener d'urgence la pauvre femme à l'hôpital, les suites d'un tel «évidement» des cellules osseuses, ou de ramollissement cartilagineux, je n'ai pas très bien saisi, risquant bien d'être fatales à courte échéance. On viendra la chercher lundi. Que faire? Je n'ai qu'un jour, demain dimanche, pour lui faire part du «service» que j'attends d'elle. Oserai-je? C'est horrible.

16 mars

«Je sais que c'est beaucoup que ce que je demande» – ce vers étrangement beau dans sa prosaïque simplicité qu'adresse Pauline à Sévère, l'ex-amant qu'elle voudrait faire intervenir pour sauver Polyeucte, rival heureux et condamné, m'a trotté dans la tête toute la journée, troublé que je suis par la nécessité de faire agir F. en ma faveur, c'est-à-dire de la replonger dans un passé cuisant alors que, sans doute, elle se prépare à mourir.

17 mars

De retour de l'hôpital où je l'ai accompagnée aux admissions, non pas la mort dans l'âme, mais l'amertume au cœur. Hier soir j'ai fini par aborder très discrètement la question qui me turlupinait. Ah! le souvenir de cette (première? seconde?) infidélité de F. avec celui que je considérais alors comme mon plus sûr ami, plus sûr même que le petit Franzy. Je nous suis revus tous les quatre au salon, un vendredi soir, c'était l'automne, en septembre je crois. Le café bu, servi par F. avec sa gaie simplicité, nous sommes sortis à quatre assez tard dans la rue. C'était d'un calme, il faisait un temps à rêver de toutes ces félicités que j'attendais encore de la vie. La douceur des feuillages à peine bruissants sous la frêle brise d'une nuit restée tiède. Les étoiles qui criblaient le bleu firmament comme un tamis qui n'aurait laissé passer que du bonheur. Personne sur le trottoir, aucune circulation pour rompre la paix claire de l'heure tardive, et nos voix chuchotantes qui s'entendaient à vingt pas. Ah! oui, je me rappelle, Florence avait pris le bras des deux lurons et riait d'un rire qui fuyait dans le vent, un rire léger, délicat, avec des éclats contenus. Et moi je suivais d'un peu loin, l'esprit tout entier à mon prochain chef-d'œuvre probablement, et je les considérais vaguement, ne me doutant de rien de ce qui allait suivre, ou de ce qui sans doute avait déjà commencé.

C'était en septembre et me revoici au septembre de mes ans et je n'ai même pas le droit de me reposer.

Hier soir donc, avant d'en venir à mon sujet, tandis que F., ayant préparé déjà son petit bagage, s'affaissait sur le sofa emmitouflée dans une couverture de laine écossaise, j'ai distraitement évoqué devant elle cette lointaine soirée d'une autre vie, soirée qui s'était encore prolongée, car rentrés tous ensemble à l'appartement au terme de notre petite virée dans le quartier, nous avions encore vidé mon unique bouteille d'Hennessy, trop vite à mon gré car déjà je devais compter mes sous. Florence a souri faiblement au rappel d'un passé que rendait dérisoire son entrée à St. Mary's, entrée définitive à moins d'un miracle. Puis j'en suis venu à Fernand, au service qu'elle pourrait nous rendre à tous les deux en intercédant en ma faveur auprès de lui. J'ai eu honte un moment, je me suis détesté, mais le moyen de faire autrement? Elle n'a pas répondu tout de suite. Ou plutôt elle a fait semblant de ne pas entendre. Ou comprendre. Elle a longuement soupiré puis tourné le regard vers la grande fenêtre toute noire rayée de branches enneigées. J'ai dit dans le silence: «Je sais que c'est beaucoup que ce que je demande.» Après un moment, ramenant la tête contre le mur, je l'ai entendue qui s'abandonnait dans un souffle:

– On verra. Je ne dis pas non.

26 mars

La lettre d'Europe est arrivée. J'hésite à la décacheter, me bornant à examiner le beau timbre à l'effigie d'André Malraux – dont on vient de commémorer le vingtième anniversaire de la mort – et la graphie parfaitement régulière de la suscription de l'enveloppe à mon nom. Ainsi revêtu de cette écriture équilibrée aux caractères détachés, je me sens à moi-même encore plus étranger que de coutume. Qui suis-je donc pour cette femme singulière qui se donne la peine de m'écrire des lettres? Et je retarde le moment de prendre connaissance de celle-ci comme l'adolescent qui reçoit un billet imprévu d'une cousine inabordable et merveilleuse.

Mieux vaut descendre présider d'abord la séance de remise des travaux sur Chatterton. Le magister aura l'esprit plus libre après cet exercice de haute voltige intellectuelle où il devra commenter à son tour ce qui n'est déjà que commentaire d'étudiants, mais en s'en tenant à son rôle de guide du garçon ou de la fille à qui incombe l'essentiel d'une étude littéraire que je ne lui envie qu'à demi. Quel plaisir y aurait-il pour moi à étaler de pédantes explications au seul bénéfice de stylos qui, en courant sur le papier, bâillonnent toute réflexion personnelle ? Quoi que j'aie pu penser du cours de «haute expression littéraire», à savoir que la poésie pas plus que la vie ne s'enseignent ni ne s'apprennent sinon l'une par l'autre, j'y trouverais du moins la satisfaction de faire partager à travers les exercices de création mes idéaux et exécrations littéraires. Aussi je ne laisse pas de m'accrocher à cette folie, malgré ce qui semble de jour en jour la non-intervention de F. auprès du pantin en chef, gênant aveu d'impuissance quand je songe que mes soucis financiers sont quand même un peu les siens...

Même jour, quatre heures

La remise des copies et les réflexions du groupe ont confirmé ce que j'avais constaté au long de mes graves corrections, à savoir que le drame de Vigny, celui du jeune poète que suicide le pouvoir de la bêtise et de l'argent, est loin d'avoir perdu tout son suc et tout son vitriol, si ces substances peuvent aller ensemble sans se détruire l'une l'autre. Surtout il y a là un trait de vérité éternelle à quoi la jeunesse restera toujours sensible : l'authenticité lorsqu'elle dénonce l'injustice et l'inhumanité, fût-ce avec quelque candeur naïve – ou plutôt grâce à cette même candeur naïve qu'on ne retrouve plus dans les œuvres «sérieuses» d'aujourd'hui où les jeunes chercheraient en vain à se reconnaître. Mais qui a jamais vécu à l'époque de son âme ? Surtout le poète : l'art est chose grave quand on a vingt ans, quand l'écrire et l'agir ne s'opposent pas encore, entre lesquels il n'y a pas à choisir, l'œuvre et la vie se nourrissant l'une l'autre comme je m'en flatte dans ces pages mêmes.

Et c'est ainsi que je diffère la lecture de la lettre de Claudie Jeanlin dite Laure Angelin – quel piège augurent ces deux noms accolés à l'instar de ma première fantaisie onomastique Rémy/ Romain dont Yvée a sans peine saisi la symbolique homme/poète : Jeanlin, n'est-ce pas le petit voyou de *Germinal* et Angelin, l'angélique correctif apporté par Laure, l'inspiratrice de Pétrarque ?... À ce stade de nos opérations épistolaires, ce serait aller un peu vite en affaires. Mieux vaut chercher dans ma malle aux merveilles, s'il y reste quelque chose. Mais la solution m'attend peut-être entre ces lignes ?

•

167

Lu la lettre magique. Ne me reste qu'à transcrire ici même cette page de ma vie parmi toutes les autres, et le faire avant de rentrer à la maison où personne n'attend plus personne. Depuis le départ de Florence pour l'hôpital, débandade complète. Même Brigitte ne rentre plus.

Monsieur, cher Monsieur,

J'ai en main votre lettre arrivée hier. Est-il prématuré de me donner le plaisir de vous rendre un peu de cet «écho» que vos livres ne vous ont pas valu de la part de vos compatriotes? Qu'ils aient tort ou raison, ne les maudissez pas trop vite: ce sont eux qui, pour une large part, vous réduisent à ce seul désir que vous dites connaître encore: celui de «faire un beau livre». Pardonnez-moi, mais je crains que l'homme exigeant que je devine en vous n'y parvienne jamais tout à fait; je crains plus encore que, malgré toute la confiance que vous m'accordez, je ne sois pas en mesure de jouer dans votre vie, encore moins dans votre roman, le rôle que vous semblez impatient de me prêter, soit celui de vous délivrer de cette obsession du parfait qui est celle de tout écrivain vrai, que la reconnaissance publique récompense ou non son effort. Car faire un beau livre, pour un auteur, ce ne peut être que «faire un plus beau livre que le précédent» et à cette quête il ne peut y avoir de terme à la limite que dans l'Au-delà, qu'on y croie ou non. Se dépasser... À quoi nous servirait-il de vivre tellement longtemps – oui, je suis devenue de celles qui trouvent que la vie est bien longue – si toute cette longueur ne nous habilitait du moins à faire quelque progrès sur nous-mêmes? Banalité, me direz-vous: je veux bien, car il est d'étonnantes banalités dès qu'on en prend conscience. Mais le temps ne suffit pas pour faire qu'on se dépasse: encore y faut-il quelques événements percutants qui viennent à notre secours et, après tout, pourquoi n'en serais-je pas un dans votre vie comme vous dans la mienne? N'est-ce pas dans cet espoir que nous avons engagé le dialogue?

Ces dernières phrases demandent explication et les meilleures explications sont celles dont on a fait la cruelle expérience. J'ai connu il y a deux ans passés un choc brutal qui m'a précipitée en avant comme quarante ans de vie sans épreuves ne l'auraient fait. Je vous ai tenu au fait de ma situation de famille. Mais les circonstances de mon veuvage, je ne pensais pas que j'irais jusqu'à vous les découvrir, ne serait-ce qu'à cause du mal que je ressens à revivre un coup qui toujours me sera récent tant j'en suis marquée pour le temps qui me reste. Un accident de voiture survenu sur l'autoroute verglacée qui de Paris vient à Nice longeant la vallée du Rhône, à l'occasion d'une de ces tempêtes de froid et de brume dont vous n'avez pas tout entière l'exclusivité vous autres Kébékois (je reprends votre sibylline ortho-graphe amérindienne) m'a privée tout d'un coup de mon mari et de mon fils de quinze ans tandis que moi-même, assise à l'arrière, réchappais à ce désastre avec quelques contusions. Mais les contu-sions morales ont été si aiguës qu'elles le demeurent à ce jour, encore qu'elles aient commencé depuis peu à prendre une forme moins pure-ment négative. En bref, ce choc m'a réveillée à tout point de vue. Je dormais dans un certain bonheur aveugle et confortable, ce bonheur dont vous semblez faire si peu de cas, et voilà que mes yeux se sont ouverts tout grands sur ces vérités courantes, ces lieux communs éton-nants dont je parlais tout à l'heure. C'est uniquement cette épreuve qui m'a rendue inaccessible aux outrages, soit «suprahumaine» ainsi que vous déformez heureusement une nature dont je me suis vantée sans mentir. Et pourtant j'avais vécu; en bonne Parisienne, je m'étais même crue fort avertie, dès lors que les aventures agréables ou bien pénibles ne m'avaient pas manqué. Seulement il fallait l'épreuve décisive pour me faire passer dans cet outre-monde où vous préten-dez douter de jamais pouvoir me rejoindre, préférant risquer de m'anéantir dans quelque création romanesque. Pour me marquer tant de cruauté, je conçois l'isolement terrible où vous plonge le sen-timent de n'être pas entendu par quiconque et j'éprouve en même temps le sentiment que vous êtes sur le point de m'y rejoindre, dans cet Ailleurs, si même vous ne m'y avez pas précédée à votre insu.

Vous doutez en effet que le bonheur – ce que j'ai appelé le bon-heur aveugle et confortable à l'exclusion d'un grand dessein – puisse légitimer de vivre. Certes non, et je crains que n'ayez par trop raison là-dessus, tant il est vrai que ce triste bien-être est valeur éminem-ment trop fragile, trop précaire, pour fonder un sens à l'existence. Et c'est ainsi que le simple éclatement du cadre de son petit bonheur suf-fit à entraîner sa chute et oblige à regarder en face la vérité d'une existence endormie, acculant à lui trouver un sens dont la clarté sur-vivra à la crudité du jour? Eh bien, pourquoi pas un plus beau livre en effet? Ambition légitime, bien qu'inatteignable par hypothèse, qui mérite bien que l'on vive quelques années pour elle, pour peu que l'on vise un livre d'éveil, une lampe intérieure, quand même elle ne garantirait au cavalier obscur, hélas, aucun salut hors du royaume d'ici bas. Chaque jour je lis des manuscrits. J'en lisais avant l'acci-dent, j'en lis encore, c'est ma tâche. Mais ce n'est plus la même femme dont le regard glisse sur ces milliers de feuilles, car cette femme nouvelle, éveillée au sentiment de la mort, a cessé d'être à l'affût du chef-d'œuvre en soi qui n'a qu'une éternité de six mois – quoi qu'en pense votre bon Théo pour qui «l'Art seul a l'éternité» parmi les décombres des civilisations, dont une amère ironie veut que ces décombres soient précisément les œuvres d'art, ces débris virtuels dont aucun ne sera sauvé et donc ne sauvera. Non, rien de ce monde n'a l'éternité, sinon peut-être l'âme humaine – mais permettez que je ne m'aventure pas dans cette voie aujourd'hui. Elle nous entraînerait trop loin, dans l'Infini, en passant par le pur amour peut-être, si seulement tel pays existe ailleurs que chez les romanciers.

Ainsi, cher Monsieur, ne vous plaignez pas trop de votre sort. Vous tenez dans la main un fort morceau de vérité car si le bonheur endort, l'épreuve fait voir à chaque chose sa juste et relative importance, c'est-à-dire à la limite son insignifiance, et votre fardeau s'allège d'autant, vous permettant de retrouver une forme de sérénité que je vous souhaite sans y pouvoir beaucoup. Car si l'on ne peut guère pour soi, que peut-on pour les autres, même qu'on aime? Sinon leur parler un langage dont on essaie soi-même de se bercer à longueur de jour... Ainsi, cher Rémy, dites-moi s'il est vrai, comme je le crois, que la connaissance de la vérité ne va pas sans souffrance et que seule la souffrance fait progresser dans la science de l'essentiel? À cet égard dites-moi si le bonheur, le succès, cadeau de Noël pour le moins surfait, sert à quelque chose? Répondez-moi urgemment là-dessus. Et quant au plaisir, dites-moi s'il n'est pas vrai de penser que celui de la table, celui du lit, celui de l'Art conçu comme simple délectation ne font pas qu'on se reploie sur soi-même, sur sa sensation, sur sa jouissance et que par là se clôt tout horizon, en faveur d'un cul-de-sac éphémère désespérant de solitude qui nous rend dupes d'un cinéma intérieur qui répète son inlassable chanson creuse: jouis, et tu oublieras!... Moi je refuse d'oublier la vérité en faveur des mirages. Tout ce qui fait courir les humains, oui même la réussite par les nobles voies de l'Art, débouche sur une impasse, tant il est sûr que rien n'a de réalité que ce que nous avons perdu, ou que nous n'avons jamais eu et que nous avons encore le malheur de désirer, n'est-ce pas, Monsieur l'auteur dont l'échouement rêve encore de médailles à cinquante-sept ans, incurable jeune homme de ses chimères adolescentes?

Loin de moi l'idée de vous faire la morale, d'autant qu'en un sens je serais bien incapable d'aller au-delà de celle que je vous ai déjà faite. Je laisse à l'écrivain que vous êtes le soin de terminer la page. Vous en êtes capable si j'en crois vos lettres lues et relues, même si elles répondent à une certaine lâcheté présente en moi devant mon bonheur brisé et surtout le renoncement que j'en ai tiré, mais lâcheté qui ne m'a pas seule poussée à faire passer cette petite annonce dans le N. O. où je demandais à la fois trop et trop peu. Le vrai est que j'y cherchais, plus ou moins consciemment, la rencontre de quelqu'un de rare qui entendrait mon langage et le parlerait, même si mon renoncement à tout, je le contredis par mon appel. Oui, j'en étais à chercher une preuve auprès d'un inconnu, vous, la preuve que je ne me trompe pas en tentant de trouver une forme d'éclaircissement quant à l'utilité de vivre qui s'était voilée en moi le jour où j'ai cru avoir tout perdu. C'est humain de demander vous en conviendrez, même si c'est intéressé. Mais l'est-ce vraiment ? Car il y a là aussi un désir de me défaire de moi tout à fait par un don accru dans une relation établie avec mon semblable, mon frère, sans m'illusionner quant à la durée, à la profondeur, à la fermeté du lien, une fois noué. Quand le bonheur a fait naufrage une fois, pour reprendre votre image, ou quand on a vécu un incendie de l'âme qui a tout consumé, quand les êtres aimés vous ont été enlevés, ou qu'ils vous ont déçu, ce qui est pire encore, on a chuté de si haut qu'il faut beaucoup de peine et de courage pour se raccrocher à ce qui reste d'espoir en ce qui demeure. Ne me croyez pas insensible à la littérature et aux arts, mon annonce suffirait à vous détromper, ma profession de lectrice aussi, mais ce sont là choses qui passent comme le reste, comme ma famille elle-même a passé puisqu'il faut bien que tout passe. À commencer par la veine artistique dont rien ne restera au point que j'en viens à croire que c'est presque une déchéance que le succès pour le créateur, une tache en tout cas sur la pureté d'un destin qui exige plus que tout autre la gratuité du don. Aussi bien votre échec vous grandit à mes yeux en même temps qu'il vous rapproche de l'essentiel, me semble-t-il, cet essentiel dont l'Art, cher Romain, est du moins, quand il ne serait que cela, un poteau indicateur d'Éternité. Que cette promesse serve et rassure le Cavalier polonais dans la forêt qui s'enténèbre où il risque en effet de s'égarer au fil de sa quête. Et puis il y a l'amour mais sa fragilité est l'une de ses données, et qui le rend plus menaçant encore que menacé. Les deux êtres que j'aimais sont morts, et je n'en suis pas revenue. De même votre Florence vous a méconnu pour mille raisons, comme votre vocation de romancier vous a détourné d'elle. Elle ne méritait pas que vous écarte d'elle une préférence donnée à vous-même, en somme. Est-ce que je me trompe ? Avec Maxime, mon mari, nous avions plutôt connu un cheminement contraire, la petite composante enchanteresse qui manquait au départ s'est peu à peu révélée présente à mesure que nous nous sommes mieux connus – d'où la rudesse du coup qui me l'a ôté. Et que dire du coup qui m'a ôté un fils – il s'appelait Tristan –, maintenu huit jours en vie sous la *tente à oxygène avant qu'il s'éteigne comme une flamme à bout de cire, à bout de souffle. Il avait tout ce qu'une mère peut souhaiter pour son fils : la beauté des traits, l'intelligence du cœur et de l'esprit, ce qu'on appelle la gentillesse, l'affection, la tendresse surtout. Dès qu'il a cessé de respirer, j'ai compris comme il était injuste de faire porter toutes ses raisons de vivre sur des êtres humains trop chers, de telle sorte que lorsqu'ils viennent à s'effacer, ils emportent avec eux toute notre âme.*

Pardon, très cher ami, si je radote à n'en plus finir, mais c'est vrai que, moi aussi, comme vous l'écrivez si directement, j'ai du mal à vous quitter et fais durer le monologue, que j'espère être un dialogue. Ainsi voyez-vous que, même étant d'outre-monde, car je le suis devenue en effet, je ne suis pas guérie pour autant du même sentiment de solitude qui vous habite, ni ne m'en cache ainsi qu'en témoigne mon appel au secours, sans que je me soucie le moindrement de ce que Diderot qui le haïssait, n'est-ce pas, cher professeur, a dit de Rousseau à savoir que «le méchant est toujours seul». Voilà bien une méchanceté dont un «philosophe» des Lumières fort bien entouré, lui, aurait pu se dispenser, n'est-ce pas, cher Rémy à qui je me confie avec l'espoir qu'il ne mettra pas… Romain dans la confidence? Pourquoi? Je ne sais. Mais lequel de nous deux a parlé de «sainte solitude»? Bref ma condition de créature «suprahumaine» et néanmoins très humaine rend tout possible, jusqu'à m'inspirer une annonce dont la simple idée me ressemble fort mal, si vous me connaissiez… J'entends bien que le texte de l'annonce me ressemble assez, mais que son insertion est à l'opposé de ma nature. Ainsi en est-il sans doute de chaque pêcheur à la ligne qu'on imprime dans des feuilles mortes…

Allez, je vous quitte, et cette fois c'est définitif. Puissiez-vous l'écrire ce roman autobiographique qui vous réconciliera avec vous-même, sinon avec les autres sur lesquels il ne faut pas trop compter. Il saura vous rendre cette liberté intérieure après quoi vous soupirez, liberté qui promet le dédain de toute reconnaissance de la part des intellectuels dans mon genre et vous vaudra peut-être celle de vos jeunes amis étudiants avec qui la communication est sûrement plus facile, la jeunesse n'ayant d'autre prétention que d'être elle-même. Mais, une dernière fois, n'oubliez pas, l'épreuve surmontée a seule la puissance de créer, de nous recréer. Le bonheur sans faille n'est qu'un béat sommeil, il ne peut offrir que des mirages qui anéantissent l'esprit… Quant à ce beau livre auquel vous prétendez m'intégrer, ce qui m'effraie mais dans lequel je me garde de m'immiscer, me fiant à votre imagination, il ne sera qu'une étape, croyez-moi qui en ai lu beaucoup, une étape qui vous mènera au bout du monde pourvu que vous mettiez dedans le fruit d'une recherche écrite avec du sang, ce que vous paraissez devoir accomplir. Croyez-moi, cher Romain – pardonnez-moi ces prénoms, je ne suis pas guindée et vous ne me semblez guère l'être –, il est sans doute heureux que l'écrivain que vous êtes n'ayant pas rencontré le succès de l'autre côté du mur de l'esprit, vous n'ayez pas à en secouer les ombres. De mon côté je poursuivrai le ballet de mes inépuisables lectures obligées, trop souvent décevantes, mais en y trouvant autre chose depuis que je sais mieux vos affres d'auteur, ce sentiment d'accomplissement formidable de celui qui a signé son chef-d'œuvre et qui a fermement cru avoir livré le tout de lui-même en l'honneur d'un lecteur idéal, même s'il ne l'a pas fait, pour la raison que c'est impossible. Le livre, la sonate, le tableau rêvé ne sera jamais composé qu'en l'honneur de celui qui le compose.

Pardon encore une fois de ne savoir terminer, mais ne me blâmez pas trop vite, vous y êtes certainement pour beaucoup. Et puis, je vous l'avoue en toute humilité, je n'ai personne d'autre à qui confier ma précieuse prose, mes précieux et inutiles conseils, n'ayant reçu d'autre réponse que la vôtre, alors il me faut en profiter, surtout si ce doit être entre nous la dernière fois. Non, point d'autre réponse que la vôtre à mon appel au secours, mais je crois pouvoir l'avouer, celle-là en valait la peine, je n'en attendais pas tant de l'avare existence. Adieu.

Laure Angelin

Le nom est oblitéré d'une larme en figure d'étoile, cachet qui ne ment pas.

Le soir à la maison

Ce roman-journal est donc vain, et vains les moments que je consacre à m'y forger une destinée qui m'est refusée ? Pourtant sans lui, est-ce que j'aurais jamais entendu parler Claudie Jeanlin dite Laure Angelin, cette femme lucide dont l'adieu même me donne une forme d'existence ? Un adieu qui me fait mal, d'autant qu'il ne fait que marquer la crainte que ne fonde au soleil ce petit rêve à deux. Mais il n'aura pas le dernier mot s'il n'en tient qu'à moi, et il n'en tient qu'à moi puisque je suis le machinateur de ce conte, n'importe l'avis de Laure sur la non-pérennité de l'art, de l'art romanesque tel qu'on le vit en dormant d'un œil.

Ce serait faire trop bon marché de la leçon d'Yvée pour qui le seul rêve qui survivra au réveil sera la beauté car beauté c'est vérité, beauté c'est bonheur, et je n'y ai pas encore renoncé tout à fait, moi, fût-ce à un ersatz de ce bonheur auquel je n'ai jamais vraiment cru moi non plus pour avoir vécu ma quête de salut comme je l'ai fait à courir après des papillons qui ne sont que d'horribles chenilles montées à maturité et en voie d'inexistence comme tout ce qui a osé voir le jour.

Minuit

Mais comment deux êtres (Laure et moi) que tout sépare, âge, sexe, idéal, quotidien, circonstances familiales et sociales, fortune, patrie, continent, coupés par deux siècles et demi de silence historique, deux êtres dont les sens n'ont jamais appréhendé les mêmes réalités, dont le vécu n'a rien en commun, s'étant développé sans corrélation concrète d'aucune sorte, comment deux êtres que le seul hasard (façon de parler) a mis face à face (c'est beaucoup dire) et qui n'avaient en commun que la pratique du français et peut-être un peu de sang médiéval, ont-ils pu se comprendre, s'entendre – fût-ce en divergeant – mieux que des proches qui auront vécu toute leur vie côte à côte? Étrange. Absurde. Mais la France est-elle pour nous si étrangère, à un certain niveau de conscience et de culture? Pour l'écrivain en tout cas, la langue reste l'unique véritable patrie (banal mais juste), comme le peintre, le musicien, le simple amateur d'art courent par-dessus la frontière des langues, les barrières de l'espace et du temps pour, parfaits étrangers en tout le reste, saisir sans peine ce que lui transmet son interlocuteur et par où défile l'essentiel du message. L'homme se ressemble beaucoup plus qu'il ne croit.

N'empêche. Elle choisit de me dire adieu. Pourquoi, grands dieux! N'y a-t-il pas là un nouveau leurre destiné à me provoquer, elle déjà si hors d'atteinte, entièrement privée de visage, quand de vrai visage je n'ai rencontré que celui d'Yvée aux profonds yeux, aux yeux eau de lac trop admirablement dessinés pour qu'il ne me soit pas difficile d'y succomber, si ce n'est que j'y vois si ridée ma figure ancienne reflétée dans les pupilles d'une enfant. Ce ne sont pas ces yeux-là, ces yeux de peintre, qui font les âmes sœurs, ils ont trop de présence adorable pour sentir moins que ce qui est surnaturellement beau, tandis que les yeux de Claudie Jeanlin ont trop de distance, trop de recul pour qu'on ne soit pas tenté de pourchasser leur vérité comme au fond d'un puits et jusque dans cet outre-monde où elle se retranche derrière de vains adieux. Comment me lasserais-je en effet de l'écouter s'épancher sous sa double nature de femme et de mage de toute sagesse qui a découvert ce qui perdurera par-delà les plaisirs de la table, du lit et même de l'art, grâce à l'épreuve de la douleur surmontée, test auquel j'ai failli, moi, au point de ne savoir où j'en suis ? Celui à qui ses déboires n'ont rien appris ne saurait-il donc à présent se passer d'une lointaine étrangère ? Car jamais je n'irai la rejoindre, c'est certain. Je reste trop incrusté dans ce monde-ci, ce monde américain, ce monde kébékois, par toutes les fibres de mes frustrations familiales, amoureuses, professionnelles, littéraires, terriennes, par toutes ces contingences existentielles que je niais tout à l'heure et dont même une Claudie Jeanlin aurait peine à me guérir, serait-elle présente à mes côtés. À moins que... Pauvre Florence, pauvre malade, comme me voilà loin de toi, plus désespérément loin de toi que de Laure et d'Yvée, muses qui ne chantent elles-mêmes ni le même air ni dans le même ton, c'est tout dire. Hélas, entre nous deux, la blessure est trop ancienne et mes sombres pensées ne peuvent plus nous servir à rien : il n'y a plus de moi à toi que l'affreux devoir de la compassion, du pardon et de l'oubli.

29 mars, samedi

Brigitte, grâce à un copain qui a l'usage de la bagnole de son père – en fait c'est le demi-frère d'Yvée, a-t-elle fini par m'avouer en rougissant et j'ai cru deviner là le motif profond de cette amitié qu'elle a pour l'artiste –, Brigitte a aidé à transporter à la galerie, en deux voyages, les onze toiles de son amie plus quelques fusains, encres teintées, et encore trois petites gouaches. Je suis impatient de voir tout cela, et c'est étonnant mais je ne doute pas une seconde d'être émerveillé. Si l'on juge un arbre à ses fruits, il est permis d'augurer de la qualité des fruits à la sève de l'arbre. Et voilà pourquoi je prévois pour Yvée Marcueil soit une carrière fulgurante, soit un destin tragique, celui de Girodet ou du baron Gros, suicidés romantiques dont le sort avait ému, avec celui de Géricault, le jeune Alfred de Vigny qui imagina pour tout artiste une malédiction native en la personne de Stello. Entre la gloire et la dèche, il n'y aura pas de milieu pour Yvée et la crasse humaine décidera pour elle de son destin. Sera-t-elle assez grande, sera-t-elle assez forte, pour tirer parti d'une malchance ou d'une disgrâce injuste, celle de devoir aller son chemin à elle sans savoir où il la conduira? Là est la pierre de touche. Et il n'est que trop vrai que l'œuvre d'art ne saurait dépasser son auteur, si elle peut lui être inférieure, à l'inverse de l'amour qui implique l'œuvre de deux âmes distinctes. Moi, j'ai étalé toutes mes limites d'homme et de poète manqué par une pleurnicharde lâcheté face à des coups mal encaissés, une lâcheté qui n'a pas encore tiré parti de la leçon stoïcienne de Laure Angelin. C'est qu'il me faut, jusqu'en ce roman-journal, une revanche sur mon enfance aride, sur mon adolescence écrabouillée, sur ma jeunesse galvaudée, et sur tous ces malpropres aussi, à commencer par le Frondaie, qui à la fac me *garrochent* des bâtons dans les roues ou me fourrent du sable dans des rouages qui n'ont pas cessé de me broyer avec toutes mes chances. Quelle naïveté de croire que le billet que F. vient enfin d'adresser de son lit d'hôpital à son ci-devant compère y changera si peu que ce soit! Comment nous pardonnerait-il ses torts envers nous? Une tenace rancune, tel est le réconfort des sots, sans cœur par surcroît. Dire que j'ai pu me laisser impressionner par ce type. Oh! c'est bien simple à comprendre: ma candeur de licencié croyait encore que posséder une maîtrise ès lettres suffit à faire un grand homme comme plus tard j'ouvris grands les yeux sur le doctorat. Et le pire est que j'avais raison. Il me l'a bien montré, et fait payer de toutes les manières. J'aurais tout de même voulu F. plus psychologue que de se laisser enfariner par ce beau parleur aux belles manières, mais la pauvre s'attachait sans doute au «sexe» que je lui marchandais, prisonnier que je restais de mes infernales écritures jusqu'à trois heures du matin… Et maintenant que, mourante, elle s'est mise aux genoux du doyen par complaisance pour moi, pour elle aussi, car l'avenir matériel de la famille en dépend, saura-t-il entendre sa maîtresse aussi bien que dans le temps? N'importe, cet abaissement, cette mortification à quoi elle s'est soumise librement, je ne devrai jamais l'oublier, si la malheureuse doit survivre à cette horrible affection des os qui affole de plus en plus cet animal de Destouches, complètement dépassé par la situation. Dire qu'ici même, l'autre jour, je parlais d'«affreux devoir de compassion, de pardon et d'oubli» envers F.! Comme je suis léger, inconsistant! Et c'est moi qui prétends écrire «un beau livre» qui m'absoudra de vivre et même me sauvera parce qu'il me survivra, oubliant que Laure a raison et que le plus authentique chef-d'œuvre est déjà mort, oubliant plus encore que je ne suis moi-même que «cendre et poussière» ainsi qu'on me le rappelait enfant chaque premier mercredi de carême en m'appliquant du pouce une petite croix de cendres au front, cendres que je gardais fixées là tout le jour comme un sceau de vérité à bien afficher pour qu'on le sache, et que je le sache, et que j'y pense… Ce que j'ai si longtemps feint d'oublier, il est temps que je recommence à m'en souvenir.

Demain dimanche, visite à Florence, répondre à Claudie, prendre des nouvelles d'Yvée.

2 avril

Brigitte m'apprend que l'exposition de son amie se tiendra à L'Ombre claire du vendredi 11 au jeudi 24 de ce mois. Mme Maurel, bien qu'elle ne doute pas du talent d'Yvée, juge que sa jeunesse et son manque de notoriété ne méritent pas plus de dix jours de présentation, que cela lui coûte cher, etc. Apparemment cette dame connaît mon nom puisqu'elle a bien spécifié à Brigitte qu'elle comptait sur ma présence au vernissage du 11. Toutes les pièces devant être exposées sont maintenant réunies à la galerie et l'on procède à l'accrochage. Pour ce faire, Mme Maurel peut compter sur un mari qui, plus jeune qu'elle, a néanmoins beaucoup d'expérience, mais il est sans trop d'illusions lui aussi, non pas tant sur les dons d'Yvée qu'il déclare «exceptionnels» que sur un succès quelconque. Les gens, même les amis de la galerie, ne se déplacent plus que pour des noms connus. Et puis l'argent se fait trop rare pour qu'on veuille le gager sur l'un de ces innombrables débutants dont le moindre barbouillage se voyait naguère prêter du «génie». Ainsi les «connaisseurs» ne misent plus guère sur les valeurs nouvelles d'un marché dont la cote s'est bien dégonflée, non qu'on ait appris à se méfier du goût hier aveugle pour le postmoderne – pour ce que ça signifie! – mais de la rentabilité de ce dernier avatar de l'académisme contemporain qui n'a plus rien à voir avec une originalité quelconque quand l'Art se situe bien plus profond, moins sur la toile qu'au cœur même du peintre. J'avais moi-même profité de cet attrait pour la nouveauté: mes deux premiers romans ont connu un meilleur sort, ont été mieux lus que les huit qui ont suivi, lesquels étaient tout de même moins maladroits, plus forts même, du moins jusqu'à l'infortunée *Chair vive* passée inaperçue mais qui, signée d'un nom inconnu, prêtée à un adolescent monté en graine, aurait bien fait quelque bruit dans un landerneau bien endormi. Quelle comédie que l'art au jour le jour! Quand je pense que les œuvres que j'admire dans mon encyclopédie des *Grands Maîtres de la peinture* sont nées dans le cloaque de cette mare à grenouilles!

Mais ce journal que je tiens ne doit pas être le refuge de mes états d'âme. Vite il tomberait dans ce semblant de vérité qui fait mentir l'art, lequel doit d'abord s'insurger contre toute apparence sauf à sombrer dans l'illusionnisme et la tranche de vie. Drôle d'idée que Claudie – ou serait-ce Laure, la divine? – se soit enquise du journal intime d'un homme qui perd son temps à noircir des feuilles inspirées par une vie sans histoire autre qu'aux trois quarts inventée, ce qu'on appelle rêvée. Mais à quelle occupation plus urgente que celle-là consacrer ce précieux temps qui de jour en jour s'effrite avec ses dernières illusions? Car l'épreuve, la souffrance, bien que je ne les aie pas méconnues, ne m'ont pas encore ouvert tout à fait grands les yeux comme à Claudie. Il faudrait des pleurs de sang pour irriguer ce cœur resté sec au point de défier le bonheur en persistant à écrire. Intellectuel, va! L'ultime injure qu'on adresse au poète... Pourvu que le dénommé Frondaie, passant outre à son sentiment de culpabilité vis-à-vis de moi, m'accorde cette suprême opportunité de tirer quelque chose d'*original* de ces têtes brunes ou blondes qu'il va me confier en dépit de ce simulacre du vrai qu'est toute vraisemblance, ainsi qu'à mon âge je ne fais que commencer à le découvrir. Mais comment l'imaginer? Comme d'habitude, Fernand va me laisser tomber comme le sac de betteraves qu'il se donne la magnanimité de porter à ma place, pense-t-il. Il ne me pardonne pas Brigitte, il ne me pardonne pas *La Chair vive* qui, si elle avait été lue, aurait jeté une drôle de senteur sur la sublime faculté dont il s'est fait un piédestal. Le fait est qu'il est encore plus péteux que moi, plus sec, parce que plus vaniteux. Mais qu'il ne compte plus sur moi pour jouer au lèche-cul. N'est-ce que ma bonne fortune qui veut que Claudie Jeanlin depuis un mois m'ait aidé rudement – quand elle n'aurait fait que cela – à me détourner des vanités des vanités? Avec elle j'ai appris que la bleuité d'un rêve, comme celle de l'art, s'efface plus vite que tout le reste, plus vite que les taches que font les déconvenues sur l'âme. D'où qu'il faut désespérer jusqu'aux adieux inclusivement... Tout ce qui est menacé d'une fin ne peut-il pas que demeurer au-dessous de l'idée du bonheur? Et c'est ainsi qu'une famille éclatée sur l'autoroute du Midi enseigne à Laure la voie de l'outre-monde tandis qu'une autre non encore éclatée se fait pour moi boîte à remords? Il y a de quoi pleurer. Même au moment où ses os craquent, où ses vertèbres s'émiettent, Florence a plus d'allure que moi devant le ciel équitable... Il me semble que j'arrive moi aussi à la ménopause de l'âme, bien passé l'heure où il faut que le cœur se brise ou se bronze. N'importe, toutes ces femmes-là sont des exemples vivants de tenue. Car il y a Yvée Marcueil, ma chouette Yvée… Accrochée à son art de toute la force de ses deux frêles mains de fer. Quelle leçon! Ah! la voilà donc enfin la larme empoisonnée que je combattais en vain depuis un quart d'heure.

3 avril

De nouveau vif succès pour Chatterton. Le suicide plaira toujours. Singulièrement celui du jeune poète sur qui la société crache. Sur le coin de ma table, quatre comptes rendus commentés de la pièce (les derniers) d'un apitoiement à fendre l'âme, tout comme si l'auteur-étudiant s'identifiait à son héros. L'Art réussit là où le fait divers échoue – je veux dire qu'un mélodrame romantique en prose un peu terne et presque tombé dans l'oubli, presque moqué par «ceux qui savent le fin du fin» survit malgré Claudie. «Non, entend-on crier partout, les jeunes veulent du moderne, du moderne à tout prix, du moderne qui leur ressemble, du kébékois qui leur renvoie une image d'eux-mêmes!» Quelle illusion! Ils dorment aux «textes» qui sont supposés les emballer, puisqu'on n'étudie plus que des «textes» – Barthes et son *Plaisir du texte* les fait bâiller, suer, dormir, et ils se réveillent dès que le sentiment (ou l'idéal) montre le bout du nez. Le snobisme s'apprend. Vibrer ne s'apprend ni ne s'enseigne. Pas plus qu'écrire (tant pis pour moi si j'attrape le cours de création littéraire avancée). Même soumis au régime structuraliste qu'on enterre, au régime de la «littérarité» qui bat de l'aile après avoir semé la terreur, ils distinguent instinctivement les choses qui poignent aux tripes et celles qui font pâmer les professeurs en titre et les intellectuels du centre gauche. Mais qui d'autre que les incurables sensitifs, les poètes, les vrais, les imaginatifs survivraient, par mal de l'âme altérée d'infini, à pareil lavage de cerveau? Oui, qui d'autre survivrait à ce qui est à la mode, à ce qui se meurt? C'est Claudie qui a raison: même l'amour qu'on vit ne survit à rien – sinon à lui-même, sait-on? Comment une fragile correspondance témoignerait-elle sans qu'elle brûle d'une flamme durable «entre deux âmes», pur appel d'une passion destinée à se consumer, chandelle à éclairage limité elle aussi. Suffit que cette femme sans visage qui, sans croire à l'Art, réclame des échanges culturels au plus haut niveau, ait indiqué sa voie au cavalier polonais fourvoyé, avant de s'effacer dans l'adieu d'une nuée pâlissante à l'horizon. Hélas, cette voie, c'est le détachement.

J'entends Mad qui rentre. Je n'ai rien à lui dire. Elle n'a rien à me dire depuis l'âge de cinq ans. Elle ne connaît pas son père et son père ne la connaît pas mieux. Le malheur est que ce malheur, pas plus que tous les autres, n'en est pas un pour moi, encore moins pour elle. Alors comment mettre à profit les désillusions de Laure Angelin qui m'a quitté pour me prouver que rien ne dure en effet, Laure frappée dans son trop d'amour pour les siens, Laure dont les larmes, brouillant la vue aux choses matérielles, les lui ouvrent à l'essentiel invisible?... Au lieu de me préoccuper de cet essentiel, pourquoi ai-je l'esprit tout entier rempli de cet absurde «cours de création» qui va m'échapper, comme le reste? Me faudra-t-il donc attendre la mort pour commencer à ne plus souffrir des hommes et des femmes, mes ennemis mortels, en bien ou en mal, que mon trépas aura du moins coiffés au poteau d'arrivée.

4 avril

L'écriture comme tentative de survie terrestre... Mais quand ce faux-fuyant nous est refusé? Pourquoi Claudie n'a-t-elle pas réussi à me persuader de la vanité de tout ça? Sans doute parce que, ironiquement, je n'ai pas de position de repli – dans l'outre-monde qui guérit de tout, par exemple. N'est-ce pas là qu'Yvée trouve elle aussi la paix, une paix que l'échec ou le succès de son exposition ne pourra troubler, parce que, au contraire de moi, elle ne prend pas ce monde-ci au sérieux? À ses apparences elle entend seulement donner réalité. Pour l'y aider, je ne puis faire moins qu'inviter Franzy-Franzy au vernissage avec sa femme et lui suggérer, lui qui en a les moyens, d'acheter une toile, la plus coûteuse de celles qui sont offertes à la vente. Non, je ne puis faire moins pour qui m'a portraituré aussi bellement et me donne par surcroît l'œuvre achevée... À vrai dire, ce n'est pas la vraie raison. La vraie raison, la raison secrète malgré tout ce que je peux dire, est que je redoute qu'Yvée n'aille se casser le nez dans cette histoire. Ce nez qu'elle a si droit, si fin, si grec.

5 avril

Le Dr Louis-Ferdinand Destouches, faussement dit Céline puisque c'est Lionel qu'il s'appelle dans mon autofiction, a téléphoné. Ce qu'il redoutait pour Florence est confirmé. Les ravages de la maladie imposent pour lundi matin une intervention chirurgicale désespérée. Désespérée, c'est-à-dire inutile. On ne répare pas des os qui se désagrègent ou qui ramollissent. Pauvre F., elle se tirera de son opération, ce qui est quelque chose, mais non pas de son mal qui finira par l'emporter. Il y a là quelque chose d'absurde. Et moi donc, me tirerai-je de mon mal moral ou bien m'emportera-t-il, avec ou sans opération?

6 avril, dimanche

Les enfants sont si peu concernés par le sort de leur mère qu'il m'a fallu sortir de mes gonds pour les envoyer à l'hôpital. Ils n'en revenaient pas, moi l'indifférent. Moi non plus je n'en revenais pas. Mais j'ai vite compris qu'il n'y allait pour moi que d'une question de convenances, d'images paternelle et maternelle à sauvegarder. Si l'image de F. est à peine rehaussée par la maladie, la mienne exige pour le moins un coup de brosse si je la veux voir fulgurer avant la fin de la partie.

7 avril, lundi, 5 heures

L'opération a eu lieu. Destouches dit de s'abstenir de visites fatigantes. Autrement tout est normal.

8 avril

Tout à l'heure, avant de quitter le bureau, j'ai adressé à Yvée vœux et encouragements en vue de l'exposition qui approche, ai offert mes services. Prétexte. Cette fille que j'ai presque serré dans mes bras, qui s'est laissée aller jusqu'à m'embrasser, exerce sur moi un pouvoir de fascination que j'ai peine à refouler. Sa présence physique me jetterait dans ses bras si je m'écoutais. Pourtant rien là de sexuel à proprement parler. Sa confiance en l'Art, en l'Art indestructible, en allant exactement à l'encontre des sages paroles que Claudie m'a écrites, m'oblige-t-elle à choisir? Laquelle dois-je croire? L'une et l'autre sont hors de mon champ d'attraction électromagnétique, pour parler en astrophysicien, et pour des raisons en moi qui ne s'opposent même pas puisque les deux femmes m'inspirent chacune à sa façon la poursuite de ce roman-journal destiné à me sauver. Il est vrai que Claudie a disparu de mon champ de vision télescopique. À jamais? Mais elle n'a jamais paru dans ce champ, n'étant qu'un nom – ou deux – au bas de quelques lettres auxquelles elle entend mettre un terme. Pourquoi? Pourquoi?

Malgré cet adieu si imprévu, dois-je oser lui répondre et plaider ma cause? S'y attend-elle? En ce cas, m'est avis qu'elle devra patienter encore un peu si j'entends affirmer ma virile indépendance et par là rendre plus désirables mes lettres… Être à ce point vulnérable à une pure image, fantasmatique encore, à une pure icône qui, telle Yvée, m'évoquerait une vierge byzantine. Tiendrai-je longtemps? Quelle question! À peine si j'ose imaginer comment régler la suite de ces pages où je dois prévoir et peindre ma vie tout en la vivant, que dis-je, avant de la vivre…

Huit heures du soir

À celle qui fut mon amie,

Après votre adieu inexplicable, j'avais résolu de tarder bien davantage à me manifester à vous. Mais je n'en peux déjà plus. Il me semble avoir perdu quelqu'un de très important dans ma vie, même si vous n'êtes peut-être qu'une ombre, un fantasme de mon journal personnel, où je pourrais aisément suppléer à votre silence, mais comment suppléerais-je à ma confidente des mauvais jours? à celle qui sait tout ce que j'ignore, moi qui me crois si savant, si expérimenté en toutes choses et qui reste un être désarmé au point de ne savoir comment réagir à ce faux bond que vous me faites, alors que je vous croyais l'une de mes deux seules amies. Eh bien! tant pis. Pour la forme je vous adresse ce billet sans le moindre espoir de vous toucher.

Néanmoins je vous pardonne puisque je vous comprends et je vous demande pardon d'avoir troublé quelques mois votre paix si durement conquise sur le malheur. Pourtant c'était bien vous qui aviez lancé l'appel. Et moi j'en ai profité doublement, d'une part pour déverser sur vous mon tombereau de misères, pour vous faire porter à ma place le fardeau de mes déboires d'auteur et, d'autre part, pour vous intégrer à une création littéraire cruciale pour moi sans même vous avoir consultée. Autrement dit, j'ai abusé de vous, de votre bon naturel sans rien vous apporter en contrepartie ou si peu: l'illusion que j'étais l'homme que vous souhaitiez rencontrer. Eh bien, non, je ne le suis pas, je ne suis qu'un homme d'aspirations, rien d'autre, vous vous en êtes rendu compte et, au terme d'une let-

tre où vous m'avez montré toute votre compassion, où vous m'avez prodigué le fruit d'années de réflexions judicieuses sur la façon de surmonter mes problèmes, vous me tirez votre révérence. Eh bien, soit! Je l'accepte comme j'accepterais tout châtiment venant de vous. Votre jugement doit prévaloir. Il n'est point indiqué que nous poursuivions ce dialogue. Cela ne va pas dans le sens de ce bonheur auquel vous ne voulez plus croire. Je m'incline, avec la plus profonde tristesse, mais je m'incline. D'ailleurs m'en laissez-vous le choix: vous employez le mot «définitif» pour caractériser notre séparation. J'en tire les conséquences et, à mon tour, je vous crie: Adieu.

Rémy Desnoyers

Postée à minuit après deux heures d'hésitation.

Mercredi, 9 avril

Danterny admettra-t-il cette prose de vérité qui se dissimule derrière les inventions de mon cru? Il sait qu'il me tient, qu'après mes fours à répétition je suis rayé des papiers de tous ses confrères éditeurs. Constatant qu'il s'agit d'un pseudo-journal intime où je démolis quelques façades, il craindra les poursuites. Je lui chanterai que tout est pure imagination, que les noms le prouvent: a-t-on idée de s'appeler Franzy-Franzy? Louis-Ferdinand Destouches alias Céline alias Lionel? Quel éditeur à Montréal se dénomme Danterny?... Et puis après, quand même ledit Danterny me refuserait! Quelle importance à l'échelle d'inimportance où je me situe, où j'ai le devoir de me situer? Tout est comédie, surtout ce qui prétend ne pas l'être, puisque la vérité peut seule frôler le mensonge jusqu'à y faire croire. Ce refus marquera la fin de mes chimères, si tant est que succès, gloire, postérité ne sont que cela, des chimères, au mieux ces mirages au désert de l'âme, oasis que dévoile la clairvoyance de Laure, trop sage et trop lucide en plus pour ajouter foi à la magie de l'Art sauveur auquel elle n'entrouvre aucune porte sur une «froide et vaine éternité» à l'instar du vieux Corneille revenu de tout dans son ultime tragédie que j'ai fait mettre à l'étude l'an passé et dont, sans fausse modestie, je puis bien reprendre à mon compte le désenchantement de Suréna, son antihéros:

«Que tout meure avec moi, Madame. Que m'importe
Qui foule après ma mort la Terre qui me porte...»

Pas plus que la guerre, l'Art à long terme n'écrit l'Histoire qui toujours recommence et seul l'outre-monde où tout s'efface de ce qui a existé marque le moyen d'accéder à une certaine spiritualité où tout ce qu'on a désiré s'abolit dans l'immatérialité de quelque pur amour, substance imputrescible – peut-être… Est-ce moi qui rêve? À coup sûr. Mais pourquoi ne pas rêver si ce monde-ci n'a que d'éphémères utopies à offrir? Ces images d'ivresse et de bonheur fou auxquelles Claudie a d'un coup cessé de croire pour devenir Laure, j'y échapperai avec d'autant plus de facilité qu'elles m'ont fui depuis mes plus jeunes ans… À présent, c'est vrai, il m'arrive d'envier le sort du dénommé Malla, ce gitan que la guerre civile espagnole exécuta et que Jean-Paul II s'apprête à béatifier cette année, j'ai lu ça quelque part. Lui au moins, Malla, aura vécu puisqu'il sera mort pour quelque chose, pour son infériorité de race sinon de talent, comme moi. Ainsi, au lieu de me laisser aveugler par de fugaces succès, je commence à pénétrer la vraie nature de l'humaine condition, qui n'est pas – fatalement – d'inventer des romans ni même de les vivre, comme je fais. À moins que ces rêveries suicidaires ne soient la preuve que, malgré le souvenir de Laure Angelin, malgré Yvée Marcueil, je suis tombé dans le désespoir absolu? Possible, si je ne sais pas affronter mon dernier malheur qui sera de me taire, de poser le point final. Il me faudra revenir sur la question avec Danterny qui hier encore au téléphone soumettait d'emblée la publication de mon pavé à une amputation de cent pages – cent pages de «verbiage» s.v.p. Mais est-ce bien utile de revenir là-dessus s'il se peut que mon ambition soit de vivre mon écriture plutôt que d'écrire mon existence? Peut-être, mais comme une aberration sans conséquence qu'une prompte mort suffit à guérir.

Si Laure s'était doutée du baume de ses paroles sur mes plaies poivrées! Encore ne savait-elle pas peut-être – parce que je ne le lui ai pas assez dit – l'intensité du feu sacré de l'écriture qui stérilement me consume depuis mes agiles et cruels premiers poèmes adolescents. Mais aussi bien, me dirait-elle raisonnablement, l'importance d'un manuscrit ne réside pas dans l'importance qu'il a pour vous, mais dans celle que son refus aurait pour d'éventuels lecteurs. En quoi elle ne mentirait pas: «Qu'importe ce qui n'importe qu'à moi»? demande Malraux pour qui le *moi* n'est que le «misérable petit tas de secrets» à chasser de toute œuvre d'imagination. Pourtant j'en sors pas mal de petits secrets là-dedans, de petits mensonges aussi, j'en sors à pleines pages dans cette prétendue histoire inventée, et qui l'est tout de même pour l'essentiel des *faits*, grandement fabulés même si les sentiments sont fidèles. La littérature est donc faite pour servir d'entrepôt à ce qui ne saurait se dire sans mentir ? Oui, je le crois, en partie. Quitte à en crever de honte.

10 avril, jeudi, relâche, 3 heures de l'aprèm

Je relis dans *L'Art romantique* (p. 376) : « Faut-il qu'un homme soit tombé bas pour se croire heureux. » Voilà qui n'aurait pas déplu à Laure. Mais, à la différence de Baudelaire, cette femme possédait l'art de convertir en victoires les défaites de sa vie. Quel est donc son secret que j'aille la rejoindre dans l'outre-monde, là où ce qui n'est rien vaut tout, et ce qui valait tout n'est plus rien ? Ce sont nos erreurs d'appréciation quant à la valeur réelle des choses qui font la moitié de nos malheurs. Mais l'autre moitié ? Celle-là tient à nos névroses singulières, d'infériorité, de supériorité, de culpabilité qui ne vont pas les unes sans les autres. J'ai beau me dire que je n'ai jamais eu le goût des triomphes littéraires, seulement cette reconnaissance minimale pour quelques accomplissements laborieux qui m'a presque toujours été refusée, je me fais un peu rire. Depuis quand aurais-je la vocation maudite du martyre ? Personne ne peut se rendre à soi-même justice, consacrer sa performance : les autres sont votre mal parce qu'ils sont en mesure de faire votre bien, détenant, souvent sans le savoir, la clé de votre bonheur. Mais il y a des douleurs auxquelles on ne peut rien parce qu'elles sont inscrites dans la chair de l'âme même : ne sont-ce pas là de ces traits de naissance sur quoi il est difficile de se boucher les yeux comme m'y inviterait l'angélique Laure Angelin qui m'a fui parce que le monde de douleur que j'habite l'épouvantait et qu'elle tremblait d'y rechuter, elle qui l'a connu ? Reste à se crever les yeux. Hélas, trop tard selon cet ange pour faire ouvrir les yeux de l'aveugle sur l'innocente beauté d'un monde qu'il faut d'abord quitter pour y trouver de la beauté, ce que je n'ai pas su faire à temps, beauté de la nature et beauté des arts, beauté du visage encore, beauté qui est une des faces de la divinité, la seule, au vrai, qui me serait spontanément accessible dans cet outre-monde où la chère âme me conviait, à la suite d'Yvée comme par hasard.

Or, après avoir passé la matinée à finir de lire le dernier livre de R. Debray, *Une éducation politique*, que j'ai promis de refiler à Vermandois, je me suis dit : inutile de rêver, il n'y aura pas dans ce monde-ci de société juste, pas de progrès (même matériel), de plein emploi, de bien-être, comme en promettent science, technique, économie libérale depuis cent cinquante ans, pas de «XXIᵉ siècle qui sera religieux ou ne sera pas» (Malraux), il y aura par contre un risque assuré que ladite société aille en dégoulinant vers sa fin simultanément violente et douce. Tout de même il faut que ma névrose soit devenue bien méchante pour m'inquiéter de tout ça, comme si je n'avais pas assez de mes propres soucis dont ne me protège même plus ma glorieuse indifférence, ma vaine cuirasse. Méfiance instinctive à l'égard de toute passion. Nul n'est plus sobre de désirs que moi. Et dire que j'ai la chance de connaître des êtres comme Yvée, comme Laure, ces deux grandes âmes…

Viens de relire en diagonale une partie du *Ce que je crois* de Mauriac et quelques chapitres des *Mémoires intérieurs* en quête de «textes» pour les chers étudiants – tout est «texte» aujourd'hui et même «pré-texte à plaisir» pour m'égayer aux dépens de Barthes et de son jouissif *Plaisir du texte,* preuve par dérision de la méconnaissance barthienne de ce qu'est la littérature pour celui qui y aurait cru jusqu'à en mourir vingt fois. Pour la prose de Mauriac, exactitude d'expression, plénitude de pensée telles que j'en perdrais l'envie d'ajouter un seul mot à ce mien journal imbécile durant une semaine complète au moins. En tout état de cause, j'ai facilement déniché là et ailleurs plusieurs passages, plusieurs «textes» donc à faire partager, mais foin du matérialisme «textuel», quelques gouttes de lumière suffiront à faire étinceler doigts et esprits de ma douzaine d'ouailles. Une fois dans leur vie, elles auront été frottées à ce qu'une âme exigeante est capable de bien dire. Et à l'intention d'Yvée Marcueil, je recopie ceci, p. 221, avant de quitter le bureau: «Le visage humain tel qu'il est, les peintres d'aujourd'hui peuvent bien ne plus le voir, il n'en demeure pas moins ce qu'il y a de plus étrange au monde et de plus inconnu, il ne pose pas moins l'unique énigme qui vaille la peine d'être déchiffrée. Et tout le reste, littérature, peinture, est devenu ce qui ne m'intéresse pas.» Cher Mauriac, comme tu as connu un malaise qui m'est familier! Il est vrai que tu n'existes plus pour me répondre, sinon depuis cet outre-monde auquel tu ajoutais foi, là où j'en connais au moins deux qui ne te démentiraient pas!

12 avril

Hier soir, vendredi, vernissage de l'exposition d'Yvée Marcueil. Je dois tout noter dès ce matin tandis que tout brûle encore à ma mémoire. Brûle?... Est-ce le mot? D'abord le froid de salles qui s'obstinent à rester vides de curieux et qui paraissent deux fois plus grandes qu'elles ne le sont avec leurs espacements où se perdent aux murs de grands rectangles de couleurs fauves. Oui, le froid régnait, le public n'était pas au rendez-vous, et Mme Maurel, même fort honorée de ma présence, s'arrachait les cheveux tandis qu'Yvée, se faisant toute petite dans un coin, observait cette grande et énergique femme s'énerver à mesure que les minutes passaient. Par la vitrine on voyait les gens défiler devant l'établissement sans s'arrêter, si ce n'est pour regarder distraitement à la devanture le grand tableau choisi pour retenir l'attention, une merveille de blanc et de noir représentant la triste rue de l'Hôtel-de-Ville sous la neige. La galerie L'Ombre claire se trouve rue Saint-Denis un peu au sud de la rue Sherbrooke, non loin de chez Yvée donc, en plein quartier latin. On se serait attendu à une petite foule de jeunes, des camarades de l'exposante qui ont comme elle fréquenté l'ancienne École des beaux-arts, devenue je ne sais quel département du cégep du Vieux-Montréal. À neuf heures, personne. Gravitant autour de Mme Maurel, il y avait son mari, un gros homme pas bête, et puis Alain Grégoire, leur technicien de confiance qui avait tout réglé de l'accrochage aux cimaises métalliques, de l'éclairage aussi, le tout très étudié selon les directives de la patronne et sans qu'Yvée ait été admise à donner son avis. Finalement, flanquée de deux amies, toutes jeunettes comme elle, ma Brigitte s'est pointée, s'excusant de son retard auprès d'Yvée et s'étonnant de ne trouver là que son père. J'avais profité de ces moments pour scruter de près celles des œuvres présentées que je ne connaissais pas, passant d'une salle à l'autre, l'une aux parois gris clair l'autre ocre rose sur quoi se détachait idéalement l'unicité de chaque toile. J'avais craint un peu, je l'avoue, que «mon» portrait de par ses dimensions et son style ne prenne trop de place. Il n'en est rien. Pas une toile qui se ressemble, tant par le sujet que par la manière, si ce n'est par une vivide poésie partout présente, formes et couleurs se mariant en un tout qui est l'âme même de l'artiste et que j'ai retrouvée jusque dans deux émouvants tableautins verticaux qui se font pendant côte à côte, deux vases de fleurs, l'un au bouquet triste et déjà fané, avec des pétales ridés parsemant la nappe lie-de-vin, l'autre aux teintes vives, nerveuses, ensoleillées, dans le premier éclat de son épanouissement. Ces tableautins forment un tout qui s'oppose et se répond, on ne les imagine pas l'un sans l'autre. Ils ressemblent à la vie, comme le matin et le soir, l'automne et le printemps. Les onze autres grandes toiles sont aussi subtiles chacune dans son genre. Loin des demi-teintes, rien pourtant ne se jette à la figure, tout est tendre et maîtrisé ; des sujets qui se prêteraient à un traitement «haut en couleur» restent sobres néanmoins, comme ces panoramas urbains ou bien ces paysages d'automne où l'on reconnaît le mont Royal et ses touffes d'arbres violacées, mouchetées de touches rougeâtres. Bref, j'ai été charmé, enchanté. Yvée est déjà en parfaite possession de ses moyens d'artiste, c'est-à-dire en pleine possession d'elle-même. Sauf pour mon portrait où elle a choisi de me dire, moi, tout est personnel, déjà reconnaissable de loin comme un Marcueil. Pour autant rien ne blesse la vue et c'est pourquoi elle risque, j'en ai peur, de ne pas capter l'attention des amateurs que le criard accroche. Oserai-je noter ici qu'à ce degré d'authenticité sans artifices pour tirer l'œil, j'ai songé au mot de Claudel qui va loin surtout sous la plume de ce bien-pensant s'il en fut : «L'Art et la poésie sont des choses divines.» Rien moins. Voilà qui invite à s'interroger : ce ne sont donc pas les hommes qui servent de jauge à la valeur des œuvres, à celle de sa vie en somme ?

J'ai été interrompu dans ma contemplation par l'arrivée des deux frères Marcueil escortés bruyamment par quatre ou cinq de leurs copains. Tout en déplaçant beaucoup d'air, ils ont jeté sur l'exposition un vague coup d'œil – celui de jeunes incultes qui ne comprendront jamais rien à rien et qui, faute de simplement sentir, ne savent même pas quoi regarder. Après avoir ricané stupidement de me reconnaître face à mon portrait, ils ont marqué beaucoup plus d'intérêt pour Brigitte et ses deux amies qu'ils ont finalement entraînées avec eux vers le chemin de la sortie, croisant du même élan – il pouvait être dix heures – Johanny de Vermandois que j'avais invité instamment avec sa très sérieuse petite amie, eux-mêmes suivis sur leurs talons par les Franzy, soit Franzy-Franzy soi-même et Lucette, sa petite femme, auxquels j'avais adressé un mot d'invitation car je sais d'une part qu'ils sont bourrés de fric et que d'autre part lui se pique d'art moderne et d'encourager la jeune peinture pas nécessairement clinquante ou vide. On s'est regroupés autour d'Yvée qui se tenait bien droite dans une robe longue, rouge et noir, comme une cariatide contre le chambranle séparant les deux salles. J'ai remarqué qu'elle ne faisait que répondre – et souvent par un simple sourire un peu contraint – à ceux qui lui adressaient la parole sans jamais prendre les devants. Timidité ? Dédain ? J'essayais de lire dans cette esquisse de sourire à la commissure de ses longues lèvres taillées au ciseau du sculpteur, me rappelant le baiser fugace mais combien intense que je devais à sa témérité et qui m'avait tant tourne-boulé, ce baiser de feu dans l'atelier sinistre et glacé… Puis Franzy a aperçu et reconnu Mme Maurel qui s'est aussitôt dirigée vers lui pour qu'il lui embrasse les poings, tendus comme pour une vieille connaissance. Il l'a félicitée pour le rajeunissement de la galerie, la sensation d'espace qui s'en dégageait, la clarté rafraîchissante des salles, la disposition des tableaux. Sur ceux-ci, à peine examinés, il n'a fait aucun commentaire, par quoi j'ai compris qu'il avait d'avance décidé de ne faire aucune acquisition. Ce n'est qu'à ce moment que j'ai remarqué que les prix indiqués étaient tout ce qu'il y avait de «faramineux» pour une débutante. J'en ai conçu plus d'estime encore pour Yvée. Crever de faim s'il le faut, mais ne pas attendre le certificat des richards pour connaître sa valeur.

Dans un angle, sur une table recouverte d'une longue nappe blanche, deux dizaines de verres de vin rouge donnaient une tou-che de convivialité à ce qui restait très solennel. Comme le vin n'avait guère de succès je m'en suis approché avec Johanny et son amie. De fil en aiguille, tout en bavardant, mon jeune collègue m'apprend, lui qui sait tout avant tout le monde, tenir de source sûre qu'à Mimy Thiébault, notre savante doctoresse, est échu d'avance le cours d'expression littéraire du deuxième cycle pour la rentrée d'automne. Même dénué d'illusions, je manque de ren-verser mon verre. Pour sûr que la Mimy a couché avec le sieur Frondaie. Tout à fait le genre de ma concurrente, j'en sais quelque chose et serais bien le dernier à me permettre de le lui reprocher. N'empêche, ce coup m'atteint avec une force effarante dans mon ultime espoir. J'avais tant compté que mon expérience de roman-cier vaincu, de littérateur broyé, serve au moins de marchepied à ma petite et légitime ambition. Malgré le dédain de l'illusoire réussite terrestre à moi enseigné par Laure Angelin, je n'ai donc renoncé à rien? Question de sous? Rien ne dit que mes conditions de réembauche en auraient été affectées en mieux. Question de prestige? Fini cela, fini tout… Comme dans les meilleurs mélos, ma main tremblante s'est portée à mon cœur, et je ne peux qu'es-pérer que Johanny qui continuait de monologuer en sirotant son vin ne s'en soit pas aperçu. Il s'étendait sur la fac et son personnel dont il n'a pas l'air de penser le plus grand bien, à commencer par le doyen en qui il a deviné un de ces arrivistes enfin arrivés et tout bouffi de sa personne, «un pontife qui joue au souverain pon-tife!» a-t-il soufflé à Marie-Josée, son amie, en pouffant et me prenant à témoin. J'ai ri, mais jaune. Quant aux étudiants, ils sont à son gré ce qu'ils sont partout, à peine plus sérieux et appliqués que les morveux qu'il a connus au cégep Sainte-Croix, où il a fait un peu d'enseignement à son arrivée de Paris. C'est là que s'est nouée son idylle avec sa plus brillante élève option lettres pures, Marie-Josée Meilleur, qu'il va épouser en juin. Je serai invité, naturellement. Un bon quart d'heure a ainsi passé à jaser de tout et de rien, Johanny descendant verre sur verre jusqu'à ce qu'il commence à dérailler et doive prendre appui contre la table. Mais je n'écoutais plus, trop secoué par ma déception. La lettre de F. à Fernand n'a rien changé. J'en suis quitte pour ma bassesse. Faire faire des courbettes au père de sa fille par sa femme adultère, bien digne de moi et bien mérité le résultat.

Il n'était pas onze heures et la maigre compagnie s'était plus que décimée dans la galerie. J'ai cru bien faire en m'approchant d'Yvée demeurée seule dans son coin après le départ bruyant des Franzy. Comme j'allais lui adresser la parole pour lui remonter le moral, moi qui l'avais à terre, deux barbus d'une quarantaine d'années ont fait leur apparition. N'écoutant que son intérêt, Mme Maurel s'est précipitée en traînant son mari derrière elle. Aux premiers mots de bienvenue j'ai compris qu'il s'agissait de deux critiques d'art. Je les suivais du regard. Ils n'ont pas ouvert la bouche malgré tous les salamalecs. À chacun elle a mis un verre entre les mains, se réjouissant d'une arrivée sur laquelle elle ne comptait plus, sachant du reste que les critiques n'aiment guère à se montrer le soir du vernissage. C'est à peine si elle a songé à leur présenter Yvée Marcueil, et encore est-ce seulement après qu'elle m'a eu poussé vers ces messieurs qui ont eu la complaisance de faire semblant que mon nom ne leur était pas totalement inconnu. Moi, je poussais Yvée en avant autant que je pouvais mais la seule vraie vedette est restée de marbre, d'autant que les médias ne paraissaient guère intéressés à l'interviewer, les deux blousons ayant plutôt l'air de se demander ce qu'ils faisaient là. Du reste, impatiente de s'être dérangée pour si peu, la criticature officielle n'a pas été longue à se tirer après avoir fait rapidement le tour des deux salles, verre en main, s'arrêtant à peine devant la paire de tableautins puis devant mon portrait, sans rien laisser deviner de ses impressions. Au moment du départ, Mme Maurel faisait encore le boniment, affectant de regretter que la saison fût si pauvre en talents :

— Rien à admirer nulle part, c'est à se demander… Mais Yvée Marcueil est un nom qui ne sera pas oublié comme tous ces météores dont on n'entend plus jamais parler. Ce soir, même si mes fidèles — dûment conviés — ne se sont pas montré le museau, ce petit prodige fait tranquillement sa marque dans le firmament de l'Art kébékois et nous serons plusieurs à nous souvenir de sa mise en orbite. Moi, je suis fière d'avoir pris le risque d'offrir mes salles toutes neuves à un art comme j'en ai vu peu, un art de poète comme disait M. Desnoyers tout à l'heure. Et je suis sincère, croyez-moi – n'est-ce pas Ulric? Je me fous de perdre deux mille dollars dans l'aventure. Je travaille pour demain, moi.

La presse envolée, sans avoir fait beaucoup plus que hocher la tête aux élans de Mme Maurel, cette dernière a déclaré la fin de la soirée, faute d'amateurs, encore plus d'acheteurs. À son air fort mécontent, j'ai compris qu'elle n'attendait rien de bon de cette opération qui la guérirait pour de bon de se lancer dans la «mise en orbite» des jeunes prodiges sans relations pour ainsi dire. Et c'est à peine si, charmante à mon arrivée, elle m'a regardé sortir discrètement après que j'ai eu décroché mon imperméable de la patère d'entrée. Elle n'a donc pas vu Yvée s'éclipser, elle, vers le vestiaire et me rattraper à la porte:

– Monsieur Desnoyers, je vous en prie, attendez-moi un instant, s'il vous plaît.

Ce n'est qu'au bout de cinq minutes, sa belle robe rouge et noir recouverte à présent d'une sorte de longue cape grise, ou de pèlerine, qu'elle m'a rejoint dehors au frais d'un soir d'avril déjà avancé, sur un large trottoir bien illuminé par des lampadaires et les enseignes clignotantes quoique assez désert à cette heure. Sans préambule j'ai proposé que nous descendions la rue Saint-Denis, histoire d'aller trinquer en son honneur à l'une ou l'autre de ces terrasses encore vitrées qui ne manquent pas du côté de la Bibliothèque nationale où il m'arrive de venir *écornifler* lorsque la bibliothèque de mon université se révèle en défaut. Jusqu'à la rue Sainte-Catherine une certaine animation régnait encore par cet humide vendredi soir d'un début de printemps où les étudiants de l'Université du Kébek commencent à se sentir en vacances déjà. Tout en quêtant un havre un peu tranquille en compagnie d'une Yvée muette qui s'accroche sans façon à mon bras, je ne peux manquer d'observer combien cette faune estudiantine est différente de la nôtre sur le flanc ouest de la montagne. Habillement, langage, comportement, tout trahit – me semble-t-il – une autre société, beaucoup plus plébéienne. Mais j'ai lieu de craindre que l'idéal, cet idéal encore présent dans nos jeunes consciences d'il y a trente ans, ne soit plus, ici comme là-bas, que celui du hasch, de la bière et du sexe – sauf exception bien sûr, ne serait-ce que celle d'une Yvée Marcueil et de ses pareilles si elles existent. Surtout, ce monde n'a plus qu'une vague notion des valeurs qui furent nôtres, même si beaucoup ne les respectaient pas. À peine ces consciences savent-elles encore discerner entre le bien et le mal, du moins dans les petites choses, qui ne le sont que parce que ces consciences sont elles-mêmes petites et, paradoxalement, d'autant plus étroites qu'elles se veulent larges. C'est maintenant que je vois que je suis vieux. Menteries, tricheries, beuveries, fumeries, coucheries (pour le précoce plaisir de se frotter) – la jouissance de l'instant, qui est celle de l'instinct, a pris toute la place et Laure Angelin a bien raison de flétrir ce ratatinement moral qui débouche sur le néant d'un bonheur fondé sur la répétition – jusqu'à ce que le sida y mette un terme. Que deviendront-ils ces infortunés qui traînent ici ce soir en quête d'un moment à tuer ? À croire que ce monde roule aveugle à l'abîme tel l'insubmersible *Titanic*. Trop de crimes, trop de guerres, trop de corruption, trop d'égoïsme, trop de sexe sans amour... Mais à quoi bon ces réflexions amères d'une maturité elle-même par trop esclave de ses frustrations, asservissements, ressentiments et autres banquises surgissant dans la nuit bien tombée ?

– Ce ne sont guère des lieux qui conviennent à mon âge, ai-je observé pour rompre un trop long silence comme nous prenions place au fond d'une boîte à bière assez dépeuplée, loin de la double porte qui ne cessait de battre le froid et le chaud.

Plutôt qu'une réplique, toute la contenance de l'exposante n'exprimait que la désillusion, la certitude d'avoir été flouée.

– Allons, Yvée, rien de tragique là-dedans. Vous me rappelez votre amie Brigitte toute jeune, un soir que nous avions fêté ses sept ou huit ans. Voilà que j'entends des reniflements du côté de la porte de sa chambre restée entrouverte. J'entre doucement. « Mais qu'est-ce qui te prend, Brigitte, tu n'es pas contente de tes cadeaux, de ton gâteau, quelqu'un t'a fait de la peine le jour de ta fête ? – C'est le contraire, papa, je pleure parce que c'est fini, fini jusqu'à l'année prochaine ! »

– Vous ne comprenez pas, monsieur. Je n'ai pas perçu cette soirée comme une fête. Comme une désolation plutôt. Ou un cauchemar. Ça n'avait rien à voir avec le triomphe de l'art. J'aurais travaillé pour la gloire que je l'aurais vue se fracasser.

– Eh oui ! Mais voilà bien qui ne ressemble guère à mon Yvée Marcueil, fille de l'outre-monde, à l'en croire. Est-ce qu'un véritable artiste travaille jamais pour une gloire autre qu'intérieure ? Moi, je n'aurais pas cette excuse. Je me suis trop forgé de rêves de grandeur. Selon Malraux, l'homme ne se définit pas par ses rêves, ni même par ce qu'il dit, encore moins par ce qu'on dit de lui, mais par ce qu'il fait.

Que ne l'ai-je su plus tôt! ai-je pensé. Encore qu'on pourrait débattre de l'homme défini ou non par ses rêves : et pourquoi pas ? Il y a des rêves d'immortalité qui définissent mieux l'âme profonde que tous les coups d'épée dans l'eau – mais à ses risques et périls!

– Je veux dire que je n'ai fait que du mauvais, du chiqué, que je n'ai convaincu personne.

Elle regardait fixement devant elle sans rien voir. Mon bras s'est allongé autour des épaules contractées, frissonnantes sous sa cape qu'elle n'avait pas quittée. Sa mince figure s'était encore amenuisée, ses beaux traits irréguliers resserrés autour de quelque singularité indéfinissable sans laquelle il n'est pas de vraie beauté exprimaient une sorte de frayeur devant des jours et des jours d'efforts sans récompense autre qu'une satisfaction mensongère. Presque machinalement sa main s'accrochait à l'une des deux nattes foncées qui encadraient son visage surmonté d'un bandeau de feutre rouge qui couvrait le dessus du front d'une oreille à l'autre. Déjà, Yvée était en proie aux affres de cette quête jamais apaisée du créateur original qui voudrait, en même temps que donner naissance à quelque chose de définitif, combler tous les vœux, tous les cœurs, et qui s'aperçoit qu'il n'y parviendra pas, que nul n'attache d'intérêt réel à ce qui donne un sens à sa vie. Solitude que ne font qu'accuser les bravos fictifs et pour ainsi dire grimaciers que récoltent les plus habiles. Pourtant n'avais-je pas cru Yvée bien au-delà de ces vexations dignes du commun des faiseurs?

Une bouffée de tristesse m'a envahi à la pensée que je ne pouvais rien pour elle, que sa défaite apparente était la mienne, que je l'avais déjà vécue, que je la vivais encore chaque jour avec elle, atténuée seulement par je ne sais quel fol espoir que l'avenir reconnaîtrait sa valeur au rôle qu'elle jouera dans ce journal, s'il se pouvait qu'il recèle ne serait-ce qu'une once d'or... Et tant d'authentique compassion nourrie d'égoïsme secret me remplissait en même temps d'une infinie tendresse pour ce jeune être qui, à la différence de Claudie, partageait mon angoisse de poète à jamais avide de se prouver à lui-même qu'il n'aura pas travaillé en vain, que son plaisir de créer sera mieux qu'un simple plaisir voué à l'éphémère qui ne laisse derrière soi rien que des souvenirs que la mort à son tour ensevelira, que l'Art échappe à la tyrannie du Temps qui fuit et rend à l'homme sa «part d'éternité» définitivement perdue depuis la seconde mort de Dieu, celle d'il y a cent années proclamée par Nietzsche, après la première, sanglante, celle d'il y aura exactement vingt fois cent ans d'ici mes propres trois fois vingt ans... Ainsi advient-il que ce monde tricheur détient seul désormais le pouvoir de conférer une pseudo-rédemption qui n'a que trop vite fait de tourner à la vanité des vanités... Ah! certes, elle était loin à cette minute-là mon Yvée Marcueil triomphante, sûre d'elle-même, messagère ailée de quelque outre-monde où, livrée à ses fantasmes conquérants, elle pouvait se mouvoir à l'image de cet «Albatros» symbolique de Baudelaire dont je me suis pris à lui murmurer le dernier quatrain, qu'elle semblait ne pas connaître :

«Le Poète est semblable au prince des nuées
Qui hante la tempête et se rit de l'archer.
Exilé sur le sol au milieu des huées,
Ses ailes de géant l'empêchent de marcher!»

Banalité peut-être, mais qui n'a pas fini de se vérifier et d'étonner à travers la cruauté des temps! Yvée vivrait tout cela, le vivait déjà, car un feu sacré la consumait et elle n'y pouvait rien, non, rien de rien, sinon ne pas en porter le regret, son unique victoire ainsi que ce fut celle de Piaf: «Non, rien de rien...» Et c'est pourquoi une furieuse envie m'a saisi alors de prendre dans mes deux mains cet oiseau blessé qui n'avait plus rien d'un albatros mais tout d'une vraie femme, d'une femme douée comme on l'est peu, vibrante d'une flamme secrète, mystérieuse, porteuse d'un message que toute sa vie révélerait peut-être... Et c'est alors aussi que je la revois toute seulette dans son atelier qui me paraît trop vaste d'être si nu, si misérable, si abandonné du monde comme il tourne autour d'elle sans qu'elle lui accorde une pensée, non plus qu'aux beaux jeunes gens que sa vocation semble écarter de ses préoccupations. Étrangement en effet, pas un ne s'est montré pour elle tout à l'heure, comme si son unique passion les excluait du champ de sa conscience... Non qu'elle soit incapable de folie : ne m'a-t-elle pas jeté d'elle-même ce mémorable baiser avant de laisser s'agenouiller tout contre elle étendue sur sa couche, joue contre joue, ce vieux bonhomme qui s'enhardit par-delà ce qui est permis? Mais aussi bien que serait-il arrivé si Brigitte ne nous avait réveillés avec son intempestif appel?... Rien, sans doute. Mais le pur fait qu'Yvée m'ait élu pour modèle de son plus ambitieux tableau montre mieux que toute licence amoureuse qu'elle accepte sans problème mon existence auprès d'elle, en elle, ne serait-ce que par ma solidarité de créateur... Et l'amour qui naît de cette connivence confraternelle fait de moi, poète, quelqu'un que jamais je n'aurais pu être pour Claudie Jeanlin, eût-elle eu pour moi telle lointaine inclination que mon excès d'ardeur n'aurait pas indisposée. Quoi que je fasse, quoi que je dise, Marcueil et moi sommes des adeptes du même culte, adhérant au mythe rédempteur de l'Art qui sauve… Mais de même que la distance géographique me sépare de Laure, mon triste droit d'aînesse me prive de tout droit sur la personne d'Yvée Marcueil. Un homme qui a exactement le triple de son âge (j'en ai refait le calcul) et qui a failli dix fois à sa mission d'artiste créateur ne saurait se poser en rival de l'Ange qui l'habite comme il habite Jacob dans une lutte permanente et sans remède autre que celle de résister jusqu'à ce que mort s'ensuive… Comme s'il était possible de se vaincre! Et pourtant il le faut. J'ai dit:

— Je ne m'en fais pas pour vous, Yvée. Vous êtes poète, que dire de plus en votre faveur, poète au sens le plus précis, soyez-en bien convaincue, enfant qui venez d'un Ailleurs auquel vous me faites croire; et même si vous ne dessillerez pas en un jour les yeux des aveugles de naissance, je sais moi que vous avez atteint d'une flèche la cible d'une vérité qui n'est autre que votre âme mise à nu. Cela fait mal, c'est sûr, mais les humiliations, les épreuves, les défaites, ce sont les étapes de la route à suivre car vous ne pouvez gager que sur vous-même. Je ne tiens pas cela de mon expérience certes, moi qui suis encore à vouloir m'imposer au public en rédigeant au jour le jour une sorte de «Journal d'un vaincu», cette amère certitude je la tiens d'une amie française que j'ai perdue et qui m'assurait, d'expérience, que «si le grain ne meurt», rien ne pousse… Vous connaissez. Et pour un véritable artiste toute exposition, qui est d'abord celle de son cœur, est d'abord aussi une humiliation – mais une humiliation qui, lorsqu'on a dix-neuf ans surtout, vaut mille encensements prodigués par des béotiens qu'impressionne toute *apparence* de nouveauté. Croyez-moi, chère grande artiste que j'aime, croyez-moi parce qu'il faut que je me croie, l'épreuve est salvatrice, quelle que soit sa nature, et si votre langage n'est pas entendu, c'est que déjà vous parlez une autre langue, une langue inconnue que demain seul entendra, ou n'entendra pas, ce demain qui fera résonner d'autres valeurs pour un autre millénaire. Je me méfierais d'un succès trop prompt. Cela dit, je me refuse à penser que vous avez subi un bien grand revers ce soir, si ce n'est l'affront d'une galerie déserte. Vos toiles ont dû s'ennuyer. C'était à prévoir: les produits préfabriqués accrochent seuls le regard des moutons. J'ai moins bien compris que Brigitte ait si vite filé à l'anglaise avec ses amies. N'êtes-vous pas pour elle la grande sœur de qui elle a tout à apprendre ? N'importe, la jeunesse est volage, je parle de cette jeunesse dont vous n'êtes pas…

Ma voix s'est suspendue. M'écoutait-elle ? Tout cela avait-il un sens pour sa peine ? Ou bien faut-il avoir atteint l'âge où la défaite est décisive et touché le fond du désenchantement pour lui trouver de bonnes raisons – quand à la limite tout est égal, tout est inutile ?

Ma compagne n'avait pas touché à sa consommation – une simple eau minérale – et mon café express était tout froid maintenant. Comme il est agréable, comme il est facile, me disais-je, de prétendre conforter ceux qui nous sont chers quand on n'a qu'à dérouler des phrases qu'on s'imagine bien senties, cueillies qu'elles sont au bord de son petit sentier personnel ! Pauvre enfant, je l'aurais bien plutôt cueillie, elle, telle la violette que l'on porte à ses lèvres comme pour en extraire le parfum et la couleur de l'âme du peintre. Voyant que son émotion ne la quittait pas malgré sa lassitude et qu'il était une heure et demie passée, je l'ai prise par la main pour la conduire et la ramener chez elle en taxi, sans toutefois me résoudre à descendre – malgré qu'il m'en coûtât de la laisser à son âpre mélancolie. J'avais peur de moi, de mon désir d'artiste, de mon désir d'homme. Ai-je bien fait ? ou l'ai-je abandonnée au désespoir d'une solitude sans fond, celle où l'on croit dans son cœur que la chaleur d'un amant trop mûr vaut encore mieux que la glace que fait le silence autour du désert de son lit ?… Mais si je connais mal Yvée, ou plutôt si je la connais trop bien, je sais qu'elle est de ces êtres à ne dépendre de personne. C'est sans aide, à la force de son poignet d'intrépide artiste peintre, qu'elle se relèvera grandie de son injuste abaissement. Pas plus qu'un succès de quatre sous, le réconfort d'une présence paternelle n'est son affaire. Plus vite et mieux que moi, elle aura compris la leçon de Laure Angelin qui veut que la gloire dispensée par les dieux, la seule qui vaille, se paie très cher en recherches, en privations, en douleurs. Rien qui n'ait de prix sans le rude effort qui donne à chaque geste son poids de réalité, autant dire sa relative insignifiance dans le concert énorme et pour ainsi dire gaspillé qui s'élève à partir du tumulte d'une Terre incohérente.

Avant de la quitter, comme j'osais lui dire encore : « Cessons de nous laisser dévorer par l'ambition démesurée de nous faire valoir, cessons de prendre part à cette comédie si tant est qu'Ailleurs il y a de la joie à pleurer, il y a de l'amour surtout, eh bien ! si tel est le cas et si Yvée Marcueil n'a vraiment que moi d'ami, qu'elle ne me renie pas», comme je disais cela sans me rendre compte que c'est moi qui la reniais en la laissant s'enfoncer dans le noir par son petit escalier cimenté et la regardant disparaître après un furtif baiser sur le front, j'ai le sentiment ce matin que c'est moi qui la condamnais au face à face avec elle-même, avec sa vérité cruelle et nue, la mort dans l'âme, j'ai le sentiment ce matin que toutes mes certitudes se sont écroulées et que je me suis raconté des histoires – sur quoi? La souffrance purificatrice, rédemptrice, que sais-je? Et puis l'Art sacré, l'Art salvateur, cette abstraction où l'amour humain n'est pas, si ce n'est sous forme d'amour-propre. Pourvu qu'elle… Pas un seul parent non plus, à part ses deux idiots de frères. Sûrement il faut téléphoner, me rassurer, la rassurer. Mais comment ne pas importuner pareille indépendance de cœur et d'esprit, alliée à tel dénuement sentimental et matériel? Et ce portrait splendide, magistral, et si vibrant, ce portrait qu'elle a fait de moi et qu'elle m'a donné, elle qui en sait la valeur, comment le recevoir sans le payer dix fois? Et quand donc me permettre d'aller le chercher? Pas avant le terme de l'exposition, évidemment. Alors je reverrai Yvée, je la reverrai, Dieu soit loué, nous nous consolerons de ce tout qui n'est rien. Peut-être serai-je mieux inspiré qu'hier soir. Qui sait? Qui sait? Étrange que déjà je me languisse d'elle… Quelle part énorme de mon espérance détient-elle? Toute celle de ma vie créatrice avortée, reportée sur son génie inspirateur de ces feuilles que je noircis en son honneur… Mais Brigitte ne doit se douter de rien. Oui, au dernier jour de l'exposition je passerai chercher le portrait à L'Ombre claire et saisirai l'occasion pour acquérir les deux tableautins sous un nom d'emprunt. Mme Maurel me reconnaîtra mais elle consentira qu'Yvée n'en sache rien. Comment une créature d'outre-monde – car je la sais telle puisque rien d'humain que l'Art ne l'attache à ce monde-ci – peut-elle ainsi m'inspirer des mouvements spontanés qui vont précipiter ma ruine et celle de ma famille? Mais qu'importe notre ruine matérielle si s'impose à moi l'exemple d'une foi qui fait accepter tout, qui fait que solitude, froid, misère noire et trop prévisible infortune d'un premier revers nettoient le cœur de tous les rêves de gloire et de vent qui n'ont cessé de dessécher mon cœur à moi… Ah! Dieu que le cavalier polonais est encore loin de sa destination! Ou plutôt qu'il est éternellement loin du terme de sa quête de rien! Jusqu'à cette minable prétention au cours d'expression littéraire qui m'est refusée si je dois en croire Johanny. Du moins résultera-t-il de ce nouveau désabusement, c'est à souhaiter, un peu plus de lucidité, un peu moins de crédule convoitise, un peu plus de calme intérieur et de sainte poésie.

Je rentre de ma visite bihebdomadaire au St. Mary's Hospital. Franzy et sa Lucette étaient là déjà. Aucun commentaire sur l'exposition, lui si prodigue de louanges pour la moindre niaise ou prétentieuse nouveauté qu'il peut associer en esprit à ce dont il rêve pour son Studio de création publicitaire. Quand je pense que je lui avais discrètement demandé par écrit d'acquérir «quelque chose» de l'artiste! Je peux bien m'en mordre les doigts à présent que ma prière a dû suffire à en torpiller l'objet: Franzy choisit ses libéralités, on ne lui marche pas sur les pieds. Ainsi gisait sur la table de chevet en métal peint bleu-gris une enveloppe au nom de Florence… Largesse qui m'est chaque fois comme une nouvelle humiliation, mais ce n'est pas avec mon miteux contrat annuel – sans assurance de renouvellement, moins encore de complément pour quelque fond de retraite imaginaire – que je pourrais faire face à la musique du loyer, de la mangeaille, de l'habillement, des déplacements, de la scolarité et mille petits à-côtés comme l'électricité, le téléphone, etc. – auxquels il faudra joindre le coût des deux tableautins d'Yvée, mais les huit cents dollars qu'ils me coûtent, c'est, comment dire, une dette de cœur que je rembourse. Quand, revenue à la maison, F. les verra et surtout mon portrait grandeur nature, elle va se persuader que je la trompe avec cette amie de Brigitte qu'elle connaît bien. Peu m'importe sa réaction, d'autant que je me goure en l'imaginant revenue au foyer, car les Franzy partis, j'ai pu constater comment la feuille blême de son sourire a glissé au vent d'hiver. F. n'est plus qu'un souffle, une brume qui se consume aux premiers rayons du printemps. Où est cette femme que j'ai connue alerte, animée, impétueuse, vindicative? Tournant vers moi sa figure chaque fois plus amaigrie:

– Et le cours… le cours de création… d'expression… Fernand a donné sa réponse?

J'ai hésité, secoué la tête d'une façon qui pouvait tout signifier. Vaut-il la peine d'arracher ses dernières illusions à une femme qui s'est crue aimée?

– Rémy! Réponds-moi!

Cet emportement tout à coup, cette brusque bourrasque qui balaie le paysage terne.

– Eh bien, c'est non. Il a donné la responsabilité du cours à quelqu'un d'autre, une doctoresse en linguistique du plus haut mérite… N'empêche, il aurait pu se forcer un peu, hein?

Florence est retombée sur son oreiller sans retenir une expiration qui venait, m'a-t-il semblé, du fond de l'âme. Dans cet effondrement, j'ai vu sa fin prochaine, ne parlons pas de la confirmation que Brigitte est vraiment la fille de Frondaie par l'évidence qu'elle ne lui pardonnerait jamais le refus opposé à sa demande. Après un bref instant F. a soulevé un peu la tête et tourné de nouveau vers moi ce visage qui avait été beau, très beau, le matin de notre mariage automnal:

– Sait-il que je suis malade? s'est-elle écriée avec une espèce d'irritation en détachant les syllabes, ajoutant: par dignité, pour ne pas avoir l'air de le faire chanter, je n'en ai rien dit, moi.

– Nos relations ne sont guère cordiales, ai-je répondu évasivement pour ne pas la blesser à mort. Et puis, enfermés dans nos bureaux, on ne se voit pratiquement jamais. Il n'a pas daigné accuser réception personnellement de l'envoi de mon dernier volume. Autant dire que je ne me faisais guère d'illusions lorsque je t'ai priée de… d'intercéder… pour moi… en… en…

Ma voix s'est brisée, mais F. déjà explosait:

– En dernier recours, quoi! [Pause, puis:] Un beau salaud quand même.

Cette passe d'armes a semblé lui rendre un peu de vie, de feu même. Mais quand au bout d'une minute elle est retombée pour de bon sur l'oreiller, j'ai senti toute une vie qui s'écroulait. Elle n'a plus rien prononcé mais serré les dents et les paupières, par quoi j'ai compris que l'explication conjugale avait pris fin. Sans bruit j'ai gagné la porte.

17 avril

Hier grande émotion. Reçu l'enveloppe-avion bleu pâle ornée de timbres poétiques qui m'annonce un message que je n'escomptais vraiment pas, celui de mon ange niçois – «ange-Angelin», comment ne pas faire à tout coup ce recoupement qui n'est sûrement pas simple coïncidence face à l'officiel Jeanlin? Et que dire de la lecture qui m'attendait… Aujourd'hui, jeudi, congé de faculté dont je ne me suis pas prévalu, histoire de transcrire en paix dans mon grand cahier ce que seul un esprit et un cœur de grande classe, encore qu'ambigus comme le combat intérieur qu'implique son double nom, pouvaient me réserver – je veux dire une âme étrangère à toute pose et à toute coquetterie, qui parle droit et clair, insoucieuse de tout quant-à-soi qui la retiendrait de se raviser après s'être dégonflée (les adieux prématurés…) –, au point que, et c'est le mystère qui drape un nu, je doute de la connaître jamais, comme elle-même, à ce qu'elle prétend, doute de me « démystifier » un jour ! On n'est jamais mystère que pour l'autre. Pour soi la trop cruelle évidence.

Tendre ami (ne craignez rien, un continent nous sépare, l'Atlantide, moins mythique à mes yeux que la mer des Sargasses),

Dix fois j'ai relu votre lettre d'adieu, votre lettre navrée, plus cruelle encore que la mienne, puis j'ai repris la précédente où vous vous livrez avec l'ingénuité d'un tout jeune homme. J'en suis touchée au point de revenir sur mes adieux et je vais essayer de vous rendre cette confiance que vous-même méritez plus que moi, oui, vous, pour qui je ne serais qu'une ombre, un fantasme de votre journal personnel ! Se confier comme vous le faites à quelqu'un pour qui on existe à peine, c'est se confier à soi-même, et à soi-même on peut tout dire, n'est-ce pas, on ne peut rien cacher ? Je vais tâcher de ne point vous décevoir, dussé-je détourner votre prose de romancier, même si, telle quelle, elle me va droit au cœur. Est-il possible qu'à cause de cela même j'aie voulu rompre ?!

Mais d'abord que je vous dise, cher Rémy, combien la tristesse parcourt vos lettres, comme un leitmotiv trahit le pessimisme du Lohengrin que vous êtes en quête de quelque Saint-Graal, nommez-le beauté, amour, gloire, justice, joie, éternité – toutes valeurs auxquelles vous aspirez, « homme d'aspirations » que vous vous dites, et qui ne sauraient exister dans leur plénitude en ce monde plein de déceptions et d'amertumes que vous n'avez pas encore quitté moralement tout à fait, en dépit de mes pauvres et bien inutiles objurgations. Car, malgré vos gémissements vers l'Idéal, vous vous cramponnez à une ombre de bonheur terrestre. Et la meilleure preuve en est que vous êtes allé jusqu'à imaginer de venir (pour l'instant c'est à la nage) me voir ici à Nice – pour trouver quoi, je vous le demande ?! Or c'est cela qui justement m'a inquiétée et m'inquiète encore. Ah ! certes, il serait vain d'écarter ce qui est de l'ordre du possible – rien n'est inconcevable à des cœurs un peu fous, si tout n'est pas souhaitable – mais très concrètement, et vous avez raison de le supposer, je suis sur le point de quitter Nice pour Paris où le printemps m'aura précédée. C'est le quinze de ce mois que le rapide – il m'autorise des heures de lecture paisible que l'avion me refuse – me ramènera pour y séjourner jusqu'à l'automne dans mon petit studio du Ve arrondissement – vous m'avez dit connaître un peu Paris – pour y poursuivre ma trop fastidieuse tâche de lectrice de manuscrits. Ne le prenez pas mal, vous qui n'écrivez plus que votre journal intime, même si j'ai saisi qu'il arrivait à ce journal de virer à la fiction, ce qui me trouble et m'intrigue d'autant plus que je ne comprends pas comment une telle déformation du réel est possible, à moins d'en faire un jeu comme de Jeanlin j'ai fait Angelin, même si la réalité vérifiable aura toujours le dernier mot... Mais foin de cette morne logique, l'essentiel est que vous trouviez dans ce rêve quelque agrément réparateur de tout ce qui par ailleurs vous blesse et, peut-être, vous tue. Pourquoi aurais-je peur des mots, en ce qui vous concerne, s'il suffit que mon fantôme vous prête l'oreille pour qu'il entende votre détresse et que vous en soyez soulagé jusqu'à endiguer le désespoir? C'est cela qui m'a fait revenir sur ma décision d'interrompre notre correspondance avant qu'il soit trop tard; mais d'avoir renoncé à m'installer dans un bonheur que je voyais poindre à l'horizon marin ne m'empêche pas de prétendre jouer un rôle utile, fût-ce sous forme de vision béatifique, car je ne suis pour vous rien d'autre que cela, et non pas même la frêle silhouette de Kitty Bell que l'auteur a mise en scène auprès de l'infortuné Chatterton avec une commisération bien romantique qui ne doit pas nous ressembler tout à fait, ne serait-ce qu'en raison de l'ancienneté de nos états de service sur la planète... Mais je vous crois sur parole, Monsieur le professeur à qui est donné de faire des variations spectaculaires sur ce thème navrant de la malédiction de l'artiste à travers les cas pathétiques de deux autres «maudits», André Chénier et ce pauvre Gilbert, martyrs eux aussi d'une société matérialiste qui méprise ses poètes jusqu'à les laisser mourir parce qu'ils sont inutiles à l'enrichissement général. Par quoi je discerne que le drame de Chatterton, dénonciation généreuse et vengeresse, ne porte pas que la marque d'un temps révolu puisque vous y cherchez, sans trop vous en rendre compte, la représentation de vos propres adversités... Et il n'est que juste de dire que votre vie est bien loin d'en manquer, cher Rémy, que je voudrais tout près de moi, mais un seul instant, pour dissiper les vagues noires qui polluent la grandeur de votre ciel.

Cependant comment vous reprocherais-je d'être resté si jeune dans l'âme que de vous plaindre de n'être compris que de moi qui ne vous ai pas lu! ou qui n'ai lu que votre prose épistolaire qui prétend ne me livrer qu'une autre rêverie de romancier mélancolique... Si *j'ai l'air de me moquer, c'est uniquement pour tenter violemment de vous arracher à ces pensées moroses dont je me suis défaite, moi, pour ma paix profonde, vous savez à quel prix, une paix que vous seul pourriez troubler. Voilà pourquoi si je vous confesse qu'une part de mon cœur palpite à la pensée que vous pourriez venir me rejoindre, une autre part du même cœur frémit d'angoisse à l'idée de voir s'écrouler un beau rêve, celui que nous partageons, un rêve qui, à prétendre vouloir s'incarner, perdrait son plus irréductible charme, sa réalité même de rêve, cela vous le savez, vous que la vie condamne à vivre sur deux étages, celui de l'Art fabulateur qui promet tout et celui du quotidien menteur qui ne donne rien... Certains disent : il faut profiter de la vie car rien n'en restera, moi je vous répète : serait-ce la plus noble ambition littéraire, le plus légitime espoir de récompense pour une bonne action, le plus fol espoir de bonheur selon la chair, il faut vous libérer de ces vanités qui ne font qu'asservir. Car le Saint-Graal qui fait l'objet de votre quête sous la noble idée de justice entre le destin des êtres se situe tout entier dans l'esprit, autrement dit dans cet outre-monde où je me plais à vous faire croire que me voilà enfin parvenue afin de mieux m'en convaincre moi-même pour mon unique fierté...*

Oh ! que je suis âgée et que vous restez jeune !...

Et pourtant pas si âgée que je le souhaiterais, puisque je pourrais me laisser prendre à une rencontre d'âmes qui déborderait les limitations du trop fin, trop impalpable papier-avion dans l'espoir de se faire encore plus merveilleuse, plus complète en entrant toute vive dans votre roman vécu... Lorsque j'ai fait passer ma petite annonce, non vraiment, je n'avais jamais rien envisagé de tel. Ni surtout que j'allais réveiller en moi une Emma Bovary qui se fixerait sur un être jamais vu, presque imaginaire, un être tel que vous l'êtes, si peu disposé au fond à se prêter à ce genre d'envolée lyrique, explicable seulement par un profond désœuvrement sentimental à ce moment critique d'une vie où tout semble crouler. Et pourtant non, le droit ne vous appartient pas de me faire exister dans votre journal intime avec autant... de vérité, même romanesque, surtout romanesque, alors que la mère de vos enfants est recluse à l'hôpital, et peu importe les torts qu'elle peut avoir envers vous : vos ardeurs littéraires, cette « vocation » dont je ne doute pas qu'elle soit authentique, ne pouvaient que vous détacher de votre épouse, à l'instar de toute prétention terrestre centrée sur soi, ce qui est la nature même de l'ambition créatrice, n'est-ce pas ? Et les ambitions propres de cette pauvre femme délaissée ont suffi à sceller votre désunion, sans que vous puissiez vous en plaindre... Que me voilà moralisatrice, moi qui, au vrai, n'ai rien d'une si «belle âme», encore moins d'une sainte, puisque tout mon apparent détachement ne considère que mon intérêt, qui n'est que mon repos – et le vôtre assurément s'ils peuvent coïncider, ce dont je ne veux pas douter, cher Romain.

Comment vous faire entendre mieux cela? Après toutes ces misères qu'on vous a faites, vous devriez maintenant savoir que les joies humaines sont des jouets faits pour être cassés. Il suffit parfois d'en parler trop pour qu'elles se brisent. N'agissons pas comme des enfants, Rémy, car nous n'avons pas leur patience à faire durer un peu l'extase d'un cadeau inattendu et retrouvé tout neuf chaque matin une semaine durant. Il n'est de félicité durable sans une grande part de sacrifice, de dépossession, qui n'est pas l'indifférence mais plutôt son contraire. Tous ces kilomètres de mer qui nous séparent, le temps que mettent nos lettres à se rendre, l'attente sont des bénédictions qui nous préservent de voir décliner ce qui pourrait être entre nous un sentiment très profond, puis mourir. Oserais-je vous confier presque un blasphème? La mort de mon cher mari le préserve intact en moi dans l'intégrité même où je l'ai quitté, soit avant que l'impeccable portrait qu'il composa longtemps dans mon esprit ne vienne à s'user sous mon regard avec ses fraîches couleurs, comme à ses yeux j'aurais tantôt fait de perdre les trois quarts des faux mérites qu'il me prêtait. Et quant à mon fils, si affectueux qu'adolescent déjà il me récitait des poèmes au cœur d'une enfance qui ne l'aura jamais quitté, n'est-il pas normal, quoi qu'en disent les psys, que je le préfère à jamais irréprochablement pur de cœur à mes yeux de mère plutôt qu'abîmé par une existence qui, en lui conférant une autre vérité, l'aurait plongé à coup sûr dans cette immanquable dégradation de l'âme qui accompagne la vie et me l'aurait rendu moins cher? Voyez mon égoïsme, voyez comme j'ai raison de dire que je suis loin d'être une belle âme, mais plutôt une ombre un peu trop méfiante qui a trouvé dans un outre-monde à ma façon un endroit proche du non-être où il n'y a plus d'abaissement possible.

Ainsi en va-t-il entre nous, cher Rémy. Si cruelle que soit votre solitude, si ardent votre désir de vous rapprocher de cet «ange qui aurait l'avantage d'être une femme» que vous désirez voir en moi, rien de tout cela ne doit troubler une félicité toute spirituelle que, bravant l'éloignement, bravant l'absence, nous partageons à l'insu du monde entier. Vous me direz que je n'appartiens pas à ce monde entier qui, le voudrait-il et quoi que je fasse, ne saurait attenter à ma nature de créature spirituelle qui fait de moi une Laure Angelin plutôt qu'une Claudie Jeanlin. Mais il faut m'écouter, Romain qui déjà n'êtes plus Rémy: je ne suis d'outre-monde que pour vous, et seul

vous avez intérêt à ce que je le demeure. Là ne règnent ni les volup-
tés, ni les délices, encore moins les cris, les jalousies et les vengeances,
mais une paix, une sérénité qui n'a pas de fin.

Et puis si j'ai lancé cet appel dans un hebdo, je l'ai lancé à un
être inconnu qui dans mon esprit devait le rester. Car dès qu'un cœur
s'ouvre, telle la moindre fleur il a commencé à se flétrir; dès qu'un
corps s'offre et se livre, il a commencé à se lasser et à regarder ailleurs,
dès qu'un nœud se serre, il a commencé à glisser... Votre mariage qui
s'annonçait si durable n'en est-il pas l'illustration? Et vos grands
enfants ne sont-ils pas déjà loin de vous, avouez? Ah! si nous étions
parfaits... Ce qu'il y a de rassurant, c'est que nous ne connaissons
jamais personne, du moins jamais assez pour nous en lasser tout à fait.
Le mystère protège. Mais les lettres, me direz-vous, ces lettres que
nous échangeons où nous voudrions nous dire l'un à l'autre presque
tout sur nous-mêmes? Eh bien, je crois que loin d'éclairer le corres-
pondant, ces lettres lui mentent, sans que nous le cherchions, au
contraire, oui elles le mystifient, comme elles nous trompent nous-
mêmes, en nous présentant de bonne foi sous un jour que nous ne
pouvons vouloir qu'avantageux; mieux encore, elles nous dissimu-
lent l'un à l'autre par l'incapacité où nous sommes de nous dire
nous-mêmes avec des mots, pas plus qu'une vraie peinture ne décrit,
pas plus qu'une symphonie ne raconte, pas plus qu'un roman ou un
poème n'explique ou ne s'explique. Et c'est par ce mystère qui n'im-
pressionne pas la pellicule photographique que nous attrapons celui
ou celle devant qui, pour lui plaire, nous prétendons nous dénuder.
Et malgré tout nous effleurons de plus près notre vérité dans une seule
lettre que dans cinquante heures de dialogue. En paroles, face à face,
aurions-nous encore quelque chose à nous dire?

Vous me parlez d'Yvée Marcueil avec beaucoup de franchise,
d'affection, de tendresse même; ne craignez pas ma jalousie car mon
détachement ne se situe pas avec vous sur le même plan que cette
jeune artiste peintre dont le talent créateur vous la révèle bien mieux
sans doute dans ses œuvres que je ne saurais le faire par mes confi-
dences car – et je vous donne raison là-dessus – la création pure, l'in-
vention qu'est l'art, propose un mensonge infiniment plus véridique
d'un être humain que tous ces misérables efforts pour se communi-
quer directement. Tel est le miracle de la poésie. Et sans doute est-il
heureux pour moi que je reste à l'écart, abritée sous mon précieux
incognito européen, car mon chagrin serait grand de pouvoir me
représenter votre visage, votre sourire, votre voix chérissant une
artiste qui parle le même langage que vous, celui de la création,
auquel je n'ai pas accès sinon à titre de consommatrice. Mais dois-je

vous avouer une curiosité, ou est-ce une tentation? celle que j'aurais d'admirer avec vous cette image de vous où la jeune personne a «démasqué votre narcissisme», écrivez-vous, «sans pour autant vous défigurer», comme tant de dessins modernes où la forme prévaut sur le sujet toujours sacrifié aux impératifs du faire... Je me trompe peut-être. N'importe, votre lien avec Yvée a sûrement un de ces caractères extrêmes qui valent d'être entretenus et approfondis encore par le sentiment d'isolement intérieur où vous êtes, à mille lieues de cette distance très singulière qui nous lie tous deux. Du reste, la nature humaine est ainsi faite, je le crois, que nous ne pouvons nouer avec des personnes différentes que des liens essentiellement différents et tout à fait privilégiés, uniques, qu'ils s'égalent ou non en force. Car j'ai appris aussi que nous n'aimons guère, hélas, que nous ne savons que préférer. Puissiez-vous me préférer tant soit peu quand vous aurez débrouillé toutes les voies que j'indique au Cavalier polonais, sans qu'une faible femme comme moi puisse prétendre en imposer aucune – faible puisque, à votre premier mot de reproche, j'ai couru au-devant de vous, renonçant aux plus cruels mais plus salubres adieux... Cette lettre en est témoin, même si la suite ne vaut pas d'être lue.

·

Pardon, Rémy, ou plutôt Romain, de m'introduire ainsi, pour la déchiffrer, dans ta vie la plus privée, même si je vois bien que tu ne fais aucun effort concerté pour m'en cacher les secrets – ombres et lumières. Je suis folle dans ma sagesse et je voudrais ne l'être pas au nom même de ce qui nous rapproche après trois mois d'une rencontre aussi fortuite qu'impalpable. Non, je ne suis jalouse de personne autour de toi. Je n'en ai ni le droit ni le désir. Mon unique et profond regret est de te savoir et même de te voir si atrocement malheureux et pour des causes en apparence si justes, singulièrement cette «carrière» (horreur!) de romancier que tu crois manquée à cause du silence obstiné qu'on oppose à tes efforts. Pardonne-moi mais ta vie n'est pas ratée. Sans douter de la réelle amertume que puisse procurer toute vocation empêchée de s'exercer, il convient d'accepter que l'édition n'est qu'un commerce et que la valeur de l'art ne se chiffre pas: il suffit qu'un lecteur soit touché pour interdire qu'on parle de vocation manquée. Et puis, cher Romain, t'apprendrai-je qu'il n'y a que ce qui met en cause le sort de la Terre qui vaut qu'on s'en inquiète?... Certes le mal des autres ne console pas de ses propres tourments, mais à l'instar des infirmières dont le cœur s'est blindé au contact de la souffrance et dont l'inné petit capital de compassion s'est dilapidé au fil des jours, les doléances d'artistes, d'écrivains méconnus, même si elles sont justifiées, même si elles sont douloureuses et blessent au point d'en mourir, ne trouvent pas en moi un écho idéal: chaque jour qui passe me voit renvoyer à leurs auteurs des écrits dont, pour toutes leurs qualités littéraires, l'existence ne manquerait pas à l'humanité s'ils ne voyaient pas le jour. J'en parle à mon aise, me répondras-tu, et même avec une cruauté suffisante pour que, te détournant de moi, tu aies déjà déchiré ces phrases qui sont d'abord une injure à l'Art, à ton Art, même si je n'ai lu aucun livre de toi qui légitimerait tes griefs, mais l'Art, je te le redis avec la même cruauté de chirurgien de l'âme, s'il peut et doit émouvoir un instant, passera comme le reste, et manquerait-il un chef-d'œuvre à l'humanité, ce ne serait jamais que pour quelques années, quelques siècles, quelques millénaires, rien en somme...

Aussi ne pleurerai-je pas sur les tourments de Chatterton qu'écrase à mourir une société qui n'a que mépris pour ce qui est poésie, préférant sport et télévision, mais je pleurerai sur toi, Romain, parce que je crois, sur la seule foi de tes lettres, que... que je t'aime... oui je crois que je t'aime, toi que je ne connais pas et ne veux pas connaître et c'est pourquoi ton épreuve de romancier lucide, de romancier assuré que nulle œuvre d'art ne porte en soi sa nécessité, que cette épreuve et toutes les autres me font mal... très mal... mais pour la simple raison que ce sont les tiennes, comprends-tu?...

Pardon, après cet aveu, souffrez que je finisse demain.

•

Je reprends ma lettre au prix d'un effort éperdu qui tient à ma nature, car mon aveu d'hier est contraire à ma conception du bonheur qui est l'abnégation. Mais puisque je me suis trahie, soyez donc béni de n'être rien aux yeux de gens qui ne vous valent pas, vous risqueriez de croire à leurs égards, à leurs flatteries, tandis que d'être si méconnu vous grandit encore en moi, pour moi, en me donnant l'impression d'être seule à vous connaître et à vous estimer. L'estime des médiocres vous diminuerait et vous en seriez un peu moins à moi qui ne m'embarrasse pas de vos succès pour vous chérir. Au regard de mon innocence, vous êtes mieux qu'un grand romancier à succès, mieux qu'un doyen de faculté. Vous êtes un homme venu pleurer sur mon épaule. Oh! pardonnez-moi encore, je sais que je vais trop loin, mais c'est écrit maintenant. Comprenez. J'étais seule, lucide certes et résignée, mais quoi! j'avais presque oublié que j'avais abdiqué ma

joie d'exister mais c'est quand tout est fini que tout se mêle de renaître. *Logique.* Voilà donc que, cherchant un ami de hasard avec qui
j'irais consommer quelque eau minérale au café en parlant d'autre
chose, d'autre chose que des potins de la foire littéraire, je suis tombée
inopinément sur vous avec votre détresse d'autant plus poignante que
je ne puis y porter remède comme mon cœur tant le souhaiterait. Y
parviendrai-je si peu que ce soit? Cet éloignement grâce auquel vous
me prêtez des vertus inexistantes me rend, j'en suis sûre, tellement
plus présente à vous qu'à l'amant dont je caresserais vainement le
visage… C'est pourquoi il ne faut surtout pas venir ici, à la nage ou
en survolant les nuages. Une ombre a tout à perdre, rien à gagner à
devenir palpable et quotidienne et perd en peu de temps tous ses
moyens de réconfort, de guérison. Car tout se passe dans l'esprit.
Laissez-moi demeurer l'ange que vous voyez en moi, l'ange que je
n'ai même pas à parer de tous les attraits physiques, de tous les ornements spirituels – oserais-je dire de toutes les grâces d'un malheur ou
d'une angoisse que je partagerais avec vous? Non, mon sentiment
m'interdit de vous imaginer rendu moins triste par la tristesse d'une
âme toute à vous.

Est-ce qu'une femme a le droit de dire la première toutes ces choses à un homme, et à un homme dont elle ne connaît pas le visage?
Oui, mais uniquement quand elle est de nulle part, qu'elle a vraiment renoncé à tout, et que cet homme est pour elle un pur esprit
dont elle n'a rien à craindre ni à attendre, rien qui soit corruptible.
Non, la vraie vie n'est ni ailleurs ni absente, elle est au-dedans de
nous, au cœur de nous, là où est notre âme inaltérable, tant du moins
que vous me resterez si loin, si inatteignable, et en même temps que
vous ne ferez pas un geste par quoi je risquerais de vous perdre, tant
il est vrai que vous n'avez pour moi d'existence qu'à l'extrémité de
mon esprit par la grâce et la vertu de vos seules «belles-lettres», celles
que vous m'envoyez malgré la rigueur de la dernière en date, par
suite de la mienne qui avait prétendu vous éconduire… Romain
voit-il mieux pourquoi maintenant? Voit-il que je préfère le perdre
plutôt que de me laisser perdre par lui?

Écoutez. Nul besoin pour me désarmer de franchir l'Atlantique
à la nage, serait-ce au bénéfice d'un pauvre roman d'autant plus vite
oublié dans la mémoire des humains qu'il serait étayé d'une page
comme celle-ci. Surtout rappelez-vous que, n'importe son génie, le
plus éclatant des ouvrages de l'esprit ne vaut pas le moindre mouvement de charité, c'est du Blaise Pascal cela et, professeur, vous le savez
mieux que moi-même si vous répugnez peut-être à l'entendre. Si
noble égotisme il y a chez vous, c'est que vous tenez aux idées de

grandeur qui vous ont perdu mais ne voyez-vous pas que de vous acharner à les reconquérir est une idée de faiblesse? Le romancier en vous est passé joueur de roulette. Permettez que je m'étonne que vous vous fassiez du mauvais sang pour n'être pas l'une de ces figures médiatiques qui tiennent momentanément le devant de la scène. Mais prenant conscience de ce semblant d'injustice, après avoir tant investi dans une littérature authentique, il n'est que normal que vous vous soyez soudain réveillé sous la vive impression d'un désastre à réparer. Alors vous avez commis un livre amer que vous ne voulez plus reconnaître parce qu'il ne vous ressemble pas et donc qu'il a précipité votre chute aux enfers. Votre infinie solitude s'est révélée sans rémission dans le désert de cette «indifférence» dont vous avez long-temps souffert pour l'avoir vous-même cultivée et fait d'elle comme un abri contre l'iniquité. La mort dans l'âme, vous avez repris votre journal intime, ce confident fidèle, où vous avez conçu de raconter votre histoire dans ce qu'on appelle dans les cercles littéraires bien parisiens une «autofiction», soit une mise en scène de vous-même tel que vu au périscope d'une littérature romanesque fantasmagorique. Sur ces entrefaites, votre sentiment d'abandon, cher Rémy, vous a incité à décoder dans un hebdo tout aussi parisien les cris d'un oiseau rare, moi, qui ne pouvaient être que ceux de l'âme prisonnière d'elle-même exprimant publiquement sa peine sans se douter que ses accents fussent si tristes dans leur discrétion, réfugiée qu'elle était, cette âme, dans la cage d'un outre-monde d'où vous parviennent ces lignes désemparées qui ne trouveront point place, je le désire, dans ce journal de vérité que vous donnerez plutôt pour un banal roman à la première personne, où je ne mérite pas au demeurant de figurer. D'ailleurs cette lettre que j'hésite encore à vous envoyer suffirait à le rendre illisible par le candide aveu que je vous y fais de sentiments qu'il est trop tard pour effacer et suffirait à faire comprendre que nous voguons à mi-chemin du rêve et du réel, moi envoilée sous un langage voisin du vôtre quoique exprimant son contraire, puisque j'y tiens des propos qui bafouent la transcendance de l'Art, ce qui n'est rien dès lors que nous partageons la même éthique et que je me crois parvenue là où le Cavalier polonais, plongeant dans la mer, m'a néanmoins, par sa quête éperdue, plutôt émue, élevée, désarmée, laissant dériver mon esprit sur la crête de vagues élégiaques dont cette lettre porte quelques éclaboussures… Mais le courage me manque pour tout recommencer. Et le temps, car je crains de vous faire attendre.

Comment cette tension entre nous deux se résoudra-t-elle? Est-ce à moi de le dire? Non, car l'auteur c'est vous, je ne puis rien au déroulement de l'action, si ce n'est jouer mon rôle d'acteur auquel vous donnez la place que je mérite, et permettez-moi d'ignorer ce qu'elle sera et comment j'y serai traitée puisque, en définitive, mon destin vous appartient… Pourquoi m'inquiéter ? Le romancier chevronné que vous êtes doit deviner vers quoi, vers qui, il dirige sa monture même s'il lui faut compter avec un firmament crépusculaire absent du Rembrandt original qui est un faux Rembrandt (le saviez-vous ?), comme nous le sommes nous-mêmes, controuvés.

Cher et tendre ami, avant de vous quitter, laissez-moi vous le répéter, mes adieux épistolaires ont dû vous montrer que je n'ai aucune prétention sur votre personne, je ne souhaite que la maintenir dans cet état d'apesanteur morale qui m'assure de votre essence à la fois masculine et imaginaire laquelle seule j'oserais disputer en paroles à cette géniale enfant que vous avez nommée Yvée Marcueil. Du moins, quoi que j'aie dit, ne me parlez plus de ce portrait magique, de cette exposition qui doit battre son plein à l'heure où j'achève ces feuilles. Je serais bien peu jalouse que le succès ait couronné les efforts de tant de talent. Mais de tels succès ne sont que du vent, cher Rémy qui savez le peu de prix que j'attache au bruit que fait la foule. N'empêche, s'il vous tenait vraiment à cœur d'affronter le public de Paris, n'hésitez pas à me faire tenir votre prochain manuscrit, celui même auquel vous travaillez, je crois disposer d'assez de crédit dans la maison qui me nourrit pour le pousser et le faire passer. Reste que le vrai succès, on le porte en soi, il n'en est pas d'autre, croyez-en l'humble expérience d'une femme inondée de textes tout pleins de mérites, tous, mais dont le sort sera de rester inconnus, si ce n'est pour leur auteur, qui n'aura vécu que pour la gloire d'accomplir sa vérité.

Ai-je trop divagué en voulant tout dire et n'ai-je fait qu'ajouter des voiles à ce que je n'entendais qu'éclaircir, notamment par l'impudique aveu d'un amour si abstrait qu'il n'a que la minceur d'une feuille d'érable du Canada mais aveu qui explique aussi pourquoi j'ai souhaité mettre un terme à cette vaine correspondance, eau pure qui s'évapore dans un espace trop vaste pour la retenir, la dispersant aux quatre vents jusqu'à ce que plus n'en reste. Les cœurs ardents se font arides sous l'assèchement des jours ensoleillés qu'on n'a pas respirés ensemble. Ce qu'il en sera des nôtres, Dieu le sait !

Claudie

P.-S. – M'endormant mal hier soir – voyez jusqu'où vous me poursuivez –, je songeais à ce cours de création littéraire sur lequel vous misez à juste titre. Ce cours vous revient de droit en effet et je ne veux pas douter un instant qu'on le confiera à l'écrivain que vous êtes – mais faudrait-il en faire un drame s'il vous échappait ? Là aussi il *faut maîtriser vos réflexes, nous sommes environnés de bêtes de proie, n'en soyons pas une de plus. «Si quelqu'un te prend ta tunique, dit ce merveilleux Évangile, donne-lui aussi ton manteau.» Ne rien réclamer, vivre dans la sérénité du non-bonheur, de l'imbonheur accepté, laissez-moi revenir à ma marotte au profit de votre conscience, une marotte qui ne fait pas pleurer contrairement aux «amours vécues et aux douleurs souffertes d'où naît la poésie», comme écrit André Suarès, mais aussi tout le mensonge humain. Mais, quoi qu'il arrive, ne perdez pas cœur, je suis là! Je n'en dis pas davantage, d'autant que je vous prêche ce que je ne parviens pas à croire tout à fait, dont la seule promesse de vie me comble, mais s'il vous plaît de me répliquer par écrit, vous trouverez mon adresse de Paris où je passe le printemps au dos de l'enveloppe. Un dernier mot tant j'ai peine à vous quitter. «Que sert à l'homme de gagner l'univers, s'il vient à perdre son âme?» Acte de foi que je m'applique à prononcer chaque matin afin de le graver en vous, sinon en moi qui ne suis que doute. Tout cela qui fait courir les humains, la gloire, le pouvoir, l'avoir, le savoir, est à l'exact opposé de la pauvreté de l'esprit qui seule libère…— n'est-ce pas, cher Rémy-Romain pour qui les fragiles honneurs que dispense le monde ne sont qu'un leurre et pour qui, mieux que pour moi, le vrai bonheur ne saurait avoir de nom en cette comédie des apparences que je m'efforce de quitter. Au revoir… Oubliez tout ce que j'ai écrit, c'est sans intérêt et atteste uniquement la tendresse que j'ai pour vous et l'impact de votre lettre sur mon pauvre esprit troublé.*

Cl.

18 avril

Cette lettre d'hier, je ne cesse de la retourner dans ma tête, et plus je la retourne, plus elle me détraque. Ai-je été trop loin dans l'expression de mon désir d'aller là-bas quand je sais bien que c'est utopique et que toute cette aventure n'a rien de concret pour l'étayer que quelques feuillets trop sincères que j'aurais mieux fait de déchirer? Et puis la confession amoureuse que Claudie me fait, son émoi, son retour sur ses adieux, tout cela me touche au cœur, mais montre aussi que Laure n'est pas si ange qu'elle s'en persuade. Et quand même elle le serait, comment éprouverait-elle dans sa chair raisonnable le drame affreux qui est le mien qui est de n'avoir rien écrit que des «rinçures» (Rimbaud) sans portée faute des *contacts* qu'il aurait fallu cultiver. Comme il est des Chatterton de dix-sept ans, il est des poètes de cinquante-sept et, qui sait, de soixante-sept, des peintres, des pianistes, qu'étreint le chagrin insondable de la méconnaissance publique qui fait qu'ils s'empoisonnent comme Chatterton ou se laissent mourir de parler, de crier, de chanter dans le vide ou pour des oreilles qui se bouchent comme si on leur hurlait des obscénités. Sûrs d'avoir failli à leur vocation, ces artistes-là ont tout immolé d'eux-mêmes et jusqu'à leur famille, et n'emportent dans la tombe que leur angoisse de s'être entourloupés jusqu'à croire en leur génie, ou seulement d'avoir imaginé un instant qu'ils méritaient d'être écoutés, regardés, lus. Laure, crois-tu en moi ? Mais comment le pourrais-tu dès lors que… ma passion n'a rien osé te montrer de ce qui est tombé de ma plume hormis les tendres effusions jaillies de mon esprit en détresse ? Comment pourrais-tu croire en l'étoile de ma prose et admettre que seul l'aveugle amour que tu te forges à mon sujet te permet de penser pouvoir me « pousser » comme une marchandise de valeur auprès de tes gros commerçants d'éditeurs ? Ainsi me le prouverais-tu, cet amour désincarné, tout en me tenant bien à distance de toi, ce qui seul te soucie et qu'il est par trop aisé d'obtenir à l'heure où tout me retient ici, jusqu'au coût inabordable d'une rocambolesque traversée aérienne que je pourrais entreprendre, s'il me venait la folle inspiration de contrevenir aux vœux de ta sagesse que j'admets trop bien, hélas, moi qui, à ton exemple mais sans y puiser ta haute résignation, ne garde plus d'illusions sur rien, et surtout pas sur moi.

19 avril

Encore dix jours et c'en sera fini pour cette année des TP. Me reste à corriger une ultime copie, remise bien en retard, sur Chatterton et les vingt-quatre commentaires composés d'un passage au choix de l'un ou l'autre des *Trois Contes* de Flaubert. Un coup d'œil m'a permis de constater qu'ils ont tous élu *Un cœur simple* moins deux, une fille et garçon, les as des deux groupes concernés, qui ont préféré étudier *La Légende de saint Julien l'Hospitalier*. Personne n'a pris *Hérodias*. Tant mieux, je les comprends. Ils ne pourront pas raconter, en tout cas, que je leur donne de la crotte sur quoi s'esquinter les méninges. Ce que je viens de lire de leurs compositions me montre d'ailleurs que tout espoir n'est pas perdu, du moins en ce qui concerne ces deux équipes. Comment ne pas m'en sentir remonté pour l'avenir culturel du Kébek! Mais est-ce cela qui nous donnera une langue soignée qui ne peut venir qu'avec la souveraineté politique? En souvenir de ma jeunesse militante, c'est ma dernière espérance. Il est tard.

Pour la semaine prochaine, la dernière de l'année universitaire, les explications orales des six candidats qui restent, trois dans chaque groupe, porteront sur des poèmes de leur choix tous tirés des *Contemplations*. Ils seront bien forcés d'en lire quelquesuns. Mais il se trouvera encore quelqu'un dans mon dos – pas les étudiants, cela n'arrive jamais – pour me reprocher de me montrer trop chiche envers nos auteurs du cru. Et quand je pense que je me lamente moi-même sur mon sort d'écrivain méconnu! Que faire? Je ne sais. Je ne peux que me fier à mes goûts.

20 avril

Lionel a téléphoné. Il m'annonce sans état d'âme qu'au train où va la détérioration de ses os la triste F. n'en a plus que pour un mois. Affreux à dire, ça ne m'a pas bouleversé plus que ça. Au moins je n'aurai bientôt plus à subir – à cause des reproches que je me fais à son endroit? à cause de mes fiascos de romancier à la gomme qui lui avait promis la lune? à cause de mon orgueil qui n'admet pas que, mourante, elle trouve encore à gagner plus que moi? – la blessure de son regard hautain sur moi chaque fois que je veux l'embrasser. Rejoint au Studio, le petit Franzy-Franzy, devenu tout de même un personnage depuis le temps, m'a paru affecté par le funeste pronostic de Destouches, même si ce pouvait n'être que comédie (il s'y entend) ou bien, à la rigueur, regret de perdre celle que son départ de l'agence a clairement désignée comme son indispensable collaboratrice. «Florence Desnoyers était devenue la cheville ouvrière de Franzy & Franzy, m'a-t-il déclaré avec son emphase coutumière, sous l'angle de tout ce que notre entreprise à cheval sur l'art, le commerce et l'industrie, comporte de créatif. J'irai demain après-midi à l'hôpital avec Lucette et nous passerons un bon moment. Prends congé. Je prévois pour toi des nuits pénibles et tu dois y aller *pianissimo*. À bientôt, très cher ami, et crois à ma sympathie sans réserve dans ton épreuve.» Il parle comme il écrit et c'est ce qui me fait douter de tout ce qu'il raconte. J'en deviens méchant à tant souffrir. Il faut que je relise la lettre de Claudie Jeanlin. Elle seule me donne une impression de naturel, de loyauté.

212

J'ai beau faire, je n'arrive pas à bout de ma réponse au long envoi de Claudie. Sa sincérité freine la mienne. Pourtant comme il y aurait à dire si je ne me retenais pas.

Jeudi, jour de clôture de l'exposition d'Yvée. Dès onze heures, à l'ouverture, me suis présenté, sûr de ne rencontrer personne. Effectivement, Ulric en était aux premiers décrochages et Antoine aux premiers emballages sous l'œil autoritaire de Mme Maurel dont les directives ont une précision de gendarme. Elle m'a tout de même reconnu avec beaucoup d'éclat et d'agrément, surtout lorsqu'elle a vu que je ne venais pas premièrement pour prendre possession du portrait à moi destiné (Yvée l'avait prévenue) mais pour faire l'acquisition non des deux tableautins verticaux, mais d'un autre diptyque merveilleux et touchant dans sa simplicité : deux vues très subjectives du profil de la ville prises depuis l'île Sainte-Hélène à deux moments du jour, avec au premier plan le Saint-Laurent en pleine débâcle : à gauche, teintes froides d'un matin d'avril que souligne l'éclat des blocs de glace au pied des noirs gratte-ciel, dressés contre la nudité d'un azur embrasé de lumière diffuse ; à droite, teintes chaudes d'un crépuscule ocre où les gratte-ciel rutilants et la montagne habillée d'automne roux se sont comme éclaircis sous les derniers rayons obliques d'un soleil hors cadre. Ce diptyque m'enchante par ce qu'on y sent du regard humain jeté sur un panorama rendu trop familier par la froide, l'inhumaine photographie. Cet achat reste une folie au vu de mes prochains embarras financiers, lorsque Franzy aura bientôt interrompu ses largesses en faveur de F., si les choses tournent aussi mal que Destouches le prévoit. Ma femme ne souffre pas cependant, m'a-t-il assuré, et aussi bien rassuré. Sitôt libéré des TP, j'irai chaque jour à l'hôpital, quitte à me heurter au mur de silence que F. m'oppose. Mais ledit mur nous sépare-t-il vraiment ? La parole réticente, le silence des pensées communiquent tellement plus intimement que tous ces mots en l'air dont ne subsiste même pas l'haleine. J'enrage à la pensée que les enfants, même Brigitte, font si peu d'efforts en faveur d'une mère à qui ils doivent cent fois plus qu'à moi tant en affection qu'en attention. Depuis quand n'ai-je pas parlé sérieusement avec Madeleine et Patrice ? Entre nous mutisme de parfaits étrangers. Qui blâmer? Mon indifférence certes, mais aussi l'opposition des caractères et des goûts. À quoi bon prendre les devants si je reste pour eux un emmerdeur bloqué dans sa littérature, un emmerdeur qui n'a rien réussi même dans sa prétendue spécialité? Est-ce donc de ma faute si le talent m'a manqué, sauf peut-être dans le présent journal qui prétend le publier à tout venant? Est-ce de ma faute si je n'ai pas su frapper aux bonnes portes quand c'était l'heure et si maintenant je ne connais plus personne et si personne ne me connaît plus? Pour les relations publiques, comme me l'écrit Claudie, je laisse à désirer singulièrement, Claudie que son mépris pour toute cette comédie littéraire réjouirait plutôt… Le seul Danterny fait semblant, et encore! de croire en mes «redondances», en mon «verbiage», en mon «baratin d'intellectuel»: sans lui, sans l'aide à l'édition du ministère, où en serais-je? Nulle part. Soit là même où je suis. Paradoxe.

Une fois remis mon chèque de huit cents dollars – pouvais-je faire moins pour une artiste que j'adore et qui n'a rien vendu, faire moins pour elle que je n'ai fait pour un Nick Palazzo dans le temps? –, Mme Maurel m'a fait emballer par Antoine les deux petits tableaux, que je n'ai plus qu'à faire encadrer décemment avant de leur trouver un coin au salon, ou dans ma chambre si la place manque car je ne saurais les séparer l'un de l'autre. Comme j'allais partir:

– Et votre grand portrait, M. Desnoyers? Marcueil m'a bien dit qu'il était pour vous, vous ne l'emportez pas? Ce serait toujours encore bien ça de parti.

– Je suis à pied. Comment me charger de tout ce matériel. Je reviendrai ce soir quand le peintre sera sûrement là, et je hélerai un taxi.

– Oui, pour la fermeture, elle me l'a promis, au cas où il viendrait quelqu'un. Tout de même, vous aurez été seul à prendre quelque chose! Il est vrai qu'à part les tableautins les prix étaient parfaitement fantaisistes pour une inconnue qui débute. Pas étonnant que dix curieux seulement soient venus regarder, dix en dix jours, c'est tout. Aucun écho nulle part. Même *Voir* qui m'avait juré un papier n'aura rien sorti à temps. J'ai l'habitude, heureusement. Ulric trouve qu'il est temps de fermer boutique. On verra bien.

J'ai quitté les lieux en promettant de revenir le soir prendre l'*Image de Rémy Desnoyers, romancier* – désignation choisie par Yvée – et avec la ferme intention de ne pas manquer l'artiste que j'ai qualifiée emphatiquement d'«hyperdouée» n'osant reprendre «génial» tant ce mot ne signifie plus rien, mais je l'avais en tête. Est-ce l'amour qui parle? Yvée Marcueil n'ira peut-être pas loin sur la voie du succès, mais elle aura été loin dans celle de ma conscience puisque aussi bien les soi-disant «connaisseurs» n'y connaissent rien que des formes qui s'inscrivent dans leurs schèmes de pompiers modernes. Que des formes vides de matière! Ou qu'une matière dénuée de formes! Art informel, j'ai lu ça quelque part! Et dire qu'au nom d'une volonté de réalisme, je me suis abaissé à écrire *La Chair vive* où je n'ai su mettre que des frustrations qui ne pouvaient certes rien déranger! N'est-ce pas, lecteur qui aura suivi le cavalier polonais jusqu'ici dans son effort de fabulation, de *mentir-vrai* comme disait Aragon, n'est-ce pas qu'avec cette *Chair vive*, roman d'observation critique, je ne pouvais rejoindre qu'une Yvée Marcueil, seule capable d'en percer à jour le mensonge sous la copie trop fidèle? Ailleurs, le mur du silence. Le boycott. Heureusement que je m'en fous – malgré toutes mes jérémiades et mes transports de désespoir. Personne ne va plus s'arroger le droit de me faire du mal. Trop tard. Grâce à Laure? Peut-être. La force d'âme de cette femme! Oui, la véritable épreuve, le coup de poignard dans la chair de sa chair, doit avoir, à un certain degré de cruauté, quelque chose de démystifiant qui rend au monde à sa juste vérité qui gît sous le mensonge des apparences, pour le pire comme pour le meilleur: le Temps de vivre tue tout – et donc il suffit d'attendre.

25 avril

Sur les huit heures hier soir je me trouvais donc à L'Ombre claire pour y retrouver la belle Yvée dont j'appréhendais qu'elle ait pris au tragique ce qui doit au contraire renforcer sa détermination. Comme si elle avait besoin de cela! Autant de cran de la part de cette créature à la fois délicate et forcenée est difficile à imaginer. Quelle supériorité sur moi, qui ai mis tant d'années à saisir la leçon! C'est qu'elle ne doute pas d'elle-même. Au même âge que Chatterton, je la vois mal avalant une fiole de poison! Je l'observais. Loin de se souiller l'âme par d'idiotes lamentations, elle trouvait le moyen de sourire, d'un sourire à peine crispé. Son art est plus grand qu'elle, qui ne compte pas pour ainsi dire. Tiendra-t-elle le coup longtemps, affrontant le dédain sans se démonter? Savoir souffrir d'avoir travaillé pour rien, uniquement pour soi, est quelque chose, jusqu'à ce que vienne l'heure où le rejet vous fait dépouiller les petites annonces du journal.

Sur le moment, à peine si nous nous sommes dit bonjour. À quoi bon ? Mais, pour autant, je ne la quittais pas du regard. Ce sourire de madone, ces longs yeux, simples fentes pour défendre son intimité… Trois ou quatre badauds sont entrés et j'ai regretté d'avoir emporté le diptyque dont ils auraient pu admirer la subtilité parmi la splendeur du reste. Puis, sans mot dire, comme le temps passait et que Mme Maurel s'impatientait de rester plantée là à côté d'Ulric aussi passif qu'une huître, Yvée s'est avancée, a décroché mon *Image,* avant de venir me la remettre en bonne et due forme. Était-ce l'œuvre d'art comme telle, ou de m'y voir à la fois démasqué et transfiguré, mais j'en ai éprouvé, un instant, tous les sentiments du monde, de la gratitude jusqu'à la gêne, et jusqu'à la répugnance… Glacé et ne sachant comment remercier, j'ai remis le tableau à Mme Maurel pour le faire recouvrir de papier par Antoine qui, par esprit d'économie, s'affairait déjà à réduire les éclairages.

– Ensuite tu m'emballeras tout ça, Antoine, a dit Mme Maurel en balayant l'exposition d'un geste dégoûté, et qu'on n'en parle plus. Yvée, vous pouvez bien prendre tous les invendus avec vous, ça fera un bon débarras. Tenez, voici votre part de la vente de deux petites choses.

Tout juste si j'ai cru entendre Yvée renifler en acceptant le chèque. En un quart d'heure tout l'emballage a été bâclé, et j'ai proposé qu'on fasse venir une voiture non sans prévenir au téléphone qu'il y avait du matériel.

– Je vous déposerai en passant, Yvée, avec les tableaux. Excepté le mien évidemment. Je serai trop fier de l'exposer dans mon salon, sur le dessus de la cheminée s'il vous plaît.

J'aurais dit n'importe quelle connerie.

Arrivés chez elle, nous avons déchargé le coffre avec l'aide du chauffeur, puis j'ai réglé la course avant de descendre une à une les peintures par le petit escalier extérieur jusqu'à la plate-forme cimentée où Yvée m'a ouvert la porte coincée par le gel de la nuit d'avril. Tandis que je faisais franchir aux toiles le seuil du studio, elle me regardait faire sans intervenir, comme s'il n'était que juste que lui fût épargné ce dérisoire déménagement de chefs-d'œuvre revenant tels quels à leur point de départ.

– À part votre portrait, il ne manque que les petits panoramas urbains, dit-elle, ajoutant tout de suite avec détachement : au moins ces deux pochades que j'aimais bien ont trouvé preneur.

Mais elle n'a fait que hausser une épaule en serrant un coin de la bouche comme si une lassitude immense l'étreignait après cette stérile exaltation de dix jours.

– Restez quand même un peu, Rémy, je vais faire du café soluble – s'il en reste.

– Près de minuit, dis-je en regardant ma montre, il est bien tard…

Nos manteaux retirés, j'ai repris ma place en silence au fond du désormais familier fauteuil de jardin en bois peint, tandis qu'Yvée y posait bientôt sur le large accoudoir une petite tasse en céramique que son arôme avait précédée. À côté, elle a placé sa tasse à elle avant d'approcher sans mot dire le petit tabouret en forme de tonneau sur lequel son long corps sembla se replier, coudes aux genoux, menton dans les paumes. Un regard rempli de questions me traverse alors dont tout le mystère ne m'empêche pas de deviner les pensées désolées qui l'habitent. À la sentir si injustement livrée au refus de son art, je ressens son humiliation comme si c'était celle de ma fille. Mais connaît-on pas ainsi ses enfants ?

– Tout est affaire de relations publiques, dis-je faute de mieux, Mme Maurel n'a pas fait son devoir.

Elle secoue la tête. Elle sait trop que c'est bien plus profond, que c'est affaire… de destin. Mais Yvée n'est pas du genre à gémir sur soi. Et puis elle est si jeune encore, elle a le temps de forcer l'avenir, de vaincre, même si j'en doute. Non, cela ne vaut pas une larme…

Mon café bu, j'allais me lever :

– Oh ! Restez encore un peu, c'est moi qui vous en prie.

Elle se penche vers la table. Soufflant la chandelle, elle fait l'obscurité. Je l'entends qui murmure :

– Je suis un peu lasse, très lasse. Une présence, la vôtre, Rémy, ne serait pas de trop. Il est tard mais si vous pouviez m'accorder encore une petite heure de votre temps… je m'en sentirais moins découragée.

Dans la ténèbre, je distingue la silhouette qui s'allonge sur l'étroit divan, comme la dernière fois mais aujourd'hui l'avant-bras sous la nuque me semble-t-il, et je discerne maintenant le visage sous le cadre de la fenêtre qui luit faiblement. Et la lueur diffuse moule l'argile de ce masque si net dans l'immobile recueillement qui laisse ouverts les yeux comme deux lacs la nuit, au clair de lune. Alors je constate que tout de même elle pleure. Non, cela ne vaut ni une larme ni un soupir, pas davantage que tous les outrages que j'ai subis, moi, sauf que par-delà toute raison, on n'empêche pas l'âme de souffrir pour rien. Alors me survient la pensée que Laure Angelin a vu tuer toute sa famille dans ce dramatique accident. Elle a surmonté. Pourquoi les tourments du créateur ont-ils cette force amère qui est moins que rien mais qui est tout ? Tourments qui font qu'on doute de son droit de vivre, qui prive de toute flamme. J'imagine Yvée flottant solitaire, barque noire à la dérive sur l'océan. Et soudain me voilà pris d'un désir éperdu de consoler ce corps abandonné, ce cœur meurtri, d'étreindre cette âme orgueilleusement blessée, de l'apaiser doucement, comme on apaise un enfant qui pense qu'il n'a pas bien fait son devoir, qu'il n'a pas bien su la leçon qu'il avait tant repassée… Peut-être aurais-je cédé à mon impulsion, comme je n'avais pas su le faire la première fois quand tout m'y invitait, mais voilà que les paupières de la jeune fille ont éteint d'un coup la brillance d'yeux encore moites, et je me dis que cela vaut mieux, et pour elle comme pour moi. Je regarde en le scrutant de loin ce visage encore fiévreux, comme traqué, qui retrouve peu à peu son premier recueillement. La douleur a passé. Ce n'était qu'une alerte. Une respiration égale rythme l'abîme de sommeil où tant d'émotions, tant d'espérances, tant de déceptions l'ont enfoncée. Ses traits se sont détendus, les lèvres s'entrouvrent à peine pour laisser passer un filet de cet air confiné où j'étouffe un peu malgré la fraîcheur de ce morne sous-sol. Je me lève et m'approche de la haute fenêtre aux tentures écartées par où pénètre une clarté venue du lampadaire bien au-dessus d'elle, tout là-haut, au niveau de la rue sombre. De nouveau mon regard revient vers ce corps indéfendu, abandonné, et puis vers cette figure devenue de plus en plus claire dans la pénombre. Encore une fois je dois me retenir pour ne pas effleurer tant de douceur du bout de mes vieux doigts ridés. Non, ne surtout pas la réveiller, ne pas surprendre un regard effrayé, effaré. Comprendrait-elle cet amour étrange et sans rien de purement physique ? cet amour né d'une insolite complicité faite de communs mirages sans doute ? Mon regard redescend vers ses longues jambes parallèles que moule exactement la longue jupe étroitement plissée. De nouveau m'envahit le désir, un désir de m'allonger à peine près de ce corps si tendre qu'on le dirait offert, un violent désir de très douces caresses bien oublié depuis la comédie de mes brèves « amours » avec Mimy Thiébault, doctoresse aujourd'hui titulaire à mon détriment du « cours avancé d'expression littéraire » telle que je la revois allongée, abandonnée, jupe en l'air, sur la chaise longue qui doit la reposer de ses surmenages linguistiques. Et voilà que cette nuit mes genoux frôlent le lit de ce corps androgyne, si peu matériel au fond, dont la flamme quand elle s'allume se réfugie toute dans l'éclair d'un regard qui sait les couleurs et les nuances, dans la vibration de la frêle et forte main qui sait les formes et les lignes et les volutes qui donnent vie à ce monde éteint, à ce monde mort, tout comme ma main tente, en ce moment même, d'animer ce qui n'existe peut-être pas sinon dans un roman imaginaire dont j'ignore la fin bien que j'en sois l'artisan, dont je ne sais même pas si Danterny en voudra après tant d'échecs, mérités ou non – qui le dira? N'importe, je remarque aux pieds de la dormeuse une couverture un peu chaude, rougeâtre dans la pénombre me semble-t-il, je la déplie en tirant doucement dessus jusqu'à ce que j'aie recouvert les genoux, la taille puis les épaules de cette merveille d'innocence encore intacte – les Yvée ne courent pas les bars – qu'il m'est donné de contempler dans toute sa liberté, dans toute sa confiance, et je la veille ainsi des heures et des heures, jusqu'à ce que l'aube pointe. Entre-temps, Yvée s'est mise sur le côté, les mains réunies contre la joue, soutenant une tête pleine de rêves qui abolissent tous ces chemins épineux dont le cavalier polonais n'est pas encore sorti, et qu'elle pourrait encore partager si elle se réveillait, mais comment ne devinerait-elle pas que j'épargnerais tout chagrin à celle qui vient d'outre-monde comme mon esprit ferait bien autre chose que jouer avec les secrets de son corps, que j'embrasserais tout son être en espérant une fusion sublime qui nous arracherait au déchaînement de la nuit qui tombe drue, si tant est qu'Art rime avec salut pour ainsi dire.

Je rêve, à coup sûr. Et puis mes jambes sont si lourdes d'être ainsi demeurées roides si longuement, appuyées à peine au rebord du divan, que, chancelant, craignant un vertige, je porte la main à mon front pour dissiper cette sensation d'hébétude. À l'instant même, Yvée entrouvre les paupières sans remuer si peu que ce soit la tête, mais prenant conscience à la lumière diffuse que le petit matin est venu et que je suis toujours là, l'ayant veillée comme une enfant sage qui a dormi tout son saoul. Alors les pupilles des longs yeux gris se relèvent vers moi. Elle me sourit. La nuit l'a guérie de toute amertume, tandis que la nudité blafarde de l'aurore dissipe la poésie claire-obscure d'un atelier qui a repris sa vérité, laquelle n'est pas celle que je vois dans son humilité nue, mais celle où se déploie pour Yvée seule toute la joie qu'elle a de vivre.

Je fais trois pas pour partir. Mais voilà que je m'aperçois que j'ai laissé, la veille au soir, sur la banquette arrière du taxi, le portrait, mon *Image* avec laquelle je comptais rentrer à la maison une fois ses tableaux remis à Yvée.

– Yvée, le portrait ! ai-je crié.

Yvée s'est mise debout. Elle a jeté un rapide coup d'œil à travers les toiles disposées l'une contre l'autre près du seuil. Rien. Et dire qu'elle avait considéré cette œuvre surdimensionnée comme le clou de son exposition, qu'elle s'était fait un bonheur de me l'offrir. Elle me regarde, vérifiant le degré de ma déception à mon air d'impuissance consternée.

– Pauvre Rémy qui croyiez à cette œuvre, à ce chef-d'œuvre disiez-vous sans en douter une seconde.

– Attendez. Rien n'est perdu, Yvée. Dès aujourd'hui je fais une réclamation auprès des Taxis Métropolitain. On le trouvera. On nous le rendra.

– Sachant le peu de prix que les gens attachent à ce bazar, je serais bien étonnée que quelqu'un veuille s'en emparer… Sinon j'en ferai une autre, plus magnifique encore. Pour vous j'en ferais beaucoup… Romain.

– Et vous savez mon prénom de plume, si j'ose dire ? Comment ? Car ce n'est pas la première fois…

– Je sais tout. Qui n'est pas d'ici, qui n'est pas de ce monde sait tout, a-t-elle murmuré.

Sans attendre sa réponse, je m'étais approché d'elle pour poser les lèvres sur son front, un front qu'elle avait aussi tiède que mes lèvres étaient brûlantes. Comment je ne l'ai pas enlacée m'est un mystère. Sans doute ai-je trop craint de briser quelque chose d'unique, d'irréparable.

– Je vous donnerai des nouvelles. À très bientôt, ai-je vite ajouté dans un mouvement de fuite.

La porte une fois ouverte m'a plongé dans la fraîcheur du matin, dissipant la torpeur lucide où j'étais plongé, l'engourdissement de mes nerfs sans sommeil. Je n'ai pas eu à attendre l'autobus, il s'est présenté tout de suite.

Et cela c'était ce matin quand il me semble que cette scène, cette nuit sans fin, cette attente au bord du lit remonte à des années. Yvée était si belle, si tranquille. Sans la moindre rancœur pour l'échec de la veille.

J'ai admiré son courage, digne de celui de Laure, mais contraire en un sens, et puis, en un autre sens, identique, Laure que, sans doute, jamais je ne verrai, comme je n'aurai jamais vu qu'en rêve le corps d'Yvée.

Cet après-midi visite à l'hôpital, comme je me l'étais promis. Au début, tristesse de ce couple sans connivence même dans l'adversité. F. a compris que sa fin ne serait pas longue à survenir. Destouches a fait rouler son lit dans une chambre où elle sera seule, face à ses fantômes. Cette pâleur, cette fixité d'un visage qu'on dirait tourné vers l'intérieur et qui fut tant d'années si mouvementé, si expressif… Malgré moi j'en étais retourné. Le mal fait son chemin à toute vitesse. Pourtant elle n'a pas l'air de souffrir et ne souffre pas selon ce bon Lionel. Le seul tourment réside dans ces minutes qui s'écoulent sans espoir. De la voir dans cet état d'affaissement m'a retenu deux bonnes heures auprès d'elle, d'autant que rien, sinon ce roman qui n'en est pas un puisqu'il se confond de beaucoup trop près avec la réalité, ne me rappelait ici. Encore une semaine de présence à la fac pour l'examen oral des retardataires à mon bureau (et ils diront que je suis rigoureux!) et tout sera terminé, si ce n'est l'établissement des moyennes.

À un moment donné, F. m'a fait signe en relevant les doigts croisés sur l'abdomen. Elle voulait me parler et j'ai rapproché du lit ma chaise de métal.

– Tu sais, le tableau de Georges auquel je tenais tant, ça n'a plus d'importance… oui celui qu'il nous avait offert pour notre mariage. Tu pourras le remplacer sur la cheminée par l'un ou l'autre des Palazzo que tu aimes… Ce que je te dis, c'est au cas où tu aurais des scrupules quand je ne serai plus là.

– Mais non, Florence, d'abord tu vas rentrer bientôt à la maison… et puis, après un mois ou deux de convalescence, tu reprendras ton travail chez Franzy. Il n'attend que ça. Il me l'a encore affirmé au téléphone et il a dû te le dire l'autre soir. Quant à la nature morte de ce pauvre Georges, elle ne bougera pas de la cheminée. Un cadeau de mariage – y penses-tu?

Elle n'a pas répondu tout de suite et ç'a été sur un autre ton.

– J'ai bien réfléchi: entre nous deux, les torts sont partagés. Mais il y a un point sur lequel je dois m'incliner, c'est Brigitte.

– Qu'est-ce que tu veux dire?

– Eh bien, oui, tu sais bien, c'est la fille de Fernand. Que tu l'aies reconnue comme tienne, acceptée malgré tout… malgré la vérité que tu savais… sans faire de scènes, sans faire d'histoires, cela montre que tu avais tout de même une certaine classe… à côté… d'autres pères tout juste bons à faire des géniteurs… d'autres pères comme Fernand justement.

D'apprendre de la bouche de F. que j'avais «une certaine classe» m'a désarmé, médusé, je l'avoue… mais je suis resté sans illusions sur mes mérites de père éducateur. Même enterrée sous le silence public, mon idiote littérature a toujours présenté pour moi plus d'attraits que la paternité, réelle ou présumée. J'ai dit:

– Je n'ai pas fait de scènes parce que ce n'est pas mon genre, et puis père adoptif, je veux bien, mais père attentif, ça c'est une autre affaire, et qui prouve que je n'étais pas plus doué pour la vie de famille que pour la création littéraire…

Stupidement ma voix s'est brisée. Je me suis dit que peut-être les cartes avaient été mal distribuées, rien de plus. Une maldonne. Alors pensant à Brigitte, c'est l'image d'Yvée Marcueil, son amie, qui m'est revenue très vivace; elle était là dans mon esprit, dans mon jeu, si belle, si grave, presque hiératique, telle que je l'ai quittée, si sûre de sa bonne étoile aussi, comme aveugle au danger qui menace un excès de confiance en sa bonne fortune confondue avec l'impatient génie qui l'habite. Mais quoi, j'aurais dû m'en douter plus tôt: quand on est sûr de son moindre talent, quel besoin de couronnes de laurier! Plus confiant en moi, tout aurait été différent. N'empêche que cette rencontre fortuite d'une créature sans compromission, d'un métal inaltérable, m'a tiré à temps de mon engourdissement… Ces pages en sont la preuve, pages de journal qui prouvent seulement que j'aurai vécu, fût-ce en me projetant sur une enfant…

– Je pense à ce cours sur quoi tu tablais, dit F., le regard fixé devant elle. Si Fernand n'a pas levé le petit doigt… comment vas-tu te débrouiller?

Sous-entendu: quand je ne serai plus là. J'ai pris le parti de la légèreté.

– Oui, on peut dire qu'il nous a bien eus, le Frondaie en question. Quand je pense que des années il a été l'ami de la maison avec le petit Franzy… Tu te rappelles nos soirées? On a connu de bons moments, pas de doute là-dessus. Pour ce qui est de me débrouiller sans ce cours grotesque d'expression littéraire, il n'y a pas de quoi s'en faire, les choses seront comme avant. Même en imaginant le pire, mais pourquoi s'en faire, tout passe comme le reste, l'éternité n'est pas pour aujourd'hui, Patrice sera doublement diplômé en génie mécanique ce printemps; avec sa maîtrise, il trouvera facilement de l'emploi à l'automne et s'en ira vivre avec Francine – une fille dont les parents ont de gros moyens, tu le sais comme moi. Lui parti, en mettant toujours les choses au pire, nous emménagerons dans un quatre pièces avec

Madeleine et Brigitte qui ne sont pas bien encombrantes. T'ont-elles dit toutes les deux qu'elles vont faire en septembre les sciences de la santé, l'une à Sainte-Croix, l'autre à l'UKAM? Elles s'entendent bien ces deux oiseaux-là depuis qu'Yvée Marcueil ne vient plus à la maison diviser les sœurs, chacune s'étant entichée de l'un et l'autre des deux frères de la brillante amie de Brigitte. N'empêche que, toujours jalouse, Mad ne s'est même pas montrée à l'exposition, laquelle n'a pas été un bien grand succès de foule soit dit en passant.

Florence a émis un profond soupir, proche d'un râle qu'on aurait pu croire le dernier à la voir retomber si faible sur son oreiller dans une impassibilité parfaite. À quoi pensait-elle, les yeux fixés au firmament de la chambre bleu clair? Est-ce qu'elle pensait seulement? Après dix minutes de silence, comme ses paupières s'alourdissaient, j'ai cru pouvoir en profiter pour m'éclipser en douce. Le retour m'a laissé pensif et je n'ai rien vu des beaux et grands ormes à peine bourgeonnant qui bordent le chemin de la Côte-Sainte-Catherine, du moins de ceux qu'on n'a pas encore abattus. Quelle pitié! Et ils disent que la faute en est à la maladie des ormes. Encore si c'était pour élever de vastes constructions d'un modernisme à faire crier d'horreur les bourgeois du quartier, tels les nouveaux HEC que j'aime assez. Pour une fois qu'on a bien fait les choses sans lésiner sur l'espace, je ne m'en plaindrai pas.

27 avril, dimanche

Aujourd'hui, F. n'a pas ouvert la bouche, pas bronché, seulement laissé glisser vers moi la tête avec l'air hagard de quelqu'un qui a renoncé à toute convenance, y compris celle de faire semblant de reconnaître les gens. Puis elle a ramené le regard vers le pied du lit métallique et moi, voyant ses lèvres bouger avec application sans que s'en échappe le moindre son, et me souvenant de nos ferveurs anciennes, je me suis figuré que, peut-être, elle priait. Alors je me suis tu. Longtemps. Au moment de sortir, en réponse à ma question, l'infirmière anglaise m'a dit qu'à part moi hier, personne n'était venu la voir de la semaine. Il faut que je secoue Mariette qui se prétend de l'affection pour sa belle-sœur. Et les enfants, donc! Patrice n'en a que pour sa grosse Francine. Bien fait pour lui.

Brigitte a trouvé un emploi d'été dans un magasin de jouets et Madeleine a deux examens à reprendre pour la rentrée, dont celui de français obligatoire, sans quoi elle n'aura pas son DEC. Voilà qui va les tenir occupées. Tout à l'heure à l'hôpital, j'ai fait part de ces nouvelles à leur mère qui a haussé les épaules dans son lit. Elle se rend trop bien compte du désintérêt des enfants à son endroit. C'est tout juste s'ils viennent le dimanche. Madeleine m'a déclaré qu'elle avait les hôpitaux en horreur, leur odeur, leur atmosphère. «Et tu veux faire les sciences de la santé? ai-je demandé surpris. – Ah! c'est pas pareil», a-t-elle répliqué.

2 mai

Mon portrait a été retrouvé et me sera rendu. J'en rêve, ou plutôt j'en fais des cauchemars car d'avance cette *Image de Rémy Desnoyers, romancier* me fait peur: expression sereine même si blessée de cette face démasquée qui est moi et que je ne reconnais pas. Je lis pourtant comme une malédiction narcissique dans ce nœud de lignes entremêlées qui rappelle un nœud de bois franc. Tant de démarches affolées auprès des Taxis Métropolitain pour récupérer ce qui m'accuse… Il ne me reste qu'à camoufler le portrait. Les enfants ne supporteront pas «cette horreur» (j'entends Patrice et Madeleine), ne me supporteront pas tout simplement. À moins de le cacher dans mon bureau de la fac. Brigitte admettrait-elle que j'escamote son amie?… Pauvre Yvée à qui je dois de survivre à toutes les contradictions que met à jour sa vision de moi!

3 mai

Au moment où F. s'estompe du panorama de mon existence, où je n'ose par discrétion faire un geste en direction d'Yvée Marcueil, on dirait qu'il me devient de plus en plus malaisé d'aller me confier par écrit à Claudie Jeanlin, de m'abandonner, comme si, depuis sa dernière lettre surtout, rien ne me séparait plus d'elle que la distance. Une distance qui, bizarrement, me rapproche de cette créature dont je ne connais ni la couleur des yeux, ni le timbre de la voix, ni le contour du visage. Elle m'est tout intérieure, ce qui me dissuade de lui écrire – sachant que cette «liaison aérienne» passe d'abord par ce cahier destiné à un lecteur virtuel, si Danterny ne va pas jusqu'à exiger des coupes sombres ou une contribution de ma part en argent sonnant comme il m'en a menacé. Elle m'aime, dit-elle. Mais à quoi bon lui écrire si elle est toute en moi ? On ne s'écrit pas à soi-même. Laure aurait-elle réussi à me détacher de toute littérature en me persuadant que l'amour n'est qu'un bruit propre à tromper le vide du cœur, le mien, le sien, aurait-elle réussi cela que ce journal intime où tout est dit et bien plus que tout, n'en serait pas moins là pour que s'exprime une dernière fois ma hantise de créer ma vie au lieu de la subir. Point n'est besoin de lecteurs ni de critiques pour ce faire. L'unique pensée de ces deux femmes y suffit, l'une dont l'exemple fonde la vérité du salut par l'Art, l'autre pour m'en faire mesurer la précarité face à la mort et à l'éternité, et proposer le salut par l'Amour. Appartiendrait-il à ce journal de réaliser la quadrature du cercle ?

4 mai, dimanche

Bien chère Laure,

Pardonnez mon long retard à vous répondre. La sincérité de votre lettre m'a fait mal autant qu'elle m'a comblé. Et comment en irait-il autrement : elle dit en clair tout ce que j'aurais pu espérer entendre dans l'ordre du sentiment, en outre de tout ce qui pourrait me faire pardonner d'avoir manqué ma vie en essayant en vain de créer un peu de vraie vérité par le truchement de cette littérature dont vous récusez à raison les pouvoirs, tant du moins que l'amour n'y est pas. Chère Laure, votre lucidité est si frappante – et si douce – qu'après m'être demandé s'il était seulement possible d'en accuser les coups sans perdre l'équilibre je n'ai pu faire que m'y soumettre et, vous relisant avec plus de sérénité, vous rendre au centuple la tendresse imméritée dont vous m'abreuvez sans me connaître. Me voici donc plus apaisé et, sinon absolument convaincu par ma propre invention, tout prêt à renouer le dialogue épistolaire interrompu par la crainte infondée que je vienne vous troubler en personne et que notre attachement s'en ressente, prêt à renouer le dialogue, dis-je, avec une ferveur accrue par toute l'indulgence des sentiments que vous montrez pour moi et qui ne sont pas sans me rappeler ceux dont la trop sensible, trop entière Mlle de Lespinasse inonde son amoureux, le falot comte de Guibert, au détriment de ce malheureux d'Alembert qui, invisible dans l'ombre, mérite bien mieux que l'autre ce ruisseau de passion qui va bientôt se perdre et dont une seule goutte suffirait à étancher la soif d'amour méconnu dont l'académicien, parce qu'il le croit inavouable, se meurt littéralement pour elle. Mais plutôt que la trop passionnée Julie, n'est-ce pas la raisonnable Émilie du Châtelet dont vous m'évoquez les élans pour le non moins falot marquis de Saint-Lambert? J'y reviendrai peut-être, en ajoutant qu'il n'y a que les femmes qui sachent sentir, qui sachent aimer et trouver les mots pour le dire: «Rien ne m'importe que votre cœur» n'est qu'une des mille perles de la pourtant raisonnable Émilie.

Pour l'heure, je tiens à préciser en guise d'excuse annexe pour mon retard à vous rendre grâce de me tenir pour ce que je ne suis pas, hélas, mille choses survenues dans mon quotidien – certaines minuscules que, pour n'avoir pas votre sagesse d'outre-monde, j'agrandis aux dimensions de l'univers, d'autres vitales que je réduis aux dimensions d'une poussière. Ce qui n'empêche pas que vous demeuriez au centre même de ce théâtre intérieur – comme on dit «théâtre des opérations» en langage militaire – où je me ferais aussi bien tuer si je ne parvenais plus à communiquer avec vous à travers ce journal dont vous êtes l'âme et qui est bien plus qu'un simple compte rendu de mes journées dès lors que la trame en est ma vie, tissée au fil même de ces lettres par quoi je respire. J'ignore, me disais-je encore hier soir, la couleur de vos yeux, celle de vos cheveux, le son de votre voix, le pli de votre sourire, le contour de votre visage, et pourtant même voilée votre image énigmatique n'en reste pas moins là présente dans le miroir de vous que ce cahier me tend, celle d'une divinité tutélaire à laquelle tout en moi comme hors de moi se rapporte, directement ou non, même l'infidélité que l'Art me fait commettre à votre endroit en faveur de cette jeune artiste peintre dont je vous ai parlé et que brûle un feu sacré, celui même qui lui permet de révéler tout le génie que même le jour ne montre pas. Cette poésie secrète des choses fait pressentir une éternité sous-jacente. Mais en même temps, voilà que me tire vers vous – et grâce à vous – une autre forme de transcendance, celle que Goethe exprime lorsqu'il écrit: «Le sacré, c'est ce qui unit les âmes.» Ainsi qu'à l'art, vous refusez pourtant l'immortalité à un amour humain que tout menace, mais vous n'en rêvez pas moins, m'écrivez-vous tendrement. Pourquoi dès lors me dénier de contempler cette statue interdite qui fait des miracles et qu'enveloppent des voiles marins dont vous tremblez qu'on ne puisse l'en défaire sans danger ni dommage, suggérant même qu'il est heureux qu'il en soit ainsi?

Et c'est vous qui du même coup m'interrogez sur ce Saint-Graal que vous redoutez de me voir quêter sans espoir! Au terme de tous ces aveux, si je vous disais que c'est vous qui me le découvrez, ce Graal, *salut qui doit transparaître entre les lignes de ce journal à l'intention de quelque postérité imaginaire qui daignera comprendre cette attention si mal méritée que vous m'aurez témoignée en tant que romancier en quête de sa minime nécessité d'être. Toutes mes blessures passées, vos consolantes paroles les lavent assez de ces ambitions de gloire taillées en pièces avant même la mort qui nous guette au tournant de la rue et qui voue, selon votre sagesse, toute humaine entreprise à l'anéantissement de ce qui n'est pas fondé en esprit, «en esprit et en vérité» (saint Jean l'évangéliste...) Mais alors dois-je tout abandonner, mon journal, mon art, ma vie, ma correspondance, renoncer en somme à vous mieux cerner par mes voies propres, celles de l'Art dont vous me refusez le passage, pour entrer à mon tour par un autre chemin dans l'outre-monde, lieu de paix, s'il faut vous en croire, lieu d'amour, de beauté, de perfection, quitte à me taire pour toujours, à étouffer l'éclosion de quelque corolle gracieuse en mon jardin qui ressemble à une rêverie, ou à y cueillir quelque offrande de mots qui ne mentent pas, quelques mots de ferveur à vous destinés mais qui me reviennent sous forme de guirlandes jetées autour du cou comme autant d'oracles tenant tout entiers dans ces lettres que l'éloignement a eu le temps de parfumer d'eau de mer depuis que l'idole imperceptable, s'animant, les a larguées comme on lâche une colombe voyageuse au flot d'un havre sans retour, ou d'une grève solitaire et perdue, ou d'un périlleux bastingage...– quand soudain voilà qu'au loin, en lieu et place de «la Cyprine d'amour, cheveux épars, chairs nues», surgit à mes yeux, telle une image inconnue de vous-même, la silhouette de la Victoire de Samothrace établie sur sa proue rongée de siècles, sans tête et sans bras, statue fantomatique prolongée d'ailes d'ange et volante de voiles qui enveloppent le précieux mystère de votre existence afin que jamais je ne le perce et que je soupire sans fin après votre présence ailée, fût-ce celle d'un spectre flottant sous les embruns crépusculaires de ma vie bâclée – à moins que j'aille me jeter dans la mer tel un bateau ivre de tristesse et de désir jusqu'à me rendre à Paris cet été déposer sur votre noble front de nacre – mais la Victoire n'en a guère, privée qu'elle est de tête – le baiser qui vous est dû. Ainsi refermerais-je ce cahier inutile entre les pages duquel, ainsi qu'entre nous deux, brûle cette petite flamme dont vous appréhendez que lui soit fatale la plus faible brise de mer soufflant sur ce port de paix où vous voilà parvenue.*

Comme je voudrais que tout ceci ne soit pas qu'hommage livresque, bien qu'il le soit par force puisque nous nageons en plein roman. Que je vous dise plutôt qu'en vous associant au marbre immémorial de la Victoire de Samothrace il m'est difficile d'oublier que, s'il m'a été donné d'admirer ce débris étonnant de la statuaire hellénique, ce fut au bras d'une épouse qui se meurt aujourd'hui dans un hôpital du quartier, le même hôpital de langue anglaise où quelque névrose hystérique m'avait fait entrer jadis au service de psychiatrie pour y guérir d'une dépression commencée sous les auspices d'une tentative de suicide, dépression nerveuse dont j'ai pu craindre en janvier le retour en force mais que j'ai noyée dans les pages de ce malheureux journal qui ne fait sans doute que différer l'épreuve décisive, celle-là que vous avez surmontée. Car il n'est que trop vrai que mes désespérances n'ont pas encore produit sur moi les effets bénéfiques que votre sagesse a retirés de la cruauté de vos deuils. Échoué comme une vieille barque pourrie sur de prévisibles écueils (j'aime ces images marines, elles me rapprochent de vous), un illusoire bonheur sans cesse poursuivi a trop longtemps souffert l'assaut déchaîné de la houle épaisse de jours sans lumière pour ne pas, à force d'ébranler l'étrave, faire craquer la carcasse du voyage. Et tandis que j'évoque la barque de ce passé dont l'histoire se confond avec celle de mes fantasmes inaboutis, mon esprit se prend à envier à Florence son si doux embarquement pour un cimetière qui, au défaut de la Cythère que vous me refusez, trop prudente Laure, me délivrerait de moi-même. Car vaudrait-il la peine de crever sans avoir exhalé le regret attendri d'un beau souvenir à deux, celui d'un beau vers brisé, d'une prière inexauçable, bref sans emporter avec soi la nostalgie d'une ombre aimée dans une mémoire aimante? Rien de cela ne me sera donné, pas même le souvenir de vos traits précieux qu'un artiste habile aurait gravés pour toujours sur le vase ovale d'un visage resté vide, le souvenir d'une expression, d'un regard, d'un sourire à peine esquissé mais plein de fantaisie profonde. C'est pourtant cela que je vous propose et qui m'attend – et qui nous attend puisque je le veux.

Dois-je donc oublier que l'Art et les livres dont vous récusez aujourd'hui le pouvoir furent l'amorce de notre complicité et qu'ils ouvrent mon rêve sinon à une Infinitude qui se dérobe à l'humain génie lui-même, du moins à quelque destinée à ma mesure capable de m'épargner cette faillite existentielle qui m'étrangle outre mesure depuis janvier, car je mentais tout à l'heure, mon âme est aussi noire qu'elle le fût jamais et seule une Yvée Marcueil, ou bien vous, tendre et cruelle Laure, qui savez tout de ce que j'aime, détenez la clé de mon pénitencier. Ce livre que j'ai entrepris les yeux fermés n'a-t-il donc aucun sens, dites-moi? Et pourquoi ce langage qu'est l'Art, faute d'entendre celui de la mystique, n'aurait-il pas pour moi des secrets qui débouchent sur une prodigieuse lumière dans laquelle vous baignez et auprès de laquelle tout le reste n'est rien?... Ah! je deviens fou, il faut me pardonner, fou comme ces poètes partis sans crier gare. N'importe, soutenu par l'image d'un amour aussi sublime qu'imaginaire, dès lors qu'il se paie de phrases et de lettres, je me dois de poursuivre coûte que coûte ce roman de ma vie que vous me dictez pour ainsi dire. Car maintenant que le soir tombe sur le Cavalier polonais, il me faut m'en remettre à la clarté de votre lampe et de vos douces paroles, celles que vous me murmurez dans l'ombre et le silence de votre lettre, vous dont le métier sait trop bien, hélas, le néant des manuscrits refusés. Est-il possible que vous ne m'écriviez plus, que vous ne m'aidiez plus à mener à son terme ce livre testamentaire qui serait l'histoire d'une délivrance? Il ne s'agit plus de me faire un nom – de cela vous n'avez souci et m'en avez guéri – mais d'apprendre avec vous la paix dans l'Éden du renoncement au fragile bonheur en creusant de nouvelles fondations pour une vie qui dès l'aurore menaça ruine. Certes je n'ai plus l'âge de Chatterton, et si l'art de Vigny me rend sensible à la malédiction de son Stello, je n'ai rien, tout au fond, d'un désespéré romantique pour aller noyer mes frustrations dans la drogue ou dans le savant verbiage du Dr Noir, psychiatre tout aussi démuni qu'un Dr Freud devant ses poètes à bout de nerfs et de talent comme le pauvre Gilbert qui finit par avaler sa clé pour s'être cru victime d'un complot des «philosophes» des Lumières (je retouche l'histoire pour ajouter une note macabre à notre roman). En revanche votre langage à vous, bien chère Laure, sait atténuer sinon abolir l'infortune des littérateurs comme moi dont la prose est vouée à s'abîmer dans quelque néant où nul n'écoute plus.

Mais à quoi me servirait de prolonger ces divagations? et peut-être même l'intense correspondance qui en est le prétexte – ou l'excuse? Il me semble que je déraille en effet et que vous avez mille fois raison de dauber sur le roman, ce genre littéraire flasque qu'il soit vécu ou songé, ou les deux, et de vous effrayer à l'idée d'une éventuelle rencontre entre nous pour les excellentes raisons que vous développez avec toute l'expérience d'une personne qui, ayant connu la véritable douleur et non l'épreuve imaginaire des fabulateurs professionnels, ne tient plus qu'à s'enfermer dans le renoncement à tout ce qui ne fait que transiter, renonciation lucide qui assure du moins la survie des amours mortes par le fidèle entretien de leur tombeau. Que mes obscurs écrits, ceux de ce cahier comme ceux que je laisse derrière moi, flamboient donc un instant dans la nuit avant de s'éteindre à jamais et n'en parlons plus. Art ou bien Amour, tel est le sort des choses humaines. Vous étiez déjà tout orientée vers le spirituel par vos voies mystérieuses quand je ne faisais que m'y préparer très prudemment, très humblement par ma quête à cheval de quelque chose de constant sans plus de prestige qu'un éclat de granit taillé, qu'une feuille de papier noircie ou qu'un rectangle de toile peinturluré, mais je vois bien que, faute que *vous consentiez à me recevoir, ce n'est pas davantage l'Art que l'Amour qui m'ouvriront les portes de votre Montsalvat, asile des bienheureux dont vous me faites bien vainement le Lohengrin puisque vous déclinez de voir en vos mains le Saint-Graal qui sauve et dont seule vous êtes pour moi la dépositaire, chère Elsa qui avez deviné mon nom secret de vaincu, ma disgrâce de chevalier déchu.*

Faisons comme si de rien ne s'était passé, ou plutôt comme si tout s'était passé en vue d'un autre destin, moins sarcastiquement cruel, un destin qui ne nous prive pas de tout, même d'un rendez-vous dans l'outre-monde où vous m'admettriez à votre suite plutôt qu'à Paris ou à Nice. Pour vous la différence sera grande puisque vous ne risquez pas de sombrer dans un bonheur que tout menace en effet. N'est-il pas vrai que vous m'avez déjà, dans votre dernier oracle d'idole inabordable, transmis de vous un certain déchirement de l'âme aux prises avec la vie brève privée de l'âme sœur, déchirement dont avaient déjà témoigné les pages du présent journal lorsque, fort affecté, j'y recopiais mot à mot, presque dévotement, l'appel presque aussitôt retiré que vous lanciez depuis vos grèves lointaines? N'y a-t-il pas là matière à réflexion?

Mais ce n'est pas sur ce ton que j'ai commencé ma lettre. Qu'ai-je fait de la gratitude que je dois à vos tendres lignes? Pardon, Laure aimée. Et s'il le faut: Adieu. J'ai compris.

Rémy dit Romain D.

8 mai

Finies les corrections des commentaires composés. Reçu quatre étudiants nuls pour explications complémentaires, mieux dites «explicitations». Demain remettrai les moyennes du semestre au secrétariat. Johanny m'a demandé une heure d'entretien pour vendredi.

9 mai

Après cinquante promesses, la compagnie des Taxis Métropolitain m'a enfin livré le tableau d'Yvée, morceau d'art ni moderne ni classique qui ne craint pas l'interprétation poétique de ce monde qu'est le visage, ultime test de l'art authentique. Faute de poésie, de ce halo de musique autour des choses, des mots, des figures, l'image devient une épure sans beaucoup de grâce. Il y faut une âme, grâce rarissime qui rend signifiant un tracé nécessairement abstrait. Pour Yvée les lignes sont déviées, corrigées dans le sens le plus révélateur jusqu'au point limite, comme le sont celles du roman dont la démesure, la disproportion, l'hyperbole sont un principe même de vérité dans l'ordre de l'art. Au dos de la toile récupérée, j'ai lu tracé au crayon noir le mot de Rimbaud que je n'avais jamais bien compris: «Je est un autre.» Si je ne m'y voyais ainsi réinterprété, refiguré, par l'effet d'une harmonie vibrant en sympathie, si je n'y voyais ce moi-même tant haï réconcilié avec mon égocentrisme de martyr qui s'autoflagelle – comme je le fais ici même –, j'aurais peine à reconnaître sur cette toile ma véridique réalité, qui n'est pas le moi de mon miroir, ni le moi que je présente à mes proches, encore moins celui de mon personnage social, s'il se peut que j'en aie un. Telle est la magique opération de l'Art dont la poésie nécessaire ne saurait dire vrai qu'en mentant, c'est-à-dire en étant infidèle, et je repasse dans mon esprit tous les chefs-d'œuvre que j'admire, en particulier ceux de Rembrandt et de Titien, et plus près ceux de Gauguin, de Van Gogh, fuyant tout réalisme au premier degré. Yvée a saisi et creusé ma singularité qui est mon infinie complaisance envers moi-même et mon indifférence au monde, soit ma fatuité ou plutôt mon orgueil d'artiste, cause probable de l'anathème universel qui me poursuit à travers tout ce qu'en art ou en amour j'entreprends, malchance que j'ai encore la vanité de prendre au sérieux. Ultime avatar de ce rejet: Claudie Jeanlin, qui se ferme à moi, à ma présence auprès d'elle, huître trop sensible qui se rétracte et m'humilie par crainte d'être déçue par ma réalité, dirait-on. Certes, elle s'est oubliée jusqu'à m'adresser des paroles fort tendres qui n'ont pu que l'écorcher, elle m'a tutoyé la première, ce qui veut presque tout dire chez une femme mûre, et si elle appréhende un quelconque face à face, elle ne m'en a pas moins promis de proposer à son éditeur-employeur, sans les avoir lues, ces pages délirantes que dès le début de l'année j'ai commencé à remplir en son honneur et bientôt avec sa complicité active comme, autrement, avec celle de l'enfant Yvée Marcueil, ces pages d'art (j'en ris!) dont j'attends qu'elles me sauvent – de quoi? devant qui? – avant de mourir, tant il est vrai que ces deux âmes exquises sont seules encore à me tenir en vie. Étrange que pour prendre la mesure de ma médiocrité, Claudie ne m'ait point demandé quelque spécimen de mes anciens flops; il est vrai que mes lettres se veulent du pur roman, ce que je ne lui ai pas caché, même si les siennes sont littéraires à faire croire à leur véracité. Et puis me lire! Lire *La Chair vive*! De là où elle est, qu'aurait-elle à faire de cette peinture illusionniste d'un étroit milieu kébékois sans feu ni ferveur? Bien mieux que moi elle sait que la beauté, l'amour ont l'intériorité de la foi, qu'ils résident infiniment moins dans les choses ou entre les êtres qu'ils ne résident en nous. N'est-ce pas pour épargner du moins son imagination, fontaine du rêve, que je me suis senti obligé de lui jeter ce dernier imprévisible et mélancolique adieu? Heureusement, selon le mot d'Eurydice:

«Notre adieu ne fut point un adieu d'ennemis.»

10 mai, samedi après-midi,
tandis que règne le silence
par tout l'appartement dépeuplé.

Prévenir l'artiste de la bonne nouvelle, cela vaut bien une courte lettre.

Mon Yvée, bienheureuse Yvée aimée des dieux,

J'ai pu enfin recouvrer la remarquable interprétation que vous avez faite de ma figure et de toute ma personne. Au début, la seconde version, pourtant admirable, m'avait heurté comme si j'avais senti démasqués les aspects de moi que je déteste, une gênante et cruelle impression d'étalage de soi qui m'a poursuivi tout le temps de l'exposition. Et puis voilà que, face à l'œuvre, indifférent aux regards et aux jugements, il m'apparaît que toute une part de moi-même, la meilleure, la plus authentique, serait tombée dans le néant si cette image était restée perdue, oubliée sur la banquette du taxi où tous deux sommes revenus si tristes sans raison valable. Plus je me regarde à travers vous, à travers le prisme de votre regard qui est celui de votre art, qui est celui de votre âme, plus je crois en moi; oui, vous allez jusqu'à faire croire en la sincérité de ce pauvre bonhomme que, dans votre bienheureuse candeur, vous avez pris pour quelqu'un, pour un créateur digne de ce nom, ce que vous êtes vous-même. C'est pourquoi je ne pense plus du tout que vous m'ayez défiguré, mais plutôt vraiment réhabilité par transfiguration, c'est-à-dire au fond regardé avec admiration… Comment vous le rendre? En vérité, tout se passe entre nous au niveau de l'âme. Si quoi que ce soit d'heureux ou de malheureux vous arrive, sachez que je suis là – même si je m'absentais (peut-être) cet été. Une prémonition contraire à toute vraisemblance (mais rien n'est vraisemblable) me dit en effet que j'irai en Europe, en France. Mais je vous prie de n'en pas souffler mot à Brigitte, si par hasard vous la voyez, bien que je sache que votre entente se soit distendue en faveur de votre frère, qui ne paraît pas du tout à votre hauteur. Quant à ce voyage projeté, ce n'est encore qu'une intuition de romancier qui se demande comment diriger les pas de personnages qu'il ne contrôle qu'à moitié, et au prix de beaucoup d'angoisses et d'incertitudes. Je n'ai pas à expliquer à un poète comme vous combien notre vie et notre œuvre s'embrouillent jusqu'à ne plus pouvoir les démêler, car c'est ainsi que vous avez bien voulu ne pas me tenir rigueur de vous faire figurer dans mon roman autobiographique – mais ne le sont-ils pas tous, comme votre pinceau vous rend plus présente que moi sur mon propre portrait, ce même moi qui se souvient avec nostalgie de nos longues séances muettes où j'étais déjà votre captif avant de devenir la proie la plus personnelle que vous ayez exposée. Et même si, de mon côté, le respect, la vénération que j'ai pour vous m'interdisent de vous faire signe plus souvent, et surtout les égards que je dois à votre solitude laborieuse et que je sais inspirée, votre place en moi est grande, plus grande encore que celle qu'elle occupe – si grande soit-elle – dans le roman qui me tient par toutes les fibres de mon être et que je compose en tirant ou en pressentant chaque jour quelques pages de mon étroit quotidien, dénué de valeur si vous n'y étiez pas.

Brigitte a dû vous apprendre que la santé de sa mère, que vous connaissez un peu, n'est-ce pas, ne fait que se détériorer depuis qu'elle est à l'hôpital St. Mary's, rue Lacombe, près du métro. Malgré la distance, oserai-je vous prier de lui rendre une petite visite quand bon vous semblera ? Elle ne réagira pas beaucoup, j'en ai peur, mais je garde le sentiment que tout s'imprime et se grave dans son pauvre esprit. Soyez bénie, Yvée, je pense à vous chaque jour.

Romain D.

14 mai

Officiellement dernier jour ouvrable de l'année en cours. Aperçu Vermandois dans un coin de la cafétéria, tout seul. Me rappelant l'avoir attendu en vain vendredi dernier, je me suis joint à lui. Dans quel état misérable je l'ai trouvé! Son mariage avec Marie-Josée Meilleur est à l'eau. La fiancée s'est dégonflée après avoir eu vent par une amie que Johanny était «sorti» avec l'archiduchesse, laquelle a maintenant l'oreille – et sans doute davantage – du dénommé Frondaie. Misant sur l'influence de l'ineffable Mimy, le pauvre Johanny espérait qu'un brin de cour à la juste personne ferait passer plus facilement le projet qu'il a soumis pour la rentrée, soit un cours propre à le faire valoir sur les «poètes maudits de Villon à ce jour» dont je me suis maintes fois entretenu avec lui. D'origine française et même de noblesse bourbonienne, il craint qu'on ne lui impose du pur «kébékois», qu'il «sent mal», m'a-t-il avoué, confus, à l'exception – politesse ou miracle – de mes romans à moi qu'il prétend avoir «tous lus et même relus avec l'admiration la plus vive», ainsi qu'il m'a répété deux ou trois fois. Que dois-je croire? Flatterie? Il s'illusionnerait en tout cas en me prêtant le moindre poids à la fac comme il a pu le constater lors de l'attribution de la chaire de «haute expression littéraire» ou je ne sais quoi… Certes j'aime bien qu'il me trouve des qualités mais Laure Angelin n'a que trop raison: la littérature n'est que blablabla que vent emporte, écume dénuée de la moindre valeur justificatrice, ne servant à rien qu'à désennuyer d'abord l'auteur puis un insignifiant qui n'y trouve que le vide qu'il porte en lui, qu'à nourrir grassement des profs desséchés jusqu'à la moelle de l'os frontal, ou encore à promouvoir l'essor de quelque ambitieux prosateur qui croit avoir «quelque chose à dire» mais si peu à penser et à faire penser, exercices extra-littéraires qui n'aident en rien à se faire un nom sur la place: «Ils ont l'innocence de leur bassesse, écrit Mme de Staël, ils ne se doutent plus qu'il y ait une autre morale, un autre bonheur que leur succès.» Du moins cette ambition comblée m'aura-t-elle été épargnée, culbuté que je suis tant «sur la place» qu'au département où je ne suis et ne serai jamais qu'un pion muet. Pas un seul de mes charmants collègues, à part Vermandois, qui ait jamais mis le nez dans mes charmants travaux et donc fait figurer un seul de mes délicieux ouvrages à son exquis programme, serait-ce en queue de liste de lectures, référence facultative. Ce qui me rappelle que je dois avoir rendu au secrétariat mes deux sacrés «plans de cours» d'automne avant la fin du mois. J'ai déjà quelques idées en tête, histoire de me renouveler, mais serai-je encore à la fac en septembre, ou seulement de ce monde?… Qu'on me laisse mourir au champ d'honneur avec tous les autres qui y auront cru:

«Que des plus nobles fleurs leur tombe soit couverte,
La gloire de leur mort m'a payé de leur perte…»

de se murmurer quelque Dieu pensif en songeant à mes pareils.

Tout en cassant la croûte avec lui, j'ai creusé pour Johanny son projet – toujours les «poètes maudits» – pour détourner son esprit de cette histoire de mariage tombé à l'eau pour des raisons moins sordides encore que futiles. Et de fait, ce gâchis sentimental m'a poursuivi tout le cours de l'après-midi – jusqu'à ce que l'idée me surgisse, éclair striant un ciel opaque, de faire se rencontrer le pauvre Vermandois et nulle autre que la belle Yvée Marcueil. Dans l'instant, une jalousie subreptice a tenté de faire échec en moi à ce furtif mouvement de pitié ne pouvant que souiller Yvée, créature sur qui je détiendrais tous les droits depuis les origines du monde, sauf à n'en user jamais. Et puis, au prix d'un effort cornélien, j'ai vu mes doigts crispés sur mon stylo-feutre se décontracter peu à peu. Au bout d'un quart d'heure, plié à demi sur mon bureau, je me redressais. J'avais surmonté le mal que je me faisais en cédant à la tentation de faire pour ces deux enfants un geste qui me coûte les yeux de la tête, mais fera, qui sait, leur bonheur – ce même bonheur dont je me défie presque à l'égal de Laure. Il est temps, s'il n'est pas trop tard, que je meure à mes désirs, à mes élans les plus vifs comme les plus justes, à moi-même en somme. D'autant que je crois que Johanny n'est pas tout à fait indigne de ma «protégée» et que celle-ci pourrait trouver de l'intérêt à sa fréquentation tant il est authentique poète, poète jusqu'au bout des ongles; et puis ils me font l'honneur de partager tous les deux des vues que je ne partage pas sur *La Chair vive*, ayant réagi identiquement à ce livre d'amertume où je me suis à moi-même craché symboliquement à la figure en dénonçant l'imposture de mon propre héros, livre qui a permis à la pénétration d'Yvée de démonter toute ma psychologie secrète au bénéfice de l'*image* emblématique qu'elle s'est faite de moi et grâce à laquelle j'ai réalisé combien son art est étranger par son frémissement à celui de ces «formalistes», de ces «plasticiens» creux et secs, fermés à toute cette humaine condition que l'art a pour mission de dévoiler, je pense à la musique qui ne décrit pas mais sait exprimer tous les états de l'âme. Si les arts, dans leur diversité de moyens, se tiennent mystérieusement entre eux, c'est sûrement parce qu'ils rendent compte de la vie profonde par-delà le spectacle des apparences.

Machinalement j'ai tiré de ma poche le petit mot reçu d'Yvée ce matin même en réponse à mon billet de samedi :

Vous avez retrouvé le portrait perdu ! Comme je m'en réjouis !
Rien n'est plus étrange au monde, rien n'est plus méconnu qu'un
visage humain ; il pose la dernière énigme à laquelle un peintre

devrait s'attaquer et moi j'ai décidé de commencer par celle-là, et par votre visage à vous, Romain, qu'on dirait marqué par je ne sais quelle tragédie et qui me paraît plonger dans les abîmes de l'homme encore ignoré comme pour mieux le ramener au jour. Ne m'en veuillez pas, Romain, d'avoir tenté cela, je vous en supplie. Il y allait de mon art et de sa clé, car toute œuvre d'art doit être signifiante et non pas uniquement plaisante à regarder, n'est-ce pas? Il m'a fallu vous déchiffrer dans mon langage de peintre comme vous avez déchiffré la vraie figure des deux principaux personnages de La Chair vive, *comme vous avez ôté leur masque et mis à nu la carence d'amour de leur trop-plein de savoir au point d'étaler le vide affreux de leur baiser, pire que celui de Judas qui du moins avait un sens, fût-ce celui du mal pour le mal... Celui-ci n'est que morne indifférence, et j'ai compris votre impardonnable tentation suicidaire, celle de l'âme...*

Trop bien dit hélas. Et Johanny n'a pas été moins sensible à ce livre assez écœurant de morbidité et de dégoût de vivre, ce livre où l'invention réaliste a suppléé au vide d'une existence toute d'ennui et où la révolte creuse a provoqué le désastre littéraire. Vermandois n'y a trouvé que de l'idéal meurtri et le poids du découragement. Que dira-t-il s'il vient jamais à se pencher sur ce cahier-ci, cahier non pas de mes crimes – pourquoi m'accabler? – mettons de mes impuissances, de mes envies, de mes rancunes, de toutes ces veuleries imposées par un cadre de vie qu'on se retient de casser une fois pour toutes en faveur de sa transposition pseudo-artistique. Encore dois-je être capable de machiner une fin explosive à ce damné roman-journal qui n'aboutit pas, puis d'oser le signer avant de le montrer à Danterny pour qu'il le montre à son tour au monde entier qui s'en fout, peu importe ce dénudage d'une conscience à travers laquelle errent des fantômes, anges ou démons, dont on niera la vérité et même, à coup sûr, la vraisemblance – faute inexcusable! – par le tour romanesque qu'a pris cette histoire dès qu'à bout de solitude j'ai répondu à cette furtive annonce et que je me suis bientôt vu écartelé «entre deux âmes», celle de l'artiste-poète et celle de la princesse lointaine. Pourquoi, sinon parce que je les porte en moi? En tout cas, le fait est que, jusqu'ici, deux *âmes* elles sont restées mais trop présentes à mon désir pour que je ne souffre pas de ne pouvoir les étreindre tour à tour dans leur corps. Encore n'est-il pas autrement certain que j'y voie plus que des illusions par nature insaisissables...

Et si c'était parce qu'il me trahit trop que l'aveu de cette quête impossible ne me plaît plus? Je pense au *Cavalier polonais*, ce chef-d'œuvre de la collection Frick à New York et signé Rembrandt, mais fallacieusement! Je viens d'en avoir la confirmation à la bibliothèque de la fac, à savoir que l'iconographie récente du peintre tient cette toile pour apocryphe, appartenant tout au plus à l'atelier de Rembrandt. Merveille : j'aime à ce point ce tableau étrange, saisissant, que je le trouve parfaitement digne d'être un faux, tant il est vrai qu'un faux Rembrandt ne saurait être que plus beau qu'un vrai pour qu'on ose le lui attribuer! Et à ce titre, n'en sied-il pas que mieux à mon propre journal imaginaire? Le cavalier fantôme ignore où il va, si même il va quelque part ; indifférent à la marche de sa monture dans la brunante, il tourne les yeux vers le spectateur intrigué et son franc regard, son clair visage disent mieux le secret de sa vie sans secret que le salut qu'il se retient d'adresser au passant. Il me tarde à présent de rentrer à la maison pour ouvrir mon *Encyclopédie des grands maîtres de la peinture* à la page où l'ocre trop foncé de la mauvaise reproduction m'avait inspiré de me reconnaître en lui. Mon roman en donne la raison. Pas plus que le faux cavalier, l'écrivain, parvenu à un certain assombrissement de l'âge, ne sait ce qu'il fait, convaincu seulement qu'il doit le faire, fût-ce contre le peu de lumière qui lui reste. Il doit marcher, avancer jusqu'à ce que l'égarement soit définitif et que plus une ombre de jeunesse ne l'illusionne. Le *Cavalier polonais* qui passe, c'est moi, Rémy Desnoyers, rajeuni facticement par ces pages où je me regarde aller gaillardement, car le spectateur c'est encore moi. Mon faux journal dit la vérité en exposant l'obscure clarté d'un destin parmi des milliards d'autres.

Avant de quitter le bureau

Sans en avoir soufflé mot à Johanny, je viens d'appeler Yvée pour m'enquérir de son éventuelle envie de rencontrer un garçon pour lequel j'ai une estime particulière. Un silence indicatif d'une hésitation m'a fait espérer un instant qu'en surgirait un *non* sans réplique. Hélas, ma juvénile amante, trop juvénile pour que je sois admis à y voir mieux qu'une muse du dimanche, a bien voulu se rendre à ma proposition, mais, a-t-elle précisé après une nouvelle hésitation, uniquement «parce que c'est moi»!… Et me voilà maintenant jaloux de Vermandois dont j'ai fait mon probable rival. Néanmoins je me suis ressaisi à temps pour joindre au téléphone le jeune professeur qui demeure inconsolable de ses mésaventures nuptiales avec Marie-Josée Meilleur même si, pour faire bonne figure, il s'est montré intéressé à mon offre de substitution :

– Vous comprenez, Johanny, lui ai-je expliqué en contenant mal mon émotion, Yvée Marcueil est une demoiselle très jeune encore, mais douée d'une maturité tout à fait étonnante… Elle ne ressemble à personne et je crois que vous n'aurez pas à regretter Marie-Josée… Elle se dit quelque peu extraterrestre, pour rire, je veux croire! Mais il y a du vrai. Si bien qu'il faudrait la traiter en conséquence, j'entends par là la respecter, l'admirer, l'admirer comme je l'admire moi-même, autant pour son art incomparable d'artiste peintre que pour sa pensée, que pour toute sa personne… Écoutez, Johanny, il y a entre elle et moi une solidarité d'âme qui me la rend pour ainsi dire sacrée, je veux dire taboue, intouchable… J'aurais vingt ans d'âge que ce serait la même chose entre nous…

Terré dans un silence qui marquait bien moins son désaccord que le débordement d'un chagrin d'amour qu'aucune peinture n'était près de venir soulager, Johanny confirmait mon intuition sur la puissance salvatrice d'un sentiment que j'ai tant négligé dans ma vie d'homme et dont sur ma fin le sort me comble doublement. Pourquoi faut-il que j'aille sacrifier Yvée à une banale amitié?

– Yvée Marcueil… Yvée Marcueil, réfléchit-il comme se réveillant, mais je la connais, je connais son talent de peintre, et grâce à vous, Rémy, rappelez-vous le mois dernier la petite douzaine de pièces remarquables qu'elle a exposées à L'Ombre claire.

L'impression me poursuivait d'avoir donné ce qui me restait de plus cher… Mais peut-être bien qu'à mon âge on ne possède vraiment que ce qu'on a définitivement donné à qui n'en était pas indigne. Et il me semble que Johanny ne me l'abîmera pas, ne se servira pas de ses dix-neuf ans. N'empêche que je l'ai cédée, cédée comme si elle m'avait appartenue, comme si je la possédais encore à l'heure où j'écris ces lignes. Le plus étrange est que je raconte cela dans un journal destiné à m'assurer une victoire sur tout ce qui m'a abaissé et que je m'en vais donner ce qui m'élève, eh bien! ce sera une victoire sur moi-même… Suis-je donc tout à fait l'indifférent que j'ai cru, l'homme incapable d'aimer au-delà de soi, un cœur étroit, une âme maigre, un cerveau stérile, ce que tout mon passé, mon mariage, mes livres attestent? Même Claudie Jeanlin, pour me tenir à distance et donc ne pas me perdre, a su trouver en moi quelque chose d'aimable et d'aimant, comme si rien ne lui avait échappé de ce qui vaut la peine sous ses airs de renier tout l'essentiel, de même qu'elle a retenu le cruel souvenir des siens, conservé le goût amer des livres et l'attente du spirituel où peut-être déjà elle séjourne, en sorte qu'un courrier de moi lui suffit, détachée qu'elle est de la chimère d'une rencontre entre nous qu'il me reste à inventer ici même, dans ces pages, de toutes pièces… Reste que je te comprends, Claudie, je comprends que tu veuilles maintenir tes distances avec un inconnu pour qui tu avoues un sentiment plus que tendre afin de mieux te garder de sa médiocre réalité : on a tant peur d'abuser du peu qu'on possède et par là de tout perdre qu'on redoute même de l'exposer au péril du bonheur !… Oui, je suis assez idiot, par malheur, pour comprendre cela… Mais est-ce bien toi, ô Laure, qui m'inspires ces lignes par trop lucides, par trop résignées aussi, ce qui ne me ressemble pas ? Est-ce Yvée elle-même dont la jeunesse m'oblige à l'immoler sans que j'aie prévu quelque dénouement imprévu qui ménagerait sinon le bonheur – il n'y faut plus compter – du moins quelque clarté souveraine même douloureuse ? Dans son crépuscule, du haut d'un ciel trop sombre, le cavalier polonais se doute-t-il une seconde quel éclair s'apprête à fondre sur lui, au terme d'un cheminement dont il fut si peu le maître ?

18 mai, dimanche

Chaque jour de la semaine qui s'achève, sauf mercredi, je peux me rendre cette justice que je n'ai pas failli à mon rendez-vous de l'hôpital. Même si je n'en tire chaque fois qu'un à quoi bon ? Florence toujours impénétrable, allongée livide à la façon d'un gisant sculpté sur la dalle d'un blanc tombeau. Pourtant ses yeux cillent, clignent, le regard toujours planté au plafond, montrant bien que la vie et la pensée sont bien présentes, là dans cette tête que je reconnais à peine tant elle change de jour en jour, prenant déjà cet aspect miraculeusement net et poli qu'on voit au visage des trépassés. Pauvre Florence. Des amis de son bureau, Franzy lui-même, sont venus, paraît-il, mais l'ont trouvée aussi taciturne que jamais, ne tournant la tête que pour un bref signe de reconnaissance. Les trois enfants sont aussi passés en coup de vent avec Francine Trudel et une de ses amies que F. ne connaissait ni d'Ève ni d'Adam mais qui, paraît-il, lui a arraché son seul sourire de la semaine, un sourire « amer » (*a bitter smile*) à ce que m'a rapporté l'infirmière qui l'a sous sa surveillance. Destouches aussi est venu chaque matin prendre son pouls. Grotesque. Elle refuse de plus rien avaler de solide, ce qui signifie que la fin est proche. Pitoyable Florence, comment me pardonner ? Comment te pardonner aussi, toi qui n'as cessé de me rabaisser dans l'esprit de notre entourage, des enfants surtout, même à juste titre et si ça m'est égal? M'approchant d'elle tout près, je l'ai fait grimacer en lui murmurant les mots cruels que Gauguin écrivait à Mette depuis Tahiti:

– Écoute ceci, Florence, que j'aurais voulu garder pour moi mais que mon besoin de me justifier devant toi a la faiblesse de ne pouvoir retenir. C'est de Paul Gauguin à sa femme: «Je t'ai demandé que le sept mai, jour de ma naissance, les enfants m'écrivent: "Mon cher Papa" et une signature. Et tu m'as répondu: "Tu n'as pas d'argent, n'y compte pas."»

C'était dur de lui rappeler ça. Elle n'a fait que grimacer, je viens de l'écrire. Puis j'ai exigé de la garde à haute voix qu'elle reçoive demain la visite de l'aumônier.

– Mais la malade l'a tous les jours! m'a-t-elle répondu assez vivement en anglais. Que voulez-vous, elle détourne la tête et ne dit mot.

En ce dimanche qui pourrait être le dernier, me sentant comme étouffé par un poids de négligence abjecte sur la poitrine, je ne l'ai pas quittée de tout l'après-midi, me demandant ce qu'il convenait de faire. À cinq heures et quart le plateau est venu. F. a bu une gorgée de jus au verre que la garde a approché de ses lèvres puis dédaignant le reste s'est laissée retomber sur l'oreiller. Quand le malade ne mange plus, c'est la fin, me suis-je dit. La garde partie, je me suis remis debout tout contre elle et j'ai passé et repassé la main sur son beau front frigide et sans plus aucune ride.

– J'aimerais que tu me pardonnes toutes mes fautes à ton égard depuis vingt ans, même si je ne le mérite pas. Surtout les fautes d'omission parce que je les crois les plus nombreuses, et peut-être les moins excusables.

Comme en une superposition de visages, c'est la jeune fille qu'elle avait été qui a levé sur moi des prunelles inquisitrices, ou peut-être s'est-elle étonnée de m'entendre ainsi parler, ou ne saisissait-elle pas. J'ai été pris de court, ne sachant si je devais avouer des crimes que je n'ai pas commis, mis à part le temps volé à la vie de famille par ces sacrés romans qui ne m'ont mené qu'à ma perte. Et la scène du couple dépareillé que nous formions m'a paru à cet instant plus que romanesque, fictive, bien à l'image de ce roman de ma vie gâchée que je ne cesserai de raconter qu'au point mort. J'ai balbutié:

– Écoute. Tous ces manquements envers toi et les enfants te paraîtraient bien moindres si j'avais réussi ma carrière d'écrivain.

Je veux dire qu'ils te paraîtraient intelligibles, normaux, voire dignes de respect. Je pense à ces heures innombrables du samedi et du dimanche que j'ai passées enfermé dans ma chambre à composer des histoires sans intérêt, sans me soucier de vous autres, n'apparaissant au cadre de ma porte que pour m'arracher les cheveux, ou aller prendre une bouchée à la cuisine, tout seul le plus souvent, et même en votre présence je ne vous voyais pas, car dis-toi ceci : j'étais hanté par la phrase ou l'idée qui me poursuivait à la façon d'une sorcière à cheval sur son balai. Et tout cet effort, ces sacrifices à vous imposés à longueur d'année – pour rien ! Je ne peux même pas me consoler avec une œuvre à t'offrir, à offrir à l'humanité en récompense ou en compensation pour tant de temps perdu, gâché, volé pour mieux dire. Oui, tu dois me pardonner tant d'indifférence, Florence, d'indifférence inutile, aggravée par un surcroît de vanité si justement démenti par le sort. Et maintenant, c'est trop tard.

Elle a haussé légèrement les épaules comme si tout cela était devenu, ou même avait été, sans importance pour elle, dès lors qu'il n'y avait plus d'amour entre nous. Et donc qu'il n'y en avait jamais eu, ai-je pensé. J'ai dit :

– « Le véritable amour, écrit Mauriac, ne change pas. Il est ou n'a jamais été. » Cruel pour l'amour-passion en descendant jusqu'aux amourettes, cela, hein ? Tout est dans la tendresse.

– Tant qu'à ça, je suis aussi coupable que toi, a-t-elle articulé. Même si tout autrement, bien sûr.

Le temps des mots aigres comme des âcres silences était passé. Après une courte pause, elle a dit encore :

– Il n'y a pas grand-chose à regretter, sinon que nous n'étions probablement pas faits l'un pour l'autre. Moi, je l'ai compris trop tard, et c'est pourquoi je me suis laissée aller à ma nature. Maintenant on peut en rire, je suppose. Bientôt tout sera fini, et pour toi oublié. Moi…

C'était là sa façon de me demander pardon, je l'ai bien compris, car F. n'est pas femme à se mettre à brailler sa peine. Notre grand amour n'avait été que désir de vivre ce grand amour ainsi qu'il aurait dû apparaître dès nos premiers dissentiments. Car, chacun dans son genre, nous étions enthousiastes, exaltés même. Mais elle était jeune encore et à trente ans passés j'étais déjà trop vieux, usé par ma jeunesse même, trop vieux pour la suivre longtemps sur le terrain des choses « essentielles » où elle me tirait par la main, et lorsque j'ai tout lâché au nom des mirages littéraires, elle a lâché sans tarder cette voie de l'Idéal où elle s'était engagée croyant m'y précéder et ne précédant que le vide de promesses trahies en faveur de ma passion véritable, l'écriture. C'est alors que F. a pris son parti d'un mari absent et, sans plus se poser de questions, a vite rejoint sa voie ambitieuse, indépendante... Instinctivement ma main attendrie a pris la sienne tel un bibelot déjà cassé, tout en regrettant à travers les larmes qui me brouillaient la vue de n'avoir pas su au moins éviter ce déraillement à ma femme, un déraillement qui, même si c'était pour rejoindre sa vraie nature, n'en était pas moins la conséquence de mon foirage en règle, sur toute la ligne, mari, père, professeur, écrivain. Je me suis rappelé mon adolescence et ce cri de rage que m'avait lancé ma mère un jour que je refusais d'être dérangé dans ma chambre où je m'étais enfermé à clé: «Ta poésie te perdra, mon petit! Et même je le souhaite pour t'apprendre à vivre en homme!» avait-elle proféré après mon trop long silence. Et voilà comment on en vient à discourir en classe sur les poètes maudits, jusqu'à attirer sur eux la sympathie sinon la connivence des jeunes gens bien nés et bien éduqués.

Une pause encore, et puis machinalement ma main a remonté le long de son bras, le frôlant très doucement jusqu'à ce que j'atteigne l'épaule émaciée, puis le cou, puis la joue, puis de nouveau le front maintenant apaisé dont j'avais trop méconnu les secrètes contradictions, les secrètes blessures, même si la pitié pour les paumés de l'esprit n'avait jamais été le fort de ma pauvre F.

– Écoute, Florence, je me sens incapable de dire une prière avec toi, comme autrefois, tu te rappelles? quand nous étions fiancés et que tu t'en faisais beaucoup pour mon âme, pour mon «salut éternel»... Eh bien, tant pis si par la suite nous sommes peut-être passés tous les deux à côté des «choses essentielles», je souhaiterais tout de même que tu parles à Father Blake, demain, quand il viendra, pour lui dire... ce qui te viendra à l'esprit... au cœur. Cela retentira autre part, dans quelque éternité, j'en suis certain, presque de plus en plus certain, crois-moi, à mesure que j'échoue en tout ici-bas. J'oserais dire que tout cela, ces échecs, ce sont des *épreuves*. Même nos fautes sont des épreuves.

Elle a écouté, n'a pas protesté, seulement clos les yeux, et puis sa mâchoire inférieure s'est tout d'un coup relâchée, laissant à demi ouverte la bouche endormie et j'ai compris que demain peut-être, ou après-demain, je ne reverrais plus Florence vivante. Derechef j'ai serré un peu fort sa main flasque qui pendait sur le bord du lit, sa main glacée de petite vieille rajeunie par la proximité de la mort. Alors je suis parti, non sans m'être retourné plusieurs fois en m'éloignant. Mais la buée qui me couvrait les yeux m'empêchait de voir.

Aujourd'hui Florence ne m'a pas reconnu. On lui a fait de nouvelles piqûres de morphine.

21 mai

Malgré mes nobles adieux réitérés, je ne veux pas douter un instant que Claudie Jeanlin me répondra, mais quand ? Et par des lettres de plus en plus sensibles sous leur appel à la raison, des lettres qui vont au-devant des desseins secrets du romancier ou, mieux, au-devant des vœux de l'éternel solitaire en quête de la créature capable de l'embraser et de le consumer jusqu'à le faire disparaître de ce monde invivable... Il est sûr qu'en quelques mois, même inaccessible, parce que inaccessible, Claudie m'est devenue si nécessaire que je ne pourrais plus me passer de son courrier et que chaque jour je me morfonds à l'attendre. Il est non moins sûr que toutes ces belles et sages paroles que nous échangeons sur le sens de la vie et sur ce néant qui nous guette, sur les faibles vertus de l'Art en regard de celles de l'Amour pour faire échec au Temps qui tue, n'ont pas la valeur d'un confiant, d'un franc tête à tête parisien, inutile aussi en un sens vu les dispositions de Laure quant à la promesse réciproque d'un amour insensé qu'elle veut irréalisable, même s'il m'arrive de m'enivrer à la pensée d'une étreinte avec cet ange obsédant, une unique étreinte, au risque de me condamner au silence littéraire ou du moins de perdre goût à ces chétives inventions romanesques que nourrit pour l'essentiel une nostalgie de bonheur qui ressemble à une fuite. Mais dès mon premier livre, qu'ai-je fait d'autre que fuir dans l'imaginaire mon incurable détresse morale, obligé que j'étais de jouer à ce jeu atroce de l'existence qui, à l'instar de tous les jeux, ne se joue que les uns contre les autres, avec les mêmes accessoires usés tirés au fur et à mesure du même coffre aux miracles de plus en plus vide. Or le lecteur exigeant espère autre chose, une *révélation*, qui est l'unique raison d'être de toute création, et voilà pourquoi, partie comme elle va, ma correspondance avec Claudie Jeanlin, sauf réaction spectaculaire à mon feint dernier adieu, ne me fournit plus guère de quoi fouetter l'imagination d'un diariste conscient des dangers du plausible, du probable, de ce vraisemblable qui est le faux artistique, tant il est patent qu'en art le mensonge dit plus et mieux que la triste vérité. Et pourtant l'heure est venue – si j'entends poursuivre cette liaison mentale – de rassurer Claudie sur mes intentions en lui rappelant que le cavalier polonais ne sait où il va tout en y allant de pied ferme et qu'il n'a jamais pensé engager avec elle plus qu'un dialogue tout dénué d'arrière-pensées, à preuve ce silence de ma plume offert en réplique à son renoncement, mais en bien plus gratuit si tant est que celui-ci était pur calcul féminin sous ses airs d'apparent détachement. Mais le mien l'est-il moins? Qui sait? Il fallait que les abysses qui nous séparent créent entre nous des impressions dont la profondeur atteint l'inconnaissable. Seule la rupture de notre isolement saurait mettre fin à cette impasse. Et puis qu'importe que j'aille ou que je n'aille pas relancer ma bien-aimée au bout du monde? Ne va-t-il pas de soi qu'un sentiment amoureux aussi immatériel ne saurait que demeurer platonique entre d'une part une femme qui a fait son deuil – prétend-elle – de l'éphémère bonheur du cœur et des sens pour se réfugier dans l'outre-monde de la mémoire et du rêve, des livres et de la spiritualité, et d'autre part un homme au départ peu enclin à s'engager dans une relation suivie avec une créature qui soit beaucoup mieux qu'une sœur d'âme errant au hasard d'une création autofictive… étrangère, c'est-à-dire de quelque contrée imaginaire choisie hors de sa portée, au-delà de son atteinte? Ainsi ne me reste-t-il qu'à rédiger ici ce qu'il adviendra de ma Muse lointaine et de moi, une fois les paupières de F. refermées pour jamais. Ce ne saurait être qu'au profit de l'accomplissement d'une autobiographie en forme de roman libérateur.

22 mai

Florence est morte tout doucement. Avant qu'on l'emmène, j'ai retrouvé sur son visage cette expression de détente au départ de la vie, cet air de soulagement qui se faisait jour depuis plusieurs semaines déjà, un air serein qui se traduisait en pure harmonie. Est-ce donc cela, la mort?

J'ai adressé un mot à Yvée pour lui faire part de la «triste nouvelle». Pour Florence, est-elle donc si triste, cette nouvelle? À me remémorer constamment cette noblesse résignée d'un visage sublimé par la maladie et la mort, j'en douterais. J'ai dû prévenir aussi Franzy pour qui F. «faisait merveille au Studio» ainsi qu'il m'a répété. L'ex-amant n'a pas voulu paraître trop éploré; sans doute craignait-il que je n'interprète un excès d'attendrissement comme preuve de sa longue liaison avec la défunte. Il m'a précisé aussi qu'il accorderait à ses «ayants droit» (moi-même!) les six mois de traitement habituel, sans exclure un éventuel supplément à déterminer. Pauvre Franzy-Franzy! Il voudrait se montrer gentil avec moi comme autrefois. Je doute que cela dure, mais peu importe mes revenus à venir, j'ai renvoyé signée la formule de renouvellement du bail à compter du 1er juillet prochain.

Même jour

Les enfants n'y tiennent pas du tout : il n'y aura d'autre cérémonie que la crémation au cimetière de la Côte-des-Neiges, immédiatement suivie de l'inhumation. Les messes après tout ne sont jamais dites que pour des endeuillés qui n'y croient pas, et les frais seront réduits d'autant. Et moi donc? J'aurais dû insister, me montrer plus ferme. Pour le principe au moins. Et pour F. aussi. Encore une fois je me suis montré ce que je suis: médiocre en tout... Inexact: si j'étais si lâche, il y a pas mal de temps que j'aurais renoncé à terminer le présent testament de ma vie qui sera la dernière équipée du cavalier polonais avant que son cheval fourbu *s'enfarge* et *s'effoire* sous lui en pleine tourbe du chemin noir.

24 mai

Outre les trois enfants et leurs amis, outre Mariette, outre Franzy et Lucette, entourés du personnel de Franzy & Franzy presque au grand complet, outre Danterny, outre Destouches, outre deux ou trois collègues de la fac – dont Mimy Thiébault en personne! –, j'ai pu voir arriver ensemble au crématorium Johanny et Yvée qui se tenaient par la main. Ça m'a fait un mal de chien qui crève, au point que j'en ai perdu de vue toutes les raisons qui faisaient que nous étions là tous ensemble. L'enterrement de F. m'est passé par-dessus la tête comme un ballon dirigeable en déroute. Même en faisant mon signe de croix comme tout le monde après les trois *Ave* prononcés par le préposé, du coin de l'œil je ne pouvais m'empêcher de lorgner du côté d'Yvée à présent toute droite et sévère, avec cet air hiératique, un rien mystique, qui me la rend si troublante, et... je *l'aimais*, je l'aimais plus que je n'ai jamais aimé F. ou toute autre femme. Un vrai supplice. J'en haïssais le malheureux Johanny qui n'y était pour rien d'autant que c'est bien moi qui lui ai confié Yvée Marcueil. Mais, comme elle, à la différence de Johanny, il me restait ce sentiment d'être artiste créateur moi aussi, il me restait ce sentiment de me trouver en présence d'une déesse de l'esprit telle qu'elle se manifeste entre les lignes, sentiment rendu plus intense par une qualité d'âme comme il en existe peu, celle d'une fine fleur au bord de la vingtaine que la fange adulte où je baigne encore depuis cet âge n'a pas encore éclaboussée, souillée.

En rentrant à la maison où nulle dérisoire réunion *post mortem* n'était prévue, Dieu merci, si ce n'est pour la très proche famille, y compris ma détestable sœur Mariette et l'insignifiante Francine, de plus en plus grosse – petit groupe de six qui a exigé les services de deux taxis pour nous ramener –, j'ai trouvé dans le casier à lettres les condoléances écrites de la propre main du sieur Frondaie adressées à son «cher Rémy» mais n'oubliant pas «la douleur de toute la famille affligée». Se souviendrait-il de Brigitte par hasard? Je gage que non. Le mot est trop court, trop froid, trop officiel. Si Fernand s'était souvenu de sa fille «naturelle» – et je ne parle pas de ce que lui et moi fûmes l'un pour l'autre en des temps anciens –, il aurait pris la peine de se déranger de ses «hautes occupations» pour venir assister à l'enterrement, d'autant que je n'avais pas manqué de notifier expressément sa secrétaire de l'endroit et de l'heure de la cérémonie. Mlle Courtois en avait pris bonne note après m'avoir dit son chagrin personnel et assuré qu'elle transmettrait en haut lieu.

À bien y penser, la présence de Fernand m'aurait embarrassé plus qu'autre chose.

Demeuré seul dans ma chambre après la petite collation que Brigitte avait préparée de sa propre initiative, je suis resté figé un bon moment à ma table de travail avant de me secouer pour écrire un pli à l'intention de Claudie Jeanlin que j'irai poster sitôt recopié son contenu de mensonges entrecoupés de tristes vérités:

Claudie aimée, sans attendre un éventuel courrier, si vous deviez passer outre à des adieux que j'ai sincèrement crus définitifs, je tiens à vous faire savoir que nous avons inhumé ce jour même Florence Desnoyers, ma légitime épouse. Elle n'a pas souffert, elle et moi étions à peu près réconciliés, et tout s'est passé dans les formes les plus convenables, encore que minimales. Il n'y avait pas grand monde en dehors de la famille, car je n'entretiens quasi plus de relations avec qui que ce soit, ce dont je me console aisément.

Me voici donc maintenant libre de tous liens, légaux, sentimentaux, sacramentaux, ou autres. D'autant plus libre qu'Yvée Marcueil dont je vous ai entretenu avec un peu de chaleur, je crois, s'est fait un grand ami qui se trouve être un de mes rares collègues abordables à la faculté. J'en suis heureux pour tous les deux, avec le seul souhait qu'Yvée sache concilier son art et ses amours, ce qui est peut-être un tour de force, mais bénéfique aux deux intéressés. Je reconnais que son exemple m'a décisivement incité à poursuivre le récit à la première personne où je m'étais engagé au début de cette année 1997 sans trop me demander où il me conduirait. Peut-être l'heure est-elle venue d'y mettre un terme?

Ce qui revient à dire que je laisse à votre bon jugement le soin de décider si cette correspondance, la nôtre, peut, doit ou mérite d'avoir une suite. La mort d'une épouse peut modifier la nature d'une relation où votre liberté autant que votre délicatesse n'ont jamais réclamé, pas plus que moi-même au demeurant, autre chose qu'une occasion offerte à votre solitude de s'épancher dans la pure amitié. Il n'est que trop vrai que j'ai «menacé» d'aller vous retrouver à Paris, à Nice, à Florence, où vous voudrez, mais croyez-moi si je vous affirme ne souhaiter poursuivre dans cette voie que selon vos vœux exprès. Du reste, je n'ai jamais songé à séjourner là-bas plus d'une quinzaine, malgré toute l'envie que j'aurais de parcourir, fût-ce en coup de vent, cette vieille Europe qu'en fin de compte je n'aurai connue vraiment que dans, par et à travers sa littérature, sa musique et ses beaux-arts – mais n'est-ce pas déjà beaucoup pour un auteur, même si les livres comme les monuments, et l'amour même, sont choses éminemment périssables, ainsi que vous le proclamiez? Par ailleurs la mort de ma femme me rappelle à des réalités que vous connaissez bien pour avoir réglé sur elles votre existence à l'écart du monde, des réalités aussi qui me délivrent de toute contrainte quant à cette persistante hantise adolescente de braver ce que vous réprouvez. Car il reste cette espérance en quelque outre-monde que vous avez éveillée en moi et que je serais bien tenté de confondre, en ce soir d'accablement, tout entière avec cet au-delà que ma femme a rejoint et qui est cet Ailleurs qui m'a sans cesse poursuivi, cet univers extérieur à la réalité où nous sommes confinés. Voilà. Je n'ai plus rien à ajouter sinon pour vous une gerbe de vœux spirituels, non pas de prospérités temporelles dont vous méprisez la vanité, sans dédaigner à l'occasion d' «échanger des propos fades» avec des inconnus de passage, alignés, enchaînés comme nous le sommes tous devant l'abattoir auquel nul homme n'échappe, attendant patiemment son tour d'y passer (l'image est de Pascal bien sûr). Et cette fois sans adieu, Laure de mon esprit. Avec l'espoir de vous lire encore.

Romain Desnoyers

Serait-il possible qu'une lettre venant d'elle croise la mienne? Sans doute il n'en tient qu'à moi, auteur de ce vivant roman, d'en décider – si tant est que je reste encore maître d'une fiction qui ne cesse de m'échapper: le décès de Florence. Aussi bien dois-je prendre les devants, maintenant que me voilà libre, et ne plus faire que selon ma volonté. Je sens que Claudie ne récuserait pas ma venue à Paris à l'encontre des reproches de Laure, l'ange des deux.

Lundi, le 26 mai

C'est avec anxiété que je caresse sans la décacheter la lettre-avion déposée ce matin dans la boîte que je trouve en rentrant ce soir d'une journée plus morne que je n'en vécus jamais dans ce bagne où, les étudiants envolés, j'ai cessé d'exister pour qui que ce soit. La session d'été n'est pas commencée, les couloirs comme la bibliothèque sont déserts. Même en ces derniers jours d'étude, Vermandois n'est pas venu frapper à ma porte pour m'entretenir d'Yvée… Cette lettre de France maintenant… Une angoisse injustifiée certes puisque j'ignore même ce que je souhaiterais qu'elle contienne, je sais seulement qu'elle arrive bien avant que mon message de samedi aie pu parvenir à l'intéressée. Une lettre élégiaque peut-être?… passionnée? Mais non, la chose ne se peut. Revenue à elle-même, Laure est trop raisonnable, trop affranchie des éphémères coups du cœur, sa prudence trop orientée vers ce qui résiste au Temps, pour que les flots noirâtres de l'Atlantique Nord n'opposent leur monstrueux barrage d'eau salée à toute velléité de rêver, au contraire de la malheureuse Adèle Hugo folle à mourir de son chimérique lieutenant Pinson et consentante à se laisser ballotter par les âpres secousses de flots funèbres où se dressent hallucinés les spectres d'un amour univoque surgis d'entre les brumes d'une passion divagante. Reste le fait que je n'ai pas envers Claudie, toute spectrale qu'elle me soit, l'indifférence du lieutenant, et qu'aussi bien mon adieu d'avant-hier n'était que provocation. Plutôt qu'à moi, que ce soit donc au destin de décider du dénouement de ce livre de ma vie, dès lors que le départ de F. m'arrache subitement à toute réalité et que mon trop subjectif roman peut bien prendre la direction du vent. Entre-temps, lisons avec le lecteur la suite dudit roman.

Tendre ami, c'est encore moi,

Votre lettre m'a tourné la tête, j'ai eu, un moment, la sensation de n'être plus Laure Angelin, ni même Claudie Jeanlin, mais quelque déité toute-puissante sur les cœurs humains alors que je le suis à peine sur le mien. Et puis je suis revenue à plus de mesure. J'ai relu vos lettres depuis le début, j'ai pensé à toute la sagesse dont j'avais tenté de faire montre dans mes trop longues tartines, parce que cette sagesse est effectivement mienne, acquise vous savez à quel prix! Ah! que ne puis-je être plus claire, et à moi-même d'abord, mais qui sait si un excès de clarté ne marquerait pas la fin entre nous, et cela je ne veux pas l'envisager, tant vous m'êtes devenu précieux en si peu de mois, tant vos lettres me sont devenues nécessaires, tant vous m'êtes, à travers la houle et la distance, devenu proche, je l'avoue malgré moi, avec pour me justifier le seul souci de franchise. Je sens votre respiration en décachetant vos envois, je devine vos hésitations dans le tracé de certains mots, non dans le souci de me plaire, mais dans ce même souci de vérité qui m'anime, serait-elle exagérée. Je me dis: voilà la liberté d'un homme, celle d'un homme divisé peut-être, mais qui, malgré tant d'entraves et fût-ce en vain, accomplit sa liberté en la vouant à sa famille, à son enseignement, à ses livres surtout, même à tous ceux-là qui, comme cette Chair vive *que vous m'enverrez, n'ont pas été compris, accueillis, se sont heurtés au mur d'un silence opaque, exigeant trop sans doute du lecteur, j'en deviens persuadée à présent que de lettre en lettre je vous connais mieux. Même avec ses défauts, et quelle œuvre humaine n'en contient, comment* La Chair vive *pouvait-elle réussir? Vous déplaisiez à trop de gens, et puis pour qu'on vous lise, il faut savoir vendre sa prose, autant dire se vendre soi-même, je ne dis pas se prostituer, se vendre ou mieux encore il faut qu'un être qui vous aime ou vous admire vous vende, car on peut imposer pratiquement n'importe quoi. Mais je ne sais rien de la vie littéraire kébékoise, et c'est pourquoi je vous ai offert de présenter ici quelque chose de vous à mon directeur littéraire. N'hésitez donc pas à me faire tenir le manuscrit en forme de journal intime qui vous occupe en ce moment. Mais sachez aussi le peu de prix que j'attache au verdict des manitous (dont je suis tout de même un peu!) ou à l'engouement du public. Le sens ultime qu'a sa vie, on le tire de soi, de son art si on est artiste, mais personne d'autre que vous ne vous le donnera ou ne vous l'ôtera. Moi, je crois en vous, en votre authenticité de poète, mais cela n'est pas assez, cela n'est rien. Non point tant parce que je n'ai lu de vous que vos lettres que parce qu'une intuition de femme ne peut rien pour votre salut d'écrivain que vous dire que je vous place très haut comme* homme, d'autant que je sais combien vous refoulez encore devant moi ce que vous avez de meilleur. Écoutez, Rémy. L'artiste, l'auteur, le créateur ne peut pas être plus grand que l'homme en qui il s'incarne ni même être différent de lui; voilà le fruit d'une vie de lectures que je vous livre et qui va à l'encontre des affirmations de Proust qui voudrait que l'homme quotidien ne soit pas l'homme inspiré. Ainsi donc, pourquoi m'étonnerais-je que vous ne fassiez pas la manchette des journaux et de la télévision, et pourquoi pas de l'Internet, quand au contraire, dans une certaine mesure, je m'en réjouis? Vous savez le peu de cas que je fais des gloires éphémères. Eh bien, toutes elles le sont, à terme. C'est peut-être assez pour suivre Malraux lorsqu'il voit dans l'Art, non dans la renommée, ce que la noblesse de l'homme a érigé de plus fort pour contrer le destin et la mort, même si on préfère suivre le grand romancier épique lorsqu'il se fait l'apôtre de valeurs comme la fraternité humaine dont l'Art est l'aspect communicateur et même, vous le confierais-je, je serais disposée à faire de cette fraternité – sous ce nom ou tout autre tel que solidarité, dévouement, amour – une forme de transcendance qui confine à la foi en ce que vous appelez l'Ailleurs – qui n'est pas l'outre-monde où j'ai trouvé refuge… Et cette foi qui unit les êtres d'une manière ou d'une autre – rappelez-vous la citation de Goethe que vous-même m'avez apprise: «Le sacré, c'est ce qui unit les êtres» –, eh bien! cette foi au transcendant qui défie le Temps, auquel tout mon être aspire, c'est de vous, Romain, que j'en attends la révélation. Le croiriez-vous? Oui, le pur amour… Aussi comment n'y pas rêver, je vous le demande? Et pourtant je m'empêche d'y rêver, songeant à votre femme si malade et à qui vous vous devez en premier lieu aussi longtemps qu'il y aura lieu.

Ainsi donc, sans m'insurger contre aucune initiative venant de vous, ayant trop de confiance en vos inspirations pour me dérober à une impraticable rencontre avec vous, je vous prie de considérer, très cher Romain, la perspective de s'aimer très fort, puis l'horreur de s'aimer moins, puis la disgrâce de ne plus s'aimer du tout pour avoir déchiré nos cornéliennes solitudes. Il n'y a plus que la mort pour délivrer d'un tel désastre, d'autant que les sentiments excessifs sont aussi les plus fragiles. Ne vaut-il pas mieux demeurer dans l'«amour sublime», celui qui, tout entier spirituel, ne risque pas de se dégrader, que de s'engager dans des voies dont l'issue n'est que trop prévisible, hélas? Et puisqu'il s'agit d'un roman que vous me faites vivre au même rythme que vous l'écrivez, il faut absolument démentir ce qu'écrivait André Gide, à savoir que nulle œuvre d'art ne s'accomplit sans la collaboration du démon, mettons celle du désir, ou du plaisir, ce sera suffisant, mais ni le désir ni le plaisir ne conviennent à l'amour d'êtres qui veulent survivre à leur passion et que leur passion leur survive au-delà du désir et du plaisir grâce à l'union la plus éthérée, la seule perdurable. Il faut croire à la permanence de la créature humaine, non à sa dissolution dans les sentiments mièvres qui lui sont attachés et qui ne durent pas plus que les premiers baisers. Et c'est parce que je pense à tout cela, qui n'est peut-être bien que wishfull thinking, parce que j'aimerais vous aimer par-delà la hideuse mort, que je vous écris toutes ces extravagances que vous me pardonnerez, j'en suis sûre, pour peu que votre cœur batte au même tempo que le mien, en ce moment comme dans un futur qui passera avec tout le reste, sauf avec cela qu'on n'aura pas ruiné par mille abus…

Ces rêveries étalées pour votre édification ou votre divertissement, je crois que votre journal, votre roman, votre roman-journal, compte rendu de l'homme que vous êtes en tant qu'exemple à ne pas imiter, si j'ai bien percé votre propos, n'en sera pas plus mauvais puisqu'elles témoigneront de ce que seul peut-être en ce monde très bas vous pouviez donner à une femme : la joie d'un amour sans fin, ou du moins son espoir si tant est que le manuscrit où vous inscrivez ces lignes que je vous dicte n'est rien d'autre que cela, un rêve d'éternité. La joie donc à travers ce peu de souffrance qu'est la vie et que le Penseur met aisément en balance avec une éternité auprès de ce mystérieux Fils de Dieu qui est aussi un Fils d'homme énigmatique et pourtant nécessaire pour comprendre quelque chose aux malheurs qui s'abattent sur nous – pour moi Maxime et Tristan lequel n'avait que quinze ans et ignorait le mal au point qu'il lui était naturel de répondre à l'amour de maman en lui caressant les joues, en lui baisant les yeux – et pour y trouver la clé du vrai bonheur… Quand on aime d'amour véritable, je parle ici d'adultes, le corps n'est soudain presque rien, c'est toute l'âme qu'on voudrait posséder dans une fusion irréalisable si ce n'est au terme de quelque espérante et prochaine et inéluctable attente. Ce qui a prétendu être ne sera plus, mais ce qui n'a pas été, cher Romain, sera toujours. Vous m'avez un jour qualifiée « d'ange mais d'ange qui aurait la supériorité d'être une femme » – double nature qui pour vous se rejoint dans l'ombre enrobée de voiles, privée de bras et de physionomie, qui vous a fait évoquer à mon sujet la Victoire de Samothrace. Nageant de si loin jusqu'à ses pieds, si l'envie vous en prenait nonobstant les souffrances de votre épouse, oseriez-vous courir le risque de la faire descendre de son piédestal marin, cette figure de proue qui a l'heur de vous méduser et qui n'est à la vérité et malgré ses prétentions à durer qu'une vision à quoi elle doit toute sa puissance d'envoûtement? Un morceau d'art et de pierre privé d'âme, que sais-je? En perdant son mystère, elle perdra tous les attraits que vous lui prêtez, charmes dorénavant et à jamais irrécupérables, je le crains et pour vous et pour moi qui n'ai, je vous l'assure, rien de vraiment remarquable pour me singulariser – à part peut-être une soif de m'élever au-dessus de ce vilain quotidien tendu de pièges. Et puis vous ne seriez plus pour moi qu'un homme ordinaire, tout plein de grands mérites sans doute, mais quand même un homme semblable aux autres, dénué en somme de tout ce qui en moi vous confond avec l'image de ce Cavalier polonais attribué à Rembrandt que je connais bien et auquel vous aimez à vous identifier, lui qui va on ne sait où mais très loin et sans se retourner sinon de côté car il était né pour regarder défiler la vie âpre qu'il traverse afin d'en rendre compte dans un livre – à moins que vous ne préfériez que je vous remette en mémoire cet autre portrait sublime, celui qu'Yvée Marcueil a tracé de vous et que je n'ai pas besoin d'avoir sous les yeux pour que mon esprit vous y perçoive tourmenté et multiple, déchiré, divisé et pourtant serein... immensément malheureux et immensément aimable en dépit de vos méchants défauts qui sont ceux de tous les poètes...

Riez tant que vous voulez de toutes ces imaginations, agissez à mon égard comme bon vous semblera, cher Romain, tendre ami, je me sens incapable de rien vous reprocher d'avance, même un adieu, rien de ce qui me viendra de vous, et m'en remets à votre verte inspiration de romancier pour tout ce qui me concerne. N'est-ce pas votre pouvoir créateur qui mène seul le jeu ? Mais je vous aurai mis en garde : même en vous supposant libre de tous liens conjugaux et autres, ne venez, si m'en croyez, ni à Paris, ni à Nice, ni à Florence, même si je devais être là pour vous y attendre. Mieux vaut mourir pour ses songes avant de les avoir vécus que de les voir se dissiper, d'un coup ou peu à peu, en s'éteignant soi-même avec eux. Non, ne venez pas, ne venez jamais, cher Rémy (je ne dis pas Romain exprès), car je n'ai rien de celle que vous espérez. À tout prendre, j'aime mieux demeurer l'image agrandie que vous feignez de vous faire de moi que de me voir réduite à vos yeux au peu que je suis réellement – pour autant que cette image ennoblie vous aide à occulter les affreux tourments qui vous assaillent, à échapper à vos démons, véritables ou bien fantasmatiques, au point que vous atteigniez à une forme de sérénité et de détachement qui vous rendra toute chose légère, comme étrangère à vous-même, impuissante à faire souffrir celui que vous êtes profondément et qu'Yvée, avec sa sensibilité d'artiste vrai (ils sont si rares !), a deviné du premier coup. Dites-lui que je l'aime. Mais ne venez pas !

Votre infiniment fidèle,

Claudie

La lettre de Claudie, avec sa formelle mise en garde, faut-il y ajouter foi, ou n'est-ce qu'une provocation? Son contenu me poursuit jusqu'ici, où je l'ai d'ailleurs emportée avec moi pour la relire et l'étudier mieux. La pensée d'une telle tendresse, d'une telle exigence aussi, et se traduisant par une telle appréhension, un tel refus de me voir survenir à Paris, montre que la chère âme me tient pour bien davantage que je ne vaux humainement et même me trouble jusque dans la préparation de mon programme des TP pour la session de septembre dont le projet doit être rendu d'ici vendredi. L'allusion aux «cornéliennes solitudes» à ménager à tout prix a suffi à me replonger dans la lecture du dramaturge qui sait la vanité de tout et surtout d'une gloire posthume, comme si rien, et même l'amour, ne survivait à l'instant.

> «Quand nous avons perdu le jour qui nous éclaire,
> Cette sorte de vie est bien imaginaire,
> Et le moindre moment d'un bonheur souhaité
> Vaut mieux qu'une si froide et vaine éternité.»

Héros, saint ou poète, ainsi en va-t-il des fumées de ce monde et des pauvres rêveries de Laure qui prétend immortaliser de mièvres sentiments humains en faveur d'une espérance en un futur improuvable auquel il faudrait encore sacrifier un jour de bonheur vécu. Quant à moi, peu m'importe désormais que mes pauvres livres laissent la moindre trace. Qu'il me suffise que mon devoir me les ait dictés sans m'inquiéter qu'ils soient aussi vite oubliés que publiés. J'inscris *Suréna, général des Parthes* au programme. Une jeunesse sans repères pourra discuter à loisir de l'influence de l'avenir sur l'acte présent. Puis ils verront comment, parti à trente ans de l'optimisme héroïque du *Cid*, d'*Horace*, de *Cinna*, de *Polyeucte*, un homme (Corneille) en arrive, au soir de sa vie, au pessimisme noir d'un Suréna où les conquêtes sur soi et les triomphes sur les autres s'abolissent dans la vanité humaine qui égalise tout dans le non-être, tout en éternisant symboliquement, il est vrai, l'amour qui n'a pas cédé, qui s'est conservé. Et c'est ainsi qu'à l'instant où le libérateur des Parthes reçoit sa juste récompense pour services rendus – la flèche qui le tue! – une poignante mélancolie, celle des victoires inutiles mais capables de rendre un instant un son de grandeur, auréole encore le poème dramatique de Corneille, quand on voit l'amour invariable, immarcescible, qui lie Eurydice à Suréna, amour que le «pouvoir en place» a prétendu broyer à des fins politiques, quand on le voit, cet amour, garder au moins le dernier mot, celui qui le perpétue en ne capitulant pas, serait-ce devant la mort. L'amour serait donc le fin mot de tout, autorisant qu'on le vive à la limite, dès lors qu'on en sent la présence immortelle en son cœur, en ses reins. Mais aimer une ombre, qu'est-ce à dire? Aussi n'ai-je pas le choix: je dois aller à Paris balayer l'ombre de Claudie-Laure...

28 mai

Toujours cette lettre de Claudie, exaltée, inquiète, résignée, écrite avant qu'elle ait pris connaissance de la mienne, si défaitiste, si bien convaincue que «le moindre moment d'un bonheur souhaité» vaut mieux que tous les nobles renoncements, et cette angoisse que la dame exprime à la simple idée, repoussée de toutes ses forces, que je puisse venir la rejoindre, même si elle proteste de me laisser maître du jeu, comme je le suis du roman-journal que nous vivons ensemble, celui-là même que j'invente en ce moment. Que faire à présent pour réparer ce gâchis, montrer ma bonne foi à une femme qui, manifestement, croit en mes navrants mérites au point de projeter sur ma personne inconnue d'elle toute sa foi en l'infinie durée des sentiments humains restés intacts? Car ce n'est pas à cause de mes livres, Dieu sait! trop médiocres pour que je me sois permis d'envoyer à cette spécialiste du roman un seul spécimen de ma prose, en dépit du renouveau de confiance en moi que m'a insufflé l'admirable, l'adorable Yvée Marcueil à qui je dois de pouvoir continuer non pas ce journal intime, mais le roman qui ne cesse de me dicter ma vie. Eh bien! soit, j'irai à Paris, je le dois, histoire d'en avoir le cœur net et au risque d'assister à l'éclatement d'une illusion un peu trop charmante. Des rêves, tout ça, quoi d'autre, elle a bien raison de ne pas oser les mettre à l'épreuve, mais suis-je homme à me délecter de mots creux jusqu'à ce que le ballon crève de lui-même? Comme si tout n'avait pas commencé de part et d'autre par une banale et veuve nostalgie de rencontrer l'âme sœur? Et il semble bien que nous l'ayons rencontrée, en effet, puisque tout ce que je sais d'elle me touche au tréfonds, même ses pauvres débats, ses tristes résolutions. Certes l'*âme* est l'essentiel et la *sœur* son incarnation sans doute, mais c'est par l'écrin de chair que les créatures se connaissent et se rejoignent et se possèdent, au péril de n'étreindre qu'un fantasme. Il est impérieux, à ce stade, de nous assurer de la réalité de nos personnages, sauf à rester victimes de cette fable à quoi j'ai prétendu donner vérité dans ces pages, mais une vérité qui ne soit pas de l'ordre du trompe-l'œil, encore moins du vraisemblable lequel, en art, est dénué d'intérêt. Aller là-bas, je n'en ai pas les moyens, on vient d'enterrer ma femme, on s'y oppose, peu importe! «Corneille est plus moral, Racine plus naturel»! prononce La Bruyère. Qu'est-ce que ça signifie? Le moral n'est-il donc pas naturel? Et le naturel aurait des odeurs d'immoralité? Corneille n'a pas cette naïveté d'être moral à tout prix – comment un auteur dramatique serait-il moral? Ou immoral? Sont-ce là des critères littéraires? Pour être vrai, le paradoxe veut que l'auteur déborde sans remords les cadres de ce qu'on tient pour crédible, évident. Il a à cœur de s'écarter au maximum du plausible – et Racine lui-même n'y manque pas: est-il si commun de faire assassiner, comme Hermione, celui qu'on aime par celui qui nous aime! La «vraie vie» est-elle si prévisible, si vraisemblable? Il est contre-indiqué certes que j'aille à Paris faire la connaissance en chair d'une certaine Claudie Jeanlin qui n'existe pour moi que sous le masque de Laure Angelin, surtout après sa douce et folle supplication, si logiquement argumentée pourtant et avec laquelle au fond je suis d'accord – mais j'en tire d'autres conclusions, si tant est qu'il vaut mieux tout perdre que posséder des perles dont on n'a pas saisi l'occasion de vérifier l'authenticité. Tant pis si j'en suis pour mes frais, je joue le tout pour le tout.

Pourtant si l'amour imaginaire valait mieux que le non-amour? «Entre aimer et croire qu'on aime, quel dieu verrait la différence?» demande Gide très pertinemment. Les apparences sont des réalités elles aussi. Méritent-elles d'être explorées, vérifiées? Tout est là. Doivent-elles à tout prix s'effacer devant une odieuse certitude destinée à retourner au néant? Mais aussi bien «qu'est-ce que la vérité?» demandait Pilate à Jésus qui répond «Je suis la Voie, la Vérité, la Vie». S'il suffisait de l'en croire... Mais oserait-il si ce n'était la vérité? Même Nietzsche tout au bord de sa folie mégalomane ne s'avise pas d'écrire dans *Ecce Homo* où il délire déjà: «Je suis la Lumière du monde», sentant confusément dans sa démence prochaine que ce serait au risque de se faire mettre à l'asile incontinent – ce qui lui arrivera l'année suivante. On n'a pas enfermé Jésus. On l'a crucifié. Et toute son histoire, parfaitement *invraisemblable*, grâce à Dieu, en est-elle pour autant plus absurde, ou ne lui donne-t-elle pas plutôt son sceau d'authenticité? Tel est l'unique problème philosophique sérieux, et non point le suicide du candide Camus, et me voilà au pied du mur, lecteur improbable qui m'aura suivi jusqu'ici. Seule Laure Angelin, qui sait tout, saurait m'éclairer tant soit peu, elle qui se proclame déjà hors de ce monde étroit; seule elle saurait me tirer de là où je languis depuis que ma foi s'est endormie en moi, voici bien vingt ans, endormie en moi après que l'infortunée Florence l'eut d'abord en moi réveillée et avant qu'elle ne s'en détache par ma seule faute pour que je la lui rappelle à tout hasard sur son lit de mort, moins par conviction, moins par acquit de conscience, que parce que rien d'autre ne s'offre à l'espérance de l'agonisant. Une chose est sûre en tout cas: que j'aille au-devant de cet ange ou que je n'y aille pas, il y a dans cette double éventualité autant d'absurde à courte vue, aussi peu de moral que de naturel. Il n'y a que de la littérature. En fait, l'affaire revient à savoir si la notion d'amour jouit d'un privilège quelconque au royaume de ce très bas monde dont Satan serait le Prince – ce me paraît l'évidence –, si l'amour fondé en vérité ne serait pas la valeur suprême, devant l'Art même que Malraux, en présence de ses statues et de ses fresques paléolithiques, oppose victorieusement à la mort et dont Yvée Marcueil m'a ouvert la porte – mais est-ce bien son art ou plutôt le chimérique amour qu'elle a fait naître en moi qui m'en a été la révélation? Questions sans réponses… Ô mystère! Qui me délivrera de ces tourments, sinon mon réveil en pleine lumière? Mais que voilà un mal incurable! Être soi-même, cette promesse de néant.

Mais ne médis-je pas de mes forces dès lors que j'ai élu Yvée pour modèle de détachement à l'indifférence dont je me targue? Modèle de pureté créatrice alors? À l'exemple de la fascinante jeune fille que j'ai confiée à Johanny, non tant par altruisme que parce que mon âge me défendait de faire autrement, il me suffirait, pour ma délivrance, d'accomplir ce livre-ci, qui sera mon dernier, celui des ultimes révélations de mon art écrabouillé par tous, ce livre patient que j'écris aujourd'hui, ce soir, à l'instant même. En tout cas, sauf événement imprévisible, coincé que je suis entre mes deux âmes adverses et complémentaires, je ne me vois guère fabriquant une confession plus fidèle à ma vie, devrais-je la romancer encore et anticiper davantage sur l'amour et la mort. Car les romans sont-ils rien d'autre que des songes à venir dans un passé jamais révolu? Et puis je suis trop méchant aussi, trop égoïste, trop malheureux même, pour m'offrir en exemple un Beethoven qui a tout de même cru vivre, en toute ingénuité, parmi tant d'amours immatérielles, la grâce toujours implorée de l'«immortelle bien-aimée» – *mein engel, mein alles, mein ich!* – et qui a cru vivre aussi et a peut-être même vécu son amour de père manqué pour un neveu qui n'en valait pas la peine, tandis que j'ai tout juste accordé une bribe d'attention à mes propres enfants, lesquels n'en valaient guère la peine non plus il est vrai, excepté Brigitte peut-être qui par ironie n'est même pas ma fille.

Allons plutôt écouter, paroles en main, *Les Saisons* du bon papa Haydn, dernier cadeau reçu de Florence avant qu'elle ne se lasse de mon indifférence, cadeau qui respire à pleines gorgées d'air pur la nature dans l'innocence stylisée de son printemps et de son automne adorables, nature idéale à la Jean-Jacques, quitte à ce qu'elle mente un peu, mais l'art, le grand art n'est-il pas de faire mentir le réel afin d'en faire jaillir la quintessence de sa vérité méconnue? Surtout pas de l'imiter? Haydn n'avait nul besoin d'élaborer cette évidence pour la sentir de toute la puissance de son innocent génie transmutateur. Ainsi de mon portrait par Yvée digne de Gauguin mort au diable dans l'isolement du pestiféré pour avoir désespéré de la pureté originelle de l'homme dit civilisé, tout entière reportée sur ses toiles magiques, digne de Van Gogh aussi exilé dans l'aberrance de l'esprit et qui montre ce qu'Yvée Marcueil à dix-neuf ans, révoltée comme je le fus trop mal, a déjà compris instinctivement. Aussi bien risque-t-elle de n'être pas entendue de son vivant ni après, d'être enterrée vive, et moins justement que moi, tant que l'amour ne sera que miroir de soi tendu vers l'autre, celui-ci se nommât-il Laure Angelin et fût-il imperméable aux caricatures du roman pseudo-réaliste. Car «je t'aime», hélas, veut encore et toujours dire: aime-moi, comble-moi, fais-moi jouir. Toujours moi, et moi, et moi, ce cul-de-sac. Le cavalier polonais ignorant où il va, et doublement authentique d'être un faux Rembrandt, saura-t-il échapper à cette malédiction?

29 mai

Un rapide parcours des pages de ce libre journal noircies depuis le Nouvel An vient de me faire apparaître qu'il y a sans doute là matière à roman en effet, mais à condition de gommer certains élans, certaines naïvetés – et principalement ce fol attrait d'un homme mûr pour une pure image (Laure) déconnectée de toute réalité pour l'étayer d'une autre invention qu'une volonté d'auteur de faire jaillir un amour fou d'une simple correspondance entre deux inconnus: que sont des phrases jetées en travers de l'Atlantique pour attiser une quelconque passion? Fable exagérée qui reflète un désir qu'il me reste à faire grimacer pour de bon ou avouer sa véridicité. Florence n'étant plus là pour faire peser sur moi le poids de ses muettes réprobations, il ne me reste qu'à m'envoler là-bas où m'attend, où m'espère, malgré ses simulacres de protestation, un ange – Angelin – que je n'ai pas le droit moral de laisser tomber – amour oblige – à présent que tout m'a lâché, ou à peu près... Et puis il faut bien achever d'une façon ou d'une autre cette montée au gibet qu'est ma vie, inventer un dénouement à cette cruelle détresse ressentie aux vacances de Noël, mettre un terme à cet état d'abandon moral éprouvé sous le choc d'un appel trop discret adressé au monde entier mais par moi seul reçu. Et pourquoi? Ce mystère vaut d'être élucidé, mais comme tous les vrais mystères je crains qu'il n'ait d'autre clé qu'un candide espoir en un bonheur jamais réellement abdiqué. Ai-je assez d'espoir, de confiance en Claudie Jeanlin pour vaincre sa volonté si expressément exprimée? A-t-elle en moi assez de foi pour ne plus me craindre, pour sacrifier mon ombre sécurisante à ma brûlante réalité de chair et d'os?

Tout ça, d'autres chimères bien sûr.

30 mai, vendredi

Au courrier de ce matin, dernier jour de présence officielle au bureau, un chèque de Franzy au montant qu'il m'avait promis après la mort de Florence, soit six mois de traitement, plus un supplément de mille dollars. Ridiculement touché de ce qu'il s'acquitte de sa promesse, car je n'y croyais pas, non. Aurait-il aimé vraiment Florence, ce qui s'appelle aimer, et jusqu'à la fin? Il n'est que trop vrai qu'elle lui a donné tout son talent qui était grand, à lui et à son Grand Studio de création publicitaire; cela ne suffit pas. Entre eux, il y avait donc plus qu'un caprice, plus qu'un béguin, pour qu'une telle liaison dure près de vingt ans. Comme mon existence a dû te peser, Florence! Cette interminable cohabitation de deux étrangers sur un si petit espace de sol que moi de même j'ai supportée sans jamais, plus que toi, chercher à la rompre... Pourquoi? Mystère. La vie est pleine de mystères, de mystères qui ne seront jamais élucidés. Il y avait eu un engagement solennel, c'est vrai, ce jour d'octobre sans nuages où l'on nous photographiait tous les deux, bien encadrés d'amis et de parents à l'époque, à la sortie de la chapelle des dominicains chemin de la

Côte-Sainte-Catherine. Nous y croyions ferme et une fois qu'on y a cru on dirait que c'est pour la vie, même quand on a oublié qu'on y a déjà cru; et quand il ne reste plus qu'un semblant d'accord, on croit encore au souvenir des gestes. Pour les sauver à ses propres yeux, on leur sacrifie un petit quelque chose de sa liberté, de son agrément, de ses amours, possibles ou impossibles. Pour F., comme pour moi, il y avait ainsi des choses, même de simples bienséances, qui ne méritaient pas d'être tout à fait brisées avant l'heure dite. L'heure est venue sans crier gare et qu'ai-je à me plaindre du temps passé, malgré tous les vastes ennuis et les infimes chagrins? Déjà la fiction dictait ma destinée comme aujourd'hui. Ai-je d'autre choix que d'aller au-devant d'elle qui m'attend là-bas, sait-on jamais? N'importe, il est temps de contrevenir à mon indifférence et d'user de mon faible talent inventif.

Convenons que cet argent de Franzy tombe pile, car il n'est que trop vrai que la misère pointe à l'horizon des Aumais dits Delahaye dits Desnoyers – toute une généalogie que mon grand-père Amédée avait établie depuis notre arrivée en Nouvelle-France avec le régiment de Carignan en 1660, juste un siècle avant la Conquête. Peu importe ce que les enfants et moi deviendrons dans six mois, si nous en serons au point de déménager ou non – mais n'ai-je pas signé le bail pour un an à compter de juillet le jour de l'enterrement de F.? Donc encore douze mois au moins à occuper ce commode rez-de-chaussée, après quoi l'on verra: à chaque jour suffit sa peine. Pour l'instant, rien de matériel ou d'affectif, surtout pas les enfants qui me retiennent de m'enfuir à Paris grâce aux largesses de Franzy, quand même ce serait pour affronter l'ultime déconvenue. Toutes les histoires exemplaires, c'est bien connu, finissent mal, mal comme la vie dont elles sont la réfraction au fond d'une eau noire, bourbeuse; il suffit de suivre le cours de la rivière jusqu'où le cœur s'arrête. Ainsi le cavalier polonais doit aller se jeter dans des bras qui ne se refermeront pas sur lui, la *Victoire* étant sans bras pour le faire comme elle est sans tête pour l'embrasser – que des ailes et des voiles pour le traîner au large. Littérature oblige.

1er juin

Les enfants trouvent que le salon est devenu une vraie galerie d'art depuis les nouveaux aménagements picturaux que je lui ai fait subir et seule Brigitte ne s'en lamente pas trop. Après moult ruminations, pesées mentales, déplacements et remplacements, je me suis résigné à installer définitivement mon *Image* selon Yvée au-dessus du manteau de la fausse cheminée, fausseté à quoi elle doit doublement sa place d'honneur, puisque je n'ai jamais été moi-même qu'un faux à l'instar du *Cavalier polonais*. Je souffre néanmoins rétrospectivement pour F. de m'être autorisé à écarter la nature morte de Georges Nerville qu'elle avait rescapée de notre naufrage matrimonial ; je souffre aussi d'avoir dû écarter le masque de mort du jeune Palazzo qui est plutôt un masque de vie qui se survit à lui-même jusqu'aujourd'hui ; mais plus encore je suis un peu gêné de la visibilité magistrale que j'ai prise dans ma propre maison, honneur que je ne veux devoir qu'à l'art d'Yvée Marcueil et à la justice dont je lui suis redevable de m'avoir rappelé à ma vocation profonde de romancier même autobiographique : le cavalier polonais chevauchant entre deux âmes également proches et lointaines, toutes deux également fermes dans l'épreuve, Yvée face au mépris qui a entouré son exposition où, bien mieux que moi devant les mêmes muets détracteurs qui m'ont quasi rendu paranoïaque, elle a su surmonter l'étalage d'un ressentiment par trop au-dessous de sa fierté, m'apprenant par là que l'œuvre est plus grande que l'artiste dont les états d'âme importent peu. Et si j'écris ce livre à la hâte, c'est la tête toute pleine du sentiment passionné qu'elle m'a inspiré, même si j'ai cru devoir y renoncer par respect pour sa jeunesse, voire même pour son génie. Mais qui dira la suite ? En attendant, me reste à contacter Danterny pour le tenir au fait de la direction prise par mon étrange roman-confession transposé en blanc et noir inversé, soit en vraie pellicule négative. Une fois achevé – mais comment le serait-il avant mon propre achèvement ? –, je ne peux compter que sur son aveuglement pour la publication de ce carnet de bord de l'an 1997, troisième année avant le troisième millénaire, *idem* avant mon soixantième anniversaire – tout doit être calculé pour plaire à la Trinité sainte –, et encore faut-il qu'il n'exige pas de frais comme il le fit pour *La Chair vive* ni de mutilations révoltantes, et elles le sont toutes, car ce livre m'est dicté, qui va comme vont mes jours. Point de suppression de la moindre virgule. En tout, prendre modèle sur Yvée qui ne s'abaisserait jamais à ces jeux, comme elle n'appliquerait jamais la moindre touche de peinture par intérêt pécuniaire, ou pour faire plaisir, ou pour être exposée. Quant à moi, je m'assure que la corbeille sera toujours aise d'accueillir mes griffonnages, sans que j'aie à les tripatouiller davantage que je ne fais. D'Yvée j'ai appris que la gloire intérieure, la seule qui compte, s'acquiert au prix d'une intransigeance qui se fiche de la chance, des relations et des coups médiatiques. Ce livre menteur sera tel quel ou ne sera jamais.

Ainsi donc, en hommage à Yvée Marcueil, j'ai accroché définitivement son tableau au-dessus de la cheminée. Derrière le fauteuil j'ai disposé ses deux petites huiles dont l'acquisition ne me fait guère mal depuis que la manne de Franzy m'est tombée du ciel. La nature morte de Nerville avec son corbeau, par égard pour F., je l'ai placée juste au-dessus du guéridon d'angle sur quoi j'ai laissé sa grande photo studio en blanc et noir prise très peu avant sa maladie en vue de sa promotion prochaine à la vice-présidence : déjà j'y lis cette beauté retrouvée, cette sérénité de nacre qu'elle avait sur son lit de mort, celui de l'hôpital, car il était d'avance écrit dans ces pages qu'elle mourrait à l'hôpital, loin du regard des siens. Et puis toutes les huiles si expressives de Nick Palazzo, mon ex-étudiant italo-anglophone qui, son DEC obtenu, s'était mis en tête de préparer un certificat de français à la fac de lettres et que j'avais encouragé dans cette voie sans issue avant de m'engouer des esquisses au fusain qu'il me montrait pour se faire valoir avant de me les offrir pour me remercier de ma patience avec lui et que j'ai fini par conserver avec les cinq acquisitions majeures quand il tomba malade, toutes distribuées de mon mieux au petit bonheur de murs gris pâle, compte tenu de l'espace restant : les deux scènes de rue, sûrement les rues les plus tristes de Montréal, l'une sans une feuille, sans un arbre, avec un soleil monstre en bout de perspective de la rue Saint-Dominique toute noire, l'autre, l'hiver, une blancheur sale tapissant la chaussée enneigée que strient les ornières fuligineuses des autos bloquées, je les ai disposées de chaque côté de la fenêtre ; et quant aux deux têtes, le jeune homme au masque de mort, un autoportrait disait-il, et le noble vieillard à barbe verte en qui il faudrait voir Dieu, il n'est plus resté que le passage pour les accueillir ; et enfin le vase de roses, académique si l'on veut mais aux roses d'un incarnat si chaud, presque foncé, qu'à les regarder pencher on sent que ce n'est plus qu'une question d'heures : fripés, tordus, deux pétales déjà tombés sur le petit napperon vert sont à faire sangloter de mélancolie. N'osant trop l'offrir aux filles, Madeleine ou Brigitte, qui ont maintenant chacune sa chambre, de peur de me faire rire au nez, j'ai planté un crochet juste à la tête de mon lit à moi pour me rappeler chaque soir en me couchant que le destin des roses comme celui des plus belles choses est, une fois apparues, de dépérir et de disparaître, de préférence dans un décor qui sent déjà la mort. C'est la leçon du mercredi des Cendres, inoubliée, quand le pouce du curé me marquait, adolescent, d'une croix au front riche de romans en gestation : je comprenais quelque chose à ce symbole, mais il m'a fallu attendre Laure Angelin pour en tirer les conséquences, et c'est pourquoi je n'attendrai pas que cette fée extralucide accepte de me recevoir chez elle à Paris pour aller déranger ses plans un peu trop platoniques à mon gré. Mais trouverai-je à l'aimer seulement ?

Finies les longues missives maintenant, finies supplications et explications, une simple dépêche pour m'annoncer, quelque chose comme ceci :

Votre ami kébékois s'apprête à passer la seconde quinzaine de juin à Paris, à l'hôtel. Consentiriez-vous à le recevoir une heure chez vous, ou sinon à mettre à profit ce voyage touristique pour lui donner rendez-vous en quelque haut lieu de votre capitale ? Ne craignez rien : nul n'est moins sentimental que lui. En toute hypothèse, je me permettrai de vous appeler de mon hôtel le vendredi 13 juin vers neuf heures et demie du soir. J'espère vous trouver chez vous. Faute de quoi, je me reprendrai le lendemain après-midi. Dans ma hâte de vous serrer la main, je me risque à vous la serrer d'avance, cordialement.

Rémy, Romain – à votre guise

Voilà donc, proprement consigné dans ce journal à surprises dont je me demande finalement s'il ne tourne pas à la pure fiction tant cette démarche me paraît plus folle que le texte de ma vie elle-même dont il se veut le préreflet, le mot à mot du message que je destine à Claudie au risque de la choquer. Et si ce n'est pas ce soir, car la nuit porte conseil, j'en télégraphierai demain matin les immortelles mais peut-être aussi bien suicidaires phrases que mon imagination d'auteur trop injustement décrié aura pu m'inspirer.

2 juin

Le fax, plus économique qu'un télégramme de cette longueur, est parti tel quel ce matin à neuf heures du bureau de poste.

3 juin

Les enfants ont pris l'annonce de mon départ avec l'apathie qu'ils réservent à toutes mes initiatives, ce dont je ne me plains pas. Pas plus qu'ils ne m'intéressent, hors le souci que je me fais pour leur bien-être matériel, je ne les intéresse. Bien fait pour moi s'ils ont ricané au vu de ma tronche – même transfigurée par Yvée – sur la cheminée ! Seule Brigitte a paru songeuse. Regretterait-elle l'amitié même atténuée du peintre qu'elle n'a pas su retenir ? Serait-elle jalouse de la place qu'elle a prise dans ma vie ? Dans mon cœur ? Dans mon esprit ? Car où en seraient ces pages de roman sans son image ? Inexistantes, tandis qu'elles ne sont qu'agonisantes. Nuance.

Le télégramme parti, ne reste plus qu'à réserver ma place pour le 13 au soir sur Air France, avant toute réservation d'hôtel. La logique aurait imposé l'inverse mais la chance m'a favorisé. Ai téléphoné promptement à Johanny pour obtenir le nom d'un gîte à Paris, si possible central et bon marché ! La quadrature du cercle, quoi. Il m'a indiqué « ce qu'il y a de plus moche dans le style potable », selon ses termes, le Marabout dans le Ve où il est descendu souvent, genre étudiant américain à *packsack* de passage en coup de vent, en plein Quartier latin, a-t-il précisé, « où je ne serai pas trop dépaysé ». Téléphoné à Paris. Retenu pour quinze jours. Deux cents francs par jour, petit-déjeuner compris, c'est vraiment le bas de l'échelle, ou je n'y connais rien. Johanny me signale qu'on y a accès à la cuisine et que c'est très pratique. Toujours ça. Commode pour mes sept ou huit petits cafés quotidiens. On verra bien. En ai profité pour prendre des nouvelles de la chère Yvée. Ils sont aux anges tous les deux. Ça m'a déchiré du haut en bas. Mais que faire ? Rien ne m'empêche de la revoir en ami, en artiste pourquoi pas ? Chacun de nous a fait de l'autre un modèle. Elle me demanderait n'importe quoi que je le ferais. Mon attachement tient à ce qu'il y a si peu qui soit d'ordre sensuel entre nous. C'est l'être absolument singulier et parfaitement proche qu'elle est pour moi qui m'a atteint, blessé pour la vie, d'une blessure qui point ne se cicatrisera tant que je saurai tenir une plume, même pour tracer des bêtises. Oh ! ces longues ténèbres dans son lugubre, son anarchique, son dénudé – pourquoi pas : sobre ? – atelier où j'ai veillé d'inoubliables heures sur son sommeil de petite fille… En retour de quoi elle a rouvert pour tout de bon ma plaie de poète en entrant dans ce journal. Bénie soit-elle, même si la sagesse de Laure devait me convaincre que le destin de toute œuvre écrite est de venir s'échouer pour y jaunir dans le cimetière d'une boîte de bouquiniste sur les quais fleuris de la doulce Seine.

Ne reste plus qu'à me préparer, qu'à rafraîchir ma vêture de voyage, moi qui depuis tant de lustres n'ai quitté mon Kébek. Me suis tellement négligé au fil des ans à force de solitude. Femme qu'elle est, Claudie Jeanlin attache sûrement beaucoup d'importance à la «tenue», à la «livrée», à l'«équipage» – ces Parisiennes! – et pourquoi pas si tout n'est qu'apparence? Où ai-je lu qu'on juge un homme à ses souliers? Pas mal observé. À condition qu'on soit tenté de regarder par terre.

4 juin, mercredi

On vient de me téléphoner une dépêche de Claudie dont on me livrera le texte écrit dans la journée. Ce que j'en retiens, et je crois ne pas me tromper d'un soupir: «Votre message m'a tourneboulée. Je vous en supplie, pour peu que vous teniez à notre amitié, ne venez pas, par pitié. De toute façon c'est sans issue puisque aucune suite n'est à espérer, de part et d'autre. Et nos illusions sont trop belles pour nous exposer à les abîmer, à les briser. Avec des sentiments d'amitié trop sincères pour accepter de vous perdre, Claudie et Laure.»

Ainsi transcrite dans son exactitude (j'en suis à peu près sûr), ainsi relue maintes fois, la contre-dépêche ne laisse pas de me perturber, de m'émouvoir aussi. Que dire? Que faire? Ah! ce n'est pas cette place d'avion déjà réservée et payée qui m'imposerait de me lancer dans une aventure idiote si je la jugeais telle. Je ne veux penser, pour une fois, qu'à Claudie, je ne veux même plus consulter mes propres sentiments, mais n'écouter que cette sincérité si évidente. Or sincérité n'est pas vérité, elle n'en est que l'expression par trop subjective, et qui, sauf Tartufe, n'a jamais douté de sa propre franchise? Mais aussi bien qui est à l'abri d'une erreur? Et si Claudie se trompait? Sur elle-même, sur ses désirs, sur ses sentiments? Pire, si elle se trompait délibérément? Si elle avait crainte de regarder en face la situation «absurde» dans laquelle nous nous sommes engagés? Certes elle a raison sur un point: que j'aille ou non là-bas, la situation est sans issue. Je ne me vois guère prolongeant mon séjour, m'installant à demeure à l'étranger, serait-ce en France. Me manquent en premier les moyens et, qui plus est, le goût. Mais pour ce qui est de se connaître tous les deux, où est le danger, où est le crime? Oui, chère Claudie, je sais, tu as dit adieu à ce monde de chimères – mais tu le précises toi-même: «nos illusions sont trop belles», et par là, sans t'en douter, tu te trahis. Défais-toi donc au plus vite de cette appréhension fondée sur un rêve trop rose pour contenir le moindre grain de vérité et qui suffit à expliquer ton angoisse à la pensée de recevoir la visite de ton ami de cœur. Oui, je peux te décevoir, comme tu peux me décevoir. Mais le vrai est que, moi, je n'ai plus peur des illusions : les ayant toutes perdues, je puis bien sacrifier mon dernier mirage à l'épreuve de mon esprit tordu. D'autant que chaque feuille de ce journal fait de chaque jour de mon existence une pure fiction et quel homme, quelle femme ignore que les bons romans, fidèles aux lois de l'Art – le grand Art ne rit pas –, finissent tragiquement toujours ? Notre histoire doit suivre son cours, et qu'aurais-tu à redouter de moi, ange protégée que tu es par l'outre-monde avant-coureur de l'éternelle béatitude, là où peut-être, qui peut le dire, l'amour vrai nous rejoindra ? Mais d'ici au dénouement, le temps est au théâtre. Il faut, n'importent les conséquences, que se dégonflent les ultimes baudruches pour que l'un et l'autre nous ayons du moins appris à vivre, même si, selon le dire du poète, « le temps d'apprendre à vivre, il est déjà trop tard ».

Trop tard, oui, combien trop tard...

Vingt minutes ont passé, le regard flou, noyé dans l'insondable gouffre de ma page.

Allons, décidément il faut que je prenne sur moi de régler ce dénouement, que je te brusque un peu puisque tu m'y obliges, ma Claudie fille de l'Inconnu, pour que ta paix ne soit plus menacée que de lettres de plus en plus espacées où tout s'éteindra de ce qui furent de trop illusoires moments où notre liaison n'était que rêveries. Ainsi plus rien à regretter tant il est vrai que tout est venu au hasard de quelques phrases de part et d'autre laborieusement méditées ou lâchées tout à trac sous la pression d'une solitude, d'un vide trop asphyxiant pour être supporté seul. Et sans prendre même la peine de répondre à ton télégramme par des raisonnements frivoles et des arguments futiles, laisse-moi venir à toi te parler au nom de mes seuls sentiments, lesquels rejoignent, j'en suis sûr, les tiens. Et mon premier sentiment, c'est que j'ai besoin de voir, une seule minute s'il le faut, mon idole surréelle, de lui serrer la main, de lui baiser la joue, tout en sachant que la même nécessité impose à l'ombre de marbre de me voir, de me tendre cette main et cette joue dont elle est amputée tant il est vrai que la silhouette mystérieuse de la *Victoire de Samothrace* m'en a trop longtemps privé au fond de ses lointains brumeux, au fond de cet horizon atlantique vainement scruté.

De toute façon, comment éviter la rencontre avec une Claudie Jeanlin définitivement révélée sous les traits et le nom de Laure Angelin puisqu'elle est ma création ? À moins de *vivre* une telle rencontre, quel homme se hasarderait à prédire comment elle pourrait tourner littérairement – sauf à l'inventer de toutes pièces, ce que je renonce à faire sachant que la vérité sera toujours plus étrange que la fiction ? N'empêche que tout conte, toute romance, toute fabulation est possible et m'éviterait au surplus de me tourner les pouces d'ici mon départ prévu dans six jours, tout en sachant que la confrontation effective, en outrepassant toujours le pieux vraisemblable à quoi sont condamnés les auteurs, sera sûrement plus romanesque que la rencontre qu'enfanterait mon imagination laissée à elle-même. Quant à consulter Danterny, il ne pourrait que me pousser dans le sens du facticement plat, soit du plausible, du croyable, du prévisible à condition encore que, mis au courant, il consente à ce jeu auquel je me livre depuis janvier, jeu qui dans mon esprit est fort loin d'en être un, plutôt une expérience présentant les deux faces, la vécue et la projetée, d'une même réalité non résolue, d'une même aventure qui ne veut pas dire son dernier mot. Et pour le dire en net, ça suffit comme ça : j'ai assez souffert pour rien ! J'en ai ras le bol de cette saloperie d'existence qui ne m'a jamais apporté que des emmerdements, j'en ai mal à l'estomac, à la tête, aux reins, aux jambes, à la main droite qui sans cesse écrit pour ne rien dire, après avoir vécu pour ne rien gagner et ne gagner à rien. Non, rien de plus malvenu que ce qui m'est arrivé. Et pour faire contrepoids à toute cette crasse inutile et d'autant plus tuante, plus qu'un filet d'espérance, une bave de déraison, dirais-je, car j'en ai trop marre de croire que quelque chose va changer, pourrait changer dans quelque outre-monde où fleurissent les Laure.

Même jour, 5 heures

Sans plus attendre, quitte à m'écrire un rose avenir immérité – la suite le prouvera –, partons en stylo-feutre pour Paris avant de regretter une existence entière privée d'amour, avant de m'apitoyer sur mon sort, de me lamenter comme le pauvre cave que je suis, avant de déverser un réservoir de larmes qui ne soient pas de crocodile sur toutes ces petites et grandes malchances qui n'ont cessé de m'accabler, oui partons au risque de déchirer ma « déchirante infortune» (Rimbaud me poursuit), mais en suivant un fantasme que rien ne m'empêchera d'orner, d'ici le nouveau désastre qui m'attend la semaine prochaine, d'un peu de cet amour humain où Laure seule, non pas Claudie la raisonnable, me repousse, avec ce pur attachement platonique ou échange spirituel ou dilection pure à préserver, fût-ce au prix de n'y pas toucher, toutes denrées sentimentales bien hors d'atteinte de mes modestes désirs frustrés dès l'enfance jusqu'aujourd'hui d'un seul moment de petit bonheur humain – parce qu'on dirait bien qu'à mon âge je n'en ai jamais encore vraiment connu, si j'oublie cette rage de vivre de mes vingt ans qui, au vrai, ne m'en a donné que le dégoût, celui du *jouir* à bon marché, mais pour mieux me faire chuter presque aussitôt dans d'autres illusions d'amour sublime rapidement dissipées avec mon mariage avec la pauvre F., laquelle comme par hasard j'ai enterrée la semaine dernière sans rien d'autre au cœur qu'une amertume infinie devant tant de vains, de misérables et, avouons-le, de dérisoires efforts de part et d'autre pour se comprendre. Mais j'avais trop à dire au monde entier avec ce narcissisme exigeant que je me raconte à tout prix envers et contre tous, à défaut d'avoir su mener à terme un doctorat ès lettres qui nous aurait au moins valu de quoi vivre respectablement, de mon indolence en tout sauf en matière de désastres systématiques, eh bien! oui, de tout cela, de mon indifférence, de ma monstrueuse négligence, ayez pitié, Vous, Dieu Tout-puissant qui cachez si bien votre jeu et votre existence, et n'en prétendez pas moins consoler notre misère terrestre, en plus de nous gratifier de l'éternelle félicité. «Celui qui m'aime, qu'il prenne sa croix et qu'il me suive», telle est votre réponse à nos jérémiades. C'est vrai que je ne vous ai guère aimé et que je n'ai jamais subi mes croix qu'à contrecœur. Et pourtant je les ai portées en maugréant et je maugrée encore, sans me révolter tout à fait, ce qui ne servirait à rien. Est-ce cela que Vous attendiez de moi? Eh bien! oui, malgré toutes mes fautes, mes lâchetés, mes faiblesses, banales plutôt que criminelles, pardonnables eu égard à mes grandes déveines, malgré tout cela, j'ai porté assez longtemps les miennes, de croix, même si je n'ai guère songé à Vous les offrir sérieusement depuis un bon bout de temps, vivant la «misère de l'homme sans Dieu» selon mes lectures arides de Pascal dont j'ai fait commenter en séminaire et osé commenter moi-même avec flamme les plus géniales «pensées» et les plus passionnées «provinciales», même si je ne Vous ai guère suivi de très près, je veux dire «en esprit et en vérité», amour et connaissance, encore que Vous ne soyez pas absent de mes récits, de mes personnages à conscience richement tourmentée, et même si j'ai pour ma part évité autant que possible la Porte étroite, est-ce assez de cette vie pourrie que Vous m'avez donnée ou est-ce trop pour se priver du plaisir d'un chapitre conclusif purement romanesque, élégiaque, imaginaire, qui ne tourne pas à la catastrophe comme tout ce que j'ai jamais entrepris de grave, une catastrophe pareille à celle-là que déclenchera certainement mon face à face avec une femme qui m'apparaît tout à fait exceptionnelle mais qui sans doute n'est pour moi comme je ne suis pour elle qu'une illusion d'optique, ou d'écriture, dans la mesure où, à son exemple, je n'augure rien moins qu'un désastre de notre confrontation du 14 courant. Tout va s'effondrer comme une jeune vieille fiction de quatre mois d'âge. S'il est vrai que je n'ai jamais vécu qu'en paroles et de paroles, l'heure est venue de me taire mais de me taire en beauté avant le verdict d'événements qui m'ont toujours été contraires. Me raconter plus longtemps des histoires à dormir debout, fussent-elles par lettres au bout du monde adressées à une lectrice professionnelle de manuscrits trop fictivement parfaite, même en vue d'un ultime roman qui s'était voulu d'amour et d'art «entre deux âmes» – non merci! C'est encore trop cher payé l'écrasement promis à ce nouvel avortement de mon esprit que j'ai retiré *Le Cavalier polonais* avant même de savoir mieux que toi, lecteur, où j'allais, uniquement parce que c'était un faux «tableau de maître» donc un vrai, ainsi d'Yvée réalisant cet unique et divinatoire portrait de ma physionomie de vaincu transfiguré par un effet de l'Art et que j'ai désormais sous les yeux chaque matin que j'entre au salon, effigie de mon âme errante apte à m'ôter toute illusion sur mes chances d'être renseigné sur ma direction en tant que cavalier égaré dans son crépuscule, figé que me voilà dans un sous-sol ténébreux, jambes croisées, mains réunies, buste redressé, face tendue, regard intensément fixe en quête de sa vérité absente, soit représenté «tel qu'en lui-même l'éternité l'a changé» au long d'années perdues à s'interroger et à se tromper. Par bonheur me protège le scaphandre par quoi je franchirai l'Atlantique Nord jusqu'au pied de la statue d'une *Victoire* qui est peut-être la sainte d'une autre Liberté.

Donc, le temps étant arrivé de revenir à ma première conviction, à savoir que le bonheur – car j'y crois, moi, douce Laure, même si je ne le pratique pas plus que toi – ne se ramasse pas plus dans les journaux que sur les écrans de TV, dès demain au premier clin de l'aube (ne me suis-je pas réveillé sans rémission chaque matin à quatre heures et demie depuis le télégramme de toi qui me repousses en larmes?), dans ma chambre au petit matin donc, à une semaine de mon départ je me remets à pied d'œuvre devant ce précieux cahier de damné ouvert à sa date, histoire de conjurer moralement en l'anticipant la tristesse qui m'attend à Paris, mais aussi de clore en beauté mon séjour là-bas, même si je sais que cet effort pour m'en faire accroire sera pure vanité, à l'exemple de toutes mes entreprises. N'en espère pas moins avoir mis le point final au mirage, quel qu'il soit, avant le 14, jour prévu de l'embarquement pour Cythère, pour autant que je me flatte d'y parvenir un jour. Ainsi n'aurais-je rien à craindre de ta résistance à mon arrivée, Laure au cœur dur, puisque tout aura déjà été joué en ma faveur.

7 juin

Tous mes plans sont bouleversés. Voilà que je me suis éveillé ce matin... à neuf heures. Et dans ce tardif réveil qui m'a trouvé seul à la maison, réveil presque surprenant tant il est contraire à mes habitudes et même s'il est vrai que je me suis couché à deux heures et demie passées à cause de cette résolution mûrie ici même de m'attaquer dès l'aube à la relation d'un voyage moins désespérant que celui qui m'attend la semaine prochaine, je perçois comme un signe que c'était courir après le malheur que de peindre en rose à l'avance une embardée dont je n'imagine même pas ce qu'elle pourrait être sinon, au mieux, un accueil froidement aimable de la part de Claudie qui ne me doit rien, au pire de violents reproches suivis d'une porte qu'on me claque au nez, dès lors que la dame ne tient à rien moins qu'à me voir débarquer à Paris. Or la rédaction anticipée d'une pure fiction romanesque était une erreur littéraire qui aurait eu de quoi m'affoler si j'avais dû bâcler en moins d'une semaine les quinze jours d'un journal intime sur quoi j'ai tout misé pour conclure en beauté cette histoire sans queue ni tête. En sorte que je puis bien abandonner mon projet d'une chronique anticipée mille fois moins spectaculaire que les coups que le sort là-bas me réserve (il en peut être de bénéfiques), quitte à forcer ma plume sur la vérité de l'aventure à vivre pour lui faire avouer un sens qu'elle n'aura guère, sans toutefois laisser la vie vécue l'emporter sur le réel imaginaire enrobé de ses lambeaux d'étoffe précieuse, brodée d'or et de rubis, qui gisent encore au fond de la malle aux trésors de l'enfant trop sage... Il s'agit de refuser la pure photographie d'un vécu toujours fortuit en faveur de la nécessité d'un Art qui impose ses retouches, ses variantes ou ses transpositions, fussent-elles cruelles, mais propre à rendre l'histoire exemplaire. Ainsi peu à peu ma vie se constitue en roman, en œuvre d'art digne de rivaliser avec l'*Image* de mon inspiratrice, la chère Yvée, qui m'en a donné le modèle. Est-ce un hasard si je reviens encore une fois du salon où c'est bien quatre fois par jour que je me surprends à venir m'admirer dans ma nudité morale en examinant dans ses détails les plus saisissants l'image intérieure que la merveilleuse amie de Brigitte – mais l'est-elle bien toujours ? – s'est faite de moi et qu'elle a rendue avec une justesse qui passe la perfection formelle, bien secondaire en l'occurrence, au point que je découvre dans cette transposition toute une part de moi-même, la part la plus purement spirituelle, la plus blessée aussi, qui ne peut venir que d'Yvée elle-même, cette part que je n'ai cessé de refouler et jusque dans mes lettres à Claudie qui la découvrira peut-être si elle est telle que je la désire.

Mais au diable ma vie rêvée en poésie, en musique, en peinture, en architecture – en roman autofictif, pourquoi pas ? Les Arts se touchent comme les toits des ruelles des cités de jadis. À présent que j'ai donné congé à mon imagination créatrice, que les enfants Desnoyers se sont dispersés, c'est de musique que je me languis. Il y a si longtemps que je crains de m'attirer les foudres d'une maison sourde à toute harmonie qu'il me tarde de me laisser entraîner vers cet Ailleurs où j'ai été transporté quelquefois par quelque chose d'insaisissable que je souhaiterais étreindre en pleurant – si je savais encore pleurer, encore étreindre, encore désirer. Mais même la joie m'est étrangère, oubliée. Combien de fois ai-je seulement souri depuis vingt ans ? De là mon désœuvrement solitaire en ce samedi matin de printemps où, le navire familial abandonné, je renonce à fabriquer des événements pour me tourner une heure ou deux vers l'*annus mirabilis* 1772 de Haydn où quelque Yvée Marcueil du temps a visité le compositeur pour lui faire produire à l'aube du classicisme, aube qui ne sera point dépassée, une gerbe de chefs-d'œuvre, symphonies et quatuors, dont on dirait que le style à la fois impalpable et passionné qui est celui du *Sturm und Drang* – « orage et passion », dont *Werther* offre le modèle romanesque en littérature – ouvre des portes infinies que le seul Rembrandt du *Fils prodigue* enfonce à ce point avec l'ultime *Pietà* du Titien et, sur le mode tragique français, le *Polyeucte* de Corneille, portes d'éternité dont j'ai pu croire qu'elles me resteraient à jamais closes alors que je disposais de clés si proches. Comme si, n'en déplaise à Claudie – à Laure plutôt ? –, sur ces rivages pétrés où la vie nous a jetés, livrés tout vifs aux fulgurances de Pascal et de Rimbaud, la culture seule témoignait pour l'âme, et l'âme pour le souffle divin dont elle est issue et par qui elle respire immortelle. Immortelle ? « Partout sur la terre ce qu'on appelait l'âme est en train de mourir... » – Malraux *dixit*. Il y a de quoi se poser des questions. Et quant à l'Art : « Seules les visions absolues que donnent la joie extrême devant la beauté et le sentiment de délaissement absolu dans le malheur font accéder au réel » – Simone Weil *dixit*. En dépit ou à cause de toute ma déréliction, de toute mon extase devant la beauté, je ne serais donc pas passé tout à fait à côté du réel ?

Et le mystère du *Cavalier polonais* ? Pourquoi ce prétendu *faux* dont le mensonge apparaît plus authentique que la réalité même ? N'y a-t-il pas là toute l'énigme de l'Art ? Vrai de vrai, le sublime n'est pas reconnu pour ce qu'il est – ou bien passe pour menteur, dénaturé. (Jamais Danterny n'admettra toutes ces considérations indignes du roman tel qu'il le conçoit. Il me les fera sauter à ton bénéfice, patient lecteur.)

9 juin

Hier, tandis que j'étais seul à la maison, Patrice n'étant pas rentré de tout le jour, non plus que Madeleine et Brigitte, sorties chacune de son côté – les deux sœurs ne se parlent plus et se regardent à peine depuis que Mad s'est installée par droit d'aînesse dans la chambre de sa défunte mère, cela s'ajoutant à sa jalousie envers une petite sœur qui lui a soufflé l'amitié bien refroidie de la prestigieuse Yvée Marcueil –, la pensée m'est venue que j'avais omis de prévenir Yvée de mon brusque départ et d'une absence insolite survenant si tôt dans mon deuil. Ma négligence m'est apparue assez monstrueuse et c'est dire à quel point je reste non tant obnubilé par son génie qu'intoxiqué par sa personne même, n'osant la contacter sans raison pressante. Au risque de la déranger dans son travail par ce doux dimanche de juin, j'ai composé son numéro de téléphone, les doigts parcourus de ce léger tremblement que sa proximité me cause, et tout de suite m'est parvenue la voix brève. Dès qu'elle m'a eu reconnu, j'ai senti son timbre se faire d'une suavité très particulière dont j'aurais peine à croire qu'elle me la réserve. Comme je m'enquérais de ses faits et gestes, Yvée m'a avoué que Vermandois se trouvait justement là, invité à « un petit gueuleton de fortune », m'a-t-elle expliqué non sans quelque embarras. Aussitôt je me suis excusé de venir troubler son intimité pour bien peu de chose et l'ai priée de m'indiquer un meilleur moment pour la rappeler.

– Mais non, Rémy, pourquoi? s'est-elle ressaisie. C'est tout de suite qu'il faut me parler. Nous en sommes au café et je n'ai pas plus de secrets pour Johanny que je n'en ai pour vous, vous savez bien. La semaine prochaine, c'est lui qui m'invite chez lui pour célébrer moi mes vingt ans, lui ses trente ans, à un petit jour près. Drôle, n'est-ce pas, Rémy? Un instant s.v.p., il me fait des signes désespérés... Pardon de vous avoir quitté, je vous reviens avec ce message: Johanny vous invite officiellement dimanche chez lui, rue Ridgewood, à partager tous les trois ensemble le fruit, dit-il, de ses labeurs culinaires. Qu'en dites-vous, cher Rémy? Ce serait vraiment formidable que vous soyez des nôtres. Vous savez comme je vous adore, vous en êtes bien convaincu, n'est-ce pas?

J'ai dû avaler ma salive avant de répondre:

– Vous allez me faire regretter d'autant plus de ne pouvoir être avec vous dimanche prochain. Figurez-vous que je vous appelais justement pour vous annoncer ce qui est pour moi une grande nouvelle: je m'envole jeudi pour l'Europe, pour Paris plus précisément.

– Si vite? s'est-elle exclamée. Car j'étais parfaitement informée de votre voyage, par Johanny à qui vous avez demandé un nom d'hôtel, pas vrai, mais j'étais tout à fait ignorante que c'était pour ces jours-ci. Sans quoi je vous aurais moi-même téléphoné pour vous souhaiter bonne voile – n'est-ce pas plus joli que bon vol? – et un heureux séjour outre-mer, croyez-moi bien, cher Rémy.

– Oh! un bien court séjour, deux petites semaines, histoire de revoir Paris bien sûr, mais surtout d'y faire la connaissance d'une certaine dame du milieu des lettres qui m'assure pouvoir me faire éditer là-bas. Il s'agit de ce curieux livre dont je vous ai dit un mot, un livre où vous êtes présente, Yvée, et doublement présente. Un jour, peut-être, vous comprendrez... un jour... vous saurez...

Oui, vous saurez la vérité de ce que vous êtes pour moi, mais pour l'instant c'est trop tôt, si tant est que le cavalier polonais chevauchant «entre deux âmes» ne trouvera jamais peut-être son chemin de ce côté-ci du Temps.

– Et qu'est-ce que je comprendrai? qu'est-ce que je saurai? Quelle vérité? dit-elle avec avidité.

– Vous saurez... même si je doute encore... tout ce que je vous dois pour m'avoir remis en selle en orientant le cavalier vers l'Art souverain par votre exemple et surtout par le regard que vous avez posé sur lui et que mon *Image* vue par vous a trahi.

– Mon regard d'admiration, soyez-en sûr...

– Un jour peut-être, ai-je repris en l'interrompant, je vous dirai ce par quoi je suis passé et vous comprendrez, si même vous ne devinez pas déjà secrètement. Telle que je vous connais, je n'en serais pas étonné.

Une longue pause a suivi, comme si elle tentait de se garder de confidences trop personnelles en présence de Johanny... Alors mon émotion a mis fin brusquement à notre échange à sens unique par quelque pirouette de nature à rassurer le jeune homme :

– Adieu, fillette adoptive, et joyeux anniversaire à tous les deux. Dites à Vermandois mon amitié. Et croyez que je serai des vôtres en esprit même si vous ne me voyez pas. Oui, je crois à la transmission de la pensée : n'est-ce pas vous qui m'avez laissé dormir hier matin pour que je n'achève pas tout de suite mon auto-fiction mais que je la vive ? Allons, pardonnez ces bêtises, chère enfant, mais n'oubliez pas votre vieil ami en travaillant. Votre influence m'est bienfaisante.

– J'essaierai même de prier pour mon « vieil ami », mais soyez sûr que je peindrai pour et avec lui, puisqu'il m'en donne la permission. Comme avec sa permission, je le serre tout contre mon cœur. Adieu. Ne vous attardez pas trop à Paris. On vous espère de retour avant longtemps.

Dix minutes je suis resté figé dans la même position, la main moite, crispée sur le téléphone.

10 juin, mardi

En déjeunant ce matin – à vrai dire je n'avale plus qu'une tasse de café au lait tant je suis devenu paresseux –, j'ai pensé que je n'avais pas non plus prévenu Mariette de mon départ. Ce n'est pas qu'il y ait entre nous une tendresse telle que ma sœur souffrirait ou même s'apercevrait de mon absence durant une quinzaine. Tout de même, par principe – à croire que j'en ai encore un ou deux –, je me suis fait un devoir, mais rien qu'un devoir, de la mettre au courant, au cas où je ne reviendrais pas, qui sait, non pas certes victime d'un sentiment trop brûlant qui me retiendrait là-bas, mais n'est-il pas vrai qu'un accident d'avion ou simplement de circulation par les rues de Paris où je me vois déjà flânant, nez en l'air, reste toujours du domaine du possible ? Aussi bien j'ai joint ma sœur vers onze heures, sachant qu'elle ne déteste pas faire la grasse matinée pour n'avoir guère d'intérêts dans l'existence qui la précipiteraient hors de son lit avant l'heure. Pour une fois je l'ai trouvée d'assez bonne humeur et nous avons pu causer un peu, chose rarissime : il n'est que trop vrai qu'elle s'est toujours mieux entendue avec Florence qu'avec moi, mais F. n'étant plus là pour l'alimenter en nouvelles et potins, elle doit se contenter de ceux que je lui fournis assez chichement. La nouvelle du jour, contrairement à mes prévisions, en valait la peine, apparemment.

– Toi, en Europe après-demain ? Ça c'en est une bonne.

– La mort de cette pauvre Florence m'a plus affecté que je n'aurais cru. Je me sens un besoin de m'aérer un peu. Et puis voyager seul est moins ruineux qu'en couple ou qu'en famille.

– M'est avis, moi, que la disparition de Florence va te rendre la vie moins commode, matériellement je veux dire. Combien de fois elle m'a dit qu'avec tes seuls revenus vous n'auriez pas tenu le coup.

Je n'ai pas relevé l'humiliation autrement que pour soupirer avec un attendrissement affecté :

– Pauvre femme ! Partie si vite ! À quoi tient la vie ?

– À un fil ! Parle-m'en pas. Chaque matin je me dis : s'il m'arrivait quelque chose aujourd'hui, je voudrais que ce soit la fin, tant c'te vie de chien ne me réserve rien. Encore heureuse de m'en tirer sans travailler grâce à l'immeuble que le père m'avait laissé pour compenser les douleurs de ma sciatique et qui me rapporte de quoi vivre décemment – grâce à l'augmentation insensible des loyers, je veux dire.

Je me suis tu. Mariette venait de toucher à un sujet qui me fait mal encore, et elle le sait et ne manque pas d'insister. Non que j'aie jamais été envieux de ma sœur à cause de cet héritage de parents qui m'avaient depuis longtemps rayé de leur succession, par la faute de l'adolescent que je fus et que sa sensibilité enfermait dans une carapace de mutisme jugé insolent, avant même toute idée de fugue. L'épiderme plus épais de ma sœur la protégeait mieux et lui valait l'indulgence de parents qui ne savaient apprécier que sa capacité à encaisser le régime très sec auquel ils nous soumettaient. Écrabouillement mal encaissé qui me rendit poète, puis fit de moi un révolté du genre libertaire avant de me ramener à ma nature profonde quand je fis la connaissance de l'idéaliste Florence Auger, de sept ans ma cadette, pour en faire ma fiancée, puis ma femme. C'était avant que tout ne craque.

Ce père et cette mère sur lesquels j'évite d'habitude d'arrêter mon esprit pour n'avoir pas à les juger, parce qu'on ne juge pas ses parents, encore moins les déteste-t-on, ça ne se fait pas, eh bien! je n'ai pas cessé pour une fois de penser à eux intensément aujourd'hui, j'ai pensé que l'essentiel n'avait jamais été dit entre nous, qu'ils sont morts sans m'avoir connu, ou ne connaissant de leur fils qu'un étranger puisque, faute d'affinités, c'est l'image d'un étranger que je leur ai présentée de moi dès que j'ai saisi instinctivement que je ne serais jamais agréé pour ce que je suis. Non, jamais je ne me rappelle avoir reçu d'eux le moindre témoignage de quelque complicité affective – ne parlons pas de la moindre preuve d'estime attestée par le moindre compliment qui aurait pu m'inciter à m'ouvrir à eux si peu que ce soit, à leur livrer une larme de mes remous intérieurs. Auraient-ils compris quelque chose à ce nœud de contradictions que j'étais? Et le moyen de les en blâmer? Le jeune homme à l'âme irrégulière a toujours tort. N'empêche que c'est à l'angoisse permanente d'une réaction négative, brutale, que je leur dois mon renfermement d'huître et plus tard des fictions trop tourmentées pour ne pas faire fuir l'éventuel lecteur.

Même jour, cinq heures

Depuis le coup de téléphone à Mariette que ces histoires d'argent me poursuivent. M'armant de mon courage, je viens d'appeler la faculté pour prendre rendez-vous immédiat avec Frondaie, prétextant que je m'envole jeudi, ce qui est exact. Mlle Courtois:

– Ah! Monsieur Desnoyers, comme ça tombe bien! Maître Frondaie m'a justement demandé de vous convoquer pour une rencontre personnelle à son bureau: il a des choses importantes à discuter avec vous et qui ne peuvent attendre. Que diriez-vous de venir ici demain après-midi à quatorze heures? Vous auriez ainsi l'occasion de lui parler tout à loisir des choses qui vous intéressent.

J'avoue qu'en raccrochant ma main tremblait sur le combiné. Que peut bien me vouloir Fernand? Mon heure de chance serait-elle arrivée? Si seulement sa proposition pouvait coïncider avec ma requête!... Il n'en est pas moins sûr que l'épreuve est rude d'avoir à me présenter devant lui avec des sollicitations, des doléances qui me mettent à tout coup dans un état d'infériorité. Revoir Fernand en tête à tête, il y a de quoi m'ébranler le système nerveux, lui qui fut mon grand ami et qui n'est plus que mon patron. Pourtant ce serait bien à lui de se sentir gêné, après ce qu'il m'a fait dans le temps, et encore depuis, à la fac même, la façon dont il me traite comme le dernier des derniers. Il y a des gens qui manquent d'une élémentaire décence. La mort de Florence

aurait-elle, qui sait, remué de vieux souvenirs en lui? À la grâce de
Dieu.

Va-t-il me falloir rendre compte de cet horrible après-midi?
Pouvoir m'en dispenser ou du moins donner libre cours à mon
imagination en sens contraire d'une vérité qu'aucun lecteur ne
voudra admettre parce qu'elle est trop vraie pour être admise, si
ce maudit feuilleton doit paraître un jour. Au point où j'en suis,
réalité ou fabulation, je ne sais plus. Et pourquoi l'imaginaire
devrait-il être plus crédible que le réel? La fiction impose-t-elle
une vraisemblance dont la vie se moque? Inutile donc d'inventer
comme j'ai fait hier, pour le plaisir littéraire de forcer la note, en
noircissant père et mère, braves gens parfaitement raisonnables,
tandis que l'anormal, c'était moi, dès ma naissance. Le problème
est de savoir si j'arriverai à coucher ces deux heures sur le papier.

Le soir est tombé depuis que je suis rentré de cette visite
affreuse à mon ancien «copain» devenu le maître de mon destin
et dont malgré tout j'attendais encore un sursaut de mémoire, le
soir et bientôt la nuit, et toujours je roule dans ma tête la façon
dont je formulerai ce cauchemar, histoire de remplir encore quelques pages de ce cahier qui me tuera à la fin au lieu de me sauver
comme je l'avais escompté.

Et dire que cette scène qui serait drôle si elle n'était si rocam-
bolesquement sinistre et démoralisante a commencé par un
accueil marqué au plus joli sourire de Mlle Courtois, ignorant tout
à l'évidence – mais est-ce qu'on sait dans ce monde où l'hypocri-
sie fait loi! La demoiselle me prie de m'asseoir un instant, le temps
que «Maître Frondaie» – comédie qu'il impose, on se serait cru au
palais de justice – en ait terminé avec un précédent visiteur. Et je
suis là, et je suis seul, et je me tais, et mon œil devine sans la regarder Mlle Courtois qui s'affaire et vaque à ses petits devoirs de
secrétaire du grand patron des Lettres, et mon cœur bat, bat,
anxieux, mais c'est d'une anxiété de bonheur à la pensée qu'enfin
je vais être entendu dans mes modestes implorations que je n'ai
pas renouvelées depuis deux ans et demi. Fernand veut me voir!
À si peu de temps du départ de Florence! À coup sûr il s'est enfin
décidé à réparer le tort qu'il m'a causé. Il était temps!

Et voilà que la porte s'entrebâille et que je laisse glisser mon
regard sur la longue table nue en noyer qui occupe ce vaste bureau

sobrement meublé de douze chaises droites, salle de délibérations où je n'ai pas mis les pieds dix fois depuis le quart de siècle que je hante ces lieux sacro-saints dont voici le «Sanctuaire» ainsi qu'on aimait à se gausser à propos du mystère intime de la faculté quand je fis mon entrée au département d'études françaises, assez plein d'illusions encore pour blaguer avec ce qui m'est devenu un drôle de bagne. Le temps de distinguer Fernand assis de profil et c'est pour voir émerger du Saint des Saints ma Mimy Thiébault en personne qui me frôle en coup de vent, Mimy qui daigne tout de même stopper devant moi une fraction de seconde le temps d'une convulsive poignée de mains assortie d'un sourire aigrement crispé et me voilà à peine debout que la doctoresse en linguistique structurale a déjà filé, serviette de cuir sous le bras, disparue telle une comète qui repassera dans nos parages, ayant tout oublié de nos intimités passées, dans quatre cent soixante-dix-sept années quatre mois et vingt-huit jours avec la même condescendante vélocité.

Considérations bien futiles dès lors que Maître Frondaie, du haut de son rôle de grand patron dans lequel il se complaît sans effort, s'est déjà avancé, majestueux, jusqu'au seuil de son antre, grotte spacieuse et sépulcrale où ne pénètre pas qui veut, pour me faire signe d'entrer.

J'ai pris place dans l'un des deux fauteuils coussinés de cuir beige qui font face à son bureau de travail où rien de superflu ne traîne, à part les indispensable sous-main, lampe à abat-jour carré, téléphone blanc et de dos grande photo encadrée de qui je présume être sa femme ou ses enfants. Infailliblement on se croirait en présence d'un P.-D.G. de société anonyme à responsabilité illimitée. Frondaie, qui ne vieillit pas, ne m'a toujours pas adressé la parole. Et voici qu'il me regarde l'air inquisiteur comme s'il me découvrait, lui qui m'a convoqué, avec un air qui paraît signifier : Eh bien! vieux, quel bon vent t'amène?

– Tu veux savoir la raison qui m'a inspiré de prendre rendez-vous avec toi, mon cher Fernand, que j'imagine passablement accaparé par les mille et un problèmes soulevés par les cours d'été, ceux de l'automne qui vient, ceux du printemps qui s'achève, ceux...

– Viens au fait, vieux, m'a-t-il coupé. Car tu n'as pas tort : je suis suroccupé d'ici la fin du mois, surabsorbé jusqu'à la fermeture du bureau pour vacances surméritées, tu peux m'en croire, mon cher!

– Surméritées, je n'en doute pas. Soit! Pour en venir tout de suite à mes petites affaires, mon unique propos était de revenir avec toi sur une question qui n'a jamais encore été véritablement réglée, réglée à ma satisfaction en tout cas.

– Et quoi donc?

– Eh bien, pourquoi y aller par quatre chemins avec un ami : il s'agit toujours de la même question de ma titularisation. Oui, je sais, la chose pourrait sembler de moindre importance, je prends de l'âge et mes années à la faculté sont comptées. N'empêche que plus que jamais il faudrait que je me voie attribuer une chaire de professeur en titre au département où j'ai l'honneur d'œuvrer, non pas seulement pour des raisons «bassement matérialistes» pour parler comme les gens bassement matérialistes qui se défendent de l'être, mais aussi puisque, au vu de toute l'expérience accumulée ici, il est plus que temps pour moi de jouir de conditions de travail qui me donnent accès au second cycle, ou du moins à la troisième année du premier. Te rends-tu bien compte un instant de ce que peut être pour un homme comme moi, respecté dans son domaine, le fait de se voir traité depuis plus de vingt-cinq ans en simple chargé d'enseignement et payé en conséquence, soit aux deux tiers à peine du traitement et sans les avantages sociaux de mes collègues en poste qui font peu ou prou le même boulot que moi, injustice flagrante uniquement imputable à de stupides contingences administratives qui ne prennent même pas en compte ma qualité d'auteur de dix romans dont je n'ai pas honte, sans parler de tous les articles que j'ai signés ici et là, injustice morale fondée sur de sordides prétextes bureaucratiques parfaitement contournables par un homme dans ta position?

Je me suis tu à bout de souffle, ayant un peu élevé la voix et le regrettant, car je m'étais d'avance promis de ne pas m'échauffer. Cependant mon interlocuteur se taisait, ne faisant que tambouriner des doigts sur le bord du sous-main vert tout en laissant son regard vaguer au loin, allant d'une étroite et haute fenêtre aux tentures lie-de-vin à une autre aux mêmes tentures lie-de-vin, puis revenant à la photographie tournée vers lui, les yeux vides toujours. Après un silence que j'ai lieu de croire calculé, étouffant mal un bâillement :

– Nous avons déjà parlé de tout ça, laisse-t-il tomber. L'affaire est entendue depuis longtemps. Et je ne vais pas recommencer à te démontrer qu'il y va de beaucoup plus que de «sordides prétextes administratifs parfaitement contournables», ceux-ci étant d'autant moins contournables que…

– Contournables par un homme comme toi, un ami de longue date qui sait très bien les entorses constantes qui sont faites à ces règlements absurdes…

– Ne m'interromps pas, veux-tu ? J'en étais à dire que la difficulté que tu soulèves est non seulement incontournable mais qu'elle est hors de question, que le problème ne se pose même pas pour être précis.

– Que veux-tu dire ?

Nouvelle pause dramatique, assortie d'un regard tant soit peu dédaigneux sur moi, cette fois. Derechef j'ai balbutié :

– Qu'est-ce que tu veux dire ? Réponds, bon Dieu !

Alors le doyen et vieil ami que j'avais devant moi s'est largement renversé dans son noble fauteuil, le faisant basculer jusqu'à heurter du dossier la paroi murale, et sur ce ton avantageux de l'ambitieux que de hautes fonctions ont fini par récompenser, de ce ton satisfait que déguise mal un faux-semblant d'apitoiement, il s'est lancé dans une longue dissertation dont j'étais en mesure de prévoir chaque bout de phrase, chaque lieu commun, avant même qu'il fût énoncé, tant c'était brutalement emprunté, étudié :

– Mon pauvre vieux, cesse de te raconter des histoires, il faut que tu saches ce qu'il en est : tes services ici ne sont plus requis. J'entends que la situation financière de l'université et par ricochet celle de la faculté des lettres que j'ai l'honneur de diriger étant ce qu'elles sont, j'ai dû prendre les mesures appropriées pour pouvoir fonctionner dans les limites du budget qui m'est alloué par les autorités de qui je relève. Crois bien que c'est à mon plus extrême regret que les coupes ont dû frapper d'abord les contractuels. Notre institution a des devoirs imprescriptibles envers ceux qu'elle a pris à son service de façon exclusive et permanente jusqu'à l'âge de la retraite et ne saurait attenter à leur garantie d'emploi sans manquer à son plus haut devoir. Or l'État qui subventionne largement notre éminent et vénérable établissement n'ayant pas estimé souhaitable ou possible ni d'accroître ses subsides ni de nous autoriser à hausser les frais de scolarité qui ont déjà doublé depuis peu d'années, il convient de savoir se serrer la ceinture et ce n'est pas de gaieté de cœur, n'en doute pas, que j'ai dû commencer mon petit nettoyage en éliminant de nos charges tous les surnuméraires et singulièrement les chargés de cours, j'entends bien *tous* les chargés de cours pour que tu ne te croies pas visé personnellement par cette mesure de salubrité financière, qui va du reste obliger même les moins vulnérables à des remaniements de personnel et à une réorganisation des cours et des classes qui impliquent à tout le moins des regroupements en divisions nouvelles, de sorte que tout le monde en définitive, je dis bien tout le monde, sera touché, les professeurs titulaires comme les autres, sans exclure le personnel de soutien et jusqu'aux étudiants dont les groupes se trouveront élargis. Voilà ce que j'avais à te communiquer avec le plus de ménagement possible mais aussi avec la fermeté inexorable qui s'impose.

Ici le pompeux doyen qui fut jadis Fernand mon ami, comme il reste le géniteur de Brigitte, ma fille cadette, s'est arrêté pour souffler un peu. Puis il m'a débité ou assené d'autres sentences lapidaires que j'écoutais à peine tant je restais assommé par la nouvelle de mon congédiement pur et simple, après vingt-six ans au service de l'enseignement des lettres françaises tel que dispensé par « ma » faculté.

– Si évidemment, mon cher Rémy, a-t-il repris, tu avais en temps utile, soit il y a beau temps, daigné entendre mes modestes avis, tu aurais préparé et obtenu ce doctorat indispensable à une carrière digne de ce nom dans l'enseignement supérieur, mais il semble que tu aies préféré consacrer tes loisirs à la composition d'ouvrages sur lesquels je n'ai pas à me prononcer mais qui certes ont nui à ton avancement dans la noble carrière qui devait, ou aurait dû, te permettre de gagner une vie honorable au service de ta famille et t'assurer une confortable retraite. Tu as préféré voir les choses autrement et miser sur un succès littéraire toujours aléatoire. Libre à toi, mais aujourd'hui les faits sont les faits. Et quant à moi je regrette d'autant plus ce fâcheux incident de parcours professionnel que j'avais gardé le plus charmant souvenir de ton épouse, l'aimable Florence Auger – car j'avais fait sa connaissance avant même votre excellent mariage –, cette malheureuse femme aux obsèques de laquelle les urgentes obligations que m'impose ma fonction m'ont hélas interdit d'assister comme je l'aurais souhaité – mais ne va surtout pas douter, mon cher Rémy, que j'aie pris une part toute personnelle à ton juste chagrin.

« Toute personnelle », oui, ça, c'est indubitable et pour cause, même s'il n'y a là pour toi que des mots, ai-je songé en tremblant un peu, les larmes au bord des yeux. Mais devant cet homme-là, j'ai réussi à dominer mon écœurement. Quel intérêt à s'engueuler avec un idiot qui aura toujours le dernier mot parce qu'il est le plus fort ? À quoi bon l'injurier, lui rappeler le passé ? On ne perd pas son temps à raisonner avec un crétin et, qui plus est, un salaud. Comment le simple passage du temps et la réussite dans une carrière quelconque, mais ici une carrière où la subtilité, la sensibilité, l'humanité sont des exigences absolues, peuvent ainsi jusqu'à faire douter qu'on aie en face de soi un homme qu'on a déjà pris au sérieux, un homme qu'on a déjà eu pour intime, un homme à qui une femme intelligente s'est donnée quasiment sous mes yeux jusqu'à s'en faire faire une petite Brigitte, voilà qui en vient à étonner même un romancier misanthrope peu enclin à surestimer son semblable. Cela n'en est pas moins la vérité, non fardée par mes soins, même si cela apparaît peu vraisemblable et donc romanesque en diable. Mais qu'on y croie ou non, c'est le cas de le dire : une telle scène ne s'invente pas.

Ce qui ne s'invente pas non plus, c'est la situation dans laquelle je me trouve à présent : sans emploi à mon âge, sans retraite, sans revenu d'aucune sorte. Inutile de compter sur des romans qui ne m'ont jamais rapporté que des ennuis et des démêlés avec des éditeurs obtus et des critiques bouchés, sauf exception. Et qu'espérer maintenant de ce roman-ci qui devait être mon testament littéraire ? Et devait me permettre de racheter ma chienne de vie, à condition qu'y figurent deux femmes, deux âmes, qui me feraient regarder *ailleurs*, comme regarde ailleurs que devant soi le faux cavalier polonais que je suis, en route vers quelque improbable éternité entre ses deux idoles de carton-pâte ? Mais il faut toujours aller quelque part, avancer, fût-ce dans le vide du soir qui tombe ; le pire, l'inconcevable serait de s'arrêter et de se reposer sur une consécration quelconque, ce qui m'a été épargné, Dieu merci. N'est-ce pas cette certitude de l'échec qui m'a fait poursuivre, malgré les bons avis de Frondaie, dans cette voie de l'écriture, de la « création artistique », où réside, malgré tout, mon unique forme de salut terrestre et même, qui sait, par-delà la mort, si l'Art, même écrit sur le sable au dire de Keats, échappe au Temps mystérieux ? Évidemment, créer c'est souffrir, c'est le prix à payer, et serais-je un pur esprit pour éviter la loi commune ? Les purs esprits ont cela pour eux qu'ils ne souffrent pas, j'imagine – et ce caractère d'homme charnel, divisé, touché par la poésie de l'Ailleurs, ce caractère d'être infini dans ses aspirations mais limité dans ses accomplissements, demeure sans doute la meilleure explication pour les adversités qui le frappent. C'est entendu, on ne renouvellera pas mon contrat de chargé de cours au rabais, et puis après ? Hors la joie des beaux textes, beaux mais presque toujours douloureux, à mettre entre les mains d'esprits jeunes point encore gâtés par la pourriture de l'existence, comme pour les y initier d'avance dirait-on, que perdrai-je dans cette affaire sinon quelques dollars, indispensables il est vrai ? Perdre ce dont on n'a jamais joui en plénitude, même si on s'en était tiré jusqu'ici grâce à l'épouse… Tout compte fait je me demande si Laure Angelin n'est pas toute proche du vrai en refusant de se laisser prendre au miroir aux alouettes d'un bonheur qui craque immanquablement, qui ne soit d'emblée marqué du sceau de la déchéance et de l'anéantissement. Encore chanceux es-tu de l'avoir connu très sporadiquement, ce bonheur, du moins sous son spécieux déguisement d'espérance. Sauf les moments où j'ai cru avoir exécuté une page qui valait mieux que la corbeille à papier. C'est ce que je puis demander de moins désespérant pour ma chère Yvée puisqu'à son dire elle va non seulement prier mais peindre pour moi, ce qui est une prière d'Art, certes, et d'amour. Et c'est pourquoi il serait dommage, Yvée, il serait funeste, si la chose était seulement possible, que Vermandois, que j'ai osé te présenter, à toi l'unique, la fille de l'Ailleurs que j'ai tenue contre moi, te détourne de l'essentiel. Comme il serait heureux que Johanny, dont je connais la qualité humaine, se garde une porte ouverte sur la béante lumière de l'immense, de l'extatique espace qui nous habite tous, derrière la vitre sale et grasse de toutes nos petites saloperies accumulées! Mais, engagé vers quelque sommet que ce soit, on ne saurait vraiment compter que sur soi-même et ses fantômes. On est seul, seul avec ces ombres d'étoiles que sont ces créatures qui nous visitent une ou deux fois par vie et, quelquefois, nous sauvent. On est seul. Et même lorsqu'on tente de gravir la vitre isolante, on retombe sur le dos, fébrilement, vainement agité, pantelant, pareil à ces gros insectes entêtés dont les ailes restent coincées sous le poids de leur corset ou à ces tortues renversées qui ne voient même pas le sol qui les maintient à l'envers. Qui viendra à leur secours sinon leurs rêves? M'en souvenir, si mon courage venait à fléchir au moment de prendre l'avion pour Paris.

Mais aller à Paris pourquoi faire, dès lors que je n'ai rien à offrir à Claudie Jeanlin que mon vide d'elle, n'ayant plus rien à moi que de quoi payer mes nuits d'hôtel au détriment des besoins de ma famille? Rien ne m'appartient plus, pas même ma propre personne rejetée de tous autant que de moi. Et dire que je trouve encore à me griser par écrit de mes grandissimes, de mes extatiques espaces intérieurs!

12 juin, 5 heures du matin

Les cauchemars se font rares depuis que je ne ferme pas l'œil de la nuit. J'en suis tout vaseux ce matin, incapable de raisonner droit. Il faudra sûrement que je tombe dans une sieste de plomb ce midi si j'entends me remettre assez pour faire face au voyage qui m'attend ce soir, en principe, pour les deux semaines qui viennent. Je dis bien en principe, car je vois mal comment, après le coup de grâce que m'a asséné Frondaie, je pourrais, je ne dis pas même financièrement mais mentalement, m'y disposer, moi qui n'ai pas pris l'avion depuis quand?... depuis que je fus là-bas avec F. pour nos épousailles, il y aura tout juste vingt-sept ans en août.

Et puis quoi faire à Paris? Personne ne m'y attend si ce n'est, peut-être et bien à contrecœur, la malheureuse Claudie Jeanlin, et puis ce minable hôtel où j'ai réservé pour y tirer mes dernières cartouches, celles qui me viennent de Franzy-Franzy et qu'il ne renouvellera pas. Folie que tout cela, folie que de songer à une possible traversée ce soir, folie mais raison impérative, devrais-je y engloutir en vain le coût de mon passage. C'est affaire de conscience. Dormir une heure.

2 heures

Quelle matinée! Aussitôt debout, mes bagages à moitié faits dans l'hébétude, une seule idée claire en tête, téléphoner à Yvée Marcueil. Pourquoi? L'encouragement de sa voix? Je ne sais. Bref, elle était là, chez elle, travaillant à quelque nouvelle pièce maîtresse. Devinant à m'entendre mon état de ver de terre sous la pluie, elle s'est offerte pour venir tout de suite me remonter le moral. J'ai hésité. Reculé. Pourquoi? N'importe, le temps manquait. Pourtant en l'absence de Brigitte qui fut son amie, j'aurais pu m'enfermer avec elle dans ma chambre pour parler, l'admirer doucement, mais je n'ai pas cédé malgré l'euphorie que m'aurait value le sentiment de la savoir là, près de moi. Besoin de raconter à quelqu'un, à *elle*, tout ce qui injustement m'accable.

– Venir jusqu'ici de si loin par ce temps infect? Voilà tout un témoignage d'amitié!

– Il n'est que trop vrai que j'ai pour vous une tendresse insolite, une tendresse désintéressée aussi malgré que je vous doive tout, une forme de tendresse... infinie si j'ose dire puisqu'elle est gratuite de part et d'autre, mais... d'entendre votre voix si triste, une voix qui module des mots qui me pénètrent si loin, m'affecte beaucoup, c'est le moins que je puisse dire.

– Oh, vous pouvez m'en dire davantage car je dois avoir bien mal aux nerfs pour vous déranger ainsi sans raison. Tenez, c'est l'avenir qui m'angoisse moi qui n'ai plus d'avenir.

– Ne dites pas cela, Rémy, à quelqu'un qui admire plus que tout votre courage, votre foi, votre humilité, et qui s'en inspire.

– Est-ce possible à qui se dit d'outre-monde? Mais s'il est vrai que je possède de telles choses, j'en aurais grand besoin aujourd'hui. Pour la raison que je n'ai plus rien d'autre, ni carrière de professeur, ni carrière de romancier, ni amis, ni femme, ni enfants pour ainsi dire. Il n'est que trop vrai que tout ce qui m'est arrivé et m'arrive encore est largement de ma faute. Même modeste, cette charge d'enseignant à la pige, si j'avais mieux poussé mes études, je ne la perdrais pas aujourd'hui, et de la main d'un homme qui fut mon ami mais aussi qui est... je vous en fais la confidence parce que ça n'a plus guère d'importance à présent, qui est le père naturel de Brigitte, cette petite qui m'a fait vous trouver.

Yvée laissa passer plusieurs secondes avant de s'écrier d'une voix frémissante:

– Pourquoi tant et tant d'injustices, Rémy? Et même après tout ce qu'ils vous ont fait les uns et les autres, vous continuez malgré tout à travailler à ce roman dont vous m'avez parlé... Aurais-je ce courage à votre place? Oui, je l'aurais, mais je voudrais pouvoir venir vous consoler, même si je doute que j'y parvienne.

– N'en faites rien, toutes ces choses passeront. Où ai-je lu cet étonnant paradoxe qui veut que «ce qui nous fait mal n'existe pas»? Rassurant, non? Pensez plutôt à votre travail d'artiste. Créez et offrez votre création à qui en voudra, à qui en prendra. Tant pis pour les aveugles qui refusent l'offrande. Moi qui reste un médiocre, en matière d'art rien ne m'est tolérable que ce qui est inspiré, que ce qui vient des profondeurs. Il y faut une grâce, celle de la poésie. Reste que cet effort de dépassement vaut bien qu'on lui consacre une vie, même si l'on doit passer à côté de tout en définitive. C'est pourquoi je n'ai rien à regretter du choix que j'ai fait, bien à tort à courte vue.

J'ai perçu un long souffle inquiet dans le récepteur et dans ce souffle une parole:

– Tant de souffrances apparemment inutiles de par le monde...

J'ai feint de ne pas entendre pour n'avoir pas à abonder dans son sens. J'ai dit:

– Avant de vous quitter, car le temps presse, j'ai une seule question à vous poser. Vous savez que je m'envole ce soir pour Paris. Là-bas, à part la joie de revoir une ville d'art encore et toujours à découvrir, m'attend peut-être une autre joie, celle de rencontrer une personne, une femme, que je ne connais pas mais dont j'ai lieu d'attendre beaucoup, sans que je sache quoi. Il est vrai que je suis sans moyens et ne sais très bien de quoi nous allons vivre à mon retour, les enfants et moi, je veux dire sur le plan matériel. Eh bien! très chère Yvée, ma seule amie, mon amie que j'aime moi aussi… d'un amour absolu au sens de gratuit comme vous-même l'avez décrit, et qui à cause de cet amour d'artiste pour un autre artiste, cette communion nonpareille par-delà les horreurs du monde – oui, vous apprendrez que nous sommes très spéciaux dans cette société où nos valeurs ne sont pas honorées ni même soupçonnées, car ce sont des secrets, je parle de l'art vrai, pas celui de la comédie mondaine ou médiatique –, vous donc qui, à cause de cet amour absolu entre nous, pouvez tout sur moi, dites-moi enfin, compte tenu des fragiles éléments dont vous disposez, dites-moi ce que je dois décider à propos de ce voyage? Je vous écouterai parce que j'ai en vous une foi totale et que je sais que vous venez d'autre part que le commun des mortels, peut-être de nulle part.

Alors sans hésiter:

– Partez, Romain, partez, il le faut.

– Pourquoi?

– C'est une intuition. Et surtout ne cherchez pas à savoir de quoi vous vivrez demain. Chagrins et malheurs passeront, vous l'avez dit, quand même ce serait pour faire place à d'autres pires. Partez. Pour moi je n'ose rêver du jour où je verrai Paris, ses ponts. Et puis cette personne, cette femme qui vous attend, vous apportera beaucoup. J'ai confiance en la force de la femme.

Tout de suite j'ai été convaincu, comme si je n'avais attendu que ces paroles, dont toute jalousie était exclue.

– Je vous embrasse de tout mon restant de forces, Yvée. Pensez bien à moi quand je serai là-bas, tout comme je penserai à vous. Adieu, Yvée. Non: à bientôt. Je ne mourrai pas encore, mon heure n'est pas venue comme disait le Nazaréen. Je voudrais tant croire en lui. Tout est si difficile… vous ne trouvez pas?

Il s'est établi un très très long silence où tout s'est encore exprimé de part et d'autre de ce qui ne pouvait s'exprimer plus clairement que par la voix du silence, puis, dans un souffle imperceptible, nous avons raccroché ensemble tous les deux.

Et maintenant il me reste à boucler ma valise, à oublier le passé jusqu'à ce que ce prince noir qui ne nous rate jamais, parce que nos actes nous suivent, jusqu'à ce que ce Prince de ce monde revienne me sauter à la gorge comme une bête puante. Du moins un chapitre est-il clos de cet infernal roman de ma vie qui me ménage tout de même des oasis de tendresse et de beauté – de beauté d'âme et d'Art comme je serais bien en peine d'en rencontrer beaucoup d'autres ici-bas, et singulièrement en moi-même, c'est-à-dire d'en inventer, ne fût-ce que pour continuer une histoire qui tient mal debout, je m'en rends compte, dans tout ce qu'elle a de forcé. Mais c'est peut-être là son seul mérite, et qui la rapproche tant soit peu de la vérité. Empêché que j'ai été de rédiger d'avance la fiction de mon voyage, j'ose donc prendre avec moi ce cahier qui me dira comment périclitera davantage encore la fiction de mon existence.

Neuf heures du soir, à bord de l'avion

Décollage en douceur. Me voici tout contre le hublot noir, et je passe en revue ma journée. Comme j'allais enfin lever le camp, Brigitte est arrivée pour repartir, le temps de nous embrasser tous les deux sans que j'aie eu le cœur de lui faire part, à elle surtout, de la dernière vacherie d'un père qui nous laisse sans ressources. On s'est embrassés mais aucune question sur le sens ou le but de mon voyage. Puis je me suis retrouvé seul dans l'appartement et ai mis la dernière main à mes préparatifs de départ. Après quoi, j'ai sans plus tarder appelé un taxi pour me conduire avec mes bagages – une moyenne valise avec une petite mallette de voyage achetée spécialement – au centre-ville où j'ai attendu à l'embarcadère du centre Bonaventure que la fourgonnette des passagers parte pour Mirabel, aérogare jamais revu depuis 1971 alors que cette ruineuse merveille ouvrait ses pistes en fanfare et qu'elle va les refermer l'automne qui vient, paraît-il. Il pouvait être quatre heures et demie. Le décollage était pour sept heures et quart. J'ai perdu mon temps, ingurgité une bière comme cela ne m'arrive jamais, acheté deux revues au hasard dont j'ai jeté l'une avant l'embarquement et traîné l'autre avec moi jusqu'ici dans l'avion où l'hôtesse d'Air France vient de nous proposer des journaux de Paris ; j'ai pris *Le Monde* pour être au courant de ce qui se brasse là-bas où je m'en vais à l'aveuglette. J'ai commencé par la fin, pour aller droit à la culture, mais l'Airbus ayant maintenant décollé depuis près d'une heure il paraît qu'on va bientôt nous servir un repas au champagne. Je croyais ce luxe encore réservé aux premières classes. Non, les économiques y ont droit elles aussi. Tout en écrivant ici n'importe quoi pour tromper mon appétit, c'est avec impatience que j'espère mon plateau, me ressentant de mon jeûne de tout un jour, creusé encore par mon verre de bière pris à jeun.

La pensée d'Yvée Marcueil vient de me traverser la conscience et m'en voilà tout retourné. Il faut que j'oublie cette enfant si étrange, si poignante même, mais est-ce ma faute si elle a quelque chose qui me trouble au point que m'en voilà les yeux tout embués, les essuyant discrètement. Ma voisine, brave et bien tranquille, n'a point l'air de remarquer que j'ai décidément le don des larmes. Nouveau cela. L'âge sans doute. Oui, il faut que j'oublie Yvée, ne serait-ce que le temps de cette expédition, sans quoi je resterai affectivement rivé à Montréal et ne profiterai de rien. Mais oublier qui nous aime «d'une tendresse absolue» – c'est-à-dire par-delà les facilités de l'érotisme qui apaise tout excepté Éros lui-même –, c'est beaucoup demander à ma sensibilité dès lors qu'elle se sent touchée au niveau de l'esprit. Allons, je m'en remettrai, je n'ai pas le choix.

La faim m'a quitté et les plateaux s'avancent. C'est mon tour. Je décline tout, sauf le champagne pour mieux m'endormir car je croule sous les tonnes de sommeil dont ces dernières nuits m'ont sevré.

Paris, vendredi matin 13 juin

Le soleil point, le firmament s'attendrit. Commençons à descendre sur Roissy-Charles-de-Gaulle. La nuit fut brève, le temps d'un film – en anglais, pour relier les deux métropoles françaises du monde ! – que je n'ai pas regardé tant j'ai préféré m'abandonner à un sommeil même intermittent pour n'être pas tout à fait mort aujourd'hui. Me manquera beaucoup de noter à mesure mes impressions parisiennes, que ce soit sur mes genoux ou sur un coin de table. J'essaierai néanmoins de dire l'essentiel pour que ce livre moitié vécu moitié rêvé trouve enfin un semblant d'achèvement tant soit peu artistique, une «chute» comme il est coutume de dire dans le métier. Sinon, il faudra me procurer un nouveau cahier et concocter un prompt épilogue.

Une heure de l'après-midi, même jour

Bus, taxi, hôtel. N'ai rien vu, n'ai fait que vivre mon dépaysement, au lieu de me gorger de toute cette pierre qui forme le décor des chefs-d'œuvre que j'enseigne et que je n'ai fait qu'effleurer du regard au passage. C'est qu'en vérité mon roman-journal n'entend pas raconter le chemin, il veut le *vivre* en même temps que moi, cavalier polonais en déroute, soit devancer l'histoire que le diariste saura prévoir à peu près. Autant dire que l'écrit en question, fidèle à la vie, existe sans autre logique que celle des revers et des espoirs qui s'égalisent à tour de rôle, et des coups du cœur. J'ai tant peiné sans aucun résultat pour donner vraisemblance à mes précédents livres que je peux bien m'accorder congé de réalité et vagabonder au hasard de ma conscience. Qu'est-ce que j'ai gagné à travailler, à peiner? J'ai gagné par mon travail ma peine, rien de plus. C'est toujours ça.

Je tourne les yeux autour de moi: une chambre rectangulaire grande comme la main, une chambre simple évidemment – le bonhomme pressé qui m'a accueilli a dit: «Ah! vous êtes le monsieur de la *single*», en prononçant «sinn'gueul», avec un lit également simple – ou «sinn'gueul»? –, un coin lavabo – toilettes et douches sont communes à tout l'étage –, en plein ce que Johanny m'avait promis, et puis cette table à écrire, heureusement, sur quoi je peux noter tout ce qui me trotte dans la tête. Il y a une petite lampe que j'ai allumée bien que suffise la lumière qui vient de la haute fenêtre à la française, même filtrée par un long rideau tissé de lin beige très pâle. Le cordon de la lampe en métal à abat-jour en chapeau chinois est assez long pour permettre qu'on la transporte jusqu'à la tête en bois du lit étroit, pour lire par exemple, une tête de lit digne de ce nom où l'on peut ranger de petits objets, un réveil, des livres. Accroché au mur, en face de moi, un téléphone dépourvu de cadran communique avec la réception à qui je dois dicter les numéros désirés, précision non superflue (il y a si longtemps que je suis descendu à l'hôtel) fournie d'une voix qui n'a pas de temps à perdre par le bonhomme qui m'a remis ma clé. Pas d'ascenseur, a-t-il aussi précisé, mais pour moi deux étages à monter seulement, ce qui me convient. Il a répété ce qu'il m'avait dit au téléphone de Montréal: deux cents francs, petit-déjeuner compris, mais n'a rien réclamé pour l'instant.

J'ai beau faire, ce coup de téléphone que j'ai promis à Claudie Jeanlin pour ce soir me tracasse en diable. Répondra-t-elle seulement? Encore faudrait-il qu'elle continue d'exister au moins dans mon esprit. Ce qui n'est guère prouvé. D'autant que, je n'y avais même pas songé, le numéro me manque. Encore heureux que j'aie l'adresse de cette personne tout de même étonnante qui m'écrit des lettres brûlantes et me dissuade à grands cris de m'amener ici. Elle n'a que trop raison de se méfier d'un décevant réveil. Par chance il n'est encore qu'une heure et demie de l'après-midi à ma montre, une fois avancée de six heures, ce que je n'ai pas fait avant de quitter l'Airbus. Défaire ma valise à présent. Il y a là dans l'angle une sorte de grande armoire à vêtements, ou de penderie, que j'avais à peine remarquée. L'essentiel, quoi. Le luxe n'est pas mon fort, et même il m'a toujours fait un peu peur.

Quatre heures moins quart

Rangements, douche, petit somme d'une heure pour rattraper un peu de ma nuit ébréchée ; reviendrai pour téléphoner à neuf heures, grâce au bottin de la réception, après que j'aurai fait le tour du quartier qui se trouve être le Quartier latin, ainsi que m'avait précisé le cher Johanny en me conseillant cet hôtel vraiment pas cher pour Paris – d'autant qu'on y a accès à la cuisine et qu'on peut au besoin consommer sa propre popote dans la salle à manger, où l'on sert aussi le petit-déjeuner. Comment trouverais-je les moyens d'aller au resto tous les jours ? Des prix phénoménaux, dit-on. Je suis quand même bien aise de me trouver ici, en plein dans ce Quartier latin où je me situe aisément entre Notre-Dame et Montparnasse grâce à mes souvenirs personnels et à tous ces livres, romans, biographies, études de toutes sortes que j'ai absorbés – et fait absorber, mais cela c'est du passé – depuis ma tendre jeunesse. À la fenêtre de la minuscule chambre, une intense lumière de printemps qui explose avant d'aller se fondre dans le plein été dont le jour sonnera dans une semaine, lumière reflétée par un vieux mur d'immeuble qui m'aveugle de ses pierres vétustes, grisâtres, et m'oblige à me tordre le cou pour apercevoir un rectangle de ciel bleu. Quatre heures, il est temps que je sorte.

Huit heures et demie, de retour à l'hôtel

Remonté le boulevard Saint-Michel jusqu'à ce que je reconnaisse le jardin du Luxembourg où je m'étais arrêté avec F. il y a plus d'un quart de siècle. Temps rayonnant comme alors, brise imperceptible, l'immense parc plein de monde, comme le dimanche j'imagine, où règne une même paix dominicale. Étonnant pour un vendredi après-midi. Faut-il qu'il fasse beau ! Un calme, une sérénité baigne la foule éparpillée sous un ciel pâle strié de minces nuées blanches, vrai baume pour l'âme navrée que je traîne avec moi. Et pour éclairer cet espace béant d'une lumière irréelle, un soleil encore haut, déclinant doucement vers le faîte des arbres. En est-il une parmi les centaines de chaises de métal qui ne soit occupée par un liseur, un fumeur, un rêveur, une jouvencelle solitaire impatiente de l'amoureux qui tarde ? J'en redresse une renversée au bord du large bassin où sous un grand jet d'eau naviguent une flottille de canards noirs et une autre de voiliers blancs que des enfants retiennent à bout de ficelle en soufflant de loin vers eux pour les faire avancer plus vite – pour quelle partance? Et je suis là, cavalier polonais rêvassant à son obscur destin, ne connaissant personne, ignoré de tous, observant le va-et-vient des flâneurs sous les mythologiques nudités de pierre qui encerclent le bassin avec sa terrasse en contrebas. Et soudain, me voilà songeant à Yvée, puis à Claudie, et des larmes sans raison me montent aux yeux que j'essuie de la manche. Non, pas une pensée pour les trois enfants, sinon pour le remarquer. Ils sont aussi loin dans mon cœur que dans l'espace. Je n'étais pas taillé pour ce rôle de chef de famille. Yvée Marcueil seule, par qui je suis ici, et Claudie Jeanlin pour qui j'y suis, ne sachant de cette dernière que ce qu'elle m'a confié d'elle dans ses lettres, c'est-à-dire beaucoup à vrai dire, assez pour me projeter hors de mes habitudes, détiennent peut-être la clé de l'énigme que je suis à moi-même. Mais point encore assez pour que je puisse me faire une image de la personne de Claudie ni surtout reconstituer les morceaux d'un bonheur volé en éclats par son refus profond de « s'installer », où que ce soit. Je comprends ce langage mais en même temps je ne cesse stupidement de pleurer sur son sort, sur le mien. Certes il y a cette misère, cette poisse à quoi j'échappe pour quinze jours en faveur de ses beaux yeux mais qui me rattrapera bien.

À l'âge que j'ai atteint je suis et resterai seul, seul absolument, c'est certain. Plus de mère à qui me raconter, si j'en eus jamais, plus d'amante, si j'en eus jamais, pour essuyer mes ineptes larmes d'homme mûr qui en a vu de toutes les couleurs. Ce serait indécent d'ailleurs. Et Yvée qui me prête du courage, avoue même s'en inspirer! Où donc se cache-t-il? Peut-on pour les autres ce qu'on ne peut pour soi?

Mais cette longue heure au Luxembourg – peut-être davantage, j'avais perdu la notion du temps –, tout seul parmi la multitude française, m'a tout de même un peu apaisé. Je n'arrivais pas à m'arracher de là. À la fin, le jour se voilant à l'est et les jolis voiliers envolés par magie dans le lent crépuscule, on a commencé à se disperser autour de moi; je me suis levé à mon tour pour me laisser dériver dans les parties moins fréquentées du grand jardin. D'étroits sentiers bordés des bustes en bronze ou en pierre de gloires anciennes devenues, comme il est fatal, d'illustres inconnus – non pas tout à fait, j'ai vu un Verlaine barbu, quelque part. Et puis, non loin du massif château qui domine cette douceur colorée de vert tendre qu'on nomme le printemps, sous l'ombre d'arbres immobiles, le hasard m'a fait tomber sur une longue vasque d'eau assombrie, quasiment stagnante, tapissée de toutes les feuilles de l'automne précédent, avec à sa tête une fontaine où se penchaient trois figures mythologiques, l'ensemble du décor revêtant un aspect inconcevable au Kébek en cette saison – ombreux cadre de verdure, presque automnalement triste. Je me suis arrêté là assez longtemps, méditatif, comme devant un tombeau, captif de quelque trépas en suspens.

Avec ce qui restait de monde, l'heure de fermeture m'a finalement chassé des lieux par la plus proche barrière encore ouverte, et j'ai marché au hasard, observant tout avec une curiosité que je me résigne à qualifier de touristique. On n'est pas tous les jours à Paris, me disais-je. J'ai reconnu le Panthéon, la Sorbonne, ce qui reste de l'abbaye de Cluny, l'église gothique Saint-Séverin. Aperçu les tours de Notre-Dame. Sans avoir le moindrement faim, me suis cru obligé d'acheter sur le trottoir un de ces longs sandwichs sur pain baguette que j'ai grignoté sans façon en traînant boulevard Saint-Germain avant de remonter la rue Saint-Jacques, mêlé à un groupe d'étudiants en vadrouille. On ne saurait dire que j'ai la «dignité» que mon âge imposerait. La bohème m'aurait assez convenu si des responsabilités de toutes sortes n'avaient fait de moi (mais c'est fini, ça) un professeur encravaté, voire un poète du genre académique, même si l'intérieur n'est rien moins qu'académique. La longueur ébouriffée du présent texte l'atteste assez, et sans vrai regret, puisque :

«Je consens ou plutôt j'aspire à ma ruine»

encore qu'à la différence de Polyeucte mon sacrifice ne s'adresse à aucune divinité connue.

Et maintenant l'heure est arrivée de téléphoner à Claudie Jeanlin comme je le lui ai annoncé et comme je n'en ai plus envie. La solitude de cette chambre exiguë me suffirait bien. Comme si j'avais déjà oublié toutes les protestations de tendresse et d'attachement, voire d'amour, dont mon désœuvrement a remplies des lettres qu'elle a sans doute prises trop au sérieux puisqu'elle m'a renvoyé la même passion aveugle, si même elle ne m'a pas précédé. C'est que je me suis laissé prendre au jeu : à aucun moment je n'ai eu l'impression de forcer la vérité pour faire romanesque, de jouer au galant pour l'étourdissement des mots, comme le fait est qu'en somme j'ai fort peu menti dans ma vie (pas assez sans doute pour mon bonheur, et celui des autres…). Mais la détresse amène à dire des choses qui dépassent à notre insu des sentiments qu'on aurait bien du mal à définir mais qui emportent la raison. Quant aux bouquets de tendresse que j'ai reçus d'elle et que j'ai emportés jusqu'ici, aucune envie d'y revenir pour l'instant, comme si ces fleurs de passion mal contenue – en ai-je le moindre mérite quand je reste un fantôme pour elle? – risquaient d'avoir perdu l'âcre parfum d'algue et de lichen qui les porta. S'est-elle laissée aller au-delà de ce qui est convenable pour une jeune veuve? On éprouve comme une allégresse à dire, à écrire des choses trop charmeuses quand cela n'engage à rien. Ainsi quand on a cru rencontrer l'étranger digne de toutes les vertus et nanti de toute la réceptivité qu'on souhaite, il arrive qu'on se laisse aller en effet. Pourtant Laure... Laure m'avait semblé d'une autre trempe...

10 heures du soir

Presque incroyable: elle m'a répondu sur-le-champ, c'est sa voix que j'ai entendue, une voix assez sombre, délicate pourtant, et nous avons parlé un peu longtemps. Il y avait de la gêne au début, surtout chez elle. Elle a commencé par dire qu'elle avait bien failli ne pas répondre avant de s'y décider le jour même, poussée par mes propres hésitations à venir à Paris, lesquelles avaient culminé, lui ai-je avoué, la veille même de mon départ quand, perdant mon emploi, je suis tombé au chômage. Et même ne me suis-je résolu à prendre l'avion pour venir à sa rencontre que poussé par cette jeune «protégée», artiste peintre, dont je lui avais dit un mot. Ce simple aveu a dû la rassurer quant aux liens que j'entretiens avec la jeune fille.

– Ç'aurait été dommage de ne pas revoir Paris, a-t-elle observé prudemment.

– Dommage en effet, ai-je seulement trouvé à répondre.

Un silence s'est alors produit, et puis soudain, inopinément, la dame a pris les devants en m'invitant à venir faire connaissance demain au café «si j'avais un petit moment de libre». «Vous en doutez? ai-je dit en riant. Avec joie, bien sûr, mais comment nous reconnaîtrons-nous, madame que je n'ai jamais vue? ai-je ajouté innocemment. – Où habitez-vous, monsieur, s'il vous plaît? s'est-elle enquise aussi naturellement que la situation le permettait. – Rue du Sommerard, dans le Ve, pur hasard, croyez-moi, que ce soit aussi votre arrondissement, ai-je cru devoir m'excuser un peu lourdement. – Eh bien, venez me chercher chez moi, rue Monge, c'est tout près et vous savez le numéro. – Comme il vous plaira, madame. Et quelle heure vous conviendrait le mieux, s'il vous plaît? – Pourquoi pas dans l'après-midi, vers trois heures? Nous irons à la place Maubert, si cela vous va?» Elle était apparemment devenue très décontractée. J'ai respiré, beaucoup moins nerveux moi aussi. «Bon, c'est entendu, à trois heures demain après-midi, mais vous êtes bien sûre que je ne vous importunerai pas? – Mais pas du tout, je vous attendrai avec plaisir.» Les formules terminales ont été brèves mais parfaitement cordiales.

Pas la moindre allusion de sa part aux réserves pour le moins appuyées qu'elle avait exprimées quant à une visite à Paris de ma part au risque de compromettre à jamais notre étonnante entente épistolaire, si ce n'est cette toute première remarque comme quoi elle avait bien manqué de ne pas répondre à cet appel que j'avais moi-même retardé jusqu'à dix heures moins quart, tant j'étais inquiet de l'accueil qu'on me ferait. Impression de figurer un adolescent prenant son premier rendez-vous avec sa belle, laquelle doit faire le second pas de la rencontre, offrant qu'on vienne la cueillir à domicile. Somme toute, Claudie – que j'ai tout de même appelée madame après qu'elle m'a eu donné du monsieur alors qu'elle me connaît presque au fond de l'âme – a été telle que je pouvais espérer qu'elle fût. Je vais pouvoir dormir l'esprit tranquille, Dieu soit loué.

Samedi 14 juin, six heures du soir

Je rentre de la place Maubert, à deux minutes d'ici. Tout s'est déroulé sans le moindre accroc, que dis-je? avec des résultats inattendus pour le moins. Encore une fois l'imprévisible vient au secours de mon imagination de romancier qui n'aurait jamais osé inventer pareille suite à ce qui demeure une aventure de moins en moins banale. Comment en irait-il autrement avec une femme aussi tendrement improbable, ce qui est précisément ce qu'on attend d'un personnage de roman avant toute vraisemblance. M'est avis que Claudie est le complément psychique d'Yvée et que, renonçant à toute facilité romanesque, je suis vraiment «entre deux âmes», comme si la clé de mon existence était à chercher dans cette double rencontre enclenchée par une impossible petite annonce qui à présent me propulse ici où je ne comptais jamais venir. Il fallait en tout cas que ce premier appel vînt de très loin pour que je cède à la tentation d'y répondre. Et n'est-ce pas cet éloignement même, cette inaccessibilité de «Victoire de Samothrace», c'est-à-dire de femme sans visage, pourvue d'ailes, enveloppée de voiles et penchée à la proue de quelque vaisseau fantôme irrésistiblement lancé vers l'avant, qui pouvait seule me faire succomber à des charmes qui, devenus sensibles aujourd'hui, ne perdent rien assurément du magnétisme qu'ils n'ont cessé d'exercer sur moi à distance. J'ignore si j'ai produit le même effet sur elle, il faut croire que oui si j'en juge à la singulière proposition qu'elle m'a faite. Mais Claudie Jeanlin, vue de près, reste bien femme de ce mystérieux outre-monde où elle a trouvé asile sous le nom de Laure Angelin, ainsi qu'elle me le suggérait dès son premier message tant espéré, dont je sais bien maintenant que ce n'est pas moi qui l'ai rédigé…

Revenons à l'heure dite. D'abord, rien de plus spontané que notre premier face à face chez elle, sinon la surprise que m'a value cette tête taillée à la Giacometti qui, effectivement, conviendrait assez à la célèbre *Victoire*. Un grand nez aigu, des arcades très hautes surmontant un intelligent regard vert foncé lancé par des yeux larges, cernés plutôt qu'enfoncés. De longues joues un peu creuses. Des lèvres droites mais qu'une vive mobilité adapte aux plus légers plis du sourire et au perpétuel changement des émotions et des humeurs. Et cette voix étrangement grave pour achever les contrastes de ce rapide portrait. Oh, qu'il serait juste qu'Yvée y applique son génie de peintre! Mais que pourrait-elle en tirer de plus expressif? On dirait une figure déjà transposée pour l'éternité. Et puis la silhouette, celle d'une femme de quarante ans passés certes, mais svelte, droite, et aussi grande que moi, ma foi, qui ne suis pas petit. Avec ça une démarche de princesse. Vraiment je suis choyé par le sort.

Visiblement elle était prête, car elle a ouvert tout de suite et, sans me prier d'entrer, s'est avancée, m'a tendu la main au bout d'un long bras nu avant de refermer la porte sur elle. Il a fallu prendre l'ascenseur, car elle occupe un simple studio au cinquième étage d'un immeuble plutôt récent que j'avais repéré aisément grâce au numéro où j'adresse mon courrier rue Monge lorsqu'elle se trouve à Paris, c'est-à-dire l'été, ce qui en soi est aussi bizarre que logique. Car tandis que nous marchions vers la place Maubert, elle m'a raconté que Nice est trop bruyante l'été avec ses foules qui descendent du nord vers la côte méditerranéenne, et puis qu'à l'hiver pluvieux de Paris qui ne préférerait l'azur si doux – «doux comme un foulard en janvier, a-t-elle dit, quand il fait un peu frais là-bas» – de cette ville heureuse qu'est Nice? Je l'écoutais plus que je ne parlais moi-même, attendant qu'elle m'interroge. Je sentais trop qu'après toutes les appréhensions que lui avait suscitées ma venue à Paris il ne fallait surtout pas la brusquer par un excès d'empressement ou de curiosité. De loin elle m'a désigné le café-terrasse qu'elle avait eu en vue pour nous deux et nous avons traversé la place Maubert, très animée par ce beau samedi de juin, toujours en maintenant entre nous une distance réservée, courtoise. Elle m'a laissé choisir la table, un peu à l'ombre, car le soleil de juin tapait assez dur tout à l'heure. Déjà j'étais heureux de la sentir remise de toutes ses anxiétés et d'un naturel sans exemple.

– Mais parlez-moi de vous, de ce voyage; vous n'êtes pas trop fatigué au moins? Et trop accablé par la très méchante nouvelle que vous me disiez hier soir avoir apprise avant de partir? C'est un peu fort après l'injuste refus qu'on avait opposé à votre candidature au cours de création littéraire. Comment allez-vous vous débrouiller maintenant, vous et la famille? À moins que vos livres…

J'ai refusé de dramatiser, bien qu'effectivement je ne sache pas du tout ce que nous allons devenir. Pour l'heure il m'est encore possible d'en chasser la pensée.

– Mes livres ne me rapportent rien, le marché du Kébek est trop étroit, et ils s'adressent à une minorité que je n'ai pas trouvée, mais je ne m'inquiète pas pour autant.

– Je suis vraiment malheureuse d'être si impuissante à vous aider à sortir de ce terrible pétrin. Mais vous m'avez peut-être apporté le manuscrit que je vous ai réclamé pour mon éditeur?

– Il n'est pas terminé, malheureusement, mais j'y travaille presque chaque jour dans un gros cahier qui ne me quitte guère plus que ma pensée dont il est le reflet exact – autant que de ma vie elle-même. Par contre, je vous ai apporté un exemplaire de mon plus récent livre publié et qu'en un sens je considère de plus en plus comme mon moins mauvais, bien que je ne l'aie écrit que pour venger l'humiliation de mes précédents ennuis en dénonçant mes humiliateurs. Yvée Marcueil, en y trouvant ce que j'ignorais y avoir mis de mon moi profond, m'a persuadé qu'il n'est pas sans mérites. On est mauvais juge en sa propre cause : tous ces textes d'auteurs de bonne volonté qui vous passent entre les doigts et dont beaucoup sont des confessions mal déguisées doivent vous en persuader assez, n'est-ce pas? Moi, je ne déguise que ce qu'on risque de croire, et je dévoile la vie brute avec sa douceur et ses gifles mais pour me rendre compte que je suis moi-même, en esprit, l'artisan de tout, du bon comme du mauvais.

Claudie n'a pas relevé cette observation qui aurait eu de quoi la faire réfléchir, mais plutôt elle m'a remercié avec effusion de lui avoir apporté *La Chair vive* dont le titre n'a pas semblé la choquer. Elle est trop habituée sans doute à tout lire et à lire de tout pour se formaliser de quoi que ce soit en matière littéraire, encore que, venant de moi, elle a dû s'étonner sérieusement de ce qu'un tel titre ressemble si mal à mes lettres, lesquelles ne trahissent certes pas un auteur érotique.

Le thé citron que nous avions demandé est arrivé et nous avons poursuivi un moment sur des questions littéraires, qui ne sont pas pour elles, je le sais, les questions essentielles, pas davantage que les questions artistiques en général. Et puis soudain, se tournant vers moi :

– Mais au fond, dites-moi vraiment, Rémy, vous si sédentaire, dites-moi ce qui a pu vous pousser, malgré mes supplications un peu folles j'en conviens, à franchir les mers jusqu'à venir en France où vous n'êtes pas venu depuis si longtemps ?

– Je ne vous ai rien caché, Claudie, je désirais faire votre connaissance parce que je me suis senti avec vous, dès vos premières lettres, des affinités assez troublantes. Non, bien sûr, que nous ayons en tout et sur tout des vues identiques – l'Art ! vous le méprisez ! –, mais j'ai vite perçu que nous nous posions les mêmes questions, et même que vous les aviez au moins en partie résolues pour vous-même, jusqu'à vous proclamer d'« outre-monde » ! Il y a là de quoi faire dresser l'oreille à quelqu'un qui, sans accéder à ces sphères, entend un peu ce langage qui rappelle son Ailleurs innommé et sans fin poursuivi. Avouez en tout cas qu'il y avait au départ de quoi retenir mon attention. Et puis je n'ai pas été long à saisir que vous aviez des mérites tout à fait hors du commun, que par conséquent vous aviez, objectivement, tout pour vous faire des relations de choix, et mieux que des relations, je veux dire plus intimes que la simple amitié intellectuelle, voire spirituelle, que vous réclamiez dans votre appel anonyme, qui m'a happé pour cette raison même. Certes j'ai admis, sans y entrer parfaitement, vos explications lorsque vous m'avez fait part de la terrible tragédie familiale que vous avez vécue, car combien d'autres à votre place, face au même désastre, auraient réagi différemment, auraient du moins tenté de « refaire leur vie » – comme si l'on pouvait refaire sa vie, me direz-vous ! La prolonger en tout cas mais autrement, sans chercher à faire renaître ce qui n'est plus et qui ne sera plus jamais, hélas… Mais de là à rejeter toute forme de bonheur, il me semble qu'il y a là comme une abdication… que je comprends, car moi aussi… mais… À moins qu'interviennent ici les joies de l'outre-monde ?

– Plus exactement, j'ai cherché une autre forme de bonheur, un bonheur non sujet à se briser tout d'un coup ou à se flétrir lentement. Je me suis jetée dans la lecture des philosophes, des sages, des Écritures surtout, des saints, de saint Paul en particulier, ceux-là qui ont trouvé dans l'amour divin de quoi vivre et étancher leur soif, supporter «l'écharde dans la chair» qui nous brûle tous.

– Si je vous disais que ce sont les poètes que j'enseigne qui m'ont le mieux soutenu, éclairé, Rimbaud en particulier ? Reste que cette flétrissure de tout bonheur que vous avez redoutée, je l'ai vécue à plein, et je la vis encore pour mon malheur.

– Eh bien ! moi, ne me croyez pas malheureuse, et cette annonce que vous avez lue n'est pas le fait d'une désespérée, bien plutôt de quelqu'un qui aurait voulu partager, mettre en commun un petit capital de conscience durement acquis.

Et presque malgré moi, après une seconde :

– Avez-vous l'impression que je me raccroche à vous ? ai-je demandé en levant les yeux vers elle. Comme je me suis raccroché à l'art sauveteur d'Yvée Marcueil, capital de conscience où dans un autre langage, celui des images, la jeune fille a trouvé ce qu'avec des mots et des moyens bien moindres que les siens j'espère encore trouver, soit l'issue du labyrinthe, le salut si vous voulez et s'il est telle chose qu'un salut sur cette terre où tous les gens que laisse insensibles le rock ou le sport et qui forment l'infime minorité sont voués à souffrir quelque part – ne croyez-vous pas ?

Le regard de Claudie s'est égaré dans le lointain :

– Dois-je penser que, ne disposant pas de cette planche de salut qu'est la création artistique, j'aie dû viser plus haut encore ? Je dis bien viser, car je ne prétends sûrement pas avoir atteint le septième ciel – est-ce que j'irais offrir les charmes de mon esprit dans les périodiques, est-ce que je quêterais ne serait-ce que l'amitié d'un inconnu ? Mais cette modestie dans mes humains désirs vient de ce que j'ai appris à *douter*, à douter de tout ce qui fait courir nos contemporains, à commencer par les sentiments humains, et surtout leur durabilité. Il n'y a que l'Éternel, nommez-le comme il vous plaira, qui soit, c'est le cas de le dire, durable, parce que c'est sa nature même. Mais il ne se donne pas facilement à qui ne l'a pas toujours bien servi… J'ai tort de dire cela : c'est à ceux-là mêmes qu'il se donne en premier. Mais il n'est pas fait pour guérir du sentiment bien terrestre d'abandon.

Silence. J'ai dit:

– Vous ne croyez pas à l'amour humain? à l'amour total, rempart de quelque chose d'unique?

Elle s'est tue. Je l'ai devinée aux prises avec des contradictions insolubles, insurmontables. Et soudain, malgré moi, je me suis surpris à poser doucement ma main sur la sienne qui tremblotait sur la petite table carrée, non dans une vaine tentative de conquête – car je sais bien que je vis un rêve, un roman qui a ses lois, moi qui devrai partir dans deux semaines, sans savoir où j'irai, sinon peut-être me pendre –, mais comme pour veiller sur elle, sur son profond mal qu'elle cache comme elle peut. Un instant cela m'a rappelé la nuit que j'avais passée debout au chevet d'Yvée, la nuit même de son four, de son apparente défaite, comme j'en ai tant connu sans que personne en ait jamais été affecté. J'aurais aimé épargner au moins ce sentiment d'abandon à Laure Angelin. Ce m'était facile, tant il est vrai que je l'aimais à la passion, sans mesure, je m'en suis rendu compte à cet instant même, presque avec effroi. D'autant que Laure ne repoussait pas ma main, elle regardait toujours très loin sans voir beaucoup mieux que des fantasmes mal réprimés sans doute, des mirages de bonheur terrestre qui auraient pu être mais ne seraient pas. Tout à coup, comme je scrutais intensément son beau visage, j'ai vu deux larmes jaillir de ses larges yeux vert foncé qu'elle s'efforçait de maintenir grands ouverts. Et j'ai pensé qu'au lieu de la consoler je ne faisais peut-être qu'ajouter à ses misères, à commencer par lui faire prendre plus encore conscience de la solitude incurable du cœur humain en dépit ou à cause même de l'héroïque recours à l'outre-monde.

– Tenez, Rémy, dit-elle brusquement comme si cela lui coûtait énormément d'exprimer ce vœu, j'accepte que vous restiez près de moi le temps que vous serez ici, en France, mais en toute affection, sans plus, et même en toute tendresse, car le «sexe» est bien peu de chose, vous le savez, et j'aimerais me dispenser et vous dispenser des formes extérieures de la passion, si je puis dire, car entre nous deux l'éloignement rend tout sans issue, vous le savez, même si vous avez perdu votre femme et que vous êtes libre aussi bien que moi. Voici ce qu'en revanche je vous propose: ici, à Paris, je n'ai qu'un studio, donc une seule chambre à coucher; mais à Nice où se trouve ma vraie résidence – et ne me croyez pas richarde pour autant –, je dispose d'un deux pièces-cuisine très bien aménagé. Laissez-moi vous y précéder d'un jour pour que je puisse faire de mon living une chambre décente pour vous et, si le cœur vous en dit, venez me rejoindre là-bas dès après-demain, soit lundi, dès lors que je partirai demain dimanche par le TGV de Lyon, comme vous-même pourrez le faire, pour peu que ma proposition vous agrée. Je suis certaine d'avance que nous connaîtrons des heures sinon heureuses, du moins douces, sereinement tendres et peut-être même spirituellement bénéfiques pour l'un et l'autre, même si je dois emporter avec moi quelques manuscrits à parcourir. Cela vous laissera du temps libre. D'autres comprendraient mal peut-être cette offre d'une femme seule installant chez elle un homme fraîchement débarqué d'Amérique, à peine connu d'elle, et même les étroits en médiraient peut-être, mais vous, vous êtes large d'esprit, vous avez une expérience de la vie que je n'ai pas, que peu de gens possèdent, et je ne veux pas douter que vous compreniez ce qui me vient à l'esprit, et au cœur, tout spontanément. Vivre ensemble durant quelques jours, le temps que vous voudrez, que vous pourrez, c'est pour moi beaucoup, vous savez, Romain que j'aime, que j'aime mais d'un amour… j'ose à peine le dire, d'un amour total oserais-je dire, total parce que l'usure du désir en est exclu d'avance. Voilà que je perds la tête, n'en veuillez pas à cette espérance trop humaine que vous avez fait naître en mon cœur insondablement amoureux. Mais ne disparaissez pas de ma vie avant que nous ayons commencé à épuiser tout ce qui nous lie secrètement et que je connais par tout cela que vous m'avez écrit.

J'essaie de rendre compte de mon mieux des paroles de Laure, tout en les trouvant extraordinaires, surtout venant d'elle, une femme qu'on pourrait croire distante et réservée. Durant tout ce temps, ma main n'avait pas quitté la sienne et même la serrait davantage à mesure qu'elle parlait d'une voix contenue mais égale et ferme, comprenant que j'avais affaire, comme je l'avais pressenti dès le début, à une personne tout à fait hors de l'ordinaire. Alors je n'ai pu que répondre avec la même franchise à cette offre tout de même bouleversante :

– Quelle joie… étrange vous me donnez, Laure ! Et comment mon cœur hésiterait-il un seul instant à vous suivre au bout du monde ? Mais surtout comment vous rendre grâce pour une telle initiative de votre cœur, un cœur que vous n'avez que trop raison de dire insondable dans ses inspirations ?

Impulsivement je lui ai baisé la main, discernant bien la hardiesse de tout ce qu'une telle invitation pouvait signifier pour une femme comme Claudie Jeanlin et tout ce qu'elle signifiait pour moi qui n'en attendais pas tant. Nous n'avons plus prononcé une parole, si heureux étions-nous. Je l'ai raccompagnée jusque chez elle, à pied, très lentement, comme s'il fallait éterniser ces moments déjà uniques, inoubliables, où nous nous rejoignions au plus profond de nos âmes si différentes, si semblables.

Mon logeur n'apprécie pas du tout ce départ précipité que je lui ai annoncé ce matin, avant d'aller quérir mon billet. Je lui ai pourtant promis que je reviendrais sous peu. Quand ? Je ne sais. Je le préviendrai depuis Nice pour où je dois partir d'urgence. Il y avait pas mal de monde à la salle à manger où attendait le petit-déjeuner, des jeunes presque tous, des Américains dont plusieurs en instance de départ : leurs havresacs gonflés s'entassaient dans l'entrée. D'autres qui arrivaient chargés comme des mulets. Je suis sorti après avoir tendu la main à droite et à gauche, à la française, et prodigué des sourires interaméricains, en anglais. Ils se doutent à peine du Kébek. Dehors le temps était encore à la brume matinale. J'ai suivi le boulevard Saint-Germain vers l'ouest en essayant de me reconnaître un peu, d'après mes souvenirs. Parvenu à l'église Saint-Germain-des-Prés, j'ai pu voir la petite place du Kébek avec sa discrète fontaine dont on m'avait parlé. L'Embâcle, puisque c'est son nom, n'existait pas quand je vins ici avec Florence ; ses étroites dalles de pierre incurvées et empilées en forme de pyramide évoquent un amas de glaces arrosées d'une eau jaillissante ; c'est très curieux et point du tout déplaisant artistiquement. Comme c'est dimanche, traversant le parvis, un instant j'ai songé à pénétrer dans la très ancienne église à la suite de vieilles femmes assez misérables d'allure, toutes de noir vêtues, espagnoles ou portugaises m'a-t-il semblé à les entendre jacasser tout bas, et puis j'ai reculé – comme si le temps n'était pas encore venu s'il doit jamais venir, comme si ma résistance n'était pas assez à bout, comme s'il fallait que j'y sois réduit, exclu de tout autre recours terrestre ! Ne le suis-je donc pas suffisamment ? Le répit que m'offre l'amour de Claudie Jeanlin saurait-il durer ? Ne pas durer, c'est sa nature même d'ultime bonheur dérobé à la situation inextricable et crucifiante qui m'attend au pays. Pareil au scorpion de Vigny qui fait avec une méthodique lenteur le tour du muret de pierres brûlantes, rougies, emboucanées, qui l'enserre et l'étouffe, il me reste à explorer l'issue par où fuir encore – j'en connais même deux qui se confondent peut-être, l'Art et l'Ailleurs, ou est-ce l'Art et l'Amour ? –, avant de me résoudre à retourner contre moi le dard du poète vaincu par le néant des efforts pathétiques d'une vie toute tendue vers l'impossible victoire sur la mort qui rend à toute chose humaine sa vérité de néant profond. Dans cette optique, sans doute faut-il bien plaindre ceux-là à qui tout réussit. Ils ne sauront jamais la vérité qui assure à tout le moins le désir de salut, tant il est vrai que les choix décisifs leur auront été épargnés. Leurs yeux fascinés n'auront jamais quitté l'horizon qu'ils sont à eux-mêmes, puisque aussi bien le bonheur ne se quitte pas avant qu'il croule de lui-même sous soi. Initiée à ce confort de magazine et vaccinée contre une telle précarité, Claudie se sait imperméable aux tentations auxquelles ma présence l'exposerait. Le renoncement seul est sûr. Seules les épreuves posent des questions, exigent des réponses qui arrachent à la béate satisfaction d'exister pour des riens qu'un autre rien balaye! Pourtant n'en ai-je pas connu assez, moi, des épreuves! Et qu'en ai-je tiré? N'ai-je pas assez souvent manqué le bateau pour mériter, moi aussi, d'être sauvé?... Il faut croire que non.

Le temps de ce tendre dimanche s'est fait de plus en plus clair. Personne encore ou presque dans les rues. Je descends vers la Seine dont je longe les quais jusqu'à ce que j'atteigne les boîtes des bouquinistes dont certaines commencent à ouvrir, une à une. Je m'attarde devant tous ces titres soldés dont les auteurs ont cru un jour que leur œuvre durerait, les sauverait... Et puis soudain j'ai l'œil accroché par une toute petite plaquette: Saint Augustin, *Il n'y a qu'un amour*. À l'intérieur, sur la page de garde, je lis: «Commentaire de la Première épître de saint Jean». *Il n'y a qu'un amour*, dix fois je me répète bêtement ce titre comme si j'y trouvais quelque réconfort intrigant, mystérieux, un secours qui répond à la question posée par l'existence en moi des deux âmes qui cimentent ma vie, et même quelque chose aussi que je cherche instinctivement, depuis longtemps, longtemps. Je tends ses vingt francs au bouquiniste en me disant que, moi qui n'ai même pas encore lu *Les Confessions*, ce pourrait être un commencement. J'ai glissé la plaquette dans ma poche et n'y ai plus pensé.

De l'autre côté de l'eau, un peu plus loin, se déployaient les ailes du Louvre, grand oiseau gorgé de trouvailles de génie amassées au long de siècles de picorage. J'ai marché jusqu'au premier pont que j'ai franchi sans hâte mais avec l'idée de revoir quelques chefs-d'œuvre inoubliés si le musée était ouvert. Passant sous une arcade, la fameuse Pyramide m'est apparue dans un surgissement de verre aussi vaste qu'imprévu. J'y ai pénétré, il y avait déjà là du monde, plein de monde. Je n'ai pas cherché à me munir d'un plan, me fiant au seul hasard, ce meilleur des guides, non plus que je ne me suis attardé longtemps au comptoir des reproductions, aux boutiques et autres casse-croûte récemment aménagés. Des escaliers s'offraient des deux côtés, j'en ai pris un, puis un autre encore, en marbre, et soudain me voilà, dans une pénombre propice au mystère, en présence de la *Victoire de Samothrace* ailes déployées sur son socle de pierre en forme de proue aux pores rongés dirait-on par des siècles de sel marin. J'ai fermé les yeux, c'était trop. La mémoire, la beauté, Laure... Laure Angelin... Tout m'est revenu. J'ai dû m'asseoir sur une marche. Plus personne n'existait autour de moi. De nouveau les larmes me sont venues. Le bruit de la mer semblait gémir en moi. Relevant les yeux, l'impression, soudain, que la tête de Laure avec son visage à la Giacometti se superposait au corps mutilé de la fière statue. Et puis tout s'est confondu, embrouillé. Jusqu'à Yvée Marcueil qui se trouvait là, artisane symbolique de cette magie millénaire. Car c'était bien l'Art seul qui me rendait Laure, et l'art c'était Yvée telle que je l'avais quittée jeudi après que son ingénuité m'eut exprimé sa tendresse *infinie* (comme si la mienne l'était moins!). Mais qu'ai-je de si spécial, de si merveilleux, de si extraordinaire à part ma misère d'homme et d'écrivain manqué? Inutile de chercher à approfondir ce qui est absurde. Ainsi de l'amour *total* de Claudie... Mais aussi bien qu'est-ce que l'amour? Alors je me suis rappelé le saint Augustin que j'avais dans ma poche et son «Il n'y a qu'un amour». Qu'est-ce à dire? Encore ce soir où je trace ces lignes, c'est trop fort pour moi, trop fort. Il faut que je renonce à comprendre ce qui n'est pas fait pour être compris – probablement. C'est d'un autre ordre que celui de l'entendement, comme le dit trop bien cet obsédant Pascal. D'un ordre supérieur auquel j'ai peine à accéder sinon à travers des créatures elles-mêmes supérieures. Sans doute ai-je beaucoup de chance dans ma malchance. Peut-être ma vie valait-elle d'être vécue après tout. L'art, l'amour. Ah! ce n'est pas peut-être le grand, le vrai, le saint Amour divin, mais s'il n'en est qu'un, n'y a-t-il pas là une voie qui conduit à une échappée possible, malgré tout ce qui nous tire vers le bas, vers l'abandon, vers les amertumes, vers les cruautés reçues et prodiguées, une échappée qui réponde à nos angoisses de fourmis à moitié folles?

J'ai rêvé ainsi je ne sais combien de temps, puis je ne me suis même plus senti le goût, l'envie de continuer ma visite, même pour revoir les Titien, les Rembrandt, tout ce que je mets au-dessus de tout, je n'en avais plus la force morale, littéralement.

J'avais perdu toute notion de l'heure, du lieu, de l'époque. Je n'étais plus qu'un vieux rafiot à la dérive ballotté par la houle du temps et de l'espace où les hasards de ma vie m'avaient rejeté.

Comment je suis sorti de là, je ne sais plus. Toujours est-il que je me suis retrouvé devant l'église Saint-Germain-l'Auxerrois, qui est derrière le Louvre et sa Cour carrée, je m'en souvenais, et cette fois je suis entré. Non tant pour prier, j'en aurais été bien incapable, que pour me reposer, au frais d'une blancheur mate et nue, retrouver un peu mes esprits. Il régnait là, dans le doux silence qui suit les offices, un tel calme, une telle paix, que peu à peu j'ai repris contact avec le réel, fût-ce un réel n'ayant que peu à voir avec la réalité. Je me suis souvenu que Claudie Jeanlin m'attendait à Nice le lendemain et que je devais quitter Paris le matin, très tôt. Quittant l'église et mes deux ou trois compagnes de silence et de prière, je me suis orienté vers l'est, direction gare de Lyon, seuil obligé de la région Provence-Côte d'Azur, afin d'y demander sans plus tarder un horaire des trains, puis mon billet de chemin de fer.

Il s'agit d'une bonne marche mais qui m'a remis d'aplomb, outre le plaisir ineffable de me promener dans Paris par un éclatant dimanche de printemps. J'ai de nouveau longé la Seine, rive droite cette fois; passant en vue de la Conciergerie, j'ai fait un saut dans l'île de la Cité où j'ai revu le palais de justice, aperçu la Sainte-Chapelle qui avait tant ravi F., puis sans m'arrêter pour admirer Notre-Dame autrement que d'un coup de chapeau, j'allais passer dans l'île Saint-Louis par le petit pont qui relie les deux îlots derrière le chevet de la cathédrale. Il y avait là une foule de gens de tout acabit, des familles, des jeunes, des touristes de toutes langues et de toutes couleurs, et ce monde se mouvait au hasard d'un soleil de plus en plus ardent ou bien se tenait assis, main dans la main, sur les bancs publics du jardin du bout de l'île ou bien faisait cercle autour de jongleurs, d'acrobates et autres magiciens de la pose figée, sans oublier les prestidigitateurs à qui on lance des sous. Les ayant encouragés de quelques pièces, mon bagage de cinquante-sept automnes commençant à se faire lourd, je ne me suis guère arrêté là si ce n'est devant un comptoir pour avaler deux crêpes aux marrons (j'adore la crème de marrons) et une petite crème glacée qui me dégoulinait aux doigts sous les rayons de juin. Poursuivant mon chemin dans l'île Saint-Louis, j'ai soudain la surprise de passer devant un immeuble que Camille Claudel, la sœur du poète, avait habité avant son internement. C'est une plaque sur la façade de la maison qui a saisi mon attention. Elle porte gravés ces quelques mots que la géniale sculptrice avait écrits dans une lettre à Rodin du temps de leur brève liaison : « Il y a toujours quelque chose d'absent qui me tourmente. » Parole d'artiste hantée que j'ai aussitôt reconnue – n'est-ce pas Yvée qui me l'avait citée pour me l'appliquer ? –, parole notée sur un bout de papier d'où je la retranscris exactement ce soir dans l'informe fourre-tout qu'est ce roman-journal qui va de guingois comme mon cavalier polonais entre ses deux âmes, car cette inscription, après m'avoir été droit au cœur, ne cessera plus de me poursuivre, je le sens, à l'instar de Camille qui, altérée comme Rimbaud d'une *vraie vie* toujours « absente », ne trouva que chez les fous un asile pour répondre aux appels de l'au-delà.

Délaissant l'île Saint-Louis, j'ai regagné la « terre ferme » jusqu'à ce que j'arrive en vue de la gare de Lyon où j'ai pu prendre mon billet sur le TGV, départ pour Nice – façon de parler, la « grande vitesse » ne dépasse pas Avignon –, départ à huit heures moins dix du matin... Suffit. J'interromps cette succincte relation de mon équipée dans Paris, car me voilà crevé, et surtout parce que, trop fidèle à la vérité, trop copié d'après nature, tout cela est sans intérêt littéraire, pas assez incroyable. Et pourtant, avant de tomber de fatigue dans mon lit, j'allais oublier de noter le plus important. J'ai eu la présence d'esprit, à mon arrivée au Louvre, d'acheter une carte postale de *L'Homme au gant* pour ma petite Yvée, dont je m'ennuie horriblement déjà, je dois l'écrire ici puisque je m'impose si souvent de le lui taire en personne, une simple carte que j'ai remplie d'affection en soupant d'un croque-monsieur place Maubert avant de la lui poster en vitesse afin qu'elle sente que je reste tout près d'elle et surtout parce qu'il me faut lui annoncer sans délai mon départ pour Nice et la remercier de tout mon cœur de ce qu'elle m'ait forcé à quitter ne serait-ce que pour quelques jours ce Montréal de tous mes malheurs. Et dire qu'elle n'aura pas ces lignes avant la semaine prochaine, quand mon séjour sera déjà à demi flambé ! Qu'est-ce que ce progrès dans les communications ? À quoi bon des réactés qui font la traversée de l'Atlantique Nord en six heures, quand un simple mot demande huit jours pour parvenir à destination ? Qui sait si ma correspondance avec Claudie, avec ses conséquences, n'aurait pas été tout autre sans ces attentes de quinze jours pour une réponse, sans ces lettres qui se croisent ? Et c'est ce monde de fax, ce monde soi-disant moderne qui nous réduit à ce lambin courrier de sénateur ! Mais pourquoi moi cette hâte devant de nouveaux désappointements qui me tirent en avant ? Toujours je voudrais que tout arrive à l'instant – même la mort...

Depuis une heure que je regarde ces beaux et lents paysages inondés de soleil (oui, lents à cause de la grande vitesse à laquelle nous les traversons), je ne peux faire autrement que ressentir, à cause de leur somptueuse monotonie, dans toute ma personne comme une sensation de me fondre dans la nature, d'exister un peu moins en tant qu'individu singulier avec ses plaies mal pansées et ses espérances mal couronnées et toute la singularité de ses contradictions. Il me semble que je sens mieux aussi pourquoi on met plus haut encore que la haute beauté de l'Art l'immense nature et sa beauté propre, même avec son apparente indifférence qui n'est peut-être que la souveraine offrande d'un Dieu qui ne demande pas de remerciement. Devant cette étendue de brûlante verdure vallonnée qui nous a préexisté et nous survivra, qui sommes-nous avec nos petits drames à deux sous? À moins que ces drames, cette souffrance ne soit notre mystérieuse façon de rendre grâce, le temps pour notre esprit de fusionner totalement avec cette matière peu à peu maîtrisée... Malgré tout, artiste que je suis au plus profond de mon être, et même si je reconnais que la nature peut bien être l'œuvre admirable d'un Dieu quasi anonyme par qui tout s'explique, comment ne resterais-je pas plus sensible à une beauté conçue, créée par l'esprit et le cœur humains, d'autant que l'homme est lui-même créature de ce Dieu dont il est l'œuvre la plus achevée, malgré toutes les infamies dont il se montre capable? Infamies qui s'effacent à ma simple évocation du *Christ guérissant les malades*, estampe de Rembrandt dite «Pièce aux cent florins» où le Nazaréen se dresse avec une expression indiciblement consolatrice et salvatrice, ou bien cette autre œuvre d'homme que sont *Les Pèlerins d'Emmaüs* du même Rembrandt qui montre le Fils de l'homme déchirant de tendresse, de douceur et d'humilité. Ou encore l'une ou l'autre des deux *Mises au tombeau* du Titien, expression suprême de la douleur, avec la *Pietà* du même qui est à l'Accademia de Venise. Tout cela porte à la foi mieux que les discours et les apologies. Si l'on avait abreuvé mon esprit de ces images d'une réalité après tout historique, peut-être aurais-je cru davantage. N'empêche, combien d'heures ai-je passées devant ces toiles reproduites dans mes *Grands Maîtres de la peinture*! Plus que devant bien des auteurs dont j'ai dû me faire le porte-étendard auprès de jeunes esprits dont l'éveil méritait mieux.

Avons descendu la vallée du Rhône, avons passé les gares d'Avignon, d'Aix, de Marseille, et déjà la grande bleue nous annonce Nice et surtout ma chère Claudie qui doit bien m'attendre avec un peu de fébrilité si tant est que son amour, plus humain que je n'aurais cru, s'est laissé aller jusqu'à m'inviter chez elle, contre toute vraisemblance et en toute vérité romanesque. Aussi bien, c'est moi qui mène l'intrigue, auteur d'un jeu qui veut qu'à l'art comme à l'amour rien ne soit impossible. Et combien moins impossible dès lors qu'il n'y a qu'un seul amour selon saint Augustin, et que cet amour serait Dieu lui-même. Reste à faire en sorte que le mien n'en soit pas qu'une caricature.

À Nice, chez Claudie, tard le même jour

Nuit profonde. Voilà donc Claudie qui dort – de quels rêves? – à quelques mètres de mon divan, porte à côté, sur le même étage élevé de son immeuble. Après une heure d'échanges presque trop courtois, nous nous sommes séparés assez vite et je crains d'avoir eu l'air un peu gêné par cette arrivée pourtant prévue. Loin de se montrer fébrile néanmoins, elle m'a surpris par son parfait naturel envers moi, toute pleine de gratitude à l'idée que j'aie répondu aussi simplement à son invitation. Mais n'y pas répondre aurait-il été seulement concevable! Il est vrai que je sais tenir mes distances. Pour ne pas l'effaroucher? Ne pas lui faire regretter d'avoir pris ce risque?

Minuit a passé et je griffonne dans mon lit à la lueur d'une large lampe basse posée sur le petit guéridon tout à côté de moi qui me sert de table de chevet. J'ai peur qu'il ne me soit guère facile de noter impressions et incidents avec la discrétion imaginative que commande un amour qui se voile plutôt qu'avec le souci du petit fait vrai qui sollicite l'attention du romancier à pied d'œuvre. Mais le suis-je encore vraiment, romancier? L'ai-je jamais été? Ou bien ne suis-je plus que le témoin de la vie d'un poète tout entier consumé par des sentiments qui le dépassent? Peu importe après tout, pourvu que je rende compte ici de ma longue quête, prendrait-elle des accents mystiques, moi qui le suis si peu. Car ce dénouement, si c'en est un, qu'il soit ce qu'il soit, lyrique ou dramatique, mais surtout *authentique* plutôt que prévisible. Faute de quoi il ne me restera qu'à le rendre plus irréel à mon retour, si tant est qu'en art comme dans la vie l'incroyable mérite seul d'être conté. Mais je sais bien que je n'aurai pas besoin de ficelles, que je n'ai pas à m'inquiéter, littérairement ou autrement : quoi qu'il arrive, l'absurde viendra à mon secours. Moralement en tout cas, il faudrait l'intervention de Satan, rien de moins, pour que je dérape en fin de parcours. Ainsi je peux éteindre ma lampe en bénissant Laure, cette âme impénétrable vers qui je suis venu par une inspiration de cavalier égaré qui a deviné par hasard la source inespérée au bord de laquelle il se penche à présent mais de si près qu'il n'a plus qu'une angoisse : celle d'en troubler l'eau limpide et lisse sur quoi flotte à peine la brume d'un rêve dont je fais partie parce que j'y suis entré, rêve que soulève, imperceptible, une brise qui fait bruire mais à peine les saules clairs suspendus par masses légères au-dessus de la vasque, frondaisons mémorables qu'assombrissait déjà cette fin d'après-midi de juin au jardin du Luxembourg où je restais planté là fixe et coi à l'instar de ces trois figures marmoréennes et mythologiques, indifférentes à ma présence hiératique et dont le drame se jouait et se jouerait éternellement à l'autre bout du bassin placide tandis qu'au loin la foule s'écoulait et qu'autour de moi tout se taisait et que je retenais mon souffle attendant, qui sait, d'être convié à entrer dans cette éternité muette, comme aussi bien je n'avais pas attendu d'être agréé pour venir à Paris au-devant de Claudie Jeanlin, figure de Samothrace d'abord si apeurée de me voir en personne et devenue si téméraire que je lui dois de me trouver ici, à Nice, chez elle, n'osant plus rien lui dire que ne m'aient suggéré ses propres aveux de femme aimante et si étrangement libre, volontairement retranchée de ce monde barbare en faveur d'un outre-monde où je suis à mon tour appelé, moi qui ne suis rien, plus rien, mais rien de rien, dans mon pays à moi, qui ai, à toutes fins utiles, cessé d'exister aux yeux de mes compatriotes, de mes contemporains, si ce n'est aux yeux de la seule Yvée Marcueil qui n'a certes pas pu se méprendre sur le sens de la réserve que je lui devais et qui m'a fait lui présenter Vermandois contre ma plus profonde volonté. C'est que, dans cet espace où je suis entré comme par effraction, il n'y a plus que l'amour qui compte, dont il est de toutes sortes, encore qu'il n'en soit qu'un de vrai, de pur, de désintéressé, dont la force immatérielle et non moins agissante s'exerce déjà sur la terre humaine en rapprochant les individus les moins faits pour se rencontrer ; ainsi de cet amour qui me lie à Laure Angelin et dont je saurai bien, de quelque manière encore ignorée de moi, lui donner la preuve tangible, autant que ma retenue ne doive avoir pour limite que la sienne.

Réveillé tôt ce matin, j'ai attendu que mon hôtesse se lève à son tour (peut-être a-t-elle de même retardé son lever ?) et que je l'entende s'affairer dans la cuisine avant d'aller l'y rejoindre, en robe de chambre tous les deux. Ce furent de nouvelles retrouvailles comme si nous nous étions quittés bien avant ces étranges rêves de fontaine et de carpes qui m'avaient traqué toute la nuit, une nuit partagée sous le même toit, le sien, comme je n'aurais pu l'imaginer dans mes attentes les plus exaltées. Le petit-déjeuner expédié, nous nous sommes succédé dans la salle de bain sans complications. Tout est simple avec elle, parce que voilà un être chez qui tout ce qui n'est qu'apparence et convention a été réduit à néant par l'irruption de la « vraie vie » à la suite d'une décapante épreuve.

Je me plais dans la compagnie de cette femme comme je me plairais dans la compagnie d'une créature que j'aurais créée. Parce qu'elle y répond parfaitement, elle me révèle à moi-même mes désirs les plus secrets. Le créateur comprend ses créatures mais ne les aime point toutes également. Laure a pour moi l'idéalité d'Yvée.

La journée n'a été qu'une longue conversation, cœur à cœur, en contrepoint d'une mêmement longue promenade. Il faut que je raconte tout. Si je ne rêve pas à l'instant de le noter ce soir, Claudie habite rue de l'Hôtel-des-Postes, artère commerçante et résidentielle, face à une place charmante agrémentée de jets d'eau, le square Wilson, en l'honneur du président Woodrow Wilson qui fit tant pour gagner la première Grande Guerre, même si son plan de paix devait être désavoué par le Sénat américain : ce que c'est que d'être plus grand que son temps et que son milieu (le lecteur va penser que je me vise et il n'aura pas entièrement tort…). Or il faisait si tendre sur Nice, le ciel était si doux avec ses ronds petits nuages pour le ouater encore, que Claudie et moi nous sommes arrêtés assez longtemps à causer sans façon sur un banc public de cette place que domine le vaste Hôtel des Postes, édifice qui remonte à 1888 et qui dessert tout le quartier. Un quartier bien agréable à ce qu'il m'a paru. Ni austèrement modeste ni franchement cossu avec plein de petits et moyens commerces qui ne peuvent que simplifier la vie de Claudie lorsqu'elle séjourne à Nice, soit tout l'hiver, ou du moins ce qu'on appelle ici l'hiver et qui n'a rien à voir avec notre hiver kébékois : à l'évidence tout n'y est qu'azur et clémence, avec une timide haleine de fraîcheur le matin qui se dissipe d'heure en heure jusqu'à midi. Devant nous, de l'autre côté de la rue, une importante librairie-disquerie, la plus grosse de Nice après la FNAC beaucoup plus commerciale, étalait sur fond bleu en grosses lettres carrées sa raison sociale : LA SORBONNE. Claudie, qui y a ses habitudes, a voulu m'y faire pénétrer pour voir. La quantité de rayons et de livres de toutes sortes, du poche jusqu'au luxueux d'album d'art, y est incroyable pour un espace aussi restreint qu'irrégulier, tout en enfilade et en recoins. J'y aurais passé la journée. Mais, ma première curiosité satisfaite, pour bien faire les choses en invité d'honneur que je suis et surtout pour épargner à Claudie le moindre travail de cuisine en ce premier jour passé ensemble, j'ai cru bien faire en l'invitant au resto.

— Vous êtes fatiguée ? Vous avez faim peut-être ? lui ai-je demandé comme nous quittions l'endroit.

— À peine, à peine, a-t-elle répondu sans trop préciser à laquelle de mes deux questions elle répondait. Ne vous inquiétez pas pour moi. Pensez à vous plutôt.

— Penser à moi, je n'ai que trop tendance à le faire, chère Claudie.

— Allons, ne dites pas de bêtises, cher Rémy.

À table, nous avons parlé littérature, des tendances actuelles, et je n'ai pu m'empêcher de revenir sur ce sentiment que j'ai de m'être trompé sur moi-même, sur mes dons créateurs mal étayés par la minceur de mon invention et contredits de surcroît par un goût dominant qui, fort étranger à mes visions, avait précipité ma perte.

— Dans son fameux *Bloc-notes*, de commenter doucement Claudie en me regardant de côté, Mauriac — au faîte des honneurs mais aussi des anathèmes fusant de partout —, Mauriac se détache de lui-même et de sa célébrité jusqu'à laisser sa méditation lui dicter un amer constat, à moins que ce ne soit une intuition salutaire : « Pour un artiste, écrit-il, une vie est manquée, peut-être, si elle est réussie. »

— Je voudrais bien l'en croire. Et que dites-vous de cette intuition-ci : « Un secret instinct nous avertit qu'il y a toujours quelque impureté dans la réussite et qu'il ne peut y avoir de totale pureté que dans l'infortune » ? C'est de Péguy. À ce compte-là, ai-je raillé, ma vie ne peut être qu'une merveilleuse réussite.

Alors j'ai lu comme une tristesse profonde, indéfinissable, dans les yeux de Claudie. Comme si je lui avais porté un coup personnel. J'aurais voulu tout rattraper mais déjà elle s'était ressaisie :

— Ce sont là, il me semble, des paradoxes qui rejoignent assez bien Jean de la Croix : « Pour être quelque chose, il faut commencer par vouloir n'être rien » — par y consentir en tout cas, m'a-t-elle concédé, parce que ce néant, dur à choisir, n'est rien d'autre que la dure réalité ; de là que l'humilité est la première et la plus rude des vertus, étant la plus contraire à la pente naturelle de l'homme. Et ce désabusement chez un Mauriac de la fin est d'autant plus significatif, sinon probant, qu'il est celui d'un homme qui n'a cessé de grandir en qualité et en force tout au long de sa vie jusqu'aux *Mémoires intérieurs*. Depuis que cet homme et Malraux ne sont plus là pour servir d'exemples ou de phares, notre pauvre France fait bien pitié littérairement. C'est dire combien vous avez tort de vous en faire, même si vous avez, après tout le monde, cessé de croire en votre «génie». Bah ! «En sa poitrine, porter sa propre gloire», c'est de Gaulle lui-même quelque part qui s'applique cette devise sans illusions, oui de Gaulle dont ce même *Bloc-notes* de Mauriac tient une chronique des faits et gestes qu'il suffit de relire pour constater combien ce sauveur de la patrie que tout le monde honore aujourd'hui – ou feint d'honorer –, dont tout le monde se réclame en tout cas parce que c'est devenu payant, combien ce personnage fut haï de son vivant, haï tant par notre gauche que par notre droite, haï au point qu'on peut tirer de son exemple la confirmation que sans quelque épreuve à sa mesure, épreuve *en silence* assumée et surmontée, il ne saurait y avoir je ne dis même pas de grandeur, mais d'authentique valeur, tant il est à craindre que les hommes, et singulièrement ceux qui font l'opinion, sont naturellement, par intérêt personnel ou partisan, hostiles à la vérité. Pour ne pas vous être mis à l'école de tout le monde, pour n'avoir pas flatté, courtisé, invité, vous vous êtes mis hors jeu, pour longtemps. Tous les jours je lis des textes dix fois supérieurs à ceux qui se publient, cela devrait suffire à vous empêcher de souffrir pour rien.

Il n'est que trop vrai que je n'ai jamais su «jouer le jeu», comme m'y poussait Florence au lendemain de mes premiers dérapages romanesques, mais je n'ai pas eu le courage de détromper Claudie tout de suite quant à ma supposée «gloire intérieure», me promettant toutefois de revenir là-dessus si la lecture de *La Chair vive*, dont j'ai emporté un exemplaire, ne suffisait à l'éclairer, car je refuse que cette femme intelligente, après une Yvée trop jeune et trop naïve littérairement, s'en fasse accroire davantage sur le pauvre plumitif à qui elle a déjà protesté d'une «admiration inconditionnelle» alors qu'elle n'a rien lu de moi sinon les lettres que je lui ai torchonnées comme tout le reste de ce texte invraisemblable de vérité ! Voilà bien les femmes intelligentes ! Comment ne pas voir ici un reste d'adolescence chez Claudie Jeanlin, même si cette trace d'ingénuité parmi tant de connaissances et de culture n'a pour effet que de me la rendre encore plus adorable, plus chère... Si elle savait ce que je lui tais de ma nullité! «Tu n'es que cendres et poussières», mortification que mes carêmes d'enfant m'ont vissée dans le crâne et à laquelle, à l'en croire, le fiel de l'épreuve saurait seul remédier. Depuis l'adolescence humiliée, en douter devrait paraître abusif en effet.

Après notre léger déjeuner, nous avons passé un après-midi tranquille, errant au hasard des rues et causant France, Kébek, voyages. Et livres évidemment, car si Claudie n'a pas beaucoup voyagé, elle paraît avoir tout lu et j'ai dû faire appel à mes ultimes ressources de professeur de littérature pour lui renvoyer honorablement la balle. Mais assez vite un silence s'est établi entre nous dont j'ai senti qu'il ne pouvait que nous peser cruellement. En regard de l'indicible qui nous étouffait, il semblait que nous n'avions plus rien à nous dire et je me suis mis à songer à tant de lettres remplies d'appels, de cris mal retenus, non point révélateurs de chaque élan de nos âmes certes, mais ne se refusant pas à l'expression de sentiments plus que tendres avec en plus, chez elle, cette appréhension de les voir s'altérer par quelque confrontation de chair et d'os qui abolirait la sécurité transocéanique d'un attachement purement idéal ou perçu comme tel; et puis j'ai de nouveau pensé à cet «amour total, insondable» qu'à Paris elle m'avait, la première, confié sans ambages et comment j'avais tenté d'y répondre avec la même ferveur, la même sincérité. Pour rompre cette distance inavouable un court moment surgie entre nous, discrètement je lui ai offert mon coude et nous nous sommes ainsi rendus sans futiles efforts de paroles jusqu'à Nice-Étoile, sorte d'énorme centre commercial très «mode», très «bon chic bon genre», aux boutiques disposées sur plusieurs étages tout au cœur de la ville. Là, nous avons pris un jus de fruit, car il s'y trouve maints petits cafés, coins et comptoirs diversement spécialisés en gâteaux, brioches, glaces, boissons, bières et autres consommations légères.

Et c'est à l'instant seulement où, livrés au flux du va-et-vient d'une foule anonyme, nous nous échouions à une petite table, non point face à face mais côte à côte à cause d'un couple de vieux qui y buvaient déjà du thé, que j'ai pris conscience, dans une sorte d'illumination, du fait que si Claudie avait joué dès le début de nos rapports un rôle de premier plan dans mon imaginaire, jusqu'à me faire revenir, dès la fortuite lecture de son annonce, sur ma renonciation à toute forme d'écriture autre que celle de la rédaction de ce banal journal si longtemps tenu par habitude et métamorphosé soudain en roman neuf déjà irrigué de son sang, et bientôt de celui d'Yvée Marcueil, c'est à cet instant seulement, dis-je, que je me suis vraiment rendu compte que cette *Victoire de Samothrace* six mois chimérique et rejointe enfin aujourd'hui, à Paris puis à Nice, avait pour moi tout à fait quitté l'ordre de la fiction romanesque où je l'avais plus ou moins confinée pour accéder au rang de chair dévoilée ; et, comme pour mieux vérifier cette révélation, j'ai impulsivement saisi la nudité de l'avant-bras abandonné qui pendait le long du petit fauteuil de métal chromé cuirassé de noir où Claudie se tenait assise tout au bord de mon petit fauteuil à moi. Réagissant vivement à mon geste qu'elle ne pouvait certes prévoir ni s'expliquer, elle s'est aussitôt penchée pour me parler à mi-voix et avec une simplicité qui n'excluait pas une ombre de mélancolie :

– Doux ami lointain que j'ai attiré jusqu'ici, à Nice, ai-je si bien fait ? J'ai l'impression que vous vous ennuyez. Dites-moi en toute franchise si je n'ai pas commis là une des grandes idioties de ma vie, et pour vous et pour moi ?

Et comme je restais muet de surprise à l'idée qu'elle pût seulement songer à me poser pareille question et à douter de ma réponse à moi qui était venu à sa rencontre à Paris contre son gré, elle m'a adressé un sourire attendri avant de se reprendre aussitôt :

– Apparemment ma question pour vous n'est pas sérieuse. Eh bien ! que dites-vous de celle-ci, plus immédiate. Dans mon désir un peu naïf de vous tenir occupé aujourd'hui, car la pensée m'était venue ce matin que ma seule présence ne pourrait que vous ennuyer, je me prends à craindre maintenant que cette balade à deux où il y avait bien aussi un peu de ma hâte enfantine de vous faire voir le plus possible de mon quartier, de ma ville d'adoption, oui qu'une telle balade à vous imposée au lendemain de votre arrivée ne vous aie bousculé bien futilement. M'en voulez-vous, Rémy ? Voyez comme je suis peu sûre de moi, derrière des apparences décidées, crânes même. Vous ayant arraché à Paris, je voulais éviter de vous exposer ici au désœuvrement, oubliant toutes vos ressources intérieures et même la simple fatigue pour vous de cette incroyable traversée de l'Atlantique en mon honneur et qui vous soumet à une avalanche de secousses et d'émotions au moment précis où vous pourriez le mieux vous en passer, si j'en crois votre toute dernière lettre. Ah ! j'aurais mieux fait ce matin de vous laisser bien tranquille à vous reposer chez moi au son de quelque belle musique apaisante…

– Je vous assure que…

– … ou quelque beau livre à la main, un de ces classiques inépuisables comme vous devez les aimer, universitaire que vous êtes et que je maltraite comme un gamin qu'il faut faire tenir tranquille… Ah! Romain…

Comme la tête lui basculait contre mon épaule dans une sorte de chagrin d'enfant, je lui redressai le front avant de lui essuyer les paupières du bout de ma cravate:

– Si vous saviez… Si vous saviez… Laure chérie – vous n'êtes pas choquée que je vous appelle ainsi, de votre nom secret, ne l'ai-je pas fait dans mes lettres, et à Paris encore, sinon j'aurais eu grand tort –, Laure chérie, comme vous êtes méchante de penser que j'aurais pu m'isoler de vous dans un livre, que votre présence ne me suffisait pas après tous ces mois où j'ai tant désiré vous voir en personne, vous connaître mieux, tant espéré vous aimer plus concrètement pour mieux dire, au point de passer outre à votre volonté de retraite, car vous n'étiez pour moi qu'une ombre, ne l'oubliez pas, mais une ombre bien indispensable pour que j'y abrite ma détresse… Sans cette inspiration qui m'identifie au cavalier polonais qui ne sait où il va, le regard tourné vers le spectateur qui est enfin vous, Laure de ma vie, sans cette illusion, comment expliquer et me faire pardonner la force de l'empathie qui m'a poussé à venir jusqu'ici, en France, à l'encontre de vos plus pressantes exhortations, uniquement pour être près de vous, alors qu'au départ tout, je dis bien tout, nous séparait, nous éloignait l'un de l'autre, si ce n'est peut-être des natures également inquiètes, secrètes, solitaires, traits qui ironiquement ne pouvaient que rendre plus difficile encore notre rapprochement, serait-ce par l'entremise de ces enveloppes timbrées que le hasard a voulu que nous nous mettions à échanger… Et c'est en prenant claire conscience tout à l'heure du vide immense autour de moi, en moi, vide masqué six mois par votre image et soudain rempli de votre présence vivante et charnelle, là, près de moi, que j'ai pu saisir votre bras, avant d'y laisser glisser ma main jusqu'au bout de vos doigts pour les étreindre, manière de m'assurer que je ne dormais plus tout à fait, que je m'étais réveillé d'un songe trop longtemps prolongé et, qui sait, entretenu par mes longues déceptions.

Claudie n'a pas répondu tout de suite, elle a porté distraitement à ses lèvres le verre du jus de fruit que le garçon avait depuis longtemps apporté sans que nous nous en soyons aperçus, pas plus que nous ne nous étions aperçus de la disparition du vieux couple dont les tasses avaient disparu elles aussi. Puis Laure a dit, le regard vaguant devant elle:

– Pardon, Rémy, pardon, Romain, je comprends mieux quand vous me confiez ces choses que mon amour pour vous n'est pas à sens unique, ce que je suis parfois encline à oublier, oui que notre sentiment est vraiment partagé même si j'ai du mal à m'en convaincre, oui, pardon, a-t-elle répété d'un ton étonnamment navré où il y avait déjà de la nostalgie, comme si cet amour commun allait devoir bientôt voler de ses propres ailes, une fois refermée la parenthèse de mon intrusion dans sa vie.

– Mais ce caractère unique de l'Amour n'est-il pas merveilleux, Claudie? Saint Augustin l'affirme en tout cas. Et puis de ma période mystique, qui ne dura pas bien longtemps, cinq ans peut-être aux environs de mon mariage, il m'est resté que l'Amour est une force spirituelle agissante, une force motrice capable d'orienter l'exercice de la liberté humaine dans un sens plutôt que dans un autre au sein de l'inertie d'un cosmos prédéterminé qui n'obéit qu'à des lois physiques implacables. Ainsi s'explique que je sois venu d'Amérique au-devant de vous, Claudie, contre toute apparence.

Qu'en conclure, sinon que je n'avais fait qu'obéir à un signe que notre amour me faisait de venir troubler sa bienheureuse solitude – pour autant que «bienheureuse solitude» n'est pas absurde dès lors que le «bonheur» au sens de ce monde avait depuis longtemps cessé, chez Laure Angelin, d'être objet de foi, et donc de poursuite. Ce désenchantement que je connaissais en moi, je le connaissais en elle, mais en publiant l'annonce qui m'avait accroché et que je n'aurais pas osé faire passer pour mon propre compte, elle avait eu l'audace, je le comprenais aussi, de reconnaître que si le bonheur, et plus encore un parfait bonheur dans lequel on se love est chimère ici-bas, l'espoir de rencontrer l'amour, lui, ne l'est pas. Et l'attachement «insondable» qu'elle disait me vouer était sans doute de l'ordre de ce mystère où la contradiction vient se résoudre, se résorber dans les abîmes de l'âme, bien passé les Sargasses de tout ce qui n'est qu'algues raisonnables, tirées par les cheveux. Et maintenant que les grandes craintes qu'elle avait entretenues quant à une déception possible se révélaient vaines, le prix en était sans doute une nouvelle et parfaite abnégation devant d'éventuels signes de notre amour. Et paradoxalement, c'est à cette abnégation que je pouvais imaginer souveraine qu'à n'en pas douter je devais le risque de cette admirable invitation qui me valait de me trouver ici même, à Nice, chez elle, et qu'il me restait à payer de retour avec une égale force d'âme, soit un égal détachement. Mais un homme n'est pas une femme, certes, et cet égal détachement avait probablement, me suis-je dit, d'autres modalités.

– Allons, a-t-elle repris en s'ébrouant, allons avant que se rouvrent les écluses de mes pauvres yeux inondés de je ne sais quels sentiments que je voudrais à l'abri de toute faiblesse, la sagesse de l'heure veut que nous rentrions à la maison, il en est plus que temps, n'est-ce pas, Romain ?

Je dois m'interrompre ici dans ma narration d'une journée dont je n'ai réussi qu'à reconstituer à grands traits l'essentiel, encore que la chose m'ait été cruelle parfois. Il est déjà plus que tard dans la nuit niçoise et il faut que je dorme, même si je sais bien que je n'y parviendrai pas tout de suite. Trop d'émotions, trop de pensées adverses, et puis de savoir, de sentir Laure là tout près, séparée de moi par une simple cloison, une simple paroi, et qui ne dort pas sans doute elle non plus… doutant toujours de mon amour, qui sait, même après cette main saisie presque brutalement par-delà tout calcul qui ne soit pas celui d'un cœur étonné d'elle à côté de moi. Mais enfin, chère Laure, n'aie crainte, je ne m'accorde pas vingt-quatre heures pour te le prouver cet amour partagé qui nous est arrivé comme une joie que nous ne méritions plus, greffée sur une quête de l'âme sœur, sur un appel à la tendresse à l'instant où ma vie vacille. Après quoi, il ne me restera plus qu'à m'effacer en emportant sur l'eau noire ton image en moi indélébile et en laissant notre amour voler de ses propres grandes ailes.

19 juin, à bord du rapide Nice-Paris

C'était hier matin, je sentais bien que Laure avait quelque chose à me dire, à me demander, mais qu'elle n'osait. Et pourtant est-il créature qu'on devine autant qu'elle, affranchie de soi-même comme de toute convention : ainsi cet amour qu'elle m'avoue la première, cette invitation à partager son petit appartement niçois… Alors j'ai dit, avec le plus de simplicité possible, désireux d'aller au-devant d'un désir si inexprimable :

– J'aimerais faire quelque chose pour vous, quelque chose qui vous plaise, n'importe quoi, mais mon pauvre esprit est en panne, et surtout, je l'avoue, ce qui pour moi demeure encore d'un peu énigmatique en vous, ce qui appartient à cet insolite « outre-monde » ainsi que vous m'écriviez dès votre première lettre, eh bien, oui, cela me paralyse… Donner pour donner, serait-ce des roses rouges que j'irais quérir chez le fleuriste, ce n'est pas suffisant entre nous, quand même je les voudrais mille fois symboliques. Non, il faut que je sache ce qui vous causerait… j'allais dire un grand bonheur, mais je sais trop bien que vous ne croyez pas à cette invention des hommes.

– Oh! mais je crois aux petits bonheurs, ceux qui ne durent pas, comme les roses justement. Non, ne cherchez pas, Rémy, votre seule présence ici me comble bien au-delà de tout ce que j'aurais pu imaginer quand je vous écrivais la redouter plus que tout, non tant parce que je craignais d'être déçue que par son impact trop intense sur mon cœur, un impact que j'ai moi-même renforcé, après vous avoir vu à Paris, en vous conviant ici, à Nice, chez moi, car je savais que cette présence n'était point faite pour durer – mais n'est-ce pas sa précarité qui lui donne tout son prix? «Aimer ce que jamais on ne verra deux fois», dit le poète… Et moi, quand vous reverrai-je? Aussi je vous en veux un peu, vous qui vous souciez de me faire plaisir sans savoir comment, de ne pas m'avoir offert ce livre de vous que vous m'aviez promis: je conserverais du moins quelque chose de votre esprit, quelque chose qui n'est certes pas vous mais tout de même quelque chose de si secrètement personnel que son auteur est seul à savoir tout ce qu'il y a mis de sa chair et de son sang. Tenez, le plus clair de ce que je retiens de toute une vie de lectures, moi qui risquerais de suffoquer sous le monceau des cadavres de manuscrits mort-nés et des chefs-d'œuvre embaumés par des commentaires virant à l'oraison funèbre, toutes ces lectures suffisent à me convaincre qu'il n'est pas de fiction qui ne contienne un aveu, et un aveu parfois si intime que l'auteur lui-même ignore qu'il l'y a mis. Est-ce à moi de vous apprendre cela, cher Rémy romancier, vous à qui il est donné de décharger votre âme trop lourde de chagrins au moyen de ces confidences que je devine incommunicables en clair même au profit de l'être le mieux disposé à les entendre? Mais peu importe le poids de chair et de sang qui lui donne sa densité, et donc sa valeur, aucun écrit, aucune œuvre de ce bas-monde ne possède un total pouvoir de délivrance. Aucune confession ne soulage un peu longtemps, si ce n'est par le sentiment d'accomplissement qu'elle procure, sentiment lui-même passager, n'est-ce pas? n'est-ce pas, vous qui savez tout?

Ah! certes, Claudie Jeanlin ne méconnaissait rien du processus qui engendre l'œuvre qui se dit «d'art», et encore moins les limites de toute humaine création. Malgré tout j'ai enchaîné, en m'animant de plus en plus jusqu'à perdre un peu la tête:

— Et pourtant toujours plane le désir mystérieux de légitimer sa vie, de survivre par l'écriture à son inanité, même pour le malheureux auteur dix fois démenti par l'écho muet qui accueille sa prétention volcanique à hurler ses petites obsessions dans le vide où, loin de le délivrer comme vous dites, sa belle âme rêveuse, brandissant son lourd porte-voix romanesque, achève de se consumer dans les feuilles d'un journal intime qui laisse de moins en moins de place au rêve, à mesure que le rêve se fait réalité et donc commence à blesser lui aussi. Pardonnez-moi ce qui est une angoisse plus qu'une conviction. Mais quand demain j'aurai quitté ma bienheureuse escale niçoise, qu'en subsistera-t-il sinon les cendres refroidies de ces feuilles noircies, embrasées l'espace d'un moment par le feu de cette torche de sentiments et de paroles allumées par une grande soif de sortir de moi ? À moins que ne persistent un temps, pour l'auteur ébloui d'avoir cru à tout cela, les constellations de souvenirs qui auront palpité six longs mois, de janvier à juin 1997, au firmament d'une vie trop longue ; à moins encore, sait-on, que la sombre clarté de ces illuminations ne demeure lisible pour tel lecteur inconnu qui viendra après nous et se souviendra de Laure Angelin, de ces échanges inoubliés, inoubliables, nés d'un *manque d'être* inévitablement stérile et qui s'avérerait, par extraordinaire, éperdument vivace et fécond, souffrance commune promue en *épreuve* et dictée par les mirages joyeux ou les rigueurs extrêmes de l'amour humain, emblèmes éclatants des efforts pour arracher à la vie ses plus méritoires secrets spirituels ou temporels, amour humain, écoutez bien, amour humain où j'entrevoyais, il n'y a pas trois jours encore, à Paris-sur-Seine, songeant sur les quais à l'absurdité de mon existence, cette idée apaisante que seule « l'épreuve assumée et surmontée » – celle-là même que votre clairvoyance, très chère et très admirable Laure, érigeait hier encore en exigence de dépassement – saurait susciter une lumière par-delà l'endormissement d'un aléatoire bonheur de convention. Et cette lucidité féconde que je vous emprunte avec son regard longuement promené sur le jardin des ultimes joies offertes au mortel qu'ont malmené trop de nuits sans sommeil et trop de jours sans soleil, regard ainsi rendu d'autant plus attentif à ce parc resté merveilleux comme aux tout premiers jours de l'enfance, fleuri de séductions de toutes sortes, corolles aux parfums et couleurs divers en enchantement, certaines empoisonnées même, et qu'il s'agit pour l'artiste de classer selon leur évidence de vertus guérisseuses ou délivrantes, voire prometteuses de salut, pourquoi pas ? cueillaison muette et toujours solitaire de couronnes et de trophées qui ne soient pas des mensonges, bien dignes du négociant en joyaux précieux qui, l'ayant repérée le premier, retient pour l'acheter, quitte à y sacrifier tous ses autres biens, la perle fine et sans prix qu'évoque la parabole touchant un Royaume où rien de beau ne serait faux, ou bien encore trophées dignes de l'acharné chercheur de trésors qui brûle d'acquérir à bon compte le terrain vague où il a découvert enfoui le magot convoité, secret bien gardé du champ aride et rempli de ronces où lui seul sait que là gît l'or de ce royaume d'outre-monde où vous avez été admise, ma Laure bien-aimée, parce que vous en remplissez les conditions d'entrée qui sont le mépris d'un bonheur facile en faveur d'un bonheur éternel, mais pour l'artiste que je me voudrais conditions qui sont la conquête d'une beauté nonpareille exprimant la pure et parfaite extase de créer dès ici-bas un unique instant de cette éternité bienheureuse, bien en deçà d'une transcendance qui rend une Yvée Marcueil capable de s'y sacrifier tout entière, tant il est vrai que l'étrange témoignage en ce monde ingrat à l'artiste, ingrat comme une terre est ingrate et vide de trésors intacts à exhumer, laisse entrevoir comme un reflet béni de quelque immortalité possible, probable, et même certaine, ainsi qu'il en va, dans l'ordre fini de cette nature qui nous emprisonne, des beautés éphémères inventées par le souverain virtuose du Temps, depuis le lys des ruisseaux qui déjà perce et frissonne au dégel sous l'aile de la brise printanière jusqu'à la grâce unique du moindre arbuste que le maître du domaine a ici transplanté l'automne passé et dont le mai kébékois, avec sa fraîcheur éclatante, entrouvre comme avec effort les fines nervures des feuilles d'un vert très pâle et artistement dentelées à quoi se laisse deviner la main et la signature indéfiniment renouvelée d'un maître décorateur et comment ne pas s'étonner de pareilles sublimes créations sans un labeur d'amour dont l'épreuve ne saurait se comparer avec la vertu créatrice des modestes œuvres humaines qu'autant que ladite vertu soit sœur d'une vertu dissipatrice des ténèbres de la terre, sœur d'une vertu expiatrice de la violence des hommes et qui à ce titre ne saurait de même être donnée sans contrepartie de douleur.

– Romain, Romain, je vous en prie, ne vous tourmentez pas…

– Et comment viendriez-vous me contredire, bien-aimée Laure, puisque c'est vous qui m'inspirez ces paroles tant soit peu délirantes mais qui ne sauraient être pures folies puisqu'elles ont poussé dans le terreau de ma vie détruite à seule fin semble-t-il de m'y faire découvrir ce trésor de vérité comme dès enfant je fouillais jusqu'à l'épuiser dans mon coffre aux merveilles, comme depuis lors je me suis sans cesse fourvoyé sur mon cheval polonais dans le trop hâtif crépuscule? Au lieu de souffrir pour rien, que n'ai-je ajouté foi au verdict des experts qui me certifiaient que ce cheval prétendument peint par Rembrandt était un faux, que c'était un cheval mécanique et que je n'écrivais que des menteries... Mais par ses voies à elle, et je pense aux douleurs de tête atroces qui la tenaillaient sans relâche, l'infortunée Simone Weil n'a-t-elle pas parlé de la *souffrance rédemptrice*? et Baudelaire lui-même, où je me sens plus à l'aise pour vous rappeler les vers de *Bénédiction* en l'honneur des vertus purificatrices de la souffrance, et les vers de *Phares* – les élus du poète parmi les très grands Maîtres de l'Art – dont j'aurais dû plus souvent me réciter les strophes en silence au lieu de les faire apprendre et analyser à de grands enfants qui ne pouvaient les comprendre, à moins de s'appeler Yvée Marcueil, faute de la culture qu'il aurait fallu, faute d'avoir jamais vu, fût-ce reproduit et par là altéré, un Titien, un Rembrandt, un Greco, un Goya, un Turner, poésie d'âmes encore aujourd'hui seulement à demi en allée, celle de ces maîtres dont je leur présentais gauchement les toiles réduites d'après mon *Encyclopédie* apportée en classe :

« Car c'est vraiment, Seigneur, le meilleur témoignage
Que nous puissions donner de notre dignité
Que cet ardent sanglot qui roule d'âge en âge
Et vient mourir au bord de votre éternité. »

Car même si vous ne le croyez pas, Laure, l'Art reste la seule arme humaine dont nous disposions contre le *mal*, je parle des crimes, des génocides qu'on ne saurait mieux dénoncer qu'au moyen du gratuit, du désintéressé, de l'innocence chargée d'une signification transcendant les valeurs de mort dans lesquelles nous vivons.

Épuisé, je me suis tu, ne sachant si j'avais rêvé, à demi convaincu par un plaidoyer qui visait davantage, j'en ai peur, à me convaincre moi-même qu'à persuader Laure qui n'avait certes pas besoin de mes thèses pour savoir à quoi s'en tenir sur le sens des choses de l'Art, de l'Amour et de celles de ce monde en général. Vanité des vanités, tout n'est-il pas que vanité, surtout l'abondance de paroles? ai-je alors pensé en me détournant de moi-même tandis qu'elle poursuivait sur une réflexion qui n'était défaitiste qu'en apparence :

— Vous me convainquez de ce que je soupçonnais depuis... que je vous connais, cher Romain poète, qui criblez la nuit de l'esprit des mêmes flèches infaillibles. Écoutez, j'ignore encore si «tout est grâce», comme l'a écrit Bernanos citant, je pense, la petite Thérèse de Lisieux, mais je vois encore mieux qu'auparavant, grâce à vos inspirations, qu'il n'est rien de vrai ni rien de bien qui *ne fasse mal* quelque part et qui par là n'ait un écho dans l'Éternité, fût-ce celui du cri de vérité répercuté par des siècles qui n'ont pas cessé de le pousser: «Mon Dieu, pourquoi m'avoir abandonné?», et de même je vois mieux qu'il n'est rien de vraiment beau qui soit pur hasard et qui ne serve à rien. Cela ne se peut. Tout se paie, mais aussi bien *tout paie.*

Je ne m'étais pas trompé en la jugeant assez perspicace pour trouver une issue au drame de ce triste cavalier qui se veut fringant et ne fait que se débattre maladroitement entre deux créatures en apparence incompatibles mais dont chacune détient à coup sûr une moitié de sa vérité bien cher payée. Intuition déchirante qui n'exclut pas l'amour souverain à cette minute où je m'éloigne de Laure en wagon, sans retour imaginable, chaque seconde nous séparant davantage au long du défilement, aujourd'hui précipité, de ces prairies, de ces montagnes qui fuient sous mon regard, éperdu de fuir à son tour ce que ma présence est venue troubler.

Car je vois plus clair à présent. Comme si cette ambition forcenée de créer quelque chose en réponse à une angoisse existentielle primitive avait nécessairement un sens! Comme si elle devait *payer!* Je m'étais trop mal reconnu dans le cri de détresse d'une Camille Claudel: «Il y a toujours quelque chose d'absent qui me tourmente…» La névrose de Camille, sa paranoïa, que dis-je, sa peine, sa souffrance, l'injustice, le mépris lui ont fait détruire toute sa statuaire! En est-elle plus grande pour avoir su faire retentir des instants d'éternité dans le néant d'années abolies mais souvenues de quelques-uns, pour combien de temps encore? Rien ne *paie.* À quoi bon me lamenter, à quoi bon seulement m'étonner qu'efforts et défaites n'aient donné qu'un amour vide aux deux âmes que le cavalier polonais a croisées sur sa route amère? Où est-il le salut pour l'homme que les autres hommes ont bâillonné, étouffé, asphyxié, dès lors qu'il n'a réussi qu'à se tromper lui-même sans tromper personne? N'est-il pas déjà mort vingt fois celui-là? Et voici que depuis deux minutes me reviennent peu à peu, s'élèvent en moi comme d'une mémoire qui déferle, les vagues sonores du *Lacrymosa* de la *Grande Messe des morts* de Berlioz que Nick Palazzo sur le point de trépasser et peinant désormais à peindre écoutait interminablement, le visage entre les mains, pour l'amère joie de se plonger tout vif dans le bain vivant de douces larmes ressenties comme de pures gouttelettes d'éternité tombant sur son échine d'éprouvé sans cause (il s'était piqué deux seules fois) – mais aussi bien qu'importe la réalité de son obscur génie s'il y croyait et puisait dans ces larmes berlioziennes la force de travailler jusqu'au bout tel le «parfait chimiste et l'âme sainte» que Baudelaire poète s'était voulu! –, gouttes d'éternité capables de conjurer le drame de la mort et du jugement en les traduisant en termes d'art... Et voilà que depuis dix minutes maintenant ce *Lacrymosa* ne cesse de me tournoyer dans la tête avec ses sonorités, ses rythmes, ses paroles implacables et néanmoins consolantes, épousant le mouvement du train qui me ramène à Paris, où peut-être à mon tour je mourrai de chagrin mais sans regrets superflus, je me le promets... «Jour de larmes que ce jour/Où ressuscitera de la poussière/Pour être jugé, le coupable,/Bon Jésus, Seigneur,/Donne-leur le repos éternel»...« *Lacrymosa dies illa/ Qua resurget ex favilla...* » Et dire que Berlioz ne croyait ni à Dieu ni à diable – ou du moins croyait n'y pas croire... Car quel artiste ose croire qu'il n'est pas de salut? Quel homme, quel artiste surtout, a cette témérité-là à moins d'avoir appris par un certain désespoir que l'essentiel se passe ailleurs, se passe au-dedans, et qu'il est vain de chercher autre part au monde mieux que des illusions enivrantes tout entières liées à la possession des choses, des êtres et du talent? C'est là qu'il faut payer cher pour commencer à entrevoir ces vérités élémentaires, à les pressentir alors qu'il est trop tard, à moins que d'être marqué pour un précoce naufrage tel le bienheureux Nick, et comment en serait-il autrement dès lors que seul l'échec total, l'échec répété et finalement sans rémission, ou encore le deuil qu'on porte de qui a possédé toute notre raison de vivre, comme Claudie l'a vécu sur l'autoroute du Midi, savent l'enseigner d'expérience, savent dessiller des yeux qui n'ont pas su pleurer à temps?... Il me semble que Florence a bien entrevu cela sur la fin... Mais à quoi bon plonger le regard dans la lumière à l'approche du terme si ce n'est que pour voir derrière soi la misère d'une vie brisée sur quelque miroir aux alouettes tel que l'Art lorsqu'on n'a pas su y imprimer sa marque, l'Art auquel on s'est trop laissé prendre parce qu'on y trouvait des pressentiments de je ne sais quelle drogue hallucinogène capable de faire oublier qu'on existe, c'est-à-dire capable de faire VIVRE? Désenchantement lucide qui pourrait être une porte de secours donnant sur une éternité déjà commencée, ouverte aux rares élus qui ont découvert la vérité dans des créatures mystérieuses dont l'amour leur a tout enseigné de la vie promise. Mais si, n'ayant connu de la Vie que son sinistre reflet, si, rejeté, abattu par les vivants, accueilli seulement par des anges imaginés, on ne tient plus tant que ça ni même plus du tout à l'ersatz d'immortalité annoncée?

Toutes ces divagations que je griffonne au fil des verts paysages pour ne pas perdre cœur après ce départ aussi irrévocable que précipité ne font qu'anticiper sur le déroulement de ma narration : je dois revenir en arrière, à l'instant où, nous trouvant au salon tous les deux, Claudie m'a réclamé ce livre que je lui avais promis. À vrai dire, je ne me jugeais plus fait pour la choyer, conscient que ma vraie vie est ici, entre les lignes de ce journal fictif. Non que *La Chair vive*, dans son réalisme agressif, soit un livre vil, car j'y ai mis – comment l'éviter quand on a le malheur de croire à ce qu'on écrit? – toute cette sincérité idiote qui m'a réduit à l'inexistence littéraire, mais, suprême tentative romanesque après tant de dégelées, je l'ai d'abord voulu «accrocheur» et donc cynique, j'ai déshabillé mes personnages, j'ai exhibé leur sexe et ses manies, ce que je m'étais toujours refusé à faire par un vague souci de me démarquer de toute une littérature où se porte si bien la lubricité pour elle-même, ce qu'on appelle pieusement l'érotisme, devenu un ingrédient qui dispense d'avoir si peu que ce soit à dire ou à penser, voire à raconter; et même, dans ma candeur, je me figurais que, pour sentir vraiment le soufre, un livre appelait, exigeait la suggestion, l'évocation furtive qui laisse libre cours aux fantasmes personnels de l'auteur et du lecteur, d'autant que je me persuadais aisément qu'on peut, qu'on doit tout dire, à condition de savoir le dire. En tout cas, mal m'en a pris de vouloir jouer la carte de la trivialité et de prétendre faire œuvre aguichante sans en ressentir d'autre nécessité intérieure que celle d'une vengeance de bambin enragé prêt à *garrocher* tous azimuts les hochets qu'on lui refuse. Or cette malheureuse *Chair vive* avec laquelle j'allais clore une production romanesque de plus en plus méprisée ne devait pas retenir l'intérêt plus que mes précédents écrits, n'obtenant même pas l'honneur d'une mention où que ce soit malgré mes envois complaisants, dûment et emphatiquement dédicacés, à tout ce qui au Kébek tient une plume ou un micro. Rien, mutisme. Hasard? Iniquité? Justice? Qui suis-je pour le dire? Il y a des écrivains que leur nature même met au pain sec, et qui en crèvent. Raison de plus pour laisser ces lignes tant soit peu amères, mais littérairement sans importance, dans cette histoire humiliante d'homme tout nu devant sa glace comme Frondaie et Franzy ne l'oseront jamais, dès lors que de toute façon *Le Cavalier polonais* est voué au même injurieux sort que les ouvrages qui l'ont précédé dans le néant. Mais à l'âge que j'ai atteint, il importe peut-être que le présent testament autofictif porte du moins le témoignage d'une destinée, ne serait-ce que pour prendre date. À condition que Danterny le pragmatiste consente une dernière fois à me ramasser dans le fossé, comme il n'a pas dit non, sans rien savoir du brouet empoisonné que ma marmite de sorcière lui réserve en guise d'adieu à la littérature. Peu importe au reste ce qui peut arriver désormais de ce pseudo-roman autobiographique qui ne saurait avoir de suite – s'il se peut que j'en aie une moi-même – pour la raison que j'y dévoile trop de mes secrets malgré mes tricheries d'auteur déconnecté de *leur* réalité, mais le cavalier polonais consentira-t-il que ces pages n'aient besoin pour exister d'autre caution que celle des deux Âmes qui demeurent sa vive inspiration ? Quant au vœu exprimé par Claudie de prendre connaissance de mes dernières éructations publiées, loin de me douter du débat que j'enclenchais, j'ai commencé par protester :

– *La Chair vive* ? Pourquoi me demander, chère Laure, ce qui n'a retenu personne et ne pouvait retenir que des cinglés comme moi ? J'aurais mieux fait d'être d'emblée fixé sur le sort qui m'attendait lorsque, croisant un jour par hasard dans les couloirs de la faculté des lettres un de nos critiques les plus cotés, une « conscience littéraire » comme on dit, et qu'osant lui demander pourquoi il avait fait silence sur mes trois derniers titres dont j'étais si fier et s'il n'allait pas bientôt « se pencher sur ma production », je m'entendis répondre avec une franchise glacée : « N'y comptez surtout pas : jamais je n'écrirai un mot sur vos ouvrages, fût-ce pour en dire du mal, je n'ai pas de temps à perdre. » Il a tenu parole, je lui dois cette justice : pas une ligne ne m'est jamais tombée de son microprocesseur dans sa revue, une revue respectée, sinon respectable, où le sieur en question ne manquait pas d'encenser son voisin de colonne chaque fois que celui-ci y allait d'un chef-d'œuvre, comme ce dernier ne manquait pas de renvoyer l'ascenseur chaque fois que la « conscience littéraire » d'une génération y allait du sien chef-d'œuvre. Je puis bien vous raconter, chère Laure, ces menus faits de la vie littéraire montréalaise et même faire imprimer ce qui ne fera sûrement pas scandale puisque ces rejets automatiques ou ces petits coups de chapeau de rigueur se pratiquent sans étonnement au vu et au su de tout le monde et qu'en tout état de cause nul ne sera là pour me lire. J'aurais vingt autres exemples de dédain affiché pour « mon œuvre » – j'en ris moi-même ! –, comme ces efforts dérisoires que j'ai faits pour obtenir quatre lignes dans une prestigieuse feuille que je lis chaque matin sans égard au fait qu'un de ses censeurs également fort estimé, celui-ci pour son avant-gardisme, avait écrit naguère que tel de mes écrits était ce qu'il avait encore lu de plus « ridicule » depuis des années, le digne avant-gardiste n'ayant pas saisi sans doute la nuance qu'il y a dans un roman entre ce qui est de l'ordre de la fiction emblématique et ce qui est de l'ordre d'une vision du réel. N'empêche qu'à la même feuille influente où je ne suis rien moins que *persona grata*, j'eus encore la naïveté d'adresser bien vainement l'autre année quatre, je dis bien quatre exemplaires de cette *Chair vive* que vous me réclamez aujourd'hui, à l'attention successive de différents collaborateurs des pages culturelles sans même oublier, pour finir, la haute directrice de ladite feuille, quatre exemplaires, dis-je, dont trois payés de ma poche, ce pingre de Danterny estimant bien oiseux de faire des frais somptuaires pour un auteur déjà *fictif*, ou en tous les cas disqualifié. Ainsi en va-t-il selon que vous serez puissant ou misérable… À moins que, chère Claudie qui me croyez trop vite victime de coups bas, tout cela ne soit que mérité et que je n'aie jamais été qu'un très médiocre écrivassier comme tant d'autres malheureux scribes aux ambitions démesurées – ceux-là mêmes qui vous harcèlent de leurs manuscrits insipides, pauvre Claudie débordée… Je vous parle ici en toute sincérité à vous qui avez saisi depuis longtemps la vanité de ces jérémiades d'auteurs entêtés à mettre de l'absolu dans ce qui est déjà condamné, je sens bien que je vous ennuie avec la litanie de mes déconvenues et que je ne fais que dégringoler dans cette estime où vous me tenez sans savoir, jusqu'à feindre de vous intéresser au livre d'un fieffé raté. Oubliez donc toutes ces nigauderies, je vous en supplie, ange de sagesse descendu pour moi de l'outre-monde, si votre amour en est encore capable, sans quoi je sens que je n'oserai plus vous regarder. Eh oui, depuis quelque temps je sais pleurer pour des riens, vous savez, mais quoi que vous pensiez encore de moi, permettez-moi de me rappeler devant vous, pour m'en imprégner jusqu'à ce que j'en crève d'humilité, le mot admirable de Malraux : « Qu'importe ce qui n'importe qu'à moi ? » Est-il rien de si chrétien, dites-moi, que cette parole d'un agnostique affirmé, non, je vous le demande ? Il faut croire que j'ai un bout de chemin à parcourir avant d'atteindre à cette sérénité du saint que rien de personnel n'atteint plus, à une quiétude d'outre-monde que je vous envie, vous, Laure Angelin, et que je souhaiterais bien vous devoir enfin, ne serait-ce que pour en avoir terminé avec ce « quelque chose d'absent qui me tourmente… » Mais je parle trop, je me tais – pardon.

Je me suis serré les mâchoires, conscient de l'inintérêt absolu de propos qui ne dérogeaient que trop au dédaigneux *Never explain, never complain* que j'ai beau me répéter tous les jours pour me convaincre de ce dont je suis déjà convaincu, je n'arriverai certes pas à mettre en pratique au profit d'une Claudie Jeanlin ce que me souffle la voix de ma conscience la plus véridique. Elle réfléchissait et je l'entendais qui soupirait : « Pauvre Rémy, pauvre Romain, tant de souffrances pour des phrases qu'il suffit d'avoir écrites pour qu'elles soient déjà mortes… » J'ai repris la parole non tant pour *m'expliquer* que pour rompre le charme de cette pseudo-malédiction dans laquelle je m'étais complu comme un auteur débutant qui croit que tout lui est dû, jusqu'aux malheurs du génie. L'exemple de Nick Palazzo, agneau tondu d'avance, aurait dû me remettre d'aplomb, mais il y fallait le stoïcisme de mon enfant chérie, ma fille plus que fille, Yvée Marcueil, qu'une nuit de sommeil avait suffi à « remettre en orbite » (le mot, je m'en souvenais, était de Mme Maurel) par-delà les sacrifices qui l'attendaient en faveur de quelque divinité autre que la criticature officielle, divinité intérieure qui seule pouvait lui rendre justice, en attendant une vraie gloire qui ne meurt pas… Et voilà que je retombe dans mes crétineries. Comme si Yvée avait eu besoin d'honneurs et de reconnaissance de la part de qui que ce soit ! Par bonheur Laure m'avait presque guéri de ces délires. Cependant, son trop long silence se faisant accusateur, j'ai repris doucement :

– À la vérité, je me rends compte que rien de ce à quoi j'ai cru, rien de ce pourquoi j'ai vécu, eh bien ! rien de tout cela ne pouvait fonctionner parce que tout simplement le cerveau manquait de conviction, de talent, ou le moteur de carburant, comme vous voudrez. Mais par bonheur je sens aussi que ces histoires follement tristes commencent à s'effacer de mon champ de réalité, de mon champ de vision rétrospectif, si vous voulez. Seulement quand je pense qu'en faveur de ces bêtises j'ai négligé, j'ai abdiqué l'essentiel…

– Mais, Rémy, vous…

– Non, laissez-moi me vider le cœur, même si ces aveux doivent gâcher le roman que nous vivons, un roman d'amour qui n'est pas fait pour plaire, mais pour me rendre un peu d'existence sans vous en ôter une. Et si je reviens là-dessus, c'est parce que j'ai la faiblesse de désirer vous faire comprendre à tout prix combien ma vie est un dégât irréparable, et combien ma honte d'être ce que je suis vous a trompée sur mon personnage. J'ai l'air de me rabaisser devant vous, qui receviez des lettres qui ne vous disaient que le quart de ma vérité, mais c'était afin de tant soit peu correspondre à ce grand idéaliste que vous espériez trouver en moi. Et puis non, je mens encore, non je ne regrette pas d'avoir écrit même pour des prunes pourries *La Chair vive*, que peut-être je ne vous ai apportée qu'afin que vous me portiez le coup de grâce de la vérité, vous entre toutes, Claudie Jeanlin que j'estime, que j'admire, que j'aime, afin que vous approuviez de haut toutes ces mesquineries dont j'ai été l'objet sans même me douter qu'elles étaient méritées, sans même savoir que j'avais couru après, comme toute sa vie on court après sa défaite et sa mort. Car nul n'échappe à soi-même. Écrire, enseigner les lettres, méditer, c'était peut-être ma façon de passer tout près de ce qui était pour moi l'essentiel, l'absolu – pourquoi pas? –, mais sans y aborder, en le frôlant seulement de mes efforts, un absolu dangereux qui m'effrayait, mortel même, et salutaire pourtant, tel que je l'ai entrevu dans vos lettres et maintenant dans votre regard eau de mer. Cet abîme en moi, j'en ai pris conscience en ne détournant pas Yvée Marcueil de s'y jeter, malgré la hauteur. Car la peinture, je l'ai vu tout de suite, c'était pour elle cet essentiel, cet oxygène, cette folie, c'était sa vie même, l'engagement d'une âme où déjà l'éternité reflétait sa flamme, une flamme qui m'a trop manqué à moi à coup sûr, et c'est pourquoi, ayant tout fait pour soutenir l'enfant des dieux à bout de bras, lui évitant de risquer la mort en me prêtant à d'étranges séances de poses, j'ai reçu… quoi? son chaste baiser de feu, sans moi-même oser lui rendre ce baiser malgré mon impatience de le faire au long d'une nuit passée à la contempler dans l'avortement d'une espérance à sa mesure ou à la mienne, je ne sais, tant elles étaient imbriquées, et c'est pourquoi, je suppose, elle m'a trouvé du cœur, parce que je veillais sur elle sans rien réclamer. Mais aussi bien, supraterrestre comme vous, Yvée est toute jeune, toute nouvelle au monde, et les mots comme les dures réalités ne lui font pas peur, pas encore, non plus que l'expression des sentiments d'une nature extatique, sans souci des insuffisances du malheureux à qui ils s'adressent…

– Rémy, il est plus que temps que j'intervienne, dit-elle en s'approchant de moi et appuyant ses mains sur mes épaules, s'il est bien vrai que vous prétendez m'aimer…

– Non, Claudie, je n'ai pas fini, écoutez-moi encore un peu, vous qui mieux qu'Yvée savez combien ces sentiments qu'on voudrait infinis sont frêles et méritent d'être protégés, quitte à vivre loin de soi-même… loin de «l'insondable amour» dont encore l'autre jour vous me jugiez digne, sans penser qu'un amour n'est insondable que tant qu'on n'a pas tenté de le sonder, ce dont je ne saurais vous blâmer de vous abstenir dès lors que je me suis montré sous mon vrai jour de minable, de romancier fabulateur qui s'est un moment pris pour Dostoïevski, et que vous êtes à même de constater combien, loin d'être insondable, je ne suis que surface et malchance et comme vous aviez mille fois raison le mois dernier, alors que je vous menaçais de ma venue à Paris, de tant vouloir me tenir éloigné de vous pour préserver du moins une pure image, une image pure, plutôt que celle d'un clown enfariné. Je préfère n'y pas penser, revenons plutôt à cette *Chair vive* que vous avez eu la mauvaise inspiration de me réclamer. Eh bien! oui, je vous l'ai apportée, car même si ce roman dénonciateur est à mille lieues de ce que j'aurais souhaité vous montrer de moi, même si j'y fais mille concessions à l'observation naturaliste, des concessions qui ne m'ont surtout rien rapporté, je ne regrette pas de l'avoir écrit, ni même de vous l'avoir emballé avec soin, chère Laure de mon esprit troublé. Et pourquoi ce livre-là? Parce que c'est mon plus récent, donc le plus proche de ce moi le plus triste mais aussi le plus lucide, ce moi que je hais de toute façon même si vous semblez tout lui pardonner, alors que de mon côté je n'ai rien à vous pardonner qu'un aveuglement dont je suis responsable. N'importe, mon vrai livre, mon roman quotidien, nous le vivons dans le moment même où je vous parle pour ne rien dire, et sans doute vous ne le lirez jamais. Reste que seule cette fiction vous permettrait, qui sait, de «conserver quelque chose de mon esprit», ainsi que vous disiez tout à l'heure avec une complaisance envers moi excessive, car je sais trop bien que vous êtes sans pitié pour ces écrits qui ne sont pas d'avance immortels, pour tous ces manuscrits que votre métier vous oblige à ingurgiter à la petite semaine, pour tous ces feuilletons habiles que le vent emporte. Et c'est pourquoi, oui, j'hésitais, je reculais muni du seul passeport de mon malheureux bouquin au destin nul. Avec l'habitude acquise des fours à répétition, vous n'auriez pas tort de penser que tout cela doive m'être devenu bien égal, mais hélas, il me manque encore le détachement qui me ferait me taire pour toujours. Ce que je fais malgré tout non sans poser mes lèvres sur les vôtres.

Au bout d'une seconde à peine, Claudie s'est retirée, a gagné le divan qui me tenait lieu de lit pour s'y affaisser. Je l'y ai rejointe avec tout plein d'arrière-pensées. Mais elle hochait la tête de droite à gauche, un doux air de blâme peint aux lèvres, et bizarrement j'en ai ressenti comme le baume d'une sympathie inavouée plutôt que je ne sais quel reproche envers un phraseur aux visées démasquées. Preuve que, Dieu merci, elle ne me prenait pas tout à fait au sérieux. Et même elle m'a effleuré les cheveux de la main dans un geste d'affection quasi maternelle. Puis elle a repris le dialogue comme si de rien n'était, avec un très léger tremblement dans la voix :

– Vous l'aviez dit vous-même, cher Romain, vous l'aviez suggéré en tout cas, avec une intuition peu courante chez les gens qui se mêlent d'écrire : la célébrité que donne ce monde n'est que du vent… Qui d'un peu sérieux voudrait d'une gloire périssable comme celle-là, griserie aussi futile que le plus vain des humains bonheurs imaginables ? Il faut regarder par-delà, vers quelque recours qui affranchisse notre petite barque des secousses d'une mer démontée en lui faisant rallier un port où soit une chance d'abri stable et durable. Car c'est la vie elle-même qui nous apprend à ne pas compter sur elle. Tôt ou tard toutes nos chimères s'éteignent comme des chandelles à bout de cire. Moi, il m'a suffi d'un instant pour saisir l'amertume de cette vérité quand j'ai perdu d'un coup, vous le savez, tout ce à quoi ma vie tenait, mon mari, Maxime, mon petit garçon de quinze ans, Tristan, prénom où s'incarnait déjà la tristesse d'une destinée volée – et c'est pourquoi, n'espérant plus rien de bon qui tienne plus d'un jour, je redoutais tellement votre arrivée, par peur de vous perdre de même – comme on viendrait à craindre de perdre jusqu'à ses illusions, ce que vous n'êtes plus, grâce à Dieu ! Mais vous, Romain, toute une existence de chien maltraité vous a donc si peu enseigné que vous échafaudiez encore des espérances ?

À ce moment j'ai senti Claudie, avec sa liberté merveilleuse, qui se penchait tout contre moi pour mieux me dévisager, mais j'ai feint de ne pas m'en apercevoir par une étrange impression que cette proximité la rendait ainsi encore plus intangible qu'à Montréal où elle n'était pour moi qu'un songe auquel j'avais donné vie. J'ai dit :

– Devant vous, j'ai honte de moi, c'est vrai, Claudie, honte d'être longtemps resté si naïf, si niais, et d'autant plus honte de mon dépit puéril que je n'ai aucune excuse : je sais tout cela, cette vanité qu'il y a à courir après la renommée par exemple, je l'ai même enseignée à mes étudiants en leur proposant le modèle de *Suréna, général des Parthes*, ce héros mis au ban de ceux qui lui doivent tout, antihéros d'un Corneille vieilli, tombé dans la désaffection publique, écrasé par les succès de Racine, Corneille dont, vous le savez, *Suréna* est l'ultime et la plus émouvante leçon de vérité désabusée. Mais avant d'en arriver là, quel homme ne cesse de s'en faire accroire, surtout quand il est artiste et qu'il est certain de faire mieux la prochaine fois dans l'estime de ces indifférents à qui il accorde le pouvoir immense de tracer de lui sur terre une image à sa mesure? De là, sans doute, la source profonde de ce *Cavalier polonais*, dernière illusion romanesque à laquelle je m'applique encore chaque jour depuis que vous êtes entrée dans ma vie et qui devra être mon chant du cygne. Pourquoi? Parce que l'amour seul efface le mal de vivre et de souffrir, de souffrir pour personne, et que secrètement vous refusez que je vous aime... Mais j'ai levé les yeux vers les vôtres, Laure, si tant est que le plus beau tableau du monde n'existe pas si nul n'est là pour le contempler avec un tant soit peu d'amour, car, qu'on le veuille ou non, c'est le regard d'une conscience étrangère qui prête vie à l'œuvre de l'homme, que ce soit un livre ou un marbre, ou même un visage de femme modelé en songe et reflet de ses aspirations les plus vives. Mais suffit. Bientôt je ne saurai plus ce que je dis.

— Mais si, Rémy, vous savez parfaitement ce que vous dites, et je ne suis pas loin de vous croire, a-t-elle approuvé en se redressant avec un sourire.

— Non, j'ai tort, car j'ai foi en votre réalité de femme maintenant, avérée hier par ma main sur votre bras. Et puis si une œuvre d'art a besoin d'un regard pour *être*, une âme humaine, n'importe laquelle, une créature parmi toutes les autres, belle ou disgraciée, se suffit à elle-même et ne requiert aucun contemplateur, aucun admirateur pour trouver *en soi* sa raison d'exister... Et malgré tout, que peut-on *pour soi-même*, prisonnier de ses miroirs, quand l'amour de telle inconnue peut seul rendre sa raison de vivre à un égaré de la vie qui a des motifs de douter du sens de sa démarche trébuchante, simple cavalier qu'il est dans un tableau qui est un faux par-dessus le marché, n'est-ce pas, ma Claudie? Mais l'énigmatique cavalier, faute de savoir où il va, demeure encore et toujours en quête d'un horizon quand la nuit va tomber sur son jour. Est-ce que je rêve? Vous m'aimez, vous l'avez dit. Ne le niez pas! Ainsi c'est par la grâce d'une apparition sur ma route interminable qu'à cause de vous, Laure, ma vie de romancier qui s'était arrêtée depuis deux ans s'est faite elle-même roman vécu, du jour où j'ai su par l'annonce du journal que vous rêviez quelque part vous aussi; et ce n'est que par ce roman bientôt achevé...

Doutant si elle m'écoutait, je me suis alors tourné de son côté pour la prendre à témoin de mon désarroi. Un court instant ses lèvres ont hésité, elle a baissé les paupières, avant de prononcer avec une gravité insolite:

– Quand même je serais le prétexte et même le sujet de ce roman, quand même ce roman ne serait pas voué au sort cruel des précédents, et c'est une affreuse pensée que je vais vous livrer, Romain, mais je vous aime mieux avec un visage de douleur, un visage tout nu et blessé, que paré du masque de toutes les turlupinades littéraires et de tous les honneurs médiatiques du monde; j'ai trop vu ce que valent les succès d'amour-propre pour m'inquiéter du sort que les hommes feront à votre noble fiction, pourvu qu'elle vous ouvre un chemin, un chemin au cavalier polonais. Parlez-moi de salut, si vous voulez, de salut par la Beauté de l'œuvre créée de main d'homme… Mais à mon tour je me tais, c'est mieux, car en dépit de tant de témoignages d'Art qui ont enchanté mon âme, vous-même l'avez suggéré: plus encore qu'à la littérature, à la peinture, à la musique, pour y croire à cet outre-monde auquel j'ai trop vite prétendu, j'écouterai plutôt l'humble langage de l'amour humain, celui qui ne ment pas et que je vous ai confié, à vous, Romain, pour qui il n'est qu'un seul Amour et qui réconcilie avec le monde. N'est-ce pas? N'est-ce pas? Dites-moi!

Étrangement désemparée, elle semblait vouloir s'accrocher à moi comme s'il y allait de son destin à elle et c'était à mon tour maintenant de la considérer avec un attendrissement d'adulte penché sur une enfant qu'il doit rassurer, fût-ce avec les chétifs moyens à sa disposition, ceux du langage uniquement, car il ne fallait pas que, sauf à la décevoir amèrement, elle se méprît sur des intentions qui étaient moins nettes en moi qu'un instant auparavant:

– Bien faible preuve d'éternité que l'Art mais, à coup sûr, bien fol amour que celui qui se récuse lui-même, au profit de cette maudite *Chair vive* dont vous me réclamez les pages souillées de sperme et de cruauté, et que j'aurais mieux fait tant qu'à moi de laisser à la maison. Ce livre cynique n'est digne d'aucun amour.

S'arrachant à l'emprise de ma main qui s'était hasardée jusqu'à sa nuque, elle s'est alors levée, comme si elle retrouvait sa force d'âme et de caractère. Elle s'était éloignée vers la fenêtre et regardait au-dehors quand soudain elle s'est retournée pour protester ardemment:

– Eh bien! oui, ce livre est digne de tout amour! Car pour ce qui est de ma méfiance à l'égard des fictions en général, croyez bien, mon cher Rémy, qu'un livre de vous, ce n'est pas du tout la même chose! En vérité ce ne sont pas les livres qu'on aime, ou qu'on n'aime pas, ce sont leurs auteurs… Moi, je me fais une fête de vous découvrir sous un angle que toute votre lucidité certainement ignore, de même qu'on ne se voit pas soi-même dans son propre miroir! Comme on ne se lit pas dans ses propres lettres! Que dire alors du visage offert de quelqu'un qu'on aime et qui souffre! Et qui a mille raisons de souffrir! Et donc mille raisons d'être un homme comme vous l'êtes, soit un homme tout à fait *vrai*. Ce n'est pas du tout commun cela, Romain, croyez-moi; oui, dussiez-vous douter d'être ce qu'on appelle un Maître, dites-vous qu'à mes yeux vous êtes bien mieux que cela parce que c'est si rare: vous êtes *vrai*. Et sexe et violence chez vous sont vrais, parce que vous ne savez pas jouer le jeu, parce que vous n'êtes pas un faiseur, parce que vous n'avez pas le bras long avec des amis bien postés là où il faut pour vous pousser et vous faire la réclame, eh bien! la voilà la raison qui fait que votre vie vous paraît manquer de sens, qui fait que tout semble se retourner contre vous. Vous êtes un homme vrai, je l'ai tout de suite senti dans vos lettres, vous êtes vrai, et croyez-en mon expérience des hommes, et des écrivains, la franchise ne pardonne pas. Tout est là, la faille est irrémissible. Je ne dis pas que vous êtes parfait, qui l'est? Qui n'a pas mille choses à se reprocher? Je dis: *vrai*. Et cela, le monde le sent, et plus que tout autre le petit milieu des lettres et des arts, celui des facultés aussi, j'en ai bien peur, et j'oubliais, pire que tout, celui de la communication qui est aussi celui de la publicité et de ses mensonges qui donne ou refuse l'existence à qui et à quoi lui plaisent, non cette tare-là, celle d'être vrai devant les autres et devant soi-même sans égard pour toutes les conséquences pour le moins calamiteuses qui en découlent, le monde ne la tolère pas, ne la pardonne pas. Il la sent d'emblée, il la flaire au premier abord, et s'en détourne comme par instinct. Ces régents du royaume de la culture et de la communication savent que vous ne serez jamais des leurs. Ils savent que vous ne vieillirez jamais et n'apprendrez jamais le savoir-vivre. Encore heureux s'ils ne vous le font pas payer chèrement, mais je crains hélas qu'en ce qui vous concerne ce ne soit déjà fait. De penser que c'est entre les mains de ces gens-là que se joue le sort de ce qui nous reste de culture! Et ne parlons pas de la politique, autre royaume du bluff! Et que dire du monde des affaires, des grandes affaires surtout! Combinaisons, tractations, brigues, manèges, marchandages! Est-ce que beaucoup de choses ne s'expliquent pas quand on a saisi ces évidences? Hein? Dites-moi, Rémy de mon cœur? Et souriez de ma colère!

J'ai souri en hochant la tête et tout en sachant qu'elle ne se trompait pas. Mais que faire contre la nature humaine?... L'après-midi passait. Nous étions toujours au salon, ce salon qu'elle avait tout entier mis à ma disposition pour en faire ma chambre. Alors, sans mot dire, j'ai consenti à ouvrir ma valise qui était là par terre et j'en ai extrait, enfoui sous une pile de vêtements inutiles, l'exemplaire de *La Chair vive* que je m'étais risqué à prendre avec moi uniquement parce que Yvée Marcueil y avait découvert je ne sais quel secret à élucider, d'autant plus profond que je l'avais laissé transpirer par mégarde entre les lignes. Maintenant j'y voyais ma *vérité* d'homme, celle que Laure après Yvée me révélait et qui avait inspiré la fameuse *Image*, le trop pénétrant portrait qui, mieux que le présent journal que Narcisse se tend à lui-même tel son miroir, chaque jour me révèle à moi-même. À l'instant de remettre le livre à mon hôtesse qui cachait mal son plaisir, sur la page de garde j'ai soudain inscrit ces simples mots, tombés je ne sais comment de mon stylo-feutre : « À Laure Angelin, pour faire pardonner à l'importun revenant de l'imaginaire sa foi en la réalité d'une fille naturelle de l'Amour, pierre de touche qui ne trompe pas sur l'authenticité, Romain ». Claudie a pris le petit volume, a lu ma dédicace, a levé les yeux vers moi, m'a fixé un instant avec moins de surprise qu'une expression d'intense gratitude ; aucun commentaire pourtant n'a jailli de ses lèvres, aucune demande de précision, que j'aurais été bien en peine de lui fournir. Pourtant je sentais que de ma vie entière je n'avais été plus sincère, plus véridique, plus *vrai*, comme elle voulait me voir. Pour rompre un silence que n'avaient même pas trahi les deux syllabes de ce muet « merci » que j'avais pu lire sur ses lèvres appuyées à la tranche du livre, j'ai bredouillé :

— Oui, acceptez de moi ce livre même si je le renie parce que c'est un autre mensonge… même si les mensonges littéraires ne sont souvent qu'une excessive fidélité à ce qu'on a vécu et observé autour de soi, car je ne crois pas à la vérité du réalisme… acceptez-le pour l'once d'Esprit qu'il contient si tant est que, moins arriviste que moi, vous êtes plus spiritualisée que je ne le serai jamais pour la raison que l'Esprit de vérité – cette locution n'est-elle pas dans l'Évangile ? – plutôt que les histoires à dormir debout vous a touchée…

— Ne vous a-t-il donc pas touché, Romain ? Toutes vos phrases, tous vos doutes l'attestent. Déjà vous appartenez au prochain siècle, le XXIe, celui qui verra peut-être la fin de ce monde déspiritualisé…

Je me suis mis à rire et, m'étant approché d'elle, de nouveau je me suis risqué à faire glisser mon doigt sur sa nuque.

— Puisque vous écartez l'Art pour ne retenir que l'Esprit, dont je ne méconnais pas la puissance, je préfère encore le salut par l'Amour, beaucoup plus... prometteur, n'est-ce pas, Laure aimée ? prometteur sur le plan le plus terrestrement humain, je veux dire...

Le mot m'avait échappé, je le jure, et j'ai appuyé dessus par bravade. Laure a feint l'innocence pour dire :

— Une de vos lettres écrit à peu près : l'Amour tient sa permanence du sacré qui naît du lien, des serments échangés, en ce qu'il met en cause deux âmes humaines, tandis que l'Art, tout merveilleux qu'il est dans ses chefs-d'œuvre, demeure acte de création solitaire.

— Il s'adresse à autrui pourtant.

— Ce pourrait être une prière.

À mon tour j'ai gagné la fenêtre dont j'ai écarté les rideaux comme pour m'élever dans les plis d'une somptueuse draperie d'azur : le ciel était d'une profondeur qui le rendait presque sombre. J'ai dit sans me retourner :

— Moi, je ne sais plus prier depuis mes dix-huit ans... sauf peut-être à travers l'écoute de tel adagio ou de tel andante très dépouillé... l'andante du dernier quatuor de Haydn par exemple, en *fa*, sorte de marche lente qui donne le sentiment d'une quiétude infinie, très pure, presque tendre, évoquant pour moi l'Éternité en marche... Un peu comme les accents que Rembrandt fait entendre dans le *Retour du fils prodigue* ou dans la halte des *Pèlerins d'Emmaüs*, une sorte de lumière intérieure qui sourd du visage christique à la manière d'un trop-plein d'Esprit, d'un trop-plein d'Amour ; le sujet s'y prête assurément, mais ne rend pas compte de tout... Le même sujet traité par Titien exprime une autre forme d'Éternité, c'est-à-dire de silence, plus sobre encore s'il se peut, plus épuré par l'idéalisme renaissant, donc moins fait pour toucher exprès la sensibilité, pour emporter l'attendrissement à la manière romantique...

— Oui, le Beau idéal de la Renaissance plutôt que l'expression réaliste du sentiment de foi, car la foi est un sentiment, n'est-ce pas ? On voit cela au Louvre. Mais comment comparer ? Toute la beauté des œuvres d'art est dans l'œil qui les regarde ; néanmoins elles sont loin d'avoir en soi une égale dignité ; chacun reconnaît les siennes, celles qui lui sont adressées. Peut-être vos livres n'ont-ils pas trouvé le regard qui les éclairerait. Le sujet n'est pas tout : à côté des révélations éclatantes imprégnées de mysticisme, il y a les résonances, la poésie : le Corot du *Souvenir de Mortefontaine* ; les de La Tour; de très humbles Chardin possèdent pour moi cette vertu évocatrice de quelque Au-delà, avec leur silence qu'on entend; le Delacroix de la *Lutte avec l'ange* ou certains Monet. Un peu comme en littérature *Sylvie* de Gérard ou *Un cœur simple* de ce faux cynique de Flaubert qui y frôle le spirituel, pour m'en tenir à des œuvres brèves. Ou encore les grands romans des sœurs Brontë ou ceux de Henry James pour de plus amples dépaysements.

– Vous voulez m'écraser, trop chère Claudie. Je regrette presque de vous avoir offert ce livre que vous serrez contre vous de trop près. Comprenez aussi qu'avec l'ultime roman que j'achève dans le moment, je ne vise décidément pas à m'immortaliser, serait-ce dans mon propre esprit d'auteur qui s'imagine enfin «avoir quelque chose à dire», «quelque chose d'original à faire savoir au monde», certes pas. Non, en se détournant de moi si constamment, les lecteurs et la plupart des critiques qui ont daigné m'accorder une ligne, m'ont anéanti – car quoiqu'on nous affirme volontiers que la conscience seule a le pouvoir de nous acquitter de vivre, est-il un homme, un artiste créateur surtout, qui soit assez sûr de lui, assez plein de lui-même, à part Montherlant qui ose écrire: «Il n'y a que l'idée que je me fais de moi-même pour me soutenir sur les mers du néant!», pour se passer totalement de l'approbation, de la reconnaissance de ses frères en humanité et croire un petit peu en lui-même? Non, je n'ai pas le monstrueux orgueil qu'il y faudrait, et on m'a trop bien convaincu qu'il était plus que temps que je renonce à défier le destin avec un heureux assemblage de mots mis bout à bout sur le papier tout en ne sachant peindre que *moi*, dénué que je suis de l'imagination nécessaire à la peinture du monde sensible. Voilà donc qui explique que c'est à ce roman autobiographique que je m'attache depuis janvier parce que… l'amour des êtres même imaginaires est plus vital à l'âme que la solitude stérile, oui l'amour et tout ce qui tremble encore avant la mort charnelle, car l'amour est bien un signal venu d'autre part… vous me l'auriez appris si je ne m'en étais souvenu à temps, je dis bien souvenu car je fus un adolescent assez inspiré, savez-vous, puis un fiancé des mieux disposés envers la rosée céleste des matinaux nuages. Quant à l'humanité, je n'ai pas à lui jeter la pierre, je l'ai trop honnie pour que son mépris ne me soit pas rendu, pour que sa haine muette ne soit pas que justice.

Et comme je me retournais à demi, elle s'avança pour me secouer le bras:

– Oh! Ne dites pas cela, Rémy, ne vous enterrez pas tout vif devant une femme qui croit en vous, elle, même s'il est vrai que la trace qu'on laisse sur cette terre n'est qu'affaire d'années. Mais songez que nous-mêmes oublions ceux que nous avons le plus aimés, quitte à les enterrer deux fois. Il ne nous reste plus qu'à croire que notre amour à distance vit de sa propre vie quelque part dans les sphères. Encore faut-il qu'un tel amour soit partagé…

– En doutez-vous une seconde, Laure, en ce qui nous concerne? Mais je comprends votre pessimisme. J'en ai fait un thème d'élection de mes malheureux romans, à savoir qu'autrui tient notre sort entre ses mains… Oui, amour, admiration, désir, haine, indifférence, dons, coups, plaisirs d'un instant ou de cent ans, rien qui ne nous vienne des autres, rien qui ne nous soit inspiré par ceux ou celles que le hasard – rarement la Providence! – a placés sur notre voie et qui nous procurent chagrin ou félicité. Devrais-je dire cela, et à vous surtout? Je me vois pauvre pantin secoué, agité par les créatures de je ne sais quelle divinité tantôt bienveillante tantôt hargneuse, à laquelle ma faiblesse ne cesse de me ramener pour lui demander des comptes, comme si nos pauvres protestations qui sont celles de l'incurable misère humaine pouvaient ébranler sa surdité, réelle et trop bien faite pour nous désespérer.

Ma rudesse envers Claudie était à la mesure de la force d'un amour qui faisait ma joie mais que je savais une impasse sur cette terre. Aussi je l'excluais des grâces reçues de ce méchant dieu des romans par une colère d'enfant, ou d'amant, qui sent lui filer entre les doigts chaque seconde du temps qu'il lui sera donné de passer en la compagnie d'une femme qui va briser en deux sa vie, c'est fatal. Coincé par ma propre inspiration d'auteur qui devine que ses pages à remplir lui sont comptées, je regardais sans cesse l'heure à ma montre comme sur la face d'un monstre délicat lui aussi ligué contre moi. Claudie se taisait cependant, me regardant toujours avec une espèce de navrement apeuré ou même d'effroi rentré qui faisait vraiment pitié, comme si elle était en droit de se juger visée par mes propos ingrats jetés à la volée contre « les autres » sans me préoccuper de l'espoir fragile d'un amour qui se survivrait peut-être par-delà les vicissitudes de nos existences exilées l'une de l'autre. Car je l'aimais et souffrais d'avance comme d'un châtiment par trop mérité de me sentir arraché à elle pour jamais, dussé-je l'avoir inventée. Déjà que si peu de temps me restait pour louer ce hasard qui m'avait fait connaître une âme de cette qualité, capable sinon de me réconcilier avec moi-même, du moins d'apaiser ma révolte de vaincu de la vie, sur toute la ligne. Cependant elle se taisait toujours, avec le même air navré, effaré, désarmé. Sa peine était trop vive pour seulement chercher à s'exprimer. Alors une sorte de délire s'est emparé de moi qui m'a fait m'approcher d'elle et la saisir aux épaules pour la secouer violemment.

– Mais s'il est vrai que la littérature à quoi j'ai tout sacrifié ne tient pas le coup devant la mort, comment notre amour, s'il doit tôt ou tard nous quitter pour vivre de sa propre vie, comment l'amour que j'ai pour vous suffirait-il à sauver ce qui reste à sauver d'une existence aux trois quarts consumée? Rien ne saurait plus préserver ma peau si les dernières lignes de mon roman-journal doivent être un adieu. Je me tuerai dans ma chronique si le dénouement que j'ai prévu ne s'est pas incarné. Tout serait perdu et c'est vous-même, avouez, qui l'auriez voulu en vous opposant d'abord à ma venue, craignant que ma personne physique ne vous soit odieuse, ne vous écœure! ai-je crié avec un accent de folie fiévreuse qui mettait le comble à une dureté gratuite et peut-être irréparable.

Quel sang-froid a-t-il donc fallu à cette femme qui avait fait son deuil de tout bonheur terrestre, pour que, se ressaisissant à l'instant et se dégageant de mon empoigne, elle me réponde avec une fermeté venue du fond d'elle-même, le regard plongé bien au-delà de moi, traversant la fenêtre qu'un maigre palmier ombrageait à peine avec son panache haut perché comme la cloche d'un campanile qui attend en vain qu'on la fasse tinter.

– Croyez-moi, Rémy, je ne vous ai pas menti, notre amour durera, nous survivra. Il n'exige rien de plus que d'être, que d'avoir été. Si l'œuvre d'art tient tant soit peu devant le temps, c'est que l'artiste créateur y met de son âme intemporelle. Que dire d'un amour comme le nôtre, Rémy? «L'amour partagé est plus fort que la mort», on lit cela dans le Cantique des cantiques, cet hymne biblique à l'amour le plus humain… Mais j'ai peur que si vous ne croyez pas vraiment à la Vie éternelle, vous ne croyiez pas aux sentiments éternels, ceux-là mêmes qui nous inspirent nos aspirations les plus hautes et les plus fécondes, de purs sentiments certes, mais les sentiments, Rémy, ne sont-ils pas ce qu'il y a de plus réel au monde? D'infiniment plus réel que les idées en tout cas qui trompent et se trompent sans cesse, de plus réel que les choses mêmes qui ne sont que cendres. Le lien des âmes durement forgé sait seul, en conjoignant deux êtres mortels, les faire perdurer dès lors que délivrés de leur solitude destructrice. Mais ce lien il faut le payer, c'est-à-dire le protéger, le ménager. Comment n'êtes-vous pas le premier à savoir cela, vous un romancier, un créateur d'âmes, et un romancier blessé par surcroît, un homme qui a souffert?

– Et qui a fait souffrir… et qui continue de faire souffrir…

À reculons je me suis retiré de quelques pas vers la fenêtre, incapable de me défendre du remords d'avoir sacrifié tout et tous à «mon œuvre», sans aucun profit pour l'art lui-même puisque, c'était avéré, j'avais échoué dans ma tentative de faire un beau livre. Mais n'était-ce pas l'art lui-même qui était mort, me suis-je pris à penser, l'art tel que je l'avais connu et aimé dès l'enfance, celui des contes de fées, celui de Jules Verne, et avec lequel, ingénument, j'avais espéré rivaliser, ou simplement le roman tel que j'y avais cru et dans la chaîne duquel j'avais souhaité m'inscrire en réaction contre un néoroman postmoderniste et mystificateur, inventé pour suppléer au vide intérieur d'un monde fini, sans ouverture vers les espaces interstellaires? Alors la pensée d'Yvée Marcueil m'est revenue soudain: n'avais-je pas trouvé dans son modernisme à elle, qui n'avait pas attendu pour être «contemporaine», les diktats de Paris et de New York pour la raison que ses exigences à elle émanaient de l'intérieur, n'avais-je donc pas retrouvé chez elle ce sentiment de victoire sur le temps ravageur, tour de magie qui ne pouvait tenir qu'à la présence de l'artiste sur la toile, indifférente aux recettes et aux écoles? «Ah! pouvoir mettre mon cœur sur la toile!» écrivait Titien à Philippe II, roi d'Espagne, en lui adressant une de ses dernières «Poésies» – ainsi qu'à la fin il désignait ses tableaux. D'où mon attachement inexplicable et violent à cette Yvée, presque une enfant, dont l'exemple impavide m'avait infiniment plus inspiré dans la poursuite de ce journal de mes pensées secrètes que je n'avais cru la conforter moi-même par mon admiration et mon appui dans l'*épreuve* de cette exposition désastreuse où, fort de mon expérience de chien battu, je m'étais cru apte à lui dévoiler quelques rares vérités qu'elle possédait bien mieux que je ne les ai jamais possédées. Après la révélation de tous ces extraordinaires tableaux vainement offerts au public, révélation pour moi bouleversante, confirmée par l'exemple de la juvénile artiste surmontant sans s'émouvoir – oh! cette nuit inoubliable où je l'avais veillée si tendrement, si humblement, si saintement – la trop prévisible incompréhension provoquée par une exposition à coup sûr sans précédent depuis le coup de grâce porté génialement à la figure de l'homme par un Picasso, premier formaliste, avant tous les «abstraits», à évacuer l'Art de son contenu virtuellement métaphysique en le réduisant à de secs et froids et gratuits jeux de lignes, à lui arracher son unique raison d'être, cette valeur de meilleur témoignage d'une misère morale rachetée par l'esprit humain –, après donc cette révélation d'Yvée Marcueil, ce fut le visage emblématique de Laure Angelin, encore inconnu de moi alors, mais inaugurant par son annonce le présent roman où j'achève de la mettre en scène en la peignant telle une création en rupture avec le réel en faveur d'une pure inspiration venue de je ne sais quelle nécessité d'Amour vrai. Après tous ces signes donc, dois-je croire que rien, peut-être, n'est encore joué de cette destinée que je porte en moi – vers où ? pour qui ?

Le dos tourné à la fenêtre après cette descente en moi-même, je me tenais maintenant dans l'axe du regard de Claudie, la fixant à mon tour, comme si je trouvais dans ce regard qui ne me fuyait pas une réponse à un désir d'amour assez légitime pour que je n'aie pu me retenir de m'épancher en toute sincérité de cœur.

– Comme je me promenais dimanche au hasard des quais de Paris, voilà qu'il m'est venu à l'esprit une idée qui vous est certes familière, à savoir qu'on ne saurait aimer pour de vrai – comme on ne saurait créer pour de vrai – sans quelque part souffrir, et c'est pourquoi je dois vous accorder que vous avez raison, Laure, de dire qu'il ne faut pas compter sur un bonheur terrestre pour se survivre, bonheur des sens plus fragile que le sentiment humain qui le fonde dès lors qu'on s'est mis en tête de l'exploiter comme une mine d'or, comme les fourmis exploitent la fourmilière qu'un coup de talon va écraser sans même s'en apercevoir. Mais aussi bien vaudrait-il mieux tout perdre sans retour de la vie de sentiments humains qui n'en demeurent pas moins, comme vous le dites, ce qu'il y a de plus réel au monde ? Vaudrait-il mieux vivre d'espérance en une réalité que seule une autre existence assure ? une existence bien aléatoire dès lors qu'elle ne repose que sur cette espérance même ? Vivre l'amour, n'est-ce pas le devoir et la joie donnés par la nature ?

Claudie a émis un long soupir comme si elle devinait trop bien où je voulais en venir sous l'abstraction de mes raisonnements. S'approchant de moi, elle a pris ma main dans la sienne et ne l'a plus quittée :

– Ces pensées ne me sont pas étrangères. Mais si je vous disais que tout échec n'est qu'apparent ? Le Christ n'a pas cru à la faillite de sa mission qui n'était que d'aimer. Ainsi, pas plus qu'«art» ne rime avec «succès», «amour» ne rime avec «bonheur» et vous avez raison, Romain, de dire qu'on ne saurait aimer sans quelque part souffrir. Sans tomber dans le dolorisme, sait-on même si la souffrance n'est pas l'une des seules fatalités humaines qui ne soient pas entièrement inutiles, parce que parfaitement exemptes d'égoïsme et d'orgueil? Même l'art n'en est pas exempt s'il ne renonce pas à savoir échouer… Vous m'avez mal comprise quand je vous ai paru minimiser le prix des choses de l'Art, même indépendamment de leur mérite particulier. Je n'ai encore rien lu de vous, mais ai-je besoin de cela quand l'important n'est pas dans les jugements de valeur que le premier venu peut porter sur le mérite des œuvres, comme j'en porte moi-même tous les jours sur les textes que la fortune me fait choir entre les mains, jugements que contredisent mes collègues du comité de lecture les trois quarts du temps. Moi, Romain, j'ai idée que la réussite d'une existence ne se mesure point au petit accomplissement de ses désirs, pas plus qu'elle ne vaut par des mérites aux yeux de tous ces autres dont vous prétendez qu'ils nous déterminent exclusivement, mais plutôt à la fidélité à sa route, guidé sans récompense immédiate, mais le regard orienté vers les montagnes, là-bas, et n'en déviant pas. Sans se retourner pour constater le fruit de son effort, le cavalier polonais n'a point d'yeux pour le cheminement parcouru non plus que pour d'apparentes oasis qui ne sont que mirages d'égaré. Ce qui ne l'empêche pas de tout conserver dans son cœur et de le méditer, le bon comme le mauvais. Je n'ai encore rien lu de vous, mais je répète que je n'ai pas besoin de cela pour aimer vos livres puisque j'aime leur auteur, aveuglément. En toute sincérité, pensez-vous qu'un pommier puisse produire autre chose que des pommes? Eh bien! si mon amour ne doute pas de votre esprit, si cet esprit est même la raison première de mon amour, et ce l'est puisque je vous aimais horriblement avant même de vous avoir jamais vu, sur la simple foi de lettres qui m'allaient au cœur, croyez-vous que je puisse douter du fruit de cet esprit que j'aime et que je n'ai pas cessé d'aimer après avoir, c'est vrai, redouté le désastre, soit la plus infime déception que, moi seule, je pourrais vous causer, face à votre personne de chair et d'âme?… Ne souriez pas, Rémy, tout ceci est très sérieux, je vous assure, même si moi aussi je vais finir par sourire… ou par vous décevoir avec mes propos un peu trop sages, ce que je redoutais aussi, bien qu'évidemment je n'aie rien de sage, sans quoi je parlerais et j'agirais comme tout le monde. Mais non, il s'agit uniquement de vous, Romain Desnoyers : je vous ai mis à l'épreuve de l'amour physique en vous recevant chez moi, après votre brillant succès au doctorat ès *lettres d'amour* – car que m'importe l'autre doctorat, le faux, celui dont vous dites regretter de n'être pas titulaire et qui n'aurait peut-être fait de vous qu'un cuistre de plus?

L'après-midi s'achevait lentement. Une ombre déjà ternissait les luisants bibelots de ce salon très comme il faut. Sentant qu'il fallait en finir, ma main restée libre prit sa main restée libre en sorte que, debout tous les deux, appuyés au petit piano droit, nous étions unis plus fermement que jamais.

– Ce que je demanderais à la vie, j'ignore si je parviendrai à le formuler, et si même le jeu en vaut la chandelle après cette rude mise à l'épreuve que Laure plutôt que Claudie vient de me faire subir, mise à l'épreuve ou plutôt sacrifice d'un bonheur tangible en faveur... de rien – car j'appelle rien ce qui n'est qu'attente. À vrai dire je vous apparais bien plus désincarné que je ne le suis réellement, chère enfant que vous êtes restée, avec vos rêves éthérés que l'expérience de la vie n'a fait que rajeunir. Merveilleux cela. Dommage que je ne puisse en faire mon miel.

– Est-il une grâce qui ne doive se payer lourdement, Romain? Qu'est-ce qu'une renonciation à une fleur d'amour tôt flétrie? Mieux vaut la garder vivace que d'en faire l'image de cet amour banal et déjà usé que les circonstances de nos vies respectives rendent chimérique en tout état de cause. Tenez, malgré toutes mes anxiétés quant à la ruine possible de notre rêve épistolaire, malgré toutes ces frayeurs égoïstes de voir mes pauvres mirages s'envoler par ma faute, je n'en ai pas moins vécu six mois indestructibles: notre amour à peine entrevu selon l'élan que vos lettres lui donnaient en filigrane au fur et à mesure que les miennes vous le lui rendaient avec intérêt, si même je ne vous précédais pas dans cette voie impraticable, cet amour a survécu pour ma part, je le confesse, aux horizons rendus chaotiques et quasi dantesques par les fantômes d'une mer orageuse où, promue Victoire de Samothrace sur mon promontoire improvisé j'étais proche, moi aussi, de me jeter dans l'eau noire pour abréger la distance inexorable, pour mettre fin aux troubles de l'incertitude, aux dangers de l'ignoré, mais non: aucune félicité temporelle entrevue, désirée, obtenue, ne saurait surpasser en ferveur cet attachement par un lien ténu mais résistant comme un fil d'acier inaltérable, et c'est à cause de cette conviction plus apaisante qu'amère en définitive que je vous dois tout, en ce sens que de vous savoir exister quelque part au monde suffit à me rendre un peu de cet humain bonheur dont j'avais fait mon deuil depuis les événements que vous savez...

À la pensée de sa famille broyée, sa voix s'est suspendue, sa bouche est restée entrouverte comme sous l'effet d'un serrement de cœur que j'ai ressenti jusqu'au fond de moi mais non sans pouvoir éviter un rapprochement qui m'a fait observer, détournant la tête tout en conservant ses mains dans les miennes :

– Sans chercher à comparer des malheurs extrêmes, pareille rupture brutale, définitive, avec les vôtres vous les laisse présents à la mémoire sous la lente et cruelle dérive qui m'a éloigné de tous mes proches, et qui dure encore à ce jour où je me sens exclu de partout au monde si ce n'est d'ici, chez vous, ma Laure bien-aimée.

Claudie a pris le temps d'avaler sa salive avant de répondre :

– En dépit de tout ce que nous avons vécu d'insupportable l'un et l'autre, Rémy, considérez ceci : n'est-il pas presque excessif que cette lueur d'amour allumée par hasard persiste à nous éclairer tous deux, face à face, dans les ténèbres qui se sont abattues sur nos familles, sur nos jours ? Dans ce hasard qui nous disposait si peu à faire jamais connaissance, je vois une faveur du sort, ce que j'ai appelé une grâce, mais infinie, imméritée, tout à fait singulière. Sinon… vous êtes plus riche en… espérance que moi, monsieur !

Riche en espérance, me suis-je dit, cet optimisme du juste, cela me surprendrait ! Au point de découragement, de désœuvrement où j'étais alors, que dis-je, où je suis dans ce train sans mémoire et comme engagé dans l'ultime impasse appelée à faire de mon rêve un cauchemar, je n'ai pu que me sentir incompris, abandonné, au cœur même de ce lieu secret par où passe toute la détresse d'une vie massacrée, privée du moindre avenir ; et j'ai dû m'éloigner, la tête dans les mains : quel homme ne répugne à se montrer sous un jour aussi accablé, aussi démoli, devant la femme aimée, dans une opacité d'incompréhension de soi-même remontant aussi loin dans le passé que la petite enfance et débordant encore le moment présent ? Riche en espérance, et en espérance de quoi par hasard, madame ? Je n'ai pas douté que pour Laure ce fût de quelque paradis céleste où se retrouvent les amants d'un jour qui n'ont pas su vivre leur amour – et cette idée n'a fait que me jeter de nouveau dans la plus angoissante perplexité affective, mais surtout le plus lâche désarroi existentiel, un déchirement de tout l'être qui m'a semblé celui même de l'âme qu'on arrache à son corps. À toute force, j'ai encore une fois tenté de me ressaisir. Mais les soubresauts de mes épaules, mon visage effaré, toute ma contenance de vaincu ne trahissaient que trop le tourment immémorial qui remontait à la prime adolescence, celui qui interroge le sens même de sa vie ici-bas, un sens que ni l'Art ni l'Amour vécus dans leur plénitude illimitée ne m'avaient encore procuré. Un assez long moment a passé, le temps que tout de même je m'apaise un peu et que je retrouve la maîtrise de mes nerfs, voire même un semblant d'aplomb. Alors, comme Claudie restait là sans bouger, me considérant de loin avec une intensité de regard accrue par une commisération que mon impuissance à rien répondre de viril ne méritait que trop, j'ai ressenti pour elle, par tout mon corps et toute mon âme comme affranchis l'un de l'autre, la détente que procure la sensation envahissante d'une immense tendresse, une tendresse jamais éprouvée encore – cette forme la plus pure, la plus parfaite, la plus spirituelle, bref la plus gratuite de l'amour –, une tendresse qui semblait pouvoir me réconcilier avec moi-même en réconciliant les deux parts de mon être scindé par le milieu; et en même temps, à ce moment précis, j'ai senti dans ma poche l'opuscule que je traînais depuis Paris. C'est alors que tout a basculé.

– En effet, sans être spécialement riche d'espérance, je ne peux que reconnaître avec vous le caractère de grâce de l'amour le plus naturel. Dès lors que Dieu est amour, selon saint Jean, comment s'étonner de la célèbre et, somme toute, fort peu scabreuse conclusion qu'en tire saint Augustin dans son commentaire de la première épître de l'évangéliste: «Aime et fais ce que tu voudras.» Tenez, c'est en toutes lettres.

Tirant de ma poche *Il n'y a qu'un amour*, je le tendais à Laure, qui secouait la tête comme pour signifier: «Je connais, je connais.»

– Entendez-moi bien, Laure chérie, je vous aime trop, infiniment trop, profondément trop, pour vous désirer vraiment, vous désirer physiquement je veux dire. Je sens même – et c'est peut-être ridicule – comme une antinomie entre le désir et un amour tel que le nôtre, qui tient davantage du plus sublime accord des âmes. Et puis je ne suis pas de ceux pour qui ce qu'on nomme le «sexe» a, de soi, partie liée avec un sentiment dont il serait même, au gré de beaucoup, comme l'expression inhérente et essentielle. Aussi bien, ce n'est pas le banal désir physique comme tel qui m'anime et me presse de vous parler franchement...

Alors je me suis porté vers elle pour l'attirer doucement vers le divan où nous sommes restés assis côte à côte. Tournés l'un vers l'autre et constatant qu'elle me considérait les yeux tout grands, avec moins d'appréhension que de curiosité ou même d'avidité, j'ai passé mon bras autour de ses épaules, décidé à lui parler sans ambages:

– C'est un besoin pour ainsi dire existentiel que je sens de sceller à jamais avec vous cette entente née de l'esprit dans la chair même, en soudant littéralement nos corps dans ce qu'ils ont de plus intime, mais une seule fois pour toute la vie, de sceller cet engagement d'un ordre ressenti d'abord comme purement affectif même s'il est essentiellement spirituel. Oui, seule une fusion totale de nos deux êtres fera que pour toujours sur cette terre et au-delà nous resterons unis parfaitement, étant ainsi faits tous les deux, douce et si chère Laure, que notre âme, notre pauvre âme, habite un corps périssable et voué à retourner en poussière, quoi qu'il advienne de lui après. Ainsi l'usure inéluctable du bonheur de vivre ensemble nous étant refusée, et avec lui l'habitude qui émousse, qui effrite les sentiments les plus nobles et les plus achevés, conservons du moins le souvenir non pas de ce qui aurait pu être, mais de ce qui aura été… C'est dit, ne m'en veuillez pas.

Insensiblement, nos lèvres se sont jointes mais sans passion, et longtemps nous fûmes sans bouger, tels des noyés qui voient repasser toute leur vie devant leurs yeux clos. Et comme nos paupières enfin se soulevaient et que Laure ne répondait pas à mon plaidoyer, j'ai dit :

– Vous vous taisez ? Répondez-moi, Laure surgie dans ma vie de romancier comme une fiction qui vaudrait mieux que toute réalité. À mon tour de vous rassurer bien simplement : pas davantage qu'avec Yvée Marcueil, ma petite prêtresse de l'Art, il ne saurait être question pour moi de sombrer avec vous dans cet amour-passion qui n'est au fond qu'amour-possession, amour narcissique. Mais autant je la considère et la vénère, autant Yvée ne peut être qu'une enfant pour moi. Vous, vous êtes une femme, et une femme libre d'attache comme je suis moi-même un homme libre d'attache depuis un mois que Florence, ma femme, n'est plus. C'est pourquoi ce sceau charnel que je souhaite apposer sur notre si étrange et si inespérée mise en présence rendra irréductible la fusion de nos deux êtres séparés par force, rendra vivace au cœur de notre double terreau physique et spirituel la fleur d'un sentiment si rare, épanouie une fois pour toutes et à jamais… Vous me trouvez bizarre, n'est-ce pas, de vous parler ainsi ? Mais je vous l'assure, aucune convoitise ne m'anime, surtout pas le banal appel du plaisir de « faire l'amour » dont je sais l'irréalité profonde puisqu'il n'y a là rien que d'éphémère, alors que je le sais vous avez misé sur ce qui ne passe pas… Car c'est bien là, n'est-ce pas, le plan où vous vous étiez située dans cette petite annonce initiale et tout de même un peu folle où vous exprimiez l'immatérielle attente d'une amitié toute cérébrale – mais n'est-ce pas cela même qui m'avait séduit, cette offre de la meilleure part de votre être, je veux dire votre esprit, moyennant l'intemporelle et pure amitié, offre bientôt suivie de l'incrédible conjonction de nos natures dans des lettres où vous avez entendu maintenir, je sais, le lien si vite et si fort noué entre nous dans un état tel que l'éloignement ne puisse l'affaiblir, encore moins le corrompre? Et voilà que par une inspiration irrésistible de romancier en peine de vivre jusqu'au bout les prémisses d'une histoire qu'il n'aurait pas pu inventer, j'ai osé, car il le fallait, n'est-ce pas? contrevenir à un vœu par vous exprimé mais plus par crainte de nous décevoir mutuellement que par une volonté profonde – vous-même en avez convenu tout à l'heure. Ainsi âme et chair, tels nous sommes, tels nous a voulus cet Amour infini dont vous ne récuserez pas la sainte inspiration qui a fait de chacun de nous deux cet être pétri de matière et d'esprit, incompréhensible et rendu clair par sa liberté même de ne pas diviser ce qui est totalité – ce qui forme le substrat du mot de Pascal: «Qui veut faire l'ange fait la bête», rappelez-vous!… Dois-je d'avance me détacher de vous, ma bien-aimée Laure, sans vous avoir connue une fois pour toutes? une fois pour l'Éternité?

Laure Angelin avait écouté ce second plaidoyer avec une patience admirable et sans tenter de m'interrompre par quelque objection raisonnable, ou déraisonnable, devant laquelle je me serais incliné tristement mais de non moins bonne grâce qu'elle-même était la grâce même, et de non moins bon cœur que je savais qu'elle écouterait son cœur à elle, quoi qu'il lui soufflât. Tout de même, une fois terminée ma harangue, mon regard n'a fait que s'égarer le long des parois du grand salon peint en gris pâle, errant de tableau en tableau, avec un poster de Seurat, un autre de Bonnard, effleurant les jolies bibliothèques vitrées, pour s'arrêter enfin sur, posé sur un guéridon, un bouquet de fleurs ramassées séchant dans un long et fin vase bleu de Prusse, comme si j'avais trouvé là le symbole de tout ce qui allait m'être donné de vivre loin de Claudie, au-delà de cette fugitive volonté – ou volupté morbide? – de m'unir à elle au terme de lentes caresses, prélude à une fusion unique et bien faite pour sacrifier parfaitement à l'humaine condition qui était nôtre. Il fallait en effet l'empreinte d'un cachet irrévocable appliquée à une rencontre sans précédent qui allait de toute façon prendre fin, il fallait la mémoire d'une soudure matérielle de nos corps nus qui traverserait les années et, qui sait, l'Éternité – car non, je n'avais pas menti, j'étais tenté d'y croire autant que Claudie s'efforçait de le faire, mais mon cœur n'en palpitait pas moins, à l'attente de quelques promesses de fidélité mémorable, quelques paroles de vérité sur les sujets sublimes qui rayonnaient de son vaste esprit. Non que sa présente hésitation marquée d'un retrait de son bras suivi d'un dégagement de sa personne dans le silence me fissent honte de mes avances, car le devoir s'était imposé à moi de marquer une seule fois mais pour toujours une alliance entre nous de toute façon indéfectible. Restée entrouverte la fenêtre offrait à mon regard qui maintenant s'y égarait, au travers de légers rideaux délicatement brodés de fins pétales blancs, un morceau d'azur encore assombri mais bien découpé avec sa palme qui fixait toute mon attention sans savoir pourquoi. Or, dans le pur silence de l'appartement endormi, comment n'aurais-je pas tressailli quand soudain j'ai senti sur mon genou une main d'abord très doucement posée et puis qui s'est crispée sur mon pantalon. À tel point que, tournant spontanément la tête et rassuré par le sourire ineffable de Claudie, je n'ai pas été long à la renverser sur un coussin. Au sourire lumineux qui jaillissait maintenant de ses douces lèvres entrecloses, de nouveau je n'ai pu que les recouvrir aussitôt des miennes comme pour l'empêcher de parler tout en multipliant bientôt des baisers d'amant dont j'ignorais que je les avais si fort et si longtemps retenus. Ainsi nous sommes-nous abandonnés en esprit tous les deux, tandis que nos corps contractés par la tension que tout ce long après-midi de discours avait provoquée en nous au terme de ces deux jours de cohabitation se relâchaient. Cet Amour unique qui ne cesse de parcourir le monde comme un défi à toutes ses horreurs, à tout le Mal qui y sévit, s'était ouvert une fois de plus, pareil à une corolle au soleil brûlant de l'Esprit du bien, du beau et du vrai qui se révolte en nous à la fin.

Comment rapporterais-je la suite de ce long préliminaire, suite dont je suis entièrement responsable ? Avais-je déjà deviné que le plus merveilleux de cette insolite aventure nous était encore réservé ? Rien de sérieux ne s'était encore passé que le souffle d'une voix intérieure est venu m'avertir mystérieusement qu'il importait avant tout de préserver l'immatérialité de notre amour et d'obéir aux instances qui me pressaient d'accéder au vœu de Laure, discret mais explicite, tel qu'il était apparu dans les colonnes du *N. O.* ce lendemain de jour de l'An où mon émerveillement l'y avait découvert sous l'aspect d'une âme sœur en quête de l'âme sœur.

— Et puis non, tout compte fait, c'est non, dis-je posément, m'étant rassis sur le bord du divan. Sans aller jusqu'à dire que le désir est tout et que la fin, l'accomplissement ne sont rien, Laure de ma vie, il n'en est pas moins certain, et vous ne me contredirez pas là-dessus, que tout amour assouvi est en quelque sorte à demi fini, n'est déjà plus qu'un souvenir... Souffrez donc que nous en restions là. Mettons que c'était une épreuve à laquelle je vous ai soumise et que, par votre consentement, vous l'avez amoureusement surmontée en ne vous dérobant pas. Qu'exiger de plus, dites-moi, Laure mon amie, Laure que je ne reverrai plus ? Et puis aussi, n'est-il pas vrai que nous deux, nous ne faisons rien comme les autres, tous ces autres dont je voudrais qu'ils me dictent ma conduite à présent ? Quant à moi, je mettrais tout mon orgueil à les démentir tant j'ai appris à les mépriser. Il me suffit de songer à Frondaie, le propre père de ma fille cadette, qui vient de me donner mon congé de l'université, sans doute pour ma récompense de mari trompé.

Redressée à son tour, Laure, saisie, s'était figée, la main à demi dressée, comme suspendue dans l'espace. Et puis soudain, elle a prononcé avec une ingénuité que je ne lui connaissais pas encore :

– Vous êtes encore plus... génial que je ne croyais, mon adoré Romain. Il n'est que trop vrai que toute flamme en se consumant consume le meilleur de nous-mêmes. Il n'y a pas, sur terre, de flamme incandescente. Au demeurant, écoutez, qu'importe où nous tirent nos élans, où nous entraînent nos délires érotiques, comme ce que nous soufflent nos inspirations les plus sages si, comme le veut saint Paul, « tout contribue au bien de ceux qui aiment Dieu » ?

– Même le refus d'un certain amour... physique ?

Et après un silence :

– Celui-là ou un autre, s'il n'est qu'un amour... Tout est si mystérieux autour de nous, en nous. Préservons notre perplexité pour un temps de grâce insigne. Entre-temps notre étrange dévotion réciproque, notre ferveur miraculeuse seront toujours là, présentes dans leur plénitude, elles grandiront jusqu'à survivre dans l'outre-monde, peu importe ce qu'il en aura été aujourd'hui entre nous deux.

Alors doucement elle est venue chercher ma main dont elle a porté le dos à sa joue très pâle où se peignait un sourire d'une mélancolie indicible, à tirer les larmes. Mais nous étions bien au-delà des larmes, au-delà du présent même. C'est de cette sérénité retrouvée que j'ai tiré la force de décider :

– Je pars demain, je le dois. Pour vous. Pour moi.

Silence. La lumière du jour déclinait sérieusement, et comme ç'allait être le dernier soir de notre si court temps de vie passé ensemble, Claudie a exprimé le désir de quelque chose d'inordinaire, n'importe quoi. Quittant des lieux qui avaient été si propices à la grande impulsion qui nous avait jetés l'un contre l'autre, puis ramenés à plus haute raison, soit à plus d'amour encore, par un tacite accord nous sommes sortis pour diriger nos pas non vers la fameuse Promenade des Anglais qu'il ne m'aura pas été donné de connaître, Claudie ayant déclaré qu'elle était « trop courue pour un homme aussi peu courant que [moi]», mais vers le vieux Nice, dont le quartier borde exactement celui dit de Wilson-Hôtel-des-Postes dont il est séparé par la seule esplanade du Paillon, ce ruisseau souterrain recouvert de promenades surélevées, de verdure et d'aménagements culturels, y compris le nouveau musée et le théâtre, presque tout au pied de la colline de l'ancien château des Grimaldi, ainsi que me l'expliquait ma compagne. Il faisait encore clair en ce lent crépuscule de juin, et sitôt entrés dans la vieille ville par ses rues étroites et colorées, nous fûmes à même de constater combien d'animation secrète régnait là. Claudie me guidait sans mot dire. Toute déconcertée que l'eût laissée l'annonce de mon départ pour le lendemain matin, je savais bien qu'il répondait à la nécessité de lui épargner coûte que coûte une présence qui aurait vite fait de tourner à l'amère nostalgie après le miracle de ces deux jours sans ombre, d'autant que, même désarçonnée, à aucun moment elle n'avait esquissé un geste, prononcé un mot, pour tenter de me retenir. À présent que l'accord des âmes avait, mieux qu'un divan partagé, éternisé notre amour en l'immolant à un futur plus brûlant qu'un présent si vite consumé, Laure devait discerner qu'il ne restait plus qu'à se rendre aux tristesses d'un adieu affreusement cruel, à s'y rendre comme au mal le plus susceptible de faire perdurer un feu qui, lui, n'était pas fait pour s'éteindre.

Après avoir suivi l'étroite ruelle du Marché, puis celle de la Boucherie, nous avons abouti rue Droite, qui fend du nord au sud le Nice originel, et avons pénétré dans une assez discrète trattoria. C'est là qu'assis tous deux face à face dans une salle murée de vieux bois aux poutres apparentes où s'affichait sur la porte refermée la gravure sur bois coloriée en bleu d'une énorme fleur de lys, en quoi j'ai voulu aussitôt reconnaître je ne sais quel Kébek aussi emblématique qu'exotique en ces lieux, mais qui m'a fait raconter à Claudie comment dans ma folle vingtaine j'avais milité dans les rangs souverainistes jusqu'à prononcer des discours publics aux élections de 1970, moi si timide dans ce temps-là que je devais préalablement me droguer aux amphétamines, en faveur de l'indépendance d'une patrie que tout le monde s'acharnait à vouloir noyer dans l'uniformité saxonne du continent, c'est donc là qu'attendant les plats il m'a été donné une ultime fois de contempler à loisir la figure bénie quoique demeurée mystérieuse de l'âme sœur si obstinément poursuivie jusque par-delà les mers. Sans en avoir l'air, je tâchais d'en fixer en moi les traits les plus marquants, dignes de Bernard Buffet, afin de pouvoir me les évoquer à loisir – effort toujours ardu même et surtout dans le cas des êtres les plus proches et les plus chéris – lorsque je serais loin de sa vérité de chair et d'os et que mon stylo-feutre, gribouillant dans les marges de mon cahier, flotterait devant un visage dévoré par l'extrême détermination à assumer son destin jusqu'au bout.

Et déjà, retrouvant le fil de mon histoire, à quelques heures de l'instant où je viens de la quitter sur le quai de la gare de Nice, car elle a tenu à m'accompagner au train de Paris, j'éprouve un peu de peine à recomposer en pensée cette physionomie devenue si familière et déjà entrée dans la brume de la mémoire, mais tel un souvenir dont rien n'effacera jamais tout à fait l'énigme. J'en suis même à me poser la question : a-t-elle ou non existé ? N'empêche qu'elle a bien voulu me laisser une photo des plus ressemblantes que je tiens là sur mon cœur et à quoi il me sera toujours et à toute heure loisible de revenir, oui toujours jusqu'à mon trépas, une photo qui déjà commence à me faire oublier cette femme sans visage que j'appelais ma « Victoire de Samothrace », cette silhouette comme enflammée de voiles vaporeux, aériens, qu'elle a été pour moi tous ces mois d'hiver et ceux de ce printemps qui prend fin après-demain, 21 juin 1997, idéalisation inspirée d'éléments affectifs que j'arrachais à ses lettres si intensément personnelles, marquées par une complexité psychique et spirituelle que je serais tenté de croire aussi impénétrable que le songe qui l'a suscitée. Tout un passé diffus qui déjà s'enfonce dans la brume de mon souvenir, l'imagination de l'artiste ou le rêve du misérable aux abois ayant maintenant cédé la place à un vécu qui donne un tout autre ton à ce roman-journal où j'avais souhaité que la pure fiction s'entremêle à une réalité plus haute que tout ce que les fantasmes créateurs savent inventer de plus insolite. Deux jours, mais deux jours qui font oublier ce que l'existence peut avoir de barbare, d'insoutenable. Et il n'est que trop vrai que ces Laure, ces Yvée, nées de mon esprit pour survivre à toute chair périssable, appartiennent dès maintenant à un autre monde, à un outre-monde où elles-mêmes ont voulu d'emblée se situer afin d'y soulever mes propres aspirations de cavalier polonais errant à la brunante en quête de rayons d'or, à l'heure où l'infini prend une couleur secrète, prodigieusement nostalgique, parce que perçue par les yeux d'un amour sans issue mais non sans retour puisqu'il me fut rendu et me restera, étouffant de médiocres désirs de gloire que, par surcroît, rien ne pouvait satisfaire. Mais, tout inférieur qu'il peut se croire à sa vision de poète, quel homme sait seulement s'élever jusqu'au peu dont il est capable?

Et tandis que le train file sa course à travers une France assoupie que n'assombrit point pour moi l'absence du radieux soleil d'hier et d'avant-hier, tant il me semble que tout est pour le mieux, que j'ai écrit, sinon agi, en homme de jugement et que tout s'est accompli selon les vœux d'un romancier sans autre imagination que celle du cœur, voici que la plume me tombe des doigts tandis que je me rencogne dans le creux d'une promesse où s'endort un amour intemporel, le regret n'étant plus de saison quand l'automne de l'âge a sonné la fin d'une solitude uniquement soutenue par des courriers devenus soudain à jamais inutiles.

Montréal, dimanche 29 juin

Après dix jours de solitude parisienne dans le même petit hôtel effacé du Ve arrondissement où j'étais descendu en arrivant, une solitude qui ne m'a pas pesé mais plutôt permis de repasser, au hasard de longues promenades exploratoires, les motifs qu'on a de ne pas mourir lorsque la mort résoudrait tout, me voici donc revenu chez moi ce soir, la tête et le cœur encore bourdonnant de cette aventure où mon amour a rejoint sa source pour en redescendre jusqu'au point d'esseulement où je l'avais quitté mais vidé de tout l'élément anecdotique d'une rencontre d'amants riche en émotions fortes, exaltantes même, sur quoi j'avais misé sans savoir que l'amour qui dure n'est que cette expérience par quoi je viens de passer durant deux semaines de passion à demi réprimée pour qu'y puisse survivre l'essentiel d'un sentiment presque inabîmé, pierre adamantine qui résistera à la rouille qui mord tout ce qui se soumet aux plaisirs du temps… Mes arrières assurés, il me reste à faire face aux graves menaces matérielles qui ne m'ont pas attendu pour sortir leur couteau en forme de tragédie. Demain se chargera de ce que je dois faire, de ce que je dois décider, pour autant que j'aie le cœur à décider de quelque chose.

Les trois enfants m'ont tout à l'heure accueilli avec le même enthousiasme mitigé que si mon absence n'avait été qu'une imperceptible parenthèse dans un quotidien inentamé par si peu;

même la Brigitte, eh oui! qui ne m'a pas tendu la joue. Comment leur en vouloir, les chéris, les ayant si parfaitement négligés au profit de tartines et de salades qui ne m'ont rien valu, à courte vue en tout cas. Bah! Laure avait raison. Pourtant ce voyage, s'ils savaient, s'ils se doutaient! S'ils se doutaient ce que c'est qu'un père! S'ils savaient que même un rêve bleu ne lui fait pas oublier qu'il est chômeur à plein temps et comptable de la faillite familiale! Mais à part une Yvée Marcueil, qu'est-ce qu'on sait à cet âge! Qu'est-ce qu'ils devinent d'une ceinture à se serrer d'un cran qui leur fera encore pousser les hauts cris! Qu'y puis-je? Banales vicissitudes professionnelles qu'on n'ose avouer aux siens. Famille exemplaire, famille à qui rien n'arrive, c'est tout juste si l'on se sent rouler à toute vitesse vers le gouffre qui nous engloutit depuis le départ de Florence du «Grrrrand Studio» où, avant de trépasser, elle avait connu ses heures de gloire, elle. Famille modèle à mon image la plus pauv' type.

30 juin

Tournant le dos à Danterny dont je n'ai rien à attendre, privé de recours plus sûr, plus efficace, j'ai dû prendre mon courage à deux mains et joindre Franzy-Franzy au téléphone. Ma situation a demandé quelques explications. Il m'a écouté assez impatiemment.

– À bien t'entendre, mon cher Rémy, sans boulot comme tu te trouves par la faute de Fernand, tu souhaiterais que je t'embauche dare-dare au Studio, toi un homme de cinquante-sept berges sans la moindre expérience du métier?

– C'est à peu près ça, Franzy. Il s'agirait pour commencer d'une place très modeste. Non je n'ai rien d'exigeant pour quelqu'un qui a tout de même une certaine compétence en matière de rédaction, spécialité que je présume utile dans une maison comme la tienne. Je me satisferais de peu, je t'assure, mais il est urgent que tu me dépannes – Patrice vient d'être reçu brillamment maître en ingénierie mécanique avec plein de projets pour l'avenir –, que tu me dépannes, disais-je, le temps qu'il soit casé et qu'ils se marient, lui et sa Francine enceinte de huit mois qui loge ici en attendant. Des beaux postes en génie mécanique, ça ne manque pas pour un garçon de sa valeur. Il a déjà quelque chose en vue d'ailleurs, à ce qu'il m'a raconté.

– Ouais…

Silence et geignement. Franzy reprend, comme se parlant à lui-même :

– C'est vrai que le départ de Florence a laissé un grand vide dans la boîte. Mais as-tu seulement le quart de son talent ? Je ne dis pas qu'il n'y aurait pas ici de quoi occuper un permanent. Sans remplacer évidemment celle à qui je destinais les responsabilités de la vice-présidence, tu pourrais probablement remplir une partie au moins des tâches que ta femme assumait ici... Tiens, Rémy, laisse-moi y penser. Donne-moi quelques jours pour aviser et te rendre une réponse, mettons d'ici la fin de la semaine. Après tout, toi non plus tu n'es pas tout à fait dépourvu, même si le temps m'a manqué pour lire tes livres, encore plus pour suivre tes enseignements à la faculté des lettres... Bon, c'est entendu, je vais réfléchir, consulter mes collaborateurs aussi, et crois bien, mon cher, qu'en souvenir de ta femme – et sans m'engager autrement – tu peux compter sur l'attention à ton cas de ton vieil ami. OK ? [ricanement] D'accord ? Bien des salutations chez vous.

Et il a raccroché sans attendre mon merci, un merci pour une faveur dont moi seul sais le prix, car tout mon sort est entre les mains de ce farceur et je ne veux même pas imaginer qu'il puisse laisser tomber le mari de feu sa maîtresse. Après un quart d'heure de spéculation sur la corde raide où j'ai senti ma vie en jeu, j'ai joint Yvée Marcueil pour lui faire part de mon heureux retour et aussi des démarches qui me vaudront peut-être de me tirer de mon odieux licenciement.

– Oh ! Romain, comme ce serait chouette que ça marche, il faut me tenir au courant de tout, j'y tiens. Mais je crains pour vos livres. Ils doivent rester le centre, le pôle, la vérité de votre vie. Vous êtes d'abord un artiste, ne l'oubliez pas, et un grand artiste, et moi, je crois en vous autant que je vous aime. Et puis ne m'oubliez pas non plus, Romain, ne m'oubliez jamais, et venez ici le plus tôt possible pour me raconter en détail vos aventures européennes. Je vous attends, n'importe le moment mais bien vite. Je ne suis pas de ces artistes qu'on n'a pas le droit de déranger.

– J'irai si vous-même consentez à venir me faire une visite avec Johanny. D'autant que j'ai quelque chose à vous remettre de la part de Claudie Jeanlin, ma grande amie niçoise. Il s'agit d'un très bel album de reproductions intitulé *Le Portrait dans l'art contemporain*, catalogue d'une grande exposition qui s'est tenue il y a peu au Musée d'art moderne de Nice. Malgré qu'elle y tenait beaucoup, Claudie a tenu à s'en défaire et à vous l'offrir par mes soins, car je lui ai parlé de votre merveilleux talent et notamment de l'admirable *Image* que vous avez faite de moi.

– Quelle touchante pensée de sa part! Mais ne vous dérangez pas en venant jusqu'ici. Je passerai prendre l'album quand cela vous conviendra. Oh! j'irais bien chez vous tous les jours quant à moi si je ne craignais de vous ennuyer. N'importe, j'irai dès que vous me ferez signe, dès que vos problèmes seront réglés. Les gens de la faculté sont décidément bien méchants de vous avoir plongé dans cette situation, mon pauvre Rémy dont je me suis si fort ennuyée.

Il m'a fallu couper court, car de me sentir aimé à ce point, j'allais aussi bien me mettre à pleurer, moi qui ne pleurais jamais naguère – indifférence ou principe. Laure aussi m'a fait pleurer.

– Oh! j'oubliais: votre carte postale si attentive m'a été droit au cœur! Et ce Titien, quel chef-d'œuvre! Je l'ai épinglé au mur et la regarde quatre fois par jour. Souvent je la retourne pour relire ce que vous avez mis de si tendre. Vous êtes adorable.

– Ne parlons pas de ça, ma chouette, c'est vous qui êtes adorable, et je vous en aurais écrit bien davantage si j'avais osé, et si l'espace m'avait permis de tout vous conter. Paris est si beau, n'est-ce pas? Un jour nous irons ensemble. Ça vous dirait?

– Vous et moi, Romain, vrai de vrai?

– Comme je vous le dis! Tous les deux! Mais il faudra ménager nos sous, car le séjour y est horriblement cher. Allez, je vous embrasse, chère enfant qui avez jeté bas le masque du clown. Vous le dirai-je? Vous êtes tout ce qu'il y a de plus *vrai* au monde, et vos œuvres s'en ressentent. Je n'en dis pas plus aujourd'hui.

– Avant de vous quitter, Rémy, juste un mot de votre roman? de votre roman autobiographique?

– Il n'y manque que le point final, à poser cette semaine. J'ai voulu dépeindre une vérité imaginaire en transfigurant mes modèles, excepté moi. Évidemment pareille liberté ne va pas sans risques, et même si je n'ai fait que mettre le bout du pied dans l'eau saumâtre où nage la pieuvre hideuse de l'embellissement, il faut bien suivre son tempérament, n'est-ce pas? Je me méfie de la vérité de ce qui est trop laid, même s'il m'arrive d'y succomber. Oh! je sais qu'on me comprendra de moins en moins, mais comme on ne m'a jamais compris, je n'ai guère à perdre. Qu'importe si je m'éloigne de mes confrères, du public, des critiques. Je n'ai plus la moindre ambition. «Je consens ou plutôt j'aspire à ma ruine» ai-je conclu en riant. Voilà.

Yvée s'y est laissée prendre, car elle y est allée d'un joyeux «bravo» par quoi nous nous sommes quittés, puis je suis revenu au salon lentement, persuadé qu'il faudrait un miracle pour qu'il me soit donné de retourner en Europe en compagnie d'Yvée Marcueil, ce peintre unique dont la prodigieuse *Image* se dressait sur la cheminée, tableau dont l'étonnante, la troublante facture m'emplissait d'une tristesse qui me disait : pourvu qu'elle ne commence pas par où je finis ! Je suis bien resté là une demi-heure, écroulé sur le canapé face à l'effigie transposée du cavalier polonais, m'étonnant que les enfants l'eussent tolérée là deux longues semaines et tentant d'oublier que c'était bien moi cet inconnu à qui une jeune fille inspirée avait rendu sa dignité de poète, éclairé toute une vie méconnue des augures, de poète, éclairé digne de l'hommage d'un «amour absolu». Il est de tels aveux spontanés autant qu'immérités qui se gravent dans l'esprit pour l'éternité, même si on les sait faux, comme les convenances adultes déclarent fictif ce qui est trop invraisemblable pour n'être pas éminemment vrai, ainsi que cet infortuné *Cavalier polonais* se voit disputer son authenticité de Rembrandt à part entière par des experts qui devraient s'y connaître mieux. De même la tendresse d'un «homme vrai» ne trouve d'écho qu'aux oreilles et à l'esprit d'une Laure Angelin qui la provoque elle-même, tant il est vrai que si les autres nous diminuent en se montrant à nous sous un jour mesquin, veule ou méchant, de même ce sont les autres qui nous grandissent en se montrant à nous dans toute leur dimension d'outre-monde et nous rendent un cœur que nous avions oublié ou perdu. Se peut-il que le mien soit devenu si vaste que j'y puisse accueillir deux âmes si loin d'être adverses en tout ce qu'elles m'inspirent de contradictoire, l'une en m'entretenant de l'Art et l'autre de l'Amour humain ? Tenant le même langage des dieux, elles se complètent en moi qui n'ai plus rien en ma possession que l'Éternité pour réfléchir à tout cela.

À la fin, je me suis mis debout et me suis ébranlé un peu lourdement avec l'idée à laquelle j'avais pourtant renoncé, celle d'écrire à Laure une très longue lettre où j'oserais peut-être lui dire toute la vérité sur elle et sur moi, en totale liberté d'esprit à présent qu'est bien enterré le temps des contes de fées, une lettre sans fin ou presque que j'aurais néanmoins voulu lui poster sans tarder, aujourd'hui même si possible. Tout en quittant le salon, je jetai encore un coup d'œil sur chacune des cinq compositions que je devais à Nick Palazzo, rappels du temps où je me sentais le devoir d'encourager mon étudiant sidéen à cent dollars pièce dans l'obscurité glacée de la chambre où il végétait dans l'attente de la mort, trouvant le moyen de se tirer du lit pour me fabriquer un café de sa façon les fois où je m'annonçais. Temps où les Desnoyers, avec leur double revenu, nageaient quasiment dans l'argent… Parvenu à ma chambre, j'aperçois sur le dessus de ma valise encore ouverte le précieux album du *Portrait dans l'art contemporain* dont le cœur de Claudie, imperméable à la jalousie, s'est séparé en faveur de ma géniale Yvée, riche collection d'images fort inégales, certes, mais à laquelle ma lointaine amie était attachée, puisqu'elle avait conservé le catalogue trois ans pardevers elle avant de me l'offrir pour Yvée. Étrange à dire, ce catalogue illustré entre mes mains, cette exposition vivante où je m'absorbe suffise à me prouver que Laure Angelin n'est pas une illusion de mon esprit de romancier fabulateur, qu'elle a la même vérité de faux que le faux Rembrandt du musée Frick dit *Le Cavalier polonais* auquel j'ai emprunté le titre de mon autofiction, la même vérité d'invention que la vision qu'Yvée a eue de moi, pour la projeter dans mon *Image*, chef-d'œuvre révélateur dût-il rester aussi obscur aux aveugles que les cinq pochades de Nick, qui sont bien mieux que cela sans quoi les aurais-je acquises même pour des prunes? J'espère que les trois enfants Desnoyers finiront par se rendre compte de la profonde signification de tant d'efforts magistraux apparemment gratuits, même s'ils n'auront pas été inutiles tant que je serai là pour m'en réjouir l'âme. Je sais seulement que, pas plus que leur défunte mère, ils ne voudront longtemps me souffrir en peinture sur le dessus de la cheminée. Et comment les en blâmer si je n'ai pas su leur faire aimer le modèle original?

Même jour, le soir

Ce n'est que vers cinq heures que j'ai terminé mon épître à Laure après lui avoir juré qu'il n'y en aurait plus. J'y ai bien passé deux bonnes heures et demie, ce qui est peu compte tenu du flot d'émotions soulevées par une expédition outre-mer qui aurait dû lui déplaire, même si j'ai trouvé à lui en expliquer les vraies raisons, faciles à deviner, ainsi que celles de mon départ précipité de Nice. Le roman l'exigeait ainsi: ayant retenu sa leçon de détachement et effacé toute trace de désistement morbide, il m'a fallu rétablir entre nous l'éloignement qui nous avait rapprochés pour que commence l'Éternité, fût-ce celle de l'oubli… Quant à l'indifférence, elle ne survit pas à la mort. D'ici là, que la joie de l'impalpable harmonie des âmes perdure entre nous et nous conforte jusqu'à ce que l'Amour unique prenne la relève… Je lui ai écrit cela en toutes lettres, en n'y croyant qu'à moitié, mais je sais qu'elle y croit et cela me suffit. Qu'il est dur d'espérer qu'on sera heureux quand on n'y a pas été habitué dès l'enfance, dès la prime jeunesse... Une fois mes douze grandes pages rédigées directement au propre, le courage m'a manqué de transcrire ici la dernière pièce d'une correspondance littéraire qui s'achève ainsi dans ce cahier le jour où j'avais résolu contre la volonté de Claudie d'y mettre fin en me rendant sur place m'assurer de sa réalité de *Victoire* telle que je l'ai admirée au Louvre, les larmes aux yeux. Car c'est bien ce jour-là que j'ai recouvré le don des larmes, que j'ai compris que seule l'indifférence, ma bête noire, n'entrerait pas dans l'Au-delà.

Plutôt que de m'éterniser sur des considérations qui ne se posent plus depuis que j'ai tout saisi, il m'est apparu plus vital d'atteindre tout de suite l'excellent Danterny, patron de la maison d'édition la plus chétive de Montréal et la seule à me faire encore à demi crédit, histoire de tâter ses dispositions quant à l'autofiction promise dont le dénouement culminerait ce vendredi selon la décision de Franzy. Quelques mots d'explication ont paru troubler le bonhomme qui n'y a vu que du feu. Il n'a dit ni oui ni non. Il fallait voir. Me relire? Pas question. Je ne pourrais qu'abîmer l'authenticité de ce faux perpétré et garanti par sa beauté même, dès lors que le cavalier imaginaire ne s'est pas endormi dans les plis de la brunâtre forêt comme il arriverait si mon histoire était tant soit peu fabriquée, ce qu'elle n'est pas, et même Danterny a convenu qu'il importait de conserver la spontanéité même très écrite de ces notations prises au jour le jour, toutes. Ainsi n'en paraîtra que plus crédible ce dilemme du créateur coincé entre son art et le hideux quotidien où il trempe et dont tout le monde sait qu'il serait plus répugnant que la fiction la plus noire si l'amour n'y mêlait sa tendresse. Autant dire que j'ai insisté sur l'aspect pour le moins romanesque sinon romantique d'une narration rendue par là moins fastidieuse au lecteur «qui veut du bonheur à tout prix» (Danterny *dixit*) et que pourrait rebuter cette double aventure greffée sur une vie misérable que rien d'autre n'éclaire. «Une étude sur la création, en somme, mon cher Danterny, mais présentée tout humainement, telle que dans la réalité.» Et il n'a pas osé me contredire, le cher homme! Attendons qu'il me lise, il déchantera et moi aussi. À preuve, il a dit:

— Si le lecteur, c'est-à-dire moi, me semble pouvoir se reconnaître dans ton truc, je veux bien t'accorder une dernière chance, toi qui m'as toujours coûté une fortune avec tes invendables élucubrations. Et encore faudra-t-il que tu y ailles d'une très modeste contribution de dix-huit cents dollars. Te rends-tu compte que tes derniers livres n'ont pas atteint les deux cents exemplaires vendus? C'est un peu fort de moutarde pour un éditeur en faillite quasi chronique.

– Exempte-moi de la «modeste contribution» à la publication de mon chef-d'œuvre en faveur de l'image que je te tends de toute une vie d'écrivain paumé à Montréal à la fin du XXe siècle. Ce n'est pas le talent qui m'a jamais manqué, c'est le piston, la simple visibilité aussi, et je pense à cet égard que tu n'as pas fait tout ton devoir d'éditeur sérieux... même si... je...

À ce moment précis, la tête a commencé à me tourner et j'ai dû poser le combiné sur la table, mais sans couper la communication. Et j'entendais la voix de Danterny qui s'esquintait de plus en plus furieusement en disant que je me moquais de lui, que je paierais deux mille cinq cents dollars pour voir mon manuscrit publié, et en même temps mon journal fictif me semblait remonter en moi depuis le début comme si tout s'était passé dans un livre et que j'allais devoir traverser encore une fois les mêmes angoisses qui m'avaient étreint depuis le 2 janvier, veille de rentrée universitaire, quand je m'étais trouvé à demi écrasé sur mon bureau et cherchant une réponse à la question posée par cette existence insensée qui virait depuis toujours à ma déconfiture... Dans un geste incontrôlé, j'ai couru aux dernières pages du livre, je me suis redressé et, saisissant l'appareil à l'instant où la voix allait se taire à l'autre bout du fil, j'ai crié:

– Je n'invente que la vérité et tu en fais partie, au premier chef, Danterny. Alors ne te plains pas. Maintenant, allons nous coucher et noyons dans le rêve l'amertume du jour enfui... Amitiés à Mme Danterny.

Dormir? Rêver peut-être? Encore faudrait-il que Franzy-Franzy veuille bien laisser Hamlet ronfler tranquille. Ah! si seulement pour une fois la chance... Eh bien non, ne pas compter sur des artifices d'auteur en mal d'un dénouement rose bonbon comme on en réclame aux romanciers, la vivre jusqu'au bout cette vie de paumé que j'achève bientôt d'écrire...

1er juillet

Comme j'étais sorti prendre un journal, en rentrant je me trouve nez à nez avec Brigitte qui paraissait m'attendre.

— Papa, M. Franzy a téléphoné.

— Ah oui? Qu'est-ce qu'il me veut déjà, celui-là? Un 1er juillet, fête fédérale par-dessus le marché.

— Il voulait te parler mais comme tu n'y étais pas, il a dit que ça ferait aussi bien l'affaire, que je n'aurais qu'à faire le message.

— Quel message?

— Eh bien, que ça ne marche pas ce dont vous avez parlé.

— Ah non? Ça ne marche pas… Tant pis, ce n'est pas bien grave. Rien n'est jamais vraiment grave. Tout est grâce, paraît-il.

— Ah bon? Je savais pas.

— Normal. J'aurais dû te l'apprendre, mais je ne savais pas que c'était la vérité moi non plus. Maintenant que je termine mon autobiographie, tout de suite, je vais écrire un grand roman dont tu pourras être fière. Tu n'auras plus honte de ton père dans la rue, au collège. Ni dans ton cœur. Allez, dépêche-toi, va travailler à ton magasin de jouets. Tu seras en retard et il ne faut jamais être en retard. C'est pourquoi je commence dès aujourd'hui ma nouvelle création. Demain je ferai une demande à l'assistance sociale. J'y ai droit autant qu'un autre. Avec vous trois surtout. N'aie crainte, on s'en tirera.

Elle a levé sur moi des yeux inquiets et j'ai pensé que c'étaient les yeux de Fernand.

— Je n'ai pas à me presser, le magasin est fermé, a-t-elle dit machinalement.

— Demain alors. Oui, nous aurons besoin de tous les sous que tu gagneras. Et de toutes tes économies. Dis-le à Mad quand tu la verras. Quant à Patrice et Francine, tu le sais, ils nous quittent cette semaine.

— Oui, le bébé dans dix jours!

— Tant mieux. Viens m'embrasser.

— Oui, papa.

Elle s'est laissé embrasser doucement sur la joue, puis je l'ai renvoyée à ses affaires. Moi, je me suis enfermé dans ma chambre et je me suis mis à écrire. Je me suis dit: commencer, c'est déjà finir, du moment que le cavalier polonais sait où il va. Où va-t-il justement? À la grâce de Dieu! de ce même Dieu qui m'a mené jusqu'ici, au centre de moi-même.

Cet ouvrage composé en Minion corps 10
a été achevé d'imprimer
le seize mars deux mille
sur les presses de Transcontinental
Division Imprimerie Gagné
à Louiseville
pour le compte des
Éditions de l'Hexagone.

Imprimé au Québec (Canada)